LES COLLINES D'EUCALYPTUS

Duong Thu Huong est née en 1947 au Vietnam. À vingt ans, elle dirigeait une brigade de la jeunesse communiste envoyée au front pendant la guerre. Avocate des droits de l'homme et des réformes démocratiques, elle n'a cessé, à travers ses livres et dans son engagement politique, de défendre vigoureusement ses convictions, finissant par être exclue du parti communiste en 1990, avant d'être arrêtée et emprisonnée sans procès. Depuis le succès en France de *Terre des oublis*, en 2006 (Grand prix des lectrices de *Elle* 2007), elle vit à Paris, après des années en résidence surveillée à Hanoi. Après avoir été l'un des écrivains les plus populaires de son pays, ses livres sont désormais interdits de publication au Vietnam mais sont traduits dans le monde entier.

DUONG THU HUONG

Les Collines d'eucalyptus

ROMAN TRADUIT DU VIETNAMIEN PAR PHUONG DANG TRAN

SABINE WESPIESER ÉDITEUR

1

L'autre rive du torrent

Des lambeaux de brouillard stagnent encore au-delà de la faille rocheuse, alors que les premiers rayons de soleil effleurent déjà la cime des arbres de ce côté-ci. Soudain, tel un filet de fumée, la brume monte au ciel et se fond dans les nuages, les métamorphosant en gigantesques boules de coton. Le paysage se transforme, fantastique. La nature semble une vaste scène de théâtre qu'envahiraient les fumées et la neige artificielle produites par des engins modernes.

Ce n'est pas un théâtre, c'est le bagne, pense Thanh, amer.

Bruit de clé, raclement de la porte en tôle sur le sol de ciment.

Hurlement du chef de salle :

— Debout, livraison du petit-déjeuner !

Quelqu'un tape sur l'épaule de Thanh :

— Dépêche-toi, sinon tu vas recevoir le seau de merde sur la tête !

— Merci, j'y vais !

— Arrête d'être poli ! Ça m'énerve ! rétorque Cu Den, le faisant pouffer de rire.

Le chef de salle se tient devant la porte, face au cantinier. Entre eux deux, sur le sol, un grand panier de racines de manioc cuites. Les détenus, agglutinés derrière le chef de salle, attendent leur pitance. C'est dimanche, ils ne travaillent pas et reçoivent hélas un petit-déjeuner en conséquence, moins calorique, au lieu du mélange de riz et de maïs quotidien.

« Vous avez droit à un bol de riz avec du maïs les jours de travail. Quand vous êtes au repos, vous n'avez pas besoin d'autant de calories. »

C'est la règle édictée par le lieutenant-colonel médecin du bagne. Moins gradé que le directeur du lieu, il exerce le pouvoir quotidien avec plus de perversité. Les détenus le surnomment « Gueule d'hippopotame » à cause de sa tête en forme de grosse papaye, le front bas, minuscule et les mâchoires énormes.

Les quatre-vingts prisonniers s'alignent. Cu Den est derrière Thanh, qui sent son souffle dans ses cheveux. Le bras de son ami, quand il le tend pour se faire servir, frotte légèrement le sien. Sensation familière, amicale…

Cu Den intervient lorsque Thanh reçoit sa part :

— Tu lui as donné le bout d'une racine, donne-lui cet autre morceau, là, en plus, fait-il avec un geste du doigt.

Le chef de salle s'exécute sans lever les yeux. Thanh retourne à sa place, à côté de la petite ouverture dans le mur qui donne sur l'autre paroi de la faille rocheuse. Tout en mangeant, il regarde flotter les lambeaux de brume. Les rayons du soleil, encore faibles, ne réchauffent pas l'atmosphère. L'humidité monte de la rivière au fond du vallon, épaississant les nuages cotonneux.

Cu Den lui donne un coup de coude dans le dos :

— Qu'est-ce qui t'obsède ? Pourquoi fixes-tu cette montagne, printemps comme hiver ?

— Si je ne regarde pas dehors, je dois regarder dedans, alors ?

— Tu n'aimes pas les humains ? Tu préfères la nature ? De toute manière, c'est avec les hommes que tu es obligé de vivre.

— Tu n'as jamais entendu parler des ermites ?

— Non, qu'est-ce que c'est ?

— Ce sont des gens qui fuient la société humaine, parce qu'ils en ont assez, ou qu'ils la redoutent. Ils choisissent de vivre dans des endroits inaccessibles, en haut d'une montagne, dans une grotte, dans le désert ou au fin fond de la jungle.

— Ah ? Première fois que j'en entends parler. Dans mon village, l'endroit le plus isolé est la pagode sur une colline, à deux kilomètres des habitations. Deux kilomètres, ce n'est rien, on y est en un clin d'œil. Quand j'étais gamin, j'allais souvent y voler des fruits. Le verger était si vaste : des goyaviers, des longaniers, des jaquiers, des pamplemoussiers de toutes sortes ! Et pour tout surveiller, il n'y avait qu'un vénérable et un vieux moine.

Fixant le visage rugueux de Cu Den, Thanh sourit :

— Je disais ça comme ça ! Les ermites, c'est bon pour les romans de cape et d'épée ou les contes de fées. Nous ici, nous n'avons pas le droit de vivre avec ces fantasmes.

— Conneries ! rétorque Cu Den qui se met à rire aux larmes, faisant se retourner les autres détenus.

Après quoi il déclare, très satisfait de lui :

— Oui, conneries ! Effectivement, nous sommes en taule, et quelle taule ! Les travaux forcés ! Notre vie est une interminable coulée de merde. Pourtant, si on se trouve bien à plaindre quand on regarde vers le haut, quand on regarde en dessous de nous, ma foi, on en voit qui barbotent encore plus profondément dans le gouffre, de plus misérables que nous !

— En effet.

Silence. Les deux hommes pensent simultanément à une femme : Pham thi Lan. Une jeune femme de vingt-sept ans, condamnée à mort. Son exécution est pour bientôt. Ils le savent depuis deux semaines et, dans le bagne, on ne parle plus que de ça.

— C'est pour quand ? demande Thanh après un long silence.

— J'ai entendu dire : lundi.

— Lundi ? Mais c'est demain ! Pourquoi si vite ?

— Tu crois qu'on peut multiplier à l'infini les repas spéciaux ? dit Cu Den avec un regard indulgent. Petit chiot, va ! Tu resteras toujours un gosse qui n'a qu'une envie, se blottir dans les jupes de sa mère. Ici, il n'y a qu'un unique «dernier repas» ! Comme c'est une femme, elle a droit à un repas supplémentaire aujourd'hui. C'est déjà pas mal !

— Pourtant, il me semble que les condamnés à mort ont droit à trois jours de repas spéciaux avant leur exécution.

— Sans doute dans les autres taules. Ici, avec Gueule d'hippo, il ne faut pas rêver. Mais bon, je te laisse à tes méditations. Je vais chercher à boire. Ils ont mis trop de sel dans le manioc aujourd'hui !

Cu Den s'éloigne en direction des autres détenus. Thanh reste devant la petite fenêtre, une ouverture carrée de trente centimètres de côté, fermée par deux barreaux de fer en croix. Le mur extérieur comporte quatre «fenêtres» de même taille, à environ cinquante centimètres du sol, situées à égale distance les unes des autres. Les détenus peuvent y venir respirer et admirer le paysage. Aucun espoir de s'évader, en revanche. Le bâtiment carcéral, en bordure d'une faille rocheuse, a été construit selon les plans d'une architecture semi-enterrée. Les murs sont en gros moellons et en ciment. Dépassant de terre d'un mètre vingt, ils pénètrent dans le sol à une profondeur d'un mètre environ. La première section est large de quatre mètres, juste assez pour aligner deux rangées de planches servant de lits à même le sol, séparées par un passage. Ce dernier mène aux latrines et aux douches installées en plein milieu, délimitant ainsi cette première salle, dite «extérieure», du bâtiment carcéral. Ensuite vient la deuxième salle, dite «intérieure», où s'entassent le même nombre de prisonniers dans un espace équivalent en surface, mais beaucoup plus sombre et étouffant. Le mur du fond est directement taillé dans la roche et le mur latéral comporte quatre ouvertures donnant sur la paroi rocheuse d'en face, vertigineusement haute, distante de deux doigts. Autant dire que les détenus de cette section-là ne voient pas un rayon de soleil, ne peuvent apercevoir le moindre nuage ni la moindre petite feuille verte.

Thanh est reconnaissant au destin de l'avoir placé dans la partie extérieure. Malgré une vie désormais consignée dans l'obscurité, aussi interminable qu'une canalisation d'égouts, les détenus de la salle extérieure restent néanmoins plus proches de la sortie, à l'opposé du sinistre mur creusé dans la roche du fond. De plus, ils entrevoient quelques rayons de soleil à travers les quatre «fenêtres». Leur mur donne sur un vide conséquent, surplombant un grand vallon creusé par une rivière qui descend de l'est et se brise sur la paroi rocheuse pour se tordre comme un hameçon, en une courbe pittoresque. C'est une rivière au débit important, dont on entend l'eau couler même pendant la saison sèche. Pendant la saison des pluies, elle se transforme en torrent impétueux et bruyant. Mais surtout, le dimanche matin comme aujourd'hui, on peut contempler la brume qui s'élève du fond de ce ravin.

Cu Den a raison. Notre sort est préférable à celui des autres, ceux qui sont sur l'autre rive !

L'autre rive est réservée aux condamnés à mort.

Aucun des forçats ni, a fortiori, des «droit commun», n'a encore aperçu leurs cachots. Les condamnés à mort n'ont pas le droit d'entrer en contact avec quiconque. Ils sont donc un mystère. Leur vie en ce lieu est semblable à une pente raide aboutissant au vide, à un précipice invisible où l'on passe directement de la vie à la mort. Cette comparaison n'est pas de Thanh, mais de Cu Den, le plus inculte parmi la centaine de forçats ici présents.

Thanh se rappelle nettement ce premier dimanche où, appuyé à la fenêtre, il avait entendu le grincement des roues de bois sur le gravier. Cu Den lui avait dit que c'était le chariot à buffles qui amenait les condamnés à mort. Les chariots à buffles sont le seul moyen de locomotion entre le camp principal et ici. Le bruit s'était arrêté, le véhicule avait dû trouver un endroit assez large pour faire demi-tour, puis le grincement des roues avait repris avant de disparaître dans le lointain. Thanh avait compris que le chariot avait débarqué ses prisonniers pour s'en retourner au camp principal. En effet, quelques instants plus tard, on entendait les gardes :

— Veuillez passer par là, sur ce pont. Votre nouvelle demeure est de l'autre côté du ravin.

Plus de doute possible, c'étaient des condamnés à mort qu'on amenait à leurs quartiers. Seuls ceux ou celles-là ont le privilège de recevoir des ordres tournés aussi poliment, donnés d'une voix si douce. Les gardes ne leur hurlent pas «merdeux», «connards», ou «chiens galeux», «déchets de la société», etc., comme ils ne se privent pas de le faire avec les forçats et autres droit commun. Est-ce par affection ? Ou par compassion, conscients qu'ils sont que la mort est notre destination finale à tous ?

Thanh, Cu Den et les autres avaient tendu l'oreille, guettant le moindre son à l'extérieur.

— Marchez au milieu du sentier. Attention, ça glisse !

Froissement de feuilles mortes. Par l'ouverture, on ne voyait rien. Le pont qui relie le pénitencier au quartier des condamnés à mort est une sorte de passerelle, non de bambou, mais de bois renforcé par des attaches en fer, et il est situé assez loin du camp des forçats. Les détenus, quand ils travaillent dehors, ne l'aperçoivent entre le dense feuillage des arbres que par beau temps. L'escorte des condamnés à mort se compose souvent de quatre gardes costauds, dont deux tiennent en menottes les condamnés. Sur l'étroite passerelle, en file indienne, ils agrippent fermement le parapet pour prévenir des suicides. Les forçats imaginent toujours la scène dans un grand silence ponctué de brefs commentaires.

Quand les bruits de l'escorte laissèrent enfin place au grondement du torrent, un silence tomba dans la geôle. Thanh était toujours collé aux barreaux de la fenêtre. Cu Den s'était allongé sur sa planche. Après un long moment, il dit :

— Notre vie à nous est un tuyau bouché à un bout. La leur est bouchée aux deux. Voilà pourquoi les gardes les ménagent.

— Que veux-tu dire ? demanda Thanh, pressant.

Cu Den fronça les sourcils :

— Tu es le plus cultivé ici, tu te fiches de moi ?

— Non, ne te méprends pas ! Je suis nouveau ici, je ne connais pas encore tous les usages.

— Tu n'as pas remarqué comme les gardes sont aux petits soins avec les condamnés ? C'est parce que leurs jours sont désormais comptés. Comme un galet qui roule sur une pente, chaque jour passé les rapproche un peu de la mort.

— C'est vrai ! Tiens, tu es illettré mais tu parles bien ! Tu ne le sais pas ?

Cu Den grommela quelques mots. Thanh, en revanche, se rendait compte que, jusqu'alors, obnubilé par son propre sort, il n'avait pas eu une seule pensée pour les autres. Son compagnon de cellule, même inculte, avait bien décrit le destin de ces malheureux. Ce qui leur reste de vie est à la mesure de la profondeur de ce ravin et leur destin est tel un galet tombant inexorablement vers le fond, dans une trajectoire imposée par la loi de la gravité.

Depuis le dimanche en question, la vie de ces condamnés à mort, de l'autre côté de la faille, n'avait cessé de l'obséder. Parfois ça le consolait, parfois ça lui pesait. Seule sa curiosité restait constante. La vie d'un bagnard est ainsi faite. S'il n'est pas occupé à humilier ou à essayer de tuer quelqu'un, quelle autre distraction ? Comme la plupart des forçats, ceux qui ne prendront jamais le pouvoir pour devenir le « seigneur » de la geôle et se contentent de survivre placidement, Thanh essaie de percer le mystère des condamnés à mort. Bien évidemment, personne ne peut ni ne souhaite voir le visage de ces infortunés, mais tout le monde peut s'informer auprès des gardes, profitant d'une journée de travail aux étables, dans les champs de manioc ou les plantations de canne à sucre. Ou lors des déplacements de quelques semaines en forêt pour les corvées de bois. Les gardes ne sont pas des anges, mais ils subissent eux aussi l'emprisonnement. Pour gagner leur bol de riz, ils doivent vivre en communauté avec des détenus de toutes sortes, observer leurs visages soumis ou haineux, respirer le même air vicié, dans un lieu excluant toute relation humaine sincère. Leur cruauté à l'égard des prisonniers est une revanche sur leur propre sort, un exutoire à ce désespoir qu'ils ne peuvent définir. Mais passés les moments où ils déchaînent leurs instincts violents et jouent de leur pouvoir d'humiliation, ils sont bien obligés de revenir à la cohabitation quotidienne. Qu'ils le veuillent ou non, tous vivent ensemble. Qu'ils le veuillent ou non, prisonniers et gardes armés partagent une existence faite d'une interminable succession de pluies tropicales, de brumes montagnardes, de travaux pénibles et de tourments sans fin, sans aucun espoir d'y échapper. Du fait de cette promiscuité, il arrive aux gardes de se rapprocher de leurs prisonniers, de discuter avec eux et… d'enfreindre les règles, car ils restent des êtres humains. Les forçats parviennent ainsi à obtenir quelques informations sur ces malheureux emprisonnés de l'autre côté de la faille. La condition de ces derniers est un mystère obsédant, hypnotique, qui se matérialise dans des regards fantomatiques entraperçus à travers les feuillages de l'autre rive, l'horrible cri des vautours les après-midi de torpeur, ou les gémissements pleurards des singes nuit après nuit.

Ils savent que les malheureux vivent dans un bâtiment semi-enterré comme le leur, mais plus sombre et sinistre encore. L'entrée est dissimulée derrière des arbres denses. Le chemin pour y arriver serpente dans la forêt pour ne dévoiler aux yeux que l'accès à la passerelle, là où la futaie est plus clairsemée. Ce sentier très étroit ne permet qu'à une personne de passer de face, contrairement aux chemins du camp principal, larges de quatre ou cinq mètres et où peut rouler une automobile, et à ceux du camp des forçats qui, larges de deux mètres, laissent encore passer les chariots à buffles convoyant les prisonniers malades ou morts.

On dit que la porte principale du bâtiment des condamnés est constituée de plusieurs couches de tôle épaisse et extrêmement lourde. Il faut deux hommes vigoureux pour l'ouvrir. Celui qui dirige le quartier des condamnés à mort est, paraît-il, un officier supérieur, sans doute d'un grade plus élevé que celui du quartier des forçats, mais du même âge, la quarantaine.

Les prisonniers de droit commun n'ont pas le droit de communiquer avec les forçats et ces derniers ne peuvent pas parler aux condamnés à mort. C'est le règlement. La curiosité étant humaine, Thanh sait que les droit commun les observent de loin. La raison en est simple : pour accepter son misérable sort, il faut regarder vers plus malheureux que soi.

Dans ce camp, les condamnés à mort sont les moins nombreux. Ensuite viennent les forçats, puis les droit commun, plus de quatre mille, concentrés dans la zone principale. Cette partie du camp, installée au creux d'une large vallée, comporte des puits et d'énormes réservoirs d'eau. Elle est assez vaste pour permettre aux véhicules de circuler entre les rangées de baraquements. On y trouve tout un complexe : ateliers de menuiserie, fabriques de papier, raffineries de sucre, ateliers de confection et de mécanique, baraques de chantier. La majorité des prisonniers qualifiés travaillent là. Grâce à leur labeur, la vie des gardes devient plus supportable. C'est-à-dire que, leurs salaires ne couvrant leurs besoins que dix jours par mois, ils vivent le reste du temps sur le dos des bagnards.

Le bagne est situé dans une région montagneuse et couverte de forêts, mais des convois de camions font

la navette avec la ville. Au départ du camp, ils sont
chargés de meubles, de sacs de sucre, de rouleaux
de papier et de cartons de vêtements. Au retour, ils
rapportent vivres, fruits et légumes frais, boissons
et autres marchandises. Tous, gardes et prisonniers,
savent d'où vient l'argent. Il semble évident que les
prisonniers doivent satisfaire leurs besoins minimaux
pour garder corps et esprit en bon état de marche.
Ils sont donc nourris convenablement, ont le droit de
recevoir des colis de leur famille, de porter les vêtements d'appoint qu'on leur envoie, et même de faire
un peu de sport. Le camp possède depuis longtemps
un terrain de football, quelques terrains de volley et
de basket. Il y a deux ans, comme l'atelier de menuiserie rapportait gros, les prisonniers se sont vu octroyer
en plus une dizaine de tables de ping-pong neuves
et parfaitement aux normes. Elles sont disposées en
deux rangées dans un espace de loisir qui en semaine
est réservé aux employés et aux gardes, et le dimanche
aux prisonniers. D'un point de vue pénal d'ailleurs, ces
prisonniers ne sont pas forcément des criminels. Outre
des prostitués, des brigands, des contrebandiers, des
violeurs et des dealers, on y trouve quantité de «boat-
people», souvent de bons citoyens, bien intégrés dans
la société, mais qui ne pouvaient plus supporter la vie
horrible dans ce pays. Ils n'ont ni volé, ni exercé de
menace sur quiconque, ni fabriqué des marchandises
de contrefaçon, ils ne sont coupables d'aucun trafic,
bref ils n'ont enfreint aucune loi de la morale humaine.
Ils ont été emprisonnés pour la seule raison qu'ils haïssaient le régime communiste. Il va de soi que, pour eux,
les forçats sont des démons. Thanh sent leurs regards

terrifiés chaque fois qu'il les rencontre. Au début, c'étaient comme des crochets qui lui lacéraient le dos ou des braises ardentes qui lui brûlaient le visage.

Les forçats ! Ces criminels condamnés à vingt-cinq ans minimum, dans les cas les plus graves à la perpétuité ! Ces hommes enchaînés quand ils quittent leur cellule, considérés comme irrécupérables. Des êtres barbares, capables de s'entretuer pour quelques crevettes.

Ces regards sont des juges invisibles, des juges sans robe, sans nom, mais aux verdicts nets et sans appel, prononçant des peines mille fois plus lourdes que les vrais magistrats fonctionnaires. Thanh en est effrayé. Pourtant, avec le temps, il s'est fabriqué une cuirasse pour se protéger.

C'est leur vie, moi, j'ai la mienne. Chaque personne est un monde fermé. Chaque individu est une planète particulière, séparée des autres. Aucune compréhension réciproque n'existe. Aucun jugement n'est pertinent.

Depuis, il ne souffre plus quand il traverse le camp sous les regards curieux et méprisants. Au contraire, une parole de défi le traverse :

Vous pouvez penser ce que vous voulez. Je m'en fiche.

Il sait que cette réflexion intime signifie qu'il s'est accoutumé à sa nouvelle peau, qu'il est sur le point de devenir «un vrai forçat», en paix avec son sort.

Parfois, la nuit, quand il n'arrive pas à dormir, il sourit :

Je suis un forçat. Et alors ? Rien qu'ici, plus d'une centaine de personnes partagent mon sort. En comptant la cinquantaine de bagnes qui existent dans ce pays, le chiffre total ne peut être que monumental.

Pourtant il ne peut oublier définitivement qu'il vivote dans ce cloaque en ciment surnommé «La geôle des six crevettes». L'histoire des six crevettes, chassée maintes fois de son esprit, ne cesse de revenir l'obséder. Avec cette terrifiante question :

— Les hommes sont-ils capables de s'entretuer aussi facilement ?

En se posant la question, il s'exclut de l'espèce humaine en général. Mais immédiatement après, du fond de sa conscience, le même rire méprisant retentit en réponse :

— *Toi, tu es un assassin ! Tu n'es pas différent des autres !*

— *Mais…*

— *Il n'y a pas de «mais» !*

Le même rire martèle mot après mot :

— *Tuer, c'est tuer.*

— *Mourir, c'est mourir !*

— *Une vie est une vie !*

Il proteste, indigné : *Je n'ai pas tué pour voler !*

Pas de réponse. Un silence dédaigneux, ironique. Un silence plus glacial que tout hiver au-dehors.

*

Autrefois le règlement du camp permettait aux forçats de faire leur promenade, libres de leurs chaînes, le dimanche. Il leur était seulement interdit de s'approcher de la passerelle pour lorgner vers le quartier des condamnés à mort, de l'autre côté de la faille. La zone de promenade était limitée au sentier menant au

camp principal, incluant les bois alentour. Les frontières étaient indiquées par des panneaux «Zone interdite».

À l'intérieur de ce périmètre, les prisonniers pouvaient ramasser des champignons, cueillir des herbes sauvages, descendre dans les failles pour pêcher
quelques crevettes ou attraper quelques crabes des
rochers. Ils avaient la permission de consommer sur
place ce qui pouvait être mangé cru. Ce qui devait se
cuire était remis au chef de salle qui le préparait à la
cuisine et en agrémentait les repas.

Sept ans plus tôt, l'hiver avait été particulièrement
rude. Un froid cinglant avait régné en permanence,
doublé de pluies continuelles. Durant un bon mois,
on n'avait pas aperçu le moindre rayon de soleil. L'œil
ne percevait que la montagne et le brouillard. Le
camp ne manquait pas de charbon ni de bois, mais
seuls les droit commun pouvaient en disposer. Les
forçats en étaient privés parce qu'un jour, au cours
d'une rixe, l'un d'eux avait brûlé les yeux d'un autre
détenu avec des braises. Pour se réchauffer, les malheureux n'avaient d'autre choix que de sautiller sur
place comme des criquets avant de s'enfouir sous des
couvertures, à deux sur une même planche. Promiscuité nécessaire à la survie, pour lutter contre ce froid
qu'aggravait encore leur faim.

Le froid et la faim, ces jumeaux inséparables. L'été,
ou pendant les beaux jours d'automne, un bol de riz
mélangé à du maïs et à quelques graines de sésame
salé le matin suffisait pour tenir une demi-journée,
jusqu'au déjeuner, servi par la cantine. Mais à cause
du froid mordant de cette année-là, ils ne tenaient que

deux heures avec un bol de riz. À neuf heures on gre-
lottait déjà et, à midi, les mains étaient devenues aussi
raides et glacées que celles des morts. Les détenus
tapissaient leur torse et leur dos de vieux journaux,
fouillaient la terre à la recherche de fragments de
manioc qu'ils mâchouillaient tout crus, comme des
singes. Ils mettaient à profit chaque seconde de leur
promenade pour chercher des racines, cueillir des
feuilles de meliantha et de chrysanthème sauvage,
ramasser des crottes d'écureuil pour y trouver des
graines, n'importe quoi à se mettre sous la dent, afin
de calmer leurs estomacs gémissants, de procurer
un peu de chaleur à leurs membres frissonnants et
engourdis par le froid. Durant le mois le plus rude,
il y eut jusqu'à quatorze morts. Le chariot à buffles
grinçait en arrivant et grinçait, chargé de cadavres, en
repartant. De cent trente-deux forçats au départ, on
était descendu à quatre-vingt-dix-sept. Le dimanche,
les affamés fonçaient dans les bois pour déterrer des
racines, descendaient dans les trous pour chercher
des crabes. Les plus doués, équipés d'hameçons de
fortune, essayaient de pêcher des crevettes dans la
rivière. Et c'est là qu'avait eu lieu la fameuse histoire
des crevettes.

Les deux pêcheurs se trouvaient à une quinzaine
de mètres l'un de l'autre. L'un était resté bredouille.
L'autre avait attrapé six crevettes, mais ne les avait
pas mangées. Il les avait mises en réserve dans une
petite écope en noix de coco, attendant d'en avoir au
moins dix pour se régaler. Quand on a faim, un simple
bol de riz devient festin de roi. Ces six crevettes

représentaient encore mille fois plus. En posant à nouveau sa ligne, l'homme les regardait avec bonheur se bousculer dans l'écope. L'attente a toujours exacerbé le plaisir. Tout à son activité, il n'avait pas remarqué que son camarade moins chanceux l'épiait depuis un bon moment : il faisait mine de fixer l'eau, mais en réalité, il lorgnait vers l'écope que son propriétaire, tout en pêchant, couvait des yeux. Lui aussi était descendu au fond de la faille pour tremper ses pieds dans la rivière glaciale, lui aussi avait préparé ses hameçons et ses appâts, lui aussi s'était fatigué les yeux à surveiller les lignes. Mais alors que l'autre avait ferré six crevettes, il n'avait rien pris ! C'était la même différence qu'entre une bête repue et l'animal affamé revenant se terrer dans sa tanière, l'estomac vide ; entre un enfant choyé et celui dont personne ne veut, bien qu'ils soient tous deux fils du Ciel et de la Terre. En plus de son humiliation, il avait atrocement faim. Bien sûr, tous les détenus avaient faim.

Mais ici, dans ce ruisseau, il n'y avait que deux affamés coude à coude. Ce qui était certain, c'est que sa faim à lui était dix fois pire que celle de son compagnon qui, à contempler ses crevettes, devait se sentir déjà rassasié. Plus il imaginait la satiété de l'autre, plus il ressentait le vide de son propre estomac. Ses yeux se voilèrent. Il ne vit plus que cette écope flotter devant lui. Six crevettes au corps brillant et translucide, avec des petites queues rayées de noir qui remuaient. Sous leur mince carapace, la chair de crevette, suave, douce, délicieuse et tellement nourrissante. Il l'imaginait broyée entre ses dents, roulant doucement sur sa langue, descendant dans sa gorge. Un élixir. Il coulait,

réveillait son estomac rugissant de bonheur, lui fouet-
tait le sang. Un sang fort, puissant, rouge vif ! et non
ce pâle liquide qui, avec cette faim et ce froid, circulait
à peine dans ses veines.

Une fois ces six crevettes avalées, ses os et ses muscles se réchaufferaient, ses artères et ses veines, si flasques, se gonfleraient subitement. Il avait besoin de ces
six crevettes ! Il avait besoin de vivre !

Délaissant ses lignes restées sans touche depuis des
heures, il fouillait des yeux la rivière sous ses pieds.
Des cailloux innombrables en tapissaient le fond. De
toutes tailles, petits comme le bout du doigt, gros
comme un pamplemousse, de toutes les couleurs,
blanc transparent, blanc opaque, gris, marron… Il en
choisit un en forme de mangue, couleur rouille, celle
des vêtements qu'il portait avant sa peine. Il en estima
le poids et la force contondante. Le dissimulant dans
son dos, il s'avança vers son compagnon :

— Combien t'en as eu ?

— Six ! D'ici midi, je suis sûr d'en attraper quelques
autres, répondit joyeusement l'homme en se retournant. Et toi ? Combien…

La question s'interrompit et n'eut jamais de réponse.
En une fraction de seconde, l'agresseur avait frappé
de toutes ses forces le crâne de son compagnon, dans
les règles de l'art des assassins : au sommet du crâne
ou à l'endroit du trou occipital. Le malheureux mourut sur-le-champ, tenant encore sa ligne dans la main.
L'assassin s'empara fébrilement de l'écope, regarda les
crevettes gigoter dans l'eau pendant un long moment
avant de les prendre une par une pour les mettre dans
sa bouche et les mâcher avec délice.

Évidemment, tout se sut à midi. Le chef des gardes fit venir le meurtrier auprès du cadavre laissé dans le ruisseau, pour qu'il lui raconte les détails. Tous les forçats durent assister à l'interrogatoire et aux aveux. Une pièce de théâtre doit avoir des spectateurs. Après les aveux, le meurtrier fut mis au trou. Trois jours plus tard, on entendit trois coups de feu, de l'autre côté de la faille. L'homme avait payé pour son crime. Condamné sans procès, il n'avait pas eu droit au fameux « dernier repas ». Il n'y avait même pas eu de peloton d'exécution, car il faisait partie de ces « cas particuliers à la discrétion du directeur du camp ». On l'avait emmené au pied de la montagne et on l'avait exécuté de trois balles de revolver dans la tête. Simple et rapide. Le nombre de forçats descendit à quatre-vingt-quinze.

Dès lors, les forçats n'eurent plus la permission de sortir le dimanche. N'étant pas sous le même régime que les droit commun, le volley et le basket dans l'aire des loisirs du camp principal leur furent également interdits. En compensation, le chef des gardes fit distribuer quatre jeux de cartes, quatre jeux de petits chevaux et quatre échiquiers. Ce n'était que du carton sur lequel on avait tracé des lignes, pourtant les paris et les jeux allaient tellement bon train que certains perdaient jusqu'à plusieurs taels d'or. Dettes purement orales bien sûr, à honorer plus tard, une fois les intéressés sortis de taule. Les débiteurs ne devaient pas moins se plier aux exigences des créditeurs, qui en fixaient les montants. Cette « loi » fut découverte quelques mois après et le chef des gardes, en représailles, mit tout le monde au riz et à l'eau pendant deux semaines. Depuis, les gains en or ou en argent avaient été remplacés par des gifles, des coups de pied aux fesses, ou des séances où le perdant servait de monture au gagnant pour faire le tour de la cellule.

L'hiver et le froid finirent par s'en aller. Le printemps arriva, il plut sans discontinuer. L'humidité fut telle que les habits, une fois lavés et suspendus, n'arrivaient pas à sécher même après plusieurs jours. On dut autoriser leur séchage dans la cuisine du camp, directement face aux foyers de charbon. Les plus faibles attrapaient des pneumonies. Quatre en succombèrent ce printemps-là, il resta quatre-vingt-onze détenus.

Pendant les cinq années suivantes, il n'y eut plus d'hiver aussi rude et la mortalité du camp des forçats se stabilisa. Avec les nouveaux venus, l'effectif fut de soixante-dix-sept et quand Thanh arriva, le nombre de forçats s'élevait à soixante-dix-huit.

L'histoire des «six crevettes», à l'origine des interdictions du dimanche, alimentait sans cesse les conversations de nos pensionnaires bloqués entre quatre murs. Quand l'ennui se transformait graduellement en tension, quand les jeux divers ne pouvaient plus combler le vide sidéral du temps qui passe, quand la patience s'épuisait, quand enfin la résignation touchait à ses limites, les hommes tombaient dans un état de nervosité extrême, prêts à s'entretuer.

Surtout les jours de pluie. Pluie tropicale. Vent de montagne. Le vacarme des trombes d'eau, le sifflement du vent dans les failles rocheuses, le hurlement des singes, ainsi que l'air saturé d'eau et de l'odeur des feuilles mortes en décomposition, emplissaient la prison. Sans compter l'invasion des insectes et des escargots. Les escargots ! Ils pullulaient et grimpaient le long de la roche en suivant les lianes pour entrer dans la cellule. La salle extérieure était moins envahie mais, chaque jour, il y en avait quand même quelques grosses dizaines qui entraient par les fenêtres. Le jour, on les voyait assez pour les attraper et les jeter dehors. La nuit, en revanche, ils grouillaient librement : sur les murs, le sol, les planches, les bras, les jambes et les visages. L'espace entre les planches était colonisé non seulement par les escargots, mais aussi par toutes sortes d'insectes et de rampants, serpents et scolopendres. Pour toutes ces raisons, plus il pleuvait, plus le sang des détenus bouillait. On aurait dit que le bruit de cette pluie torrentielle, soudain, suffisait à ramener les prisonniers à l'âge des cavernes. Les plus faibles devenaient les souffre-douleur des divers « seigneurs » de cellule qui, après les avoir bien humiliés, fulminaient contre le « meurtrier aux six crevettes ».

— Putain ! Pour six crevettes, il rate le dernier repas ! Ce type est un connard, quelle cervelle de porc ! La femme qui l'a mis au monde devait se nourrir de paddy et non de riz. C'est à cause de toi, sale con, qu'on doit endurer cette torture !

— Je jure sur vos têtes que le jour où je descendrai en enfer, je trouverai ce chien et je le massacrerai une deuxième fois !

C'est dans ces moments où la parole se libérait que Thanh eut connaissance de l'histoire. Peu à peu, il apprit plus de détails sur la vie du meurtrier et de sa victime. Dans un bagne, où le temps est une denrée si abondante qu'il en devient insupportable, aucun secret ne dure. Les « seigneurs » n'utilisaient cette histoire des six crevettes que pour se défouler en crachant leur haine. Pour Thanh, en revanche, elle était devenue une obsession. Mille fois, il l'avait chassée de son esprit mais chaque fois lui revenait l'image de celui qui avait tué pour manger.

Je suis ici entre ces quatre murs, en compagnie d'autres hommes. Nous sommes tous de la même espèce. Ce n'est pas par hasard qu'on a surnommé cette prison la geôle des six crevettes.

*

Un été et un automne ont passé depuis l'arrivée de Thanh.

L'hiver s'annonce. Depuis deux semaines, les ailes opalines du brouillard survolent l'horizon au soleil couchant, pressant les oiseaux de regagner leurs nids. Aujourd'hui, cette nappe mince et flottante s'est transformée en couche de nuages immenses, s'érigeant telles des murailles immaculées. Plongé dans la contemplation de cette métamorphose fantastique, Thanh a oublié la prison. Mais le soleil se lève et, de l'autre côté de la rivière, les arbres émergent de l'ombre. L'histoire des crevettes lui revient, chargée d'un obscur ressentiment.

Je fais partie de ces forçats qui sont la lie du bagne. Les autres prisonniers nous regardent de haut. Ils doivent penser que je suis tout à fait capable, moi aussi, de tuer pour m'accaparer la pêche d'un autre.

Il pousse un gros soupir.

Sans doute ce dernier a-t-il été bruyant, car Cu Den se retourne :

— Qu'y a-t-il, gamin ?

— Rien, répond Thanh, puis voyant son ami en train de jouer aux échecs : Tu ne te concentres pas sur ton jeu ? Tes oreilles traînent ?

— Ne détourne pas la conversation. Qu'est-ce qu'il y a ?

— Je pensais à demain lundi, et…

— Compris ! N'y pense plus ! Ça ne sert à rien ! Tu n'es pas le directeur du camp, ni le père de Gueule d'hippo. Et même si tu étais amoureux de cette Pham thi Lan, tu ne pourrais rien faire pour elle. Le mieux, c'est de venir jouer avec moi.

— Je suis nul à ce jeu. Même en restant planté vingt ans à regarder les joueurs, je serais toujours aussi nul.

— D'accord, mais ne soupire plus ! Ce sont les femmes qui soupirent, et ça m'énerve.

Cu Den reprend son jeu.

Thanh considère la silhouette aux cheveux ébouriffés, aux épaules de lutteur.

Un vrai tyran. Mais un tyran au grand cœur.

Il détourne aussitôt son regard vers l'autre bord de la faille rocheuse, mais malgré tous ses efforts pour faire le vide, la pensée revient, ondulante et silencieuse comme une vipère en chasse ou un cerf-volant atterrissant sur l'herbe.

Pas comme toi, traître ! Tu es un traître, Phu Vuong, fils du poète fou des collines d'eucalyptus…

Il ne peut fuir son destin.

Phu Vuong !

Comme à l'accoutumée, ce prénom lui point les entrailles, réveille une voix au fond de son âme :

— *Oublie ! Oublie !*

La voix l'adjure, pressante et raisonnable :

— *Tu dois oublier ce prénom, cette personne, ainsi que tout ce qui lui est lié, de près ou de loin. Pour ta survie.*

— *Je le veux, mais je n'y arrive pas !*

— *Phu Vuong n'existe plus ! Il est dans l'au-delà et il y est mille fois plus heureux que toi ! Tu n'as aucune raison de te souvenir d'un salaud. Aujourd'hui ce n'est plus qu'un fantôme mais, armé de toutes les ruses d'un fantôme, il peut encore te torturer. Tu dois te ressaisir et lutter contre toutes ses tentatives de sape et de culpabilisation. Oublie ! Il te reste vingt-cinq ans pour le faire et ensuite vingt-cinq ans pour vivre. Oublie-le !*

— *Oublie !*

C'est un cri ! Un hurlement ! Impérieux tel un ordre, désespéré tel le gémissement de celui qui va sauter d'une falaise.

Oublier est impossible.

Comment oublier que, par-delà le ravin, camouflé dans la jungle, se trouve le quartier des condamnés à mort ?

Impossible comme son vœu. Vœu de devenir un autre homme, avec un autre corps, une autre âme, d'autres yeux et un autre cœur. Un vœu chimérique !

Posant son menton sur le ciment frais dans l'espoir d'anesthésier sa douleur, Thanh se demande à quoi doit ressembler sa tête vue du dehors, au milieu de cette fenêtre.

Une tête coupée. La tête d'un homme décapité. Comme celles des révolutionnaires guillotinés lors du soulèvement anticolonial du groupe Hoang Hoa Tham, sous l'occupation française. Blêmes, les cheveux ras, les lèvres pincées et encore frissonnantes, les yeux remplis de haine qui refusaient de se fermer, et jetées négligemment par le bourreau dans des paniers d'osier. Ou encore comme les têtes de ceux qui avaient conspiré contre le roi, ces têtes bouffies ou desséchées, exhibées sur des piques en plein marché, pour servir d'exemple ou pour terroriser le peuple. Elles se décomposaient sous le soleil tropical, grouillantes d'asticots, empestant à des lieues à la ronde.

Un froid glacial lui descend le long de l'échine. Il appuie plus fortement son menton, jusqu'à en avoir mal.

La tête d'un combattant du groupe Hoang Hoa Tham vaut mille fois la tienne, car elle est le prix de la révolte d'un esclave. Même la tête d'un conjuré qui veut renverser le trône vaut plus que la tienne, car c'est celle d'un héros qui a eu assez de clairvoyance et de courage pour oser mépriser un tyran, assez d'énergie pour servir ses propres ambitions. Ta tête à toi ne vaut rien ! C'est une comparaison inepte !

Thanh ferme les yeux. Une douleur venue du cœur se répand dans ses membres tandis que le froid du ciment l'envahit lentement à partir du menton. Il a tellement mal. Si seulement il pouvait pleurer. Les larmes chaudes et salées seraient un baume apaisant. Mais hélas, il n'en a plus. Et elles sont toujours de trop dans un bagne.

« Ici, il n'y a plus que le rire. Les larmes, c'est de la pisse de femme ou de droit commun. » Voilà ce que proclament les « seigneurs » des cellules de forçats.

Thanh ne leur donne en rien raison, mais, sachant que son ami Cu Den est du même avis, il ne veut pas le contredire. La résistance et l'indifférence sont nécessaires ici. Elles sont la fierté inaliénable de tous les condamnés aux travaux forcés.

Apportent-elles un sens à leur survie ?

Jamais encore il n'avait seulement tenté de répondre à cette question. Pas plus qu'il ne l'avait posée à Cu Den, qui répétait à longueur de temps :

— Notre vie est une longue coulée de merde, sans fin...

Il n'a jamais versé une larme. S'il voyait Thanh pleurer, ce colosse sauvage le regarderait de ses gros yeux étonnés et rugirait :

— Qu'est-ce que tu as à pisser ainsi ? Arrête immédiatement ! Arrête ou je te flanque une gifle !

Et ce serait la seule réaction possible. À part Cu Den, il y a là plus de soixante-dix détenus, des étrangers, capables de dominer comme d'être dominés. En le voyant pleurer, ils seraient tentés de l'écraser.

Ici, c'est le bagne, il n'y a que des forçats et des condamnés à vie, la lie de la société. Ne l'oublie pas ! se dit Thanh.

Il essaie de regarder en direction de l'autre rive.

Le soleil matinal est passé du blanc ivoire au jaune pâle, caressant la cime des arbres. La vapeur monte moins dense du ruisseau en contrebas. Les vaguelettes de brume au-dessus de la faille se dissipent également, peu à peu. Ce ne sont plus ces gigantesques boules de coton blanchâtres, mais un filet translucide voletant sur la canopée.

Dans ce jeu de lumière féerique, le vert foncé de la jungle, le vert moisi des failles rocheuses, le vert un peu luminescent des bourgeons se révèlent aux regards, ondoyants et fantasques. Puis cette immense symphonie en vert s'empare de Thanh et le ramène aux collines de son enfance. Les Vertes Collines de sa ville natale, Lan Giang.

2

Les collines de l'enfance

Sa mère, maîtresse Yên, avait coutume de dire avec fierté :

— Notre ville est tout à fait banale. Mais son fleuve Thuong et ses collines au nord hantent la nostalgie de ceux qui la quittent.

Nostalgie. Terme si poétique dans la bouche d'une professeure de mathématiques. L'a-t-elle appris de son mari tant aimé, ce bel homme cultivé, maître Thy ? Thanh se l'était demandé maintes fois sans trouver de réponse.

Lui n'a pas beaucoup de souvenir du fleuve puisqu'il habitait au nord et que le fleuve coule au sud. Personne n'aurait traversé toute la ville juste pour aller s'y baigner, d'autant que la piscine du centre sportif était beaucoup plus proche du centre. Et puis, après un bain, il est plus agréable de trouver rapidement une échoppe pour se remplir l'estomac. En revanche, les collines du nord lui rappellent tellement son enfance. Elles ont bercé son enfance, si on peut l'exprimer ainsi.

Les citadins recherchent la montagne ou la mer, parce que la nature leur manque. Aussi attendent-ils impatiemment le dimanche pour fuir vers la banlieue et se plonger dans le vert de la chlorophylle, respirer le parfum des herbes et des fleurs, se laisser charmer par le bruissement des arbres. Ils essaient de combler ainsi le vide de leur quotidien. Thanh n'a jamais ressenti ce besoin. Lan Giang n'était pas une grande ville, partout l'on y trouvait encore des marques de ruralité : chaque maison possédait un petit jardin où poussaient quelques légumes et plantes vivaces. Même les habitations les plus exiguës s'arrangeaient pour avoir un carré de terre et y loger quelques rosiers, deux pieds de grenadiers nains. Au moins de quoi rappeler l'odeur d'une plante, le mouvement d'une feuille verte dans le vent ou le vol d'une abeille, d'un papillon, afin de ne pas sombrer dans la déprime urbaine.

La demeure de la famille de Thanh possédait un jardin. Un vrai grand jardin, un verger prestigieux rapportant chaque année un revenu si important que les voisins en étaient jaloux. Il y avait là des profusions de jaquiers, de longaniers, de pommiers-cannelle et surtout de pamplemoussiers. Des pamplemoussiers de toutes sortes : à fruits sucrés ou acidulés, à chair jaune ou rose. Ces fruits étaient de très bonne qualité et valaient bien plus que ceux des autres vergers. Au moment de la récolte, maîtresse Yên louait quelques mains. Le parfum des pamplemousses envahissait alors la propriété, devenue un chantier en pleine activité. Des monticules gigantesques de fruits occupaient toute la cour, débordaient jusque dans la cuisine et le salon en attendant d'être chargés dans les camions.

Thanh n'oubliera jamais leur parfum, fragrance éthérée et pure, avec cette pointe d'âcreté si agréable provenant de la peau des fruits écrasés. Il se rappelle la couleur du soleil au crépuscule, dorant tous ces arbres après la récolte. Ces arbres désormais dépouillés, les branches dégarnies, comme des mères dont les enfants sont partis. Quand il avait quatre ou cinq ans, il restait ainsi, dans la cour, à les regarder avec une vague compassion.

Il y avait aussi le parfum de la lotion que sa mère utilisait pour le laver quand il était petit, une infusion de peaux de pamplemousse séchées et de feuilles de pamplemoussiers, mêlées à d'autres herbes aromatiques.

Pourtant, ce verger occupait moins de place dans sa mémoire que les collines en dehors de la ville, que les habitants de Lan Giang, romanesques, appelaient les « Vertes Collines ». Un verger ou un jardin, aussi grand soit-il, est toujours délimité par des haies ou des palissades. Les jardins privés sont dessinés au centimètre près sur les plans cadastraux. Thanh ne trouvait pas dans son verger cette immense sensation de liberté, parce qu'il savait jusqu'où allaient les haies d'acanthes, où poussaient les pommiers-cannelle, quelle parcelle était envahie par les branches des longaniers du voisin, à quelle grosse branche du vieux jaquier s'était pendue madame Kiêu Chinh, la seconde épouse de son grand-père. Dans les collines qu'il s'épuisait à parcourir en long et en large, en revanche, il n'y avait pas de barrières pour l'empêcher d'aller plus loin s'il ne voulait pas être pris pour un gamin venu chaparder des fruits.

Les Vertes Collines étaient à cheval sur le territoire de Lan Giang et le district voisin de Dôi Xa. À
l'époque féodale, c'était une forêt sauvage, pas assez
dense cependant pour abriter de grands animaux
tels que tigres, ours ou sangliers, ni assez peuplée
pour qu'on y trouve des villages. En revanche c'était
le royaume des renards, des écureuils, des chats
errants, des chiens abandonnés et surtout des vagabonds. Quelques gargotes jalonnaient alors ce qui
allait devenir la rue principale de l'actuelle Dôi Xa,
rendez-vous des bandits de grands chemins, des
assassins et des soldats impériaux en vadrouille. Il en
fut ainsi sous la dynastie Lê puis sous les seigneurs
Trinh, jusqu'à la venue des Français. Les soldats français n'étaient ni téméraires, ni familiers des sentiers
tortueux, comme l'étaient les vagabonds, mais ils
possédaient des armes qui crachaient l'enfer, beaucoup plus efficaces que les mousquets, pistolets, poi-
gnards ou machettes des truands. Dès qu'ils eurent
érigé leur poste, les gargotes louches furent donc
démolies, incendiées ou détruites. Puis le chemin de
fer et les gares firent leur apparition, et les échoppes poussèrent comme des champignons partout où
le sifflet du train retentissait. Le bourg de Dôi Xa
prit forme. Les commerçants ouvrirent des échoppes entourées de cabanes sommaires. Durant toute
l'époque de la résistance anticoloniale, ces masures
pullulèrent malgré les bombes et les « campagnes de
pacification », car les gens devaient bien vivre. La
forêt sauvage laissa place aux plantations de thé, de
coton, de canarium, aux vergers de kakis, de jaquiers
et de pamplemoussiers.

La première fois que Thanh mit les pieds dans les Vertes Collines, la plupart de ces essences avaient été remplacées par des eucalyptus, parfaitement inutiles et qui se révèlent être de terribles destructeurs des sols. Cette décision imbécile émanait du gouvernement, personne n'avait donc osé la contester. L'ineptie dura vingt-cinq ans, le temps que le prestige de l'État se fissure et que son éclat se ternisse. Le peuple put alors émettre son avis. Il fallut encore attendre sept ans avant que la presse n'en parle. Thanh, qui était un jeune enfant encore, ne savait rien de tout cela. Il constatait seulement que les collines d'eucalyptus étaient plus propres et plus ombragées que les plantations d'arbres fruitiers. Le tronc de l'eucalyptus est frêle, de couleur ivoire. Son feuillage est plutôt clairsemé. Ses feuilles n'ont pas ce vert soutenu du jaquier, du pamplemoussier ou du bananier, si caractéristique des pays tropicaux. Elles ont plutôt la couleur de l'amande, un vert léger, distrait, teinté de bleu ciel, duveteux comme la peau des pêches mais scintillant au moindre rayon de soleil. Élancé, avec sa ramure souple et nervurée, l'eucalyptus attend avec exultation la brise pour entamer sa danse. Ses frondaisons entonnent alors un chant sophistiqué, un chant à part dans le concert des arbres. De plus, les forêts d'eucalyptus ne sont pas touffues, enchevêtrées de lianes ou de plantes parasites, mais spacieuses, aérées, embaumant la feuille sèche et le soleil, exemptes de vipères, de fourmis et de plantes toxiques si abondantes dans les forêts tropicales. Bref, pour l'enfant qu'était Thanh, il faisait bon courir les bois au-dessus des Vertes Collines, respirer le parfum de ces arbres

élancés, écouter leur chant gracieux dans le vent.
C'était une sensation infinie de confiance et de bonheur. De liberté.

Ce n'étaient pas maître Thy ni maîtresse Yên qui lui
avaient fait découvrir cet enchantement, mais le petit
Canh, le benjamin de madame Rô, la marchande de
riz. «Petit Canh» était son meilleur ami d'enfance, un
vrai cadeau du destin. À l'époque, le riz était rationné
et les citadins devaient présenter leur carnet de résidence pour pouvoir s'en procurer. Chaque famille
avait droit à treize kilos de riz «officiel» par mois.
Les nouvelles générations n'imaginent même plus une
telle calamité. En revanche, ceux qui ont vécu cette
époque horrible ne l'oublieront jamais, ils s'en sou-
viendront jusqu'à leur mort, et même dans leur vie
ultérieure s'ils renaissent homme ou femme. Le riz
officiel était celui que l'État vendait aux citoyens,
comme toutes les marchandises. Et les cochons en
auraient à peine voulu! Ayant le monopole du riz
et stockant toutes les récoltes, en effet, l'État, pour
préserver les nouvelles rentrées, ne vendait que le riz
emmagasiné depuis plusieurs années. Si les catégories
«prioritaires», c'est-à-dire les familles de gens haut
placés, avaient droit aux récoltes de l'année, le citoyen
lambda devait consommer un riz vieux de cinq, voire
six ans, moisi, infesté de parasites et d'insectes. Quand
vous y plongiez la main, des nuées de vrillettes s'en
échappaient, se posaient sur votre nez, entraient dans
votre bouche, sous vos vêtements, et il fallait ensuite
s'épouiller comme des singes. Quand on lavait le riz,
ces maudits insectes surnageaient par grappes à la

surface de l'eau, comme des sangsues de rizière. Non seulement il sentait mauvais et n'avait aucun goût, mais en plus il n'apportait rien en terme de nourriture, sinon un ventre ballonné et une irrésistible envie de dormir. Pendant sa Révolution, le peuple de France avait aussi connu la faim. Les révoltés plantaient au bout de leurs piques un bout de pain, emblème de la rébellion ou trophée. En butte à la condescendance et au mépris des maîtres boulangers, ils étaient entrés en rage en entendant les rumeurs selon lesquelles ces derniers crachaient dans la farine ou y mélangeaient de la merde. Le peuple de ce pays froid et lointain avait alors coupé de nombreuses têtes pour venger cette suprême humiliation. Notre peuple, en comparaison, a été beaucoup plus pusillanime, nous n'avons coupé la tête à personne. Les premières années, nous avons courbé l'échine et supporté. Ensuite, petit à petit, les gens ont cherché à améliorer leur ordinaire en cachette. C'était leur méthode pour survivre sous ce régime.

Pour les Vietnamiens, le riz est l'aliment principal. Il est moins nourrissant que le paddy, réservé aux porcs, ce qui montre bien que les humains à l'époque valaient moins que les bêtes. Il fallait donc tout mettre en œuvre pour trouver du bon riz, du riz de la dernière moisson. Ce grain-là sent la rizière fraîche, il est plein d'amidon et n'a encore subi ni la dégradation du temps, ni l'outrage des parasites. Avant la Révolution, les habitants de Lan Giang se fournissaient auprès des paysans des villages alentour. Ils décidèrent de retourner à leurs anciennes habitudes. Un nouveau métier clandestin vit le jour : échangeur de riz. Il s'agissait d'acheter du bon riz aux paysans pour l'amener en ville. En échange d'un kilo de riz nouveau, les échangeurs récupéraient quatre kilos de riz moisi qu'ils revendaient aussitôt à ceux qui avaient des bêtes à nourrir, ou qui étaient vraiment démunis. Il fallait être capable de satisfaire les besoins des citadins et des éleveurs, mais aussi de convaincre contrôleurs des impôts et policiers de fermer les yeux. Et par-dessus le marché, d'assurer le transport rapide et discret de la marchandise. C'étaient donc des travailleurs acharnés, et des malins. Madame Rô en faisait partie. La mère de Thanh fut une de ses premières clientes et c'est grâce à cette relation que l'amitié entre Thanh et Petit Canh vit le jour.

Madame « Rô » !

— Pourquoi un prénom aussi laid ? demandait maître Thy à sa femme, le premier jour où ils mangèrent le bon riz nouveau.

— Elle est d'origine paysanne, expliqua maîtresse Yên. Les paysans sont superstitieux, ils ont l'habitude de donner des prénoms très laids aux enfants pour conjurer le sort. Ils ont peur que les fantômes ne prennent possession de leur âme.

— Donc les enfants de la capitale, aux prénoms sophistiqués, devraient tous être des possédés ? persifla le maître.

Maîtresse Yên répondit sèchement :

— Son prénom n'est pas beau, mais son riz est très bon, n'est-ce pas ? Et nous, nous avons besoin de bon riz, pas d'un beau prénom.

— D'accord, d'accord…

Maître Thy parla d'autre chose.

Thanh, qui assistait à ce dialogue, se félicita de n'avoir rien dit. Sa mère était certes douce, mais quand ses sourcils commençaient à se froncer, c'est qu'elle allait monter sur ses grands chevaux. En débarrassant la table, elle ajouta à l'adresse de son mari :

— Le prénom n'a jamais reflété le fond d'une personnalité. Quand tu feras la connaissance de madame Rô, tu verras !

— D'accord, répondit son père avec un regard complice à son fils.

Thanh, craignant par-dessus tout d'agacer sa mère, lui fit un rapide clin d'œil avant de filer à la cuisine.

Sa mère avait toujours raison !

Ainsi son père déclara, après avoir fait la connaissance de madame Rô :

— Mon fils et moi, nous acceptons tous deux avec joie la direction du Parti au pouvoir !

Deux semaines à peine après cette conversation, la jarre de riz familiale se retrouva presque vide. Madame Rô revint les ravitailler. C'était une femme simple, très affectueuse et nullement laide comme son prénom pouvait le laisser imaginer. Elle avait passé la cinquantaine mais était très vigoureuse, mangeant facilement quatre, cinq bols de riz par repas. Elle n'était pas jolie d'après les critères urbains, mais elle avait un visage avenant, un corps élancé et bien proportionné, une peau saine, joliment colorée, de bonnes dents blanches et surtout un rire franc et joyeux. En d'autres termes, elle avait du charme. Elle avait une façon de raconter des histoires en les pimentant de blagues pour faire rire aux éclats ceux qui l'écoutaient. De surcroît, elle avait bon cœur et aidait volontiers, sans calcul.

Thanh l'avait plusieurs fois accompagnée au marché. Il l'avait vue, aussi naturellement qu'un jeune homme, s'accoter à une charrette à bœufs chargée de tuiles ou de bois pour l'aider à monter une côte. À peine les charretiers l'avaient-ils remerciée, confus d'avoir reçu l'aide d'une femme, qu'elle s'en allait déjà, éclatant de son rire tonitruant. À trois ou quatre ans, elle avait attrapé la variole et en avait gardé quelques petites cicatrices au visage. Au début, elle ne venait que pour livrer le riz nouveau. Puis, de fil en aiguille, elle devint l'amie de maîtresse Yên. En pleine saison des pamplemousses, elle venait aider à cueillir les fruits. La récolte s'étalait souvent sur deux semaines, voire trois les bonnes années. À midi, les ouvriers préparaient leur repas dans la maison puis mangeaient dans le verger. Madame Rô, elle, déjeunait avec la famille de Thanh, à l'intérieur. Elle cuisinait à merveille, surtout le poisson. Elle confectionnait également de la gelée, de la compote de doliques noirs ou de haricots mungo pour le dessert. Après les récoltes, elle se mettait à l'élagage des arbres, au taillage des haies, c'était une vraie jardinière. Elle se trouvait donc à demeure chez Thanh du printemps jusqu'à l'automne. À la saison des jaquiers, elle s'occupait de tout : cueillette, transport et même vente au marché. L'hiver, la famille recevant beaucoup, maîtresse Yên lui demandait de venir l'aider à diverses tâches. Enfin, vers la fin de l'hiver, à l'approche du nouvel an, elle venait aider à préparer les plats du Têt. Bref, elle prenait peu à peu de la place dans la maison. Thanh s'était attaché à elle. Chaque fois qu'il l'entendait sonner à la porte, il courait lui faire fête. Son vélo, un Phénix «homme», devint le premier «cheval de fer» de Thanh : elle l'y faisait volontiers grimper pour actionner la sonnette, ce qui mettait en fuite les pigeons. Quelquefois, elle le prenait sur ses épaules et s'enfonçait dans le verger, lui faisait cueillir des anones mûres. Il était alors «le prince debout sur son char». Un jeu plaisant dont sa mère n'aurait pas été physiquement capable, à supposer qu'elle l'ait souhaité, et qui ne serait jamais venu à l'idée de maître Thy.

Une fois, Thanh lui avait demandé :

— Pourquoi ma mère et mon père ne me portent pas sur leurs épaules ?

— Tes parents sont de vrais citadins. Ils peuvent te payer des jouets, pourquoi iraient-ils inventer des jeux de paysans !

Il se tut, mais resta pensif. Ainsi la sonnette du vélo de madame Rô devint le signal de son bonheur. Pour lui, en l'absence de madame Rô, la maison était vide. Désormais chargé d'affection, ce prénom ne lui évoquait plus la laideur mais au contraire, résonnait tendrement à ses oreilles.

La première année, madame Rô était venue seule. L'année suivante, quand Thanh eut sept ans, elle vint avec un garçon qu'elle leur présenta en rougissant.

— C'est mon petit dernier. Il est de l'année du Cochon, comme Thanh. Il est tellement maigre que je l'appelle Petit Canh. Ne riez pas, mais je l'ai eu à quarante-neuf ans ! Toute ma famille, tous nos voisins nous ont traités de vieillards lubriques !

Maître Thy et maîtresse Yên éclatèrent de rire :

— Ce n'est pas grave ! Plus on a d'enfants, plus on élargit son patrimoine. Regardez-nous ! Nous rêvons tellement d'en avoir un deuxième, mais le ciel ne veut pas nous l'accorder.

— Avoir des enfants, dit-on, c'est recevoir la générosité du ciel. Ils sont pourtant bien durs à élever. En plus, les mauvaises langues me demandent sans arrêt : c'est ton fils ou ton petit-fils ?

— Ne faites pas attention aux méchancetés, la consola maîtresse Yên. Quand quelqu'un veut être blessant, il prend n'importe quel prétexte.

Madame Rô poussa un gros soupir en caressant la tête de son garçon :

— Il est très appliqué, mais il a du mal à l'école. Je l'ai fait monter pour qu'il m'aide dans le jardin. Et aussi pour qu'il voie Thanh et en prenne exemple.

Puis, s'adressant à son fils :

— Va saluer grand frère Thanh ! Il te précède de trois mois, tu dois l'appeler grand frère ! De plus, il est deux classes au-dessus de toi. Si tu travailles bien, il te guidera !

Petit Canh, obéissant, vint devant Thanh et croisa ses bras en s'inclinant :

— Bonjour, grand frère.

— Bonjour… petit frère, balbutia Thanh, le visage en feu.

Embarrassé, mais tellement enchanté ! Un sentiment étrange, indescriptible ! Ce n'est que bien plus tard, une fois adulte, qu'il put expliquer cette allégresse : c'était l'ivresse du pouvoir. Il avait, pour la première fois, endossé le rôle de grand frère et de «tuteur». Jusqu'alors, il n'avait été que le fils docile de ses parents, le petit prince de ses cousines Hai et Ha, le gentil petit-fils de sa grand-mère paternelle qui habitait à la capitale et du professeur Quê, qui était décédé. Grâce à cette nouvelle connaissance, il allait changer de rang. De plus, Petit Canh venait de la banlieue nord, du côté des collines, et devait connaître des jeux intéressants, inconnus des petits citadins comme lui.

Trois semaines après cette «fraternisation», Petit Canh l'invita chez lui. Madame Rô, la veille, avait demandé la permission à ses parents :

— Demain dimanche, mon petit dernier souhaiterait inviter grand frère Thanh, est-ce que vous êtes d'accord ?

— C'est bien que les enfants jouent ensemble, avait répondu maîtresse Yên. Seulement, mon garçon n'est encore jamais allé nulle part sans ses parents.

Thanh protesta immédiatement :

— L'année dernière, je suis bien allé visiter le temple de la dynastie des rois Hung sans vous !

Maîtresse Yên le regarda, étonnée, puis s'adressa à son mari :

— Quel enfant terrible ! Ton fils veut vraiment s'émanciper !

— Bon, d'accord ! répondit maître Thy pour sa femme. Mais, je vous demanderais de bien vouloir le ramener avant l'heure du dîner.

— Bien sûr ! Alors, demain mon mari viendra le chercher à sept heures du matin.

Maître Thy se tourna vers Thanh :

— Tu as entendu ? Ton oncle viendra à sept heures.

— Ça veut dire que je peux monter dans sa carriole tirée par un cheval ? demanda-t-il, le cœur battant.

— Exact ! Aussi, ce soir, il faut bien dormir pour prendre des forces.

— Oui, père !

L'instant d'après, Thanh fila au jardin. Il se réfugia sous un arbre, aux anges. Le bonheur le cueillerait le lendemain à l'aube, avec le premier rayon de soleil. Il ne se rappelait plus la suite de l'après-midi tellement l'impatience faisait battre son cœur. Maître Thy, sensible à la joie de son fils, le mit au lit tôt. Le garçon ferma les yeux, mais ne parvint pas à s'endormir. Quand l'horloge sonna neuf coups, maîtresse Yên se glissa doucement dans la chambre et s'allongea à côté de lui.

— Dors, mon enfant. Demain, la route sera difficile, si tu n'es pas en forme tu pourrais tomber malade. Je reste ici avec toi.

Enfant unique, il dormait encore dans le lit de ses parents. Leur demeure était vaste : trois chambres à l'étage, trois pièces au rez-de-chaussée avec une grande cuisine et une cour dallée où l'on pouvait garer quatre camions. Sans doute à cause de cette immensité, ses parents ne s'étaient jamais résolus à le laisser dormir seul. Maîtresse Yên, qui l'avait eu après trente ans, se comportait comme une mère kangourou et avait le plus grand mal à se séparer de lui. Pour maître Thy, Thanh était celui qui allait prolonger la lignée familiale, il veillait donc étroitement sur lui.

— L'année prochaine, tu auras huit ans. Tu seras un grand garçon et tu auras ta chambre. Un grand garçon ne doit pas être constamment dans les basques de ses parents. Cette année est la dernière de ta vie d'enfant.

Il avait donc décidé de savourer ses derniers moments de bonheur, cette sorte d'arrière-saison. Chaque nuit, il dormait entre son père et sa mère. Il ne pouvait vraiment s'endormir qu'en sentant, de part et d'autre, la chaleur de leurs corps.

Cette nuit-là, le sentant agité, maîtresse Yên se coucha tôt, laissant son époux à ses copies. Mais Thanh ne put s'endormir qu'à l'arrivée de son père, une main dans la sienne, l'autre dans celle de sa mère, s'imaginant tenir les deux bords de la carriole.

Il se réveilla à cinq heures. Il bougea et ses parents furent tirés de leur sommeil.

— Ton rendez-vous n'est que dans deux heures. Dors encore un peu, lui dit maître Thy.

Il fit tous les efforts possibles pour se rendormir, sans succès. Chevaux et carrioles dansaient devant ses yeux. Il voyait défiler des chevaux blancs, roses, gris, bruns ou noirs, toutes les images de cet animal imposant et fier qu'il avait vues au cinéma, à la télévision, sur des tableaux anciens, dans des bandes dessinées modernes, ou quelquefois dans la réalité, quand un attelage traversait la ville.

Comme tous les petits citadins, il rêvait de nature sauvage, de collines désertes, de montagnes vertigineuses, de forêt vierge, d'océan infini, de campagne et d'animaux… bref de tout ce qui n'existe pas en ville. Lan Giang n'était pas une capitale, les chariots à bœufs ou à chevaux pouvaient donc y circuler, mais à la condition que les propriétaires veillent à l'hygiène publique en ramassant les excréments de leurs bêtes, sous peine d'amende. Le montant étant de loin plus élevé qu'une course, on utilisait rarement ces attelages en ville. Les enfants n'avaient donc presque jamais l'occasion de rencontrer de vrais animaux, avec leur odeur forte et leur façon d'uriner bruyamment en pleine rue, si différents de ceux de la télévision ou des livres de science. Plusieurs fois, Thanh et ses amis avaient couru derrière de tels équipages depuis la rue Tan Da jusqu'à la banlieue sud. Autant de poursuites sur des sentiers boueux, autant de fessées reçues pour le seul plaisir de voir un vrai cheval galoper, la queue relevée, la crinière au vent et les yeux brillants derrière des œillères. Cette fois-ci, non seulement il allait en voir un, mais il allait pouvoir tenir les rênes et lui toucher le dos. Sans doute même monter dessus, si le père de Petit Canh le lui permettait. Rien que d'y penser, il tremblait de bonheur. Une impatience tout à fait compréhensible.

Maîtresse Yên lui demanda :

— C'est ton excursion qui t'excite ainsi, mon fils ?

— Mais non ! Seulement l'envie de voir le cheval !

— Si tu ne dors plus, viens à la cuisine avec moi, on va préparer le petit-déjeuner, dit sa mère en se levant.

Cinq minutes plus tard, maître Thy les rejoignit :

— La première fois que je suis parti en vacances à Sâm Son, j'étais excité aussi ! déclara-t-il.

— Où se trouve Sâm Son, père ?

— C'est une station balnéaire près de Thanh Hoa. Quand j'y ai été avec mes camarades et mon professeur, j'avais huit ans. La deuxième fois, c'était avec ta mère.

— Une semaine après notre mariage, n'est-ce pas ? interrogea maîtresse Yên.

— Six jours après, rectifia maître Thy solennellement.

— Oui ! Je sais maintenant. C'est là que vous avez ramassé le gros coquillage rose qui est sur la table de nuit ? intervint Thanh, très fier de sa perspicacité.

Et cependant il ne pensait qu'à une chose : où était le cocher, le père de Petit Canh, qu'il vienne vite !

*

Les parents de Petit Canh étaient tous deux originaires de Huê. Depuis toujours, les gens de cette ville vivaient de la culture des légumes et des fleurs, surtout des tubéreuses. Aussi l'ancien nom avait-il laissé place à celui de «Huê», qui désigne cette fleur blanche aux senteurs profondes et narcotiques, souvent utilisée pour les cérémonies de culte. Monsieur Rô était le dernier d'une fratrie de cinq garçons. À son mariage, ses parents n'avaient déjà plus de terrain à lui donner, et le jeune couple était donc resté dans la maison familiale, selon la tradition. Cette situation prit fin lorsque le fils de l'aîné se maria. Leur neveu ne possédant pas grand-chose, monsieur et madame Rô lui cédèrent leur habitation et quittèrent Huê pour aller s'établir dans les collines sauvages d'eucalyptus. Là, il avait suffi de déposer une demande au comité populaire local. Ensuite, bâtir une cabane ne coûtait pas bien cher. Les trois premières années, la famille avait mis toute son énergie à amender le terrain et à y tenter des cultures, mais sans succès. Toutes leurs économies s'envolaient comme cendres au vent. C'est alors que madame Rô conçut Petit Canh. À peine était-il né que ses deux frères aînés partirent à l'armée. À la fête de son premier mois, le troisième frère dit, en le prenant dans ses bras :

— Grandis vite, petit frère, pour partir. Ne reste pas ici à cultiver des cailloux !

Le lendemain, avec quelques camarades, ce frère s'en allait à Hanoi pour devenir maçon. Le couple Rô resta seul avec le petit dernier. Le père aimait dire à son propos :

— Ce petit, nous aurions dû l'appeler Dôn ou Cô ! Il sera notre bâton de vieillesse !

Nul ne peut vivre de feuilles d'eucalyptus. Même si on n'a qu'un enfant, il doit être nourri. Monsieur Rô prit le risque de rentrer emprunter un peu d'argent dans sa ville natale, de quoi acheter un attelage et un cheval. Un charretier n'est pas un artisan, contrairement aux ciseleurs, bijoutiers, tailleurs ou serruriers. Le métier de charretier, sans habileté manuelle ni formation particulière, permet de gagner sa vie immédiatement. On apprend sur le tas. On apprend à nourrir son cheval, à le conduire, à le soigner. À entretenir sa carriole. Et pour ce qui était de bavarder avec ses clients, monsieur Rô n'avait pas eu besoin d'apprendre. Lui et sa femme avaient toujours été de bons causeurs. Les contes et légendes, les histoires drôles qu'ils avaient apportés de Huê étaient un capital inusable.

Toutes les routes, entre Lan Giang et Dôi Xa, ainsi qu'au nord, vers Vôi et Kep ou, à l'est, vers Luc Ngan ou Luc Nam, étaient de terre rouge. Il n'y avait qu'un autobus par jour, si bondé qu'on y étouffait et que votre voisin risquait à chaque instant de vous vomir dessus. Les marchandises y étaient écrasées, piétinées par des centaines de jambes cherchant l'équilibre. En voiture à cheval, malgré un tarif plus élevé, on était sûr d'avoir encore des habits propres à l'arrivée, des marchandises en bon état, sans compter la possibilité

de contempler tranquillement le panorama durant le
voyage. Cependant, comme le cheval est plus lent que
le car, il fallait partir la veille pour arriver tôt le lendemain. En faisant l'effort de conduire la nuit, monsieur
Rô était donc sûr de bien gagner sa vie, ce à quoi il
ne serait jamais parvenu en s'usant les mains sur cette
maudite terre aride. Ayant longuement pesé le pour
et le contre, il tenta le coup. Ce fut un coup gagnant.
Tous ses espoirs furent comblés, et il lui arrivait souvent de dire :

— Nous qui n'avons jamais fait de mal à personne,
nous n'avions eu que de la misère jusqu'à présent.
Heureusement que le ciel a eu la clémence de nous
sortir la tête de l'eau.

Dans l'intimité, il disait à sa femme :

— Tu vois ? Les anciens disent que «trois garçons
n'amènent pas la richesse». Nous, nous en avons même
fait un quatrième, et la chance nous sourit. Les dieux
nous viennent en aide au moment où nous allions
mourir de faim. Nos deux grands sont à l'armée, ils
sont nourris, logés. Le troisième a trouvé un métier.
Quant à nous, nous venons de trouver une issue.

La voiture à cheval changea magiquement le destin
de cette famille. Au bout de la première année, monsieur Rô put rembourser la totalité de ses dettes. Pendant la deuxième, il mit assez de côté pour rebâtir en
briques les murs de leur maison. La troisième année,
un toit pimpant de tuiles écarlates remplaça le misérable toit de feuilles. Par la même occasion, la maison fut agrandie de deux hangars tout neufs. Quand
Petit Canh eut trois ans, madame Rô le confia au jardin d'enfants et abandonna le commerce des graines

de févier pour devenir échangeuse de riz. C'était une activité éminemment utile et, quoique pénible, elle rapportait gros. La maison de monsieur Rô ne cessait donc de s'embellir, tandis que celles des voisins, avec leurs toits de feuilles et leurs murs de terre séchée, continuaient de se délabrer. Monsieur Rô fit venir un camion de terreau récolté au bord de la rivière pour se constituer un petit potager coquet dans la cour. Madame Rô y fit pousser quelques légumes ordinaires, asperges tropicales, choux, concombres, courges, des herbes aromatiques et une dizaine de pieds de célosie. Le puits, équipé d'un treuil et d'une toiture, fournissait une eau saine et limpide. Les collines où l'eucalyptus avait remplacé les cultures devenaient une villégiature prisée, où l'air était pur et le paysage, de rêve. Un petit paradis, surtout pour les enfants. C'est ainsi que la maison de monsieur Rô et les collines d'eucalyptus entrèrent dans la vie de Thanh, inaugurant la période la plus savoureuse, la plus douce de son enfance.

Ce matin-là, monsieur Rô n'arriva qu'à sept heures et demie. Au coup de sonnette, Thanh fonça ouvrir le portail. Monsieur Rô s'excusa :

— Je sais que vous m'attendez depuis longtemps. Mais j'ai dû passer par l'étang aux nénuphars pour acheter quelques poissons. Aujourd'hui les poissonniers étaient en retard.

Il montra à Thanh les cuvettes en laiton sur le plancher de la carriole, où des poissons s'agitaient sous de grosses touffes vertes de plantes aquatiques. Une senteur d'algues, de boue et d'étang s'exhalait.

À ce moment arrivèrent les parents de Thanh, venus accueillir monsieur Rô. Ce dernier dit :

— Aujourd'hui, nous avons un invité de marque à qui nous ne pouvons pas servir l'ordinaire. Ma femme m'a chargé d'aller faire les courses.

Il se tourna vers Thanh :

— J'ai pris des carpes et des labéos. Ça vous va ? Petit Canh, lui, adore le poisson frit ou le potage de poisson au corail de crabe. Si vous n'aimez pas le poisson, nous passerons au district de Dôi Xa pour acheter un peu de bœuf ou de porc. Sinon, nous avons un poulailler bien garni en œufs, avec quelques coqs et pas mal de poules.

Thanh rougit, ne sachant quoi dire. Maître Thy éclata de rire :

— Il a rongé son frein à vous attendre, depuis cinq heures du matin ! Faites-le seulement monter dans la carriole et vous le rendrez heureux ! Ne vous mettez pas en quatre, des liserons cuits au sel iront très bien. Pas besoin de plats élaborés.

— Ah non, impossible ! Monsieur Thanh est la prunelle de vos yeux, et le tuteur de notre petit dernier. Même à sept ans, il est notre invité de marque !

S'adressant à Thanh :

— Êtes-vous prêt ?

— Oui !

Leste comme un corbeau s'emparant d'un poussin, monsieur Rô attrapa Thanh par la taille pour le jucher sur le siège du cocher.

— Ainsi vous pourrez admirer le paysage et même donner quelques coups de fouet au cheval. Mon petit Canh aime bien faire cela.

« Fouetter le cheval ! »

Son rêve ! Son rêve secret, le rêve suprême dont il n'avait jamais osé parler. Comment monsieur Rô l'avait-il deviné ? Thanh en fut muet de surprise. Ses yeux fixaient la tête fière de l'animal tandis qu'il caressait le fouet de sa main.

Les adultes se saluèrent, il lui semblait entendre maîtresse Yên dire à son mari :

— Regarde-le ! Il est totalement hypnotisé par le cheval. Il ne nous voit plus du tout !

Puis maître Thy lui répondit quelque chose en riant.

Le père de Petit Canh s'installa enfin sur le siège, à côté de Thanh.

— Quand nous sortirons de la ville et qu'il y aura moins de circulation, je vous passerai le fouet. Pour l'heure nous allons chercher nos voyageurs en direction de Dôi Xa, dit-il en brandissant le fouet.

— Oui, répondit timidement le garçon.

Le temps avait passé comme dans un rêve, ce jour-là. Un rêve baigné de soleil, balayé par le vent, un rêve rempli de rires et de joie. Madame Rô et son fils les attendaient au pied de la colline. Elle emporta les cuvettes de poissons et les herbes pour préparer le repas pendant que les deux garçons négociaient avec le père.

— Père, tu nous laisses monter à cheval ? demanda Petit Canh.

— D'accord ! Toi, tu te mets derrière lui.

— Mais tu donnes le fouet à grand frère Thanh, n'est-ce pas ?

— Oui, mais je dois tenir les rênes pour que le cheval ne s'emballe pas.

Thanh fut installé sur le dos du cheval avec Petit Canh en croupe. Les cuisses du garçon se fermèrent sur les hanches de Thanh.

— N'aie pas peur, grand frère ! Notre cheval est très gentil, dit-il, engageant.

Malgré ces encouragements, Thanh n'arrêtait pas de glisser comme si le dos de l'animal avait été badigeonné de graisse, et il avait vraiment peur de tomber. Il n'arrivait pas à trouver son assiette. Il penchait à gauche, puis à droite, tortillait des fesses, tirait sur la crinière que le cheval secouait pour se débarrasser de lui, ayant bien senti que ce n'était pas son maître.

— N'ayez pas peur ! rassura monsieur Rô. Je suis là. Dans un instant vous allez vous habituer. Essayez de vous tenir droit.

Ce fut sa première leçon d'équitation : tenir le dos bien droit.

C'est mon a, b, c de cheval, pensa Thanh tout en serrant les cuisses. Quand il sentit enfin le cheval plus calme, il essaya de se redresser. Facile à dire, mais dès qu'il se tenait droit, il glissait de nouveau soit à gauche, soit à droite. Petit Canh lui enserra la taille de ses deux bras. Le cocher le prit par la jambe, rectifia la position de son dos et réprimanda le cheval.

— Tiens-toi tranquille ! Sinon je te donne une branlée !

Petit Canh renchérissait :

— Obéis et je te donnerai de la mélasse à manger, tout à l'heure !

Après plusieurs minutes d'effort, transpirant de tous ses pores, Thanh put enfin se tenir en équilibre. La leçon était acquise, il attrapa le fouet.

— Grand frère est bien stable. On peut y aller, père, dit Petit Canh à monsieur Rô en donnant des coups de talon.

— Allez, en avant !

Le cheval se mit au trot, obligeant monsieur Rô à courir après. Thanh donna quelques coups de fouet. Tête haute, il imagina la route des collines comme un vaste champ de bataille où des chevaliers chargeaient, sabre au clair, à la rencontre de l'ennemi. Brandissant son fouet, il se vit tel un général menant son armée à la conquête d'une citadelle. Un général invincible. Il pouvait laisser libre cours à ses rêves de gloire grâce au père de Petit Canh, cet ange gardien qui trottinait à leurs côtés, rênes bien en mains.

— En avant ! cria Petit Canh, très excité.

— Allez ! cria Thanh, donnant à son tour des coups de talon. Il était subitement devenu un cavalier émérite. Mieux : un prince, un jeune roi, un personnage sorti d'un conte de fées pour venir galoper sur ces collines parfumées d'eucalyptus.

Ce fut le plus beau jour de son enfance, le premier d'une série de merveilleux dimanches qui étaient chacun une fête, beaucoup plus passionnante que toutes les fêtes en ville. Lan Giang lui apparut sous un autre jour. Son âme fut happée par ces collines du nord où toutes les nuances de vert se tissaient dans les immensités baignées de soleil et de vent. Le couple de professeurs avait remarqué le changement. Leur fils délaissait le jardin avec sa balançoire et son toboggan. Il n'aimait plus les endroits animés, bruyants et criards où l'on trouvait des foules d'enfants et des friandises. Il attendait avec impatience le retour du dimanche, la sonnette du cocher, le moment de sauter dans la carriole pour aller chez Petit Canh. Le district de Dôi Xa était devenu sa terre promise, la source de son bonheur. Toute la semaine, il travaillait avec assiduité, aidait aux tâches domestiques avec gentillesse et application pour obtenir la seule récompense qui lui tînt à cœur : une promenade dans la tendre solitude des Vertes Collines.

Maîtresse Yên dit à son époux :

— On dirait que notre fils a mûri avant l'heure. Il n'aime plus jouer.

— Tu te trompes ! rétorquait maître Thy. Au contraire, il a trouvé son jeu préféré, un jeu plus passionnant que les autres. Il est tellement heureux d'aller chez le cocher. Rien qu'à voir son visage radieux au retour, on le devine.

— À quoi peut-il bien jouer là-bas ? Il n'y a que le cheval et la carriole. Qu'est-ce qui peut bien le passionner ainsi ?

— En général, les enfants aiment le changement. Ils se lassent vite et les adultes doivent sans cesse leur trouver de nouveaux jouets. Mais notre fils n'est pas ainsi ! Soit il a un caractère à part, soit la famille de Petit Canh a révélé chez lui des sentiments que nous n'avions su encourager.

Maître Thy ajouta, l'air taquin :

— Si c'est là son destin, madame Rô n'est que le pont qui a permis à son fils de rencontrer le nôtre. Si je comprends bien le bouddhisme, je ne devrais pas poser ces questions.

L'expression de maîtresse Yên se figea. Maître Thy se tut immédiatement.

Après quelques instants de réflexion, elle lui dit :

— Ils ont été si dévoués envers notre fils et nous. Nous devrions les remercier. Je propose d'inviter toute la famille à dîner la semaine prochaine.

— Tu as toujours été le guide infaillible de ce foyer ! Tout ce que tu décides ne peut être que fondé, la flatta le maître.

Le dimanche suivant, la famille du cocher avait fait relâche pour venir honorer l'invitation. Maîtresse Yên, ne se sentant pas capable de préparer un festin, avait eu recours aux services de madame Nhàn. Cette ancienne cuisinière de la maison d'hôte du comité provincial du Parti avait gardé une telle réputation que, même à la retraite, elle n'arrêtait pas de recevoir des commandes.

Ce jour-là, elle avait préparé cinq mets principaux et trois plats supplémentaires. Pourtant, en plein repas, Thanh lança à son camarade :

— Tout ça ne vaut pas le poisson frit et le poulet au bouillon qu'on mange chez toi, tu n'es pas d'accord ?

Maîtresse Yên blêmit, maître Thy devint écarlate. Madame Nhàn, quant à elle, se figea, et le cocher baissa les yeux sur ses sandales en dessous de la table. Heureusement, madame Rô intervint :

— Allons donc, tout vous paraît bon chez nous après des heures et des heures de cheval, tellement vous êtes affamés. On vous servirait du lichen que vous vous jetteriez dessus.

Elle se tourna vers son mari :

— Quand êtes-vous arrivés aux Vertes Collines ? demanda madame Nhàn.

— Trois ans avant la naissance du petit dernier. Il y a dix ans, donc, répondit madame Rô.

Monsieur Rô ajouta :

— La ville de Huê était surpeuplée. Dans ma famille, il y avait beaucoup de bouches à nourrir et peu de terres. C'est pourquoi nous sommes partis quand mon neveu s'est marié et a eu besoin de place. Au début, nous comptions rester paysans, bien sûr. Nous ne savions pas que le gouffre s'était ouvert devant le cheval, l'obligeant à se trouver une autre voie…

— C'est quoi un gouffre, oncle Rô ? demanda Thanh.

— C'est comme ça que tu t'adresses à ton oncle ? le tança maîtresse Yên. Tu n'es plus un petit enfant ! Sois plus respectueux !

— Non, non, ne le grondez pas ! intervint monsieur Rô. Au hameau des Eucalyptus, on m'appelle toujours ainsi.

Devant la mine stupéfaite de tous, madame Rô enchaîna en riant :

— D'habitude la barque obéit au rameur et la femme, à son mari. Après le mariage, elle doit abandonner son nom de famille pour prendre celui de son mari, afin que tout le village les reconnaisse en tant que couple. Chez nous, c'est tout le contraire, le rameur suit sa barque ! Un an à peine après notre mariage, ma belle-mère nous avait dit : « Vous deux, écoutez-moi bien. Tant que mon fils restera à Huê, il gardera sans doute son nom. Mais le jour où il s'en ira, il risque bien de le perdre ! » Nous croyions à l'époque qu'elle plaisantait. Arrivés aux Vertes Collines, nous avons pourtant dû constater que tout le monde nous interpellait en se servant de mon affreux prénom. Ma belle-mère avait raison sur toute la ligne.

Sitôt dit, elle s'esclaffa en plissant ses yeux. Le mari ébaucha un sourire.

— Ma femme me disait alors : si ce nom te vexe, tu n'as qu'à le dire, je sais bien que c'est à cause de moi. Je lui ai répondu : les voisins me donnent le prénom de ma femme, pas celui de la femme du maire. Pourquoi serais-je vexé ?

Tout le monde éclata de rire et le repas se termina joyeusement. Mais par la suite, pour éviter ce genre d'impairs, maîtresse Yên fit manger Thanh et Petit Canh dans la cuisine quand il y avait des invités.

— Heureusement que madame Rô nous a sauvé la mise, dit-elle à son mari après leur départ. Es-tu convaincu maintenant que le caractère des gens compte plus que leur aspect ?

Maître Thy finit par bredouiller :

— Les deux comptent également. Si j'étais borgne, m'aurais-tu épousé ? Et si tu avais les genoux cagneux ou les dents en avant, je t'avoue que j'aurais pris mes jambes à mon cou, quand même tu aurais été la responsable de la section mathématiques, ou la plus douée et la plus vertueuse des enseignantes de Lan Giang.

Ce dîner fut le début d'un contrat tacite entre les deux familles, et marqua une nouvelle étape dans leur intimité. Deux semaines plus tard, ce fut la famille de Thanh qui se rendit aux Vertes Collines. Cette fois-là, il fut très fier de monter à cheval avec Petit Canh, cravache au poing, et de parader devant ses parents ébahis. Après la séance d'équitation, ils nourrirent le cheval. Petit Canh marchait devant, portant une petite cuvette et une gamelle militaire contenant de la mélasse de canne à sucre. Thanh le suivait avec le sac de maïs. Devant le râtelier, Petit Canh posa la cuvette et y versa la mélasse. Thanh y ajouta le maïs puis prit une petite pelle en bois pour mélanger le tout en pâte assez épaisse. Il œuvrait avec application et précision, comme un vrai palefrenier. Il semblait changé, devenu un membre à part entière de la société, attaché à un nouveau lieu, ces immenses collines beaucoup plus passionnantes que le bout de verger de Lan Giang, cerné de haies. Il devinait le regard de ses parents observant chacun de ses gestes, allant de surprise en surprise, secrètement admiratifs.

Enfin, mes parents savent qui je suis maintenant. Non, je ne suis plus le petit Thanh de la rue Tan Da, ce fils de mandarin qui ne sait que potasser ses cours et contempler les pigeons dans le verger. Je suis le chevalier des Vertes Collines. J'ai pénétré dans un autre monde.

Le couple d'enseignants avait-il compris le sentiment secret et la grande fierté de leur fils ? Mystère. Ce qui est sûr, c'est que maîtresse Yên et son mari mesuraient à présent l'attachement particulier de Thanh pour Petit Canh ; car jamais encore il ne s'était montré aussi empressé avec un camarade. Il avait pris des couleurs, était en meilleure forme, plus joyeux, depuis qu'il gambadait dans ces collines balayées par le vent. Maître Thy, en homme avisé, avait percé son fils à jour. Au moment du départ, il dit au cocher :

— Ils ne peuvent plus se quitter. S'il vous plaît, permettez à Thanh de passer la nuit avec Petit Canh chaque dimanche soir. Lundi matin, vous le reconduirez chez nous avant l'heure de l'école.

Le deux garçons firent des bonds de joie et s'embrassèrent. Quant à Monsieur Rô :

— Que vouloir de plus ? Depuis que Thanh l'aide, notre fils n'a que de bonnes notes. Par chance, ma femme a pu le faire changer de classe.

— Combien y a-t-il de classes élémentaires aux Vertes Collines ? demanda maîtresse Yên.

— Trois. Avant il était dans celle de maîtresse Na, une voisine qui habite sur l'autre colline. Sa situation familiale est très difficile et son enseignement s'en ressent. Le mois dernier, ma femme a demandé à le faire passer dans la classe de maître San. Cela a été accepté.

Après un silence, maîtresse Yên reprit :

— L'année prochaine, Petit Canh entrera à l'école primaire. Vous devriez l'inscrire en ville. L'établissement de la rue Tan Da est pilote. Le pourcentage d'élèves qui réussissent l'examen d'entrée en secondaire est très élevé. Presque le plus élevé de la ville.

— Si cela pouvait être, quel bonheur ! dit monsieur Rô avec une pointe d'inquiétude. Mais nous ne voudrions pas vous déranger.

— Pas du tout, ce ne serait qu'une formalité pour nous, répondit maîtresse Yên.

Thanh avait tout de suite compris ce que voulait dire sa mère. Enseignante prestigieuse, non seulement elle connaissait d'innombrables collègues mais elle était de ces enseignants qui, pour le ministère de l'Éducation nationale, représentaient l'avenir. Faire scolariser Petit Canh en ville était simplissime pour elle, il lui suffirait de le demander. L'école avait la possibilité d'intégrer quelques élèves supplémentaires. Par ailleurs, Thanh savait que ses parents regrettaient de ne pas avoir eu un deuxième enfant. Il les avait entendus chuchoter derrière son dos :

— Un enfant unique est si difficile à élever ! Bien plus qu'une famille nombreuse.

— Avoir un seul enfant, c'est comme avoir une seule cruche de saumure dans la maison, on a toujours peur de le perdre !

Il savait que sa mère avait exploré tous les remèdes de la médecine occidentale et traditionnelle. Elle lisait des livres sur le sujet, préparait des plats censés favoriser la fécondité de la femme et le désir de l'homme. Ses parents avaient tout essayé, sans succès. Leur immense demeure semblait condamnée à n'abriter que trois âmes. La journée, on ne sentait pas le vide, mais la nuit venue, les trois dormaient dans la même chambre, laissant les cinq autres pièces inoccupées. Quelquefois il entendait les voisins commenter : « Quand une maison est exiguë et surpeuplée, le Yang l'emporte. Disputes, querelles et batailles sont légions. Le feu de la discorde ne s'éteint jamais. Au contraire, quand une maison est trop vaste pour ses quelques habitants, le Yin domine le Yang et les fantômes en profitent pour combler le vide. »

Depuis, chaque fois qu'il regardait le verger la nuit, il y voyait des hordes de fantômes : certains très grands, dont la tête atteignait les branches des pamplemoussiers, d'autres tout petits et rondelets comme des bouilloires, ou longilignes comme des pieds de bambou, ou trapus comme des porcs fouillant la terre de leur groin. Il y en avait qui ressemblaient à des chiens noirs, d'autres tout blancs, sans tête ni jambes. Bien sûr, tant qu'il dormait avec ses parents, il n'y avait aucun risque. Mais l'année suivante, il devrait dormir seul à l'étage. Au rez-de-chaussée, aucune des trois pièces ne pouvait accueillir son lit. Ni la chambre de ses parents, ni le séjour qui était déjà encombré d'une table à manger et de meubles divers, et n'était pas un lieu propice pour faire ses devoirs. Le bureau de ses parents était moins rempli, mais c'était aussi l'endroit où était disposé l'autel des ancêtres, ce meuble à trois étagères sur lequel reposaient plusieurs plateaux à encens, des photos de disparus sur quatre ou cinq générations, du professeur Quê et de madame Kiêu Chinh. Thanh n'aurait jamais pu dormir sereinement sous tant de regards. Il allait devoir s'installer au premier, où il y avait aussi trois pièces. Il en occuperait une, mais à quoi pourraient servir les deux autres sinon à recevoir les fantômes errants ? Car toutes les fenêtres du premier donnaient sur le verger. La demeure était immense, le verger aussi. Thanh pourrait, bien sûr, laisser la lumière allumée, mais une fois ses yeux fermés, qui sait si les fantômes n'en profiteraient pas pour envahir sa chambre par les fenêtres ? Tous les vergers ont leurs fantômes, et le sien en possédait sûrement beaucoup plus que la moyenne ! Madame Kiêu Chinh s'était pendue à une branche du jaquier. Elle était sûrement devenue le fantôme en chef du verger et n'hésitait pas à inviter des visiteurs à venir converser, chanter et s'amuser. Maîtresse Yên avait dit à Thanh : «Sans avoir jamais été chanteuse, belle-mère Kiêu Chinh avait une voix de fée, une voix qui vous ravissait l'âme.» N'ayant pu exercer son talent de son vivant, trop occupée à servir ses parents puis son mari, elle en profitait sûrement, maintenant qu'elle était libre. Le verger était forcément peuplé de ses admirateurs. Voilà ce que se disait Thanh, et cela lui avait toujours fait peur. Mais si Petit Canh était avec lui, ça changeait la donne. Dans peu de temps, ils dormiraient à deux, et les chambres voisines serviraient de salle de jeux et de dessin. Rien que d'y penser, son cœur était submergé de bonheur.

Mais ce ne serait que pour l'année prochaine. En attendant, monsieur Rô le cocher venait le chercher tous les dimanches pour l'emmener à Dôi Xa. Les collines étaient devenues un lieu aimé, dont il ne pouvait se passer. Il ignorait que le destin l'attendait dans ces collines poétiques, un destin non pas souriant, mais armé de serres comme un rapace.

3

Le peloton d'exécution

Il pleut à torrents. Nous sommes lundi.

Ce matin au petit-déjeuner, les détenus ont eu droit à un bol de riz mêlé de maïs et de sel au sésame. Le chef des gardes a dit au chef de salle que, d'après le programme, c'était jour de repos et qu'après le petit-déjeuner, ils devaient se préparer pour la corvée de charbon en forêt. Vers quatre heures, alors qu'il faisait encore nuit noire, la pluie est arrivée subitement. La météo avait annoncé qu'elle pourrait durer plusieurs jours. Par un temps pareil, camper en forêt revenait à enlever sans arrêt les sangsues sur ses bras et ses jambes et regarder tomber la pluie du matin au soir, dans une brume éternelle.

Après avoir donné ses instructions, le chef des gardes s'en va. L'air est pestilentiel. La salle est bondée, on dort quasiment au-dessus des latrines. Sans soleil, sans vent qui la dissiperaient, la puanteur spéciale des bagnes prend à la gorge les visiteurs. Voilà pourquoi le chef des gardes n'y entre qu'en cas de nécessité. Le reste du temps, les gardes et les policiers chargés de poser les chaînes des bagnards sont les seuls à fréquenter le bâtiment en pierres grises, à respirer cet air infect.

Alors le chef de salle réunit les prisonniers et leur transmet les ordres. Un silence de plomb s'abat. S'il n'y avait pas la pluie, la corvée de charbon en forêt vaudrait certainement mieux que de rester enfermé entre ces quatre murs. Mais dans ces conditions, cela reste plus agréable que de se retrouver en pleine jungle sous une bâche, à recevoir des trombes d'eau sur la tête, à écouter la canonnade du tonnerre, à grelotter de froid et à craindre à chaque instant pour sa vie. Il était arrivé que la foudre abatte des arbres qui, dans leur chute, avaient écrasé des détenus et des gardes. Personne n'était venu à leur secours. Ces accidents ne sont pas réservés aux bagnards. Ils frappent aussi les droit commun. Car le camp a besoin de charbon, de bois. Les droit commun qui ne sont pas affectés aux divers chantiers du camp sont donc envoyés garder des vaches, ou faire du charbon et ramasser du bois avec les forçats dans la montagne. Ils partagent le sort de ces derniers quand la Mort lance un de ces grands coups de faux. La violence de l'homme est à la violence de la nature ce qu'un pygmée est au géant Atlas.

Aussi, quand le chef de salle a terminé, les détenus se dispersent-ils pour aller chercher leurs couverts et attendre la distribution du petit-déjeuner, et le début de cette nouvelle journée.

L'énorme bassine de riz est posée sur le sol, au milieu de l'entrée, comme d'habitude. Le préposé à la distribution, en retirant la bâche de plastique qui sert de couvercle, fait couler l'eau de condensation par terre. Le chef de salle hurle :

— Essuyez !

Il fixe, près de lui, un détenu âgé :

— Toi, le chauve ! Va chercher un chiffon.

L'interpellé pose son bol et sa cuillère et s'exécute, tandis que tous les autres font sagement la queue. Cu Den presse Thanh d'aller chercher sa part. Personne ne prête attention au vieux qui est en train d'essuyer consciencieusement le sol.

— Approche ton bol ! hurle le chef de salle au premier de la file. Tu ne vois pas la louche, là ?

— Si !

— Suivant ! Plus vite ! Il y en a encore soixante-dix derrière toi !

Il ne fait que hurler et proférer des injures. Son visage est sombre, son nez pincé. Des veines palpitent à ses tempes. Il est plus hargneux que d'ordinaire. Quelque chose le tracasse, visiblement. Un problème familial ? Une maladie chronique qui vient de se déclarer ? Seul le ciel peut savoir. Les prisonniers tendent leur bol à tour de rôle. Le chef de salle sert une louche de riz. À côté, l'employé de la cuisine verse dessus une cuillère de sel au sésame. Les gestes s'enchaînent, mécaniques, coordonnés.

Enfin le vieux, qui a fini son nettoyage, présente son bol. Il est le tout dernier à être servi. Malheureusement pour lui, il reste à peine une demi-louche de

riz. Il hésite, indécis, il veut dire quelque chose, mais
ne peut sortir un mot.

— Désolé pour ce matin, dit l'employé de la cuisine. À midi, je t'en donnerai un peu plus.

L'homme s'éloigne sans un mot, aussitôt arrêté par
le hurlement du chef de salle :

— Connard ! Vieux chien ! Tu es muet ? Ouvre ta
gueule pour dire merci !

Le détenu fait volte-face et s'incline devant l'employé :

— Merci, monsieur le cuisinier !

Sans un mot, ce dernier reprend la bassine et s'en
va. C'est un homme dans la trentaine. Il est nouveau
et ne connaît pas encore toutes les habitudes de ce
camp. Et puis il n'est pas gardien, mais employé à la
cuisine et chargé de la distribution. Éduqué selon les
traditions, il a dû être horrifié qu'un homme assez âgé
pour être son père doive ainsi s'humilier devant lui.
En tout cas, il est parti comme pour fuir une situation
insupportable. Tous les prisonniers ont été témoins de
la scène.

La porte émet un grincement sonore avant de cla-
quer lourdement. Bruit de cadenas. On entend le chef
des gardes dire à l'employé de la cuisine :

— Avec cette pluie, le directeur ne descendra pas
en ville. La voiture avait à peine démarré qu'elle a dû
faire demi-tour. La route est impraticable, il y a des
fondrières partout !

— Quand pourra-t-elle être réparée ?

— Il faut attendre les techniciens du service des
Travaux.

— Nous n'avons pas deux anciens ingénieurs civils parmi les prisonniers ?

— Ils ont été transférés à la prison de la province de Binh Dinh, il y a quelques semaines déjà. C'est eux qui l'avaient demandé. Les routes y sont bien pires. Il faut sans arrêt les réparer.

— Mais notre camp aussi a besoin d'experts en travaux publics. Pourquoi les transférer tous ?

— Notre directeur n'est pas idiot. C'était donnant, donnant. Nous avons reçu en échange un spécialiste en incrustation de nacre. Pas un ouvrier. Un artiste ! Un meuble incrusté vaut sept fois plus qu'un meuble en bois normal. Le marché en demande. Ce spécialiste a ouvert plusieurs classes dans l'atelier de menuiserie. Dans quelques années, notre camp sera en mesure de produire ces meubles.

Les deux hommes se taisent. Seule la pluie continue son vacarme. Un long moment après, le cuisinier demande :

— S'il est si expert, pourquoi est-il ici ?

— Question stupide, ricane le chef des gardes. Ici, il y a une foule de gens renommés et talentueux. Tiens, l'année dernière, le camp B 16 a accueilli le chanteur Thanh Tân. Il avait tenté de fuir le pays en barque pour émigrer aux États-Unis. Manque de bol, il a été attrapé. Durant tout son séjour au camp, ses codétenus ont eu droit à des concerts privés. Une vraie voix d'or ! Ce genre de prisonnier, c'est comme un cadeau du ciel. Pour répondre à ta question, l'expert en incrustation avait fracassé le crâne de son voisin.

— Ah bon ? Pourquoi ?

— La jalousie ! Il était très riche. Quoique vivant à Phu Yên, le pays de son père, il possédait trois centres de production de meubles. Qui dit grande richesse dit très belle épouse ! Et une belle femme attire toujours des galants.

Il conclut en pestant :

— Quel temps de merde ! Ce n'est pas une petite pluie ! Ça tombe de plus en plus fort !

— Avec toute cette eau, l'exécution va être pénible !

— Il n'y a de peine que pour les humains ! Qu'il pleuve ou qu'il vente, les balles, elles, vont toujours droit !

Ils partent enfin. La pluie se transforme en déluge. Il est rare que les premières pluies de l'hiver soient si fortes. Il a dû tomber autant d'eau qu'en juin ou juillet, en pleine saison des crues. Le ciel se divise en deux parties, blanc opaque en bas, gris plomb en haut. On ne distingue plus les gouttes. Les trombes d'eau se succèdent. Éclaboussant les bords des fenêtres, la pluie chasse à l'intérieur. D'ailleurs, personne ne s'approche pour regarder dehors.

Cu Den propose à Thanh de jouer aux échecs. Ce dernier suggère plutôt une partie de poker, le seul jeu où il puisse défier ce géant aussi basané qu'un morceau de charbon. Trois autres détenus se joignent à eux. On distribue les cartes quand, tout d'un coup, un cri :

— Putain de vieux ! Tu es aveugle ?

Le chef de salle est en train de se relever, les yeux injectés de sang. Sur le chemin des latrines, il vient de trébucher sur l'homme âgé de tout à l'heure qui, assis au bout de sa planche, était occupé à se masser la jambe. Il fond sur lui et lui envoie une volée de coups de poing.

— Connard ! Tu ne m'as pas vu arriver ?

— J'avais la tête penchée, je ne pouvais rien voir ! dit le malheureux, levant ses mains pour se protéger.

Pourtant le chef de salle continue de le frapper avec une brutalité inouïe, comme en proie à une haine incompréhensible. Tout le monde pourtant connaît le caractère inoffensif et débonnaire de ce prisonnier âgé. S'il s'était mis au bout de sa planche, c'était pour laisser de la place à des joueurs d'échecs. C'était au chef de salle à regarder devant lui. Un homme assis n'a pas des yeux dans le dos.

Toutefois personne ne bronche.

L'être humain ici ne voit plus les autres comme des hommes. Il est devenu lâche et cruel car il a perdu toute humanité.

Thanh pose ses cartes.

Moi aussi, je suis un pleutre, un incapable… Mais dans cette prison la commisération n'a pas sa place. D'autant que je dois ma propre sécurité à la protection d'un autre.

Sa gorge se noue. Tout le monde a arrêté de jouer, y compris les joueurs d'échecs et de petits chevaux. Mais aucun d'entre eux ne partage l'effroi de Thanh. Au contraire, tels des loups ayant flairé une proie, ils jouissent du spectacle : un numéro plaisant va leur être présenté. Cela fera passer le temps, et oublier cette météo pourrie. Des quatre coins du bâtiment, les regards convergent, avides.

Soudain le chef de salle cesse de frapper, interrompu par une forte quinte de toux. Brève, mais elle semble l'avoir vidé. Il crache dans sa main, on aperçoit un filet de salive ensanglantée. Son supérieur se lève de sa couche où il était allongé :

— Laisse-moi ce vieux ! Va te laver !

En grommelant, le chef de salle se dirige vers les toilettes où se trouvent les citernes.

— Toi, rampe jusqu'à mes pieds ! ordonne l'autre.

Le malheureux s'approche à quatre pattes.

Les prisonniers de la pièce intérieure sont tous sortis et se massent contre les murs, depuis les toilettes jusqu'au milieu de la pièce extérieure. Ce sont des habitués du « théâtre de la prison ». Aujourd'hui le personnage principal est l'« Aigle », le chef des quatre « grands frères » et du chef de salle, l'ange noir du bagne.

Avant de suivre le spectacle, exposons rapidement la hiérarchie des chefs dans ce cloaque qu'est la prison.

Dans toute société décadente, des liens étroits se tissent naturellement entre le pouvoir et les bandes mafieuses. Il a toujours fallu des hommes de main sans foi ni loi, des truands dépourvus de morale et de sens de la justice, pour se charger des basses œuvres. Dans une prison, c'est un peu la même chose. Les plus violents, les plus cruels parmi les détenus sont choisis et instrumentalisés par les gardes pour dominer les autres prisonniers, recueillir des informations sur eux, en assassiner au besoin. Ils servent aussi à propager des rumeurs quand le pouvoir veut sonder l'opinion des prisonniers.

Chaque chef de camp est un petit monarque avec ses «courtisans» répartis selon un modèle toujours identique. Il faut des «soldats armés», armés de couteaux et autres armes meurtrières. Le directeur du bagne dirige les chefs de camp, qui eux-mêmes dirigent des gardes. Et ces derniers ont donc leurs hommes de main choisis parmi les détenus.

Chaque bagne, chaque camp désigne ces hommes différemment.

Le plus couramment : «frère aîné», «aigle», «phénix», «dragon-père», «dragon-mère»… selon les origines des prisonniers.

Il y a également : «officier», «général», «amiral», termes militaires.

Ou : «mère-ourse», «flèche», «éclair», «tarzan», etc., pour les adeptes du cinéma américain.

Ou enfin : «grande cicatrice», «cyclope», «gros nombril», «grand frère», «grande sœur», pour les paysans illettrés qui viennent souvent du sud.

À l'arrivée de Thanh, aucun linguiste n'avait encore eu le temps, ni la patience, de dresser la liste exhaustive de ces appellations.

Dans la partie bagne du camp, la hiérarchie se décline ainsi : d'abord il y a le roi, c'est-à-dire l'«Aigle». En dessous du roi, quatre grands mandarins, appelés les «grands frères». Ils disposent d'un chef de salle, «petit frère à tout faire» auquel ils recourent tous les jours, car ils ne vont pas se fatiguer quotidiennement à distribuer les rations de riz ou de manioc. Ces six personnages appartenaient autrefois à une même bande criminelle sévissant dans le sud du pays, et avaient été arrêtés une dizaine d'années plus tôt. L'Aigle et deux des grands frères avaient été condamnés au bagne à perpétuité, les autres grands frères à trente-cinq ans et le chef de salle à vingt-cinq ans, comme Cu Den et Thanh. Le chef de salle est tout en bas de la hiérarchie, et son poste est le plus ardu, car il lui faut à la fois obéir aux gardes et satisfaire les désirs des grands frères et de l'Aigle.

Cette fois-ci, sans doute pour montrer sa bienveillance à son subordonné, l'Aigle entre personnellement en action. Il se peut que la pluie et l'atmosphère morose aient joué sur ses nerfs et excité sa bestialité. Ou alors, le thème astral du malheureux vieillard était tout simplement désastreux aujourd'hui. Quoi qu'il en soit, il est clair que l'Aigle a décidé de se défouler sur lui aux yeux de tous.

Debout sur la planche, les bras croisés, l'Aigle regarde approcher sa proie, l'air absorbé :

— Plus près !

Le crâne dégarni du vieux détenu touche presque les genoux de son bourreau.

— Lèche-moi les pieds !

Puis, se ravisant :

— Non ! Lèche par terre. Je ne veux pas de ta sale langue sur mes pieds.

Comme l'autre hésite une fraction de seconde, il lui appuie brutalement le pied sur la tête.

— Tu crois peut-être que ta bouche est trop propre pour lécher par terre ?

La tête heurte violemment le sol. Avec peine, le malheureux se met à lécher le ciment. Le chef de salle, assis au bout de la planche, observe la scène sans en être déridé. En temps normal, sa fureur se serait apaisée et il aurait participé au «jeu». Aujourd'hui il est hagard. Ses yeux sont vitreux. Il fixe le crâne de l'homme à terre, mais semble absent. La victime a soixante ans. C'est le doyen des soixante-dix-huit hommes enfermés ici. Sur sa tête bosselée, des cheveux rares, poivre et sel, entourent une tonsure luisante de la taille d'une grosse orange. Thanh observe la scène.

Je n'arrive pas à y croire!

L'homme rampe et lèche le sol, n'osant pas s'arrêter.

— Stop! lance l'Aigle.

L'autre obéit immédiatement et s'assoit sur ses talons. Essuyant ses mains sales à sa chemise, il essaie d'avaler la terre collée sur sa langue.

— Lève les yeux! Ouvre-les grand pour me regarder! hurle le bourreau.

— …

— Tu sais qui je suis?

— Oui, maître.

— Je suis qui?

— Vous êtes monsieur Nam Tin, dirigeant du gang des Phénix volants.

— Dirigeant? Trouve mieux.

— Vous êtes le chef de la mafia.

— Exact! Je suis le chef de la mafia des Phénix volants. Et je suis très fier de mon gang. Est-ce clair?

— Oui, c'est clair!

— Qu'est-ce qui est clair pour toi ?

— Euh…

L'Aigle laisse fuser un ricanement, puis baisse la voix :

— Tu mens. Tu ne sais rien de nous. Et même si tu essayais, tu ne comprendrais pas la vie et les liens des membres de notre gang. Une grenouille dans sa vase ne peut comprendre les rossignols et les hirondelles, car elle ne sait pas chanter. Les insectes rampants ne peuvent comprendre les phénix et les éperviers, car ils n'ont pas d'ailes et passent leur vie à ramper dans la terre et la merde des hommes. Tu as compris ?

— Oui, j'ai compris.

— Menteur ! hurle l'Aigle, faisant sursauter sa victime. Je n'ai rien dit encore sur la vie du gang des Phénix volants. Qu'est-ce que tu as compris ? Tu te moques de moi ?

L'homme se tait, ses paupières tremblent convulsivement.

L'Aigle adresse comme un sourire dédaigneux à un adversaire imaginaire. Il continue :

— Vieux connard ! As-tu entendu parler du gang du grand Bach Hai Duong ?

— Non…

— Les porcs comme toi ne savent que pousser leur groin dans la merde, comment connaîtraient-ils ces illustres personnages ? Le grand Bach Hai Duong a brillé à une époque. Son gang régnait sur Saigon et sa banlieue, jusqu'à Rach Gia et Kiên Giang. La police du régime Ngô Dinh Diêm en a perdu le sommeil des années durant, sans arriver à l'éradiquer. Pour les présidents qui ont suivi, c'était pire, la débandade généralisée. Le grand Bach Hai Duong apparaissait et disparaissait comme par magie pour agir au nez et à la barbe des pouvoirs en place, telle la grenouille narguant le crabe, ou un adulte agaçant un bébé. Rien qu'à entendre son nom, les bourgeois et les flics pâlissaient de trouille. Les aventuriers, eux, le considéraient comme un grand frère, un modèle de vertu et de loyauté. Tu comprends ce que je te raconte ?

— Euh…

— Tu es un porc. Ça ne te dit rien, vertu et loyauté ? Elles sont le privilège des héros, des gentlemen qui ne tremblent jamais devant la mort, qui considèrent les puissants comme des renards et des loups. Ils n'en font qu'à leur guise, au-dessus d'eux, le ciel n'existe pas ! Tu as compris ?

Il ne parle pas, il hurle, comme pris de délire. Ses yeux, écarquillés, brûlent de la passion des fanatiques, de ceux qui boivent leur dernière coupe de vin avant de dégoupiller la grenade ou de s'ouvrir le ventre. Il paraît indigné de devoir s'abaisser à de telles explications. Ses paroles semblent résonner dans son cerveau, surexcitant son cœur et le mettant presque en transe. Sa respiration s'accélère, ses lèvres tremblent, ses pupilles se dilatent, son regard devient fixe et dément. Il sent qu'il va perdre le contrôle et serre fortement les lèvres pour tenter de se dominer. Après un bref silence, il reprend, cette fois de la voix grave d'un procureur qui énonce la condamnation, d'un missionnaire mystique s'adressant à ses ouailles :

— Dans le gang de Bach Hai Duong, il y avait mille fois plus de vertu que chez tous ces faux moines, ces gueux qui entrent en religion pour se trouver à manger. Lors de l'initiation, chaque membre devait se couper et boire son sang pour jurer fidélité au chef et aux autres membres du gang. Si l'un d'entre eux mourait ou se retrouvait en prison, les autres devaient se charger de sa femme et de ses enfants. En particulier, ils leur garantissaient une vie paisible. Il était interdit de profiter de l'absence du titulaire. Le grand Bach Hai Duong avait personnellement exécuté deux membres qui avaient tenté de séduire les épouses d'hommes incarcérés. Grâce à cette discipline rigoureuse, son gang était devenu invincible, l'adversaire implacable de tous les pouvoirs politiques. Le grand Bach Hai Duong est l'idole de notre gang des Phénix volants. Ceux qui enfreignent les lois de la vertu, nous les considérons comme des traîtres, des malpropres à éliminer. Est-ce clair ?

— Euh…

— As-tu bien compris ?

— Oui, j'ai bien compris, répond l'autre en baissant la tête. Ses mains agrippent les bords de la planche. Elles tremblent, comme deux touffes d'algues agitées par le courant.

L'Aigle s'est interrompu. Il savoure en pensée l'ancienne gloire, les festins d'antan, l'or et l'argent dilapidés sans sourciller, les flatteries reçues, les bras des femmes qui l'ont étreint et dans lesquels il s'est abandonné. Le silence plane. Tous les détenus semblent envahis par la même nostalgie. Ils sont plus de soixante-dix, entassés dans ce bâtiment. Qui n'a pas de passé ? Même s'il n'est pas d'or, comparé à cet aride présent, il peut être un petit rayon de soleil, un parfum de liberté. Chaque spectateur s'est perdu dans ses propres souvenirs.

Silence. Silence absolu. Un silence froid comme l'hiver, étouffant comme le ciel d'été avant la tempête. Le souvenir n'est jamais anodin. Il peut avoir deux effets : la folie et la haine, ou le chagrin et la tristesse. Avec l'Aigle et les « grands frères », c'est certainement la haine.

Après quelques minutes, le seigneur de la prison reprend soudain ses esprits. Il a devant lui la cause de ce douloureux accès de nostalgie. Il a à ses pieds une proie, laide et tremblante. Ses traits se durcissent.

— Lève la tête !

— À vos ordres.

— Réponds-moi : tu es qui ?

— Euh…

— Tu es accusé de quoi ?

— De viol.

— Détaille !

— Euh… D'inceste.

— Tu es condamné pour inceste. Un père qui viole sa fille et qui l'engrosse. De plus, ta fille n'est qu'une enfant, elle n'a même pas treize ans. Tu es un porc à figure humaine, est-ce clair ?

— …

— Tu as compris pourquoi tu dois lécher le sol ?

— …

— Parce que c'est ainsi que tu mérites de vivre. Comme un porc. Il n'y a que les porcs pour agir comme toi : les verrats saillissent leur progéniture, les truies se font monter par leurs propres petits.

— ...

— C'est pour ça que, malgré notre cohabitation, tu n'es pas l'égal des autres. Tu n'as pas le droit de t'asseoir sur la même natte, de te coucher sur la même planche que nous. Entre l'homme et le porc, il y a une sacrée distance.

— ...

— Maintenant, écoute-moi. Avant de violer ta fille, tu as été un homme correct. Cette abomination est la conséquence de deux erreurs ou, si tu veux, de deux faiblesses. D'abord, les humains n'ont pas seulement les yeux du haut, ils ont un troisième œil en dessous de la ceinture. Chez l'homme c'est au bout de la bite, chez la femme, entre les poils de la chatte. La bite d'un type normal dispose de cet œil qui sait trouver le bon trou. Ta bite à toi est aveugle, voilà pourquoi elle s'est trompée. Deuxièmement, les humains ont un cerveau qui les aide à distinguer la voie droite et la voie interdite. Ton cerveau à toi est totalement stupide et bouché, voilà pourquoi il t'a fait commettre ces ignominies. Maintenant, je vais aider ta bite à ouvrir son œil et ton cerveau à s'aérer. Tu me comprends ?

— Je vous en supplie, seigneur, clame l'homme à terre.

— Allez, vous autres, au travail ! Ouvrez le cerveau de ce vieux pervers !

— Je vous en supplie, je vous en supplie !

Il joint les mains, se prosterne, se tape la tête par terre en suppliant. Mais les quatre « grands frères » et quelques «soldats armés» sont déjà sur lui, le retournent sur le dos, lui arrachent ses vêtements. L'Aigle jette :

— Pas besoin de le déshabiller. Enlevez-lui juste le caleçon.

— À vos ordres !

— Ouvrez d'abord l'œil de sa bite. Ensuite percez un trou dans son cerveau épais, pour l'alléger.

Aussitôt après, il s'assoit sur la planche et s'adosse au mur. Son rôle de metteur en scène est terminé, c'est aux acteurs à entrer maintenant en scène. Dorénavant il sera spectateur d'honneur. Comme les anciens princes et les rois occidentaux qui avaient leur loge réservée au théâtre, il occupe la meilleure place pour assister à la pièce.

Thanh est hypnotisé. Aucune personne extérieure, même à l'esprit tordu, ne pourrait imaginer une telle scène. Pourtant, Cu Den et les trois joueurs de poker semblent totalement indifférents. Blasés. Cu Den commence d'ailleurs à s'impatienter. Les trois autres lorgnent la scène tout en ramassant leurs cartes. L'un d'eux demande à Thanh :

— On redistribue ?

Thanh secoue la tête, les yeux fixés sur le malheureux. Les quatre grands frères l'ont immobilisé et badigeonnent le bout de sa verge de mélasse tandis que les «soldats» cherchent des fourmis dans la pièce. Ils trouvent sans peine. Quelques instants après, on entend le supplicié hurler :

— Ciel ! Pitié ! Pitié ! Je vous en supplie !

Il se tortille, se cabre, essaie de protéger son sexe de ses deux mains. Mais ses gestes n'entraînent que coups de pied et coups de poing d'une violence inouïe. Bientôt il ne crie plus, et ses bourreaux font subir le même traitement à son crâne. Thanh le regarde gigoter sur le sol. Les fourmis de ce bâtiment perceraient presque la pierre. Leurs mandibules sont redoutables et leur venin, très puissant, fait souffrir la victime mille fois plus qu'une aiguille acérée. Quand elles vous attaquent, votre peau gonfle et la blessure s'infecte. Même avec une excellente pommade, la cicatrisation n'a lieu qu'après deux ou trois semaines. Thanh, pour avoir quelquefois été mordu au pied et au bras, sait de quoi il retourne. Le sexe de l'homme n'est plus qu'une plaie. Ses hurlements, ses implorations deviennent haletants, rauques, puis se transforment en gargouillement confus.

Soudain, il essaie de se relever. Sa souffrance doit être à son comble. Après quelques sauts de carpe, il s'affaisse, la tête contre la planche, les genoux toujours sur le sol, le corps plié en deux, espérant sans doute soulager les horribles morsures. Son visage baigné de larmes, blême, strié de coups, est parcouru de frissons. C'est à ce moment que Cu Den jette ses cartes sur la planche et se retourne pour le regarder. Pendant quelques secondes, il émet un curieux bruit de déglutition ou de raclement de gorge. Ses yeux s'écarquillent, puis filent sur le côté, comme fatigués de fixer trop intensément un objet.

Les tempes du supplicié se contractent, des hoquets le secouent.

Le regard de Cu Den s'appesantit. Thanh ne l'a jamais vu ainsi et craint le pire. Se penchant par-dessus la table de jeu, il l'attrape par un pan de sa chemise. Mais l'homme de la jungle ne quitte pas le supplicié des yeux. Son regard est maintenant celui d'un nourrisson devant le mamelon de sa mère, doux, concentré, apaisé. Soudain, des éclairs parcourent ses pupilles. Il frissonne comme si le froid l'avait saisi, et se lève.

À la stupéfaction générale, il hurle :

— Stop !

Ce n'est pas un cri humain, provoqué par un état psychologique accessible à la raison. C'est un rugissement de tigre, en langage de la jungle, dépourvu de signification même pour des bagnards. L'Aigle, les quatre grands frères et tous les détenus se tournent vers Cu Den, effarés. Personne ne sait pourquoi il a crié aussi subitement. Personne ne sait ce qu'il veut. On dirait un fou. En trois sauts, Cu Den va se planter devant les quatre grands frères :

— Stop ! Je vous ai dit stop ! Compris ?

Alors seulement les bourreaux le comprennent. Ils se tournent vers l'Aigle qui détourne le regard, faisant mine de fixer la natte sur la planche devant lui. À ce signal, ils obtempèrent.

— Debout ! dit l'un d'eux au supplicié.

Deux autres le prennent sous les aisselles pour le confier aux «soldats» qui le traînent vers la salle d'eau. Là, il a le droit de se rincer le crâne et de plonger son sexe dans un seau d'eau froide.

Cu Den est toujours debout, l'air hébété. Il est dans un autre monde, l'esprit en dérive, telle l'écorce de riz emportée par le vent, ou une barque sans timon. Le seigneur de la cellule et ses acolytes osent à peine le fixer dans les yeux, comme s'ils avaient devant eux un King Kong. Depuis son arrivée ici, Thanh a appris à connaître ces regards fuyants. Ils sont désormais au nombre des «faits marquants» de sa vie.

Le jour où il avait débarqué dans cette cellule, à peine Thanh avait-il déposé ses affaires, sans avoir encore salué ses codétenus, qu'un homme au visage juvénile l'avait attrapé par les cheveux :

— Petit con, viens ici recevoir la loi !

Thanh était sous le choc, ahuri, quand un rugissement avait retenti derrière eux :

— Laisse-le tranquille ! Fiche-moi le camp !

Le prisonnier l'avait relâché sur-le-champ pour détaler comme un lapin. Thanh avait aussi remarqué un autre gars assis, le dos contre le mur sous la deuxième fenêtre, qui lui avait jeté un regard en coin avant de se détourner. Plus tard il comprit que ce dernier était l'Aigle, le seigneur de la cellule, et que le jeune détenu était l'un de ses «soldats». Il comprit également que «recevoir la loi» signifiait venir se prosterner devant l'Aigle pour se soumettre à son autorité et lui faire des offrandes… bref, devenir le sujet d'un pouvoir «impérial».

L'ami le plus proche de Cu Den, Ranh, lui avait raconté que lors de sa propre arrivée, quand l'Aigle avait voulu lui faire «connaître sa loi», Cu Den lui avait mis une volée. Ces bandits, habitués aux armes pour dominer leur monde, ne pouvaient rien en prison, à mains nues, contre ce colosse noiraud comme

un morceau de charbon, aux membres taillés dans
du bois de lim. Cu Den n'appartenait donc pas à la
cour du gang des Phénix volants, ni à aucune autre.
Et Ranh de conclure :

— C'est comme si tu avais touché le gros lot. En plusieurs années, Cu Den n'est intervenu que pour deux
personnes. Moi, son fidèle compagnon de galère depuis
le bagne de Thanh Hoa. Et maintenant toi. C'est tout.

*Ce malheureux est donc le troisième. Il y a sûrement
une bonne raison. Après déjeuner, je vais essayer d'en
savoir plus.*

Cu Den reste planté au milieu de la pièce. Une
statue. Quand le supplicié sort enfin de la salle d'eau
pour revenir à sa couche et s'enfouir sous sa couverture, le colosse se ranime.

— Bon, distribue les cartes ! lance-t-il en revenant
à la table de jeu.

Il se rassoit comme si de rien n'était. Thanh suit le
mouvement et s'engage dans la partie. Les prisonniers
de la pièce intérieure se sont tous retirés et les autres
tables de jeu reprennent leur activité. Quelques instants après, l'endroit résonne à nouveau des exclama-
tions des joueurs.

*

La pluie tombe toujours à verse. Les fenêtres sont
des carrés blancs opaques d'où jaillit de l'eau. Ceux
qui ont leur couche juste en dessous ont été obligés de
déménager vers le bout de la planche. Quelques-uns
ramassent des cadavres de papillons pour les mettre
de côté.

Cu Den vient de perdre trois parties d'affilée.

— Pas de chance aujourd'hui ! Je laisse ma place ! dit-il en jetant ses cartes.

— Moi aussi ! dit Thanh.

Cu Den le regarde, étonné :

— Tu étais en train de gagner ! Pourquoi ?

— Gagner ou perdre, trois parties c'est assez ! J'ai à te parler, viens avec moi, réplique Thanh, esquissant un sourire.

— D'accord.

Ils retournent à leur couche, s'adossent au mur et tirent la couverture jusqu'au cou.

— C'est mieux que de jouer aux cartes.

— Hein ? ! proteste Cu Den. Rien ne vaut les cartes. Sauf les jours de guignon.

— Bon, tu as raison. Mais j'ai une question à te poser.

— Je t'écoute.

— Le type de tout à l'heure, ce condamné pour viol et inceste, ils l'ont déjà torturé plusieurs fois, non ?

— Laisse-moi me souvenir, murmure Cu Den en comptant sur ses longs doigts noueux. Une, deux, trois…, sept… Sept fois. Oui, sept fois.

— Qu'as-tu fait les fois précédentes ?

— Ce que j'ai fait ? J'aurais dû faire quelque chose ? rétorque Cu Den, avant de grommeler : Eh bien, rien du tout.

— Alors pourquoi es-tu intervenu cette fois-ci ?

— Euh…

Cu Den reste bouche bée comme un gamin. On dirait qu'il ne le sait pas lui-même.

Puis il cligne des yeux et, à voix basse :

— Ses lobes d'oreilles ressemblent terriblement à ceux de mon grand-père. À un moment, sous les lobes, ses joues ont eu de petits frémissements. Autrefois, quand mon grand-père fabriquait ses paniers d'osier, il avait tout à fait le même tic.

— C'est donc à ses lobes d'oreilles que ce type doit la vie. Pourtant, ils n'ont pas changé de forme juste aujourd'hui ?

— Imbécile ! gronde le colosse. J'étais trop loin les autres fois, je n'avais pas pu les voir.

Ses paupières clignotent, et Thanh sourit :

— Et moi ? Qu'est-ce que j'ai de ressemblant avec ton grand-père pour que tu me protèges ?

— Toi ? s'esclaffe-t-il. Toi, tu ressembles au Vénérable de la pagode de mon village ! On l'appelait Vénérable, mais il n'avait que trente ans. Il m'avait surpris plusieurs fois, dans le verger de la pagode, en train de grimper au longanier et au pamplemoussier. Non seulement il ne disait rien, mais il se retirait dans l'arrière-cour pour me laisser voler les fruits. D'après mon grand-père, c'était charité de sa part. Il s'était éloigné exprès, de peur que je ne me casse la jambe en sautant si je le voyais. Tu as exactement ses yeux et son front. Quand je t'ai vu entrer ici, j'ai dû me pincer plusieurs fois, je croyais le voir.

Thanh se tait. Cu Den s'allonge et, en quelques secondes, il ronfle comme une scie. Dans cette cellule, aucun prisonnier ne s'endort aussi facilement que lui. Et aucun ne dort autant. Le sommeil de Cu Den est toujours profond, voire comateux. C'est son bonheur. Son évasion. Même quand il ne ronfle pas, sa bouche

s'ouvre et son visage redevient celui d'un enfant.
Malgré la touffe de cheveux blancs qui orne déjà le
sommet de son crâne. De l'enfant, il a tous les caractères : placide, sans ruse, indifférent à la mort sans toutefois rejeter la vie, serait-ce une vie de bagnard. Déjà
son surnom est une étrangeté pour un quadragénaire.
En vietnamien, «Cu» est à la fois un mot signifiant
«pénis», et un terme d'affection, comme on dirait
«mon petit oiseau».

— Cu, petit oiseau de maman, mon trésor !

— Cu, mon petit oiseau, viens, grand-père a un
cadeau pour toi !

— Cu chéri, tends ta joue à grand-mère, qu'elle te
fasse un gros baiser !

Ou alors, en parlant aux voisins :

— Il est tellement naïf, mon petit oiseau ! À la sortie
de la classe, ses copains lui ont fait les poches !

— Mon petit oiseau a commencé l'école hier, et
aujourd'hui il fait pipi dans sa culotte et refuse d'y
retourner.

Quand l'enfant atteint treize ans, l'âge de la puberté,
plus personne ne l'appelle «Cu». Sauf pour lui rappeler sa petite enfance ou lui témoigner sa tendresse,
mais discrètement, dans le tête-à-tête. Une mère ou
une grand-mère particulièrement affectueuse peut
par exemple attirer le garçon dans une chambre, ou
au fond du jardin :

— Comme tu as grandi, mon petit oiseau !

— Mon petit oiseau, tu es un jeune homme maintenant !

Mais elles ne le diraient jamais devant une tierce
personne. Tout comme le vieux vin tourne au vinaigre,

ces mots d'amour n'apporteraient plus alors que honte et irritation au jeune homme, qui pourrait même réagir avec insolence, au risque de blesser. Appeler « Cu » un garçon de quinze ou seize ans, c'est le provoquer, lui déclarer la guerre. La dénomination devient injurieuse et appelle la vengeance.

Cu Den, pourtant, accepte qu'on le nomme ainsi, et semble même l'apprécier discrètement. Lors de son premier procès, le juge l'a interpellé :

— Nguyen van Den !

— Pas de *Nguyen* ni de *Den* ! Je n'ai pas de nom de famille, je suis Cu Den !

C'est donc en tant que « Cu Den » qu'il figure désormais dans les dossiers de police et dans le registre des prisons. Du bagne de Thanh Hoa et de Ha Tinh jusqu'ici même, il traîne ce nom qui est sans doute le plus drôle, le plus court, le plus inédit, et que tous les gardes prononcent avec curiosité.

Thanh s'est souvent posé la question :

Pourquoi n'a-t-il pas accepté spontanément le nom convenable et passe-partout de «Nguyen van Den», que lui suggéraient les magistrats ? Qui ne voudrait pas avoir une famille et des origines ?

Plusieurs fois il avait voulu interroger Cu Den, sans s'y résoudre, par crainte de ses explosions de colère. Aux yeux de tous, Cu Den est une « bête de la jungle », une sorte de gigantesque orang-outan aux bras aussi longs que des fléaux, aussi durs que l'acier. Par ailleurs Cu Den est un gamin sans cervelle, pas très futé, toujours ahuri devant les réflexions ou les paroles des autres. Thanh l'a souvent constaté. Chaque fois que les prisonniers devisent sur des sujets simples ou se racontent des futilités, Cu Den reste un peu hébété, comme s'il réfléchissait dur. Longtemps après, alors que tout le monde a changé de sujet et oublié ce qui s'était dit, voilà qu'il se tape sur la cuisse en criant joyeusement :

— Putain, bande de singes ! J'ai compris maintenant !

Tel Archimède découvrant la poussée et sautant nu hors de son bain en criant « Eurêka ! »

Aussi apparaît-il toujours perdu, isolé dans le troupeau. Les détenus n'osent se moquer de lui, mais en leur for intérieur, ils le considèrent comme un primate, un homme de Neandertal. « Neandertal » est d'ailleurs le surnom que lui donnent discrètement quelques prisonniers instruits, car il va de soi que Cu Den n'en a jamais entendu parler de sa vie. Les moins instruits l'appellent, non moins discrètement, « l'homme de la jungle ». On considère aussi Cu Den comme un rêveur ou un somnambule, car il peut rester immobile des heures entières, la mine abrutie et les yeux dans le vague. Bref, c'est à la fois un être fruste, et difficile à appréhender. Il peut se montrer totalement indifférent à l'hystérie collective. En forêt, quand les détenus protestent bruyamment contre leur sort, il s'éloigne dans un endroit désert où il peut déterrer quelques ignames ou cueillir des fruits de garcinia. En cellule, quand tout le monde se dispute et intrigue, il se couche et dort. C'est un sanglier solitaire, un loup sans meute. De la part d'un prisonnier ordinaire, cette attitude serait considérée comme une provocation. Les « aigles » et les « grands frères » ne manqueraient pas de lui sauter dessus pour le torturer, comme ils l'avaient fait avec le vieux détenu ou avec d'autres prisonniers en situation de faiblesse. Mais Cu Den est Cu Den, et ils le laissent tranquille. Car, sans crier gare, il peut se mettre en colère et devenir violent. Il a ses raisons, qu'il est seul à connaître et dont il ne s'ouvre même pas auprès de Ranh, l'ami fidèle avec qui il a passé cinq ans au bagne de Thanh Hoa.

À la lumière des événements d'aujourd'hui, Thanh a compris que, si Cu Den s'obstine à garder son sobriquet d'enfant, c'est parce que l'enfance est la seule époque de sa vie où il ait connu l'amour. Sans doute son cœur de «bête de la jungle» n'a-t-il plus vibré depuis. Et ces souvenirs sont devenus sacrés dans son cerveau sauvage.

Cu Den est né dans un village de Phu Tho. Sa mère était la fille unique d'une misérable famille de ce village misérable. À treize ans, elle était devenue domestique dans une maison des environs. Elle ne rentrait chez elle qu'une fois tous les quelques mois, ramenant toujours un peu d'argent, de tissu ou de vivres. Le grand-père de Cu Den en était très fier, plus tard il disait au jeune garçon :

— Certains ont cinq ou sept enfants dont aucun ne s'occupe de ses parents. Moi, je n'ai qu'une seule fille, mais comme je suis heureux ! Ta mère est un oisillon qui, sachant à peine voler, a su aller chercher de quoi nourrir au nid son père et sa mère. Dans ce village, ce n'est pas le maire ni le secrétaire du comité local du Parti qui ont goûté à la première boîte de lait concentré, mais ta grand-mère et moi. Ta mère était partie en ville, chez une cadre du ministère du Commerce dont elle gardait le nourrisson. Elle nous avait rapporté quatre boîtes de lait concentré, de la marque au «petit nid».

Durant toute son enfance, cette histoire des quatre boîtes de lait concentré revenait sans cesse et elle devint une légende. Ses grands-parents aimaient tellement leur fille, si pieuse envers eux, qu'ils parvinrent à dépasser tous les préjugés de l'époque. Un jour, vers ses dix-sept ans, la jeune fille revint à la maison enceinte jusqu'aux yeux. Les parents serrèrent les dents et ravalèrent leurs larmes, mais n'eurent aucun mot dur pour elle. Les voisins avaient beau cancaner, ils faisaient les sourds. Si quelqu'un avait des propos insultants, le père sortait son couteau :

— Ma fille ne viole pas les sépultures de ta famille, elle ne vole personne, elle n'escroque personne. Celui qui la touche, je lui tranche la gorge, et je m'en fous si je vais en prison.

Au village, c'était la première fois qu'un père agissait ainsi. D'habitude, une fille-mère était battue, injuriée par ses propres parents. Certains, devançant les voisins, lui rasaient même la tête et la badigeonnaient de chaux avant de la chasser de chez eux. Les gens veulent préserver la réputation de leur famille, ils ont une peur bleue des railleries, car l'homme ne vit pas seulement de pain, mais aussi pour l'honneur. À l'époque, se faire engrosser, c'était comme se prostituer et donc salir le nom de sa famille, entacher l'honneur de chacun de ses membres. Les parents frappaient la pauvre fille, ses frères petits et grands se mettaient de la partie pour l'humilier. La mère de Cu Den avait eu beaucoup de chance d'avoir un père hors du commun, qui l'aimait et la respectait. Ainsi elle mit son enfant au monde sous la protection indéfectible de ses parents. Quand il eut un mois, elle leur confia tout ce qui lui restait d'argent et les supplia de l'élever :

— Père, mère, je me prosterne devant vous pour m'avoir donné la vie, pour m'avoir élevée, pour ne pas m'avoir chassée alors que j'avais commis une terrible erreur. Aujourd'hui mes épaules ploient encore sous les dettes, pourtant je dois quitter le village pour essayer de me faire une existence ailleurs.

Sa mère se lamentait :

— Tu viens d'accoucher, tu as à peine recouvré tes forces ! Ton garçon est encore tout petit, comment saurons-nous le nourrir ? Reste, on mangera ce qu'on a, des légumes, du bouillon de riz. L'important c'est d'être ensemble, réunis.

Les larmes de la jeune mère de dix-huit ans tombaient sur le visage de Cu Den :

— Comme vous m'aimez, père, mère. J'aime mon enfant pareillement. Mais il n'y a ici que des collines de cailloux et des rangées de manioc. Si je reste, nous allons tous mourir de faim. Je n'ai pas d'autre issue que de partir.

Un couple d'amis qui s'occupaient de flottage, expliqua-t-elle, lui avait proposé de venir travailler dans les montagnes avec eux. Ils avaient un petit capital et ne lui demandaient que d'enregistrer les cargaisons et de s'occuper du transport. Ses parents ignoraient tout du flottage car, depuis la nuit des temps, le village ne vivait que de la culture du manioc, du thé et de la vannerie. Tout leur savoir se limitait à ces collines pierreuses, à ces vieilles haies de bambou. Leur fille était une exception. Ils ne surent donc quoi lui dire quand elle leur annonça sa décision. D'autant qu'elle était déjà partie à treize ans, seule, pour aller travailler ailleurs. Personne n'aurait pu la faire changer d'avis.

À dix-huit ans, elle était donc repartie.

Après son départ, Cu Den fut élevé par sa grand-mère et nourri à l'eau de riz, et de soja. À sept mois, il mangeait de la bouillie de riz et, à un an il courait déjà entre le jardin et la maison. Tous les soirs, grand-père et petit-fils, main dans la main, allaient jusqu'à la haie de bambou pour contempler le crépuscule érubescent :

— La mère de Cu Den reviendra. Elle reviendra avec une malle entière de boîtes de lait concentré.

— Quand ta mère reviendra, nous irons la chercher à l'embarcadère.

— Quand ta mère reviendra, j'aurai sans doute perdu quelques dents de plus. Il me sera plus facile de boire du lait que de manger du riz.

Le grand-père n'avait jamais cessé d'espérer. À l'ouest, là où le soleil du crépuscule est écarlate, on apercevait le sentier qui menait au village en enjambant la digue. Au printemps et en été, cette digue formait un grand arc de cercle vert intense, puis, à la saison où l'herbe fane, elle devenait comme un mur gris. Quand il fut plus grand, Cu Den alla marcher sur cette digue et découvrit la rivière, l'embarcadère qu'avait emprunté sa mère lorsqu'il avait tout juste un mois. Comme son grand-père, il rêvait de celle dont il avait oublié les traits. Comme son grand-père, il se raccrochait au fantasme de son retour et de ce lait au goût si doux dont elle rapporterait des boîtes. Sa grand-mère, en revanche, gardait le silence. Elle mourut quand il avait trois ans, il garda donc peu de souvenirs d'elle. Il vivait avec son grand-père, qui faisait de la vannerie et plantait du manioc. Et, à cinq ans, Cu Den devint voleur. D'abord il chaparda des fruits dans le verger de la pagode. Puis il alla dans les villages voisins. À neuf ans, il perdait son grand-père. Un jour, il sauta dans le camion municipal qui transportait des briques. Il descendit à Vinh Yên. Après quelques jours d'errance, il sauta dans un autre camion pour aller à Hanoi, qui devint son deuxième pays natal. Là débuta sa vie de vagabond. Il fut copieusement rossé, puis apprit à rosser les autres. À dix-sept ans, il sut qu'il était un « vrai mâle » au sens de la jungle profonde où le mâle approche la femelle à la saison du rut.

Hanoi. À quinze ans, il y subit sa première condamnation. Temporairement incarcéré au camp Sao Do dans la province de Nam Ha, il fut ensuite transféré au bagne de Thanh Hoa. Pour lui, Hanoi était un désert où il n'y avait rien. Ni soleil du crépuscule au-dessus de la digue verte, ni embarcadère avec ses petits bateaux alignés sur la rivière, se balançant au rythme du vent et de l'eau. Ni vergers aux arbres chargés de fruits mûrs. À Hanoi, pas de grand-père ni de Vénérable. Personne.

*

Détonations.

Deux séries successives de trois coups de feu. Le peloton compte probablement six tireurs. Trois ont fait feu les premiers, les trois autres avec un temps de retard, malgré l'ordre hurlé une seule fois. L'exécution a lieu sur une pelouse au pied de la montagne. Chaque détonation se répercute sur une haute muraille rocheuse où même les chamois ne peuvent grimper et où ne poussent que des fougères. Les prisonniers l'appellent «le Dos de la mort». Le son y rebondit vers les parois avoisinantes, plus ou moins éloignées. Ainsi chaque coup de feu est suivi d'une succession d'échos, comme une superposition de tirages sur une même photo.

Un grand silence se fait dans la prison.

Cu Den se réveille en sursaut, rejetant sa couverture pour se mettre sur son séant. Les joueurs se figent. Tous tendent l'oreille. Tous attendent le septième coup, le coup de grâce. Tous imaginent le chef du peloton s'avançant vers le corps encore agité de convulsions, et posant sur sa tempe le canon de son revolver.

Cependant, cette fois, rien ne vient.

Puis de nouveau six détonations. Toutes en même temps.

Elles résonnent sur le Dos de la mort, couvrant momentanément le bruit de la pluie. Les échos arrivent ensuite, de plus en plus assourdis, comme s'ils avaient dû se frayer un chemin entre les gouttes.

Enfin, juste après, une détonation solitaire, tranchante, dure, résolue.

Le coup de grâce. Son écho rebondit sur les parois, net et propre comme un point final. Et c'est ce qu'il est : le point final d'une vie.

Ne reste plus que le bruit de la pluie. Une pluie sans repos, sans fin. Mécanique. Les détenus se taisent. Aucun n'a encore le courage de se remettre à jouer. Cu Den se recouche, s'enfouit la tête sous la couverture. Il ne participe jamais aux discussions entre forçats qui, immanquablement, suivent chaque exécution.

— Une vie qui s'en va ! observe l'un.

— Quelle heure est-il ? demande un autre.

— Dix heures ou un peu plus. Mais neuf, dix ou onze heures, on s'en fout, qu'est-ce que ça change à l'exécution ?

— Ça change beaucoup ! La dernière fois, les coups sont partis avant huit heures, à sept heures plus précisément. On devait aller aux champs chercher de la canne à sucre pour faire de la mélasse. On venait de terminer notre bol de maïs quand ils ont tiré.

— Mais il ne pleuvait pas ce jour-là !

— Rien à voir avec la pluie ! C'est parce que le condamné était un flic, un capitaine de police !

— Oui, je me rappelle. Le type était à la tête d'un réseau de trafic de drogue.

— Putain ! Quelle cervelle de porc, celui-là ! Pour être à la tête d'un tel réseau au niveau national, il faut être au moins vice-ministre, sinon ministre. Alors personne ne peut t'arracher quoi que ce soit, même un poil à la jambe. C'est toi qui ordonnes l'exécution des autres. Ce capitaine flic n'était qu'un pion. Il a été sacrifié.

— S'ils ont fait ça si tôt ce jour-là, c'est parce que le fusillé et les tireurs étaient du même corps de métier. Plus tôt on règle l'affaire, plus tôt on clôt le dossier et moins on risque de commérages et de commentaires. Et puis il y a encore du brouillard à cette heure-là, ça évite de voir le visage du collègue.

— Collègue, mes fesses ! Ce condamné était flic dans une autre province, il ne connaissait pas les types du peloton. Comme le cas était « délicat », d'après les gardes, on l'a fait exécuter loin de chez lui.

— Loin ou près, ils restent collègues. Ils sont tous flics, ils ont les mêmes grades, portent les mêmes uniformes. Et puis tous ces compères pratiquent le vol, la corruption et le trafic. Les chanceux passent à travers les mailles, les malchanceux y restent. Sans le crier sur les toits, ils ont malgré tout un esprit de corps.

— Peuh ! Ils ne s'aiment pas autant que tu le crois. Je me rappelle que le peloton avait tiré une salve de six coups suivie très vite par le coup de grâce. On n'avait même pas eu le temps de terminer la vaisselle que tout était fini.

— C'est vrai !

— Si ça s'est fait aussi vite, aussi proprement, c'est que personne n'a flanché. On arrive, on attache, l'ordre fuse, on tire. Simple comme bonjour. Aujourd'hui, ils devaient être troublés pour s'y reprendre à deux fois. Au lieu de sept balles, il leur en a fallu treize !

— Elle était sans doute très belle, cette Pham thi Lan.

— Ni belle, ni laide, m'ont dit les gardes. Du point de vue du physique, un 10 sur 20.

— Belle ou laide, c'était quand même une femme.

— Tu as raison ! Tirer sur une femme, ce n'est pas du tout comme tirer sur un homme. Elle appartient au sexe faible, elle est plus modeste, inférieure à nous. Créée pour qu'on se couche sur elle et qu'on s'amuse avec ! Lui tirer dessus, c'est comme faire du mal à sa propre bite, aïe aïe !

Les détenus s'esclaffent. L'un d'eux hurle :

— Il pue, ton raisonnement. C'est du bambou pourri, de la merde de constipé !

— Laisse-le parler, ajoute un autre. Il nous fait bien rire.

Un homme intervient d'un ton acerbe :

— Vos gueules ! Celui qui rigole trop recevra la visite du fantôme de Pham thi Lan ce soir. Elle l'étranglera. Elle n'a que vingt-sept ans. On dit que les jeunes fantômes sont puissants.

— Tu plaisantes, j'espère ? Tu es « grand frère » et tu as peur des fantômes ?

— Ce ne sont pas des histoires ! répond l'homme, la voix rauque.

C'est un des deux détenus qui ont été condamnés à perpétuité avec l'Aigle.

— Je n'ai jamais eu peur des vivants. Mais des morts, si !

Là-dessus, les discussions tarissent. Chaque joueur regagne sa couche pour s'allonger et écouter la pluie tomber.

Thanh s'adosse à son mur et regarde autour de lui. Les détenus sont entassés comme sardines en boîte. Ces hommes survivent avec très peu d'espoir et beaucoup d'obstination, comme par habitude, presque végétativement. Ils sont la lie de la prison, tellement endurcis que seul le bruit d'une exécution peut encore remuer leur cœur et leur esprit.

Ils ont beau rire et plaisanter, au fond de leur âme ils sont incapables d'entendre les tirs du peloton avec l'indifférence dont ils se vantent, tel un peintre tout fier d'exhiber ses tableaux. En tout cas, il leur reste un peu d'humanité, ils ne peuvent s'empêcher d'être touchés lorsque la mort frappe juste à côté d'eux; leur destin a bien failli être le même.

Les détenus à perpétuité avaient, pour la plupart, été condamnés à la peine capitale en première instance. Ils ont eu la chance inouïe de voir commuer leur peine par la Cour suprême. Thanh ne fait pas partie de cette catégorie de condamnés. Pourtant le destin de Pham thi Lan l'obsède. Pour une autre raison, que ses codétenus ne pénètrent pas, dans ce cloaque qu'est la prison.

*

Pham thi Lan était originaire de Nam Dinh. Cadre à l'Agence nationale des statistiques, c'était une femme sans histoires, qui serait restée parfaitement anonyme si elle n'avait pas été condamnée à mort.

D'après la presse, Lan était la benjamine d'un couple respectable. Une famille de confiseurs depuis plusieurs générations, d'une honnêteté exemplaire, qui ne suscitait aucune animosité et, au contraire, était très respectée pour sa droiture et son civisme. Lan n'était pas jolie. Sans être laide, elle pâtissait de la comparaison avec ses sœurs, de vraies beautés.

Mais dans l'absolu, des garçons l'auraient décrite comme une fille « potable » : « des nichons, une belle peau, des courbes, dommage qu'elle manque un peu de… piquant ». Sans doute à cause de ce « manque de piquant », sa vie sentimentale s'était révélée fort laborieuse. Avant cet ultime mariage, elle s'était déjà fiancée et mariée deux fois : une fois en robe blanche européenne, l'autre fois en tunique traditionnelle.

Deux lamentables échecs, malheureusement.

La première fois, elle était tombée sous le charme d'un jeune homme aussi beau qu'un acteur de cinéma de Taiwan. Son seul défaut était qu'il venait de la banlieue. Pour les habitants de la grande ville, en effet, les banlieusards ne sont que des coqs déguisés en paons, des blaireaux en fourrure de vison, des paysans en cravate.

En outre, il était encore élève à l'école normale quand ils s'étaient connus. Du point de vue intellectuel, pour les gens, il se situait donc en dessous d'elle. Bien sûr, ils avaient le même âge. Mais elle avait déjà fini les trois années de l'école de Statistiques et avait un poste, alors que lui n'était qu'étudiant.

Se sachant beau gosse, il était vantard. On dit que, les premiers mois, elle venait souvent le chercher à la sortie de son école pour l'emmener dîner. Elle lui achetait aussi ses vêtements. Lui, proclamait :

— Aujourd'hui tu m'entretiens, mais dans deux ans, c'est moi qui m'occuperai de toi. Ton salaire de statisticienne est peut-être un peu supérieur à celui d'un enseignant du primaire, mais ton métier n'évolue pas. Dans le mien, l'ancienneté apporte de nombreux avantages.

Évidemment elle le croyait. Le franc-parler est toujours signe de courage, et les hommes courageux savent tenir leurs promesses. Pour lui faciliter les déplacements, elle lui acheta une Honda, une moto toute neuve, aussi chère qu'une voiture bon marché.

— Quand j'aurai fait carrière, je changerai cette Honda pour une voiture. Nous pourrons promener les grands-parents, fanfaronnait-il.

L'avenir semblait tout tracé. Six mois après le début de leur idylle, Lan déclara à ses parents :

— Cette année est une bonne année pour moi. Je vous demande la permission de me marier.

Monsieur et madame Hung Long avaient déjà rencontré le prétendant plusieurs fois. Cependant ils restaient réservés :

— Il est bien physiquement, mais nous ne connaissons pas encore vraiment sa situation familiale. Rien ne presse, attends donc un peu.

— J'ai déjà vingt ans, insista Lan. Mes grandes sœurs se sont mariées à dix-huit ans, elles, vous avez oublié ?

Elles avaient même déjà des enfants. Mais leurs époux avaient été leurs camarades de classe, ils habitaient Nam Dinh et venaient de familles bien installées, dans les affaires ou à des postes en vue. Et par ailleurs elles avaient hérité la beauté de leur mère :

de jolis cheveux, des rondeurs, des lèvres pulpeuses, des yeux de jais aguichants : le genre qui réchauffe le cœur des hommes et sait enflammer leur désir. Lan, elle, tenait de son père, y compris pour l'allure. Les gens en plaisantaient :

— Lan est un monsieur Hung Long aux cheveux longs et lui, c'est sa fille en chauve. Les anciens, perspicaces en tout, disent souvent « à chaque panier, son anse ! »

Quand elle était encore petite, ces propos la rendaient plutôt fière, et son père en était très heureux. Mais ensuite, les choses se gâtèrent. Plus elle ressemblait à son père, moins elle avait de grâce et de charme, qualités déterminantes pour une femme. En termes crus, elle n'avait pas ce parfum de femelle qui affole les mâles à la saison du rut. Elle n'était pas laide, loin de là, mais elle avait quelque chose de… masculin, qui produisait un sentiment indéfinissable et éloignait les hommes. Ses grandes sœurs, les filles de sa classe recevaient des déclarations d'amour ou des taquineries dès l'entrée au lycée, voire dès la troisième. Pour Lan, c'était le néant. Aucun garçon ne s'en approchait. Voilà sans doute pourquoi elle voulait épouser à toute force ce séduisant banliousard : pour compenser l'abandon dans lequel elle avait vécu depuis ses quinze ans.

Ses parents, rongés d'inquiétude, accédèrent malgré tout à son désir et acceptèrent de recevoir les offrandes de la famille du garçon.

Ils arrivèrent non pas en voiture, mais en banal cyclo sur le toit duquel ils avaient accroché quelques guirlandes de fleurs en papier multicolore. On aurait dit un véhicule de réclame pour une troupe de théâtre des années trente. Porteuse d'une boîte contenant les cadeaux de fiançailles, la tante du promis y trônait, une quinquagénaire en habit de soie vert, au visage peinturluré comme une actrice de théâtre traditionnel *chèo*. Derrière le cyclo venait sur sa Honda le promis accompagné de Lan, parlant fort et riant bruyamment. Un vrai paysan ! Les parents de Lan avaient honte mais, pour garder la face, ils ne bronchèrent pas et se dépêchèrent de servir le festin, pour couper court aux commérages des voisins.

Après le repas de fiançailles, la coutume veut que les parents du fiancé rendent l'invitation. Pour que les deux familles puissent mieux se connaître, avant d'être liées par le mariage de leurs enfants, et que, pour les descendants à venir, il y ait «la maison maternelle» et «la maison paternelle».

Oubli ou intention, la famille du fiancé s'en abstint. En revanche, elle pressait les choses au prétexte que le grand-père du marié était à l'agonie et qu'il fallait absolument que le mariage ait lieu avant le début du deuil. Argument imparable. De toute manière, on ne pouvait plus reculer.

— Notre fille est décidée, dit madame Hung Long à son mari. Notre avis ne compte plus. C'est le sort qui l'a voulu.

Le mari poussa un gros soupir, résigné. Le mariage eut donc lieu une semaine après les fiançailles. Madame Hung Long prépara les bijoux destinés à sa benjamine et une dot assez coquette. Puis Lan revêtit sa belle robe à la blancheur diaphane, à la traîne interminable, selon la mode occidentale, et monta avec ses sœurs dans un taxi rutilant que garnissaient, du capot au pare-chocs, des nœuds et des bouquets de roses. Elle gagna la banlieue par des routes de terre semées de trous et arriva devant une haie d'hibiscus poussiéreuse. Alors elle dit au chauffeur :

— C'est ici !

Les trois grandes sœurs se regardaient, personne n'avait envie de descendre. Elles étaient sidérées par la plaque en tôle suspendue au portail et indiquant : «Épicerie générale. Saumure, sauce de soja, etc.»

Comprenant leur hésitation, Lan chuchota à l'oreille de son aînée :

— Ne t'en fais pas ! Ils sont moins riches que nous mais ils sont très gentils !

— Oui. L'essentiel, c'est que tu sois heureuse ! dit la sœur, rassurante.

Ainsi la benjamine de monsieur et madame Hung Long quitta la ville pour aller vivre dans la famille de son mari, famille à demi paysanne, à demi commerçante, qui possédait quelques arbres fruitiers et vendait de tout dans sa boutique de quartier, du clou à la bouteille de sauce de soja. Lan avait vingt ans, et à vingt ans les changements sont faciles à vivre, on a beaucoup de rêves et on s'adapte à tout. Quand ses parents l'interrogeaient, elle expliquait :

— Ils sont vraiment pauvres. Ils n'ont aucun capital et ne savent pas du tout s'y prendre pour gagner de l'argent. Néanmoins ils sont très raisonnables. C'est un point positif.

Puis elle ajouta que, quand son mari aurait fini ses études et aurait un poste d'instituteur, elle les aiderait financièrement et leur enseignerait les règles du commerce :

— Ils ont besoin de quelqu'un pour les guider. Ils sont travailleurs et ne demandent qu'à apprendre.

— Nous l'espérons, répondit monsieur Hung Long.

Même le cœur lourd, que pouvait-il faire d'autre qu'espérer ?

Un dernier-né est le fruit tardif d'un couple, le vivant témoin de sa passion restée intacte alors que sa jeunesse est passée. Il est donc l'objet d'une affection profonde et un peu inquiète, d'une tendresse mêlée d'impuissance. Et si la mort survenait avant qu'on ait eu le temps de voir le petit dernier devenir adulte, se marier et vivre une vie heureuse ? Pour cette raison, ils le gâtent, et cette inégalité de traitement provoque souvent la jalousie des autres enfants. Heureusement, les sœurs de Lan étaient déjà toutes casées et bien pourvues. Loin d'être jalouses, elles chérissaient leur benjamine.

À chaque réunion de famille, elles se pressaient autour d'elle :

— Comment va ta vie ?

— Ça va, ne vous en faites pas, les rassurait Lan. Ce sont des provinciaux. Ils sont débraillés, et pas très doués pour le commerce. Mais ils me respectent.

— Et lui ?

— Mon mari est très raisonnable. Son seul défaut, c'est qu'il aime trop s'amuser. Pourtant c'est une famille pauvre, mais comme il est fils unique, on lui passe tout.

En réalité, il n'en était rien. Son mari avait toutes sortes d'envies, mais n'aurait jamais pu les satisfaire sans ce mariage fructueux. D'abord Lan lui avait offert des vêtements à la mode, des bijoux et surtout sa belle Honda, rêve inatteignable pour un garçon pauvre. Ensuite elle vendit ses parures pour pouvoir verser des pots-de-vin au Bureau de l'organisation de l'école, au Comité populaire local et ailleurs, afin que son mari reçoive un poste de chargé de cours dans l'institution où il était élève. Et pour finir, elle remboursa elle-même les dettes de cette famille d'incapables. Sa belle boîte à bijoux tendue de soie s'allégeait mois après mois. Le collier de quatre taels d'or partit le premier, suivi par les sautoirs, les diverses bagues de pierre sculptée, de rubis et de jais… Enfin il ne resta plus qu'un simple bracelet que madame Hung Long avait précieusement confié à sa fille : « Garde-le toujours, quelle que soit la situation. Il n'est pas beau, il est vieux et abîmé, mais c'était le cadeau de ma mère à mon propre mariage. »

Quand Lan le vit au fond de sa boîte, aussi solitaire qu'un orphelin, elle se réveilla en sursaut, et toutes ses illusions sur le beau gosse des banlieues s'évanouirent. Elle fit ses valises et regagna la confiserie paternelle. En descendant du taxi, une valise à chaque bras, elle entra directement dans le magasin. Monsieur et madame Hung Long étaient en train de boire leur thé. Ils la regardèrent bouche bée.

— Je rentre ! lança-t-elle, devançant leurs questions. Ma chambre n'a pas changé ?

— Nous y avons entassé des cartons de marchandises, répondit son père. Mais je vais immédiatement les déménager au sous-sol. Dès cet après-midi, elle sera prête !

Il n'y eut pas d'autres questions ni d'autres explications. Tous savaient ce qui allait venir, dans quel engrenage le destin les avait poussés. Ils devraient tôt ou tard rembourser les dettes astronomiques de ce salaud, de ce «paysan en cravate», car il en avait certainement contracté dans ses multiples vies antérieures. Le mieux était de ne rien dire, de ravaler sa douleur et d'attendre que le ciel les délivre enfin de ce boulet.

Les parents se taisaient, les sœurs de Lan les imitèrent et les gendres, pour ne pas ajouter à la mortification de leurs beaux-parents, firent les morts. Tout le monde s'efforçait d'oublier. De faire comme si cela n'avait même pas eu lieu. La paysanne peinturlurée sur le cyclo de théâtre convoyant les offrandes de mariage n'avait jamais existé, ni le beau gosse à lunettes de soleil chevauchant sa Honda, ni le taxi recouvert de roses et de nœuds de satin, klaxonnant à tout va dans les rues. Lan était redevenue une sage jeune fille à marier. Quelquefois, des voisins essayaient d'en savoir plus. Le vieux couple répondait invariablement :

— La petite ne nous a pas donné d'explications. Elle nous a seulement dit : je n'étais pas heureuse.

Le deuxième mariage eut lieu trois ans plus tard. Cette fois-ci, Lan épousa un de ses collègues, un diplômé du troisième cycle, un «docteur», pour faire court. En poste à Hanoi, il avait été muté à Nam Dinh pour relever le niveau en statistiques de ses collègues locaux. Malgré un accent assez marqué qui le révélait originaire de Nghê Tinh, tous le considéraient comme un homme de la capitale, puisqu'il y avait son carnet de résidence. (Depuis la Révolution, disait-on, Hanoi était le terrain d'action des originaires de Nghê Tinh, qui commençaient à y supplanter les autochtones.) Monsieur et madame Hung Long avalèrent cette histoire et, bien sûr, s'estimèrent très honorés, eux pauvres provinciaux, de cette union avec un jeune homme de la grande ville. Ses parents travaillaient également dans les statistiques, au cabinet du Premier ministre. Ils devaient donc être des cadres de très haut niveau, pour servir ainsi à la tête de l'État. Et le curriculum vitae du jeune homme était certainement étincelant, assez pour compenser la laideur de son visage et le rendre moins sinistre; faire paraître moins rouge son nez bourgeonnant, moins agressives ses dents en avant, moins ridicule sa démarche traînante. En bref, du point de vue social, ce prétendant enfonçait largement le beau gosse de banlieue. Par ailleurs, malgré sa vraie laideur, l'homme révéla une galanterie «à la française». Il était aux petits soins pour Lan, avait pour elle des attentions qu'elle n'avait jamais reçues, sinon de ses parents. Il lui tendait un mouchoir quand elle voulait s'essuyer la bouche, lui servait une boisson fraîche quand elle avait soif, lui préparait ses vêtements quand elle entrait dans la salle de bains. En outre, il aimait manger et cuisinait à merveille. Dès les premiers jours, il était venu depuis le quartier qu'habitaient les employés du Bureau des statistiques faire chez les Hung Long la démonstration de son art culinaire, sous les yeux ébahis de la cuisinière attitrée. Grâce à lui, cette dernière apprit quelques recettes spéciales. Monsieur et madame Hung Long, pourtant habitués aux restaurants de luxe où ils allaient avec leurs amis, étaient remplis d'admiration :

— Un véritable jeune homme de Hanoi ! Belles paroles et mains d'artiste !

Si Lan l'épousait, ce serait pour elle un cadeau du ciel. Sa vie serait douce, oisive, et il lui servirait de bons petits plats. Pour ce qui était de l'amour physique, on pouvait espérer que dans le noir, le nez grumeleux s'effacerait au bénéfice de l'organe reproducteur. Cette fois, le mariage durerait et Lan aurait rapidement un bébé à chérir. On pensait même secrètement : ce type est de bonne famille, et vilain comme il l'est, il ne va pas courir les filles.

Pourtant, en l'absence de Lan, ses sœurs la plaignaient :

— La pauvre ! Elle ne mérite pas ça !

Bien sûr, Lan avait une allure plutôt masculine, mais elle présentait bien et en aucun cas ne pouvait être comparée à cet homme hideux.

Dans ces moments, le père intervenait :

— Les beaux gosses se révèlent souvent être de beaux salauds. Cet homme est laid, mais il sait se conduire. Lan n'a pas votre physique. Si le ciel ne nous accorde pas de riz blanc avec du pâté fin d'oiseaux, il faut se contenter de riz rustique et d'aubergines au sel. Il faut accepter son sort. Autant se résigner.

Croyant fermement à l'adage «mauvaise peinture, mais bon bois», les parents de Lan tablaient sur ce mariage. Ils achetèrent un appartement dans le nouvel ensemble qui venait d'être construit en plein centre. Ils l'équipèrent de meubles choisis dans les meilleurs magasins de la ville. Comme si le père voulait compenser le peu de beauté de sa fille adorée par les lamelles d'or retirées de son coffre en banque. Cette fois, tous les membres de la famille pensaient que l'embarcation était enfin arrivée à bon port et pouvait jeter l'ancre. L'avenir de Lan était assuré.

Et pourtant la vie lui porta un deuxième coup terrible. Contrairement aux attentes, l'idylle ne dura qu'un an et demi. Avant de filer à Hanoi, le deuxième mari, laid mais dégourdi, n'avait pas manqué de rafler quelques bagues et d'enfourcher la Vespa que lui avait achetée Lan. Les Hanoiens adorent les antiquités.

Les parents ne l'apprirent que quelques mois plus tard, car Lan restée seule dans son appartement ne leur avait rien dit. Quand il ne fut plus possible d'éluder les questions, elle répondit brièvement :

— Ce n'était pas le bonheur attendu. Il m'a proposé le divorce, j'ai accepté.

Madame Hung Long sanglotait. Le mari poussa un gros soupir :

— Le mariage est la chose la plus importante d'une vie. Pourquoi n'y arrives-tu pas ?

— Je ne l'ai pas voulu. C'est le sort qui s'acharne sur moi !

Puis, se mordant la lèvre pour réfréner un sanglot :

— C'est le ciel qui l'a voulu ! Moi, je n'ai pas demandé à naître.

Enfin, n'y tenant plus, elle se tourna vers sa mère :

— Pourquoi m'avez-vous mise au monde pour que je souffre autant ?

Elle éclata en pleurs. Les parents regardaient le sol.

Les temps avaient changé. Le divorce n'était plus un déshonneur pour une famille, comme vingt ans auparavant. Cependant, les ruptures ont toujours suscité des questions. La première fois, les commérages avaient été supportables. La deuxième, la jeune femme fut l'objet de toutes les suppositions. Ouvertement ou à demi-mot, on estimait que tout venait d'elle. Elle était difficile à vivre, elle avait une maladie cachée ou un handicap et n'avait pu contenter son mari, elle était stérile, ou encore son signe astrologique était néfaste et le mari, craignant pour sa vie, avait pris ses jambes à son cou. Dans tous les cas, c'était elle la coupable, et non le beau gosse de banlieue ou le cadre de Hanoi au physique repoussant et à la voix de miel. Même si ces deux échecs lui avaient coûté ses bracelets, ses colliers en or, ses bagues précieuses, disparues dans la besace d'autrui. Une dot qu'elle n'aurait jamais pu se constituer grâce à son salaire de statisticienne mais qu'elle devait au succès de la confiserie Hung Long, la plus renommée de la ville.

Le père et la mère se rendirent à l'évidence : l'amour et les soins qu'ils prodiguaient à leur fille ne lui apportaient que malheurs. Le père décida alors de changer de stratégie : il la renia.

Retournant les propos de Lan, monsieur Hung Long dressa le réquisitoire :

— Depuis que tu es au monde, nous avons tout fait pour que tu deviennes quelqu'un. Nous t'avons fourni nourriture et médicaments pour que tu sois en bonne santé, habits et bijoux pour que tu sois l'égale de tes grandes sœurs. Nous ne t'avons jamais forcée en quoi que ce soit. Études, mariage, c'est toujours toi qui as décidé de tout. Les anciens disent pourtant que l'enfant doit s'asseoir là où ses parents l'ordonnent. De nos jours, c'est la révolution permanente, les parents doivent obéir aux enfants ! Seulement, trop de brouillard finit par donner la pluie. Nous t'avons trop gâtée et tu nous as trahie. J'ai sept enfants, tu n'es pas la seule. Entre l'âge de vingt-deux ans où j'ai eu mon premier enfant et ton arrivée, mes cheveux ont eu le temps de blanchir, mais je n'ai jamais négligé mes devoirs de père. Aucun de mes enfants n'a encore osé me manquer de respect. Aujourd'hui tu es devenue insolente, la première sous ce toit à me manquer de respect. Tu oses nous reprocher de t'avoir mise au monde ? C'en est assez, je ne veux plus te voir, je te considère comme une goutte de mon sang qui se serait perdue, comme une morte. Je t'interdis désormais de pénétrer chez les Hung Long. Vis ta vie comme tu l'entends. Aux six autres enfants qui nous restent, j'interdis également de te rencontrer. Point final. Debout ! Fiche-moi le camp !

Lan n'avait pas bien compris. Elle restait assise. Les trois sœurs tombèrent à genoux pour supplier le père de lui pardonner. Madame Hung Long pleurait à chaudes larmes. Mais il se leva et vint se planter devant sa fille en hurlant :

— Debout ! Hors de cette maison. N'y montre plus jamais ton visage. S'il le faut, j'irai au Comité populaire pour te renier officiellement. Et dès maintenant, je l'annoncerai à tout le voisinage.

C'est alors que Lan comprit enfin qu'il ne plaisantait pas.

Elle retourna à son appartement, vécut avec son salaire de cadre moyen du Bureau des statistiques. Monsieur Hung Long ne fit pas la démarche officielle dont il l'avait menacée.

— On perd un temps fou avec les paperasses, disait-il. La confiserie est en pleins préparatifs pour le nouvel an. J'avertirai le responsable de quartier. Ce sera suffisant.

Il le fit, et ce fut officialisé lors d'une réunion communale. Ensuite la nouvelle se répandit par le bouche-à-oreille.

Lan avait vingt-quatre ans cette année-là.

L'année suivante scella son sort.

Le troisième mariage de Lan fut un vrai mariage d'amour. N'étant plus la benjamine des Hung Long, elle était devenue une libre prolétaire et, cette fois, un homme tomba éperdument amoureux d'elle. C'était un ouvrier de la Compagnie des textiles de la ville. Un veuf de trente-cinq ans, avec un fils à charge. Ils se connurent au club sportif communal. Lan était douée en volley-ball et avait été prise dans l'équipe de l'Agence nationale des statistiques. Doan, ouvrier mécanicien, faisait également partie de l'équipe de son usine. Chaque année, le Comité sportif municipal organisait un grand tournoi de jeux de ballon. Toutes les équipes y participaient et on en profitait pour repérer les bons éléments pour la sélection nationale. Football, basket, volley et ping-pong étaient les jeux rois, la passion des jeunes.

Pour certains, le ballon n'est qu'un loisir plaisant, pour d'autres c'est un espoir, sinon le rêve suprême. Des centaines d'amateurs se réunissaient : s'ils se faisaient remarquer par les experts et sélectionner, ils quitteraient la ville du textile pour gagner la capitale, cette terre promise de tous les provinciaux. S'ils pouvaient ensuite y faire carrière, leurs vies se transformeraient comme par un coup de baguette magique. Dans tous les pays pauvres ou riches, la route de la capitale reste toujours la plus magnifiquement éclairée. On ne savait si Lan et Doan étaient dans cette logique, mais dès leur première rencontre, le volley n'avait plus compté. Ils s'étaient épris l'un de l'autre. L'ouvrier mécanicien était veuf depuis six ans, six ans durant lesquels il avait trimé pour rembourser toutes les dettes contractées pour les obsèques de sa défunte épouse et les frais scolaires de son fils. Il ne lui restait même plus un centime pour s'habiller, aller au cinéma ou au théâtre. Vivant très chichement, Doan n'avait plus qu'un seul loisir, le volley. C'était un des sports de l'usine et les frais étaient, par conséquent, couverts par le syndicat. Le lieu de vie du jeune homme était exigu et aucune jeune femme, aucune veuve n'avait osé y entrer, c'est-à-dire entrer dans une chambre de douze mètres carrés, avec un garçon de dix ans accroché à son père comme un petit de trois ans. Après deux échecs amoureux et le rejet des Hung Long, Lan avait appris à se protéger : elle dit à Doan que son salaire était à peine supérieur au sien, mais que son employeur ne lui avait pas fourni de logement et qu'elle logeait chez une sœur mariée, près de son lieu de travail. L'ouvrier mécanicien la crut sur parole. Il faut avoir une grande confiance en quelqu'un pour l'aimer. Doan proposa donc à Lan de venir partager ses douze mètres carrés dans le minable quartier des ouvriers de son usine. Là-bas, il fallait aller chercher l'eau à la fontaine commune et faire la queue pour prendre sa douche ou se servir des toilettes, dans des locaux publics empestant la fumée des braseros à la sciure de bois. Faute de tenir dans les minuscules cuisines des habitations, ces braseros étaient placés devant les portes d'entrée, sur les vérandas. Quand on arrivait dans le quartier, on était surpris de les voir tous alignés devant les portes. À midi et le soir, tout le monde se mettait à cuisiner et la fumée s'élevait, noire, blanche, piquant les yeux et le nez. Les femmes et les jeunes filles s'accroupissaient pour souffler sur les braises, tendant leurs fesses vers les visiteurs ou les passants. Lan n'avait jamais connu pareille misère, mais elle acceptait de bon cœur car elle se savait vraiment aimée.

Comme Lan avait été reniée par ses parents et que Doan était orphelin depuis son adolescence, le syndicat de l'usine de tissage se chargea d'organiser le mariage. Un mariage à la prolétaire : bonbons et thé, en tout et pour tout. Ni robe blanche, ni tunique traditionnelle. Une fleur rouge écarlate en soie agrafée sur leur chemise fut le seul signe distinctif des mariés et le symbole de leur changement de statut. Après la cérémonie, Lan mit un gros cadenas à la porte de son appartement, l'abandonna aux araignées et arriva avec sa valise pour s'installer dans le quartier des ouvriers de l'usine.

Leur idylle dura dix-huit mois. Dix-huit mois de bonheur intense et partagé. Doan était un homme simple, très simple, se contentant de ce que la vie lui donnait. Après six dures années de veuvage, dîner le soir avec quelqu'un, faire l'amour la nuit et aller au volley le dimanche, main dans la main, était pour lui le summum du bonheur. Mais malgré ses goûts simples, il n'aurait pas dû oublier les besoins élémentaires de tout être humain. Dans cette pièce de douze mètres carrés, il n'y avait qu'un grand lit. Il y avait également un lit de camp, mais chaque matin, Doan le pliait et le rangeait dans un coin, contre le mur, pour faire un peu de place. Dans une famille normale, le grand lit serait allé aux parents et le lit de camp à l'enfant. Un garçon de dix ans est encore assez petit pour cela. Et il ne doit pas gêner l'intimité de la mère et du père. Malheureusement, le fils de Doan était un petit monstre. Il exigeait de dormir avec lui, comme il l'avait toujours fait depuis six ans. En outre, il avait pris l'habitude de toucher le sein de son père, de se faire porter pour aller aux toilettes, laver et habiller par lui. Bref, il faisait le bébé.

Lan ne pourrait jamais oublier le premier jour où elle pénétra chez Doan. Fou d'amour, l'ouvrier mécanicien courait dans tous les sens, faisait chauffer la bouilloire pour lui préparer du thé. Quand il eut fini, il arrangea un peu son lit pour faire asseoir sa belle :

— Je n'ai que ce lit ici. On y mange, on y dort. Il n'y a pas d'autre endroit.

— Ce n'est pas important ! répondit Lan. Ça reste plus grand que ma chambre chez ma sœur.

— Quand je serai devenu adjoint au contremaître, j'espère que j'aurai droit à une chambre de seize mètres carrés. En principe, c'est pour dans deux ans.

— Ne t'en fais pas ! J'attendrai, répondit Lan en pensant à l'hypocrisie de son premier mari, le beau gosse de banlieue.

« Doan n'est pas prétentieux, il est satisfait de son sort », pensait-elle en buvant son thé qu'elle trouva très bon.

À cet instant, le fils de Doan entra en trombe. Il darda immédiatement un regard menaçant vers la jeune femme. Ce n'était pas un regard d'enfant, un regard curieux, interrogateur ou intimidé. Loin de là. C'était un regard d'inimitié, de défiance. Dès le premier instant. Doan sembla embarrassé :

— Voici mademoiselle Lan, mon amie. Dis-lui bonjour.

Le gamin ne daigna pas répondre. Il s'était détourné, comme s'il n'avait rien entendu, comme si Lan n'existait pas. Après quelques secondes, il cria :

— Père, je veux toucher ton sein.

Devant les yeux horrifiés de Lan, Doan releva sa chemise et le garçon y glissa ses mains pour palper les seins du père. Sans doute la mine sidérée de Lan fit honte à l'homme. Il tenta de se justifier :

— Hoa, mon épouse acceptait tout de son garçon. Elle l'a laissé toucher ses seins jusqu'à l'âge de quatre ans. Depuis sa mort, il dort avec moi et, si je ne lui permets pas de le faire avec moi, il hurle toute la nuit. C'est insupportable pour les voisins, alors j'ai dû céder et il en a pris la mauvaise habitude.

— Mais ton fils a dix ans maintenant ! dit Lan, très gênée pour son amant. Il va à l'école et…

Le gamin se tourna soudain vers elle, l'air menaçant :

— Va-t'en ! Ne te mêle pas des affaires de ma famille !

Doan, rouge de colère, repoussa les mains de son fils :

— Tais-toi ! Tais-toi immédiatement, sinon je te flanque une gifle !

Le garnement, sentant que son père allait le faire, hésita une seconde avant de courir dehors.

Ce fut l'unique fois où Doan se montra déterminé à mater son tyran de fils. Après l'emménagement de Lan, il se révéla une vraie marionnette, un pleutre, l'esclave de son fils. Lan essayait de s'expliquer cette lâcheté : « Il a peut-être peur de sembler abandonner son enfant pour son amante. D'où son laxisme, et le garnement en profite pour le dominer entièrement. »

Elle avait de la compassion pour lui, elle voulait partager ses difficultés, mais toutes ses tentatives se soldèrent par un échec. Chaque fois qu'elle se proposait pour le laver ou le changer, le garçon refusait violemment, avec une insolence inqualifiable :

— Va-t'en ! Je veux mère Hoa !

— Va-t'en ! Ici, c'est chez père Doan et mère Hoa.

— Va-t'en ! Putain ! Fille à garçons !

Il lui jetait ces insultes à la face comme autant de crachats.

Sans avoir besoin de trop creuser, Lan avait compris que tout lui était soufflé par la famille de sa mère. Plusieurs fois par semaine, le frère cadet de Hoa venait le chercher dans sa vieille voiture pétaradante et crachant une fumée épaisse. Au bruit de l'engin, le gamin sautait de joie :

— Oncle Hy arrive, père !

Doan rangeait les affaires du petit dans un sac en nylon et sortait à la rencontre de l'oncle. Quelquefois, le gamin se plaignait d'avoir mal au pied, il hurlait en se roulant sur le lit et son père devait le porter. Cette attitude frappait tout le voisinage. Lan le devinait en écoutant les commentaires des gens autour d'eux, mais elle ne voulait pas envenimer les choses et se taisait. Elle ne se plaignait pas, ni ne cherchait à fouiller le passé de l'ouvrier mécanicien. Sans doute sa discrétion et sa retenue lui avaient-elles attiré la sympathie du quartier. Deux mois après leur mariage, quand elle y fut devenue une figure familière, une voisine lui dit, mi-figue, mi-raisin :

— Vous êtes vraiment courageuse de venir ici. Doan est devenu une femmelette depuis la mort de son épouse. Il n'y a que lui pour élever son gosse aussi lamentablement.

Lan demanda, la voix étranglée par l'amertume :

— Sans doute est-ce pour cela que, en six ans de veuvage, il n'a rencontré aucune femme ?

Et la voisine, du tac au tac :

— Il n'y a pas de «sans doute» dans cette histoire. C'est aussi clair que deux et deux font quatre ! Il a réussi à vous harponner parce que vous êtes une étrangère, vous ne connaissiez rien de lui. Notre usine compte mille six cents ouvriers, pour la plupart des femmes, parmi lesquelles de jeunes filles et de jeunes veuves. Mais toutes celles qui se sont aventurées ici ont pris leurs jambes à leur cou.

— Pourquoi ? L'appartement est trop petit ? demanda Lan, faussement naïve.

— Mais non ! réfuta sèchement la voisine. Dans ce quartier, tout le monde est à l'étroit. Réglementairement, chaque ouvrier a droit à six mètres carrés. Il faut être contremaître-adjoint pour bénéficier de seize mètres. Les filles n'osent pas entrer chez Doan car elles ont peur de son gamin ! Avoir un tel enfant, c'est héberger le malheur. Doan a été orphelin très tôt, mais il a été correctement élevé par son oncle et sa tante, il est gentil, très serviable et de plus, beau garçon. S'il n'avait pas eu cet horrible fils, c'est sûr que plein de filles seraient entrées dans son lit avant même la fin du deuil de sa femme.

Après cet échange Lan comprit comment les voisins voyaient Doan : comme une femmelette !

Une femmelette. Quel terme méprisant ! Pourtant Lan savait que Doan était un vrai homme, hors pair dans le domaine de l'amour. Comparé à ses deux précédents maris, c'est lui qui lui procurait le plus de plaisir au lit. Avec lui, elle s'était enfin sentie femme, réellement femme. Il lui donnait une félicité qu'elle n'avait jamais connue de sa vie. Il l'emportait vers des contrées et dans des cieux incroyables, que ses autres maris ne soupçonnaient même pas ou n'avaient jamais été capables d'atteindre. Doan ne pouvait être « femmelette » que sur le plan psychologique. Les gens disent : un homme en jupe. Lan en souffrait, mais ne pouvait qu'observer son mari en silence. Jour après jour, elle voyait bien qu'il se comportait de plus en plus comme une femme veule. Il était terrorisé par son fils. Comme la brebis devant le loup, la souris paralysée par le regard hypnotique de la vipère. Il lui passait tous ses caprices, pour que l'enfant ne hurle pas comme une sirène et ne rameute pas tous les voisins. Chaque fois que le petit tyran piquait sa crise, le visage violet, Doan suppliait Lan :

— Je t'en prie ! Ce n'est qu'un enfant !

Ou alors :

— Je sais que tu as bon cœur. Sois indulgente, s'il te plaît. C'est sa grand-mère et ses tantes qui le poussent à se montrer irrespectueux ! Nous nous aimons, c'est l'essentiel !

Quand Lan pleurait, il lui séchait les larmes avec son mouchoir :

— Ne pleure plus, mon amour ! Bientôt il aura passé cet âge ingrat, il grandira et nous quittera. Pour l'instant, il faut que nous le supportions, sinon nous serons l'objet des moqueries de nos voisins.

Que de gentillesse chez cet homme. Cependant elle ne venait que d'une extrême naïveté, qui allait presque jusqu'à la sottise. Avant que l'enfant ne devienne un adulte autonome, il faudrait au moins dix ans. Pendant dix ans, Lan dormirait sur le lit pliant. La nuit, elle devrait attendre que le gamin finisse de caresser les seins de son père et s'endorme avant que Doan défasse doucement ses mains pour aller la rejoindre sur la pointe des pieds, comme un chat. Puis le couple plierait en silence le lit de camp, le rangerait, sortirait une natte déjà prête sous le lit et l'étendrait sur le sol carrelé. Tout se passerait dans l'obscurité, car la lumière aurait réveillé le garçon qui se serait mis à hurler en appelant son père. À dix ans, il avait encore besoin de l'odeur de son père pour bien dormir. Quelquefois il se réveillait en pleine nuit et criait comme si on l'étripait. Ses hurlements s'entendaient dans tout l'immeuble, réveillaient tout le voisinage. À chaque fois, Lan se consolait : «Ce n'est pas avec lui que je me suis mariée. C'est avec son père, l'unique homme qui m'aime sincèrement. »

Pourtant, elle souffrait.

Elle ne pouvait se faire à cette situation.

La natte, qui datait certainement du premier mariage de Doan, était tout élimée, rapiécée avec divers tissus, elle ne les protégeait pas de l'humidité du sol. L'hiver, Lan était transie jusqu'aux os, attrapait des bronchites qui la faisaient tousser toute la semaine. Plusieurs fois, alors qu'ils faisaient l'amour sur le sol, le lit pliant leur était tombé dessus. Ils s'immobilisaient alors un long moment, retenant leur respiration pour que la douleur s'atténue, guettant le réveil du gamin, puis attendaient que le désir revienne. Plus souvent encore, au milieu de leurs ébats, le petit se réveillait en sursaut et criait comme un cochon qu'on égorge. Doan lâchait tout pour sauter sur le lit et le prendre dans ses bras, la laissant sur le sol, inassouvie. Parfois, le hurlement démarrait comme une sirène de pompier au point culminant de leur étreinte. Doan éjaculait à la va-vite, tel un soldat sautant une prostituée, se levait sans une caresse, pendant que son sperme se répandait sur le ventre de Lan. Elle, en pleine montée de l'orgasme, se voyait brutalement privée de son plaisir, comme un gosse à qui on retire un bonbon de la bouche. Elle restait à terre, anéantie, frustrée. Humiliée. Une humiliation qu'elle ne pouvait pas partager, même avec son mari.

Plusieurs mois s'écoulèrent. Lan ne pouvait oublier cette étrange sensation des gouttes de sperme éclaboussant son ventre. Les larmes de son malheur ? Quand cela se reproduisit, elle ne fut plus touchée ni révoltée, car elle savait dorénavant que son amant n'avait pas assez de compassion pour la comprendre, pour comprendre ce qu'elle endurait. Doan était gentil, d'une gentillesse primitive et obscure. Il devait croire que Lan était comblée sous lui, qu'une natte sur le sol carrelé était un cadre normal pour des ébats amoureux quand on n'avait droit, en tout et pour tout, qu'à douze mètres carrés selon les standards de l'État. Plusieurs nuits, allongée nue, dans le noir, sur la natte, Lan pleura. Elle pleurait en silence. Ses larmes n'étaient pas projetées comme les gouttes de sperme, mais elles coulaient, coulaient tels des ruisseaux prenant leur source aux coins des yeux pour descendre vers les tempes, les cheveux.

Une année pile après son mariage, Lan décida de rouvrir son appartement de soixante-sept mètres carrés au centre-ville.

Elle pensait que, dans un espace plus vaste et confortable, sa vie de couple serait plus heureuse. Elle avait cohabité douze mois avec Doan, dans son appartement misérable. Ce temps lui avait donné l'occasion de réfléchir sur sa situation et d'apprendre à accepter son sort. Son appartement, laissé vacant pendant un an, était poussiéreux, mais il n'y avait pas autant de toiles d'araignées qu'elle avait pu le craindre. Elle loua les services de quelques personnes pour faire un grand ménage toute une fin de semaine. Quand ce fut terminé, elle alla chercher son mari et l'y conduisit.

L'appartement apparut, étincelant entre ses murs passés à la chaux et ornés de tableaux. Le mobilier, meubles anciens, fauteuils de salon et buffets modernes, était tout ce dont rêvaient les ouvriers du textile comme Doan. Debout devant la porte, l'ouvrier mécanicien était semblable à Cendrillon pénétrant au château du prince. Lan annonça :

— Nous emménageons ici aujourd'hui !

Doan était abasourdi :

— Quoi ? Tu veux cet appartement ? Tu es sûre ? Le loyer doit être au moins égal aux deux tiers de nos salaires.

Comprenant sa stupéfaction, elle lui répondit calmement :

— Ne t'en fais pas ! Je n'ai pas à payer de loyer. C'est mon appartement personnel. J'ai vécu ici avant de te connaître... avant d'aller vivre chez ma sœur aînée.

Voyant qu'il n'était pas encore rassuré, elle continua les explications :

— J'y ai vécu avec mon ex-mari. C'est pour ça que je ne voulais pas y rester.

— C'est vrai ?

— Notre vie commune n'était pas aussi calme que la tienne avec Hoa. Après le divorce, ni l'un ni l'autre n'avions envie de rester en contact.

L'ouvrier mécanicien se permit un commentaire :

— Quel malheur ! Vous vous détestiez alors ! À l'usine, il y a quelques cas semblables. Après quatre mois de séparation, ils se tapent encore dessus avec des fléaux pour se défouler… Mais…

Après un instant de réflexion, il continua :

— Bon, vous vous haïssiez. D'accord. Qu'est-ce que l'appartement a à voir là-dedans ? Un appartement est un appartement ! Quelle histoire !

— La haine a besoin de temps pour s'évacuer, répondit Lan.

Doan déclara avec un grand sourire :

— De ma vie, je n'ai jamais haï personne !

— Ah bon ? répondit Lan, en pensant :

« C'est une qualité, mais en revanche, tu es incapable de sentir ce que les gens pensent de toi. »

Ils emménagèrent dans la semaine.

L'appartement disposait de trois pièces : le salon, vingt-deux mètres carrés. Deux chambres à coucher, chacune de quatorze mètres carrés. Les dix-sept mètres restants se répartissaient entre la cuisine et les toilettes. Pour des familles riches, cet appartement n'était pas un grand patrimoine mais pour le fonctionnaire moyen, c'était le rêve suprême. Que dire de Doan, simple ouvrier mécanicien ! Il faisait partie des catégories les plus basses dans une société où les couches sociales se distinguaient férocement. Quitter ses douze mètres carrés pour s'installer ici était pour Doan inimaginable. Aussi accepta-t-il ses deux heures de vélo quotidiennes, aller et retour, avec l'entrain d'un jeune de dix-huit ans. Son fils, enfant solitaire et détesté des instituteurs, ne montra aucune réaction lors du déménagement. Espérait-il recevoir meilleur accueil dans la nouvelle école? Dans l'ancienne, il s'était déjà fait rouer de coups par ses camarades. Il était souvent seul, renfermé, et n'aimait pas se lier. En outre il n'aidait personne, même pour prêter une gomme ou une règle.

— Non, tu vas l'user! disait-il quand un camarade lui empruntait sa gomme.

Ou pour une règle :

— Tu vas la salir!

Quand l'un d'eux laissait par mégarde une trace d'encre sur sa chemise, il lui envoyait, en représailles, une dizaine de jets. Avec lui, chaque fois, c'était l'escalade. Pour toutes ces raisons, le fils de Doan avait acquis une réputation de petit teigneux. En fait, le terme exact aurait été «tyran». Voyant son père préparer le déménagement, il avait fait comme si de rien n'était. Sans protester, ni participer. Son père avait toujours été à son service. Partout, il avait toujours dormi avec lui. Son père lui appartenait et cela n'allait pas changer.

Lan connaissait les pensées du garçon. Avec le temps, elle avait fini par comprendre qu'entre elle et lui il y avait un gouffre que rien ne comblerait. En revanche, elle était décidée à prendre ses distances avec ce couple père-fils. Une semaine après le déménagement, quand la situation se fut stabilisée, Lan dit à son époux :

— Ici, nous sommes en plein centre-ville. Personne ne tolère qu'un gamin de dix ans oblige encore son père à le laver. Personne n'accepte que ce garçon aille encore sur le pot comme un bébé de deux ans. Et il ne pourra plus hurler à toute heure du jour et de la nuit. Les voisins croiront juste qu'il est fou, et demande-ront à ce qu'il soit interné.

— Je comprends. Je lui dirai.

— Et s'il ne t'écoute pas, s'il ne t'obéit pas, que feras-tu ?

— Cette fois-ci, il m'écoutera, répondit Doan, très sûr de lui.

Doan semblait vraiment ferme. Il obligea le gamin à se servir des toilettes. Dans la cité des ouvriers du textile, les latrines et les douches étaient publiques. C'était pour les lui éviter que Doan avait accepté que le garçon se serve d'un pot. Les autres parents faisaient de même mais seulement pour les petits, jusqu'à cinq ans au maximum. À partir de six ans, chaque enfant devait, comme un adulte, apprendre à se rendre aux latrines publiques, à jeter les ordures dans les poubelles, à se brosser lui-même les dents et à s'habiller. Le fils de Doan était l'exception. C'était son père qui faisait tout. Il prolongeait absurdement l'enfance du gamin, au vu de tous. Le plus grave, c'est qu'il ne voyait pas ce que son attitude avait de ridicule.

« Il a bien mérité d'être traité de femmelette ! Et c'est injuste pour la gent féminine, car les bonnes mères n'agissent pas ainsi ! »

C'est ce que pensait Lan en se rappelant la salle de bains des Hung Long et ses brosses à dents alignées dans des verres. Dès trois ans, ses frères, ses sœurs et elle-même savaient se brosser les dents, se laver et se coiffer. À cinq ans, ils pliaient leurs vêtements et les rangeaient dans les tiroirs après que Lon, la jeune domestique, une lointaine nièce de sa mère, avait fini de les repasser.

«Nous sommes si différents l'un de l'autre! Nos deux mondes ne sont vraiment pas les mêmes. Mais je n'ai pas le choix. Il est le seul à m'aimer avec autant de sincérité», se disait-elle pour se réconforter quand le père et le fils se disputaient dans la salle de bains.

— C'est trop haut! Je veux mon pot!

— Tu es grand maintenant! Tu as passé l'âge. On se moquerait de toi.

— Je m'en fiche. Je veux mon pot.

— Nous sommes chez tante Lan, pas chez moi. Ici il n'y a que des cadres. Ils ne supportent pas les odeurs comme chez nous, à la cité ouvrière.

— Alors je retourne chez nous. Je ne veux pas rester ici.

— Retourne tout seul! Moi, je reste ici, répondit sèchement Doan avant de s'en aller.

Quand le garçon ressortit, la mine renfrognée, Doan ajouta :

— Je jette ce pot dès aujourd'hui.

Le garçon se tut. Il savait que son père lui avait déclaré la guerre.

Le lendemain, en rentrant du travail, Lan fut arrêtée par les voisins dans le couloir :

— On ne sait pas ce qu'il a fait, le fils de votre mari, mais depuis ce midi, ça pue dans tout le quartier.

Chez elle, Lan entra dans la salle de bains : le gamin avait déféqué par terre. Dans sa chambre, il jouait aux dés comme si de rien n'était. Lan attendit le retour de Doan pour lui montrer le tas d'excréments et se retirer dans sa chambre. Cette fois, Doan attrapa le gamin et lui flanqua une gifle retentissante. Mais au lieu de lui dire de nettoyer, ce fut lui qui s'y attela. Puis, après dîner, il dit à son fils :

— C'est l'heure d'aller se coucher, viens dans mon lit !

Comme s'il ne s'était rien passé.

Le lendemain, Doan demanda la permission de quitter le travail tôt pour rentrer avant Lan, comme s'il avait eu un pressentiment. Quand Lan rentra du Bureau des statistiques, elle trouva son mari tassé dans le canapé. L'appartement était jonché de lambeaux de tissu et de morceaux de mousse. Le gamin avait pris les ciseaux de cuisine pour tailler en pièces la couverture en coton et l'oreiller de Lan. En outre, avec les mêmes ciseaux, il avait troué le canapé et le fauteuil en similicuir. C'était sa vengeance pour la gifle de la veille.

— Où est-il ? demanda Lan.

— Il est parti. Sans doute chez sa grand-mère maternelle.

— Il l'a déjà fait ?

— Deux fois. Il connaît le chemin.

— Et toi ? Qu'as-tu fait ces deux fois-là ?

— Que pouvais-je faire, à part aller le chercher à vélo ? soupira Doan.

— Alors, c'est lui qui a gagné. Il te marche sur les pieds et il ne reconnaîtra jamais sa faute. Tu es un faible. Tu ne te conduis pas comme un père. Tu ne sais pas éduquer ton fils. De ma vie, je n'ai jamais vu un garçon aussi mal élevé.

Elle le regardait droit dans les yeux. Lui ne disait rien. Fuyant son regard, il se pencha pour ramasser les lambeaux d'étoffe à ses pieds. Une pensée fulgura dans l'esprit de Lan :

« C'est sûrement l'amour. Il n'y a que l'amour pour rendre un homme aussi faible. Moi-même, je me suis retrouvée dans cette situation. Je ne suis pas loin de la stupidité. »

Elle baissa la voix :

— Tu l'aimes beaucoup, n'est-ce pas ?

— Oui…

— Il est le portrait craché de sa mère ?

— Tout le monde le dit.

— Ton ancienne épouse était très belle ?

— Il lui ressemble. Elle était comédienne dans la troupe de théâtre de l'usine.

— Comment vous êtes-vous connus ? Il y a près de mille six cents ouvrières dans ton usine, alors que vous n'êtes que trente ouvriers mécaniciens.

— Je l'ai vue dans un spectacle. J'ai cherché son adresse pour lui écrire.

— Elle avait une très belle voix ?

— Non, elle était danseuse. La plus belle de la troupe.

— Je vois ! Le petit est tout le portrait de sa mère, alors il te commande comme à un esclave. Tu sais ce que ça veut dire ?

— Oui, je sais. Je me souviens des leçons en secondaire.

— Bien ! Maintenant, écoute-moi : je ne peux pas vivre avec un esclave. Car aimer un esclave m'obligerait à devenir esclave moi-même. De plus, esclave du gosse le plus mal élevé qu'on ait vu. Je ne tolère plus la présence de ton fils dans cette maison.

— Je t'en supplie ! Nous devons être patients. Il changera.

— Ton fils a déjà onze ans. Ce n'est plus un enfant en bas âge. Il ne changera plus.

— Je sais que mon fils te cause beaucoup de malheurs, mais je ne sais pas comment l'en empêcher. Nous vivions à deux depuis des années. Depuis la mort de Hoa, j'ai peur de le laisser seul. J'ai peur qu'il abandonne ses études, qu'il devienne un vagabond. Je me sentirais alors coupable envers sa mère.

— Et pour cette raison, tu cèdes à toutes ses exigences ? Sais-tu que tu deviens ridicule aux yeux de la société ? Tu ne t'en rends pas compte ?

— Je vis pour moi et pour mon fils. Je me moque de ce que les gens pensent.

— C'est toi-même qui m'as demandé d'être patiente, de peur des commérages des voisins. La société a souvent des préjugés sur la relation entre belle-mère et fils. Tu as oublié tout ce que tu m'as dit ?

— Je n'ai pas oublié, mais…

— Tu es plein de contradictions et tu ne le reconnais pas ! Tu veux que les autres fassent attention au qu'en-dira-t-on et toi, tu vis comme si tu t'en fichais. Dans tout cet immeuble, y a-t-il un autre homme qui élève son fils comme toi ?

— J'ai sans doute tort, mais je t'aime, Lan !

— Merci, mais je ne suis pas danseuse. Je suis une joueuse de volley. Je ne suis pas aussi belle que ton ancienne femme. En revanche, je suis de bonne famille. J'ai un bon métier. Je ne peux pas, par amour pour toi, subir cette humiliation.

— Je te supplie, Lan ! Je t'aime ! Sans toi, je serais très malheureux !

L'ouvrier mécanicien continua de la supplier, à court d'arguments. Il pleurait. Puis, s'essuyant les yeux :

— J'ai vécu avec toi tout une année. Je ne veux plus revenir en arrière. Sans toi, comment survivrais-je ?

C'était un aveu sincère. Avant de connaître Lan, il menait une vie misérable, sur le plan matériel comme affectif. Depuis qu'ils étaient ensemble, les repas de légumes et de saumure s'étaient enrichis de poisson frit, de viande mitonnée et d'omelettes aux oignons. Parfois, Lan ramenait des nems, des pâtés, du vin français, des choses jusqu'alors inconnues pour Doan. Le salaire de Lan était bien plus élevé que le sien. Généreuse, elle ne lésinait sur rien pour celui qu'elle aimait. Toute la cité ouvrière avait remarqué que, depuis son arrivée, Doan avait complètement changé d'allure. Il avait le teint frais, les lèvres rouges, son visage émacié s'était rempli et ses yeux brillaient. Ces six années de solitude avaient été une épreuve pour ce trentenaire. La malnutrition et la misère matérielle avaient été conjurées grâce à l'arrivée de Lan. Cette volleyeuse de l'Agence des statistiques avait été sa planche de salut, le brasero qui l'avait réchauffé dans l'hiver glacial. Il avait pu ainsi retrouver ses forces après une longue route. Il était terrorisé rien qu'à l'idée de retrouver cette vie de gueux, sa marmite et son feu de paddy. Il en tremblait de tous ses membres :

— Je t'aime ! Nous ne sommes plus si jeunes et nous avons tant souffert, tous les deux. Je ne veux pas te perdre.

Sa sincérité toucha Lan :

— Je t'aime, moi aussi, et je ne veux pas te perdre non plus. Mais nous ne pouvons continuer ainsi.

— Je te promets d'être ferme désormais avec la famille de Hoa. Je ne céderai pas au gamin ! Je te le promets !

— Je suis une femme, moi aussi. Moi aussi, je voudrais un enfant de mon mari. Tu n'as jamais pensé à ça ?

— Ah ?

Doan était décontenancé, mais répondit avec franchise :

— C'est vrai, je suis désolé. Mais je vais y penser désormais. Nous ferons un enfant. Nous avons tout le temps encore.

Observant ses promesses, Doan ne se pressa pas pour aller chercher le petit, comme d'habitude. Mais au bout de trois jours, il aborda le sujet avec Lan :

— Il ne va plus à l'école. Je ne sais pas s'il pourra rattraper.

Lan répondit sèchement :

— Ton fils peut bien redoubler une année pour devenir un enfant comme il faut. Si tu veux aller le chercher, rentrez tous les deux à la cité ouvrière. Je ne changerai pas d'idée.

L'homme se tut. Sans être très intelligent, il savait que leur histoire d'amour était sur le fil, à l'instar du ballon de volley sur la ligne de touche. Il suffit que le ballon bascule dehors et la partie sera perdue. Devinant ses pensées, Lan ajouta :

— Si la famille de ton ancienne femme aime vraiment cet enfant, elle proposera de le garder au moins
quelques années. Ce sera assez pour qu'il réfléchisse,
s'il est capable de réfléchir et s'il éprouve vraiment le
besoin d'avoir un père.

Après un silence, elle poursuivit :

— Et si jamais ils ramènent le gamin avant, c'est
moi qui lui dirai de retourner chez eux. Il a décidé de
partir, il n'a pas le droit de revenir.

Doan était sans voix. Lan ne dit plus rien, mais
elle savait que la tempête s'était levée dans l'esprit de
son mari. C'était un de ces hommes que le ciel aurait
dû faire naître femmes : ils couvent leur enfant, leur
donneraient le sein s'ils pouvaient, se tourmentent
pour eux jusqu'à la mort. Un cas très rare. Plusieurs
fois Lan avait surpris son air satisfait lorsque le gamin
lui caressait les mamelons, cet air bienheureux des
mères qui donnent le sein à leur nourrisson. Et ses
façons de l'enlacer, de lui tendre le bras pour qu'il
pose sa tête, de lui chanter des berceuses comme les
vieilles paysannes balançant le hamac pour endormir
les gamins les après-midi d'été !… Toutes bizarreries
à la limite de l'anormal chez un homme.

« Est-ce parce que j'ai plutôt l'allure masculine que
je dois aimer un homme efféminé et vivre avec lui ? Si
notre histoire d'amour répond à une loi d'équilibre
naturel, alors elle est le filet du sort dans lequel je suis
prise comme un poisson, sans aucune issue possible.
Dans ce cas, je dois rapidement faire un enfant. Doan
sera obligé de s'occuper d'un tout petit bébé et lâchera
un peu le grand. Ce sera peut-être l'occasion pour ce
dernier de se réformer. Il n'occupera plus toutes les

pensées de son père et ne pourra plus se comporter en tyran…»

Elle fit des plans d'avenir. Elle espérait que cette solution conviendrait à l'époux que le ciel lui avait attribué :

«À marmite ronde, couvercle rond. À marmite cabossée, couvercle cabossé. Je ne peux exiger un mari parfait à l'instar de mes sœurs.»

La famille de l'ex-épouse de Doan ramena le garçon plus tôt que Lan avait pensé. Deux semaines après sa fugue, le grand-père, la grand-mère, l'oncle et les tantes arrivèrent devant chez elle. Plantés devant la porte, ils ne saluèrent même pas Lan quand elle revint chez elle. Pour eux, elle était la deuxième femme, celle qui était arrivée en second lieu dans la vie du mécanicien, et par conséquent elle devait faire le premier pas pour les saluer et les inviter à entrer. Mais Lan, qui en avait vu d'autres dans sa vie, ouvrit, entra et leur claqua la porte au nez.

Lan s'allongea sur son lit et contempla le plafond. Quelle amertume, quelles déceptions elle avait dû endurer ! Pensant aux désagréments qu'elle devrait encore supporter si elle poursuivait sa liaison avec l'ouvrier mécanicien, elle était tiraillée.

«C'est le moment. Le moment de mettre un point final. Terminée, ta vie de femme.

— Trop tôt ! Tu n'as que vingt-six ans. Tu aimes encore trop l'amour pour passer la tunique des religieuses.

— Nul besoin d'entrer en religion ! Je pourrais vivre normalement, comme tout le monde. Le dimanche, volley ou piscine. Les vieilles filles sont légion dans cette ville. Je ne serais qu'une nouvelle venue parmi elles.

— La vie d'une vieille fille n'est pas facile. En outre, la plupart ne savent pas ce qu'est la vraie vie. Quant à toi, qui t'es mariée trois fois et as divorcé deux fois avec fracas, tu crois qu'il te sera facile d'en trouver un autre si tu lâches celui-ci ?

— Je n'ai pas besoin d'un homme. Je peux vivre seule, prendre mon plaisir seule.

— Tu mens ! Tu ne pourras pas monter au nirvana toute seule. L'aigrefin boutonneux ou le beau gosse fils d'épiciers avaient déjà été tes compagnons sur la route de la félicité. Mais cet ouvrier mécanicien, malgré sa veulerie, est celui qui s'y connaît le mieux. Il a l'esprit épais, mais c'est un amant hors pair. Tu as besoin de lui.

— Pas à n'importe quel prix ! J'ai perdu tant d'argent, supporté tant d'humiliations… J'en ai plus qu'assez de ces sales coups du destin.

— C'était le cas avec tes deux premiers maris. Doan, en revanche, n'est pas vénal ni profiteur. Il t'aime sincèrement.

— Mais il traîne un terrible boulet. Ses voisins de la cité ouvrière ont qualifié ce gamin de monstre. C'est un corps possédé par l'âme de sa mère, sinon par d'autres démons. Je ne peux pas vivre en sa compagnie !

— Avant de t'épouser, Doan a vécu seul avec lui. Ce gamin est l'infortune de son karma. Quand on aime quelqu'un, il faut accepter de partager bonheur et malheur avec lui. Et dans cette vie, hélas, le bonheur est rare et le malheur abondant ! »

Devant la porte, la famille de Hoa était figée de stupeur. L'attitude de Lan avait été une gifle retentissante. Au départ, ils se pensaient en position de force, croyaient que la belle-mère de l'enfant les accueillerait avec humilité, écouterait leurs reproches, puis s'excuserait et les remercierait d'avoir bien voulu garder le fils de son mari pendant deux bonnes semaines… Ils étaient abasourdis : la jeune citadine n'avait aucune envie de les reconnaître, ne les invitait même pas à entrer et manifestait clairement son désir de ne plus voir l'enfant.

Les gens qui passaient dans le couloir leur jetaient un regard discret. Ce n'étaient pas des ouvriers. Doan devait se sentir parmi eux comme un poulet chez les paons. Il ne tenait probablement pas un rang d'époux ici. Il devait faire profil bas.

Dans cette situation, la belle-famille avait du mal à faire bonne figure. Faire bonne figure, pour des paysans, c'était être vainqueur et on en était loin. Et si la victoire n'était pas à l'ordre du jour, il fallait bien reconnaître la défaite. Cette femme pouvait botter les fesses à son beau-fils et le chasser de la maison. Alors ce serait à eux de s'en charger, puisqu'ils l'avaient influencé et poussé à être irrespectueux envers elle. La grand-mère et les deux tantes avaient elles-mêmes proféré des insultes à son égard devant le gamin : « Cette putain qui drague les hommes ! »

Aujourd'hui ils voyaient de leurs yeux que la minable chambrette de douze mètres carrés ne pouvait se comparer même à la cuisine de ce superbe appartement. Doan n'avait qu'à vivre soumis comme un « chien à côté de son écuelle », à subir sans condition les volontés de son épouse, à considérer son fils et sa famille comme appartenant à un «passé misérable» dont personne ne voudrait se vanter. Leur position était vraiment défavorable. Ils n'avaient de plus aucun droit sur cette nouvelle femme de Doan. Où pourrait résider leur droit ? Comme famille de cet enfant qu'ils disaient vouloir protéger, rendre heureux au nom de l'âme de sa mère ? Mais pour cette femme de la ville, il n'était rien. Et c'était une attitude entièrement légitime. Depuis la nuit des temps, chez les paysans, d'innombrables femmes avaient passé outre aux commentaires et aux conseils des voisins pour proclamer à tous, y compris à leur mari :

«Je suis une vraie belle-mère, si tu ne peux pas vivre avec moi, alors prends ton fils et va voir les putes ! »

Les temps ont changé. Personne ne fait plus attention aux commentaires acides. Et la nouvelle femme de Doan n'était pas une paysanne, mais une citadine. Et quelle citadine, une de la haute ! Rien qu'à voir ses habits, ses chaussures, sa façon de déverrouiller le cadenas et d'entrer dans son salon étincelant en les regardant de travers, ils en frissonnaient… Bref, ils s'étaient lancés tête baissée dans une bataille où, dès le premier coup de feu, les vaincus hissaient le drapeau blanc. Entre cette grande femme à l'allure martiale et eux, le combat était trop inégal. On aime bien faire la morale mais, quand il s'agit de sac de riz, le ton change. Influencer et pousser le petit était une chose, l'élever, c'est-à-dire dépenser temps et argent, serait une autre affaire.

Ayant bien pesé le pour et le contre, les paysans prirent peur. Ils se retournèrent contre le petit. Le premier à tirer fut son oncle, le fils aîné de la famille qui, d'après la tradition, serait le soutien du neveu en difficulté :

— C'est de ta faute ! On te donne tout, on te passe tout et voilà le résultat : un gosse mal élevé ! Si ta belle-mère te chasse, tu n'as qu'à prendre ton baluchon et aller mendier.

— Je reste chez grand-mère et grand-père ! protesta le gamin. Je ne veux pas rester ici.

— Grand-mère et grand-père sont âgés, ils ne peuvent plus s'occuper de toi. C'est moi qui décide désormais et j'ai déjà ma femme et mes enfants sur les bras, rétorqua l'oncle tandis que les grands-parents se détournaient pour fuir l'appel au secours de l'enfant.

Ce dernier se tut, comprenant qu'il était trahi, abandonné, dans l'impasse.

Ce fut le moment où Doan arriva. Lan ayant verrouillé de l'intérieur, il dut appeler. Elle répondit de son salon :

— Tu peux recevoir tes invités au café d'en bas. Je viens de rentrer du travail, j'ai besoin de repos. De toute manière, le salon est entièrement dévasté.

— Lan ! Je t'en supplie !

Et elle pensait :

« Voilà mon mari. L'homme que le destin m'a attribué. Il ne sait que supplier, il ne sait rien dire d'autre. »

La honte l'étouffait, elle eut une envie irrépressible de hurler et de le chasser définitivement.

« Va-t'en ! Emmène ton fils, retourne d'où tu viens ! Je ne veux plus vivre ainsi ! Va-t'en ! »

Si elle en avait eu la force, elle se serait vengée et aurait humilié ces gens massés devant sa porte, qui représentaient le bonheur passé de Doan, mais étaient la cause de son malheur à elle. Elle avait ouvert la bouche, mais aucun son n'en sortait. Toute son amertume lui restait dans la gorge. Elle ne pouvait pas. Pendant que son mari continuait de la supplier à travers la porte, elle fonça dans sa chambre et s'effondra en pleurs sur son lit.

« Il reviendra, avec son insupportable gosse. Il me suppliera et je céderai. Peut-être que nos destins sont encore liés, ou que j'ai encore des dettes à rembourser ? À quelle heure mes parents m'ont-ils conçue, pour que mon sort soit aussi cruel ? Quand on est femme, on a intérêt à être soit très belle, soit très intelligente. Je ne suis ni l'un, ni l'autre, et je n'ai même pas la capacité de résistance des vieilles filles. Je suis seulement au monde pour que le ciel s'acharne sur moi ! »

Ses larmes inondaient la couverture. Perdue dans ses lamentations, Lan finit par s'assoupir. Dans son rêve, elle vit des incendies embraser de hauts immeubles, des cascades écarlates se déverser rageusement des terrasses, comme de la lave en fusion. Le ciel bleu de la ville avait viré au jaune chrysanthème, puis à l'orange, au rouge, un rouge de célosie, de sang frais, qui se fondait avec celui des incendies pour s'étendre indistinctement à tout le paysage, étourdissant, éblouissant.

« Les anciens disent qu'on voit rouge quand on va mourir. Vais-je bientôt mourir ? Et de quoi ? De chagrin, de maladie, de noyade ? De la morsure d'un serpent venimeux ? Il n'y en a pas en ville ! Pas plus que de barques pour sombrer dans les eaux ! Il ne me reste que deux morts possibles : la maladie ou le chagrin. »

Ces pensées traversaient son sommeil perturbé, entrecoupé de sanglots.

D'après Doan, la conversation avec la famille de son ex-femme avait été brève. C'était la première fois qu'il s'était montré aussi ferme :

— Si vous aimez le petit, ramenez-le chez vous et élevez-le. Vous rendrez Hoa très heureuse dans l'au-delà.

Personne n'avait répondu. Personne ne s'y attendait. Doan lui-même fut surpris. Il ne se pensait pas capable de dire cela car, même en rêve, il ne s'était jamais vu séparé de son fils. La situation présente lui avait dicté ces mots, causant l'effroi.

Depuis la mort de Hoa, le garçon était souvent invité dans la famille de sa mère. Elle habitait une banlieue à une dizaine de kilomètres de l'usine. Avant de devenir ouvrière et comédienne dans la troupe de l'entreprise de tissage, Hoa était la fille aînée, la plus belle de cette fratrie de paysans qui comprenait trois filles et un garçon. À dix-huit ans, diplôme secondaire en mains, elle s'était présentée à un poste d'ouvrière pour apprendre le tissage. Elle était la fierté de ces paysans restés au village, qui passaient leur vie à creuser la terre, à arracher l'herbe et à trimer derrière leurs haies de bambou. Après son décès, son fils avait perpétué son image.

Il était très aimé de ses grands-parents, de ses tantes et de son oncle. Ils lui avaient dit maintes fois :

— Tu es le sang de ta mère Hoa, notre perle, notre diamant. Si tu veux, viens vivre avec nous à la campagne ! Ta mère a grandi sur cette terre, il y a ici de grands vergers, des champs immenses où tu peux courir et t'amuser à ta guise.

Doan, crédule, avait pris ça pour argent comptant. Il avait même peur d'être éloigné de son fils et craignait pour ses études. Il répondait, comme on rabâche une leçon :

— L'air d'ici est pur mais, pour les écoles, ce n'est pas l'idéal. Aucune n'atteint un taux de réussite équivalent à celui des écoles primaires en ville.

Il essayait d'amadouer son fils :

— Il faut que tu rentres faire tes devoirs. Si tu as de bonnes notes, dimanche, je t'emmènerai aux combats de coqs ; si tu as de bonnes notes, je t'achèterai de nouvelles chaussures ; si tu as de bonnes notes, je t'offrirai un séjour à la capitale…

Avec le temps, le garçon avait fini par croire qu'étudier, c'était faire une faveur à son père, le récompenser, lui apporter de la joie. Voilà pourquoi il criait, quand il n'était pas content :

— Je ne vais plus à l'école, je rentre à la campagne, chez ma mère !

Dans la guerre contre un père trop faible, cette campagne représentait le maquis. Retranché dans la famille de sa mère comme un guérillero en embuscade dans la jungle, il lâchait des rafales de mitraillette sur Doan qui, peu à peu, se soumettait entièrement à lui. Doan en devenait incapable de réflexion, tel le buffle attelé à une presse de canne à sucre et qui tourne, tourne, jusqu'à l'épuisement.

La fermeté de Lan et les circonstances présentes lui avaient ouvert les yeux : la famille de son ex-femme s'était toujours moquée de lui, jamais elle n'avait eu l'intention de garder le petit. Ils avaient usé de cet artifice pour que le père devienne indispensable au gamin et qu'ainsi leur malheureuse fille accède à la sérénité dans l'au-delà.

Comme tiré d'un interminable sommeil, notre ouvrier eut un sursaut d'amour-propre et dit à ses beaux-parents :

— Depuis toujours, vous réclamez souvent votre petit-fils et vous voulez le choyer. Son oncle Hy et ses tantes aussi se sont proposés pour remplacer sa mère. Maintenant que je suis d'accord pour vous le confier, vous ne dites plus rien ?

— Ce n'était pas sérieux, tenta de se justifier le père de Hoa. Nous voulons tous qu'il devienne un homme. Mais tu vois bien, toi qui as vécu au village avec ton oncle et ta tante, quelles sont nos conditions de vie, à nous autres paysans. On peut difficilement se comparer à la ville.

— Donc, vous lui avez raconté des histoires ? Il vous a cru, lui. Au point que, trois ou quatre fois par jour, il me menaçait : je ne reste plus ici, je rentre au village de ma mère. Et moi, pour qu'il accepte de faire de bonnes études, je me suis plié à toutes ses exigences. À onze ans, il réclame son pot, ne veut pas dormir seul, sinon il hurle comme un fou en pleine nuit. Il ne se comporte pas du tout comme un petit garçon normal.

— Il fait encore dans son pot ? demanda l'oncle, les yeux écarquillés. Tu plaisantes ?

— Demandez-lui, répondit Doan.

Sous le regard de son oncle, le gamin détourna les yeux.

— Je… Je ne sais pas ! Je ne pensais pas…, balbutia le paysan. Qui pouvait se douter d'une telle abomination ?

Et il lui cria :

— Toi ! Quand tu es à la campagne, tu vas aux latrines comme tout le monde. Pourquoi tu fais tant d'histoires ici ? Réponds ! Réponds-moi immédiatement !

Le neveu gardait le visage fermé, le regard ailleurs. L'oncle, fou de rage, lui attrapa l'oreille et la tordit en hurlant :

— Vaurien ! Tu oses me défier ? Regarde-moi dans les yeux ! Tu sais qui je suis ?

Il était rouge comme un ivrogne. Il avait honte devant Doan. Lui, l'oncle Hy. Maintenant que leurs parents étaient âgés, c'était lui le responsable de toute la famille. Depuis le décès de sa grande sœur, Hy avait tout fait pour que son neveu ne manque pas d'affection. Cent fois il était venu le chercher, le couvrait de cadeaux, lui apportait de la campagne du taro de miel, du riz gluant, des épis de maïs fraîchement coupés, des bonbons de riz grillé… Sa vieille voiture avait consommé beaucoup d'essence pour faire la navette entre le village et la cité ouvrière. Cent fois, au marché du district, il avait dû se dépêcher de solder ses paniers de légumes et ses sacs de haricots dès le coucher du soleil, pour aller chercher le gamin.

Et ce neveu mal élevé osait le défier.

« L'ingrat ! Le misérable ! pensait le frère de Hoa. J'ai réchauffé une vipère dans mon sein. C'est la faute à ses grands-parents et à ses deux tantes, ces deux vieilles filles. »

Il se tourna vers Doan pour s'expliquer :

— Tu sais que je travaille dur. Tous les jours, mon dos cuit au soleil dans les champs. Je ne sais pas ce qu'ils ont soufflé à l'oreille du petit, chez nous, pour qu'il devienne aussi mauvais. Dans ma famille, nul n'ose détourner la tête quand je le questionne. Pourtant aucun de mes quatre enfants, filles et garçons, n'a été aussi choyé que ton fils.

— Oui, tu l'as gâté, et ça n'a produit que des catastrophes. L'autre jour, j'ai mis de côté son pot de chambre. Pour se venger, il a déféqué en pleine salle de bains. Je lui ai flanqué une gifle. Le lendemain, il a pris les ciseaux pour lacérer les oreillers et la couverture de Lan et détruire le salon.

— Quoi ? Le salon bleu au milieu du séjour, face à l'entrée ?

Le frère de Hoa était horrifié. Que le petit ait déféqué par terre, passe encore, mais qu'il ait détruit le salon, c'était un grand choc. Hy avait aperçu la pièce quand Lan avait ouvert la porte. Habitué des marchés du district et de la ville où il vendait ses légumes des quatre saisons, il en connaissait le prix.

Doan répondit :

— Exactement. Il a utilisé les ciseaux de cuisine pour lacérer le canapé et le fauteuil, puis il a sorti les bouts de mousse qu'il a jetés partout avant de prendre ses affaires et de filer chez vous.

— Sale gosse ! rugit l'oncle en fixant le visage de son neveu.

Dans ses yeux brillait la consternation absolue, doublée de haine, cette haine de ceux qui labourent la terre, sarclent toute l'année, et découvrent soudain leurs champs ravagés par des vauriens.

— Tu es un voyou ! répéta l'oncle, la voix rauque de dégoût. Même en m'échinant toute une année, je ne pourrais jamais amasser assez d'argent pour m'offrir un tel salon. Misérable ! Déjà vandale à onze ans ! Ton avenir, c'est d'être bandit, il n'y a aucun doute.

Tout le monde courbait la tête de honte et de peur.

Surtout de peur.

Personne n'aurait cru que ce petit neveu tant aimé pouvait commettre des actes aussi abominables. Pour ces paysans, détruire un objet qui valait une moisson entière de riz, c'était comme tuer un buffle ou mettre le feu à la maison des voisins. Un crime. Eux, des travailleurs acharnés et honnêtes, ils ne pouvaient se permettre de rester liés avec un criminel. D'abord parce qu'ils n'avaient aucun moyen de rembourser les dégâts. Ensuite leur affection n'était pas assez forte pour le garder à côté d'eux : vivre avec un criminel est dangereux. Soudain ils n'avaient plus qu'un seul désir : rompre les liens du passé, oublier les chuchotements imbéciles, les commentaires acerbes et les paroles perfides qu'ils avaient soufflés à l'oreille du petit sous l'emprise de l'égoïsme et de la méchanceté.

Le père et la mère de Hoa étaient effondrés sur leurs sièges. Les deux tantes célibataires s'agrippaient l'une à l'autre. Comme si le contact corporel pouvait leur être de quelque secours devant l'effroi. À chaque moment, le regard furieux de leur frère aîné pouvait tomber sur elles, qui choyaient ce sale gosse lors de ses visites. Heureusement, il était obnubilé par ce salon d'une valeur exorbitante. Ses yeux, rivés au visage du garçon, reflétaient la colère mais aussi le dégoût : celui qui ramasse chaque sou entre les rangées de haricots et de manioc ne peut pardonner à celui qui flambe l'argent. Les doigts de l'oncle tenaillaient toujours l'oreille écarlate du neveu. Il assénait mot après mot :

— Tout le monde connaît maintenant ton vrai visage. Je t'interdis de remettre les pieds au village. Je ne veux pas que mes enfants côtoient un vandale de ton espèce. Tu as compris ?

Il lâcha l'oreille du gamin pour s'adresser à tous :

— Ouvrez bien vos yeux ! Ne vous mêlez pas des affaires des autres sans en connaître les tenants et aboutissants.

À qui s'adressait cette remarque ? Aux deux sœurs, c'était certain, mais également aux vieux parents. La grand-mère, qui avait eu le plus d'influence sur le gamin, baissa les yeux.

Doan observait son fils en silence. Ce dernier ne hurlait pas, ne se roulait pas par terre comme d'habitude. Il se taisait, supportait la douleur et les accusations de son oncle sans broncher, le regard dur, obstiné, mais patient et rusé. Il était plus intelligent que Doan ne le pensait. Pour la première fois, ce dernier comprit qu'il avait été mené en bateau des deux côtés : aussi bien son fils que la famille de son ex-femme avaient largement profité de sa balourdise.

*

Pour Lan, la vie redevint normale. Elle sembla même s'améliorer sensiblement, après toutes ses difficultés.

Devant la porte d'entrée, Doan exigea du gamin :

— Tu as volontairement quitté cet appartement. Tu n'as pas le droit de revenir sans avoir demandé pardon à tante Lan.

Le garçon ne disait rien. Doan répéta un ton plus haut :

— Demande pardon à tante Lan !

Le garçon se déroba et courut dans la chambre que Lan leur avait attribuée, à lui et à son père. Ce fut Doan qui dut piteusement demander pardon pour son fils.

« C'était prévisible, pensa Lan. Il va me supplier et je céderai. Comme le sort en a décidé. »

Cependant elle espérait que le garçon finirait par reconnaître ses torts et que sa méchanceté s'évanouirait avec le temps. Il n'avait plus d'autre refuge désormais que ce lieu, et elle en était la propriétaire.

Les Hung Long, même s'ils avaient officiellement renié leur fille, surveillaient sa vie à distance. La deuxième sœur de Lan était mariée avec le fils de l'adjoint au directeur des Ressources humaines de la mairie. Ce dernier voyait souvent le directeur de l'usine de textiles, la plus grande entreprise de la ville. Grâce à cette relation, les Hung Long avaient loué les services d'un détective privé pour fouiller le passé de leur gendre. Le détective, sous une couverture de journaliste, se présenta à l'usine pour un reportage. Lunettes à monture d'écaille sur le nez, appareil photo autour du cou, l'homme arriva sur sa grosse moto et alla tout droit aux bureaux de la direction. Le chargé de communication lui servit de guide. Passant d'un atelier à l'autre, il prit en photo les plus belles ouvrières. Mais une fois arrivé à l'atelier de mécanique, il se mit vraiment à mitrailler. Son doigt bagué n'arrêtait pas de presser le bouton. Les trente ouvriers furent photographiés, seuls, en groupe, avec leurs noms clairement indiqués. Le journal, expliqua-t-il, préparait un dossier spécial sur les ouvriers mécaniciens. Après avoir enregistré les interviews et fait tous les portraits qui devaient sortir en première page, il demanda au bureau du personnel de lui copier les fiches des dix meilleurs ouvriers, qu'ils soient contremaîtres ou simples exécutants. Évidemment la fiche de Doan se trouvait parmi celles demandées. Le reporter se rendit ensuite à la cité ouvrière pour tout prendre en photo : les braseros à la sciure devant les habitations, la pompe à eau, la citerne, le parc des enfants, les latrines communes, les ouvriers avec leurs seaux et leur linge faisant la queue pour prendre leur douche, les repas en famille… Bref, assez pour alimenter au moins quatorze numéros du quotidien du Parti.

L'enquête bouclée, la famille Hung Long se réunit. Ils examinèrent photo après photo. Le père ne disait rien. Les sœurs et la mère s'exclamaient sans cesse :

— Ciel ! Comme c'est misérable ! Comment peut-elle survivre ?

— Vous avez vu la queue pour les douches ? Plus longue que celles pour aller acheter du riz naguère !

— Pauvre petite ! Elle a vécu là un an ! Vous vous rendez compte ?

— Ma fille est bien ma fille. À force d'être malmenée par le sort, elle a enfin ouvert les yeux. Elle sait ruser pour sonder le cœur des hommes.

La deuxième sœur rangea les photos :

— En définitive, cet homme est sérieux et honnête. Mais pourquoi on le surnomme « Doan la femmelette, la poule qui couve son poussin » ?

— Sans doute parce qu'il élève son enfant comme une femme, observa madame Hung Long. Veuf depuis six ans, il élève seul son enfant, n'est-ce pas vertueux ?

— Pour savoir si c'est de la vraie ou de la fausse vertu, il faut quantité d'épreuves. Au moins, ce n'est pas un type qui cherche la grosse dot, ajouta la sœur aînée.

Monsieur Hung Long n'avait pas prononcé une parole. Une fois les filles et les gendres partis, il dit à sa femme :

— Son mari doit faire chaque jour deux heures de vélo aller-retour pour se rendre au travail. Libéré de ce temps, il pourrait aider Lan aux tâches domestiques.

L'épouse, comprenant l'idée du mari, téléphona à sa fille aînée pour lui confier une mission. Deux jours plus tard, Lan était à son bureau quand quelqu'un entra sans frapper :

— Bonjour, Lan !

— Grande sœur !

Lan sauta au cou de sa sœur. Elles éclatèrent en sanglots en s'étreignant. Depuis le jour où son père l'avait chassée, Lan n'avait revu personne. Finis les repas de famille, les conversations et les rires, finis la bonne odeur de l'encens et les fruits disposés sur l'autel des ancêtres, les senteurs gourmandes qui s'échappaient des buffets recelant gâteaux et friandises ; elle était privée des visages et des regards si affectueux, si protecteurs de ses parents. À cet instant, elle mesura tout ce qu'elle avait perdu. Elle comprit enfin ce que le nom de Hung Long avait représenté pour elle. Les larmes inondaient son visage. La grande sœur la serrait dans ses bras, sanglotant de compassion pour sa benjamine, le membre souffrant du corps familial. Elle tentait de se représenter tous les malheurs et les amertumes que Lan avait dû subir. Son doux cœur de femme avait mal, il avait peur. Elle tremblait comme une petite fille assise dans une maison chauffée qui voit quelqu'un lutter sous la pluie glaciale. Leurs larmes se mêlaient, quand un collègue frappa à la porte.

— Zut ! Nous sommes sur ton lieu de travail ! dit la grande sœur en essuyant précipitamment ses larmes.

— Ce n'est pas grave ! répondit Lan en mettant ses lunettes de soleil pour aller ouvrir la porte et promettre au collègue de lui apporter les documents dans cinq minutes.

La grande sœur lui remit une enveloppe :

— Mère dit que c'est pour la moto de ton mari. Quand tu auras un bébé et quand il aura un mois, amène-le à la maison pour honorer ses grands-parents. Père te pardonnera.

La vie de Lan remonta doucement la pente.

Doan, lui, allait au travail sur sa moto flambant neuve et faisait le fier devant toute l'usine :

— Je ne crois pas à l'astrologie. Mais si jamais elle dit vrai, alors mon destin est de tout devoir à ma femme.

Disposant de deux heures de plus par jour, il assuma pratiquement toutes les tâches ménagères. Lan, après le travail, n'avait plus qu'à se laver, se changer et se mettre à table, devant le repas déjà fin prêt. Son appartement brillait de propreté. Le salon avait été réparé. Cette fois-ci Lan avait choisi un revêtement en cuir véritable, de couleur marron clair. Évidemment c'était beaucoup plus cher qu'une garniture en similicuir, mais il servirait à plusieurs générations. Lan avait été augmentée et nommée adjointe du chef de service, à la tête d'une bonne dizaine de collaborateurs masculins. Il ne lui restait plus qu'à faire un enfant, puis rentrer à la maison paternelle avec le bébé pour recevoir le pardon de son père.

Pourtant, au moment où elle allait sortir du tunnel, où elle apercevait déjà la lueur au bout, Lan se rebella. Elle n'acceptait pas son sort. Elle ne voulait pas être cette femme malchanceuse qui devait se contenter de l'adage «à marmite déformée, couvercle déformé». Elle commença à se poser des questions sur sa vie.

«Pourquoi devrais-je accepter cette vie ? Cette vie de voleur dans ma demeure ? Suis-je une mendiante dans mon propre appartement ? Tout ça pour satisfaire mes besoins sexuels avec ce mécanicien, parce que j'ai besoin d'aimer et d'être aimée ? »

Cela avait commencé par une discussion entre Doan et son fils. Un après-midi, alors que Lan était encore au bureau, Doan dit à son fils en préparant le dîner :

— Tu as onze ans maintenant. Tu dois dormir dans ton propre lit.

— Dormir seul ? demanda le garçon qui, sans attendre la réponse, se mit à hurler : Je ne dormirai pas seul. Jamais ! Tu es mon père, tu dois dormir avec moi.

— Tu exagères ! À l'usine, tous les enfants dorment seuls dès cinq ou six ans. En ville, les enfants dorment seuls à trois ans. Je t'ai toujours trop couvé. Maintenant tu dois apprendre à vivre comme tout le monde.

Le garçon le fixa pendant un moment et, soudain, se dirigea résolument vers la fenêtre :

— Si tu ne dors plus avec moi, je saute par la fenêtre ! Doan, bouche bée, ne comprit que quand le gamin ouvrit les battants en grand.

— Arrête ! Ne fais pas ça ! cria-t-il tout pâle en lui attrapant la cheville. Non !

— Laisse-moi ! hurlait le garçon qui essaya de se libérer.

— Non, ne fais pas ça ! Ce n'était plus un cri, mais une supplique. Le garçon continuait à se débattre et à s'agripper à la fenêtre en hurlant :

— Je ne veux plus vivre ! Lâche-moi ! Lâche-moi !

— Non, pas de ça ! Je t'en supplie ! implorait Doan, tremblant de peur. Le gamin hurlait à en rameuter tous les voisins, du haut en bas de l'immeuble.

— Lâche-moi ! Laisse-moi ! Je veux mourir ! Laisse-moi ! Puis il éclata en sanglots comme si sa mère venait de trépasser, ou comme s'il se voyait lui-même mort, le corps éclaté, baignant dans son sang, après avoir sauté par la fenêtre. Doan ne savait plus que faire, il étreignait son fils, l'esprit en chaos, paralysé par l'effroi.

Ensuite le fils fit promettre au père de ne jamais le laisser seul, de dormir toujours avec lui s'il ne voulait pas qu'il saute par la fenêtre et qu'il ne reste de lui qu'un cadavre tuméfié et ensanglanté.

Doan, tétanisé et comme ensorcelé, promit tout.

À la fin de cet après-midi, quand Lan arriva au bout du couloir, le couple âgé de l'appartement d'en face la héla :

— Bonsoir ! Venez boire un petit thé avec nous avant de rentrer !

La femme lui raconta tout pendant que le mari versait de l'eau chaude dans la théière. Ils étaient les voisins les plus proches de Lan. Ils avaient acheté leurs appartements en même temps, avaient emménagé le même jour et organisé le même soir la cérémonie pour honorer les génies des eaux et du sol. Ces coïncidences avaient créé des liens, même s'ils n'étaient pas de la même génération. Le mari avait été professeur à la faculté des Finances de Hanoi et sa femme, une employée du Service de santé d'une ville du Sud. Ils avaient vécu séparés pendant plusieurs décennies, ne se retrouvant que toutes les cinq ou six semaines pour les congés. Dès que l'homme avait reçu son arrêté de retraite, il avait pris le train pour le Sud, laissant à Hanoi ses deux fils et ses petits-enfants. Sans doute parce qu'ils s'aimaient tendrement, les deux époux avaient beaucoup de compassion pour Lan. C'est du moins ce qu'elle pensait. Quand elle vivait encore avec son deuxième mari, ils avaient toujours été polis, sans toutefois inviter l'homme au nez boutonneux ne serait-ce que pour une tasse de café le matin ou un petit beignet accompagné d'un thé à midi. À l'arrivée de Doan, Lan avait fait un dîner pour le présenter aux voisins. Ceux-ci les avaient à leur tour invités pour une soupe de vermicelles au bœuf à la mode de Huê, la grande spécialité de la femme. Le jour où le fils de Doan avait saccagé le salon, le mari était venu voir Lan pour lui remettre un livre :

— Je sais que tu ne t'y connais qu'en statistiques et non dans les autres sciences. Dans notre pays, les sciences humaines sont encore balbutiantes, il n'y a pas beaucoup de documents sur ces sujets. Voici un livre que mon ami, médecin à Hanoi, vient de traduire. Prends-le, tu y trouveras peut-être quelque chose qui pourra t'aider ?

Le livre en question traitait des liaisons sado-masochistes. Lan l'avait lu et relu pour essayer de savoir si elle était dans une relation de ce type. En fin de compte, elle comprit que le vieux couple faisait allusion à la relation entre Doan et son fils. Bien évidemment, restant à la maison toute la journée, ils avaient souvent été témoins des conversations entre le père et le fils. Les entrées des deux appartements se faisant face, ils avaient dû apercevoir maintes fois Doan à genoux devant ce gamin de onze ans pour lui lacer ses chaussures. Elle leur avait rendu le livre :

— Vous m'avez ouvert les yeux avec beaucoup de tact. Sans ce livre, jamais je n'aurais pu comprendre ce qui se passe sous mon toit. Mais est-ce que toutes les relations affectives risquent de devenir sadomasochistes ?

— Exact ! répondit le mari. L'amour entre un homme et une femme n'est qu'une forme particulière de l'amour. Et chaque relation amoureuse recèle une voie qui mène au paradis et une pente qui descend en enfer.

— Merci infiniment. Mes parents m'aiment beaucoup, mais ils ne m'ont jamais appris ces choses.

— C'est un grand bonheur pour toi de posséder de tels parents. Les parents ont toujours été des remparts de protection pour leurs enfants.

C'était quelques mois auparavant.

Cette fois-ci, s'ils l'appelaient, c'était certainement que quelque chose de grave s'était produit. Lan buvait son thé, attendait. Le mari s'assit enfin dans son fauteuil. La femme raconta à Lan tout ce qu'ils avaient entendu dans l'après-midi. Quand elle eut fini, l'homme avait aussi terminé sa tasse de thé. Il conclut :

— À sa façon de menacer de sauter par la fenêtre, je crois qu'il ne le fera jamais. En revanche, il est capable de pousser les autres à passer à l'acte ! Nous n'avons encore jamais vu un enfant aussi diabolique. Il est à côté de nous, il est notre voisin. Nous voulons t'informer pour que tu sois sur tes gardes.

Lan les remercia avant de rentrer chez elle. Doan et son fils semblaient normaux. La paix avait probablement été conclue. Le repas était prêt. Ils dînèrent comme si de rien n'était.

À partir de ce jour, Lan sonda secrètement son cœur. Elle vit Doan avec d'autres yeux. Leur vie sexuelle n'avait pas changé. Le soir, après avoir raconté une histoire, chanté une berceuse et cajolé son fils jusqu'à ce qu'il s'endorme, Doan rejoignait la chambre de Lan sur la pointe des pieds. Comme d'habitude, où qu'ils en soient dans leur étreinte, aux préliminaires, en plein milieu ou au point final, si le garçon se réveillait et appelait son père, Doan sautait précipitamment du lit, slip à la main :

— Je suis là ! Je suis là ! répondait-il pendant que le gamin hurlait comme une sirène de pompiers :

— Père ! Père ! Où es-tu ?

En pleine nuit, les hurlements du gamin résonnaient dans tout l'appartement et faisaient à Lan l'effet d'un seau d'eau bouillante dans le visage. Même s'ils ne faisaient plus l'amour sur un carrelage malpropre, son humiliation était intacte. Comme la chambre était éclairée, quand Doan sortait en courant tout nu, elle apercevait nettement ses épaules, sa poitrine, la courbe de ses fesses, un beau corps équilibré et ferme de volleyeur. Pourtant cette musculature contenait l'âme veule d'un esclave. Attrapant d'une main son slip, s'essuyant hâtivement le sexe et tâtonnant pour attraper la poignée de la porte, Doan ressemblait à un voleur.

« Je me suis mariée dans les règles, nous avons fait une cérémonie de fiançailles, nous avons un livret de famille en bonne et due forme, et je vis comme une mendiante, car mon époux a une personnalité de laquais. Il ne sera pas un soutien pour moi, c'est certain, mais, de plus, il ne sera jamais un compagnon de route raisonnable et digne. »

Un beau jour, elle lui dit :

— Nous devons mettre fin à notre vie commune. Tu es peut-être un père admirable, mais tu ne seras jamais un époux à la hauteur. Je crois que tu n'as besoin que de ton fils. Ta vie est comblée.

Pour tenter de conjurer la crise, Doan lui raconta le chantage au suicide du petit, pour lui expliquer qu'il était obligé de céder. Si l'enfant passait à l'acte, disait-il, lui se retrouverait dans une situation critique, mais elle aussi. Les commérages iraient bon train et ils n'échapperaient pas à la justice… Lan attendit la fin de son laïus.

— Cette histoire, je la connais, même si tu ne m'en as jamais parlé. Tu crois que nos voisins ne voient rien de ce qui se passe entre vous deux ? Personne ne croit ce gosse. Il t'a roulé, il te menace et il profite de toi. De toi seul. Parce que tu es son père, et parce que tu…

Elle s'arrêta. Les mots lui manquaient. Doan ne disait rien, muet comme un bouddha, il attendait la décision. Il savait qu'ici les voisins n'étaient pas les mêmes qu'à la cité ouvrière. Leurs interventions étaient plus strictes, plus rigoureuses que celles de la bande d'ouvriers qui vivaient autour de lui. Ils ne plaisantaient pas, ils ne s'exprimaient jamais sur un ton mi-figue mi-raisin, comme les femmes de ménage de la cité. Mais ils disaient une vérité que Doan avait eu du mal à discerner auparavant et qu'il avait peur aujourd'hui de comprendre. Après quelques instants d'abattement, il attrapa soudain la main de Lan :

— Retournons vivre à la cité. Là-bas, le gamin ne pourra plus menacer de sauter par la fenêtre. Bien sûr, c'est petit et sale, mais nous y avons vécu heureux avant de venir ici. Je sais que tes parents t'ont offert cet appartement et ma moto. Nous pouvons leur rendre tout ça et vivre comme avant. À l'usine, il y a des milliers de gens qui s'en contentent.

Lan était abasourdie. Elle se demandait comment cette idée saugrenue avait pu venir à Doan. Il était, comprit-elle alors, cerné par deux peurs contradictoires. Peur que son fils se suicide vraiment, et peur qu'il détruise leur vie de couple. D'un côté ce serait une perte effroyable, de l'autre une humiliation immense. Il avait certainement compris que la deuxième hypothèse était la plus probable. Lan répondit :

— Si on retourne vivre à la cité, il ne te menacera plus de sauter par la fenêtre. Mais il te menacera de se pendre, de s'ouvrir une veine ou je ne sais quoi… Comme jadis il a menacé d'abandonner l'école pour partir dans la famille de sa mère. Par ailleurs, j'ai vécu avec toi dans cette chambre pendant un an et c'est assez pour moi. La vie est comme l'eau qui coule du toit. Elle ne revient jamais en arrière, tu comprends ?

— Je comprends… Je comprends.

Lan était sûre que non, ou alors très vaguement. La peur qui le menait et l'humiliation qui le torturait avaient pour cause son fils, son sang et sa chair. Ce fils qu'il ne pouvait abandonner, mais qu'il n'arrivait pas à éduquer. Dans ce que disaient les voisins, il avait cependant discerné quelques vérités : ce n'était pas un enfant normal ; sous la peau de son fils se cachait une force terrifiante, secrète, invisible, mais que percevait tout son entourage.

«Ton fils est démoniaque», c'est ce que lui avait jeté à la face un mécanicien de l'usine. À l'époque, il avait violemment riposté jusqu'à ce que le contre-maître vienne les séparer. Maintenant il comprenait que son collègue avait raison. Que cette femme était sa dernière chance de trouver le bonheur. Comment la perdre ? Il la regarda :

— Lan ! Dis-moi ce que nous devons faire !

— Je n'ai rien à te dire. Avec toi, toutes les suggestions seront vaines. Tu es un homme pétri d'habitudes. Elles te dirigent comme une marionnette. Malgré toutes tes promesses, quand ton fils criera ou te menacera, tu recommenceras à le supplier, tu redeviendras un esclave docile devant son maître.

— Ne sois pas si cruelle ! Aide-moi !

— Je suis fatiguée de t'aider. Je n'en peux plus.

— Je t'aime ! Après six ans de solitude et de mal-être, je t'ai enfin rencontrée. Grâce à toi je suis devenu ce que je suis aujourd'hui. Ne me laisse pas retomber dans le gouffre.

Ses yeux transpiraient la douleur, la supplique, le désespoir. Pour Lan, ce regard était devenu tellement familier. Quand elle se coupait en cuisinant, se brûlait en allumant le brasero à la sciure, cet ustensile horrible qu'elle n'avait jamais vu de sa vie avant de connaître Doan, ou quand elle se faisait une entorse durant un tournoi, le regard de son mari était rempli de la même compassion, de la même crainte affolée. Aucun homme n'avait encore eu pour elle ce regard-là. C'était celui de ses parents quand elle tombait malade ou se blessait. Le regard de l'amour. Aucun homme ne peut le feindre ou l'imiter.

« C'est ma malédiction ! Doan est le seul homme qui m'aime vraiment ! »

Lan était ébranlée dans son cœur et dans sa chair. Elle se rendit.

Quelques semaines plus tard, elle tenta un test :

— Doan, j'ai deux semaines de retard.

— Tu es enceinte ?

— Peut-être, répondit-elle vaguement.

— Nous sommes en mars. Tu accoucheras donc en décembre, calcula Doan rapidement avec ses doigts.

Il se tourna vers son fils :

— Tu vas avoir un petit frère ou une petite sœur !

L'enfant rétorqua, menaçant :

— Je n'ai pas envie d'un frère ou d'une sœur ! Je veux que tu restes mon père à moi tout seul !

— Une famille doit comporter plusieurs enfants, ne sois pas égoïste, tança Doan.

Le garçon, nullement impressionné, fixa son père dans les yeux :

— Si tu fais un autre enfant, je prendrai des ciseaux pour lui ouvrir le ventre.

— Tu te tais ! Il ne faut pas dire de bêtises !

— Je te préviens, père ! Je ferai comme j'ai dit, répéta le gamin, obstiné, sans même jeter un œil vers Lan, comme si elle n'existait pas.

Lan suivait le dialogue en silence. Déstabilisé quelques instants, Doan tenta de reprendre le dessus :

— Si jamais tu fais ça, la police viendra te menotter. Tu seras mis dans une prison pour mineurs, ou dans un asile psychiatrique, car il n'y a que des fous pour faire des choses pareilles.

— Je n'ai pas encore treize ans. Personne ne m'arrêtera. Je ne veux pas d'un deuxième enfant dans cette maison. Tu es mon père à moi tout seul, asséna le garçon imperturbable.

Le visage de Doan devint vert.

Le repas se termina ainsi.

Une demi-heure plus tard, quand le garçon passa à ses devoirs, Lan appela Doan dans sa chambre :

— On dirait que ton fils est un habitué des ciseaux ? Le salon n'était donc pas sa première destruction ?

— Non, avoua Doan. À la cité ouvrière, il avait déjà lacéré plusieurs poupées de petites voisines. À chaque fois, j'ai dû rembourser ou racheter une autre poupée. L'année avant que je te rencontre, je l'ai mis au riz et à l'eau pendant une semaine pour le punir. Il avait arrêté.

— Si nous faisons un enfant, il recommencera. Mais cette fois-ci, ce ne sera plus une poupée, mais un bébé en chair et en os. Penses-tu que j'ai assez de courage pour porter un enfant et en arriver là ?

— Ne crois pas à ses bêtises. Il a grandi. Il sait faire la différence entre un objet et un être vivant !

Doan tentait de la rassurer, mais Lan voyait dans ses yeux qu'il ne croyait pas un mot de ce qu'il lui disait.

Cette nuit-là, avant de sombrer dans le sommeil, Lan repensa à son «rêve rouge» : de l'horizon écarlate arrivaient des langues de lave incandescentes et des ruisseaux de célosies. Et le monde était submergé sous l'océan pourpre, d'une teinte intense et violente : cauchemar prémonitoire.

Une voix retentit en elle : «Le rêve rouge annonce la mort ! C'est le tapis de soie qu'elle déroule pour s'avancer vers le monde des vivants. Debout sur cette soie, elle lance sa lame, fauchant la vie de ceux qui ont été désignés.»

Lan se révolta :

«Pourquoi est-ce moi qui devrais mourir ? Je voudrais un enfant, comme mes parents, comme mes sœurs qui ont eu le bonheur d'être mères, comme toutes les autres femmes sur terre. Non ! Ce cauchemar le concerne, lui, cet horrible garnement, ce possédé !»

Le reste de l'histoire fut largement relaté dans la presse.

Profitant d'un jour où Doan était parti à Hanoi avec des collègues pour une visite de sites industriels, Lan emmena le garçon, comme Doan le lui avait promis, à un tournoi de coqs de combat qui devait avoir lieu dans un district au sud de la ville. En cours de route, Lan lui montra un vieux temple abandonné au sommet d'une butte de terre, dans un endroit totalement désert.

— Voici le temple du génie des coqs de combat. Les gens ont quitté leur village et ce temple est maintenant à l'abandon. Pourtant, il y reste encore une grande statue de coq en bois. Il paraît qu'elle est magique et armée contre toute profanation. Celui qui la touche sent immédiatement une vive douleur au sommet du crâne, comme si un grand coq lui avait donné un coup de bec. Même les gardiens de buffles les plus délurés n'ont jamais osé venir y faire de bêtises.

— C'est vrai ? demanda le garçon.

— Je n'y suis jamais entrée. J'en ai seulement entendu parler…

— Je veux voir la statue !

Même diabolique, il avait à peine douze ans et ne soupçonnait pas les pièges.

— Ça nous prendrait au moins une demi-heure, objecta Lan.

— Je veux y aller ! cria le gamin, comme à son habitude.

Contredire ce petit tyran, c'était exciter son envie. Il ne tolérait aucun refus.

Lan fit mine d'hésiter :

— Si on s'attarde, il fera encore plus chaud !

— J'ai dit que je voulais voir la statue ! hurla le gamin.

— D'accord ! Si tout à l'heure le soleil tape, ne t'en plains pas !

Lan descendit de sa moto pour la pousser sur le chemin de terre qui traversait le champ.

Le chemin était aussi étroit qu'une digue délimitant deux plans de rizières inondées. Large d'à peine deux empans, il était bordé d'herbes folles. Même à vélo, on pouvait glisser, alors à moto… Lan la poussait très prudemment. Ils mirent ainsi vingt minutes pour arriver à la butte. Lan monta la moto sur sa béquille. Elle attendit que le garçon s'élance vers le temple. L'attrapant par-derrière, à la taille, elle le souleva avec l'énergie d'une volleyeuse experte et le jeta comme un sac de riz dans le puits situé sur le parvis du temple. La tête du gamin heurta violemment la paroi en pierre, il mourut sur-le-champ. Son corps sombra dans les eaux obscures, encombrées de plantes aquatiques et de vase. Il n'y avait pas plus d'un mètre d'eau au fond du puits.

Quatre ouvriers de la cité furent convoqués au tribunal de première instance comme témoins. Tous déclarèrent :

— Nous ne prenons pas la défense de madame Lan. Tuer est criminel. Celui qui l'a fait doit payer. Cependant il faut reconnaître une vérité : si Lan n'avait pas été originaire de la ville, elle n'aurait jamais mis les pieds dans la maison de Doan. Toutes les filles célibataires et les jeunes veuves de notre usine se méfient de cette famille. Notre usine est située en banlieue, c'est difficile d'y entrer comme d'en sortir. La distance entre la ville et la banlieue n'est pas si importante, mais la différence de mode de vie fait qu'on ne peut appréhender les dangers inhérents à la vie des autres. Doan est resté veuf pendant six ans, seul avec son fils, sans trouver une seule compagne. Même si les enfants d'ici sont pires que ceux de la ville, aucun n'a encore égalé le fils de Doan en perversité.

Les témoins dans l'immeuble de Lan n'eurent pas à se déplacer. Les enquêteurs vinrent directement chez eux pour les questionner, les enregistrer et filmer les entretiens. Il y eut les trois familles de l'étage, ainsi que les voisins du dessus et du dessous. Le gamin criait sans cesse, au lieu de parler calmement. On entendait nettement les conversations entre le père et le fils et les étranges hurlements du fils étaient insupportables. Chacun fermait ses volets quand il passait et interdisait à ses enfants de le fréquenter.

Pendant les interrogatoires, Lan n'avait qu'une réponse :

— Si je ne le tuais pas, c'était lui qui ouvrait le ventre à mon enfant.

Le procureur lui disait :

— Ne confondez pas les paroles avec les actes. Les menaces d'un enfant et ses actes sont deux choses différentes.

— Différentes ? rétorquait Lan, méprisante. Il avait l'habitude de passer à l'acte. Il a troué quantité de poupées, puis il a découpé en mille morceaux mes oreillers, ma couverture ainsi que le salon de mon appartement.

Pour les magistrats, Lan faisait partie des gens qui ne reconnaissaient pas leur culpabilité. Devant le tribunal, elle n'avait pas versé une larme, n'avait montré aucune émotion, aucun remords.

— Vous regrettez votre acte ? demandait le juge.

— Je l'ai fait. Je l'assume.

— Pour quelle raison ?

— Un enfant devait mourir. Il valait mieux que ce soit ce garçon plutôt que mon propre enfant.

— Vous confondez toujours les paroles avec les actes.

— J'ai vu la vérité de mes yeux. Vous, vous ne voyez que les faits. Vous ne voyez la vérité que quand elle se matérialise sous forme de cadavre.

Les magistrats, profession respectée et crainte dans toutes les sociétés, se sentirent blessés par l'attitude de cette simple statisticienne.

Doan, lui, surprenait tout le monde. Son enfant avait été tué par sa deuxième femme, c'était évident. Pourtant, il ne cessait de s'accuser :

— C'est de ma faute ! Tout ceci est de ma faute ! J'ai été un père irresponsable. Je n'ai pas éduqué mon fils, je l'ai laissé faire ce qu'il voulait. Il m'a manipulé, mais j'ai tout encaissé parce que c'était mon fils. Lan, elle, a fini par craquer. Mon fils l'insultait, il l'humiliait continuellement. C'est lui qui l'a poussée à bout. C'est mon fils, je dois être responsable de ce qu'il a fait.

— N'oubliez pas que c'est votre propre fils qui a été tué ! dit le procureur. Vous n'avez aucune raison de vous substituer à l'accusée !

— Nous sommes mariés, nous vivons sous le même toit. Nous comprenons des choses qu'un étranger à la famille ne pourra jamais saisir.

Doan argumentait, répétait sans arrêt des phrases qui sonnaient plus comme une accusation que comme une plaidoirie : «Je suis stupide, je l'ai laissé me marcher sur la tête, je n'ai rien compris à mon fils. Il n'aurait jamais eu le courage de se suicider. S'il avait eu du courage, il m'aurait quitté après que...

Quitté après quoi?...

Personne n'avait compris ce que voulait dire Doan. Sauf Lan sans doute, mais elle restait muette. C'est à elle que ces paroles étaient destinées et non aux magistrats de la cour ni au public. Son mari avouait avoir compris trop tard que, si son fils avait été aussi mortifié, il aurait pris ses affaires et fugué plutôt que de devoir demander pardon à sa belle-mère. Au lieu de cela, le gamin s'était réfugié dans le confort matériel de cette maison qu'il n'avait cessé de dégrader, en compagnie d'une femme qu'il avait maintes fois humiliée. Un tel enfant tenait à la vie, c'était évident. Cette comédie de suicide, c'était pour le rouler, lui, Doan. Et lui, Doan, était tombé dans le panneau.

Demandait-il pardon, en s'accusant si franchement ? Seule Lan pouvait en décider. Pour les autres, magistrats et public, Doan, de chagrin, avait perdu la raison. Ses obscures explications furent mises sur le compte de la folie et rapidement écartées. Doan pleurait sans discontinuer. Au tribunal de première instance, comme au procès d'assises, c'était lui qui avait le plus pleuré.

Malgré toutes ces circonstances atténuantes, l'assassinat d'un enfant ne pouvait être toléré. Aux deux procès, elle fut condamnée à la peine capitale. À l'annonce du verdict, ce ne fut pas elle mais Doan qui s'évanouit.

— J'ai tué Lan ! J'ai tué Lan ! gémit l'ouvrier mécanicien avant de s'effondrer.

Il fut évacué vers l'infirmerie où on le ranima. Tandis que deux policiers le soutenaient sous les aisselles, Lan était à la barre, au milieu du tribunal. Elle suivait son mari du regard en sanglotant à chaudes larmes. C'était la première fois qu'on la voyait pleurer.

Leur histoire d'amour avait duré dix-huit mois, entre le jour où ils s'étaient rencontrés au volley et celui où la jeune femme fut condamnée à la peine capitale. Entre la condamnation et l'exécution de la peine, six mois s'écoulèrent encore. Pham thi Lan avait vingt-sept ans. D'après le chef des gardes, elle en aurait eu vingt-huit cinq jours plus tard.

*

Qu'y a-t-il de commun entre moi et cette femme ?

Elle avait vingt-sept ans. Lui, vingt. Elle avait été condamnée à mort. Lui, à vingt-cinq ans de travaux forcés. À cette heure, elle avait rejoint ses ancêtres tandis que lui était toujours vivant, adossé contre le mur de pierre froid, regardant la pluie blanche tomber, écoutant le chant funèbre de l'eau qui coule.

D'autres différences entre eux ? Elle était originaire d'une ville au sud de Hanoi, lui était du nord. Sa ville à lui dégageait plus de brume, plus de douceur, plus de poésie. Le sud était une terre populaire, une terre de commerce. Les parents de Lan étaient des commerçants qui avaient réussi et ils étaient sans doute plus riches que les parents de Thanh, mais certainement moins cultivés. Leur expérience des affaires n'avait pu sauver la tête de leur fille.

«Et maître Thy, et maîtresse Yên, aussi renommés soient-ils, qu'ont-ils fait pour t'éviter un sort funeste ?» résonne une voix comme un défi à ses oreilles.

Riches ou pauvres, célèbres ou anonymes, cultivés ou analphabètes, nous sommes tous égaux devant le jeu de la vie. Pham thi Lan et moi, nous avons toujours été condamnés à l'absence de choix. Sans choix, on est voué à l'«unique» : l'unique horizon, l'unique chemin, l'unique amour, l'unique visage, l'unique solution… Pour Lan, l'ouvrier mécanicien était le seul homme qui l'avait sincèrement aimée. L'absence de choix est une tyrannie. Elle ne permet aucun retour en arrière, aucune expérience, aucun deuxième essai. C'est l'histoire écrite une seule fois, une décision judiciaire

imposée sans espace pour la défense. Paradis ou enfer.
L'absence de choix n'existe pas dans la terre du milieu,
là où se tiennent la majorité des humains. Les voies à
sens unique sont périlleuses, elles sentent la mort. Et
moi ? Je n'ai pas été condamné à perpétuité pour un
unique amour ? Phu Vuong n'a pas été l'unique visage
dans le fond de mon cœur, il ne m'a jamais aimé comme
l'ouvrier mécanicien a aimé la jeune condamnée à mort
originaire de Nam Dinh. Aucun obstacle n'a bloqué
ma quête du bonheur. J'aurais pu l'oublier comme on
oublie une borne qui s'éloigne après le passage de la voi-
ture, l'auberge miteuse où l'on a dû descendre durant le
voyage, l'oublier pour vivre ma vie dans la joie. Pour-
tant je ne peux rien oublier, je ne peux pas me délivrer
des liens de la mort, elle ne me lâche pas. Pourquoi agir
ainsi, comme en obéissant à un sort qui m'aurait été
jeté, comme un zombie dirigé par son maître ? La mort
est-elle la seule issue pour être délivré de l'humiliation,
pour que s'évanouissent toutes les haines accumulées,
est-ce la seule voie menant à la liberté de l'âme ?

Les mêmes questions le taraudent, lancinantes
comme la pluie inlassable au-dehors. Comme l'eau
sur la forêt. Comme les feuilles mortes au fond du
ruisseau. Comme les gémissements des arbres tordus
par la tempête.

Il se souvient de son lycée, si cher à son cœur, lieu
de tant de souvenirs. Il y avait cinquante-huit élèves
dans sa classe, la 10 A, dont quarante garçons et dix-
huit filles. La 10 B comptait soixante élèves dont
vingt-cinq filles. La 10 C comptait dix filles et la 10 D
en revanche, trente filles, un record. Multitudes de

visages, d'allures, de caractères. Normalement, parmi ces centaines de lycéennes, l'une aurait pu lui convenir. Si aucune camarade de classe ne l'émouvait, il pouvait toujours se conformer à la bonne vieille règle : pour qu'un mariage dure, choisir une fille plus jeune, plus naïve, qui se sentira protégée et en sécurité avec un homme fort.

D'après ce raisonnement, il aurait pu choisir la plus belle et la plus somptueuse rose parmi les deux cents demoiselles des blocs 9 et 8. Barboter où il voulait dans cet immense lac. Jeter ses filets où il voulait, en eau trouble ou en eau claire. Aucun obstacle, aucune contrainte ne l'obligeait à se mettre dans l'ombre. S'il n'avait pas été homosexuel, il aurait fait sa vie à Lan Giang, sa douce ville natale. Il n'y aurait eu aucune fugue, aucune fuite dans son histoire. Aucune aventure malheureuse. Enfin, il n'aurait eu aucune raison de devenir assassin et d'être condamné au bagne…

Non, non et non !

Il a été piégé dans une voie à sens unique. Phu Vuong représentait ce choix, même s'il n'avait jamais incarné l'amour pour Thanh. Il était un ersatz, mais le seul possible. C'est ainsi que son terrible destin avait débuté.

Il aurait eu une alternative à sa vie, s'il n'avait pas perdu sa liberté.

— Quelle heure est-il ? demande un prisonnier.

— Dix heures et demie. D'après ma montre, répond un deuxième.

— Putain ! Encore deux heures à tirer avant le déjeuner. Qui veut jouer aux petits chevaux avec moi ?

— Chevaux de mes deux ! C'est d'un chiant ! Dors plutôt !

— Dormir ? À force d'être couché, tu vas avoir la gueule gonflée comme une timbale.

— Assis, on se fatigue le dos, répond quelqu'un.

La pluie tombe rageusement. Soudain l'un des «grands frères» crie :

— Qui peut nous chanter un peu de *vong cô* ? Parce qu'avec le bruit que fait cette pluie, on va devenir fou ! J'ai envie de tordre le cou à quelqu'un !

Du fond de la cellule, à côté des citernes et des latrines, une voix rauque s'élève :

«Ma chérie, le vent est si froid, la lune si triste.
Je suis si seul sur cette longue route déserte.
Notre amour se fane, et toi, tu es si loin…
Les souvenirs ne sont plus que la poussière du temps…»

Dehors, toujours la pluie. Une pluie blanche, intarissable. Les coups de feu du peloton d'exécution ont été charriés par le flot. L'eau est le meilleur allié de l'oubli.

Thanh observe la fenêtre totalement blanchie par la poussière d'eau. Pendant que les bagnards écoutent la voix rauque chantant le *cai luong*, ses pensées reviennent aux Vertes Collines d'antan, lieu maudit où le guettait son destin, comme un vautour déployant ses ailes.

4

Les Vertes Collines

Les parents de Thanh avaient décidé d'héberger Petit Canh à la ville dès qu'il aurait terminé l'école élémentaire. Cet été-là, Thanh eut la permission de passer deux semaines de vacances chez son ami.

Maître Thy dit à monsieur Rô :

— Il pourra jouer les Robinson à satiété. Mon fils adore votre équipage et les collines autour de chez vous.

— Les adages le disent bien : «On lorgne toujours vers la montagne voisine», s'esclaffa le cocher. Mon petit Canh, lui, est obnubilé par la ville ! Il se plaint qu'ici, il n'y a pas assez de commerces ni d'amis pour jouer. Chaque fois que je l'emmène en ville, il est tout excité et virevolte comme une toupie.

— L'année prochaine, il pourra vivre sa vie de citadin ! Et notre fils, lui, goûtera à des vacances d'été dans les Vertes Collines. Nous vous le confions.

— Soyez tranquilles ! Il sera bien chez nous, c'est garanti. Il ne fera que gagner en santé !

Les parents de Thanh, eux, prendraient le train pour Hanoi. De là, ils partiraient ensuite vers Thanh Hoa pour revoir Sâm Son et revivre leur lune de miel.

Monsieur Rô vint chercher Thanh le matin du départ de ses parents. Ce dernier arriva au district de Dôi Xa bien avant que ses parents ne parviennent à la station balnéaire.

Monsieur et madame Rô étaient aussi heureux que les deux garçons. Pour le couple, l'amitié entre les garçons était un cadeau inespéré du destin. Pouvoir confier leur fils à maître Thy et maîtresse Yên était un grand honneur, aussi gâtaient-ils Thanh en tout, façon pour eux de rembourser d'avance une sorte de dette. Durant ces deux semaines, madame Rô se lança dans la démonstration de son talent culinaire, tandis que monsieur Rô promenait les deux jeunes dans toute la région des Vertes Collines.

Administrativement parlant, cette région faisait partie de la commune de Lac Thach, qui était coupée en deux par une modeste route goudronnée longeant le district de Dôi Xa. Du côté nord de la route, on trouvait à droite la zone des collines surnommée le « hameau des Eucalyptus », prolongée par des plantations d'ananas. À gauche, c'était la zone des vergers : une profusion de jaquiers, de plaqueminiers et de pamplemoussiers. Plus on allait vers le nord, plus les arbres fruitiers se raréfiaient au profit des canariums noirs et blancs et des wampis. Le hameau des Eucalyptus offrait une belle couleur amande, la zone des ananas était vert mousse, un peu marron en début de saison, et déclinant toutes les nuances de jaune en fin de saison, quand les fruits arrivaient à maturité. Mais le vrai vert était de l'autre côté de la route goudronnée. Un vert intense, un vert profond de chlorophylle, car les arbres fruitiers étaient luxuriants de feuilles durant toute l'année. Les anciennes terres de la commune de Lac Thach se situaient là, c'était une région très fertile où les fruits rapportaient beaucoup. Les familles les plus riches y habitaient, sauf celle de monsieur Chu. Le hameau des Vertes Collines était un lieu à la fois beau et prospère. Les collines d'ananas, elles, étaient désertes et dépouillées. Elles ne changeaient d'aspect qu'une seule fois l'an, pendant la brève période de maturité des ananas. Leur couleur changeait alors, et l'air embaumait.

Le parfum de l'ananas mêle la sensation olfactive de la fleur et du fruit, sa fragrance alléchante nous égare dans le jardin des fées. Aucune fleur ne possède un parfum aussi matériel que celui de l'ananas mûr et aucun fruit mûr ne dégage une senteur aussi florale.

Les différentes espèces mûrissaient par vagues. À l'arrivée de Thanh, c'était au tour de l'espèce locale, celle aux « yeux » serrés et à l'écorce jaune orangé.

— L'espèce étrangère, celle aux fruits énormes, ne mûrira que le mois prochain. Les fruits seront plutôt rouges que jaunes, expliqua monsieur Rô.

— N'en mange pas, grand frère ! Ils sont bien sucrés, mais n'ont pas autant de goût que les nôtres, ajouta Petit Canh, très fier de ses connaissances.

Les deux garçons étaient juchés sur le cheval conduit par monsieur Rô. Au-dessus de leurs têtes, en haut des collines, la couleur des ananas mûrs se fondant dans les rayons de soleil faisait reculer un horizon étincelant. La senteur des fruits embaumait l'air ambiant telles les vagues de l'océan, avançant, reculant, tout en ondulations. Le ciel était limpide. Thanh sentait le parfum l'envelopper, gonfler ses poumons et caresser doucement sa peau, lui procurant un bonheur immense et une ivresse étrange qu'il n'avait jamais éprouvée encore.

Comme s'il avait deviné ses pensées, le cocher lui dit :

— Vous venez ici pour sentir et non pour manger ! Vous êtes vraiment un citadin !

— Oui, bien sûr ! Pour manger, il n'y a qu'à aller au marché ! reconnut Thanh.

— Quelle que soit la capacité de son estomac, on ne peut manger plus d'un ananas de l'espèce étrangère. C'est trop gros et on a la langue complètement à vif si on en consomme un peu trop. On dit qu'un couteau s'aiguise tout seul quand on pèle l'ananas avec !

— Ma mère dit la même chose !

Le lendemain et les jours suivants, le cocher fit franchir au cheval la route goudronnée pour explorer avec les garçons les collines d'arbres fruitiers, l'endroit où le vert était le plus intense de toute la région. La balade était belle, plus on avançait, plus c'était passionnant. L'horizon reculait toujours et appelait sans cesse les deux jeunes aventuriers. Au quatrième jour, madame Rô intervint :

— Aujourd'hui, je vais faire un potage de perches grimpeuses au chou. Il faut que vous restiez à la maison pour m'aider à enlever les arêtes des poissons. Vous reprendrez vos randonnées demain.

Les deux garçons obéirent et monsieur Rô put partir travailler avec sa carriole au district Dôi Xa.

En temps normal, Petit Canh pouvait passer des heures à préparer les poissons ou à piler les cacahuètes et le sésame pour sa mère. Mais après trois jours de promenade avec son grand frère, il perdit vite patience.

— Tu te baigneras tout à l'heure, grand frère Thanh ? On va chercher l'eau ?

— D'accord, répondit Thanh, secrètement impatient de jouer.

Madame Rô jeta un regard de travers à son fils :

— Ce sont les promenades des derniers jours qui t'ont donné ces mauvaises habitudes ? À peine assis pour m'aider, les fesses te brûlent déjà ?

— Je ne joue pas tout seul ! Je joue avec grand frère Thanh !

— Bon, alors allez vous laver les mains à côté du puits. N'oubliez pas de me ranger le savon après !

— Merci, mère ! exulta Petit Canh, les mains encore collantes de poisson.

Ils coururent vers le puits. Petit Canh sortit une bassine et une boîte à savon de la salle d'eau. Ils tirèrent un seau du puits. En remplissant la bassine, Petit Canh prévint :

— Ne plonge pas tes mains savonnées dans la bassine.

— Pourquoi ?

— Sinon on ne pourra plus se servir de l'eau pour arroser les plantes.

— Ah oui ! répondit Thanh en se rappelant qu'il n'y avait pas d'eau courante. Il ne fallait donc pas la gaspiller comme en ville. On utilisait le reste pour arroser le jardin potager, qui était superbe.

Ils se lavèrent les mains puis jouèrent avec l'eau de la bassine. C'était agréable. En été, l'eau de puits est fraîche. Après s'être bien amusés, ils allèrent en arroser les légumes.

En revenant vers le puits, ils y trouvèrent un homme assez grand, appuyé contre le treuil. Comme il leur tournait le dos, Thanh ne perçut que sa grande taille, son jean sale et une vieille chemise à carreaux rouges à moitié rentrée dans le pantalon. Coiffé d'une ruine de chapeau en bambou tressé, l'homme avait une main en visière, l'autre à la hanche, comme s'il observait quelque chose au loin, dans les collines d'eucalyptus.

— Viens ici ! chuchota Petit Canh à l'adresse de Thanh, l'attirant par la main derrière une pile de bûches sous la tonnelle de courges.

— Qui est-ce ? souffla Thanh.

— C'est le mari de maîtresse Na, mon ancienne institutrice. Ici on l'appelle Hoang le Dément. Il me fait peur !

— Il est fou ?

— Non, il n'est pas fou, mais c'est un malade qui frappe son fils comme un démon.

— Pourquoi la police ne fait rien ? C'est interdit de frapper les gens.

— Tu veux rire ? Ici nous sommes très loin de la ville, et personne n'irait appeler la police.

À ce moment, l'homme laissa retomber ses bras, comme s'il abandonnait sa recherche.

— Madame Rô, vous êtes là ? lança-t-il en direction de la maison. Je peux avoir un seau d'eau, s'il vous plaît ?

— Servez-vous au puits, répondit madame Rô de l'intérieur.

— Quelle bonne odeur de gingembre ! Que préparez-vous donc pour combler ainsi l'odorat de vos voisins ? dit l'homme, la voix traînante comme s'il était ivre.

— Nous avons des invités aujourd'hui, je suis en train de lever les filets de quelques perches grimpeuses pour le potage.

— Ah bon ! fit le voisin qui commença à tourner le treuil.

Après trois puisées, il repartit avec son seau, d'une démarche étrangement chaloupée, vers la colline voisine. Là-bas, on distinguait, entre les rangées d'eucalyptus, une cabane à toit de chaume et une petite tente de paille. Une fois que l'homme eut disparu, Petit Canh fit sortir Thanh de derrière les bûches. La curiosité de ce dernier était piquée.

Dément ? Un peu fou, donc ? Un dément se promène-t-il tout nu ? Parle-t-il tout seul et court-il après les enfants ? Première fois que j'entends parler de ça.

— On va l'espionner ! proposa-t-il, très excité.

— L'espionner ? fit Petit Canh, roulant des yeux. Comment ça, l'espionner ?

— Observer ce qu'il fait, expliqua Thanh. J'aimerais bien savoir ce que fait un dément : est-ce qu'il chante, est-ce qu'il jure comme les fous ? Est-ce qu'il danse, se promène tout nu ? À la ville, avec mes camarades, nous les suivons souvent, les fous échappés de l'asile !

Il en parlait d'un ton détaché, mais il n'oubliait pas les quatre coups de rotin reçus de son père la dernière fois qu'il l'avait fait.

— Tu es aussi téméraire ? demanda Petit Canh, subjugué. Moi, j'ai très peur ! S'il nous attrapait et nous frappait ?

— Imbécile ! Il ne peut battre que son propre enfant ! S'il touchait aux enfants des autres, il irait en prison. Seuls les fous le font, battre les enfants des autres ! Lui n'est pas fou, il sait aller chercher de l'eau en demandant la permission à ta mère.

— Mais mon père m'a interdit d'aller chez lui pour une autre raison.

— Quelle raison ?

Petit Canh regarda à gauche, à droite, avant de se pencher vers l'oreille de Thanh :

— Maîtresse Na ne porte pas de vêtements !

Ce fut au tour de Thanh de rouler des yeux :

— Quoi ? Elle est folle ?

— Non, mais c'est ce vieux dément qui l'oblige à se mettre nue.

La curiosité de Thanh était à son comble.

— Alors, il faut absolument qu'on sache pourquoi !

Petit Canh resta interloqué. Le raisonnement de Thanh semblait logique. Pourtant, malgré tout le respect qu'il devait au « grand frère », il se montra prudent :

— Il faut qu'on attende le retour de mon père. S'il arrive quelque chose, il pourra venir à notre secours.

— Bon, d'accord ! Attendons jusqu'à ce soir, admit Thanh.

Pour la première fois, il se rendait compte que son ami Petit Canh n'était pas si influençable.

Le déjeuner fut délicieux. Le potage de perches grimpeuses au chou et au gingembre était particulièrement réussi, mais le jeu en perspective était encore plus exaltant pour Thanh. Après manger, madame Rô ordonna aux garçons de faire la sieste sur le divan. Le sommeil était un bon moyen de calmer l'impatience. Cependant ils se réveillèrent dès trois heures et demie. Thanh sentait dans son cerveau comme un picotement de fourmis. Il ne tenait plus en place, n'arrêtant pas de sortir au jardin puis de rentrer. Madame Rô, trop occupée à trier les haricots mungo pour le riz gluant du dîner, négligeait le jeune invité. Petit Canh qui, lui, savait ce qu'il avait en tête, le suivait à la trace en essayant de l'occuper. Il cueillait des fleurs de courge, attrapait des libellules et l'encourageait :

— Ne t'en fais pas ! Mon père travaille au district aujourd'hui, il rentrera sûrement avant la tombée de la nuit.

— Et si un client demandait une longue course ?

— En général, quand c'est le cas, mon père en informe ma mère. Il ne rentrerait pas ce soir et ma mère ne préparerait ni riz gluant, ni entremets. Dans la famille, seul mon père aime le sucré et les riz gluants.

— Jusqu'où va-t-il ? s'inquiéta Thanh.

— Les petites courses se font entre la ville et le district de Dôi Xa. Pour les longues, il peut aller jusqu'à Luc Nam ou à Luc Ngan. Dans ce cas, il prend ses clients l'après-midi et roule toute la nuit. Il ne rentre que le lendemain après-midi. Plus loin encore, s'il remonte jusqu'à la ville de Lang Son, il lui faut dormir deux, voire trois nuits à l'auberge de Dông Mo. Je l'ai accompagné quelquefois et nous avons dormi là-bas. C'est une ville pauvre, il n'y a pas assez d'électricité et toutes les échoppes sont encore éclairées au pétrole. Tout autour il n'y a que montagnes et forêts. Pourtant, les jours de marché, on voit les montagnards de toutes les tribus, les Meo, les Nung, les Tay. Ils boivent de l'alcool et chantent.

— C'est vrai ? demanda Thanh, intéressé.

À Lan Giang, il n'y avait pas de marchés réservés aux montagnards. Quelquefois il avait aperçu des délégués des différents comités populaires des tribus venus pour des réunions, mais c'étaient des tribus San Diu ou San Chi.

Sentant la curiosité de Thanh, Petit Canh ajouta :

— Si tu veux, au retour de tes parents, mon père leur demandera l'autorisation de t'emmener plus loin.

Cette promesse ravit Thanh. Après avoir joué à espionner le dément de l'autre colline, il pourrait donc faire un grand voyage jusqu'à Lang Son et Dông Mo, autant de noms étranges qui parlaient à son cœur.

Au coucher du soleil, il n'y tint plus. Il proposa à Petit Canh d'aller vers la grande route attendre monsieur Rô. Les deux garçons arrivèrent quand il commençait à faire sombre. Pas l'ombre d'une carriole. N'osant revenir à la maison, ils se postèrent à côté d'une station électrique en bordure du chemin. Des camions passaient, les éblouissant de leurs phares.

— Tu as peur ? demanda Petit Canh.

— Pourquoi aurais-je peur ?

Thanh faisait le brave, mais il tremblait intérieurement. La nuit ici était plus noire qu'en ville. Et les cris angoissants des chouettes en haut des camphriers n'étaient pas pour le rassurer.

— Donne-moi la main, lui dit Petit Canh.

Quand leurs mains furent bien serrées, il expliqua :

— La main a plusieurs portes énergétiques. Le vent froid et les esprits malfaisants y pénètrent facilement. En serrant nos mains ainsi, on évite leurs invasions.

— Qui t'a appris ça ?

— Mon père, souffla Petit Canh.

Les deux garçons se turent, n'osant poursuivre. Le silence les protégeait des vents pernicieux et des fantômes.

Une demi-heure plus tard, apparut au bout de la route une lueur jaune. Oscillant dans le noir, elle s'approchait de la station électrique. C'était la lampe-tempête que monsieur Rô accrochait sur sa carriole.

— Père ! Nous sommes là ! exulta Petit Canh.

Le cheval, reconnaissant le gamin, hennit en agitant joyeusement la queue. Tirant sur les rênes, monsieur Rô descendit de son siège, l'air affolé :

— Mais qu'est-ce que vous faites là ? Pourquoi as-tu amené grand frère Thanh ici ? C'est dangereux, il n'y a personne !

— C'est ma faute, répondit immédiatement Thanh. J'ai proposé à Petit Canh de venir vous accueillir.

Le cocher fit monter les deux garçons dans la carriole et on rentra à la maison.

Après le dîner, la lune était déjà haute. C'était le deuxième jour du mois lunaire et le croissant arborait une belle couleur d'amande, celle des feuilles d'eucalyptus en pleine métamorphose. Monsieur Rô buvait son thé quand Petit Canh lui demanda :

— Père, je peux te parler ?

Ils s'isolèrent un moment au bout de la cour. Thanh savait que le petit diplomate était en train de négocier. Quelques instants plus tard, monsieur Rô revint et dit à sa femme, la mine hilare :

— Les deux garçons veulent aller à la colline de notre voisin dément pour écouter de la poésie.

— De la poésie ? rétorqua madame Rô. Ce matin pendant que je préparais mes poissons, il est venu demander un seau d'eau. Rien qu'à l'écouter, on sent déjà les vapeurs d'alcool.

— Ah bon ? Ce n'est pas son fils qui est venu chercher l'eau ?

— Il était sans doute en bas, à la boutique de maîtresse Na.

— Si le poète est de corvée d'eau, c'est que la tempête ne va pas tarder ! conclut monsieur Rô qui s'en fut dans sa chambre.

Il revint avec une lampe-torche dont il actionna l'interrupteur pour en tester le bon fonctionnement, avant de régler l'éclairage.

— Venez, les jeunes ! dit-il ensuite.

À la porte, il se retourna vers sa femme :

— Pardon, j'allais oublier de remercier la patronne ! Le riz gluant et les haricots étaient délicieux ! Heureusement que tu m'en offres une fois tous les quatre mois !

— Ah ben, tiens ! riposta madame Rô. À la dernière lune, qui est-ce qui t'a fait du riz gluant et des haricots en abondance pour que tu en prennes même en voyage ? Tu as oublié ou tu fais semblant ?

Ses paroles se perdirent dans le vent, car le cocher avait déjà traversé la cour avec les garçons.

La colline du poète dément embaumait l'eucalyptus, et les sentiers étaient aussi dégagés que sur les collines alentour. Son habitation, une cabane délabrée, était la plus misérable du coin. Le toit était en piteux état et le propriétaire avait dû tendre des bouts de ficelle pour le faire tenir sur des piquets plantés dans la terre. Un groupe se tenait devant, à la lumière de deux lampes-tempête. On entendait des bruits de dispute, voix d'enfants se mêlant à celle de l'homme au seau d'eau. Elle semblait plus traînante qu'à midi, peut-être avait-il bien bu au dîner.

Monsieur Rô s'arrêta :

— Bon, je vous attends ici. Allez-y !

Il s'assit au pied d'un eucalyptus :

— Soyez tranquilles. Je suis là, au milieu du sentier entre les deux collines.

Petit Canh attrapa la main de Thanh encore hésitant :

— Allons-y ! Mon père n'entre jamais chez le poète.

Les deux garçons avancèrent sur la pointe des pieds en retenant leur souffle, comme deux chats. Après le bout de chemin entre les arbres, ils aboutirent à un vaste espace vide. Thanh comprit immédiatement pourquoi le père de son jeune ami était resté en arrière : maîtresse Na était debout au milieu de la cour, vêtue d'une simple culotte, le dos et la poitrine entièrement dénudés. Les deux lampes-tempête, posées sur des tabourets, éclairaient directement son visage.

Petit Canh lui tira le bras. Thanh s'accroupit avec lui derrière un buisson de pluchéa d'Inde. Sans aucun doute, ce buisson était l'habituelle cachette et le poste d'observation des gamins curieux des collines environnantes. La campagne est déserte et la vie y est monotone. L'animation dans cette cour devait être un divertissement rare et original qu'aucun adolescent ne ratait.

Quand les deux garçons furent à l'affût, le visage enfoui dans les feuilles, Thanh discerna enfin les trois enfants assis sur l'herbe, devant maîtresse Na. Un garçon et deux fillettes, tous trois le crâne rasé, vêtus tels des vagabonds. Devant chacun étaient disposés un chevalet à dessin et une bougie encore éteinte plantée sur une soucoupe. Le quatrième enfant, un nouveau-né, était installé dans une cagette en bois à côté de sa mère, tétine en bouche. Le poète était au milieu de la cour comme un metteur en scène de cinéma, dirigeant ses peintres et son modèle domestique :

— C'est bon ? demanda-t-il.

— Oui, père ! répondirent en chœur les deux fillettes.

Il se tourna vers son fils :

— Et toi ? Tu as perdu ta langue ?

— J'ai dit oui, marmonna le gamin.

L'homme s'adressa alors à sa femme :

— Prends une pose naturelle, ne force pas. Pas besoin de contracter tes muscles du dos.

— Oui, répondit la maîtresse.

— Bon, alors j'allume ?

— Oui, père, nous sommes prêts, répondirent les enfants. Le père sortit un briquet de sa poche pour allumer les bougies une à une. Puis il se recula de quelques pas pour contempler la scène, les bras croisés, l'air très satisfait de lui :

— Bien, bien ! Mes enfants, vous êtes très bien. Allez, dessinez vite avant que le vent ne se lève.

On n'entendit plus que le bruit des crayons sur le papier. Quant au poète, il se roula une cigarette. Thanh vit que ses doigts étaient longs, très longs. Ils bougeaient lentement pour sortir le tabac, rouler le papier, porter la cigarette à la langue, la coller... Tous ces gestes semblaient étranges.

S'il devait conduire un cheval ? Le pourrait-il avec ces doigts ? se demanda Thanh. La réponse lui vint immédiatement :

Sûrement pas ! Il m'a l'air très empoté. Il n'est sans doute même pas capable d'arroser une plante, de cueillir un fruit ou d'élaguer une branche de jaquier... Ni seulement de faire ce que fait la mère de Petit Canh...

Le poète, ayant fini de rouler sa cigarette, l'alluma. Ses yeux, globuleux et enfoncés dans de profondes orbites, se fermaient lorsqu'il tirait sur la cigarette, comme s'il allait s'endormir. Pendant ce temps, sa femme ne cessait de chasser les moustiques. Son corps nu était maigre, maigre comme une spathe d'aréquier, ses côtes étaient saillantes. Sa peau blanche, un peu bleutée, était belle sous la lumière, mais ses deux seins comme des œufs au plat changèrent rapidement l'excitation que se promettait Thanh en un sentiment de tristesse absolue. Maîtresse Na était plus jeune que sa mère, comment pouvait-elle avoir une poitrine aussi déprimante ?

— Père ! Ma bougie s'est éteinte ! avertit l'une des filles.

— Quoi ?

Tiré brusquement de sa torpeur, le poète ralluma la bougie. Maîtresse Na se tapait constamment le dos, les épaules, pour chasser les moustiques.

Je comprends maintenant pourquoi on l'appelle le Dément ! Obliger sa femme à rester nue ainsi, c'est la condamner au paludisme !

Mais ce n'était certes pas le seul signe de sa démence ! Il continuait à tirer sur sa cigarette, les yeux mi-clos, puis soudain il parla, non à sa femme ou à ses enfants, mais dans le vide, au ciel, à la terre ou plus exactement à lui-même :

— J'ai trouvé ! Renverser la phrase est la meilleure solution ! Une pensée a beau être jolie, sans structure raisonnable, elle devient fade. Non ! Non ! Le structuralisme n'est pas de l'histoire ancienne et il n'est absolument pas dépassé. Le structuralisme est le but ultime et éternel de l'Art, c'est le repère et le soutien de chaque artiste.

Sa voix n'était plus traînante et alcoolisée, elle sonnait clair dans son délire. Chaque parole retentissait dans les collines, couvrant le souffle du vent, le bruissement des arbres et les plaintes des insectes. Le monologue du poète transformait le ciel nocturne en une scène de théâtre grandiose. Bien sûr, il y était l'unique acteur en train de conquérir l'espace. Les autres, accoutumés à ses sorties, ne bronchaient pas. Les trois gamins continuaient de crayonner. La femme continuait de chasser les moustiques de son corps nu, le bébé de sucer sa tétine.

Le poète dément leva son bras pour sabrer l'air. Il s'imaginait certainement en train de haranguer une foule passionnée de poésie, debout sur une tribune dans un endroit réputé de la capitale, lieu mythique entre tous des tournois littéraires, pour ceux qui rêvent de gloire.

— Écoutez ! Seuls les idiots proclament l'obsolescence du structuralisme. Seuls les vieux chiens aux crocs branlants délaissent ce beau morceau de viande juteuse. Dommage que les connaissances contemporaines ne soient que de l'herbe cent fois ruminée par les estomacs ballonnés des buffles et des bœufs. Toutes les revues s'en servent pour concocter ce sempiternel potage distribué aux écrivains, comme la soupe à l'eau qu'on prépare dans le peuple à la nouvelle lune. La cause de cette décadence, c'est la formation. Les universités fournissent chaque année des bandes de critiques littéraires à la cervelle de porc. Partout où ils mettent leurs groins, les jardins de prose deviennent des dépotoirs et les sources de poésie se transforment en marécages.

Le deuxième monologue fut encore plus épique que le premier. Le poète tendait l'oreille pour écouter ses propres péroraisons, l'air absorbé comme un drogué qui se shoote.

À ce moment, le bébé dans la cagette en bois hurla. Venait-il d'être attaqué, en plein sommeil, par un essaim de moustiques ? Maîtresse Na abandonna la pose pour le prendre dans ses bras. Les dessinateurs en herbe s'arrêtèrent également.

Le père rouvrit les yeux et redescendit sur terre :

— Avez-vous fini de dessiner ?

— Presque, père ! répondirent les fillettes.

— Et toi, Phu Vuong ?

— J'ai terminé depuis un bon bout de temps !

— Fais voir !

Le poète saisit sa planche puis celle de la plus grande fille pour les comparer à la lueur de la bougie :

— Regarde les traits de ta sœur, c'est précis, net et équilibré. Alors que toi, c'est barbouillé, comme tracé avec des doigts pleins de suie. Tu n'as pas honte ?

— Je ne peux pas faire mieux, rétorqua le gamin. Je n'ai pas son talent.

— Menteur ! hurlait le père. Ce n'est pas parce que tu n'as pas de talent. Tu es fainéant. Tu, tu… Il abaissa son visage à la hauteur de son garçon en martelant :

— Tu es un réfractaire ! Tu es contre moi ! Je le sais depuis longtemps. Tu es un fils rebelle, à peine né, tu veux déjà tuer ton père.

— Je ne sais pas ! Je ne peux pas dessiner autrement. Si tu n'aimes pas, je ne dessinerai plus, cria le garçon, écarquillant méchamment des yeux qui ressemblaient beaucoup trop à ceux de son père.

— Tais-toi !

Le poète asséna à son fils une gifle retentissante qui l'envoya bouler par terre. Mais, en se relevant, le fils cracha et prit ses jambes à son cou.

Maîtresse Na posa précipitamment le nouveau-né dans sa cagette.

— Phu Vuong ! cria-t-elle.

Elle se lança à sa poursuite. En une fraction de seconde, le fils et la mère disparurent dans le noir, tandis que le bébé se remettait à brailler.

Petit Canh tira le bras de Thanh et ils s'enfuirent. Sur le chemin, monsieur Rô les attendait tranquillement. Il se leva et alluma la lampe.

— Rentrons !

Personne ne dit un mot durant le chemin de retour. Madame Rô, allongée dans son transat à contempler la lune, demanda aux garçons :

— Alors, vous êtes satisfaits ?

Puis, sans attendre leur réponse, elle s'adressa à son mari :

— Tu t'es bien rincé l'œil, ce soir, grâce aux garçons !

— Pour qui tu me prends, pour un pervers ? fulmina monsieur Rô.

En réponse, sans égard pour sa colère, sa femme lança un rire éclatant.

— Au lit, les garçons ! Je vous ai tendu la moustiquaire. Thanh est-il content de ses aventures ? En ville, on ne voit que des fous échappés de l'asile. Ici, au hameau des Eucalyptus, on peut observer un dément dans sa propre maison !

*

Le hameau des Eucalyptus avait été ainsi nommé par ses propres habitants. Ils vivaient là, mais leurs revenus provenaient plutôt des collines où se trouvaient les plantations d'ananas. La vie, partagée entre deux lieux aussi distants, était dure, mais qu'y pouvaient-ils ? Avant de devenir cocher, monsieur Rô avait récolté des ananas et du manioc comme tout le monde. Mais les quelques moissons annuelles ne suffisaient pas à nourrir une famille. Quand il n'avait pas la chance d'être cocher comme monsieur Rô, ou de troquer du riz comme sa femme, le paysan du coin devait descendre au district de Dôi Xa pour faire un peu de commerce ou, traversant la route, prendre un emploi de saisonnier dans la commune de Lac Thach, chez les propriétaires des vergers. Quand les pamplemousses, les fruits du jaquier et surtout les kakis commençaient à mûrir, ces propriétaires devaient recruter pour la cueillette, le stockage et le transport vers le marché du district. Les hameaux environnants, qui cultivaient des canariums blancs et noirs, employaient également des saisonniers pour ramasser les fruits, les entreposer dans des paniers ou des bourriches pour la livraison vers la plaine.

Le hameau des Eucalyptus était le plus pauvre de la commune de Lac Thach. En langage poli, on pouvait dire que ses habitants étaient modestes. En langage plus cru, on disait que c'étaient des « indigènes », et les indigènes ne pouvaient être que des serviteurs. Le hameau comptait neuf habitations, seules trois avaient un puits, les autres se servaient chez leurs voisins. L'entraide y était obligatoire, comme chez ceux qui partaient en montagne déforester pour cultiver le manioc, ou comme tous ceux vivant dans des endroits rudes où règnent le soleil, la pluie, les tempêtes, la solitude, la maladie et la misère… calamités que doivent supporter les hommes depuis l'âge de pierre.

La vie en communauté est à la fois facile et difficile. Facile quand les gens se reconnaissent et se respectent, difficile quand quelqu'un franchit les limites. Dans le hameau des Eucalyptus, Hoang le Dément était catalogué « hors-la-loi », insensé. Personne ne le fréquentait.

Sur les neuf familles du hameau, sept étaient paysannes. Les paysans sont de rudes travailleurs, aux
mains calleuses, aux pieds tannés comme du cuir de
vache. Ils se lèvent avant l'aube, s'échinent jusqu'à
épuisement et ploient sous de lourdes dettes : nourrir la famille, payer les frais scolaires des enfants, soigner les vieux parents malades, organiser les obsèques
des morts et les mariages des jeunes… Leur vie est
une succession de devoirs, et si jamais ils ne peuvent
les honorer jusqu'au bout, c'est pour eux une honte
irrémédiable. Avec une telle conception de la vie,
comment comprendre un personnage comme Hoang
le Dément ? Un homme grand, fort, aux jambes vigou-
reuses et aux bras longs comme ceux d'un gibbon, qui
dormait jusqu'à midi. Qui, au réveil, sirotait son thé
des heures durant avant de manger, puis se promenait
dans les collines, contemplant les arbres, les nuages, et
marmonnant des paroles totalement hermétiques. Cet
homme ne savait apparemment rien faire : ni sculpter
le bois, ni planter un arbre, ni sarcler la courette de
sa maison envahie par les mauvaises herbes. Les deux
pieds de pluchéa d'Inde et les quelques buissons de
tagètes ? C'étaient sa femme et son fils qui s'en occupaient, trimballant péniblement depuis la ville des sacs
de terre et arrosant chaque jour. Cet homme ne savait
même pas remplacer la paille pour réparer le toit qui
fuyait : il attachait des sacs en plastique partout pour
retenir l'eau. Après une saison de pluie, les sacs étaient
si lourds qu'ils faisaient pencher le toit. Maîtresse Na,
craignant que tout s'écroule, avait dû faire appel à
quelqu'un pour enlever les sacs, tendre des piquets
aux coins de la baraque et recouvrir le toit pourri

d'une couche de papier huilé, espérant faire durer la cabane encore quelques années. En dehors des heures où elle donnait cours à sa classe élémentaire, elle se courbait au-dessus d'une machine à coudre dans une échoppe de la ville pour rapiécer et retoucher des vêtements et collecter quelques sous supplémentaires afin de nourrir ses enfants. Ces quatre-là ressemblaient à une horde de canetons déplumés et galeux. Ils avaient tous le crâne rasé, badigeonné de bleu de méthylène, et sentaient le poisson pourri. Le visage de la jeune femme reflétait la misère.

Son mari, lui, paraissait bien portant. Mais ses yeux semblaient voyager dans un autre monde, enfer, paradis, ou lointaine planète, Saturne, Mars ou Vénus, en tout cas pas cette Terre. Le seul travail qu'on l'avait vu faire, c'était de ramasser du bois. Lors de ses balades dans les collines, il avait toujours sous le bras un sac de jute et une ficelle. Il ramassait les branches mortes en se promenant sur les sentiers, les mettait dans son sac qu'il fermait avec la ficelle et tirait derrière lui à la façon des haleurs de barques. Mais cette unique activité énervait les paysans du hameau : « Travail de gosse qui nous démange les yeux », disaient-ils. Pour eux, il était inimaginable qu'un homme fait, un adulte, procède ainsi. Il aurait fallu une hache, une charrette, ou au moins une remorque attelée à un vélo, et une journée de travail devait produire au moins cinq à sept fois le contenu du sac que traînait Hoang le Dément. Le mépris des voisins ne portait pas seulement sur ses méthodes de travail. C'était surtout sa façon d'être mari et père qu'ils abhorraient.

Depuis toujours, l'homme est le pilier de la famille, celui qui assure la subsistance et se charge d'enseigner la vertu. Quand on érige une maison, on doit établir des règles pour ses occupants. Les anciens appellent cela la «tradition familiale», et cette tradition veut que les enfants obéissent au père et que le père assume et mérite sa place de pilote dans la nef qu'est le foyer.

D'après ces critères, Hoang était un personnage totalement inclassable. Voilà comment les habitants du hameau le décrivaient : «Il n'est pas vraiment gentil. Il n'est pas vraiment voyou. Il est hors des règles communes du comportement humain. Tantôt on dirait un coq fou, tantôt un buffle enragé, prêt à charger son maître. Il échappe à toutes les catégories.»

Ce qu'ils appelaient un coq fou, c'est un coq qui se met à tourner en rond dans la basse-cour comme s'il était attaché à un pieu, puis soudain se roule par terre, les pattes en l'air, les ailes déployées, les yeux révulsés, le bec béant et baveux. Une fois la crise passée, il se remet debout comme un coq normal pour aller tranquillement picorer les graines.

Ainsi Hoang le Dément pouvait s'arrêter en pleine promenade pour déclamer ses poèmes entre les arbres. Ensuite, il pleurait à chaudes larmes ou hurlait des injures à la vie en grinçant bruyamment des dents, parfois embrassait un arbre comme si c'était son amante et sanglotait un long moment… Si des gens venaient à passer, il reprenait immédiatement son calme et saluait :

—Bonjour ! Vous allez travailler si tard aujourd'hui ?
Ou :

— Bonjour, avez-vous vu le match Allemagne-Brésil hier soir ?

Les paysans n'argumentent guère, mais, quel que soit le sujet, ils aiment lâcher un ou deux commentaires agrémentés de comparaisons. C'est la façon la plus simple pour essayer de comprendre, chez ces travailleurs manuels qui ramènent tout à du palpable, à une chose qu'ils peuvent sentir ou toucher. Pour décrire le comportement de Hoang le Dément, ils parlaient d'un coq fou, et pour décrire ses relations avec son fils, ils disaient que c'était un buffle enragé, une bête à abattre.

Dans le hameau des Eucalyptus, seules trois maisons avaient pu se doter d'un puits. Celui de monsieur et madame Rô était considéré comme le principal. Il servait également à trois familles voisines, dont celle de Hoang le Dément. Le sentier reliant sa maison à celle des Rô, large et légèrement en pente, était pratique pour le transport de l'eau. En principe, porter les seaux était du ressort de Hoang puisqu'il était le seul homme adulte et de surcroît le plus robuste. Son épouse, déjà très occupée à gagner de quoi nourrir toute la famille, n'avait que la force d'une femme et transporter des seaux d'eau d'une colline à l'autre était forcément pénible. Partout, la corvée d'eau était réservée aux hommes, un père ou un fils adulte. On mettait les seaux en tôle sur une planchette à roues qu'on tirait à la main ou sur une brouette. Chez Hoang le Dément, c'était pourtant maîtresse Na qui se chargeait de l'eau. Hommes et femmes, les habitants du hameau des Eucalyptus s'indignaient de voir régulièrement cette frêle créature de moins de quarante kilos porter avec peine un seau à chaque bras, tandis que son mari, grand et fort, se balançait sur une chaise, sa petite dernière dans les bras.

Les premiers commentaires vinrent des hommes :

— De ma vie, jamais je n'ai vu une scène aussi absurde. Ce type est-il débile ?

— Débile ? Tu parles ! l'autre jour, j'ai fait semblant d'aller chez monsieur Chu pour passer devant chez lui. « Le maître a la petite dans les bras pendant que la maîtresse va porter L'eau ! Vous êtes bien ? », je lui ai sorti. Et lui, tout de suite : « Ma fille préfère mon odeur à moi ! C'est sa mère elle-même qui me demande de m'en occuper. » J'ai ironisé : « Chez vous, tout est très spécial ! Chez nous autres, aucune épouse ne demande à son homme de s'occuper des bébés. » Il m'a ri au nez : « C'est parce que vous ne suivez pas les lois de la nature. S'il y a un soleil, il y a forcément une lune, le Yin et le Yang sont contraires mais s'attirent comme des aimants. Essayez de faire comme moi quelquefois, et vous verrez que vos petites filles ne vous lâcheront plus ! »

— Une fois, monsieur Chu m'a dit : « Dans cette vie, on ne craint pas les voyous, car on connaît les raisons de leurs méfaits. On ne craint pas davantage les méchants, car ils devront payer un jour ou l'autre, selon la loi bouddhique de la causalité. Les plus dangereux, en fait, sont ceux qui sont sans vergogne, car personne ne comprend leur mentalité et ne peut prévoir leurs actes. Je pense que Hoang le Dément fait partie de cette catégorie. »

— Vous voulez dire que les « sans vergogne » sont des gens intelligents ?

— Vous n'avez pas constaté que ce poète est malin comme un singe ? Vous avez vu le dévouement de l'épouse qu'il s'est trouvée ? Une femme qui, à la fois, rapporte l'argent à la maison et sert son mari comme elle le sert ? Regardez-nous, qui parmi nous a le loisir de siroter son thé et, le soir venu, de boire des bières à la terrasse comme lui ?

— D'accord pour le thé et la bière. Mais nicher dans un taudis en chaume pourri, avec, sur la tête, un toit rapiécé de morceaux de plastique comme un froc de mendiant, et des enfants repoussants et en guenilles qui ressemblent à des trognons de manioc, non merci ! Je préfère être célibataire, sans femme ni enfants, plutôt que d'être père et mari et de devoir supporter cette honte.

— Là où vous voyez une honte, lui voit une fierté. L'autre jour, il m'a attiré chez lui pour me vanter la publication d'un de ses poèmes dans la revue *Van Nghê* : « Les poètes de Lan Giang n'arrivent à publier que dans des revues locales. Moi seul, j'ai l'honneur de collaborer avec la presse nationale, je les dépasse tous d'une bonne tête ! » Et sur ses murs, vous avez vu la quantité phénoménale de toiles, certaines avec des gribouillages en français, d'autres peintes par ses gamins ?

— Effectivement ! Mais quand ces toiles vont-elles lui rapporter à manger ? La plus à plaindre est quand même la pauvre femme. Le jour, courbée sur sa machine à coudre, elle pédale à s'en froisser les côtes et le soir elle doit, en plus, servir de modèle des heures durant. L'autre hiver, quand il faisait si froid, ils avaient allumé un grand feu dans la cour, mais elle est quand même tombée malade à crever pendant deux semaines. Quel misérable sort ! Je ne connais rien à l'art, mais se tenir ainsi nue en pleine nuit, c'est servir de pâture aux moustiques, sans parler de l'horrible humiliation. Je vous demande franchement : vous aimeriez, vous, que vos enfants voient leur mère dévêtue ?

— Mon petit-fils dit qu'elle n'est pas nue, mais qu'elle porte une culotte. Elle ne montre que le haut.

— C'est faux ! La culotte, c'est seulement depuis qu'elle sait que les gamins la matent en cachette.

— Qu'est-ce que son mari lui a fait boire comme philtre pour qu'elle accepte cette déchéance ?

— Qui sait ? Il n'y a aucun sorcier dans ma famille depuis des générations.

— Voilà un homme inutile, sans vergogne, qui vit sur le dos de sa femme et qui, chaque fois qu'il l'ouvre, veut parler littérature. Je ne sais pas à quoi servent les lettres, mais j'estime qu'avant tout, il faut avoir un comportement honorable.

— Un comportement honorable ? Il s'en fiche bien ! Lui-même m'a dit un jour que les hommes manquaient totalement de personnalité parce qu'ils étaient esclaves de quantité de choses. Vous et moi, par exemple, nous serions esclaves de nos ancêtres, car à la fête du nouvel an, si nous n'avons pu nous payer quelques gâteaux de riz et quelques plateaux d'offrandes pour garnir correctement l'autel, nous ne dormons pas tranquilles ; donc nous devons tout faire, suer sang et eau pour gagner quelques sous et éviter cela. Ensuite, nous serions esclaves de notre progéniture : petits, on doit les nourrir, les habiller, payer leur scolarité, quand ils sont grands, on doit s'occuper de les marier… En bref, d'après lui, nous sommes esclaves dans les deux sens, en haut et en bas. C'est pourquoi nous sommes constamment inquiets et vivons dans l'angoisse du lendemain. Nous subsistons, mais nous sommes des êtres humains à qui il manque toutes les caractéristiques de l'humain.

— Alors que lui, ce crétin de dément, il les aurait ? C'est ça que vous voulez dire ?

— Pourquoi vous m'agressez ? Je ne fais que vous rapporter les propos du poète local !

— Du calme ! Ne vous fâchez pas ! Laissez-le nous raconter toute l'histoire… Allez, continuez. Qu'est-ce que ce fainéant a encore dit sur nous ?

— Il a parlé du sort des paysans qui travaillent jour et nuit, comme nous ici. Il a dit que nous vivions exactement comme vivaient nos ancêtres il y a mille ans. Personne ne remet rien en cause, personne ne réfléchit, ne cherche le vrai sens de la vie. Une vie ayant un sens doit être une vie de liberté. Si nous ne sommes pas libres dans nos réflexions, nous ne pouvons l'être dans la vie. Tels nos ancêtres qui ont toujours pataugé dans la vase derrière leur buffle, nous restons soumis à un joug invisible, et les plantations d'ananas nous tiennent lieu de vase et de rizières. En gros, nous nous obstinons dans une sombre vie d'esclaves qui a toujours été notre lot.

— Et lui ? Il est libre ?

— Exactement ! C'est un homme libre qui a lui-même organisé sa liberté. Il ne dépend de rien et n'a qu'une maîtresse : la poésie. En revanche, c'est une soumission divine, aucune comparaison avec les soumissions mesquines, obscures et insignifiantes que nous acceptons. Il m'a dit : «Je n'ai pas autant d'argent que les autres, ma maison n'est pas aussi vaste et haute, mais personne ne possède une telle volonté de liberté. »

— Libre, lui ? Libre de pondre des gosses et de les lâcher dans la nature, de laisser son toit pourrir et devenir une passoire, de laisser sa maison se transformer en enclos à cochons ? Et de quelle autre liberté il vous a encore parlé, ce fou ?

— Bon, d'accord, continuez à vous moquer de moi. C'est vrai, je suis stupide et crédule, mais je vous assure qu'il est convaincant, c'est un formidable orateur. Il m'a totalement bluffé.

— Maintenant, nous connaissons enfin son truc pour diriger sa femme comme une marionnette. Il parle bien. Notre cher voisin ici présent reconnaît avoir été habilement manipulé. Ah, rien ne change. Nos ancêtres nous l'avaient pourtant enseigné : pour bien vivre, il faut savoir boucher ses oreilles aux chants des hommes. Car il en est qui peuvent berner même les serpents, «faire sortir la fourmi de son trou», comme on dit. Encore heureux que vous ne soyez pas une femme. Ce fou aurait pu sans difficulté vous faire enlever le pantalon.

— Persiflez, persiflez ! Mais je vous jure que ses paroles vous imprègnent jusqu'à l'os. À l'écouter, j'ai compris pourquoi maîtresse Na avait abandonné père, mère et village pour le suivre jusqu'ici.

— On dit qu'elle est originaire de Diên Viên, d'une famille très aisée. Elle a été reniée par ses parents à cause de son mariage avec ce dément.

— Il chante bien, mais c'est aussi un mâle viril, très vigoureux au lit : «les maigres sont les plus chauds», comme disent nos anciens. Celui-là est grand, élancé, avec de longs bras, de longues jambes. Ce genre d'homme descend dix bols de riz à chaque repas et tire chaque nuit au moins cinq à sept coups.

Les femmes, sous la houlette de madame Rô, manifestaient leur désapprobation de façon plus directe. Elles parlaient à maîtresse Na en face, exprimant leur indignation de manière très «féministe» :

— Nous ne pouvons tolérer cette situation. Surtout quand vous êtes enceinte. Une femme au ventre aussi gros qu'une citrouille qui porte péniblement des seaux d'eau pendant que son homme se prélasse avec un bébé dans les bras ? Votre mari n'a pas honte ? S'il est courageux, qu'il nous laisse lui dire clairement ce que nous pensons de lui.

— Ne pensez pas à mal, je vous en prie. Mon homme a de l'allure, mais il souffre du dos. Je n'ose pas lui laisser porter des choses lourdes, de peur qu'il n'attrape une hernie.

— Sans blague ? Pour un bonhomme qui a mal au dos, il a l'air très actif au lit ! Vous avez bien eu quatre enfants coup sur coup, sans compter deux avortements, non ?

Rougissant comme un piment mûr, au bord des larmes, maîtresse Na, après quelques instants d'embarras, trouva néanmoins une parade :

— En fait, mon époux m'a dit que sa vie entière était vouée à la poésie. Que nous, les membres de sa famille, devions supporter les difficultés pendant quelque temps pour le laisser se concentrer. Quand il aura réussi, les choses changeront. Le métier de poète est très différent des autres. Il lui faut une concentration importante et il ne peut nouer des relations normales avec son entourage. Redoutant ses propres écarts de langage, il fuit toutes les rencontres, même amicales.

— Alors, être poète, c'est comme être moine ermite ou prostitué de maison close ? J'ai bien vu des invités chez vous, pourtant. L'autre jour, une Volga étincelante était stationnée en bas de la colline.

— Oui, effectivement, c'étaient des poètes et des écrivains de la capitale venus préparer la cérémonie de réception de mon mari à l'Union des écrivains. C'est seulement en ces grandes occasions que mon mari accepte de rencontrer des gens.

— Bon, d'accord, si c'est à cause de son métier qu'il ne peut voir les paysannes que nous sommes, dites à votre mari de venir lui-même chercher l'eau à mon puits. Nul besoin de salutations et autres politesses. Nous ne nous montrerons pas, mon mari et moi. Ainsi nous ne le dérangerons point.

Devant ces paroles fermes de madame Rô, maîtresse Na s'inclina :

— Je vous remercie infiniment.

Après cette conversation, Hoang le Dément vint quelquefois chercher l'eau. Il allait droit au puits et s'annonçait. Monsieur et madame Rô lui répondaient de l'intérieur. Cela ne dura pas. Le mois suivant, on revit au puits maîtresse Na traînant son gros ventre et ses deux seaux. Elle vint devant l'entrée pour s'incliner respectueusement :

— Bonjour mon oncle, ma tante ! Mon mari est absent, puis-je avoir un peu d'eau ?

— Allez-y ! Servez-vous ! répondirent les Rô.

Ces derniers se doutaient bien que le fainéant de mari n'était parti nulle part. Sans doute qu'il faisait la sieste, jouait avec ses enfants ou se promenait dans les collines en marmonnant et en sanglotant, en pleine transe. Bien sûr, la malheureuse épouse avait peur des commérages, elle redoutait le mépris pour sa famille, mais elle ne pouvait pas, n'osait pas demander à son cher époux d'abandonner ce monde divin de la poésie dans lequel il s'immergeait régulièrement. Son monde à lui était invisible, alors que le sien était bien visible. Il englobait toutes les activités domestiques et familiales, le travail alimentaire, la cuisine quotidienne, les bains des enfants… Le monde invisible pouvait s'immobiliser dans les nuages, mais dans le monde visible, il fallait en permanence que les choses roulent. C'est pourquoi, la mort dans l'âme, elle avait dû se résoudre à venir jusqu'ici mendier un peu d'eau, malgré son énorme ventre.

Cela dura jusqu'aux six ans du fils aîné. Alors elle lui acheta un petit seau pour qu'il puisse l'accompagner dans ses expéditions. L'année suivante, Phu Vuong, sept ans, se débrouillait tout seul. Telle une fourmi, il allait et venait entre les collines, transportant des seaux d'eau pour remplir les tonneaux disposés dans la cour. Telle une fourmi, il était indifférent aux regards curieux et apitoyés des voisins petits ou grands. Mais, depuis qu'il avait ainsi accédé au statut de «graine d'homme», il recevait régulièrement des coups de Hoang le Dément. Personne ne comprenait ces explosions de violence. On entendait les hurlements du père suivis des braillements du fils. Les gamins du hameau des Eucalyptus épiaient ces scènes pour les rapporter à leurs parents, qui étaient horrifiés.

Bien sûr, aucun enfant du hameau, jusqu'à la puberté, n'échappe à la fessée. Tout le monde punit ses enfants, c'est aussi évident que la pleine lune est ronde. Mais ces punitions ont un but : leur donner une leçon. Et personne ne frappe plus son fils quand il atteint la puberté, l'âge de la formation du corps, les anciens l'ont recommandé. Enfin, on ne frappe que sur ces parties charnues qui s'appellent les fesses. Seuls les fous frappent méchamment la chair de leur chair, blessant le corps et l'esprit. Hoang le Dément ne donnait pas que des gifles et des coups de poing à son fils. À plusieurs reprises il lui avait envoyé des coups de pied si violents que le gamin avait roulé comme un hérisson jusqu'en bas de la colline. Les Rô et les autres familles venues chercher de l'eau en avaient été témoins. Ceux qui avaient des enfants en frémissaient : le gamin aurait pu se rompre le cou, se briser l'épine dorsale ou se fracturer le crâne, et devenir handicapé ou idiot à jamais.

— C'est vraiment un buffle enragé ! Il n'y a que les animaux et les malades mentaux pour agir de la sorte ! conclurent-ils.

*

Une autre famille du hameau ne vivait pas de la culture des ananas : celle de monsieur Chu, installée juste derrière chez maîtresse Na. C'est là qu'avait fui Phu Vuong, suivi par sa mère, l'autre soir, quand Hoang lui avait asséné cette violente gifle. La maison de monsieur Chu était le refuge de Phu Vuong, chaque fois qu'il était maltraité par son père. À le voir foncer dans la nuit noire comme un renard en terrain connu, on le devinait aisément.

Monsieur Chu avait été le premier à s'établir dans cette région de collines sauvages. Il avait obtenu une licence de droit à l'époque française, ce qui lui avait valu le surnom de «Chu», soit «titulaire d'une licence». Originaire de Lan Giang, il avait fait ses études à Hanoi. En 1954, année du Cheval, il fut envoyé en camp de rééducation à Thai Nguyên. Par la suite, il abandonna le droit pour revenir au pays. Il n'avait que vingt-deux ans.

À Lan Giang, le jeune Chu était évidemment au chômage, mais heureusement sa mère possédait une échoppe assez importante au marché. Elle y vendait de tout : pousses de bambou séchées, vermicelles, champignons parfumés, champignons noirs, toutes sortes de tubercules et de farines, ailerons de requin, peau de porc soufflée, crevettes décortiquées, oignons, ail séché, et des épices – poivre, piment, poudre aux cinq parfums… bref tout pour la cuisine quotidienne comme pour les festins. Le magasin se trouvait en plein cœur du marché. Malgré les différentes vagues assassines de «réforme du commerce privé», matérialisées par les multiples impôts, les commerçants avaient survécu, au prix de mille ruses et la plupart du temps en cachette. Quelques années passèrent ainsi. La mère attendit que la tempête se calme pour marier son jeune fils et confier la boutique à sa bru.

Chu, pour vivre, passa prestement du français au chinois et apprit le métier de devin : astrologie, horoscopes, il devint expert en tout. Après sept ans d'études, il ouvrit son cabinet au moment même où sa femme donnait le jour à leur premier garçon. Monsieur Chu avait alors vingt-neuf ans. De mémoire d'homme, il devait être le plus jeune voyant qu'on ait vu à Lan Giang. Le plus jeune, mais aussi le plus talentueux car il possédait à la fois le français et le chinois. À côté des livres chinois, il lut quantité de livres sur l'astrologie occidentale, la voyance par les cartes, par les lignes de la main, par la physionomie, et même la numérologie… Ces immenses piles de livres laissaient penser que les Européens étaient, au fond, aussi superstitieux que les Vietnamiens. Ainsi, une épée différente dans chaque main, il entra dans la profession et acquit en un temps record une belle renommée.

Belle renommée voulait dire beaucoup d'argent. L'État, depuis toujours, aime se tailler une part des richesses. Son épouse, une femme d'une grande intelligence, sut amadouer les fonctionnaires occupant des postes stratégiques. Grâce à cela et malgré les diverses «luttes contre la superstition», les consultations de monsieur Chu étaient toujours aussi recherchées et sa salle d'attente aussi animée qu'une foire de printemps. Dans les années les plus tendues de la campagne «Abattons les mœurs arriérées pour purifier les croyances populaires», sa famille fut épargnée. Cependant, alors qu'on croyait le danger écarté, le jeune homme fut soudainement accusé de «profiter de la superstition pour récolter illégalement l'argent du peuple». La police descendit chez lui, saisit l'argent et les livres d'astrologie. Ils emportèrent même tous les meubles : tables, chaises, buffets, armoires… qualifiés d'«outils pour propager la superstition». En effet, pendant les consultations, le devin et son client s'asseyaient sur le divan ou sur des chaises, autour d'une table, et buvaient du thé. Ces meubles étaient donc des pièces à conviction. Cette année-là, le jeune Chu avait trente-six ans. Le jour même de la catastrophe, arborant un vaillant sourire, il avait reconduit la bande de policiers pillards comme s'il s'était agi de vieux amis. Dès le lendemain, il se laissa pousser la barbe et devint «monsieur Chu». Il fit aussitôt bâtir une maison en briques dans le hameau des Eucalyptus, sur une colline encore déserte. Cette maison était de plain-pied, d'architecture plutôt moderne. Les murs étaient hauts de quatre mètres, les plafonds entièrement peints en blanc et les sols carrelés. Les annexes, salle de bains et cuisine, suivaient les standards de la capitale. Dehors, c'était une belle cour pavée jouxtant un verger carré, tiré au cordeau. Il avait fallu quelques dizaines de camions-benne de terreau et des jardiniers professionnels pour en faire un jardin d'agrément et un potager. Le puits était aussi large et grand qu'un traditionnel puits municipal, profond de plus de vingt mètres, tapissé de pierres de latérite et couvert d'un toit en tuiles, et non en chaume comme celui de monsieur Rô.

Au milieu des collines sauvages et stériles, l'habitation de monsieur Chu semblait un lieu féérique, resplendissant dans son écrin de roses, de dahlias et de chrysanthèmes multicolores. Une immense tonnelle de pergulaires donnait de l'ombre dans toute la cour, depuis l'entrée de la maison jusqu'aux annexes et au puits. En outre, une autre tonnelle chargée de courges encadrait les deux côtés du toit de tuiles pour s'étendre jusqu'à la colline de derrière. Toutes les structures étaient en acier inoxydable soudé, laissant aux plantes grimpantes une liberté totale sans devoir être refaites chaque année comme les structures en osier ou en bambou. En plus de l'énorme puits, monsieur Chu avait fait construire un grand bac en ciment pour retenir l'eau de pluie. Elle servait à préparer le thé, car monsieur Chu recevait beaucoup, et il n'y a pas mieux pour un bon thé que l'eau de pluie. Une fois les travaux terminés, monsieur Chu laissa femme et enfants en ville pour venir habiter sur la colline en compagnie d'un vieil oncle impotent appelé Nha.

Six mois après son installation, arrivèrent de nouveaux voisins. D'abord il y eut la famille Rô, suivie par Hoang le Dément et sa femme, puis les autres. Au bout de deux ans, le hameau des Eucalyptus totalisait neuf foyers. Monsieur Chu était donc le premier arrivé.

Monsieur Chu n'exploitait aucune plantation d'ananas. Il ne vivait pas non plus en ermite, comme certains auraient pu le croire. Sa maison était le lieu idéal pour les consultations de voyance, et ses anciens clients l'avaient tous suivi, comme des patients auraient suivi un bon médecin ou un dentiste à la main douce. Dans les premières années, les clients venaient à moto ou en voiture. Depuis que monsieur Rô avait abandonné la culture des ananas pour devenir cocher, un bon nombre recourait à ses services pour venir en consultation, et les roues de sa carriole creusèrent deux ornières dans le sentier entre les rangées d'eucalyptus. Pour se signaler de loin, monsieur Chu avait fait planter au pied de la colline un poteau arborant le drapeau national, drapeau rouge à étoile d'or.

«Après le malheur, la chance pointe toujours son nez», dit l'adage.

On ne sait ce qu'il en était de la saisie de ses biens, mais après son installation sur la colline d'eucalyptus, sa bonne étoile brilla très rapidement. Malgré les vingt kilomètres qui le séparaient de la ville, il attirait largement plus de clients que tous ses collègues de Lan Giang réunis.

Celui ou celle qui débarque dans un cabinet de voyance a assurément cent questions à poser, cent choix à faire, cent vœux et prières à formuler. Un bon voyant doit être bon psychologue. Sur ce plan, monsieur Chu avait un énorme avantage sur ses collègues. Deux langues, deux cultures lui avaient ouvert deux horizons différents. Il était aussi à l'aise en tunique de soie asiatique qu'en costume-cravate. Il pouvait parler d'astrologie, d'horoscope, de philosophie de la voyance comme de numérologie occidentale avec autant d'érudition. Ses clients restaient des jours à discuter avec lui. S'ils n'aimaient pas le thé, il leur offrait du café; s'il se mettait à pleuvoir soudainement ou si une tempête se levait pendant la consultation, il leur proposait de dîner et de rester dormir sur place. Sa demeure comportait cinq chambres, toutes spacieuses, bien équipées et aussi confortables que dans les hôtels trois étoiles de la capitale. La région des collines devint ainsi une destination accueillante, et les visites des clients, de plus en plus chaleureuses. Les relations sincères et profondes qu'il entretenait avec ses clients consolidèrent sa renommée, qui prit son envol. Par voie de conséquence, il va de soi que sa bourse s'arrondissait. Il n'y avait qu'à voir le nombre de motos garées sous la tonnelle de pergulaires pour en imaginer le poids. Aucune commune mesure avec ce que gagnaient les paysans, qui ramassaient péniblement sou après sou. Lui, récoltait les billets de banque par centaines. Ses clients étaient plutôt riches. Comme les conseils précis et les prédictions exactes n'ont pas de prix, ses prix à lui, toujours agrémentés de considérations sociologiques, dépassaient largement celui de quelques sacs d'ananas ou kilos de viande. Il était clairement de ces gens qui « gagnent beaucoup en bougeant peu ». Pour les paysans qui triment à longueur de semaine, les oisifs ont toujours été une épine dans leur pied, sinon des ennemis de classe. Pourtant monsieur Chu était très respecté, ils lui reconnaissaient le statut de « travailleur ».

— Pour gagner autant d'argent, il a dû lire à s'en tuer les yeux ! Regardez les piles de livres dans sa maison !

— Bien sûr, lire c'est accéder au savoir, mais il use aussi sa salive ! Chaque fois que je passe chez lui, il m'invite à boire un thé et me parle pendant des heures de toutes les façons de prédire l'avenir, orientales et occidentales.

— Il vend son souffle, comme les professeurs ! Ce n'est pas facile, ce métier, il faut à la fois s'user les yeux sur des livres et parler jusqu'à en perdre la voix.

«L'oisiveté est mère de tous les vices.» Mais monsieur Chu n'était pas un oisif. Les gens disaient aussi :

«Il respecte les gens.»

«Plus exactement, il se comporte en leader.»

«Grâce à lui, notre hameau gagne en prestige.»

Monsieur Chu était un homme raisonnable et sensé. C'est-à-dire qu'il se connaissait lui-même et connaissait les autres, savait se comporter de manière appropriée, sans s'abaisser ni flatter. Étant le plus riche de toute la région, il se devait d'aider les autres avec finesse et délicatesse, ou en d'autres termes avec naturel, pour préserver l'harmonie. Il était le premier arrivé sur la colline. Son terrain était vaste, pourtant il n'avait pas d'animaux.

Les habitants du hameau des Eucalyptus n'élevaient pas de cochons. Hormis les plantations d'ananas, ils possédaient quelques chèvres et quelques poules pour améliorer leurs revenus. Les poules avaient besoin de graines, mais on pouvait les lâcher dans la nature à la recherche de vers de terre ou de fourmis. Pour les chèvres, c'était différent. Il valait mieux avoir un enfant de quinze ans pour les emmener paître de l'autre côté de la route, dans les Vertes Collines, mieux pourvues en herbe et plantes diverses. Les enfants les y gardaient jusqu'au soir avant de les ramener à leurs enclos. Monsieur Chu n'avait jamais éprouvé le besoin d'élever des bêtes. Sa famille était restée en ville et il vivait à la campagne comme il l'aurait fait là-bas. Trois fois par jour, son neveu, qui travaillait pour sa femme, arrivait à moto pour lui livrer du poisson, de la viande et des légumes frais. Ses clients lui offraient fréquemment des fruits et des friandises.

Son réfrigérateur était constamment rempli et l'autel de ses ancêtres toujours garni de fruits et de gâteaux. Il ne manquait de rien.

Dans ce cas, pourquoi entretenait-il un jardin ? Bien sûr ce dernier contenait beaucoup de fleurs, mais également deux rangées de légumes verts, sans compter la tonnelle de courges dont la production quotidienne suffisait à nourrir trente ou quarante personnes. En fait, sans le proclamer, monsieur Chu les distribuait à ses voisins venus exploiter ces terres caillouteuses qui étaient si arides et sèches. À part la famille de monsieur Rô qui avait sa propre tonnelle de courges et son potager, tout le hameau venait se ravitailler chez lui.

— Monsieur Chu, puis-je avoir un concombre ? Ma mère a acheté quelques crevettes !

— Prenez ce que vous voulez ! répondait monsieur Nha, l'oncle qui faisait fonction d'intendant.

— Donnez-moi quelques brassées de baselle, s'il vous plaît.

— Tu n'as qu'à couper, c'est derrière !

— Ce potiron est si grand, vous ne l'utilisez pas ? Je pourrais le prendre ?

— Oui, bien sûr, vous êtes huit ! Nous ne sommes que deux ici. Prends-le !

— Je peux couper ces liserons d'eau ?

— Vas-y, tu viens tous les jours, ne me demande plus !

C'était une rengaine quotidienne. Tout le monde était gêné de devoir demander tous les jours, c'était comme avoir un «grain de sable dans sa chaussure». La lutte pour la survie n'est pas un jeu. Dépenser énormément de sueur est une chose, mais quand ni les forces, ni le temps ne viennent à bout de l'environnement hostile, les paysans sont bien obligés de se résoudre aux privations. Dans cette région où ne poussaient que cailloux et eucalyptus, sans le potager de monsieur Chu, ils se seraient contentés de saumure à chaque repas.

Les enfants de Hoang le Dément venaient sans cesse quémander des légumes verts chez lui. Leur famille était la plus misérable parmi les neuf foyers du hameau. Entre eux, les habitants disaient :

— C'est drôle ! Il y a deux intellectuels ici. L'un est immensément riche, et l'autre est plus pauvre qu'un gueux. Nous, les paysans, nous sommes entre les deux.

— C'est vrai ! Il vaut mieux n'être ni la tête, ni le cul. En cas de révolution, le cul risque de se retrouver à la place de la tête. Restons au milieu pour avoir la paix.

— N'importe quoi ! Tu te crois littéraire ? Tu as mangé avec les baguettes de Hoang le Dément, peut-être ?

— Moi, manger avec ses baguettes ? Je n'ai jamais fricoté avec cet individu. Mais je te rappelle cet adage :

«Quand on est fils de roi, on devient roi,
Quand on est bonze, on balaie devant la pagode,
Mais quand le ciel fait son numéro,
Le fils de roi peut se retrouver à balayer la pagode.»

— Ton analogie ne tient pas debout. Monsieur Chu n'est pas roi, et Hoang le Dément ne balaie pas la pagode, comme tu dis. Il ne nettoie même pas sa propre maison !

— Ça, c'est bien vrai.

— Moi, je pense que l'on est riche ou pauvre selon son destin. Si monsieur Chu n'avait pas lu à s'en tuer les yeux, s'il n'avait pas su parler jusqu'à l'extinction de voix, il ne serait pas devenu riche. Tout ce hameau vit de son potager. L'homme bon est toujours récompensé par les dieux. En revanche, l'autre, le Dément, il n'arrête pas de battre cruellement ses enfants. Comment voudrais-tu que le ciel ou le Bouddha lui viennent en aide ?

— Tu as raison ! On dit que le ciel a des yeux. Le méchant ne peut échapper à son sort, même en se dissimulant. Hoang le Dément est un type qui veut marcher sur la tête des gens pour se valoriser. Mais il n'est pas arrivé à nuire à monsieur Chu. Maintenant, tous les jours, ses enfants viennent mendier leur nourriture chez lui. Ce type est sans vergogne !

— Il a essayé de nuire à monsieur Chu ?

— Ça t'étonne ? Eh bien, oui. Il m'avait dit : « Même riche à en péter des pièces d'or, un voyant n'est qu'un voyant. Un poète, même s'il doit brouter l'herbe pour survivre, reste un poète. Ma famille est encore pauvre aujourd'hui, mais demain, vous verrez. Quand mes enfants auront réussi, rien qu'en vendant une de leurs toiles, je pourrai acheter tout un quartier de Lan Giang. Alors ce voyant ne vaudra pas plus qu'un paillasson où mes enfants essuieront leurs pieds. »

— C'est vrai ?

— Tu ne me crois pas ? Je ne fais pourtant que répéter ce que j'ai entendu ! À chacune de mes visites, Hoang le Dément me cite une litanie de noms d'Occidentaux, me montre une pile de photos de sieurs barbus et chauves en me disant que chaque toile de ces illustres se vend des centaines de valises de feuilles d'or.

— Quel menteur ! De l'or sorti de ses fesses, oui !

— Qu'est-ce que j'en sais ? Nous ne sommes que de pauvres paysans ignorants. Alors, d'après toi, Hoang le Dément est certain que ses rejetons deviendront d'illustres artistes ?

— S'il ne le croit pas, pourquoi obliger sa femme, été comme hiver, à poser la nuit à la lueur d'un feu de bois et de bougies ?

— En effet !

— Moi, je pense qu'il est dérangé.

— Mon œil ! Il n'est pas fou du tout ! S'il l'était, il n'aurait pas cherché à nuire à monsieur Chu. Tu es le dernier à être arrivé ici, tu n'es donc pas au courant. Monsieur Chu est arrivé le premier. Ensuite ce fut au tour de monsieur Rô. La famille de Hoang a été la troisième. Les ouvriers qui construisaient sa masure ont eu besoin d'une échelle pour leur chantier. Ils lui ont demandé d'aller l'emprunter à monsieur Chu. Il a roulé des yeux furibonds : « Je ne m'abaisserai jamais devant un voyant ! » Le chef de chantier est descendu en ville chercher maîtresse Na. Elle l'a conduit chez monsieur Chu pour emprunter l'échelle et quelques outils. Il lui a raconté la sortie de Hoang. Quelque temps après, monsieur Chu a dit à monsieur Rô : « En venant ici, je me suis éloigné de ma famille, mais j'ai gagné des voisins. Seulement, je ne veux avoir de rapports qu'avec ceux qui sont respectables et qui me respectent. Les autres, je préfère les ignorer. » Ainsi, le jour où Hoang le Dément a fêté l'inauguration de sa maison, il ne s'est même pas déplacé, n'a pas envoyé de cadeau. Vous y étiez, monsieur Rô ?

— Oui. C'est la première et unique fois que j'ai mis les pieds chez lui. Mes trois grands fils étaient encore à la maison à l'époque. Nouvelle implantation, nouvelle vie. J'avais cent choses à faire : cuisiner, construire, creuser le puits, trouver une école pour les enfants. Ma femme et moi, nous partions à l'aube dans la brume pour ne rentrer qu'au soir, exténués. Pas une seconde pour rendre visite aux voisins. Quelques années plus tard, je me suis reconverti dans le roulage et j'étais sur les routes tous les jours. Quand mes dettes ont été remboursées, mon Petit Canh avait grandi et il était dans la classe de maîtresse Na à l'école élémentaire. Quand j'ai entendu les gamins dire qu'elle se montrait nue pour servir de modèle, cela m'a horrifié et j'ai interdit au petit d'aller là-bas. Quelle morale peut encore exister quand les élèves regardent leur maîtresse nue ? Heureusement que sa mère a pu le faire passer dans la classe de maître San.

— Quand vous avez fêté votre installation, monsieur Chu est venu ?

— Bien sûr ! Le grand miroir qui est au mur chez moi, c'est son cadeau de bienvenue. Mais il a aussi fait de beaux cadeaux à tous ceux qui se sont implantés ici.

— En effet, je suis le dernier. Il m'a offert une radio. Nous étions tellement confondus, ma femme et moi, que nous avons à peine réussi à lui dire merci. Pour nous autres paysans, un tel cadeau n'arrive que dans nos rêves !

— Eh oui, monsieur Chu est riche, mais également généreux. Certains richards sont tellement avares que donner un sou, pour eux, c'est s'arracher un morceau de couille. Monsieur Chu a fondé le hameau des Eucalyptus. Il se comporte en aîné, en porte-étendard.

— Et pourtant, Hoang le Dément lui veut du mal ?

— Ne sois pas surpris. Nous respectons monsieur Chu parce que nous sommes des gens du peuple. Nous raisonnons comme des gens du peuple. Hoang le Dément est différent. Les gens de lettres ont toujours été arrogants. Ils n'ont aucun respect pour le ciel, ils considèrent les gens comme de la merde. Notre voisin n'est pas une exception. À ses yeux, monsieur Chu n'est qu'un minable voyant. Il a beau être riche, ce n'est qu'un habitant du hameau des collines, totalement inconnu hors de Lan Giang. Lui, il est publié dans un quotidien national, tout le pays le connaît. S'il se considère comme supérieur aux poètes locaux, il doit penser qu'il dépasse monsieur Chu d'au moins deux ou trois têtes. Pourtant monsieur Chu n'a pas daigné venir à sa fête. Et il sait que monsieur Chu a offert à monsieur Rô un grand miroir. Et avant que le potager des Rô ne donne, madame Rô allait tous les jours chercher quelques courgettes ou potirons chez lui. Monsieur Chu allait souvent boire le thé avec monsieur Rô, toujours avec un petit cadeau, un sachet de thé, un paquet de cigarettes ou des gâteaux...

Cette proximité entre eux l'a rendu jaloux, les petits cadeaux de monsieur Chu, surtout, le mettaient hors de lui. Voilà pourquoi il lui veut du mal. J'ai raison ou non, monsieur Rô ?

— Exact ! Parfaitement exact ! Mais je n'ai toujours pas compris pourquoi Hoang veut être proche de lui, tout en le dénigrant ?

— Eh bien, parce que sans ça il ne serait pas Hoang le Dément ! S'il ne portait pas un nom comme Hoang Vuong, mais un nom malsonnant comme Rô, ou banal comme le mien, Lac, il porterait les seaux d'eau à la place de sa femme enceinte jusqu'aux yeux, la pauvre.

— Je ne m'y connais pas en littérature ni en poésie. Mais rien que de penser à cette pauvre femme et à ces enfants martyrs, j'ai envie de lui coller quelques coups de poing bien sentis dans la figure. Et comment a-t-il nui à monsieur Chu ?

— Il l'a dénoncé par écrit au bureau municipal, l'accusant d'arborer le drapeau national et d'exercer un métier obscurantiste, bafouant les couleurs de la patrie. Il a demandé à la mairie d'interdire à monsieur Chu d'exercer et de lui coller une amende pour délit d'«atteinte à l'honneur du drapeau national». De plus il l'accusait de polluer l'atmosphère et la tranquillité du quartier en laissant venir les clients à moto.

— Qu'a fait la mairie ?

— Hoang le Dément est arrogant, mais pas très habile. Il n'a pas compris que «les lois du roi passent après les coutumes du village». Monsieur Chu a aidé beaucoup de voisins à s'établir et il a largement participé à la construction des nouveaux édifices municipaux. Tous les gens de Lac Thach sont au courant. Par ailleurs, monsieur Chu n'est pas un homme isolé. Il est venu ici parce qu'on l'y a aidé. Personne n'irait se mettre comme ça dans un endroit aride et infesté de fauves. Le maire de Lac Thach est un parent du côté de sa femme. Lorsque Chu a eu ses problèmes en ville, c'est lui qui lui a proposé de venir s'établir ici. Il a même recruté des ouvriers pour construire sa maison. Donc, il a répondu à Hoang : «Le drapeau national est la fierté de chaque citoyen. On ne peut pas interdire à quelqu'un d'arborer sa fierté devant sa porte. Ceux qui le font sont des patriotes. Dans les grandes villes, le gouvernement encourage même chaque foyer à le hisser, surtout dans les grandes occasions. Votre plainte et votre dénonciation sont déraisonnables et ne peuvent être retenues. Concernant les pratiques obscurantistes, nous ferons une enquête.» Deux jours après, le drapeau devant chez monsieur Chu fut remplacé par l'étendard à cinq couleurs symbolisant les fêtes populaires et Hoang le Dément fut convoqué au bureau municipal pour s'expliquer sur ses «menaces et pressions à l'encontre des citoyens en incapacité de se défendre».

— Et après ?

— Alors, ce fut au tour de maîtresse Na de courir au bureau du comité populaire local, en pleurs, priant la mairie d'excuser son mari qui avait mal agi pour la première fois. Le maire, sans doute touché par la vue de cette jeune femme émaciée, ou sachant que le poète s'était effectivement dégonflé comme un vieux gâteau de riz, accepta de laisser tomber l'affaire. Depuis, Hoang ne s'est plus manifesté.

— Lamentable ! Tenter de nuire à son voisin, puis envoyer ses enfants mendier chez lui !

*

Pendant les deux semaines de vacances au hameau des Eucalyptus, sans attendre le retour des parents de Thanh, monsieur Rô décida d'emmener les garçons en voyage :

— Ne craignez rien. Un jeune homme doit s'habituer à la poussière et au vent des routes. La ville de Lang Son semble lointaine, mais elle n'est qu'à une centaine de kilomètres.

Madame Rô tenta de calmer son ardeur :

— Tu es drôle ! Maîtresse Yên et maître Thy nous ont confié Thanh. Si vous partez aussi loin, qui sait ce qui peut se passer ?

Son mari, d'habitude toujours d'accord avec elle, haussa pourtant le ton :

— Je te promets que Thanh en reviendra plus fort et en meilleure forme, avec quelques kilos supplémentaires. Ce que je dis, je le fais. Et puis, je n'ai jamais promis de l'enfermer chez nous ou de le ligoter au hameau des Eucalyptus.

Madame Rô dut céder et les deux garçons bondirent de joie en criant à tue-tête.

Pour charger les marchandises, ils dormirent trois nuits à Dông Mo. L'auberge était surprenante, située dans une rue dont chaque maison avait sa propre physionomie. Il n'y en avait pas deux semblables, pour l'aspect comme pour le matériau. C'est seulement pendant la nuit qu'elles devenaient pareilles, dans l'ombre noire et opaque. L'espace immense se transformait alors en un océan sombre et on aurait dit que la vie ne se concentrait plus que dans les lueurs des lampions qui se balançaient comme autant d'yeux rouges. Dông Mo est niché au creux des murailles montagneuses. Le froid des roches envahissait les rues de la ville. Les murmures de la forêt, de concert avec les hululements des chouettes et les cris isolés d'oiseaux perdus, causèrent quelques frissons à Thanh. Assis avec Petit Canh sur le lit, regardant le lampion se balancer à la fenêtre et écoutant les montagnards baragouiner dans un dialecte étrange, Thanh avait l'impression d'être plongé dans un autre univers, totalement inconnu. Petit Canh, plus au fait, lui apprit la différence entre les tribus Tay et Nung, les Meo et les Lô Lô ou les San Chi. Le matin à Dông Mo, c'était comme à midi dans la plaine, avec l'arrivée en ville des tribus montagnardes. Ils arrivaient pour la plupart à cheval, quelques-uns à moto, ceux des tribus voisines, à pied. Le marché ne commençait que tard, une fois le soleil haut d'une perche environ. Les visages étaient rouges après la route et on terminait vite les achats pour se réunir en petits groupes, chanter et boire. Les montagnards semblaient plus intéressés par le chant et le vin que par le travail. Leurs chants déroutaient Thanh. La musique était difficile à saisir, le rythme très lent et surtout marqué par des onomatopées simulant le galop des chevaux, le ruissellement d'un cours d'eau, le bruit d'une cascade ou des vagues… Thanh se sentait mou comme un ver de terre en train de ramper paresseusement.

Petit Canh dit, semblant avoir deviné ses pensées :

— C'est amusant, leur façon de chanter.

— Oui, on a envie de dormir en les écoutant, répondit Thanh.

Monsieur Rô se retourna prestement vers eux :

— Les gens d'ici comprennent le Kinh ! Faites attention à ce que vous dites ! Et à Lang Son où nous serons demain, tous les montagnards le parlent couramment.

Les deux garçons se turent.

Le lendemain, arrivés à Lang Son, ils abandonnèrent monsieur Rô pour aller regarder les chevaux. L'endroit où les bêtes étaient attachées se situait à côté du marché, au pied d'une paroi rocheuse. Une eau limpide et fraîche ruisselait en minces filets de la montagne. Les propriétaires y recueillaient de quoi faire boire leurs bêtes. Ils avaient apporté du foin, mais les échoppes alentour fournissaient toutes sortes de graines, paddy et maïs, ainsi que de la mélasse de canne et de l'eau sucrée spécialement destinées aux chevaux ou aux buffles de bât. À l'ombre de la montagne, les animaux pouvaient souffler et se rassasier après leur longue route. Les bruits de mastication et de déglutition s'entendaient sur toute la place. De temps à autre un cheval poussait un hennissement puissant, suivi de coups de sabot frappés sur le sol. Les deux garçons se tenaient côte à côte, subjugués, chacun dans son monde. Depuis si longtemps qu'ils rêvaient de chevaux, voilà qu'ils en avaient de vrais à côté d'eux, qu'ils pouvaient toucher, sentir, entendre et voir. Une réalité qui faisait naître d'autres envies plus concrètes.

— Quand je serai grand et que j'aurai de l'argent, dit Thành à Petit Canh, j'achèterai un cheval à la robe aussi belle que celui-là.

— C'est un alezan ! Le plus beau ! Il doit valoir trois, quatre fois plus que le nôtre. Un alezan n'est pas fait pour tirer une carriole mais pour être monté. Mon père dit qu'avant, seuls les grands officiers avaient le privilège de monter des alezans.

— Et les chevaux de combat ?

— Un alezan peut l'être. D'après mon père, le cheval du général Vân Truong dans *Les Trois Royaumes* était un alezan. Mais le plus sanguin, le plus farouche des chevaux de combat reste le cheval noir. Rien qu'à entendre le bruit des armes, il piaffe déjà pour foncer dans la bataille.

Ces premières vacances touristiques restèrent gravées dans la mémoire de Thành. Ses parents lui avaient ramené un sac de coquillages ramassés sur la plage de Sâm Son :

— Il n'y a plus de grands coquillages. Mais tu devrais aimer ceux-là, qui scintillent, lui dit sa mère.

— Merci, mère. Je les exposerai dans l'armoire à l'étage. Quand Petit Canh viendra chez nous, nous pourrons jouer avec.

L'été s'était déroulé comme dans un rêve. Deux semaines avant la rentrée scolaire, Petit Canh vint vivre chez eux comme convenu. À l'étage, ils occupèrent la chambre du milieu. La première servait de salon, la dernière de bibliothèque. Ils avaient néanmoins la liberté d'aller partout où ils voulaient. Petit Canh allait entrer en première année d'école primaire,

Thanh en troisième année. Devenu grand, il devait quitter le lit de ses parents. Même avec Petit Canh à ses côtés, il considérait ce changement comme primordial dans sa vie.

Avant leur première nuit ensemble, ils se tinrent devant la fenêtre donnant sur le verger.

— As-tu peur ? demanda Thanh.

— Peur de quoi ?

— Du verger.

— Pourquoi aurais-je peur du verger ?

— Parce qu'il y a beaucoup d'arbres. La nuit, les fantômes se perchent sur leurs branches.

Les yeux de Petit Canh s'écarquillèrent :

— Qui t'a dit ça ?

Puis, sans attendre la réponse, il continua :

— Alors chez moi, il y a cent fois plus de fantômes qu'ici. Et à Dông Mo et Lang Son, c'est encore bien pire ! Et s'il y a autant de fantômes, comment il peut rester de la place pour les vivants ? Tu y es allé, tu vois bien, il y a plein de monde là-bas !

— J'ai juste entendu dire…

— Je ne te crois pas ! coupa Petit Canh.

Thanh se tut. Il garda pour lui la mort de madame Kiêu Chinh. Il ne voulait pas en parler à Petit Canh. Pourtant il sentait son camarade plus fort que lui, plus solide et résolu, un soutien pour lui, malgré ses deux années scolaires de moins.

Longtemps après, une question lui reviendrait toujours :

Pourquoi ne suis-je pas tombé amoureux de Petit Canh ? Pourquoi n'a-t-il pas été mon destin ? Lui qui a dormi avec moi dès l'âge de sept ans ? Avec qui j'ai partagé tant de doux souvenirs, exploré tant de parcours dans la même brise, contemplé les mêmes paysages, échangé tant d'émotions et de pensées ?

La réponse était toujours la même :

Non, Petit Canh ne pouvait pas être mon amant, il était devenu mon petit frère. Nos cœurs étaient purs et nobles dans cette relation fraternelle, l'attirance sexuelle n'y avait pas sa place.

La vie s'écoulait douce et heureuse dans la maison de maîtresse Yên. Un enfant supplémentaire, c'était comme un deuxième feu dans la cheminée l'hiver. L'espace était plus animé, plus chaleureux. Qui était le plus épanoui des deux ? Le plus gagnant ? Ce qui était sûr, c'est qu'ils étaient heureux. Pensionnaire chez Thanh, Petit Canh manquait énormément à monsieur Rô, mais ses progrès à l'école avaient été tels que le père se consola. Madame Rô, elle, était souvent à la maison pour s'occuper de la cuisine et du verger.

De temps à autre, les garçons revenaient au hameau des Eucalyptus.

La maison des Rô était devenue déserte et calme. Ce n'est qu'en été qu'elle s'animait à nouveau pour quelques semaines. Étrangement, Thanh ne s'intéressait plus à Hoang le Dément. La nuit, debout dans la cour des Rô, il distinguait parfois une lueur sur l'autre colline, entendait le bruissement des arbres, mais la curiosité avait disparu. Cette nuit unique où Petit Canh et lui s'étaient cachés derrière le buisson de pluchéa d'Inde était gravée dans sa mémoire comme par le ciseau d'un sculpteur. Pourtant une émotion indéfinissable avait étouffé en lui la curiosité de l'enfant. Tristesse ? Pitié ? Peur ? Ce n'est que bien plus tard qu'il comprit enfin : la sensation qui avait étreint son cœur cette nuit-là, c'était un pressentiment de son destin. Un destin si terrifiant qu'il l'avait inconsciemment évité. Quelquefois il entendait à côté du puits madame Rô discuter avec les voisins venus chercher de l'eau.

— Le fils de Hoang le Dément a encore fugué.

— Combien de fois déjà ?

— Je n'en sais rien. La dernière fois, c'était l'hiver dernier. Il avait suivi son oncle maternel, le frère aîné de maîtresse Na, au village de Diên Viên. Cet oncle vient souvent, en cachette de ses parents, donner quelques sous à sa pauvre sœur.

— Il était d'accord pour l'emmener ?

— Mais non ! Le gamin a sauté dans la benne du camion venu apporter du bois. L'oncle était dans la cabine avec le chauffeur, il n'a rien vu. À l'époque, il travaillait dans un chantier en ville. Ce n'est qu'en arrivant chez lui qu'il a découvert le gamin à plat ventre, entre les planches, comme une blatte. Il a bien voulu le garder une semaine avant de le ramener à sa sœur.

— Et cette fois-ci ?

— Il a cramponné un client venu consulter monsieur Chu. Croyant que c'était un garçon de la famille de monsieur Chu, celui-ci l'a déposé à Lan Giang. Hier soir, Hoang le Dément, complètement ivre, s'est perché sur la colline pour hurler des injures pendant des heures. J'en avais plein les oreilles, sans comprendre à qui il s'adressait. C'était à monsieur Chu,

qui me l'a dit lui-même : «C'est après moi qu'il en a !
Il m'accuse d'avoir poussé son fils à filer.»

— Quel connard ! Frapper son fils comme un buffle
ou un chien, et accuser les autres quand le gamin fiche
le camp !

Ces discussions coulaient tel un ruisseau sous les
feuilles. Thanh ne voyait rien.

Un jour, madame Rô amena Thanh et Petit Canh
chez monsieur Chu. Dès l'entrée, Thanh fut fortement impressionné par la somptueuse demeure dont
le portail était aussi grand qu'une entrée de pagode. À
gauche, c'était le jardin, à droite, le puits. Il ne pouvait
imaginer telle résidence à seulement deux collines de
chez les Rô et juste à côté du gourbi du poète. Au
moment où monsieur Chu les entraînait dans la maison, Thanh sentit un regard dans son dos.

Il se retourna. Deux fillettes, se tenant par la main,
entraient à ce moment-là par le portail et le fixaient
droit dans les yeux. Il sursauta. Leurs yeux avaient
quelque chose de ténébreux et de malveillant qu'il
reconnut aussitôt : c'étaient les mêmes que ceux du
poète dément et de son fils.

Un vieil homme sortit en boitant de la maison.

— Oncle Nha, pouvons-nous avoir une gerbe de
feuilles de katuk ?

— Servez-vous, les filles !

Elles se faufilèrent entre les rangs du potager pour
couper les légumes et les déposer dans leur panier.
Thanh nota qu'elles avaient la tête entortillée dans
une sorte de mouchoir sale et taché de bleu. Il se souvint de la nuit où il les avait vues, sans coiffe, le crâne
rasé. Sans doute y avait-il moins de mouches ?

Est-ce que Hoang le fou les bat, elles aussi, comme leur frère ?

Petit Canh le tira par la manche.

Ce fut son dernier souvenir de la famille du poète. Les étés suivants, parce qu'ils avaient grandi, monsieur Rô leur apprit à faire du cheval et cela mobilisa toute sa concentration. Ils repartirent quelquefois pour Dông Mo et Lang Son, puis ce fut au tour de maîtresse Yên de leur organiser des escapades culturelles. Ainsi, ils visitèrent le mausolée des rois Hung à Phu Tho, la baie d'Ha Long à Quang Ninh et ils purent se baigner dans la mer à Cat Ba. Ce fut une époque merveilleuse. Les deux garçons réussissaient à l'école, ils étaient sages et leurs parents étaient contents d'eux, encore plus confiants quant à leur avenir.

— Qu'est-ce que tu as envie de faire plus tard, Petit Canh ? demandait maîtresse Yên.

— Je ferai le même métier que maître Thy. J'aime beaucoup l'histoire.

— Et moi, dit Thanh spontanément, le même métier que toi, mère.

Maîtresse Yên était son modèle. Sans doute ne serait-il pas professeur à Lan Giang, mais il enseignerait à l'école normale de Hanoi. C'était l'avenir que ses professeurs et les conseillers d'orientation lui prévoyaient. Lan Giang était trop petit pour ses talents. Pour un surdoué en mathématiques, l'horizon s'élargissait. Parfois même, ses professeurs formulaient plus d'ambition encore pour lui : il partirait étudier à l'étranger, dans une grande école de mathématiques, car notre pays était encore sous-développé et n'avait pas tous les moyens pour son épanouissement. Une fois sorti du pays, avec son talent hors du commun et sa passion dévorante pour les maths, nul doute qu'une université réputée ou un institut de recherche étranger lui ouvrirait les bras. Personne ne pensait autrement. Sa trajectoire future avait été tracée de façon concrète, dans les moindres détails. Elle était pratiquement devenue réalité, une réalité qui n'attendait plus que le temps pour se concrétiser. Pour tout le monde, son avenir était un bouton de rose qui, demain, épanouirait avec éclat tous ses pétales.

Mais avant ce fameux lendemain, une grêle s'abattit sur la rose. Succédant à une décennie de sérénité et de bonheur, advint une année de grandes catastrophes. Thanh entrait dans sa dernière année de lycée, tandis que Petit Canh entamait la première. Deux semaines après la rentrée, monsieur Rô tomba gravement malade. Madame Rô confia le cheval aux voisins pour aller s'occuper de son mari à l'hôpital de la ville. Après deux journées d'examens en tout genre, monsieur Rô fut transféré à l'institut K à Hanoi, spécialisé dans les cancers. Là, les médecins lui apprirent qu'il avait un cancer en phase terminale. Ce n'était pas le péritoine, comme chez son père. C'était un cancer du colon, et le malade n'avait plus que six semaines à vivre. Petit Canh arriva à Hanoi trois jours avant son décès. Malgré la souffrance qui le ravageait, monsieur Rô avait encore toute sa tête.

— Nous t'avons eu alors que nos cheveux commençaient déjà à blanchir, dit-il à son fils. Tu es donc le dernier cadeau que le ciel nous a donné. Tu dois t'occuper maintenant de ta mère. Fais-moi enterrer derrière notre maison du hameau des Eucalyptus.

— Père, sois en paix, répondit Petit Canh. Je ferai selon tes instructions.

Comme tous les malades décédés à l'institut, monsieur Rô fut d'abord enterré au cimetière Van Diên. Il faudrait attendre trois ans avant de pouvoir l'exhumer et transférer ses restes. Après les obsèques, Petit Canh abandonna l'école pour devenir cocher avec l'accord de sa mère.

Maîtresse Yên tenta par tous les moyens de le faire changer d'avis : à Lan Giang, sa subsistance était assurée et il pouvait continuer l'école. Son avenir serait meilleur. Avec ses capacités, il réussirait l'examen de fin de scolarité et pourrait intégrer une université moyenne. Il était bon élève, il ne possédait pas de connaissances exceptionnelles mais elles étaient solides. Aimé de tous, élèves comme professeurs, il entrerait dans la vie active avec bonheur.

— Je vous remercie beaucoup, mais j'ai promis à mon père. Une promesse faite à un mourant doit être honorée même dans le sang.

Il restait ferme face à tous les conseils, à l'insistance de ses amis. Il fallait bien vivre.

Comme Thanh, Petit Canh entamait alors sa seizième année. Sa voix avait mué, il avait grandi et ses épaules étaient devenues aussi puissantes que celles du défunt cocher. Son visage avait beaucoup changé depuis son enfance, il était devenu plus équilibré, ses sourcils s'étaient épaissis et quelques poils poussaient autour des lèvres. Thanh, lui, mesurait un mètre soixante-dix, avait des cheveux épais, longs jusqu'aux épaules. À l'école, chaque fois qu'il apparaissait, les filles s'agglutinaient autour de lui.

Madame Rô rangea les affaires de son fils en sanglotant. Au moment de se quitter, les deux jeunes s'étreignirent :

— Je serai toujours ton petit frère, quelles que soient les circonstances, dit Petit Canh.

— Exactement ! Nous sommes frères, pour toujours !

À peine un mois après le départ de Petit Canh, ce fut au tour de Thanh de recevoir le ciel sur la tête. Ni tempête, ni incendie ou inondation, ni détresse due à un deuil ou souffrance causée par une maladie... Une catastrophe secrète, muette, réservée à lui seul. Pour la première fois de sa vie, il découvrit la vérité sur lui-même. Sans doute était-elle déjà là, enfouie comme un minerai sous la montagne, comme un cadavre dans la terre profonde, attendant le moment de se révéler au jour. La fatalité avait sonné son heure.

Depuis l'école élémentaire jusqu'au lycée, il avait toujours eu le même voisin de classe qui s'appelait Cuong. Dix ans passés à partager le même pupitre, le même casier où ils rangeaient leur cartable et leurs friandises, le même banc. Dix ans à fréquenter la même cour de récréation, les mêmes professeurs et les mêmes camarades, dix ans à s'amuser ensemble dans les camps et les fêtes scolaires... En outre, les parents de Thanh étaient très liés avec ceux de Cuong dont le père était le docteur Thinh. Durant ces dix ans, les deux garçons avaient été très proches, toujours à se toucher, à se tenir par la taille, toutes attitudes si naturelles chez des amis de même sexe.

Un après-midi, un match de volley opposa sa classe à la 10 C. À la fin du match, les jeunes joueurs, dégoulinants de sueur, montèrent en haut de la colline pour se sécher au vent. Cuong marchait devant avec quelques amis, Thanh suivait. Subitement, le corps de Cuong frappa ses yeux avec une intensité particulière. La découverte de sa beauté, car c'était une découverte, le mit dans un état d'excitation irrépressible. Le désir monta en lui, un désir qu'il n'avait encore jamais connu. Car il avait pour objet un être dont il n'avait jamais soupçonné qu'il puisse le devenir. Les sens chavirés, n'écoutant que les besoins de son corps, Thanh courut vers son ami, l'étreignit des deux bras et déposa entre ses omoplates un baiser.

Cuong se retourna vers lui, stupéfait. Une stupéfaction qui se transforma très vite en méfiance, puis en affolement et enfin en effroi. Rouge comme une tomate, il repoussa Thanh avec force. Silencieusement mais méchamment. Ce fut bref, personne n'avait rien remarqué. Thanh se ressaisit, recula d'un pas, le visage blême.

Qu'ai-je fait ?

J'aime donc Cuong ? Depuis longtemps ?

Suis-je homosexuel ? Un de ceux qu'on appelle les « enculés » ?

J'ai déjà seize ans ! Pourquoi n'en ai-je rien su jusqu'à maintenant ?

Parce que personne ne m'a révélé l'existence de l'homosexualité. Personne ne m'a dit que ce n'est pas si rare. Un caprice de la nature, dans lequel ma volonté n'est pour rien. Jusqu'ici j'ai vécu dans l'ignorance, comme ces misérables paysans analphabètes qui ne savent pas que les bactéries vivent dans l'eau de la rivière et qu'elles peuvent leur transmettre la dysenterie. L'humanité meurt plus de son ignorance que de la guerre.

Tout en haut de la colline, les flamboyants jaunes avaient fleuri et recouvraient l'herbe d'un tapis d'or, tandis que les flamboyants rouges, en fin de saison, ponctuaient de carmin le fond vert du paysage. Les garçons étendirent un maillot de corps sur l'herbe et y déposèrent une poignée de prunes. Ils les croquèrent avec gourmandise, telles des jeunes filles en mal de goût acidulé.

— Thanh! Tu ne manges pas de prunes?

— Je n'aime pas les fruits surs.

— Elles sont mûres, elles sont bonnes!

— Merci, j'ai déjà bu de l'eau en bas.

— Laisse-le! Monsieur le philosophe est en train de cogiter.

— Je ne réfléchis pas! fulmina Thanh. Après ce match, je suis fa-ti-gué!

Il lui semblait que ses camarades se moquaient de lui. Avaient-ils deviné quelque chose? Cuong, lui, restait muet. Il mangeait sa prune en regardant les branches des flamboyants chargées de fleurs bouger au vent, en enlevant calmement quelques brins d'herbe sur son pantalon. Thanh comprit que ce silence était un point final. La fin de dix années d'amitié, d'une succession de journées pleines de souvenirs. Devait-il en être ainsi? Pourquoi avait-il été si stupide? D'une stupidité impardonnable. Cette solide forteresse de leur amitié, aux murs de roche et aux fondations de pierre, s'était écroulée comme du sable au bout de dix ans, sous l'infime secousse du désir sexuel. Le sort était-il si cruel ?

Je dois fuir ! Maintenant ! Partir avant qu'on ne découvre ce qui est en train de se passer dans mon cœur.

— Amusez-vous bien ! dit-il en se levant. Il faut que je rentre, c'est l'anniversaire du décès de mon grand-père.

Il descendit, enfourcha son vélo et prit la direction de la ville. Arrivé à mi-chemin, il bifurqua soudain vers le temple dédié au génie d'un village de banlieue. Derrière l'édifice il y avait un vieux figuier pleureur de trois cents ans qui étendait ses larges branches touffues au-dessus d'un vaste espace jonché de feuilles mortes. Thanh s'écroula entre ses racines aériennes, en larmes. Il y resta jusqu'à la nuit tombée.

Le lendemain, il fut convoqué par la professeure principale. Elle lui apprit que Cuong avait demandé à changer de place, et elle voulait en connaître la raison :

— Depuis le cours élémentaire, vous avez toujours été deux élèves brillants, très liés l'un à l'autre. Vous êtes également deux amis qu'on n'a jamais vus se disputer durant toute cette longue scolarité. Pourquoi cette subite brouille ? Surtout en dernière année de lycée ?

— Je ne sais pas, mademoiselle, réussit-il à balbutier, puis, trouvant rapidement une idée : Peut-être que ses parents et les miens ne s'entendent plus ? Et…

— Quoi ? Qu'est-ce que tu racontes ? s'étonna l'enseignante, écarquillant les yeux derrière ses lunettes.

— Il y a quelques semaines, ma mère avait recommandé ma tante à la mère de Cuong, qui est chef du service gynécologique de l'hôpital de la ville. Ma tante connaissait une grossesse difficile et devait être hospitalisée un mois avant le terme. Malheureusement, le jour de son accouchement, la mère de Cuong était en réunion à Hanoi, elle n'avait sans doute pas bien renseigné les médecins de garde. Toujours est-il que ma tante a eu une hémorragie et est morte pendant son transfert à Hanoi.

— C'est vrai ? Quel horrible malheur ! soupira la professeure. Je suis désolée de ne pouvoir vous aider dans cette affaire. Mais j'accéderai donc au désir de Cuong. Il passera au pupitre de devant. Toi, comme tu es grand, tu resteras à ta place actuelle.

Thanh rentra chez lui en titubant comme un malade, son corps tétanisé se dérobant à chaque pas. Deux choses lui faisaient honte. Le décès de sa tante était bien réel et maîtresse Yên en avait voulu à la mère de Cuong, mais cela n'avait aucunement affecté les relations entre les deux garçons, qui ne dépendaient plus beaucoup de leurs parents. La raison qu'il avait alléguée était mensongère. Sa deuxième cause de honte était plus profonde, plus terrible. C'était comme si, poussé dans le dos par quelqu'un, il était en train de tomber dans un gouffre. Comme si, frêle embarcation, il se trouvait déjà dans le triangle des Bermudes, sans aucun espoir d'en sortir. Ses mâts allaient se briser, sa carène serait broyée, il irait s'abîmer dans les profondeurs de l'océan.

Pour la première fois, on l'avait rejeté. Pour la première fois, il connaissait les affres du mal d'amour. La vie venait de lui révéler une dimension totalement différente, il ne deviendrait pas un garçon comme les autres, ne vivrait pas la même vie qu'eux, une vie normale. Il était désormais au ban de la société. Il préférait les hommes aux femmes ! S'il ne rencontrait pas un autre homosexuel qui pourrait l'aimer, il serait à jamais exclu, à jamais délaissé. C'était le pire problème qu'il ait eu à affronter. À l'instant où son regard avait vu l'affolement et le dégoût dans celui de Cuong, il avait su que la nef de son destin avait changé de cap. Ce regard horrifié, chez son ami de toujours, lui avait jeté au visage un acide tenace qui lui faisait maintenant une seconde peau, granuleuse et sale comme celle d'un crapaud. Cette seconde peau lui resterait, car elle s'était greffée sur la première. Elle s'appelait la honte, l'affliction, et elle faisait désormais partie de lui.

Cuong et Thanh continuaient de se parler, d'échanger sur les devoirs et les exercices. Ils essayaient de ne pas revenir sur ce qui s'était passé, d'adopter un comportement « normal » pour éviter les médisances des camarades. Quand la professeur avait rapporté à Cuong les paroles de Thanh, il avait immédiatement saisi la perche :

— Il n'y a aucun problème entre nous deux. Mais nos mères sont compliquées, expliquait-il à leurs camarades de classe, qui évidemment crurent à cette explication.

On ne vit plus Cuong mettre son bras autour du cou de Thanh ou le prendre par la taille, et ils ne s'asseyaient plus côte à côte. Thanh accepta d'être ainsi mis à distance, comme on faisait autrefois avec les lépreux.

Maîtresse Yên et maître Thy ne surent rien. Leur vie de couple était sereine. Professionnellement, ils étaient satisfaits. Leur fils était merveilleux, un fils dont bien des parents auraient rêvé. Ils n'avaient plus qu'un seul désir, tardif mais pressant, celui d'avoir un deuxième enfant. Certes, ils n'étaient plus jeunes. Mais la naissance de Petit Canh alors que madame Rô avait quarante-six ans était un exemple bien encourageant. Même si maîtresse Yên avait toujours affirmé qu'elle adopterait un enfant, Thanh savait qu'en son cœur, elle aurait bien aimé faire un «Petit Canh de madame Rô». Le vrai Petit Canh, lui, revenait très souvent en visite chez eux, et tout le monde le considérait comme l'enfant adoptif de la famille. Les parents de Thanh vivaient donc dans leur monde. Thanh, désormais seul à l'étage, contemplait de sa fenêtre le verger dans la nuit et se demandait :

Comment vais-je vivre ma vie d'homosexuel ? Pour ma mère, c'est inimaginable ! Et mon père ? Il sera terrifié ! L'appartement de la rue des Chausseurs à Hanoi attend un héritier, et j'ai été désigné. L'oncle aîné n'a que des filles, le troisième frère de la famille est fou, donc c'est mon père, maître Thy, qui perpétuera la lignée avec son fils. Même si je ne mets jamais les pieds dans cet appartement glauque, je porte le nom des Nguyên et le destin m'a assigné ce rôle. Mais comment est-ce possible, maintenant ? Les cartes sont désormais retournées, comment vais-je pouvoir me marier avec une femme ? Sans amour ? Comment vais-je me sortir de ces entraves et de ces chaînes ?

Les nuits tourmentées se succédaient.

Nuits d'été pleines de bruits, nuits d'automne pluvieuses, nuits d'hiver glaciales, hantées par le sifflement du vent et le tapage des branches contre les volets…

Puis vinrent les douces nuits de printemps avec leur brise, légère, infinie. Les lucioles flottaient telles des étoiles dans la canopée des pamplemoussiers. Thanh se rappelait les nuits qu'il passait enfant, debout sur le tabouret à la fenêtre de la cuisine, fasciné par le ballet des lucioles dans le verger. Sa mère lui entourait la taille de ses deux bras, se penchait sur sa chevelure pour en respirer l'odeur végétale. Hélas, elles étaient bien loin, ces douceurs d'antan. Maintenant il n'avait plus le droit d'enfouir son visage entre les seins de sa mère, de sentir ces masses douces et parfumées lui caresser les joues, sa chair se fondre dans la sienne, lui procurant simultanément sécurité et extase.

J'ai grandi. Je suis trop vieux pour grimper sur un tabouret, pour recevoir la protection, les caresses de ma mère. Mais je n'aurai rien en compensation de ce bonheur enfantin. L'interdiction de dormir dans le lit de mes parents m'a définitivement chassé de la couche des autres femmes. Aucun paradis ne s'est ouvert à moi pour remplacer celui de mon enfance. Pourtant tous les garçons connaissent cette métamorphose. Mais les autres ont tellement de chance de pouvoir s'adapter comme des caméléons à d'autres couleurs, à un autre milieu. Moi, je suis un renard tombé dans des sables

mouvants, ou une loutre abandonnée en plein désert. Je
suis condamné à l'infamie, condamné à vie.

L'amertume est une torture.

Un jour, après avoir observé son fils un long moment, maîtresse Yên demanda :

— Tu es malade ?

— Non, mais j'ai la migraine.

— Demain, va consulter à l'hôpital !

— Ne t'en fais pas, mère. Tout le monde peut avoir
la migraine. Et je ne supporte pas l'odeur de l'hôpital.

C'était au repas de midi. Son père intervint :

— Notre fils a raison. Chaque fois que je vais voir
quelqu'un à l'hôpital, j'ai envie de vomir rien qu'à respirer cet air. C'est horrible, ces odeurs d'antiseptique
et de malades. Ce n'est pas bien de le dire, mais c'est
la vérité.

— Vous êtes atteints du syndrome de la propreté,
l'un et l'autre. Mais, bon, à deux contre une, je me
rends, rit maîtresse Yên.

Pourtant, le soir venu, sa mère lui concocta une
poule mitonnée aux herbes médicinales.

— Si tu ne veux pas aller à l'hôpital, alors mange !

— Oui, mère !

C'était un ordre.

Deux semaines après, on ne parlait plus que de
madame Van la bouchère qui faisait scandale au marché. Était-ce une coïncidence ou un avertissement du
destin pour que Thanh comprenne mieux son sort ?

Avant de découvrir ses préférences, il ne savait
rien des homosexuels. Sans doute parce que ces derniers vivaient dans l'ombre. Ou parce que les gens

anormaux suscitaient le rejet. Dans toutes les sociétés, les marginaux ont toujours attiré la curiosité. Cette curiosité se double très souvent d'admiration ou, au contraire, de mépris et de haine.

L'admiration est rare et ne s'exprime pas ouvertement. En revanche, le mépris et la haine s'affichent et servent même de caution pour prouver que l'on est « normal », que l'on est « légitime », qu'on est du côté de la majorité, car la majorité, c'est la force.

Le Vietnam est une terre condamnée à la guerre perpétuelle. Et les guerres réclament qu'on désigne des ennemis.

Ceux qui sont liés à l'ennemi sont tous des criminels. Valets de l'impérialisme, espions à la solde de l'étranger, ils adhèrent idéologiquement au colonialisme et au capitalisme. Ceux-là, s'ils ne sont pas abattus, moisiront de toute façon dans les geôles.

Juste en dessous dans l'échelle de la culpabilité, on trouve les rebelles. Ceux-là sont contre le parti communiste, s'adonnent à des activités « décadentes » et pratiquent le mode de vie occidental. Ce sont des artistes et des écrivains, « la bande des artistes humanistes », des « révisionnistes à la Khrouchtchev ». Ils aiment écouter la « musique de l'âge d'or », cette musique d'avant 1975 dans le Sud, ils organisent illégalement des soirées dansantes.

Enfin, encore en dessous, moins nuisibles, sont ceux qui portent des pantalons évasés, des cheveux longs, des chemises trop courtes laissant voir leur nombril, etc. Ces derniers, quoique inoffensifs, sont quand même arrêtés et passent quelques jours en prison avant d'être rendus à leur famille.

Les homosexuels, eux, ne sont pas considérés comme aussi dangereux. Ils vivent leur sexualité dans l'ombre, comme une herbe sauvage et chétive qui ne s'expose jamais au soleil mais pousse au pied des murs ou dans les temples abandonnés. On n'y fait jamais trop attention. Déjà mobilisés depuis longtemps pour haïr tant d'ennemis et hurler des slogans jour et nuit, les gens sont épuisés et n'ont plus l'énergie d'aller chercher noise aux homosexuels.

À six ans, Thanh avait été témoin de quelques «punitions» infligées aux jeunes à cheveux longs et à pattes d'eph. En des journées dites de «lutte contre les mauvaises mœurs», policiers et miliciens en force bouclaient toutes les grandes artères dès le petit matin. Au coup de sifflet, les véhicules devaient tous s'arrêter. Les troupes d'hommes au brassard rouge avançaient de chaque extrémité de la rue afin de prendre en tenaille tous les jeunes en un point précis. Là, à l'aide de ciseaux et de couteaux, ils taillaient les chevelures, coupaient les bas de pantalons. Aucun de ces adolescents, pourtant grands et forts, n'osait se débattre ou résister. Pâles, tremblants, ils gardaient les yeux baissés sous les regards des badauds qui, curieux mais apeurés, indignés mais n'osant élever la voix, faisaient cercle autour d'eux derrière les policiers armés de pistolets, de matraques et de menottes. Pendant ce temps, un haut-parleur hurlait :

«Aujourd'hui, quelques-uns veulent imiter la vie décadente des pays capitalistes. Ils salissent la vie saine prônée et édifiée par le socialisme. Même si, en esprit, ils n'ont pas encore osé s'opposer au Parti, ces jeunes égarés sont déjà, dans leur apparence, contaminés par l'Occident. Nous devons sans tarder les réformer, pour en faire des citoyens dignes de ce nom.»

Ainsi «réformés» en pleine rue, les malheureux filaient sans demander leur reste dans leur pantalon en lambeaux, ou, pour ceux dont on avait tailladé la chevelure, couraient chez le coiffeur se faire raser la tête entièrement comme des bonzes. Après toutes ces années, les vociférations du haut-parleur résonnaient encore à l'oreille de Thanh, et les visages blêmes des adolescents entourés de policiers en uniforme restaient gravées dans sa mémoire. Cependant, il n'avait jamais assisté à une «chasse» ou à un lynchage d'homosexuels. Ces derniers ne représentaient pas grand-chose, dans une société déjà encombrée d'ennemis : ennemis de classe, de la nation, du Parti, du peuple… C'était un non-sujet.

Et pourtant.

Par une coïncidence étrange, le scandale de la bouchère du marché éclata quelques semaines à peine après sa rupture avec Cuong. On en discutait âprement dans les échoppes à vin où l'on prenait l'apéritif, entre les cacahuètes, la seiche grillée et les salades au bœuf séché, ou alors dans les salons de coiffure et de manucure où les dames en faisaient des gorges chaudes. Ce n'était pas aussi frappant qu'un suicide, un chantage, un viol ou un meurtre, mais assez pour meubler un peu le morne quotidien de la cité.

Pour Thanh, ce fut une lumière infernale éclairant le fond de son âme. Plus il prenait conscience de sa situation, plus son cœur saignait. Et par une ironie du sort, ses parents qui ne savaient rien continuaient tranquillement d'évoquer l'affaire de la bouchère devant lui.

*

Le marché de la ville était vaste, mais ses secteurs inégalement répartis. Sur les dix longues rangées de stands, quatre étaient uniquement consacrées à la viande de bœuf et de porc. Les autres denrées – poissons, fruits de mer, volaille, légumes, fruits secs ainsi que riz gluant, entremets, vermicelles, pâtes diverses – devaient se contenter d'un stand par produit. Les habitants de Lan Giang adoraient la viande, leur source privilégiée de protéines. Ils exigeaient donc des bouchers dignes de confiance pour garantir la qualité de la marchandise et la fiabilité des pesées. Accueillants, serviables, ou du moins polis et aimables. D'après ces critères, madame Van était la meilleure des trente-sept inscrits à ce marché. C'était une quinquagénaire encore bien solide et énergique. Sans être vraiment belle, elle dégageait un charme sensuel et s'habillait avec soin. Indéniablement douée pour son métier, elle faisait secrètement soupirer bien des veufs sur son passage. Ses cheveux étaient sans doute ce qu'elle avait de plus beau. Restés d'une abondance inimaginable, noirs et soyeux, ils lui tombaient jusqu'aux chevilles, et les compliments fusaient chaque fois qu'elle les lâchait pour un coup de peigne avant de refaire son chignon. Une fontaine de soie ébène, aurait dit un poète. Cette fontaine était souvent nouée en un gros chignon de la taille d'un pamplemousse, tenu par une épingle en argent aussi longue qu'une baguette et ornée à son bout d'une grappe de perles, comme un bonbon « œuf d'oiseau ». D'après les commerçantes, cette épingle valait bien deux feuilles d'or avec ces perles désormais rares, voire introuvables. Une autre, dans sa situation, aurait depuis longtemps dénoué ses cheveux pour un homme, c'est-à-dire refait sa vie. Mais, veuve depuis ses trente ans, elle avait décidé de rester seule. Ses deux grandes filles étaient mariées et avaient déjà des ribambelles d'enfants. Le benjamin, mis au monde l'année de ses trente ans, avait à peine dix mois quand son mari disparut. On racontait que, mourant, il avait demandé à sa femme de lui mettre dans sa chemise une boucle de ses cheveux pour qu'il l'emporte dans sa tombe. La jeune veuve s'était-elle sentie liée par ce dernier geste d'amour ? Il avait aussi demandé, disait-on, que le petit lui ferme les yeux. Ce qui signifiait qu'il aimait particulièrement son fils, le continuateur de la lignée. Était-ce pour cela que la jeune femme avait désormais consacré sa vie à son garçon ? Mystère. En tout cas, depuis vingt ans, bien des veufs lui avaient fait la cour sans qu'elle leur accorde la moindre attention. Bien sûr, elle riait, plaisantait, s'amusait avec tous, mais si l'un d'entre eux osait frapper à sa porte, elle demandait à son fils de le renvoyer aussi sec :

— Rentrez chez vous ! Vous perdez votre peine.

Au moment du « scandale », ce fils avait vingt et un ans. Il était extraordinairement gâté, ayant reçu tout l'amour d'une mère veuve et toutes les économies d'une commerçante habile. Dès son enfance, on le considérait comme le numéro trois parmi les

« princes et princesses locales ». En premier venait la fille de monsieur Trà, secrétaire du comité provincial du Parti. En deuxième venait le jeune Tu, fils du directeur du bureau des Territoires. Le fait que le jeune Tinh figure en troisième position était une étrangeté car, ni socialement ni économiquement, madame Van ne pouvait être classée dans la même catégorie que les autres. Mais elle choyait tellement son fils, de façon si aveugle, si excessive, si inconditionnelle qu'il en devenait un excellent parti. Par ailleurs c'était un garçon sans histoire, modeste, très respectueux de ses professeurs ; un brillant élève, bon en tout, en biologie comme en mathématiques. On lui pardonnait donc son statut d'enfant issu du bas peuple mais jouissant du train de vie de la jeunesse dorée. On le lui pardonnait d'autant plus volontiers que madame Van se montrait gentille avec tout le monde. Elle n'oubliait jamais d'offrir des friandises aux professeurs à l'occasion des fêtes du Têt, ni d'inviter les camarades de classe ou les jeunes voisins de son fils à de généreuses petites fêtes. On aurait pu y voir de la prétention, mais personne ne disait rien. Tous savaient qu'un tel fils représente l'espoir et l'unique consolation d'une veuve. Tinh était la raison de vivre de cette femme qui avait sacrifié sa jeunesse au bonheur d'être mère, ce qui, de tout temps, a suscité la compassion mais aussi le respect. Depuis que Tinh avait quitté la petite ville pour aller étudier à Hanoi, les autres commerçantes demandaient souvent à madame Van :

— Tinh ne revient pas cette fin de semaine ?

Les yeux brillants, la mère répondait :

— Le petit est parti pour un stage d'un mois dans le centre du pays, deux semaines à Thanh puis deux semaines à Nghê Tinh.

Ou :

— Le petit prépare ses examens en ce moment, il ne sort plus. La semaine dernière, son beau-frère a dû sacrifier son dimanche pour aller lui apporter un peu d'argent.

Ou encore :

— Je l'ai envoyé d'office en vacances avec ses amis à Cua Lo. Le pauvre, il travaille tellement qu'il est devenu tout maigrichon.

Ou enfin :

— Mon petit m'a écrit pas plus tard qu'hier. Je lui manque beaucoup, à ce pauvret…

Et si on lui demandait :

— Tinh a-t-il une jeune fille en vue ?

Elle répondait :

— Oh non ! Il est encore trop jeune, il ne pense pas du tout à se marier.

Ou :

— Quelle idée ! Ce n'est plus comme de notre temps ! À trente ans, peut-être, ils commencent à y penser.

À l'écouter, on aurait pu croire que ce «petit» était encore dans les langes, alors qu'il avait vingt et un ans. Pourtant, voilà qu'un lundi, un homme à l'air menaçant arriva au marché et demanda madame Van la bouchère. Il était très bien habillé, ce qui excita furieusement la curiosité des commerçants. Il était suivi d'un jeune homme obséquieux qui portait une serviette, comme un secrétaire particulier. À l'évidence c'était un haut fonctionnaire, de rang départemental ou ministériel, ou alors le directeur d'une entreprise d'au moins trois cents employés. Les marchands, à force de regarder la télévision tous les soirs, avaient aussitôt évalué la position de cet homme à cravate de soie. Ils lui indiquèrent le stand de madame Van, puis tendirent l'oreille. Leurs yeux, tout en regardant l'aiguille de la balance, lorgnaient de côté, et ils se dépêchaient de couper la viande et les os avant de s'essuyer les mains. Cette tension gagna également les habitués qui, suspendant leurs achats en cours, s'approchèrent comme des badauds autour d'un cirque ambulant.

— Je vous demande pardon, vous êtes madame Van, la mère du jeune Tinh ? demanda l'homme arrivé devant le stand.

Madame Van, en train de travailler sur un énorme morceau de viande d'une dizaine de kilos, redressa la tête.

— Oui, c'est moi, répondit-elle distraitement. Vous voulez me voir ?

— Évidemment que je veux vous voir !

Ce fut alors qu'elle remarqua la mine agressive de son interlocuteur, malgré son ton égal et son attitude très policée, caractéristique des habitants de la grande ville.

Telle une bufflonne sauvage qui a flairé le tigre, elle posa doucement son couteau sur le zinc de l'étal, s'essuya les mains sur son tablier, prête au combat. Son visage habituellement chaleureux se mua en un masque de défense.

— Je vous écoute, dit-elle froidement.

— Mon fils est dans la même classe que le jeune Tinh.

— Il y a plus de cinquante étudiants dans sa classe, comment le connaîtrais-je ?

— Savez-vous vraiment quel genre de personne est votre fils ? répliqua brutalement l'homme d'un ton inquisiteur.

Dans un premier temps madame Van fut déstabilisée. Elle ne s'attendait pas à ce qu'un homme aussi bien vêtu adopte si rapidement le ton d'un agent de police de quartier. Mais en une seconde elle reprit ses esprits. Elle se leva, se pencha au-dessus de son étal et darda sur le visage de son interlocuteur un regard étincelant :

— Et vous ? Savez-vous quel genre de personne est votre fils ? rétorqua-t-elle.

L'homme n'avait pas prévu une réplique aussi cinglante. Sans doute avait-il sous-estimé la combativité d'une simple commerçante de marché de province. Il esquissa un sourire méprisant où perçait néanmoins un peu d'embarras.

— Évidemment.

— Alors, je vous réponds aussi : évidemment !

L'homme semblait avoir maintenant jaugé son adversaire. Changeant de tactique, il se tourna vers son secrétaire :

— Veuillez me sortir le procès-verbal !

L'autre extirpa immédiatement de sa serviette une chemise cartonnée bleue contenant des feuilles dactylographiées.

— Voici le dossier, monsieur, tout est dedans.

— Vous savez lire ? dit l'homme à madame Van.

— Qu'est-ce que ça peut vous faire ?

— Je veux que vous lisiez ce procès-verbal concernant monsieur Tinh et mon fils.

— Eh bien moi, je ne veux pas ! Et personne ne m'y forcera. Ici, nous sommes au marché et pas dans un camp de détention. Vous n'êtes pas le grand chef du camp, je ne suis pas une prisonnière. Pourquoi devrais-je me plier à vos ordres ? Ce papier est important pour vous ? Moi, je ne m'en servirais même pas pour emballer ma viande. Si vous insistez encore, il ira directement à la poubelle.

L'homme, qui ne s'attendait pas à cette réaction, était rouge comme un piment. Puis il se reprit :

— Il me semble que les parents se doivent d'être des modèles, pour bien élever les enfants. Voilà pourquoi j'ai fait tant de route pour venir jusqu'ici.

— Ah oui ? riposta madame Van. Alors, si vous avez envie de faire la morale, rentrez chez vous et fermez les portes pour éduquer votre femme et vos enfants. Je n'ai pas besoin d'un de ces tuteurs à la grosse tête, mais au cerveau pas plus gros qu'un œuf de poule. Je ne sais pas à quelle classe vous appartenez pour disposer d'un serviteur portant serviette. Mais en tout cas, vous ne me faites pas peur. Soyez-en convaincu.

— Je n'ai nulle intention de vous menacer, tempéra l'homme. Je veux juste vous informer, pour que vous puissiez gérer raisonnablement vos histoires de famille.

— Ah bon ? Vous parlez raison bien tard ! Pourquoi ne pas l'avoir fait d'emblée ?

La patience de l'homme semblait à bout. Il n'était pas préparé à cette situation grotesque. Il ne pouvait imaginer que les commerçants d'une ville de province puissent avoir autant de répartie et le coincer dans une impasse. Alors il haussa le ton et attaqua :

— Écoutez-moi ! Le jeune Tinh, votre fils, est un homosexuel à la vie dissolue. Il a séduit mon fils. Ils ont multiplié les orgies, mois après mois. La section du Parti de leur classe les a surpris et a dressé des procès-verbaux. Lisez-les ou non, à votre guise. J'en ai toutes les photocopies. Je viens juste vous informer et vous prier de corriger la conduite du jeune Tinh. S'il recommence, nous ne bloquerons plus le dossier à ce niveau. Nous…

— La prison, c'est ça ? hurla madame Van, blême, mais roulant les yeux de colère. Vous enverrez la police arrêter mon fils, c'est ça ?

L'homme cherchait encore la réponse adéquate. La bouchère continua, haussant encore la voix pour être entendue de tous :

— Vous, là, écoutez-moi ! Il vous faut sans tarder vérifier si votre cerveau n'a pas disjoncté ! Vous avez oublié que la Réforme agraire était terminée depuis trente ans. Vous ne pouvez plus arrêter les gens aussi facilement qu'avant ! Il a quel âge, votre fils ? S'il est en classe avec le mien, certainement plus de vingt ans. Il est donc majeur. Ce n'est plus un gamin de onze ou douze ans qu'on aurait abusé. Et puis, c'est lui qui est venu dans la chambre de mon fils, ce n'est pas mon fils qui est allé le violer dans son lit. Vous lui avez demandé pourquoi il ramenait ses fesses chez un autre ? Ce n'était pas une seule fois, ça fait un bon bout de temps que ça dure. Il n'y a que les putains, hommes et femmes, pour gagner leur vie en promenant leur croupion, comme les verrats qu'on faisait passer autrefois de village en village pour saillir les truies. Il est donc clair pour tous que le dépravé, c'est votre fils et non le mien. Vous feriez mieux de balayer devant votre porte avant d'aller faire la morale aux autres. Regardez-moi ça ! C'est bien habillé, avec un secrétaire à sa botte, et ça laisse son gamin tapiner pour gagner de l'argent ? Quelle honte ! Moi, je préfère m'habiller de loques et porter des sabots, plutôt que d'arborer cravate de soie et souliers vernis pendant que mon fils crève tellement de misère et d'envie qu'il doit vendre jusqu'à son trou du cul.

Le visage de l'homme était devenu cendreux. Le secrétaire baissait la tête, les yeux rivés au sol. Madame Van, comme à dessein, reprit son couteau sur l'étal et le pointa vers l'homme :

— Mon fils bourre des culs, mais il ne remplit pas les tombeaux de famille des autres. Il ne vole pas, n'a jamais fait de mal à une mouche. Celui ou celle qui lui donne un coup, je lui en rends dix. À bon entendeur, salut !

Sur ce, elle abattit sèchement son couteau sur l'énorme quartier de viande et reprit son travail comme si de rien n'était.

Quelques jours après cette altercation, on vit une pancarte sur le stand de madame Van : « Magasin numéro 12 fermé. Merci de votre compréhension. »

Au bout d'une semaine d'absence, la bouchère reprit son poste au marché. Son visage était fermé, ses lèvres serrées, mais sa belle chevelure de jais nouée en chignon épais était toujours ornée de la même magnifique épingle décorée de perles. Seuls les plus attentifs avaient remarqué, lorsqu'elle se peignait, qu'une petite mèche de cheveux blancs était apparue au sommet de sa tête.

On supposait qu'elle était allée à Hanoi régler les affaires de Tinh. En effet, elle avait fait en sorte de l'envoyer chez son oncle à Saigon.

«Va, Saigon est quatre fois plus vaste que Hanoi. Il y a aussi quatre fois plus de monde. Tu y trouveras sûrement l'amour de ta vie.»

Le jeune Tinh avait dû pleurer comme une pluie de mousson et le cœur de sa mère avait sans aucun doute été le siège de grandes tempêtes. Mais que faire quand le destin sépare ceux qui s'aiment ? Que peuvent les hommes, ces petites fourmis aveugles tâtonnant dans le monde grâce à leurs antennes, lorsqu'ils sont pris dans la tourmente ?

Au domicile de Thanh, c'est madame Nhàn, la cuisinière, qui rapporta l'histoire. Les parents de Thanh, trop occupés par leur travail, n'étaient jamais très au courant de ces «faits divers». De plus, en dehors de son métier de professeur, maîtresse Yên participait à la direction du syndicat de l'école. Quant à maître Thy, c'était un membre reconnu de l'équipe municipale de ping-pong et il ne pouvait manquer aucun entraînement, aucune rencontre amicale ou de compétition. En revanche, leur voisine était une vraie provinciale, à l'affût de tous les ragots circulant chez les paysans. Madame Van avait planté son couteau à midi ; le soir même, madame Nhàn en faisait le rapport complet au dîner, occasion par excellence pour de telles conversations.

Dans l'après-midi, déjà, alors que maîtresse Yên rentrait de ses cours, madame Nhàn l'attendait à la porte :

— Ne faites cuire qu'une marmite de riz. J'apporterai des plats cuisinés tout à l'heure.

— Mais c'est génial ! s'enthousiasma la maîtresse. Je n'avais rien prévu de correct. Sans votre aimable proposition, c'était un dîner omelettes et pemmican de porc.

— J'avais besoin de me faire un peu les mains, cet après-midi !

Les mains de la cuisinière du comité municipal du Parti, rien de moins !

Ce soir-là, au moment où maître Thy arrivait, madame Nhàn revint avec une énorme soupière de potage acidulé de poisson et quatre pigeonneaux farcis aux champignons. De délicieux arômes envahirent la salle à manger, et tout le monde se dépêcha de mettre le couvert. La mère de Thanh posa le riz sur la table tandis que son père allait chercher le vin mariné aux herbes. Ils se mirent à table et savourèrent en bavardant, et c'est alors que madame Nhàn évoqua l'incident du marché.

Ça les amuse d'entendre ces histoires, comme des enfants au zoo s'amusent à regarder le tigre ou le singe dans sa cage. Ils ne savent pas que moi, assis devant eux, je ne suis qu'un de ces singes, un de ces fauves exposés aux yeux d'autrui.

Cette idée le figeait de honte. Il comprenait que sa vie allait devenir un chemin d'amertume et d'ironie. Il suivait pourtant la conversation en silence. Exactement comme les commerçants du marché, il tendait l'oreille, non par curiosité mais pour décider de l'attitude à adopter.

Madame Nhàn était la plus prolixe :

— Je suis sûre que madame Van savait que son fils était homo. Je crois même que le garçon ne lui a rien caché. Il a dû lui raconter les détails de sa relation avec le fils de ce type à la cravate de soie. C'est pour ça qu'au premier coup, elle a touché la cible.

— Je ne sais pas quel type de haut fonctionnaire il est, intervint maître Thy. Mais aller se confronter avec cette femme, c'était une idiotie.

— Il a peut-être usé de son pouvoir pour demander à l'université d'intervenir, mais il n'a aucune idée de la législation, dit maîtresse Yên qui réfléchit quelques instants, avant de continuer. Ces procès-verbaux ne sont rien d'autre qu'une menace, un moyen de pression sur les gens en période de trouble, comme pendant la période révolutionnaire. En 1954, des gens ont utilisé cette tactique pour essayer de nous voler cette maison. Mon père en parlait tout le temps avant sa mort.

— Je me rappelle aussi cette période, dit madame Nhàn. C'est du passé, mais plus j'y pense, plus j'ai de la compassion pour madame Van. Pendant vingt ans, elle ne s'est pas remariée pour élever Tinh. On place tant d'espoir dans un enfant : quand on sera vieux, cheveux blancs et dos voûté, il nous fera un petit massage, quand on tremblera de fièvre, il nous servira un bouillon. Hélas pour elle, mère et fils sont désormais séparés, chacun à une extrémité du pays, quelle tristesse !

— Elle peut toujours se remarier ! dit la maîtresse. Les temps ont changé, les femmes ont les mêmes droits que les hommes désormais !

Sa réflexion fit rire maître Thy :

— Ma femme est si moderne ! Mais une femme qui a vécu seule plus de vingt ans, peut-elle penser encore au remariage ?

— Pourquoi pas ? riposta maîtresse Yên. Il y a des hommes qui se remarient à soixante-dix ans !

— Oh ! Tu as parfaitement raison, concéda le maître. Mais si une femme a décidé de vivre ainsi à trente ans, c'est qu'elle a ses raisons. Ensuite, ses vingt ans de veuvage lui auront donné goût à la vie de célibataire. Elle a des inconvénients, mais offre aussi des avantages que ne mesurent pas ceux qui vivent en couple. Ai-je raison, madame Nhàn ?

Célibataire endurcie et jamais mariée, celle-ci répondit joyeusement :

— Et comment, maître Thy ! Je ne sais rien des autres mais moi, je suis née pour vivre seule ! C'est mon père qui me l'a dit dès mes treize ans. À l'époque, mes parents possédaient une boutique de pâtés dans la rue Cao Van Vân, juste devant la place du marché. Ma mère voulait me transmettre le métier. Après avoir tiré mon thème astral, mon père a décrété : « Notre fille a un thème un peu… bohème. Elle n'a aucun désir de famille et je ne lui vois pas un destin de patronne. Lui confier un commerce, c'est comme confier nos œufs à un corbeau. Il nous faut plutôt marier son frère Tanh rapidement pour qu'il s'occupe de la boutique. » Vous voyez ? Mon père était sûr de lui, d'ailleurs tout ce qu'il a dit s'est réalisé plus tard. Ma vie est… dégagée. Mon frère et sa femme étaient les bonnes personnes pour prendre la succession. Ils ont connu des hauts et des bas mais ils sont toujours à leur poste.

— Je ne peux pas croire que, depuis vos treize ans, vous n'ayez pas connu l'amour ! coupa maîtresse Yên. Une femme comme vous ne reste pas pour compte !

— Bien entendu ! Je ne suis pas une beauté à faire chavirer les nefs et s'écrouler les châteaux, comme madame Kiêu Chinh autrefois, mais j'ai quand même eu plusieurs prétendants ! Par malchance, lorsqu'un homme me plaisait, mes parents regardaient ailleurs, et à l'inverse je ne supportais pas ceux qui recueillaient les avis unanimes de ma famille. Ainsi ma jeunesse passa… Madame Kiêu Chinh, belle comme elle l'était, était restée jeune fille longtemps avant que le professeur Quê devienne veuf et ne l'épouse en secondes noces. Une femme aussi banale que moi peut rester célibataire, rien d'extraordinaire à cela. Je me dis même parfois que je suis bien plus heureuse que celles qui ont les contraintes d'un ménage. Je mange à mon heure, je dors quand j'ai envie, je ne gêne personne et personne ne peut m'obliger à quoi que ce soit.

— Tu vois, jeta le maître à son épouse, ce sont les avantages du célibat, que nous ne connaissons pas. Pour en revenir à madame Van, je crois que si le destin lui a donné le courage de vivre seule, c'est qu'il la destinait à autre chose. Devenir entrepreneuse, connaître la célébrité, ou alors servir quelqu'un d'important, de très proche, en l'occurrence son fils.

Madame Nhàn le coupa :

— Absolument ! Parmi les habitants de cette ville, quelle mère peut gâter son fils autant qu'elle ? On dit qu'elle est en train de rassembler l'argent pour lui acheter un appartement à Saigon.

— Les larmes coulent vers le bas, soupira maîtresse Yên. Mais c'est quand même un grand malheur pour elle d'avoir un fils comme Tinh.

Thanh, qui buvait son bouillon, faillit s'étrangler.

Moi aussi, je serai donc ton malheur ! Mère, toi qui soupires sur le sort d'une autre, tu ne sais pas encore que tu seras infiniment plus malheureuse qu'elle.

Sans bien savoir pourquoi, il sentait que la catastrophe qui allait s'abattre sur ses parents serait plus effroyable que ce que devait supporter madame Van. Elle et sa mère n'étaient pas faites du même bois. Pour survivre, les commerçants du marché doivent souvent bourlinguer dans les couches inférieures de la société. Ils sont habitués à l'humiliation et savent comment y répondre. Ils sont assez brutaux en actes et en paroles, car ils se frottent à la méchanceté et s'en imprègnent, pour s'en servir comme d'une arme défensive. Bref, ils ont le cuir épais. Ils flattent volontiers le client, mais savent également injurier quand leurs intérêts sont en jeu ou quand on attaque leur amour-propre. D'où leur réputation de girouettes qui passent sans transition et sans scrupule du chant d'amour à l'insulte grossière.

Maîtresse Yên, quant à elle, était une professeure modèle, une «enseignante du peuple», dont la situation était enviée par tous les parents de la ville. Une femme de son rang serait indubitablement perdue si elle se retrouvait un jour dans une situation grotesque ou humiliante. Plus vous êtes réputé, plus votre peau est fine, et cette sensibilité peut facilement se retourner contre vous. Qu'aurait fait la mère de Thanh à la place de madame Van ? Bien entendu, elle n'aurait pu défier l'agresseur avec un couteau pour protéger son enfant, mais aurait-elle eu le courage d'accepter la vie hors normes d'une minorité ? Elle n'était pas à la hauteur de la bouchère, car elle ne pourrait jamais comprendre son fils.

Mais comment pourrait-elle me comprendre, si je ne me comprends pas moi-même ? Je n'ai découvert mon orientation sexuelle qu'il y a un mois !

Nous vivons dans l'ignorance. Semblables à ces paysans qui n'ont jamais vu un microscope et ignorent que l'eau est pleine de bactéries. Ma mère, professeure de mathématiques, ne sait pas qu'il existe d'autres problèmes que ceux d'arithmétique. Des problèmes infiniment plus ardus, qu'on ne peut résoudre par des chiffres et des équations. Sur ce terrain, elle n'est pas compétente. Je n'ai pas la chance de Tinh, le fils de la bouchère.

Thanh se souvient : à quatre ans, il adorait sauter dans la pile parfumée des vêtements que sa mère venait de laver et de sécher. Il en sortait le soutien-gorge de maîtresse Yên pour se le mettre sur la poitrine et paradait ainsi sur le lit, tel un acteur en scène. Sa mère le contemplait d'un œil ébloui de bonheur et de tendresse, puis tous deux s'étreignaient, riant aux éclats, complices.

Ce jeu continua jusqu'à ses sept ans.

Pourquoi pas les autres vêtements ? Pourquoi, parmi ses sous-vêtements, seuls les soutiens-gorges me plaisaient-ils à ce point ?

À force d'y réfléchir, il avait enfin compris que le bonheur éprouvé quand il enfouissait sa tête entre les seins de sa mère dans la cuisine était la plus intense, la plus pleine de ses émotions passées. Elle ne s'était jamais effacée, ne l'avait jamais quitté.

Pourquoi suis-je si captif de mes sensations d'enfant ? Les autres garçons ont également reposé leur tête sur la poitrine de leur mère. Sans doute moins souvent que moi. Sans doute moins poétiquement, ailleurs que devant une fenêtre donnant sur un verger de pamplemoussiers, sans respirer le parfum des fleurs, sans contempler le bal des lucioles et leurs petites lueurs vertes. Mais les caresses et la tendresse entre mère et fils s'observent à toute époque, en tous les points du globe. Pourquoi les autres réussissent-ils à quitter cette prison merveilleuse et pas moi ?

Jamais il n'avait trouvé de réponse.

Pourtant ce n'était pas faute de s'être penché sur son passé, ce passé qu'il avait vécu dans la confusion, sinon le trouble.

Dressant une sorte de bilan, il se rappela que depuis la classe de troisième, les filles lui avaient envoyé des multitudes de lettres d'amour. Amours de collégiens, billets cachés dans les pupitres, les cartables, ou qu'on glissait sous le carton de la paillasse des salles de travaux pratiques. Il n'avait jamais répondu à ces lettres, les tournant en dérision en les lisant à Cuong. Ils riaient ensemble comme des fous.

En seconde, les filles attaquaient plus frontalement. Certaines faisaient exprès de le croiser pour glisser furtivement une missive dans sa chemise. D'autres le suivaient et déposaient une invitation dans sa poche arrière de pantalon, avec un bonbon. L'une d'elles lui avait carrément soufflé à l'oreille :

— N'oublie pas de répondre !

Évidemment, il ne répondait pas. Un jour qu'il se rendait à un tournoi de volley, elle le guetta en chemin et lui chuchota au passage :

— Minable ! Tu es trop prétentieux !

Une autre fois, ce fut une menace :

— Tu finiras vieux garçon !

Cuong avait alors pris la défense de son camarade :

— Vicieuse ! Tu n'arrives pas à le draguer, alors tu le menaces ? Tu veux que je te dénonce dans le journal mural ?

Là-dessus elle avait tourné les talons et s'était éloignée avec un déhanchement hautain. L'arme était efficace ! Cuong avait la langue acérée. Celle ou celui qu'il visait était assuré de ne plus se relever.

Ainsi allèrent les choses jusqu'en première : Thanh était absolument insensible à toute attention féminine. À l'époque, lui-même était persuadé que les mathématiques tenaient énormément de place dans son esprit ; que, focalisé sur ses études et son avenir, il était inaccessible à tout autre désir. Maintenant, il comprenait enfin que cette « indifférence » n'était pas accidentelle, qu'elle faisait partie de sa nature : aucune jeune fille ne l'attirait. Il le comprenait hélas trop tard, sans quoi cette catastrophe avec Cuong n'aurait jamais eu lieu. Mais quel que fût son destin, il devait relever la tête, l'honneur était essentiel à sa survie.

Je peux être seul. Définitivement seul. Mais jamais on ne me repoussera. Je ne suis pas né pour être abandonné en amour.

Son cœur hurlait de désespoir, mais son esprit froid lui dicta la conduite à adopter. Et malgré la souffrance de son âme, il allait s'y tenir jusqu'aux dernières minutes de son existence.

*

Qu'il était long, cet hiver ! Long et sombre.

Sa mère lui avait acheté une petite Honda pour qu'il puisse se rendre au hameau des Eucalyptus voir son ami Petit Canh.

— Seulement pour aller le voir ! lui recommanda-t-elle. Pour l'école, tu continueras de prendre ton vélo, car personne n'y va à moto.

— Ne t'en fais pas, mère, je serai fidèle au mulet galeux jusqu'à ce qu'il rende l'âme !

« Le mulet galeux », c'est ainsi qu'on surnommait le vieux vélo de son père, remontant à l'époque où ce dernier venait d'arriver à Lan Giang et susurrait des chansons d'amour à l'oreille de maîtresse Yên.

— Nul besoin d'attendre qu'il rende l'âme, pouffa sa mère. Quand tu auras fini tes études, je t'en offrirai un tout neuf, plus léger, plus moderne.

— Un Favorite ou un Peugeot, n'est-ce pas ?

— Quelque chose comme ça !

Thanh attendait impatiemment la fin de la semaine pour enfourcher sa belle moto noire, brillant comme les élytres d'une cétoine, mais dont la forme rappelait plutôt une guêpe. Les collines d'eucalyptus chuchotaient toujours dans le vent d'hiver cinglant. Mais monsieur Rô n'était plus, et Thanh était devenu un autre. Petit Canh, lui, était maintenant cocher de profession. La peau sombre, les pieds et les mains abîmés par la saleté des routes, les ongles incrustés de crasse à cause du foin. Ses chemises portaient des auréoles de sueur. Gagner durement sa vie jour après jour, sur la route, derrière son cheval, c'était bien moins plaisant que leurs jeux d'autrefois, Thanh le savait bien. Des larmes lui picotaient les yeux à la vue du dos trempé de son ami, et un jour il lui dit :

— En fait, tu aurais pu poursuivre tes études. Ta mère aurait continué à travailler dans notre verger et à la cuisine. Ç'aurait été mieux. Vous auriez pu confier la maison à des voisins.

— Ne revenons pas en arrière, répondit Petit Canh.

Après un moment de silence, il reprit :

— Je sais que tu penses beaucoup à moi. Tu me manques beaucoup, toi aussi. Mais mon père avait mis tant d'énergie, tant de larmes et de sueur à construire cette maison. Son âme nostalgique ne s'est pas résolue à quitter définitivement les lieux. Ma présence ici est indispensable. Prendre soin de la maison et entretenir l'autel des ancêtres, c'est mon devoir désormais. Au moins mon père sera-t-il heureux.

À dater de ce jour, jamais plus Thanh n'aborda le sujet. Chaque destin d'homme est conduit par une main invisible. Nul ne peut modifier le cours d'une rivière, nul ne peut remodeler le relief d'une montagne. Qui fléchirait sa propre destinée ?

Cependant, chaque fois qu'ils se promenaient à deux sous les eucalyptus qui bruissaient dans le vent, des regrets lancinants venaient surprendre Thanh. Des regrets mal enfouis se réveillaient dans le secret de son cœur.

Pourquoi n'est-ce pas toi, Petit Canh ? Pourquoi n'es-tu pas devenu mon destin ?

Il n'avait pas plu, cet hiver-là. Il n'avait pas fait très froid non plus, mais le ciel était resté invariablement sombre et plombé. Les gens se sentaient fatigués. Sans doute pour redynamiser la population, on préparait des galas de fin d'année, alors que d'habitude on ne le faisait qu'une fois tous les dix ans, l'année paire suivant la commémoration de la fondation du pays en 1945 : 1966, 1976, 1986, etc. Cette fois, ç'aurait donc dû être en 1986.

À l'approche du Têt, le peuple devint comme fou et les associations de spectacle vivant se mirent à pulluler : concours de chant «Jeunes bambous», «Le chant lyrique», «La jeune voix»… Il y eut les concours de «théâtre amateur», de «comiques ruraux», de «mime contemporain», etc. On entendait sans arrêt des annonces de spectacles, on ne voyait qu'affiches collées partout, sur les murs, sur les panneaux, malgré le très faible nombre de vrais artistes qui couraient d'une scène à l'autre pour gagner quelque cachet et recevoir des prix. L'école de Thanh était dans le feu de l'action. On organisa la soirée festive «Chanter sur les collines de flamboyants rouges». Les professeurs devaient adorer les flamboyants rouges, car en réalité c'étaient les jaunes qui dominaient sur les collines.

Les préparatifs durèrent un bon mois. Maître Thy laissa de côté ses entraînements de ping-pong pour y prêter main-forte. Il y avait longtemps, depuis la fête de l'automne de l'année précédente, que le musicien n'avait été aussi sollicité. Grand chœur, chœur du groupe artistique 10, duos, trios de chant, spectacle de danse du groupe 9, du groupe 8… Les professeurs principaux se disputaient l'unique accordéoniste pour faire répéter leurs troupes. Celles du secondaire durent se contenter de répétitions le dimanche, car maître Thy n'avait plus d'autre créneau. Il était devenu un vrai professionnel, courant d'un show à l'autre. Il rentrait trempé de sueur chaque soir. Épuisé mais heureux. Comment ne pas être heureux quand on devient aussi indispensable, aussi attendu partout ? Les yeux de la maîtresse brillaient : elle était fière de son époux aussi séduisant que talentueux, et profondément émue par le souvenir des morceaux qu'il lui jouait sous le flamboyant vingt ans plus tôt, pour conquérir son cœur.

L'atmosphère de fête gagnait toute l'école. Sauf Thanh qui, avec Cuong, avait été recruté pour la chorale. Ils se trouvaient tous deux dans la partie des basses. Cuong était une rangée devant. Thanh sentait l'odeur de ses cheveux, le dos de son ami touchait sa poitrine, ses fesses lui effleuraient la hanche. Dans cette position, son désir s'éveillait puissamment.

Désir destructeur ! Quelle ironie du sort d'être dans cette position !

Ses pensées vagabondaient devant les envolées de la baguette du professeur qui faisait office de maître de chœur.

— Attention ! Vocalisez ! disait ce dernier en se tournant vers les basses. Il avait vingt-six ans. Le plus jeune professeur de l'école, affecté à Lan Giang cette année-là. Pour pallier son manque d'expérience, il prenait toujours un air grave un peu forcé.

— Il te regarde, chuchota le voisin de Thanh.

— Je m'en fiche.

— Fais attention, il pourrait t'avoir dans le nez, c'est pas bon…

La baguette dessina un rond parfait dans l'air, avant de s'élever :

— En avant !

Elle s'abattit brusquement, comme pour dessiner la queue d'une comète. Le soliste entonna :

> « Mille montagnes, mille fleuves, mille ruisseaux,
> Plus je voyage, plus j'aime mon pays,
> Mon pays adoré, quelle longue attente… »

Thanh chantonnait avec les basses, mais aucun son, aucune parole n'atteignait son oreille qui n'entendait qu'une seule voix. Son nez ne percevait que l'odeur d'une seule chevelure, odeur de shampooing et de sueur mêlés. La chair de Thanh se gonflait, se tendait pour traverser deux couches de tissu et la distance d'une main afin de s'unir à l'autre. Il voyait le creux palpitant sur la nuque de Cuong. De derrière, il avait remarqué que les tempes de son ami transpiraient malgré la fraîcheur. Il semblait très tendu, lui aussi.

Pourquoi est-il tendu ? Peut-être qu'il est conscient de mon état, et ça le rend nerveux ? Ou ça le dégoûte ? Nous sommes si près l'un de l'autre, je suis écartelé de désir, lui est torturé par une horrible répulsion. Il ne veut même plus me toucher. Je suis devenu un crapaud répugnant. Un crapaud qu'on chasse loin de soi.

L'orchestre était symbolique. Outre l'accordéon de son père, il y avait une batterie, deux violons et une contrebasse. Mais le groupe jouait bien. Le professeur de musique semblait satisfait, il laissa les basses pour se concentrer sur la soliste prêtée par la troupe artistique de la ville, qui avait une voix de mezzo divinement veloutée. Elle attendit que la musique s'arrête pour entonner :

« Qui abandonne la cueillette pour contempler le ciel bleu ? »

Le « ciel bleu » rappela à Thanh ce ciel qu'il regardait pendant ses années d'insouciance. Ce bleu, c'étaient la liberté, la sérénité de l'âme et le doux souvenir du passé. Ses mains se nouèrent convulsivement, il lui semblait qu'une lame fouillait sa chair.

Quelle qu'en soit l'issue, je dois relever la tête. Je ne me laisserai pas humilier !

À la fin de la répétition, il partit immédiatement, sans un salut. Il savait que maître Thy le suivait des yeux, médusé par son attitude.

Au dîner, son père demanda :

— Tu avais un rendez-vous urgent après la répétition ?

— Non, mais je devais aller aux toilettes !

— Ah bon ? Parce que je pensais te proposer d'aller boire une bière.

— Une bière ? Mère veut bien ?

— On peut se le permettre ! Tu vas avoir seize ans, dit maître Thy en lui donnant une tape sur l'épaule.

Il se tourna vers la maîtresse :

— À partir de maintenant, le grand gouvernement devra concéder au peuple un peu de liberté ! Car le peuple rame, mais il peut aussi couler le bateau.

Cela fit rire maîtresse Yên :

— Quels mots ! Je suis prête à te remettre tous les pouvoirs, à n'importe quel moment ! Si tu veux, tu peux prendre en charge la cuisine dès maintenant !

— Oh non ! Ne nous lançons pas dans les représailles ! Dans cette maison, le peuple ne se rebelle que par secteurs bien délimités. Le gouvernail de la nef reste, évidemment, dans les mains de notre grand et valeureux Parti !

Ils éclatèrent tous de rire. Avant de monter à l'étage, Thanh convint avec son père d'aller boire une bière le lendemain midi. Dans sa chambre, il alluma, et la première chose qu'il remarqua, ce furent les coquillages ramassés par sa mère sur la plage de Sâm Son.

Depuis, neuf années se sont écoulées. Neuf ans, c'est aussi bref que le galop d'un cheval sur la route ou le vol d'un pigeon devant la fenêtre. Mes parents n'ont toujours pas eu le deuxième enfant espéré. Le sort ne les favorise pas sur ce plan. S'ils apprenaient que leur fils unique est homosexuel, que se passerait-il sous ce toit ?

Dehors, les pigeons, voyant de la lumière dans la chambre, sortirent de leurs trous. Leurs yeux accrochaient la lueur de la lampe, billes de verre scintillant au gré de leur vol tournoyant.

Ces yeux ressemblent aux billes que j'avais à quatre ans. Je les rangeais soigneusement dans mon tiroir comme un trésor. Elles sont toujours là, dans cette boîte posée sur un rayon de la bibliothèque. Mais maintenant, j'ai grandi, elles ont perdu leur prix, ne sont plus que des bouts de verre multicolores.

Les pigeons, croyant l'aube venue, commencèrent leur parade amoureuse. Les roucoulements du mâle et de la femelle avaient un air de duo chanté.

Thanh ferma les volets pour qu'ils retournent dans le pigeonnier, et se laissa tomber sur son lit.

Les pigeons ! Quels animaux insouciants et heureux ! Il n'y a sans doute pas d'homosexuels chez eux. On les voit toujours par couple, l'un couve les œufs, l'autre va chasser. Comme tous les couples de la terre, ils ont droit au bonheur. Mon sort est bien moins enviable. Pourtant ce ne sont que des petites bêtes qu'on peut attraper, plumer, rôtir à tout moment. Mais tant qu'ils vivent, ils vivent pleinement. Personne ne peut leur voler leur amour, ce sentiment unique qui donne de la valeur à la vie. J'aimerais tant être pigeon. Un vœu impossible, un vœu fou mais sincère dont je ne ferais part à personne, même à ma mère. D'où me vient cette calamité ? Est-ce parce que j'ai été trop heureux dans mon enfance, alors que d'autres souffraient dans des orphelinats ? Arrivé à l'âge adulte, la loi bouddhique de la compensation m'oblige-t-elle à être privé d'amour ? L'homme est-il né pour être la proie de souffrances qu'il ne peut éviter ?

Cette nuit-là, dans son sommeil irrégulier, il aperçut le ciel bleu au-dessus des flamboyants rouges. Cuong et lui étaient allongés au pied des arbres, main dans la main, jambes entremêlées. Ils étaient en seconde, c'était un an plus tôt, il n'y avait pas si longtemps. Le dernier cours de la journée n'avait pas eu lieu car le professeur de chimie, à cause d'une urgence familiale, avait dû partir précipitamment. Dès l'annonce faite par la professeure principale, un brouhaha s'était élevé du côté des filles, qui avait fait sourire l'enseignante.

— Soupe d'escargots ! On va se faire une soupe d'escargots !

— Non, c'est mieux une soupe de crabe, avec des fleurs de bananier. Qui vient avec moi ?

Parmi les garçons, quelques suiveurs partirent avec les filles. Les autres, plus indépendants, se mirent en quête d'un restaurant de pho. Bref, tout le monde était parti se remplir l'estomac.

Thanh hésitait.

— Laisse-les, lui dit Cuong. Viens, on descend au jardin de l'école.

— Lequel ?

— Celui de derrière.

Le jardin de derrière n'était pas un véritable jardin. Il n'y avait ni fleurs, ni pelouse, c'était un bout de colline où ne poussaient que des flamboyants rouges. Le sol était assez plat, couvert d'herbe. C'était là que les lycéens venaient réviser, il y faisait ombragé, calme, loin des terrains de jeux et de la cour de récréation. Après le départ de tous, les deux amis y allèrent et choisirent un arbre au feuillage touffu. Posant la tête sur leur cartable, ils s'allongèrent, se prirent la main, mêlèrent leurs jambes. Ils restèrent ainsi jusqu'à deux heures de l'après-midi. Tout n'était que douceur et paix. Le bien-être envahissait leur corps et leur esprit, semblait se fondre avec le temps, se faufiler entre les feuilles vertes, chuchoter avec le vol des abeilles et bruire doucement dans la brise légère. Tout semblait suspendu. Les deux garçons gardaient le silence en fermant les yeux. Ils goûtèrent cette douceur qui caressait leur peau, écoutèrent les murmures suaves de leur cœur. Cette sensation était réelle. Il n'y avait aucun doute.

Nous avons goûté au bonheur, cet été-là. Le contact de nos corps n'était-il que le fruit asexué d'une amitié d'enfance ? La joie enfantine est si différente de la félicité du couple, dont la base est le désir charnel. Chez les amants, le contact physique engendre une sensation semblable à un courant électrique. Ce jour-là, Cuong et moi sommes restés ainsi pendant deux heures, sans parler, malgré la faim car c'était l'heure du déjeuner. Un enfant n'aurait jamais accepté de sauter un repas pour savourer ce bonheur. Donc, il est faux de dire que cette proximité était totalement innocente. Mais alors, si Cuong avait éprouvé le même bonheur à ce contact, pourquoi, quand j'ai fait un pas de plus, m'a-t-il repoussé aussi cruellement et définitivement ?

Ce bout de ciel bleu n'était-il qu'un mirage ?

Thanh ne trouva pas de réponse à sa propre question. Dans tous les cas, Cuong avait jeté son joker sur la table du sort. En dépit de la douleur atroce qui lui déchirait les entrailles, Thanh ne pouvait tendre la main à son ancien ami, à cet amant éphémère qui avait décidé de ne plus le connaître. Malgré sa jeunesse, il avait compris que l'amour ne se quémandait pas. Sinon, c'était se condamner à un échec cuisant ou, pire, à l'anéantissement total.

Il me faut serrer les dents. Me faire une carapace en cuir de buffle, voire en peau de tigre ou de panthère.

Le lendemain, à la chorale, Thanh ferma les poings et fixa résolument le plafond. Il y eut un instant, à la pause entre deux séances de répétition, où Cuong passa devant lui. Il portait une chemise vert mousse, Thanh avait la même. Ils les avaient achetées en même temps, assorties aux jeans que la mère de Cuong leur avait offerts pour leur réussite à l'examen de passage.

Un bref instant, la vue de ce vert lui transperça le cœur. Il se détourna rapidement.

À midi, après la répétition, Thanh se présenta devant maître Thy.

— Tu m'as promis une bière !

— Entendu, on y va ! répondit maître Thy en riant.

Ils partirent tous les deux, sur la moto du père, pour rejoindre un bar connu en ville.

— Buvons aujourd'hui à ta maturité !

— Tu aurais dû m'offrir cette bière l'année dernière ! protesta Thanh. Tous mes amis ont le droit d'en boire depuis leurs quatorze ans, quinze à la rigueur.

— Tu oublies que tu es le fils de mère Yên ! Si je ne l'avais pas suggéré, sans doute aurais-tu attendu jusqu'à tes dix-huit ans !

— Merci, père !

Il leva son verre, d'un geste que connaît bien tout homme majeur :

— On trinque ?

Maître Thy fit un grand sourire et vint choquer son verre contre celui de son fils. C'était la première fois pour Thanh, mais il en vida deux.

La soirée de gala arriva enfin, après un bon mois de répétitions intensives pendant lequel toutes les autres activités extrascolaires avaient été interrompues, et le programme des cours lui-même, sérieusement perturbé.

— Après tout, c'est la fête ! disait-on, ravi…

Dans la cour centrale de l'école, on accrocha des lampes, on tendit des guirlandes de fleurs en papier le long des murs. De grands vases de dahlias furent posés sur les tables à nappes blanches, destinées à la direction et au jury.

Ces préparatifs avaient quelque peu distrait Thanh de son chagrin. Néanmoins, quand le spectacle commença, Thanh perdit de vue la foule et se sentit plus seul que jamais dans cette ambiance animée et festive. La chorale ouvrait le programme, ce qui le laissait totalement libre après. Maître Thy, en revanche, était l'homme le plus occupé, le plus important de la soirée, puisque tous les numéros ou presque réclamaient ses prestations d'accordéoniste. Maîtresse Yên avait préparé pour son mari deux chemises propres que Thanh eut mission de lui apporter. Debout dans les coulisses, il observait la scène, mais surtout le dos de son père, trempé de sueur et barré par les sangles de l'accordéon comme par deux traits d'encre marron. Après le cinquième numéro, il le héla :

— Père ! Ta chemise est trempée ! Change-toi !

Lui tendant la chemise propre, il poussa son père derrière un paravent. « Un professeur ne peut pas se présenter torse nu devant tout le monde ! »

Sa mère le lui avait recommandé. Au bout du dixième numéro, maître Thy était de nouveau trempé, cette fois jusqu'au maillot de corps. Thanh courut chercher sa mère, dans la cour.

— Il lui reste encore huit numéros à accompagner. Il va encore tremper sa chemise. Peux-tu lui en avoir une autre ?

Maîtresse Yên trouva un jeune collègue, célibataire et logé dans le quartier des enseignants de l'école. Ce dernier les conduisit à sa chambre, leur ouvrit son armoire et laissa maîtresse Yên choisir une chemise, puis ils repartirent tous les trois : les deux enseignants à leurs occupations, Thanh à son poste dans les coulisses.

Sur scène, quelqu'un jouait de la flûte traversière. Un instrument difficile à maîtriser, mais dont la sonorité grave, accablée, semble dissimuler sous son expression douloureuse l'appel lancinant de la mort. Le flûtiste était un jeune lycéen élancé, droit comme un I, aux longues jambes rattachées à des hanches qui oscillaient lentement au rythme de la mélodie. Thanh avait l'impression de reconnaître cette silhouette. C'était même assez frais dans sa mémoire...

Je le connais ?

Il ne trouvait pas. La flûte était merveilleuse, fluide, caressante. La mélodie, nostalgique, exprimait la déception intemporelle et l'impuissance de l'homme : la flûte de Truong Chi, le pauvre pêcheur dédaigné pour son visage si laid.

Thanh se tourna vers un élève à côté de lui :

— C'est le numéro de quelle classe ?

— Du groupe 8.

— Il y a un élève aussi grand dans le groupe 8 ?

— Tu ne le connais pas ? s'étonna son camarade. C'est Phu Vuong, le fils du fameux poète fou de notre ville. Il a dû redoubler deux ans de suite, il avait séché beaucoup de cours. Il a fait tout le secondaire au district de Dôi Xa, et il vient d'intégrer notre lycée cette année.

Il comprit enfin ce que lui rappelait cette silhouette. C'était celle de l'homme debout à côté du puits chez Petit Canh, vêtu d'un jean sale, d'une chemise à carreaux rouge élimée, et portant sur sa tête un chapeau de paille en piteux état. Il réentendait la voix alcoolisée un peu traînante, les monologues à tue-tête en haut de la colline ou à la lueur vacillante des bougies, la jeune femme aux os saillants, le torse nu, servant de modèle. Il revoyait les yeux incandescents du garçon de sept ans qui se relevait après avoir été envoyé à terre par une gifle retentissante. Ses yeux avaient jeté des éclairs en direction de son père, puis il avait craché par terre, de dédain et de haine et, sautant sur ses jambes comme un renard ou un chat sauvage, il s'était enfui dans les ténèbres.

C'est bien lui. Le garçon de cette nuit-là… Il joue de la flûte traversière maintenant, la plus triste des flûtes, et ce qu'il joue, le refrain de Truong Chi, est encore plus nostalgique que le son de la flûte lui-même.

Les applaudissements explosèrent, dans des roulements de tambour. Les élèves du groupe 8 se levèrent tous en hurlant :

— Bis, bis !

— Bravo ! Encore ! Le refrain de Truong Chi !

— Une autre ! Bravo !

Thanh vit les membres du jury se concerter. Le programme n'était pas terminé et la nuit serait encore longue. Mais le morceau exécuté était trop parfait et les applaudissements, les cris déclenchés par les élèves du groupe 8 étaient trop unanimes dans le public. Le directeur de l'école finit par se lever :

— À la demande de tous tes camarades, peux-tu nous rejouer ce morceau ?

Phu Vuong s'inclina, en un salut très professionnel. Il remit la flûte à ses lèvres. Thanh était subjugué par la musique. Fermant les yeux, il se concentrait pour

entendre le chuchotement des vagues, le clapotement
de l'eau sur les bords de la barque, le chuintement de
la rame et, à travers ces sonorités, le cœur palpitant de
Truong Chi. Quand retentit la deuxième salve d'applaudissements, il ouvrit enfin les yeux au moment où
la présentatrice en tunique rouge revenait sur scène et
où Phu Vuong, après un dernier salut, se retirait.

Il arriva dans les coulisses où se tenaient Thanh et
ses amis. Entre la scène et les coulisses, il y avait une
fente dans le plancher, qui par le passé avait provoqué
bien des entorses et l'annulation de nombreux numéros. Soit l'entrepreneur ou les charpentiers avaient
bâclé le travail, soit le bois de mauvaise qualité s'était
rétracté avec le temps. Toujours est-il que chacun avait
en mémoire ces accidents, et chaque fois que maître
Thy allait entrer sur scène, Thanh lui rappelait :

— Attention au plancher, père !

Lorsque Phu Vuong rentra dans les coulisses, Than
lui cria :

— Fais attention !

Il avait crié fort, mais son cri fut couvert par les
applaudissements qui accueillaient le numéro du
groupe 9, une danse des tambours. Phu Vuong releva
la tête, interrogateur. Thanh lui montra du doigt la
fente entre les planches.

— Merci !

Installé au fond de la scène, derrière les danseurs,
maître Thy avait commencé de préluder. Les danseurs, en tuniques de soie dorée, portant des tambours
ornés de traînes multicolores, entraient en action. Phu
Vuong se tenait à côté de Thanh, sous l'œil curieux
d'un autre camarade. Thanh, très gêné, faisait mine

de s'intéresser à ce qui se passait sur scène. Par malchance, le numéro était raté. Les costumes étaient beaux, mais tout le reste était mauvais. Les danseurs, insuffisamment préparés, n'étaient pas en rythme. Ils étaient maladroits et leur formation très brouillonne. C'était le numéro le plus bâclé de la soirée. Le pauvre maître Thy, la chevelure gominée trempée de sueur, s'acharnait vainement sur son accordéon. Mais ce ratage ne faisait que rehausser encore le numéro de flûte précédent et Phu Vuong devait être ravi, pensait Thanh.

Dissimulant un sourire, le jeune flûtiste eut un soupir hypocrite :

— La danse des tambours ? Ils auraient bien mieux fait de choisir la danse du bambou des tribus Thai, ou la danse des flûtes de Pan des Meo !

— Je ne sais pas, je ne m'y connais pas en danses, répondit Thanh en se tournant vers lui.

Bien plus tard, il s'était posé la question :

Savait-il que j'étais attiré par les garçons, pour rester ainsi près de moi dans les coulisses ? Ou n'était-ce qu'une coïncidence ?

Car au moment où Thanh l'avait regardé, les yeux de Phu Vuong, noir charbon, profonds et ardents, lestes comme des yeux de chat, s'étaient ouverts, accueillants, et avaient plongé dans les siens jusqu'au fond de l'âme pour appeler l'amour, souffler sur sa peau la chaleur d'un désir dont Thanh sut immédiatement qu'il allait le brûler tel un brin de paille. Il était tétanisé. Envoûté. Sa bouche lâchait mécaniquement des mots insignifiants, dans un dialogue insignifiant.

— Notre peuple ne sait pas danser, disait Phu Vuong, pendant que ses yeux chuchotaient : « Demain, rencontrons-nous demain ! »

— Notre peuple cultive du riz d'eau. Nous n'avons pas la danse dans nos gènes, comme les Africains, répondait Thanh tout en pensant : « Oui, rencontrons-nous, car c'est notre destin ! »

— Si on ne sait pas danser, on ne danse pas. On se cherche un autre art plus conforme à ses capacités. Les gens de la plaine chantent mieux le *quan ho* ou les chants taquins que le *cai luong*.

Les yeux de Phu Vuong disaient : « Nous sommes différents, nous. Des exceptions dans la foule. Ne vivons pas la vie des autres. Vivons la nôtre ! »

— En effet, mais ils vont trouver qu'il leur manque quelque chose. Ils ont besoin de danser, dit Thanh. « Créons notre propre danse. Si le ciel ne nous la donne pas, trouvons-la nous-mêmes. »

— Alors, créons notre danse. La danse de l'avenir, répondit Phu Vuong. « Retrouvons-nous demain. Nous nous appartiendrons, nous construirons notre avenir. »

Les numéros s'enchaînaient sans que Thanh s'en rendît vraiment compte. Les danses alternaient avec des chants et des saynètes. Soudain, les tambours battirent à l'unisson au fond de la salle. Tous les acteurs et actrices montaient sur le plateau. Maître Thy, lourdement chargé de son accordéon, gagna le premier rang en compagnie des violons et de la contrebasse. C'étaient les plus méritants de la soirée. Les professeurs et les membres de la direction se levèrent pour applaudir. Quatre pionniers aux foulards rouges montèrent sur scène avec des bouquets de fleurs pour les musiciens. Thanh comprit soudain que le spectacle était terminé, qu'il devait aider son père à se changer avant les festivités. Son autre voisin des coulisses avait déjà rejoint sur la scène ses amis du groupe 10. Seuls Phu Vuong et Thanh étaient encore immobiles. Phu Vuong baissa la voix :

— Demain ?

— Quand ?

— Après l'école.

— Où ?

— Au Printemps, le café à côté du tribunal. Mon oncle habite dans le coin.

— Je vois, d'accord !

Avant la fin des applaudissements, il chuchota à l'oreille de Thanh :

— Amène ta moto !

Puis, aussi rapide qu'un écureuil, il fila par-derrière et disparut dans la nuit. Au même instant, maître Thy sortait de scène et posa son accordéon sur la chaise du souffleur.

— Père, viens te changer dans ce coin, vite !

Le lendemain, il sécha le dernier cours de mathématiques pour filer à la maison prendre sa Honda et foncer au Printemps. Phu Vuong l'attendait. Assis à une table au fond, sous une grande affiche du groupe Scorpions. Il semblait familier des lieux et déjà là depuis longtemps. Un bref instant, quand il franchit l'entrée, Thanh fut tenté de se dérober.

Pourquoi suis-je venu ? Pourquoi ai-je agi ainsi, comme une marionnette ? Un ensorcelé ?

Mais déjà Phu Vuong s'était levé et venait vers lui :

— Bonjour, je t'attends depuis longtemps !

— Pourtant nous avions bien rendez-vous après les cours ?

— Exact ! Mais je ne suis pas fonctionnaire, alors je ne suis pas ponctuel comme toi, répondit Phu Vuong en souriant. Viens boire quelque chose de chaud avant de partir. Tu aimes le café ?

— Je n'en ai encore jamais bu !

— Vraiment ? Tu plaisantes ?

— Pas du tout, c'est la vérité !

— Tes parents sont enseignants. Tous les enseignants, même une simple institutrice comme ma mère, veulent des enfants modèles ! Alors un chocolat chaud ?

— D'accord !

— Un chocolat chaud et un deuxième café au lait ! lança Phu Vuong.

Il s'assit en face de Thanh avec un sourire :

— Ma mère est une misérable institutrice de quartier. La tienne, une professeure réputée dans toute la ville. Ta famille possède le verger le plus prospère de Lan Giang. Logiquement, c'est toi qui devrais tout payer.

Thanh était abasourdi. C'était la première fois qu'on lui parlait aussi crûment. Les joues brûlantes, il répliqua néanmoins :

— Pas de problème. Ma mère n'est pas riche, mais elle me donne un peu d'argent de poche.

Ils ne dirent plus mot jusqu'à ce que le patron apporte les boissons. Ils burent en silence, puis Thanh se leva pour aller au comptoir.

— Vous pouvez me dire combien je vous dois ?

— Deux cafés au lait et un chocolat chaud !

Le patron le regardait avec curiosité. Après quelques secondes :

— Vous êtes bien le fils de maîtresse Yên ?

— Oui !

— Reprenez votre argent. Mon fils est l'élève de votre mère. Depuis qu'il a pu intégrer sa classe, il a fait de grands progrès !

— Non ! fit Thanh en repoussant l'argent vers le patron. Merci, mais c'est déplacé, voyons ! Je ne suis pas ma mère. Et si elle était là, elle-même n'aurait jamais accepté.

Sur ce, il sortit avec Phu Vuong et gagna sa Honda.

— Partons vers Dôi Xa ! s'exclama Phu Vuong.

Sans un mot, Thanh démarra et fonça vers le nord de la ville. Évitant la rue Tan Da, il prit les petites rues parallèles, pressentant qu'il lui fallait être très discret dans cette aventure. Une aventure dont les prémisses étaient bien suspectes.

Pendant que son esprit luttait contre l'angoisse, la moto continuait de foncer. Bientôt le poste de relais électrique apparut tel un grand cercueil noir en bordure de la route. Phu Vuong lui hurla à l'oreille :

— À trois cents mètres après le relais, tourne à gauche, c'est le quartier des Vertes Collines.

Les Vertes Collines !

Elles s'étendaient, nombreuses, serrées, on aurait dit un champ de grands bols retournés, entièrement recouverts de vergers de pamplemoussiers et de plaqueminiers. Le quartier le plus prospère de la commune de Lac Thach. Des maisons à toits de briques anciennes étaient cachées sous la dense canopée. Les sentiers étaient tous pavés, chaque puits, construit en pierres de latérite, était équipé d'un treuil et fournissait une eau limpide et pure. C'est là que monsieur Rô l'avait amené avec Petit Canh, lors de ce premier été passé au hameau des Eucalyptus. Un savoureux souvenir d'enfance.

Et maintenant ? Quel vent l'amenait ici ?

— Nous y sommes ! lui dit Phu Vuong une fois qu'ils furent au sommet de la colline.

Ils étaient entourés de jaquiers. Une dense forêt de jaquiers au feuillage serré, alors qu'on était en hiver. Ils descendirent de la moto.

— Viens !

Thanh suivit son compagnon comme un mouton, plus obéissant qu'avec sa mère elle-même. Car quand cette dernière lui donnait une instruction, il ne manquait jamais de lui demander :

— Pourquoi ?

Ou :

— C'est vraiment nécessaire ?

Ou :

— Je pense qu'on devrait changer de plan...

Maintenant, il suivait ce garçon qu'il ne connaissait que depuis hier soir, lui obéissait comme s'il avait été son esclave depuis toujours. Un esclave tout à fait satisfait de son sort, marchant sur les pas de son maître et exécutant tous ses ordres.

— Viens ici, on sera abrité du vent.

Phu Vuong le poussa entre un vieux jaquier et une haie touffue de pluchéa d'Inde, envahie par la loranthe. Sans doute servait-elle à délimiter deux propriétés, car à Lac Thach les plantations étaient si vastes que personne n'avait mis de clôtures, comme on faisait dans la plaine.

Alors Phu Vuong se rapprocha de lui avec douceur :

— Je sais qui tu es.

— ...

— Nous avons besoin l'un de l'autre.

— ...

— Cette rencontre vient à point nommé. Nous sommes en train de devenir des adultes. Notre sexualité doit pouvoir s'épanouir totalement. Nous...

Sa voix s'assourdissait à mesure qu'il dénudait le torse de Thanh et le sien, ne leur laissant que leurs tricots de corps. Thanh était engourdi, paralysé. Il n'arrivait plus à parler. Son cœur battait lourdement, ses yeux se brouillaient. Phu Vuong, après avoir débouclé la ceinture de son jean, s'attaqua à ses boutons de braguette, lentement, adroitement, tel un boulanger déposant ses pains sur la plaque ou une paysanne, les œufs de sa poule dans son panier. Puis il serra Thanh dans ses bras, touchant son sexe nu d'une main caressante. L'autre main se faufilait vers la poitrine du jeune homme pour l'étreindre et le maintenir afin d'accorder le rythme de l'étreinte sexuelle. Thanh ne pensait plus à rien. Il était ailleurs, son esprit n'était plus ni sur cette colline, ni dans cette forêt de jaquiers. Non seulement il était en érection, mais chaque cellule de son corps était gonflée, faisant de tout son être une mousse d'écume de mer pleine de cavités, de bouches d'éponge avides d'aspirer les sécrétions débordantes du plaisir.

— Penche-toi... Encore... Oui, mets-toi à genoux.

— Ça va ?

— Bien…

Thanh se savait plus grand que Phu Vuong et il leur fallait s'adapter l'un à l'autre pour bien faire l'amour. Il sentit le corps brûlant de son amant se plaquer sur son dos. Leurs peaux fusionnaient. Le sexe de son amant, une vraie barre d'acier, glissait entre ses fesses, le tétanisait d'un intense plaisir. Les mouvements de va-et-vient se suivaient comme des vagues dans la tempête, de plus en plus pressants, de plus en plus violents, l'aspirant dans des abysses. Il était devenu une sorte de méduse, de bête éphémère, sans cerveau, sans cœur, un énorme ballot d'alvéoles vivantes, vides et poreuses, malaxées et pétries dans cet océan de plaisir.

Ce soir-là, il s'écroula dans son lit. Comme une blatte, un lézard écrasé. Pourtant le sommeil ne venait pas. Le souvenir des Vertes Collines restait présent dans ses veines et les échauffait anormalement. C'était la fièvre des Vertes Collines. Rien qu'à revoir la séance d'amour sous la canopée des jaquiers, son corps entrait en transe. Les ondes de plaisir revenaient, l'excitaient sans répit. Chaque cellule de son corps se tendait vers l'écho du plaisir. Thanh sut que la puissance du désir pouvait paralyser les hommes. Est-ce pour cela que les crimes les plus abominables dans l'histoire de l'humanité ont toujours été des crimes passionnels ? Le sang de l'homme coule non moins que son sperme. Ces fluides donnent la vie, procurent le plaisir et, en même temps, entraînent vers la mort. Un trio inséparable.

— Quand nous revoyons-nous ? avait demandé Thanh à Phu Vuong à la fin de leur étreinte.

— Demain !

— Déjà ? sursauta Thanh. Mais je ne peux pas sécher mes cours !

— Je sais que tu es un bon élève et un fils obéissant, lança Phu Vuong d'un ton railleur. Mais moi, je voudrais qu'on se voie quand même demain. On n'est pas bien ensemble ?

— Mais… Cette année, j'ai des examens de fin de cycle, protesta Thanh.

— Il faut vivre chaque instant ! Début ou fin de cycle, de toute façon, peu importe. Nous ne pouvons pas nous intégrer dans cette société. Nous sommes des renards de la jungle, eux, des chiens de garde domestiques. Ou plutôt nous sommes des paons et eux, de la volaille de basse-cour.

Thanh était pétrifié. Comme ce garçon était décidé, comme son orgueil était véhément ! Cette confiance en soi et cette arrogance étaient si courageuses et persuasives, on aurait dit un bateau fendant les vagues pour garder son cap tandis que lui, Thanh, se noyait dans son complexe d'infériorité. Ce bateau pouvait le sauver de la noyade s'il s'y agrippait. L'aider à franchir les torrents et consolider les bases de sa propre vie.

Nous sommes de superbes paons ! Nous ne sommes pas de la même espèce que ces canards et ces poulets !

La métaphore l'avait aussitôt conquis. Le visage de Phu Vuong était comme nimbé d'une auréole, et lui-même se sentait comme un sujet ébloui devant son souverain.

— D'accord, voyons-nous ! Mais où ? On ne peut pas retourner au café. Le patron me connaît.

— Je ne suis pas si idiot ! Nous nous retrouverons demain devant l'entrée du marché. C'est bon ?

— D'accord. À la même heure !

Le lendemain, le surlendemain et tous les jours qui suivirent. La suite était inévitable et, d'ailleurs, Thanh n'avait aucune raison de l'éviter. Les Vertes Collines étaient l'unique voie vers sa vraie vie et il n'avait pas le choix.

Nous sommes des paons ! Notre plumage est tellement beau ! Nous sommes l'espèce animale la plus narcissique qui soit. Les chorégraphes d'une unique danse à la gloire de leur propre beauté. Quelle vision sublime ! Pourquoi n'y avais-je pas pensé avant de rencontrer Phu Vuong ?

Il avait de la gratitude pour le fils du poète dément. Phu Vuong l'avait délivré du sentiment d'être un vilain crapaud. Il lui avait donné la fierté de ce qu'il était et, même si elle était discrète, cachée à tous les regards, cette fierté lui était indispensable.

Demain, nous serons ensemble aux Vertes Collines !

Était-ce un ordre, un appel, un cri de joie ? Ou les trois à la fois ?

Au loin, un chant de coq annonça le lever du soleil. Sans doute venait-il de la banlieue, où les gens entretenaient quelques clapiers ou poulaillers pour arrondir leurs fins de mois. Thanh songea qu'il devait dormir un peu, car le lendemain, il y avait classe. Mais dès qu'il serrait l'oreiller contre lui, son cœur criait de douleur.

*C'est toi, Cuong! Cuong! que je devrais retrouver
à Dôi Xa. Je ne comprends pas notre séparation! Tu
es mon rêve, celui auquel je tiens le plus, mon amour
secret.*

Le souvenir exacerbait les sensations ressenties,
les positions prises durant l'acte d'amour, sous la
frondaison des jaquiers. Thanh comprit que ce qu'il
faisait avec Phu Vuong, il en avait toujours secrètement rêvé avec Cuong. Une main cruelle avait arraché ce rêve de son cœur comme un bourgeon de sa
branche.

Le quartier des Vertes Collines!

Tous les midis, les deux garçons se rencontraient au
verger des jaquiers. La tempête des sens balayait tous
les soucis de la vie. À chaque rencontre, ils faisaient
l'amour non pas une fois, mais plusieurs. Ils brûlaient
la chandelle par les deux bouts, Thanh maigrissait à
vue d'œil. Maîtresse Yên s'inquiéta:

— Tu es malade?

— Touche ma main pour voir si je suis malade!

Dès que sa mère eut posé sa main sur la sienne, il
l'attrapa par la taille et la souleva pour lui faire faire
plusieurs tours du salon:

— Un tour... Deux tours... Trois tours..., comp-
tait-il à haute voix.

— Bon, d'accord! Lâche-moi maintenant! riait
maîtresse Yên.

Il la déposa tout en gardant ses bras autour de sa
taille, comme il faisait quand il avait quatre ans. Maintenant il avait grandi. Et sa mère était plus frêle. Leur
vie n'était plus aussi simple qu'avant. Sa mère ne le

savait pas encore, mais lui, il apercevait déjà la séparation à l'horizon.

— J'ai déjà seize ans ! Tu ne trouves pas que ça va
vite ?

— Tu te rappelles quand nous allions dans la cuisine pour regarder les lucioles ?

— Tu lis dans mes pensées !

— Parce que je suis ta mère, et que tu es mon fils.
C'est aussi simple que ça, répondit maîtresse Yên qui,
après quelques secondes de silence, reprit : Si j'avais
eu plusieurs enfants, peut-être que mon amour aurait
été moindre, car il se serait partagé entre tous. Mais je
n'ai que toi seul. Ma vie, c'est toi !

Il se pencha pour déposer un baiser sur la chevelure de sa mère. Malgré quelques cheveux blancs,
elle était encore gracieusement souple, brillante, et
sentait toujours aussi bon le zeste de pamplemousse
et l'éleusine.

*Pauvre mère. Si je suis ta vie, alors, tu vas bientôt la
perdre. Nos destins nous ont condamnés à la séparation.
Même si mon amour pour toi, sans doute bien inférieur
à celui que tu me portes, est sans commune mesure avec
celui des autres garçons pour leur mère.*

Deux semaines passèrent. Telle une éphémère
charriée par le courant du fleuve, Thanh était entraîné
dans les tourbillons du sexe. Ses yeux restaient rivés
à sa montre, attendant le prochain rendez-vous. Son
intelligence s'était détournée des mathématiques et
ne pensait plus que lieux de rencontre, précautions
à prendre pour la sécurité de leur liaison. Ils changeaient de restaurant, se retrouvaient tantôt ici, tantôt

là. Thanh vérifiait s'ils n'étaient pas suivis, cherchait le chemin le plus sûr, le plus discret pour sortir de la ville… Il devenait rompu aux pratiques des espions ou des détectives privés. Ses camarades de classe devenaient le cadet de ses soucis. Il faisait le minimum pour ses examens blancs et, à part cela, ne touchait plus à ses livres.

Un jour, en sortant de leur classe, Cuong se planta devant lui :

— Comme tu es maigre !

Thanh fut abasourdi, comme si son ami venait de débarquer d'un autre monde. Un monde perdu, lointain, qui n'avait plus rien à voir avec sa vie. Le regard de Cuong était triste et soucieux.

L'amertume saisit le cœur de Thanh.

Pourquoi me dire ça, toi qui m'as planté un couteau dans le cœur, qui m'as rejeté si cruellement ? Pourquoi cette soudaine sollicitude ? Est-ce sincère, ou est-ce de l'hypocrisie ?

— Qu'est-ce que ça peut te faire, que je sois maigre ou gros ? répliqua Thanh, hargneux.

— Pardon !

La voix nouée, Cuong tourna les talons. Thanh courut vers l'escalier et le descendit quatre à quatre. Il faillit entrer en collision avec sa professeure principale.

— Excusez-moi !

Elle avait certainement aperçu les larmes dans ses yeux car, en silence, elle effleura affectueusement l'épaule de son élève favori. Arrivé dans la cour, il fonça vers la colline pour se retrouver au milieu des flamboyants.

Tu souffres ? C'est trop tard ! Mais il fallait cela pour que tu comprennes la férocité de la douleur qui m'a torturé. Dix ans, c'est long ! Comprends-tu qu'on ne peut effacer dix ans d'amour en un seul geste ?

*

Phu Vuong lui disait que le rapport sexuel entre homme et femme était la relation la plus banale de l'humanité.

— Et ce qui est banal n'est jamais de grande valeur. Ainsi un plat qui plaît à tout le monde n'a rien d'exceptionnel.

C'était un après-midi, après l'amour, alors qu'ils revenaient en ville.

— Tu vois ? Aujourd'hui nous allons dîner dans un restaurant populaire, car nous ne sommes pas de grands patrons capitalistes ni des aristocrates dans une société archaïque. Mais si un jour nous devenons de gros requins, nous ne piquerons plus nos baguettes dans ces plats ordinaires car notre langue, notre palais seront déjà habitués aux mets les plus fins de restaurants cinq étoiles.

Trouvant son compagnon trop prétentieux, Thanh lui répondit :

— En effet ! Mais il faut être patient. Et en attendant, vivons selon nos moyens.

Flairant sans doute l'irritation de son ami, Phu Vuong ajouta :

— J'ai pris l'exemple de la cuisine pour te faire comprendre ce qu'il en est en amour. Les analogies sont toujours plus éclairantes. Nous vivons dans une société pauvre, arriérée, avec beaucoup d'interdits et de tabous. En Occident, c'est le contraire. L'homosexualité était le mode de vie choisi des plus riches, des plus érudits dans la Grèce antique. J'ai eu l'occasion de voir des tableaux montrant des scènes d'amour dans de grandes salles de bains, plus somptueuses que la salle des fêtes de la mairie de Lan Giang.

— C'est vrai ?

— Tu ne me crois pas ?

— Si, mais ça me paraît impensable.

— D'accord, je te montrerai ces tableaux.

— Où sont-ils ?

— Chez moi ! Dans la bibliothèque du vieux Hoang. Mon père est odieux en tout. Il n'a qu'une qualité à mes yeux : il a ramassé des tas de livres interdits. Ainsi j'ai pu lire plein de choses que jamais tu ne verrais dans une librairie normale. Surtout des livres érotiques. Comme c'est un vrai obsédé sexuel, il a une énorme collection de tableaux érotiques : des trente-six façons de faire l'amour sous la dynastie Duong en Chine jusqu'aux scènes d'orgies de la Grèce antique. Plusieurs fois par an, il pique à ma mère une petite somme d'argent et prend le train pour Hanoi. Une semaine plus tard, il revient avec un plein sac de recueils de poésies et de proses interdites, ronéotypés ou en photocopies.

— Monsieur Rô m'a dit qu'il est publié dans la revue artistique officielle. Il doit recevoir pas mal de droits d'auteur, non ?

— Tu parles ! siffla Phu Vuong à travers ses dents. Ma mère n'en a jamais vu la couleur. C'est lui qui lui prend de l'argent, trois à cinq fois par an. Ma mère planque le fric. Mais il le trouve toujours. Il a un nez de chien de chasse. Si tu veux vérifier, tu n'as qu'à retourner au hameau des Eucalyptus. J'ai entendu dire que tu viens souvent rendre visite à Petit Canh et à sa mère ?

— Oui, sauf ces derniers temps…

Ces derniers temps, en effet, le sexe l'avait empêché de penser à son camarade d'enfance.

— Moi non plus, je n'y suis pas retourné depuis quelques mois. Depuis que je suis parti chez mon oncle. Il est contremaître sur les chantiers de la ville. C'est lui qui m'a inscrit au lycée.

— J'en profiterai pour rendre visite à madame Rô et à Petit Canh. Après, nous pourrons aller voir tes tableaux. Qu'est-ce que je pourrais offrir à ton père ?

— De l'alcool ! C'est tout ce qui l'intéresse. Achète-lui quelques bouteilles, considérons que ce sont des taxes pour voir ses tableaux.

Thanh acheta trois bouteilles de «Riz Nouveau» qu'il cacha dans sa chambre. Au dîner il informa ses parents :

— Demain j'irai au hameau des Eucalyptus, avez-vous un message à transmettre à Petit Canh ?

— Ah bon ? Je croyais que tu y allais régulièrement ? demanda maîtresse Yên, surprise. Les gens m'ont dit t'avoir vu remonter souvent vers le nord ?

— Oui ! Effectivement, mais j'allais en direction de Dôi Xa pour partir ensuite vers le village Chu voir un ancien camarade.

— À Chu ? Si loin ? s'étonna la maîtresse. Je comprends maintenant. Ce sont tous ces voyages qui t'ont fait perdre autant de poids ! Et la route est très mauvaise. Il y a tellement d'accidents sur le trajet.

— Je te demande pardon mais je ne voulais pas t'inquiéter. Tout le monde y passe, alors il n'y a aucune raison que ton fils n'y aille pas. J'ai quand même seize ans…

— C'est vrai, renchérit maître Thy. Seize ans, tu es un adulte maintenant.

La maîtresse se tut quelques instants, puis elle reprit d'un ton grave :

— Quel que soit ton âge, tu es toujours mon enfant. La prochaine fois, je souhaite que tu me dises où tu vas. La route de Chu est au moins six fois plus longue que celle de Dôi Xa. Ce n'est pas comme aller au lycée.

— Oui, mère.

Thanh se sentit envahi par un début de nausée.

Je suis devenu un menteur professionnel ! Jusqu'à quand durera cette situation ?

Le lendemain, au moment où Thanh sortait sa moto, maîtresse Yên lui tendit un sac.

— Ce sont des habits pour Petit Canh. La boîte de gâteaux est pour tante Rô. Rappelle-lui de venir le mois prochain s'occuper du verger.

Il sembla à Thanh qu'elle voulait ajouter quelque chose mais, le sentant impatient de partir, elle garda le silence. Phu Vuong, qui l'attendait au carrefour, monta à califourchon derrière lui et le prit par la taille. Ils ne disaient rien, mais leurs gestes étaient sûrs, ils se comprenaient sans avoir à parler. Depuis quelque temps, ils étaient devenus comme un vieux couple. Pourtant Thanh ne voulait pas officialiser la relation.

Arrivés au pied de la colline où habitaient les Rô, il dit à Phu Vuong :

— Prends ton temps pour voir ta famille. Je passerai chez toi dans une demi-heure.

— D'accord, dit Phu Vuong, esquissant une grimace. Je ne suis pas très pressé de voir ce vieux dément de Hoang ni ses trois gamines. Mais si tu veux être discret avec madame Rô, je t'attends ici.

Il lui montra un groupe de trois eucalyptus, bien reconnaissables à leurs feuillages qui se rejoignaient à la cime.

Thanh descendit de sa moto pour la monter dans la cour, et entra dans la demeure si chère à son cœur. La porte était ouverte, mais la maison était déserte. Petit Canh était sûrement sur les routes, madame Rô, partie papoter chez ses voisines. Planté au milieu de la cour, il mit ses mains en porte-voix :

— Tante Rô ! Êtes-vous là ?

Sa voix lui revint en écho, répercutée par les collines. Il l'entendit avec étonnement. À Lan Giang personne n'appelait ainsi. C'était la façon de faire des montagnards.

— Je suis là… là…, lui répondit madame Rô d'une colline voisine.

Il la vit rentrer en courant, mais elle semblait beaucoup moins souple et leste qu'auparavant. Son cœur se serra. Combien de fois l'avait-elle juché sur ses épaules pour cueillir des fruits, initié à de nouveaux jeux, combien de fois lui avait-elle fait sa lessive, cuisiné des mets délicieux… cette femme si seule maintenant sur la colline déserte, attendant la visite de quelques proches. Il l'avait totalement oubliée, en même temps que cet ami d'enfance dont il ne supportait pas d'être séparé autrefois.

Comme la vie est ingrate ! Comme les hommes sont ingrats ! Et moi entre tous ! J'ai honte. Mais personne n'y échappe sans doute. La vie est un fleuve qui coule, sans arrêt. Jamais l'eau ne remonte son cours.

Arrivée en haut, madame Rô, exténuée, l'accueillit gaiement.

— Thanh, quelle surprise ! Je comprends pourquoi mes yeux clignent depuis ce matin. Je me demandais : qui parle de moi ainsi ? Petit Canh a-t-il eu un problème en route ? J'avais sans cesse le ventre serré. J'ai dû filer chez la voisine. Maintenant que je sais que c'est toi, je suis rassurée.

— Vous êtes vraiment comme ma mère. Elle s'inquiète tout le temps... Elle s'imagine toutes sortes de dangers...

— Oh, on ne change plus, à notre âge ! dit madame Rô en l'attirant par la main à l'intérieur. Ces derniers mois ont duré des années ! Petit Canh parle de toi constamment. Tu es si maigre ! De quoi te nourris-tu ?

— J'ai mes examens de fin de cycle cette année. Et ma mère n'est pas une cuisinière d'exception comme vous ! Vous auriez dû rester à Lan Giang avec nous !

— C'est la décision de Petit Canh, pas la mienne ! De toute façon, il avait promis à son père, alors il ne pouvait pas faire autrement. Mais le mois prochain je dois aller bêcher la terre de votre verger. Je te ferai à manger.

— Merci d'avance. Je me réjouis déjà !

Madame Rô ouvrit le cadeau que la maîtresse avait destiné à Petit Canh, et fut toute contente de voir que cette dernière se souvenait de ses mensurations. C'était un ensemble pantalon et blouson Levi's qui devrait lui aller parfaitement. Il y avait aussi une paire de bottes en cuir. Madame Rô était rayonnante :

— Cet hiver, ses pieds affronteront le grand froid sans aucun problème !

Montrant le paquet de gâteaux, elle dit :

— Je vais d'abord brûler de l'encens pour lui. Je les goûterai après.

Après une dizaine de minutes, Thanh prit congé :

— Je vais à la colline d'à côté. J'ai ramené le fils de ce vieux dément de Hoang. Il m'invite à venir boire un verre chez lui.

— C'est vrai ? fit madame Rô en ouvrant des yeux ronds. Ah, j'ai compris. Phu Vuong a été pistonné par son oncle pour intégrer un lycée en ville. C'est là qu'il a fait ta connaissance ?

— En effet, il entre en troisième. Il vit avec son oncle menuisier.

— C'est le frère aîné de maîtresse Na. Non seulement il héberge son neveu, mais il a quasiment construit leur maison. Tu verras tout à l'heure.

— Vous vous souvenez de la fois où nous étions allés par curiosité chez le poète Hoang ? Et ce soir-là, le pauvre monsieur Rô avait dû nous accompagner et nous attendre !

— Oui ! soupira madame Rô, pensant sûrement à son regretté mari, si doux, qu'elle avait tant taquiné. Vas-y, puis tu reviendras dîner ici. Et dis à Phu Vuong de t'accompagner. Je suis sûre qu'il n'a aucune envie de rester manger avec son père.

— Il le frappe toujours autant ?

— S'il essaie, je pense que son fils rendra coup pour coup. Je n'ai jamais vu encore un père et un fils comme ces deux-là. Tu peux jouer avec Phu Vuong, mais n'oublie jamais qu'il est le fils de Hoang le Dément et toi, celui de maître Thy et de maîtresse Yên !

Dans ses yeux perçait l'inquiétude.

— C'est si inattendu ! Je n'ai ni porc laqué, ni poisson frais sous la main. Mais je vais tuer une poule. Ne reste pas trop longtemps là-bas, compris ?

— Oui, ma tante, répondit Thanh.

Elle s'en fut dans la cuisine chercher un panier en osier pour attraper la poule. Thanh se dirigea vers la colline voisine avec ses bouteilles. Phu Vuong l'attendait toujours à l'ombre des eucalyptus. La tête appuyée sur un tronc d'arbre, il semblait somnoler mais se réveilla dès son approche.

— Madame Rô a accepté que tu viennes chez moi ?

— Pourquoi pas ? Elle m'a même dit de t'inviter à dîner après.

— Elle est très aimable, fit Phu Vuong, esquissant un sourire grimaçant. Les gens du hameau des Eucalyptus voient ma maison comme un repaire de diables. Ils font exprès de passer et de repasser, ou de venir discuter avec mon salaud de père pour lorgner à l'intérieur.

— Tu exagères !

Phu Vuong partit d'un grand éclat de rire et lança, l'air dédaigneux :

— Je ne suis pas un fils à papa élevé dans de la soie, moi. Je n'exagère pas et je n'invente rien. Avant même de naître, j'étais déjà un enfant du hameau des Eucalyptus. Et puis j'ai été le premier gamin à fuguer, le premier de tout Dôi Xa. Ma mère a pleuré toutes les larmes de son corps au poste de police du district pour que je revienne à la maison. Et mon oncle a déboursé une somme colossale pour que j'aie le droit d'intégrer ce lycée où toi et tes semblables, vous êtes entrés sans aucun problème.

Thanh ne sut quoi répondre. Il comprenait enfin l'inquiétude dans les yeux de madame Rô : les mères resteront toujours des mères. Elles veulent protéger leur progéniture des pièges de la vie.

Phu Vuong précédait Thanh. Sa démarche rappelait celle de son père quand il portait les seaux d'eau, neuf ans auparavant. Ses yeux étaient les mêmes. Non seulement par la couleur, la forme, les fins vaisseaux rouges ou cette étrange façon de regarder et de jeter subitement des éclairs de feu, comme un chat sauvage, mais également par ce gouffre qu'on devinait derrière, si profond qu'on ne pourrait jamais en sonder le fond.

Pourquoi des gens qui se ressemblent tant se détestent tant ? Jusque dans leur moelle ?

L'ancien chemin qu'il avait autrefois pris dans le noir s'ouvrait maintenant devant lui, éclairé dans les moindres détails. Il distinguait chaque caillou, chaque brin d'herbe. Les paroles de madame Rô à l'époque lui revinrent à l'esprit : « … Thanh est-il content de ses aventures ? En ville, on ne voit que des fous échappés de l'asile. Ici, au hameau des Eucalyptus, on peut observer un dément dans sa propre maison ! »

Neuf ans auparavant, il avait assisté à une scène de théâtre jouée à la lueur des bougies. Même la cabane n'était qu'une masse sombre et floue dans ses souvenirs. Il allait pouvoir découvrir chaque personnage à la lumière crue du jour. Même si, d'après Phu Vuong, c'était un repaire de démons, il était très excité.

Après une centaine de mètres, la maison apparut au bout du sentier. D'après madame Rô, elle avait été construite par le frère de maîtresse Na, charpentier à Diên Viên. C'était un net progrès par rapport au cabanon d'avant, mais le toit était toujours de chaume et non de tuiles. Pourtant le constructeur l'avait ingénieusement recouvert d'une toile de nylon pour recueillir l'eau de pluie, et ce n'était pas inesthétique. Deux gouttières longeaient les bords du toit pour conduire l'eau vers un bassin construit en bas du pignon. À côté du bassin il y avait également trois grands fûts qui devaient servir de réserve. Et, grande nouveauté, l'espace envahi d'herbes folles où étaient autrefois installés les jeunes dessinateurs était devenu un jardin potager où poussaient des pieds de choux, de renouée odorante, de basilic, quelques buissons de lolot, des rangées clairsemées de katuk et de navets. Phu Vuong l'y conduisit directement :

— Mon oncle a dû amener plusieurs dizaines de fourgons de terre pour constituer ce potager. Mais un potager doit avoir un bon jardinier pour prospérer. Avec un fainéant qui se gratte les couilles à longueur de journée, il ne peut y pousser que de l'herbe.

Il lança vers la maison :

— Où êtes-vous, les belles ? Comment avez-vous fait pour que votre jardin devienne aussi miteux ?

Immédiatement, des cris de joie retentirent à l'intérieur et les trois filles apparurent :

— Phu Vuong ! Grand frère !

— Grand frère est revenu !

— Saluez mon invité, voyons ! gronda Phu Vuong. Il s'appelle Thanh !

Deux des filles balbutièrent :

— Bonjour, grand frère…Thanh.

La dernière se montrait moins timide.

Thanh lui retourna son salut tout en pensant : « Celle-là a l'air plus dégourdie que ses sœurs. C'est sûrement la petite qui avait encore sa tétine à l'époque. »

Les deux aînées n'étaient plus ces fillettes au crâne rasé, badigeonné de bleu de méthylène, qu'il avait entraperçues dans la cour de monsieur Chu. Âgées de treize et quatorze ans, c'étaient des adolescentes aussi grandes que leur frère, aux cheveux noirs et longs jusqu'aux épaules. Pourtant, rien de très féminin dans leur accoutrement, sans doute parce qu'elles avaient oublié d'être des jeunes filles ou que personne ne leur avait appris. Chacune portait un pantalon militaire de bô dôi avec quatre poches assez larges pour y loger une poule, comme chez les légionnaires de l'ancien temps. Au-dessus, un blouson de toile décoré d'un motif floral criard. Phu Vuong dut deviner les pensées de Thanh.

— Je te présente les trois belles du poète Hoang Vuong : My Liên, My Lan et My Linh. Toutes des My, mais aucune n'est vraiment une miss. C'est parce qu'elles doivent devenir des Matisse qu'elles s'habillent de cette façon : les poches que tu vois contiennent les pinceaux. Le blouson est pour leur rappeler leur mission artistique : travail, travail,

travail sans relâche… pour arriver au glorieux sommet de l'art.

— S'il te plaît, Phu Vuong, supplia la plus grande.

Sentant leur embarras, Thanh s'empressa de dire :

— Chez soi on porte ce qu'on veut, voyons ! C'est pour aller à l'école qu'on doit faire attention à sa tenue.

— Et tu crois qu'elles se changent ? répliqua Phu Vuong. Non, non. Elles dorment, dessinent, vont à l'école dans ces seuls et uniques habits. Sauf si ma mère hurle et supplie. Leur principe, c'est : nous sommes des artistes et nous vouons notre vie à l'Art. Seule la création compte. Toute autre considération n'est que poussière, y compris l'hygiène du corps. Alors, mesdemoiselles, ai-je raison ?

Les deux aînées se rembrunirent.

Seule la benjamine, sans doute trop petite pour saisir ce persiflage, riait de toutes ses dents. Tandis que ses sœurs se mettaient à pleurer, elle demanda :

— Tu nous as apporté des cadeaux ?

Phu Vuong partit d'un grand rire sonore :

— Pas mal ! Au moins c'est direct ! Tenez, les voilà vos cadeaux !

Tel un prestidigitateur, il sortit les paquets de sous sa veste :

— Une chemise pour chacune ! Mettez-les pour aller à l'école. Enlevez donc ces tenues d'ouvrières. Voilà deux soutiens-gorges pour My Liên et My Lan. Et toi, la petite, comme tu n'as pas encore de seins, je te donne cette bague.

— Je suis la plus gâtée ! exulta My Linh en attrapant la bague.

— Allez, ouste ! ordonna Phu Vuong. Regagnez votre atelier, sinon l'autre va encore faire une scène.

Se tournant vers Thanh :

— À cette heure, il dort. Tous les jours, il se lève vers sept heures du matin pour envoyer nos Matisse d'Asie à l'atelier. Ensuite il boit un coup et retourne pioncer.

Voyant que l'aînée des filles, serrant sa chemise dans ses mains, l'observait comme un kaki ou une anone qu'elle s'apprêterait à peindre, Thanh glissa une question :

— Quand est-ce que vous faites vos devoirs ?

— L'après-midi. Notre père dit que le matin est propice à la peinture, lui répondit My Liên.

— Et quand vous devrez préparer vos examens de passage ?

— Je ne sais pas. Notre mère nous dira.

Elle avait répondu sans le quitter des yeux. Thanh était gêné. Il ne trouvait pas d'autre question à poser. L'image de la fillette au crâne rasé se substituait à celle qu'il avait sous les yeux. On aurait dit que la longue chevelure noire ne pouvait chasser la vision du vieux chiffon sale couvrant le crâne barbouillé de bleu de méthylène qui attirait tellement les mouches. Cette fille le regardait comme un sujet de peinture. Ses yeux ressemblaient à ceux de Phu Vuong, peut-être plus sauvages que malins. Au lycée, aucune fille, aussi délurée fût-elle, n'osait regarder Thanh aussi crûment que My Liên.

C'est vraiment la fille d'un dément. Elle n'a aucune limite, aucune contrainte dans le comportement. On peut dire que ce sont des filles des collines sauvages.

Que deviendront-elles quand les rêves de leur père se seront dissipés tels des nuages ?

Phu Vuong, soudain conscient des regards puérils de ses sœurs, leur cria :

— Allez peindre ! Il va se réveiller.

— Je suis réveillé ! hurla le père, depuis l'intérieur de la maison.

Les trois filles partirent en courant. Quelques secondes après, le père sortit et s'adossa au chambranle de la porte.

— Bonjour, mon oncle, salua Thanh.

— Bonjour, jeune homme ! Qui êtes-vous ?

— Rien qui te concerne ! répondit sèchement Phu Vuong à son père. C'est mon ami, il s'appelle Thanh. Entre ! dit-il à ce dernier.

— Je suis le neveu de madame Rô. Je vous ai apporté quelques bouteilles d'alcool.

Le poète était stupéfait. Jamais un jeune garçon ne lui avait encore apporté de cadeau. Son existence sur ces collines l'avait coupé de la société. Phu Vuong avait raison, il avait bu avant de monter faire son somme. Son haleine était infecte. Il respirait lourdement et son cœur, lui aussi, devait battre lourdement. De grandes poches se dessinaient sous ses yeux, pourtant enfoncés dans leurs orbites.

Hoang Vuong saisit les bouteilles qu'il posa délicatement sur la table.

— Ah ! C'est du «Riz Nouveau» ! La vodka vietnamienne, grand luxe ! Nous ici, gens des collines, nous ne pouvons nous offrir que de l'alcool de manioc. Une bouteille comme celle-ci vaut cinq

belles bouteilles d'alcool de manioc, et des meilleu-
res !

— Arrête de radoter ! coupa Phu Vuong.

Du doigt, il montra à Thanh les fauteuils le long de
la table basse :

— Ils ont été entièrement fabriqués par mon oncle.
Et cette bibliothèque également. C'est du bois véritable.

Thanh n'y connaissait rien en matière de meubles,
ou plutôt les meubles n'avaient jamais été sa passion.
À sa naissance, il y avait déjà tout chez lui : lit, autel,
bibliothèque, vaisselier, buffet, salon et pupitre de
travail. Il croyait que chaque famille possédait tous
les meubles nécessaires et il s'en désintéressait. Phu
Vuong parlait de tout ça avec une fierté non dissimulée. Thanh en déduisait qu'il n'y avait rien dans
cette maison, avant l'arrivée de l'oncle bienfaiteur.

— Jusqu'à ce que mon oncle construise cette maison et le mobilier, toute ma famille dormait sur une
natte étendue sur du foin et des plaques de carton.
Seule ma mère, parce qu'elle avait le bébé, avait droit
à un lit en bambou.

— Est-ce que le foin est mieux que la paille ? On
dit que dans beaucoup de village, on dort sur la paille.

— Le foin, c'est le foin. Il contient des tiges d'herbe
dures comme du crin ou molles comme des vermicelles. Les herbes dures donnent un foin meilleur que
la paille, avec moins d'insectes parasites. La paille
neuve sent toujours très bon, mais après quelques
mois, elle ne sent plus rien et est envahie par les vrillettes.

— Ah bon ?

— Toi, tu n'y connais rien en paille et en herbe ! ricana Phu Vuong. Viens que je te montre ! L'herbe que My Liên a représentée sur ce tableau est de l'herbe « nerfs de poulet ». Autrefois j'en coupais puis je la séchais pour m'en faire un matelas.

Il entraîna Thanh vers la pièce de gauche, destinée à la formation des jeunes Matisse d'Asie. C'était une annexe, mais elle était plus vaste que la pièce principale. Dans un coin était disposé un immense lit où dormaient sans doute les trois filles. Dans le coin opposé, il y avait une table aussi longue qu'une table à manger, dont le plateau était un peu incliné, à la façon des pupitres d'école élémentaire. Trois tabourets étaient disposés autour, probablement pour les jeunes peintres, et une chaise était réservée au père, directeur artistique. Une grande caisse à côté contenait un peu de tout, chiffons, crayons, boîtes de peinture. Les murs étaient entièrement couverts par les toiles, la plupart réalisées au pastel ou à la gouache. La fameuse herbe « nerfs de poulet » de la jeune My Liên était suspendue à l'entrée, c'était la copie d'une nature morte d'un célèbre peintre coréen dont Thanh avait oublié le nom. Phu Vuong continuait de parler :

— Avant que mon oncle ne fabrique ces meubles, les « artistes » travaillaient à même le sol, installées sur la natte la plus pourrie de la maison.

Thanh se tourna vers Hoang Vuong, ses yeux étaient injectés de sang. Ses tempes également palpitaient de colère. Comprenant que le fils avait décidé d'humilier le père, Thanh s'alarma. Ne sachant comment affronter de telles situations, il se sentait piégé. Phu Vuong ne s'arrêtait pas :

— Il fut une période où j'étais comme elles. Rien que d'y repenser, ça me coupe bras et jambes.

Le père hurla :

— Si tu n'as pas de constance, tu n'atteindras jamais le sommet.

— Le sommet de la gloire ? Le sommet du pouvoir ? Qui te permettra, en vendant tes toiles, d'acheter la moitié de Lan Giang ? rétorqua Phu Vuong, ironique, à son père.

Non seulement le ton de sa voix était railleur mais son regard était chargé de provocation, de mépris, du plaisir du bourreau au moment où il entame la chair du supplicié.

— Faire de tes filles des Matisse d'Asie ? Des Matisse qui surpasseront même l'original ? Je m'en fiche !

— Si tu t'en fiches, alors, tais-toi ! Laisse les autres travailler, hurlait Hoang Vuong.

— Je ne me tairai pas ! Je n'ai pas envie de me taire !

Les deux grandes sœurs le suppliaient :

— S'il te plaît, Phu Vuong, s'il te plaît, grand frère…

— C'est vous qui devez vous taire, compris ? riposta Phu Vuong. Il y a quelques mois, j'étais encore ici, le potager était resplendissant. Maintenant c'est un désastre. L'herbe est plus haute que les légumes. Qu'avez-vous fait pour qu'il se dégrade ainsi ? Tous les efforts que notre oncle aîné et moi avions fournis n'ont donc servi à rien ?

— Nous avons toujours arrosé, mais il n'y a jamais assez d'eau. Père nous dit de n'arroser qu'avec de l'eau sale, répondit My Lan, la deuxième sœur.

— Alors ? Vous n'avez plus de jambes pour aller chercher de l'eau chez madame Rô ?

— Nous devons aller à l'école, grand frère !

— Le matin nous avons un cours de peinture, l'après-midi nous sommes à l'école, nous n'avons pas le temps, renchérit My Liên.

— Vous avez quand même le temps d'aller quémander chez monsieur Chu quelques légumes, vrai ou faux ?

Les deux sœurs se turent. Le frère ricana :

— Vous allez chez le voisin mendier des légumes, mais vous n'allez pas chercher de l'eau pour cultiver vos plantes, c'est ça ? Où avez-vous appris à vous comporter ainsi ?

— Chez moi ! gloussa Hoang Vuong. Ce sont mes filles, tout ce qu'elles font vient de moi. Pour moi, la vie est un calcul. Comme le ciel ne nous donne pas tout, il faut échanger une orange contre une pomme. Si elles passaient leur temps à aller chercher de l'eau et à arroser le potager, on aurait peut-être des légumes, mais où trouver le temps de dessiner et d'aller à l'école ? Nous sommes sur une colline, l'école est loin. Elles perdent deux heures par jour pour le trajet, elles ramassent du bois car ce que je ramasse ne suffit pas à notre consommation quotidienne. Le temps n'est pas élastique.

— Si tu étais aussi sincère, je n'aurais rien à dire. Quand on choisit une pomme, on doit laisser l'orange. Quand on veut devenir un grand artiste, il faut accepter de mendier auprès du voisinage pour se nourrir. Tu as fait le choix de l'humiliation. Ceux qui font ce choix ne sont que des bêtes !

— Phu Vuong! cria Thanh, horrifié.

Madame Rô avait raison. La relation entre le père et le fils était diabolique. Thanh n'avait jamais vu ça. Il avait peur. Comme un petit oiseau paralysé en plein vol, son cœur battait à tout rompre et il commençait à transpirer. À son cri, Hoang Vuong le regarda, un rictus aux lèvres.

— Vous avez vu mon fils? Soyez prudent! Être son ami, c'est vivre à côté d'un serpent venimeux ou d'un loup affamé. Il vous fera la peau un de ces jours.

— Quoi? Qu'est-ce que tu oses dire? hurla Phu Vuong en avançant vers son père.

Sa démarche était souple, gracieuse mais puissante, comme celle d'un jeune tigre prêt à donner le coup de patte qui brisera la nuque d'un ours ou fera jaillir le sang du cou d'un chevreuil.

— Redis-le! exigea Phu Vuong.

Le poète était assis sur son canapé. Il avait des cheveux longs jusqu'aux épaules, ébouriffés à la manière d'une rock star, malgré leur couleur poivre et sel. Le front était bien dégarni, mais la nuque surchargée de mèches encombrant le col de chemise. Son visage était plissé de rides et sa tête fatiguée se renversait en arrière. Il portait une vieille veste aux manches crasseuses, et ses mains sur la table étaient fanées, les ongles longs et noirs, les veines saillantes. On aurait dit un vieux tigre aux griffes brisées et aux crocs branlants. Pourtant, dans ses yeux injectés de sang, on sentait la présence d'un désir charnel, un désir saturé de folie et de démence.

À la vue de son fils menaçant, il esquissa un rictus chargé de défi et de mépris:

— Je dis clairement à ton ami, comme à l'humanité entière, que tu es un serpent venimeux, un bongare, un cobra. Ou, si tu préfères, un loup, un loup affamé prêt à arracher la chair du premier être vivant qu'il croisera sur sa route.

Mon Dieu! Sont-ce là les paroles d'un père? C'est abominable!

Ne voulant plus rien entendre, Thanh attrapa son ami par la chemise :

— Phu Vuong! Partons!

Ce dernier le repoussa brutalement. Il pointa son doigt vers Hoang Vuong et répondit en martelant ses mots, comme pour savourer chaque coup de fouet qu'il abattait sur le corps de l'ennemi :

— Personne ne sait si j'ai arraché ou non sa chair. En revanche, toi, tout le monde sait que tu arraches la chair de ma mère depuis vingt ans!

— Je n'ai arraché la chair de personne! Ta mère, la jeune Na, était amoureuse de moi et m'a suivi pour vivre ici.

— Que veut dire l'expression «arracher la chair»? Ma mère a la trentaine. Elle ne pèse plus que trente-sept kilos, porte des lunettes de vieille et a perdu deux dents. Jusqu'à quelles extrémités veux-tu qu'elle aille pour que l'expression «arracher la chair» soit pertinente?

— Écoute-moi! La barque obéit au pilote et les femmes suivent leur mari. La femme, même fille de ministre de la cour impériale, doit aller vivre dans la cabane du paysan, si elle épouse un paysan. Ta mère est la fille d'un minable propriétaire terrien de Diên Viên. Et moi, je ne suis pas paysan!

Phu Vuong riposta avec tant de mépris qu'il en postillonnait :

— Tu te crois supérieur à un paysan ? Si seulement elle avait pu se marier avec un paysan, elle aurait été heureuse ! Au moins elle aurait eu quelques crevettes ou poissons pour agrémenter ses repas et, dans ses travaux domestiques, aurait reçu l'assistance d'un homme aimant. Si ma mère est mille fois plus malheureuse que l'épouse d'un paysan, c'est parce qu'elle s'est mariée avec toi, un gratte-couille à la manque !

— Phu Vuong ! lança Thanh avant d'attraper la main de son ami pour l'entraîner vers la sortie.

Mais le garçon restait rivé au canapé. Il se collait au dossier et allongeait ses pieds au sol pour se stabiliser dans cette lutte sans pitié qu'il menait contre son père.

Hoang Vuong continuait à arborer son rictus dédaigneux :

— Alors pourquoi n'es-tu pas venu plus tôt au monde pour conseiller ta mère ? La vérité, pour amère qu'elle fût, a fini par être reconnue. Tes grands-parents maternels et ton oncle aîné ont manœuvré pendant des années pour me chasser de la famille. Peine perdue ! Tout ça pour finir par construire cette maison. Hormis les aveugles, tout le monde savait que mademoiselle Na était folle amoureuse de moi, qu'elle m'aurait suivi jusqu'au bout de la Terre. C'est bien pourquoi tous ses enfants me ressemblent tant. Le reconnais-tu ? Les trois filles, My Liên, My Lan et My Linh, elles sortent de quel moule ? Et toi ? Tu es mon ennemi, mais regarde-toi dans la glace, à quel misérable con ressembles-tu ?

— Moi ?

Phu Vuong et son père se défiaient en se regardant droit dans les yeux. Leurs regards étaient acérés comme des faux, brûlants comme des éclairs de feu, chargés d'épines comme deux branches qui, une fois enchevêtrées, ne peuvent plus se détacher.

Le choc de ces deux regards sauvages alluma une lumière éclatante qui éclairait jusqu'au fond la grotte de la haine, mettait au jour toutes les rancunes, les aversions les plus sombres et les plus cachées… Tout ce que les hommes ne veulent ni ne peuvent nommer.

Le combat se poursuivait dans un silence terrifiant.

Soudain Phu Vuong hoqueta comme un animal blessé. Il hurla :

— Je préfère ressembler à un porc ! À un chien, à un bouc ! À un animal, n'importe lequel ! plutôt que de te ressembler, à toi !

— Viens ! On part ! criait Thanh.

Il tremblait de tous ses membres. Attrapant le bras de son ami, il le tira de toutes ses forces vers la sortie.

— On s'en va ! Tout de suite ! hurlait-il encore sur le sentier qui descendait de la colline. Il se sentait envahi par un ressentiment violent et étrange, comme s'il avait été contaminé par la folie de Phu Vuong et de son père.

Il était trempé de sueur. Le vent le glaçait.

*

Cette dispute avait gâché toute l'excursion au hameau des Eucalyptus. Ils n'avaient pu accéder au tiroir de la commode de Hoang le Dément, qui recelait quantité de scènes d'amour entre les nobles Grecs et leurs pages. Quelle déception pour Thanh qui attendait cela avec tellement d'envie et d'impatience ! Ce qui était certain, c'est qu'ils ne retourneraient plus jamais dans cette maison. Lui qui attendait de ces documents tant de révélations pour éclairer sa propre vie !

Phu Vuong lui avait dit que, dans la mythologie grecque, le dieu Apollon était le plus beau des dieux de l'Olympe. C'était aussi le premier homosexuel du monde, et l'histoire d'amour qu'il avait vécue avec son amant était très belle et intense. Thanh eut tout de suite envie de lire ces mythes.

Le savoir donne à l'homme la puissance ! Pourquoi ne pourrais-je connaître ce dont me parle Phu Vuong ? Lui, élève contre son gré, lui qui, malgré son talent artistique et ses belles paroles, a toujours été le dernier de la classe. Son unique capital est le tiroir de Hoang le Dément, ce savoir interdit aux gens comme mes parents.

Un pressentiment l'exhortait à ne plus rencontrer ce garçon du hameau des Eucalyptus. Comme si, après chaque rencontre, il se perdait un peu plus, et dépendait plus encore de l'autre. Devant Phu Vuong, il était paralysé, vaincu, il avait l'impression d'être détruit, d'être une petite souris devant un vieux matou. Il devait s'éloigner de ce garçon pour réfléchir, chercher sa propre voie.

Il dit donc à Phu Vuong sur le trajet du retour :

— Pendant deux semaines je dois me concentrer sur mes examens, on ne se verra pas.

— Tu révises ? s'étonna Phu Vuong, l'air dédaigneux. Tu es toujours le premier sur le tableau d'honneur et moi, je suis toujours parmi les six derniers de la classe. De nous deux, ce serait plutôt à moi de réviser.

Cette fois ses arguments ne portèrent pas. Thanh secoua la tête :

— À chacun son destin ! Chacun choisit sa route. Je te le redis : pendant deux semaines, je serai dans mes révisions. N'insiste pas, c'est inutile !

Phu Vuong se tut durant tout le trajet. Thanh ignora volontairement la fureur de son compagnon. Et dès le lendemain, il se mit au travail.

Lan Giang possédait trois librairies d'État. Il les visita toutes, examinant toutes les étagères, mais sans trop y croire. L'État n'avait nul besoin de mythes, car les gens au pouvoir voulaient inculquer au peuple l'idée que le seul dieu était le parti communiste. Les traducteurs n'étaient pas autorisés à plancher sur les aventures des dieux de l'Olympe. On ne trouvait en traduction que quelques romans contemporains d'auteurs grecs d'extrême-gauche, des ouvrages généralistes sur l'histoire et la géographie de la Grèce. Rien sur Apollon et ses amours.

Grâce aux tuyaux de jeunes vendeuses, il finit par trouver une très ancienne librairie.

Elle se situait en banlieue, à côté du temple au vieux figuier sous lequel il avait fondu en larmes, le jour où il avait été rejeté par Cuong. C'était en fait une maisonnette de briques d'environ trente mètres carrés dans laquelle trônaient deux bibliothèques vitrées entourant un salon où le propriétaire offrait le thé. « Librairie » était une appellation trompeuse, « salon de thé» aurait été plus adapté, car le buffet, calé sur le mur du fond, était plutôt imposant, très bien entretenu, mieux en tout cas que les deux bibliothèques. Le propriétaire n'était pas un vieillard comme Thanh s'y attendait, mais un quadragénaire à petite moustache, en chemise à fleurs et en jean, on aurait plutôt dit un professeur de dessin ou de musique qu'un bouquiniste. Quand Thanh entra, il était en train de manipuler une radio posée sur le buffet, tournant le dos à la porte. Une sonate pour piano déploya peu à peu ses notes.

— Bonjour, mon oncle! dit Thanh à haute voix pour couvrir la musique.

L'homme se tourna vers lui en baissant le volume :

— Bonjour, petit frère! Que cherches-tu? demanda-t-il d'une voix douce.

Mis en confiance par ce «petit frère», Thanh répondit sur le même ton :

— Je cherche un livre sur la mythologie grecque, aurais-tu quelque chose?

L'homme sourit :

— La mythologie grecque? Je n'ai que des œuvres provenant du Sud où il n'y avait pas la même censure. Mais ce sont des livres d'avant 1975 et qui ont voyagé jusqu'ici, ils ne sont pas en excellent état.

— Ça m'est égal, du moment qu'on peut les lire. Je ne compte pas les mettre en vitrine.

— Alors, je vais te montrer.

L'homme se leva pour fermer la porte d'entrée :

— Viens, passons derrière.

Thanh le suivit dans la pièce voisine, qui était une chambre à coucher. Ils sortirent dans une cour assez vaste et montèrent le perron d'une autre maison. La vraie librairie, devina Thanh, c'était là.

Dès que le propriétaire ouvrit la porte, l'odeur lui explosa au nez. Cette odeur unique des livres qui vivent, et vivent heureux. L'air était frais et humide comme celui des vieux temples abandonnés, et en même temps chargé de spectres, des spectres en armes, qui haïssaient ou qui aimaient, ou se trouvaient pris dans les luttes de l'histoire. Devant l'immense pièce où les étagères à livres tapissaient les quatre murs, Thanh frissonna. Il avait l'impression d'être attendu, observé. Observé par des yeux cachés dans ces reliures couleur d'herbe fanée.

— Entre ! l'appela l'homme du milieu de la pièce.

Il était caché par les armoires-bibliothèques qui montaient jusqu'au plafond. Sentant le jeune homme perdu, il l'aida :

— Longe le mur, je suis entre les étagères numéros 5 et 6 !

Suivant ses instructions, Thanh retrouva le libraire à côté d'une petite échelle en bois, spécialement destinée aux bibliothèques.

— J'ai seize ouvrages dont je vais te donner les prix. Un seul a encore sa couverture d'origine. J'ai fait refaire les autres.

Du doigt, il montra à Thanh quelques livres grossièrement cartonnés. L'unique couverture encore intacte montrait Hercule en plein combat contre l'Hydre, brandissant sa massue et piétinant une patte aux griffes acérées. Thanh était hypnotisé. L'image était belle, et c'était la première fois qu'il voyait ce genre d'illustration. Remarquant son air, le libraire ajouta :

— La plupart de mes livres n'ont pas de couvertures. Dans toute cette bibliothèque, quelques dizaines seulement ont conservé leur couverture d'origine.

— Quel dommage d'arracher de si belles images !

Le libraire sourit :

— C'était une astuce pour pouvoir garder ces tonnes de livres précieux !

— Je ne serai jamais libraire, tu peux me dévoiler ton secret ?

— Oh, ce n'est pas vraiment un secret ! Nous sommes des dizaines à faire la même chose. Tout le monde sait qu'après l'arrivée au pouvoir des communistes le 30 avril 1975, beaucoup de gens se sont tournés vers la vente de vieux bouquins sur les trottoirs. Durant cette première période, je ne vendais rien, car ces libraires occasionnels étaient tous d'anciens officiers, journalistes ou hauts fonctionnaires du régime précédent, qui faisaient ça pour survivre. C'étaient des gens cultivés, ils vivaient depuis longtemps à Saigon et avaient plus d'expérience que ceux du Nord comme moi. Deux ans après la libération de Saigon, en 1977, fut soudain lancée la campagne d'«éradication de la culture décadente», comme le pouvoir l'avait déjà fait auparavant dans le Nord. Morts de peur, tous les libraires et bouquinistes ont organisé en cachette la destruction de ces ouvrages interdits : ils les ont brûlés ou jetés dans le fleuve. Quelques-uns ont été arrêtés par la milice et mis en prison. D'autres ont tenté de se débarrasser des «œuvres décadentes» par d'autres moyens moins risqués. Mon cousin travaillait encore au directeur de l'usine de papier d'État. Je lui ai aussitôt demandé de me fournir une autorisation de racheter à bas prix les livres anciens pour les recycler. Elle me permettait d'agir en agent de l'usine et non en commerçant. Une fois la circulaire en main, j'ai aussitôt pris contact avec quelques fonctionnaires municipaux affectés à la culture et avec quelques policiers chargés du dossier, ceux qu'on appelait les A25. Notre affaire a marché comme sur des roulettes. On arrachait les couvertures de tous les livres achetés. Dans la phase critique, nous devions employer jusqu'à trente personnes pour cette opération. Ensuite tous les livres étaient transportés à «l'usine». C'est grâce à cette campagne de «rachat de matériau de recyclage» qu'est née la librairie où nous sommes, ainsi que les quelques autres à Hanoi gérées par mon cousin.

Le libraire avait l'air satisfait de lui :

— Voilà ! Je t'ai enseigné une belle expérience de vie. Personne ne survit s'il ne sait s'adapter.

— Merci, grand frère ! Qui sait si je n'aurai pas besoin, à l'avenir, d'autres conseils de ta part ? répondit Thanh en souriant.

Il acheta deux livres sur la Grèce, sans couverture. Ils coûtaient à peine le tiers du livre intact avec l'image d'Hercule.

— Je le trouve très beau, mais je n'ai pas assez d'argent aujourd'hui. Peux-tu me le garder ?

— D'accord. Mais tu as déjà pris ces deux-là ! observa le libraire, étonné.

— Oui, aujourd'hui j'en ai pris un pour moi et un pour mon ami. Ce beau livre, j'en ferai cadeau à ma mère.

— Ah ? Tu dois beaucoup l'aimer ?

— Comme tous les garçons ! Ou peut-être… un petit peu plus…

Il offrit à Phu Vuong le livre sur la mythologie grecque. Son ami l'ouvrit, le feuilleta longuement, l'air dubitatif au début, abasourdi à la fin :

— Où l'as-tu trouvé ? Je croyais que seul mon vieux fou de père pouvait posséder ce genre de bouquin.

— Tu crois que ton père est le seul à savoir lire ? rétorqua Thanh, agacé.

— Non, mais il connaît des traducteurs à Hanoi qui traduisent des quantités d'œuvres jamais publiées.

— Si les livres existent, c'est parce qu'il y a des passionnés de lecture qui feront tout pour assouvir leur passion. Lis donc ce livre. Lis-le vraiment. Tu verras que la moitié des histoires que tu m'as racontées ne sont que fadaises.

— Je m'en fiche de ces histoires. Je ne m'intéresse qu'aux illustrations des romans érotiques de mon vieux. Les histoires ne sont là que pour être racontées, divertir l'oreille et assouplir la bouche. Tu ne peux rien me reprocher sur ce que je t'ai raconté.

— Alors, je ne dois plus te croire ? Si toutes tes paroles peuvent s'envoler avec le vent, comment avoir confiance en toi ?

Thanh était vraiment en colère.

— Je… Je n'ai pas voulu dire cela…

Phu Vuong avait l'air embarrassé. C'était la première fois que Thanh le voyait ainsi. Avant, c'était toujours son ami qui était aux commandes, dictait ce qu'il fallait faire.

C'est ma crédulité qui lui a permis de prendre le rôle de meneur. Je me suis perdu dans cette relation.

Il enfourcha sa moto et s'en alla. Ce jour-là, ils s'étaient vus sans aller faire l'amour sur les Vertes Collines.

Le lendemain, Phu Vuong l'attendait à la sortie du lycée. En partant à vélo avec ses camarades, Thanh l'aperçut dans son blouson bleu, au pied du flam-boyant.

— Partez devant, dit-il à ses amis, j'ai oublié quelque chose.

Il fit demi-tour. Phu Vuong comprit sa manœuvre et fila en direction des bureaux de l'administration pour l'attendre derrière.

— Pourquoi tu me cherches ?

— Pardon, s'excusa humblement Phu Vuong. Je voulais te demander pardon de t'avoir parlé comme à un malade mental.

— Personne ne veut vivre avec un fou. Je suis un type normal, je respecte les règles normales de la société. Je n'aime pas ceux qui les enfreignent.

— Vraiment ? Tu n'aimes pas ceux qui dérogent à la normalité, mais ton existence même est une dérogation, une anomalie flagrante. Rendez-vous au restaurant de pho Minh Tiên, en banlieue.

— Je ne peux pas aujourd'hui.

— Si, tu peux ! D'abord, il faut que nous terminions notre discussion. Un homme d'honneur n'abandonne pas la partie en plein milieu. Ensuite, j'ai plusieurs choses à te dire. J'ai lu le livre en entier hier soir. Je l'ai lu vraiment, comme tu me l'avais demandé. On ne peut comparer la vie de gens disparus depuis des milliers d'années avec la nôtre. Donc, nous parlerons aussi de la bonne façon de lire et d'interpréter ce qu'on lit. Je file au restaurant Minh Tiên. Toi, rentre chez toi pour prendre ta moto et rejoins-moi. Je t'attends.

Il se leva et enfourcha son vélo.

Thanh était troublé, se demandant s'il devait ou non y aller.

Une feuille morte tomba sur son épaule, il sursauta. Puis il fonça chez lui, sauta sur sa Honda pour aller au rendez-vous.

Le restaurant était bondé. En le voyant arriver, Phu Vuong lui dit :

— J'avais trop faim, j'ai mangé. Mange vite à ton tour et on file !

Thanh commanda sans mot dire un pho qu'il avala en silence. Après avoir réglé la note, il sortit. Un jeune homme inconnu, la mine à la fois moqueuse et froide, le dévisagea comme s'il voyait un zombie.

Qui suis-je ? Pourquoi j'obéis à tous ses ordres ? Et lui ? Qui est-il, à part un cancre qui a redoublé deux années de suite ? Un vagabond, un aventurier ? Le fils de Hoang le Dément. Ces deux-là, madame Rô les qualifie de démons !

Sans attendre, Thanh démarra la moto. Quand Phu Vuong monta derrière lui et le prit par la taille, il eut un frisson. Malgré deux couches de tissu, il sentait le sexe dur de son ami presser ses fesses et sa poitrine chaude se plaquer contre son dos. Quand Phu Vuong se pencha en avant pour poser sa joue sur la sienne, le frottement des corps les mit dans une excitation extrême, incontrôlable. Doutes et questions disparurent : quand le désir sexuel déferle, il emporte tous les obstacles. De face, Thanh sentait le souffle frais du vent, par-derrière, sa chair brûlait de plaisir. C'était la première fois que Phu Vuong le caressait ainsi sur sa moto. Thanh était fâché ? Phu Vuong avait trouvé pour l'apaiser une nouvelle gâterie. C'était un calcul, Thanh le savait, mais il ne pouvait réfréner les exigences ardentes de son corps. Chaque cellule de sa chair gémissait, réclamant son plaisir.

— Arrête-toi ! On descend ici, lui chuchota Phu Vuong à l'oreille.

Il arrêta sa moto, la gara au bord de la route, derrière une échoppe de thé et de gâteaux à l'abandon. Elle avait vite périclité, située comme elle était en dehors de la ville, mais trop près : les voyageurs en partance n'avaient pas encore faim, les arrivants savaient qu'en pleine ville ils trouveraient de meilleurs produits et plus d'hygiène. En même temps cette petite masure isolée était invendable : on ne pouvait rien en faire, à part la mettre en pièces pour en vendre les briques.

Derrière l'échoppe, ils trouvèrent une petite courette et un appentis qui avait servi de cuisine, à côté d'une fosse septique. Ils posèrent la moto contre le mur et entrèrent. Phu Vuong se saisit d'abord d'un bâton pour enlever toutes les toiles d'araignée au-dessus de leurs têtes, avec leur couche de poussière et d'insectes morts. Le sol, lui, était tapissé de mousse végétale où s'étaient répandues de vieilles cendres autour des quelques briques ayant servi de foyer, et de la paille décomposée. Des crapauds, dérangés par cette irruption humaine, sautaient dans tous les sens en coassant.

Mais les deux garçons, dans chaque cellule de leur corps, ressentaient le désir irrépressible de s'accoupler. En hâte, ils se déshabillèrent. Ils n'entendaient plus que l'appel de l'instinct. Ils ne voyaient plus que la jouissance, le plaisir de la peau et de la chair.

— Ça va comme ça ?

— Penche-toi un peu… Oui, c'est bon !

— Encore ?

— Oui ! Encore, encore !

Cette fois-là, pour rattraper leurs quinze jours d'abstinence, ils firent l'amour comme des pilons de meule à grains. On aurait dit deux poneys en rut. Ils s'accouplèrent quasiment sans reprendre souffle, malgré leurs cœurs qui n'avaient même plus le temps de retrouver leur rythme normal.

Enfin, exténués, ils se rhabillèrent.

Phu Vuong sortit la tête à l'extérieur. Il fit un bond : un serpent, un gros bongare annelé, venait de filer entre les herbes. Heureusement qu'il n'avait pas visé le mollet du jeune homme. Il avait sans doute été tiré de sa somnolence et s'était réfugié au pied du mur, là où se trouvaient les crapauds dont il se nourrissait.

— Sors vite ! On file ! s'exclama Phu Vuong.

Thanh sortit rapidement, démarra la moto, et ils traversèrent le terrain accidenté pour rejoindre la route.

— Où va-t-on ?

— On rentre en ville !

Au bout de trois kilomètres, ils passèrent à côté d'un terrain expérimental de l'Office des Forêts, qui délimitait l'entrée de la ville. Il y avait là quantité d'arbres tropicaux, des plantations, et un étang où l'on cultivait des herbes aquatiques pour nourrir crevettes et poissons. Les yeux de Thanh se fermaient de fatigue.

— On s'arrête ici ! J'ai trop envie de dormir !

— D'accord ! Moi aussi, je me retiens de tomber depuis tout à l'heure.

Ils posèrent la moto contre un tas de bûches et s'écroulèrent par terre, entre deux rangées d'arbres. Ils s'endormirent immédiatement.

À leur réveil, il faisait nuit. Au loin, on apercevait les lumières de la ville. Thanh avait mal à l'épaule à cause de l'humidité du sol mais, après ce bon somme, il respirait beaucoup mieux. La demeure du gardien était éclairée et la musique d'une radio d'État en sortait. La plantation était sombre, mais l'immensité de l'espace inspirait à Thanh une sorte d'euphorie qu'il n'avait pas connue en ville.

Phu Vuong étira ses bras et ses jambes, puis s'adossa à un arbre :

— Sept heures et demie ! C'est l'émission « Science et vie ».

— Tu es un auditeur fidèle de cette radio de Hanoi ? demanda Thanh, perplexe.

— Le vieux Hoang n'a pas de radio. Il a ramassé, je ne sais où, une minuscule télé que quelqu'un avait jetée. De temps en temps il la regarde. Mais moi, le soir, je descends chez monsieur Chu écouter la radio.

Alors je connais les émissions comme les doigts de ma main.

— Pourtant monsieur Chu a une énorme télé, posée sur le dressoir pour le service à thé.

— Il possède plein de choses, mais il préfère la radio. Souvent nous sommes les seuls, monsieur Nha et moi, à regarder la télé.

— Tu l'aimes bien, monsieur Chu ?

— Je ne sais pas. Il est sage et, pour moi, la sagesse est la plus grande qualité de l'homme.

— Il n'est pas que sage, à mon avis. Il est également bon. Et il s'est souvent fait insulter par Hoang le Dément pour t'avoir accueilli chez lui.

— Si mon salaud de père l'a insulté, tant pis pour lui. Monsieur Chu a le respect de ses voisins. De toute manière, c'est lui le vainqueur.

— Tu vois toujours la vie sous cet angle ?

— Je ne suis pas comme les autres garçons, toi compris. Je vis ma vie, je trace mon propre parcours. Tiens, je te remercie de ton livre sur la mythologie grecque. Grâce à lui, j'ai trouvé l'interprétation des vérités notoires, celles qui n'ont pas besoin d'être argumentées. De toute façon, même sans ce livre, j'aurais trouvé ma voie. Mais avec lui, je peux démontrer à l'humanité que le chemin pour se réaliser passe inévitablement par le meurtre du père. Si Cronos n'avait pas tué son père Ouranos, il ne serait jamais monté sur le trône. Si le fils de Cronos n'avait pas détrôné son père pour l'exiler dans le désert, il ne serait jamais devenu Zeus. Tout ce que désirent les hommes, pouvoir, gloire, richesse… s'obtient seulement au prix du sang des autres. Et le premier homme à abattre, c'est cette bête à deux couilles qui a engrossé votre mère.

Ce discours fit à Thanh l'effet d'une bourrasque d'hiver. Chaque terme employé le glaçait. Il s'accorda quelques instants de silence pour reprendre son souffle.

— Nul besoin d'aller chercher Cronos et Ouranos. Combien d'empereurs de Chine ont tué leur fils ? Combien de princes, à bout de patience, ont comploté pour renverser leur père resté trop longtemps sur le trône convoité ? Sans trembler ni hésiter, les gens de pouvoir ont toujours sacrifié les liens de sang ou de fraternité pour protéger leur trône. Hommes ou femmes, dès lors qu'ils ont la soif du pouvoir dans la peau, ils ne reculent devant aucune ignominie. Regarde l'impératrice Tsu Hi. Elle a assassiné son époux, son fils et même tous ses petits-enfants mâles. Sous l'apparence d'une femme, c'était un démon. Mais quel pourcentage de l'humanité représentent ces gens-là ? Et les autres, se comportent-ils comme Cronos ou Tsu Hi ? Pourquoi ne cites-tu pas plutôt Nguyên Trai et Nguyên Phi Khanh ? Ou le maître Tu Lô ? Pourquoi ne rêves-tu que de Cronos et de Zeus ?

— Qui sont ces Nguyên Trai et Phi Khanh ?

— Ton père est poète, un poète publié dans des revues nationales, et tu ne sais pas qui sont Nguyên Trai et Nguyên Phi Khanh ?

— Je chie sur les poètes. Je les hais jusqu'à la moelle. Je n'ai pas besoin de les connaître.

— C'est Hoang le Dément qui t'a intoxiqué. Tous les poètes ne sont pas des gratte-couilles. Pardon, mais je dois employer tes propres termes pour qu'on se comprenne. Bien des poètes ont été des piliers de l'État, de grands mandarins, des ministres qui ont contribué à l'édification de notre nation. C'est le cas de Nguyên Trai. Sous la dynastie des Hô, il était le fils du premier ministre royal Nguyên Phi Khanh. Ce dernier était en poste quand les armées chinoises des Ming ont vaincu notre roi Hô Quy Ly. Il fut arrêté avec tous les gens de la cour et emmené en Chine comme prisonnier de guerre. Nguyên Trai suivit le cortège des prisonniers jusqu'au passage Nam Quan, à la frontière sino-vietnamienne. Bravant le joug, les menottes et les coups de ses geôliers, le premier ministre ordonna à son fils : « Tu ne dois pas pleurer la séparation d'un père et de son fils. Pleure surtout l'humiliation de ton peuple. Quand tu seras en âge, venge-moi ! » Nguyên Trai grandit. Il tint la promesse faite à son père en conseillant le héros national Lê Loi, qui pendant dix ans opposa une résistance farouche à l'envahisseur Ming avant de le chasser du territoire national. Ainsi fut fondée la dynastie des Lê. Sans Nguyên Trai, jamais Lê Loi n'aurait pu rassembler le peuple vietnamien. Sans Nguyên Trai, Lê Loi n'aurait été qu'un général courageux et habile, qui aurait pu tenir tête avec panache aux armées chinoises dans les montagnes, mais n'aurait jamais eu assez d'intelligence et de charisme pour rassembler le peuple entier autour de lui et emporter la victoire décisive.

— Ça m'a l'air très intéressant, ton histoire ! Et le Tu Lô, c'est qui ?

— C'est un personnage de la mythologie chinoise. Il est le symbole de la piété filiale. Dans son enfance, parce que sa famille était très pauvre, Tu Lô devait travailler comme porteur et vendeur ambulant pour nourrir sa mère. Quand il devint mandarin et eut un poste à la cour, sa mère mourut. Il se lamenta : «Quand j'étais en guenilles, ma mère et moi étions réunis. Maintenant que je suis dans de la soie, elle n'est plus. Je préférais ma vie d'avant.»

— Si ce Tu Lô aimait tant sa mère, interrompit Phu Vuong, c'est parce qu'elle était veuve. Et je te parie que son mari était mort depuis des années.

— Pourquoi ? demanda Thanh, refoulant son agacement.

— Parce que si le père avait encore vécu, la mère aurait dû partager son amour avec lui.

— Tes obsessions tournent-elles toujours autour de la lutte entre père et mère, Ciel et Terre, ou Cronos et Gaïa, comme dans la mythologie grecque ?

— Exactement ! Là, je te trouve vraiment très intelligent !

— Parce que d'habitude, je suis un imbécile ? Je ne suis intelligent que quand je devine ce qui se passe dans ton cœur ? rétorqua Thanh, ironique.

— Sans doute ! Je dois être franc, même si cela te blesse.

— Malheureusement, entre Hoang le fou et maîtresse Na, il n'y a jamais eu de combat. Au contraire, comme le dit l'intéressé et comme le constate le voisinage, ta mère aime profondément, inconditionnellement son mari. Vrai ou faux ?

— Exact ! fit Phu Vuong avant de chuchoter :

— Et parce que nous sommes, toi et moi, des lecteurs de la mythologie grecque, je t'assure que je suis comme Zeus.

— Zeus n'est pas humain. C'est un dieu, une création des anciens Grecs.

— Peu importe qu'il soit dieu ou homme, une création ou une aberration, ça ne signifie rien pour moi. Si sur cette terre il n'existe que deux façons d'être fils, tuer le père ou perpétuer la lignée, je suis pour la première. Et toi, en ton for intérieur, sans doute souhaites-tu être un fils pieux qui va perpétuer la lignée familiale, une espèce de Nguyên Trai ou de Tu Lô, mais le destin ne t'en montre pas le chemin. Parce que tu n'es pas un homme normal, que tu n'aimes pas les femmes et ne peux les monter. Bref, parce que tes couilles ne contiennent pas de ces graines qui font germer les plants.

Thanh gardait le silence dans l'obscurité. Ces paroles impudentes étaient autant de pointes perçant la peau de son visage.

Il a raison. Pas entièrement, mais dans l'ensemble. Je dois le reconnaître, même si je sais que c'est un salaud, un misérable, un méchant.

La voix posée de Phu Vuong, se mêlant au bruissement des feuilles, s'adoucit subitement :

— Je ne suis pas comme toi. Je n'ai aucune illusion. Je ne vois pas la vie en flou. J'assume ma condition et j'en exploite à fond les avantages. C'est peut-être pour ça que je suis plus heureux que les autres garçons.

— …

— Pour survivre, nous devons nous abriter sous la figure du dieu de la musique. Tu as raison. J'ai inventé cette histoire d'homosexualité. Apollon a séduit quantité de jeunes et belles déesses. Cependant, il aime aussi un garçon. C'est un bisexuel, comme l'empereur Can

Long. Vénérons ce dieu si beau gosse ! Les bisexuels sont proches des homos car ils font partie de la même espèce, comme le héron et la cigogne. Je suis certain qu'Apollon protégera notre amour.

*

Cette prédiction se révéla fausse. Quatre jours après leur discussion dans le jardin expérimental de l'Office des Forêts, ils revinrent aux Vertes Collines. Mais cette fois-ci, à peine eurent-ils enlevé leurs pantalons qu'ils entendirent les rires de gamins tapis derrière les pluchéas d'Inde. Phu Vuong se saisit d'une branche morte qu'il enfonça rageusement dans le buisson :

— Foutez le camp, petits cons ! Je vais vous massacrer !

Vaine menace. Les gamins reculèrent de quelques mètres puis, hors de portée, hurlèrent en chœur :

— Pédés ! Enculés !

L'aîné de la bande donnait le ton :

— À mon signal ! Un… Deux… Trois !

— Pédés ! Pédés ! Pédés !

Transpirant comme une fontaine, Thanh essaya de se rhabiller en hâte mais, trop fébrile, il n'y arrivait pas. Phu Vuong gardait son sang-froid. Il remit vite ses vêtements et aida son compagnon maladroit.

— Filons avant qu'ils reviennent à la charge !

Thanh attrapa le guidon de sa moto, mais oublia de tourner la clé. L'engin ne démarrait pas. Ses oreilles bourdonnaient, il était affolé. Les hurlements des gamins semblaient de plus en plus forts, résonnaient partout dans les collines.

— Un… Deux… Trois !

— Pédés ! Enculés ! Pédés ! Enculés !

Après chaque salve de quolibets, les gamins leur jetaient dans le dos des poignées de cailloux, de terre, de brindilles, tout ce qu'ils pouvaient ramasser.

Ils devaient être entre vingt et trente. Si Phu Vuong n'avait pas frappé le buisson avec sa branche en les insultant, peut-être n'auraient-ils fait que regarder et se moquer. Il avait commis une erreur stratégique. Thanh était presque étourdi par la pluie de cailloux qui leur tombait sur la nuque et la tête. Se couchant presque sur la moto, ils mirent les gaz, poursuivis par la horde hurlante jusqu'au pied des collines.

— Filons vers Dôi Xa, dit Phu Vuong.

Thanh braqua et fonça en direction du district. En quinze minutes à peine, ils étaient arrivés à la boutique de retouches de maîtresse Na. Ils descendirent de la moto, les cheveux ébouriffés, les habits maculés de terre.

Maîtresse Na était devant sa machine à coudre. Les voyant arriver dans cet état, elle s'affola :

— Ciel ! Qu'est-ce qui vous est arrivé ?

— Rien de grave, mère ! Ne t'inquiète pas ! la rassura Phu Vuong. Nous allons prendre une douche.

— Tu t'es encore moqué de quelqu'un, n'est-ce pas ? Et on vous a jeté des pierres ?

— Si ç'avait été des pierres, nous aurions le crâne fracassé et un litre de sang en moins ! Ce n'est que de la caillasse lancée par des petits voyous. Nous avons bien quelques bosses, mais rien de très grave. Le sang n'a pas coulé, tu vois bien ! Ce sont des bêtises, ne t'en fais pas !

Phu Vuong demanda à Thanh de bien attacher la moto à l'arbre devant la boutique et de mettre le cadenas :

— Ma mère travaille, elle ne peut pas surveiller la moto. Dans ce quartier, il y a beaucoup de voleurs.

Maîtresse Na s'était levée pour aller chauffer l'eau. Thanh tâtait les bosses de son cuir chevelu, tout en examinant les lieux. La pièce de devant était minuscule et très encombrée : machine à coudre, sacs contenant des chutes de tissu, lampes à huile et ustensiles de cuisine au grand complet. La jeune femme, qui pesait tout juste trente-sept kilos et avait déjà perdu des dents, tournait affectueusement autour de son fils.

Son amour pour sa mère est-il plus grand que le mien ? Si elle est complètement entichée de ce vieux dément de Hoang, ma mère l'est tout autant de maître Thy. La seule différence entre lui et moi, c'est que jamais je ne souhaiterais la guerre entre Cronos et Gaïa.

Maîtresse Na s'adressa à Thanh :

— Entre donc ! Voilà mon lieu de travail. C'est tout petit mais, sans ces quelques mètres carrés, notre famille ne pourrait pas manger à sa faim.

— Ne vous en faites pas, je peux rester ici.

— Ou va plutôt dans la courette avec Phu Vuong. Il y a des tabourets. Vous attendrez que l'eau chauffe.

À ce moment, Phu Vuong appela de derrière la porte au fond :

— Entre, Thanh ! J'ai fait chauffer l'eau.

Thanh se faufila entre les machines à coudre, le long d'un mur d'environ huit mètres où couraient des fils de fer supportant des vêtements retouchés, chacun avec son étiquette. En face, des sacs en toile de jute et des caisses en bois. La porte était peinte en vert, avec le dessin d'une orange rouge et de deux feuilles, sûrement l'œuvre d'une des petites Matisse.

Thanh passa la porte et sortit dans la cour. Phu Vuong, assis sur un tabouret entre deux réchauds à pétrole allumés à fond, poussa un siège vers lui.

— Assieds-toi, il fait bon ici !

Thanh s'assit et regarda tout autour de lui. C'était le quartier le plus pauvre, le plus mal construit du district. L'espace loué par maîtresse Na occupait le tiers d'une vaste chambre de six mètres de large, que le propriétaire avait cloisonnée pour en faire trois locations. La boutique de Na était au milieu, entre une échoppe de saumure et de conserves et un débit de thé, de vin de contrebande et de petits gâteaux et friandises plus ou moins avariés. Derrière se trouvaient la courette, les douches et les latrines communes, dont l'accès portait une pancarte « Vérifiez si c'est occupé ».

La famille de maîtresse Na se lavait ici, car chez eux sur la colline, il n'y avait pas d'eau courante. Cette boutique n'était pas seulement pour eux un moyen de gagner leur riz, mais également de résoudre leurs problèmes d'hygiène.

— C'est toi qui as écrit cette pancarte ? demanda Thanh.

— Oui.

— Pourquoi tu n'as pas écrit : «Frappez avant d'entrer»?

Phu Vuong éclata de rire :

— Parce qu'ici, personne ne frappe à la porte! Les trois femmes, qui n'aiment pas laisser leur boutique vide de crainte d'être volées, foncent tête baissée quand elles ont besoin d'aller aux toilettes.

Maîtresse Na les interrompit :

— Vous avez faim, les garçons?

— Ça va encore, mais j'ai déjà un petit creux! répondit Phu Vuong.

— Voulez-vous du riz gluant ou un gâteau de riz aux haricots mungo? Il n'y a que ça dans le coin.

— Gâteau de riz!

Quand Na fut partie, Phu Vuong se pencha à l'oreille de Thanh :

— On baisera dans la salle de bains. C'est l'endroit le plus sûr. On ne peut en dire autant du quartier des Vertes Collines.

*

«Le bonheur n'élit pas son lieu.»

Rien que de penser à la cuisinette délabrée et poussiéreuse, nid de crapauds en bordure de route, et maintenant à cette salle de bains sordide dans l'arrière-boutique de maîtresse Na, Thanh ressentit pourtant une immense humiliation.

Le bonheur n'a nul besoin de luxe, mais plutôt d'une attitude sans dissimulation, de sécurité et de dignité. Par malheur, la société refuse aux homosexuels une place au soleil. Comme des crapauds, des reptiles ou des anguilles, ils doivent se fondre dans la vase et l'ombre. Les amours illicites se consomment dans la peur et ont l'obscurité pour compagne.

Je ne suis ni curé, ni pontife. Je ne suis qu'un homme normal qui espère pouvoir vivre un bonheur normal. Mais même cette petite espérance m'est refusée.

Il faut accepter ce que le destin nous amène. Même si cette salle d'eau de Dôi Xa était repoussante, il allait devoir l'utiliser, et souvent. Elle était pavée de carreaux sales, cassés, d'où sourdait de l'eau quand ils marchaient dessus. Et elle était équipée d'une citerne noire en ciment, qui devait dater : la peinture s'écaillait à l'extérieur et à l'intérieur, une moisissure verte la colonisait par plaques, et des larves de moustiques s'y ébattaient joyeusement.

— Pourquoi vous ne changez pas l'eau de la citerne ?

— On ne va pas se fatiguer ! Des tas de gens viennent prendre leur douche ici, ma famille n'est pas au service des gens !

— Vous êtes déjà six dans ta famille ! Avec six personnes au moins qui se lavent et font leur lessive régulièrement, ça vaudrait le coup de nettoyer un peu, non ?

— Si tu as envie, fais-le, toi, le nargua Phu Vuong.

— Je te prends au mot !

Un dimanche il entreprit de vider la citerne, de nettoyer les parois de leur mousse verte et de les désinfecter à la chaux. Enfin, il remplit la citerne d'eau propre.

Il y passa toute la journée, tandis que Phu Vuong fumait des cigarettes dans la cour.

— Grâce au fils de mandarin qui ne peut se passer de propreté, voici enfin de l'eau pure pour les prolétaires crasseux que nous sommes, ironisait-il.

— Tu n'as pas honte de parler ainsi ? réprimanda maîtresse Na. Si tu n'aides pas Thanh, c'est moi qui vais le faire !

— Laisse-le se débrouiller. Je ne lui avais rien demandé !

— Dans notre famille, nous sommes trop habitués à la saleté. Parce qu'il y a beaucoup de bouches à nourrir et peu de mains pour travailler. Et surtout, nous n'éprouvons plus aucune honte devant le regard des autres. Ton oncle t'a déjà dit tout cela, tu as oublié ?

Là, Phu Vuong se leva enfin à contrecœur pour aider Thanh. Lorsqu'ils rentrèrent le soir à la ville, ce dernier lui dit :

— Mise à part notre attirance physique commune, nous sommes très différents, toi et moi. Sans doute que nous ne pouvons pas, ou ne voulons pas essayer de nous comprendre. Je te propose que nous arrêtions de nous voir jusqu'à avoir trouvé un terrain d'entente.

— Foutaises ! Je te taquinais, simplement ! C'est ma façon de plaisanter. Toi, tu es un fils de bonne famille. Moi, je viens du ruisseau. Être ensemble, c'est aussi accepter les origines de l'autre.

Thanh en resta muet. Que répondre à quelqu'un d'aussi effronté et malhonnête ? La façon de dialoguer de Phu Vuong, c'était comme un coup de serpe qui fauche l'herbe au ras du sol sans en laisser un minuscule brin à l'autre. C'était la première fois de sa vie que Thanh essuyait une réplique aussi crue et aussi grossière. Pourtant, une petite voix s'élevait dans son esprit :

Au moins, il a été sincère ! C'est impudent, c'est ignoble, mais c'est plus supportable qu'une hypocrisie institutionnalisée. Et dans notre société, duplicité et mensonge sont désormais partout, partout !

Le lendemain, ils se retrouvèrent comme d'habitude. Ils avaient choisi un restaurant assez chic dans le quartier sud de la ville, réputé pour le ragoût d'escargots et la terrine de poisson grillé à l'aneth, ses deux spécialités. Phu Vuong semblait très content de lui et mangeait avec gloutonnerie. Une fois rassasié, il décréta :

— C'est le meilleur endroit qu'on ait connu. Revenons ici les prochaines fois.

— Tu oublies que nous ne sommes que des lycéens, avec peu d'argent de poche. Et on ne doit pas profiter de la largesse des autres.

— Depuis la nuit des temps, les gens profitent les uns des autres. Les rois vivent sur le dos de leur peuple, les patrons sur le dos de leurs ouvriers, et ainsi de suite.

— Alors, d'après ta théorie, qui de nous deux est le roi ? C'est toi ! Et moi, je suis le peuple, forcément !

— Arrête ! Encore ton amour-propre ! Je plaisantais, dit Phu Vuong avant de se montrer pressant : Viens, viens, je commence à bouillir d'excitation.

— Je n'ai pas encore fini de manger, répliqua Thanh. Tu n'as qu'à sortir et m'attendre dehors.

Un sentiment d'humiliation l'étouffait.

C'est un voyou. Il se moque de moi comme si j'étais un gamin de deux ans. Chaque fois qu'il se trouve en difficulté, il m'amadoue par le sexe. Je suis devenu son esclave parce que je suis homosexuel ! Combien sommes-nous sur terre ? Pourquoi le ciel ne me laisse pas rencontrer un garçon plus gentil ?

Il s'attarda, commanda un dessert, puis un thé, tentant d'exaspérer son compagnon. Peine perdue ! Phu Vuong avait des nerfs d'acier. Juché sur la selle de la moto, il l'attendait en regardant tranquillement l'animation de la rue. Quand Thanh arriva enfin, il lui décocha un sourire odieux :

— Tu n'arriveras pas à me faire du mal ! Tu oublies que je suis un vagabond. La vie de bohème blinde les nerfs et rend patient. Je peux rester tapi dans un conduit d'égout plusieurs jours de suite pour attendre la fin de la pluie. Je peux dormir vingt-quatre heures d'affilée pour oublier la faim. Je peux t'attendre aussi longtemps que tu veux.

Encore une fois, Thanh ne sut quoi répondre. Taciturne, il monta sur la moto, démarra et ils partirent en direction de Dôi Xa.

Il est plus fort que moi. Le démon est toujours plus fort que l'homme. Cela me fait douter de mes parents. Ils ne m'ont appris que la politesse et les règles de la vertu. Or, face à la violence, la vertu est fragile comme du cristal, elle peut se briser en mille morceaux.

Quand Phu Vuong commença à se frotter contre ses fesses, il le rembarra :

— Assieds-toi correctement ! Ne fais pas de cochonneries sur la route.

— Ok ! Je garderai mes cochonneries pour t'envoyer au septième ciel dans notre salle de bains. Tu le mérites bien, pour avoir dépensé tant d'énergie à la nettoyer hier.

À l'arrivée, ils furent accueillis par une maîtresse Na très joyeuse :

— J'ai pu avoir quelques très bons beignets. Vous les goûterez tout à l'heure avec un thé.

— Nous venons de déjeuner, mère. Tu n'as qu'à nous les empaqueter, répondit Phu Vuong.

— Vous allez prendre une douche ?

— Pourquoi pas ? Il nous faut inaugurer la nouvelle salle de bains ! Hier, après les travaux, c'était trop tard.

— D'accord, je fais chauffer l'eau.

Elle se leva et emporta les réchauds dans la courette. La suivant des yeux, Thanh demanda à son compagnon :

— Elle sait, pour nous deux ?

— Ma mère ? siffla Phu Vuong entre ses dents. À part s'échiner sur sa machine à coudre et écarter les jambes devant le vieux Hoang, elle ne sait rien. Mon oncle m'a dit qu'elle était encore allée se faire décrasser le conduit. Dégoûtant !

— Si elle ne s'était pas fait sauter par Hoang, tu ne serais pas là.

— J'aurais préféré sortir d'un autre trou.

— Tu parles comme ça de ta mère ?

— Et pourquoi pas ? Une femme, c'est toujours un trou, pas rond mais triangulaire, avec quelques poils.

— Tais-toi ! Elle revient…

Maîtresse Na, après avoir allumé les réchauds, y posa les deux casseroles. Elle leur dit :

— Quand j'étais petite, j'aimais bien me baigner avec mes amies. Tantôt on allait à la rivière pour plonger et s'ébattre tant qu'on voulait. Tantôt on allait au puits du village et on s'aspergeait mutuellement. On s'amusait comme des folles.

Un éclair de nostalgie passa dans ses yeux. Sans doute se rappelait-elle Diên Viên, son village natal, et la bande d'adolescentes aux pantalons retroussés, qui cachaient leurs seins naissants à peine plus gros que des noix d'aréquier, en pataugeant autour du puits communal et en riant aux éclats.

— Oui, observa Thanh, à plusieurs on s'amuse bien mieux. Quand j'étais au jardin d'enfants, nos maîtresses nous faisaient prendre la douche tous ensemble. Vingt-cinq enfants !

— Mais, intervint Phu Vuong, ce n'est qu'en te douchant avec moi que tu as connu le plaisir de te laver la tête, non ?

Il lui fit un infâme clin d'œil plein de sous-entendus et le pressa :

— Allons-y ! Laissons ma mère à ses travaux, l'eau commence à bouillir.

La salle de bains était impeccable. L'eau de la citerne était claire et sentait bon, car Na y avait fait infuser un bouquet de basilic sacré. Thanh n'avait plus la désagréable sensation de l'eau croupie qui sourdait entre les carreaux et de la moisissure visqueuse dans les coins de mur. Leur étreinte en fut moins honteuse. On aurait dit que l'assainissement du cadre, pour Thanh, avait diminué le complexe qui lui collait à la peau.

Mais, au beau milieu de leurs ébats, on frappa violemment à la porte :

— Dépêchez-vous ! Il y en a d'autres qui attendent leur tour !

Ils s'arrêtèrent. La voix était reconnaissable entre mille, c'était celle de Hoang le Dément, complètement ivre.

— Le vieux con ! jura Phu Vuong entre ses dents.

Thanh en eut froid dans le dos. Même si Phu Vuong se prenait pour Zeus le parricide, parler ainsi de son père était proprement inimaginable pour Thanh. Il sentit son sang se figer dans ses veines, ses muscles se contracter de façon incontrôlable. Dehors, Hoang continuait à tambouriner sur la porte :

— J'ai besoin de prendre une douche, ça me démange de partout !

Puis, après un silence, il tenta une plaisanterie :

— Il fait froid, ne barbotez pas trop longtemps ou vous allez attraper la crève !

Thanh repoussa Phu Vuong, qui colla sa bouche contre la porte pour répliquer hargneusement :

— Vieux bouc ! Disparais si tu tiens à la vie !

Maîtresse Na s'en mêla également, sa voix leur parvenait de la cour :

— Arrête, veux-tu ? Laisse-les se laver en paix ! Il y a des mois que tu n'as pas touché à une serviette ou à un peigne, qu'est-ce qui te prend soudain ?

— J'ai juste envie maintenant, tu comprends ? lui hurla le poète fou en réponse.

À dater de cet incident, Thanh fut obsédé par Hoang le Dément. De toute évidence, des choses abominables s'étaient passées entre le père et le fils. Ils étaient à la fois complices et ennemis mortels ! Et le hameau des Eucalyptus, quartier le plus misérable, le plus aride de la commune de Lac Thach, était le théâtre de scènes étranges que pouvait à peine concevoir l'imagination populaire. Si Thanh n'en avait pas été spectateur, sans doute n'aurait-il jamais compris la vraie vie, même en mobilisant toutes ses capacités intellectuelles. Dans ces collines, c'était donc le père qui avait initié le fils au sexe. Phu Vuong avait eu pour premier amant son père. Il avait appris ces gestes avant les formules de physique et les équations mathématiques. Ce n'était pas par hasard qu'il avait eu accès à ces œuvres érotiques, qu'il s'était montré si adroit, si précis, la première fois qu'il avait emmené Thanh dans les collines. Il s'était révélé un formateur expert, un amant expérimenté, capable d'amener son partenaire au septième ciel et de le rendre aussi dépendant qu'un toxicomane envers sa drogue. Cet art était le legs de Hoang le Dément, et le fils lui en était forcément reconnaissant. Mais comme cet apprentissage était frappé d'un interdit social, une fois l'inceste accompli, plus rien ne pouvait subsister de la relation père-fils.

Ce ne sont plus que deux mâles, et donc il ne peut y avoir entre eux d'autre relation que la guerre. L'affrontement entre mâles existe depuis toujours. C'est un vieux bagage de l'humanité.

Thanh s'était ensuite posé la question :

Devrais-je lui en parler directement ? Si j'arrive à aborder ce secret avec lui, quelle sera sa réaction ? Niera-t-il, ou assumera-t-il effrontément cette immoralité comme une chose toute naturelle chez des gens issus des bas-fonds et, en outre, isolés ? Mais je ne ferais peut-être qu'envenimer nos rapports.

Il n'était pas assez mûr pour gérer ces situations complexes. Par ailleurs, Phu Vuong était la seule personne proche de lui et, s'il le questionnait à ce sujet, la honte pourrait en rejaillir sur lui, de même que le compagnon d'un criminel doit souffrir de la méfiance et du mépris du monde.

Le mieux est encore de me taire. Je ferai comme si je n'avais jamais assisté à cette confrontation.

*

Le printemps succéda à l'hiver sans événement remarquable. Il faisait toujours froid, le vent du nord continuait à souffler, le ciel semblait perpétuellement de plomb, et les jours de soleil étaient aussi brefs qu'une averse d'été. Maîtresse Yên, prétextant la maigreur de Thanh et craignant pour sa santé pendant la période des examens, lui interdit de sortir pendant un mois.

— Je ne sais pas ce que tu trouves au village de Chu. J'y suis allée deux fois, on n'y voit que de la poussière rouge ! Bien sûr, le marché est animé et il y a du miel, des fruits et des primeurs de qualité, mais ce n'est quand même pas assez pour t'attirer là-bas ?

— J'y ai beaucoup d'amis. Nous allons camper dans la forêt. Nous visitons les villages des tribus de San Diu, San Chi.

— Il a raison, intervint maître Thy. Notre fils est grand et, à son âge, les amis comptent plus que les parents, les jeux sont plus captivants que les repas de famille ! Sois donc compréhensive.

— Il y a des limites, répliqua la maîtresse. Les parents ne peuvent pas satisfaire sans condition tous les désirs de leurs enfants.

— Bon, bon, je me rends ! dit maître Thy en levant les bras, avec un clin d'œil à Thanh. Tu vois ? Le Parti tient fermement les rênes du pouvoir. Nous n'avons pas le droit de voter contre !

Au tour de Thanh de sourire :

— Je te promets de moins sortir, mère ! Mais si je n'en profite pas un peu cette année, l'année prochaine je n'aurai vraiment plus le temps avec l'université. Et puis, regarde, mes notes sont toujours aussi bonnes.

— Si tes notes avaient baissé, j'aurais déjà supprimé ton argent de poche, sauf pour ton budget de petit-déjeuner. Tu n'aurais pas d'autre choix que de travailler à la maison. N'oublie pas que tes dépenses ont quadruplé depuis quelques mois.

— La route est longue, mère… Et, parfois, j'invite quelques amis… répondit-il, embarrassé. Les oreilles lui chauffaient, tout d'un coup.

Je n'ai pas le droit de profiter de la largesse des autres, fussent-ils mes parents.

Durant l'après-midi, alors que son père était en train de fumer une cigarette dans le jardin, Thanh arriva par-derrière et l'étreignit.

— Tu m'as encore sauvé d'une défaite certaine. Merci, père !

— Mon fils est très aimable !

— Tu es enrhumé ?

— Oui, j'ai pris froid. Je fume une cigarette pour me réchauffer. Va voir si ta mère a besoin d'aide, répondit le maître en détournant son regard. Un doute envahit soudain Thanh.

Il pleure ? Oui, c'est sûr, il n'a pas le nez bouché. Pourquoi donc ? Il doit y avoir une raison ! Je comprends enfin que chacun a ses secrets. Il m'a demandé d'aller voir mère, n'insistons pas !

Il revint vers la cuisine.

— Mère ! As-tu besoin d'aide ?

— Oui ! J'ai besoin d'un garçon pour me faire la causette, mais pas d'un aide-cuisinier.

Thanh vint se placer derrière sa mère. Il contempla la chevelure torsadée et maintenue par un peigne d'écaille noire. Quelques cheveux tombaient sur sa nuque, une nuque blanche, douce comme la farine et sans une ride :

— Ta nuque est si belle ! s'exclama Thanh.

Surprise, sa mère se retourna :

— Qu'est-ce que tu dis ?

— Je dis que tu as une très belle nuque à la peau de pêche !

La maîtresse éclata d'un rire cristallin :

— Eh bien, nos anciens ont bien raison de dire : « Quand la mère chante, le fils applaudit » ! Avant je n'y croyais pas, mais aujourd'hui j'en ai la preuve vivante ! Pour un faon, maman biche est la plus belle du monde, mon fils !

Thanh rit avec elle, mais son cœur se serra.

Mère ! Le petit faon va bientôt quitter maman biche, la plus belle dans son cœur ! Sa seule femme, son unique amour. Il va s'envoler bien loin de leur prairie familière.

5

Le brouillard de Dalat

Voilà trois semaines que le camp de travail est établi dans la jungle. La quantité de bois et de charbon produite ayant atteint les objectifs de l'administration pénitentiaire, les prisonniers espèrent pouvoir rentrer plus tôt que prévu. Les bâtiments de la prison, quoique humides et sombres, sont des constructions solides, bien préférables au campement actuel. On y trouve des planches pour s'allonger et des latrines pour faire ses besoins. Les jours de pluie, malgré les invasions d'insectes et d'escargots, on est entre quatre murs protecteurs. Ici il n'y a que des tentes, des tentes sommaires avec une toile pour toit et des bandes de tissu goudronné pour parois. Elles ne protègent pas de la pluie ni des bourrasques. Le vent de la cordillère Truong Son, chargé du froid de la pierre, s'y engouffre, en arrache les cordes et s'insinue entre les couches de plastique servant de couverture pour glacer le dos des détenus qui cherchent désespérément le sommeil.

Ils sont couchés à même le sol, sur des feuilles mortes et des morceaux de bâche. Les pires ennemis doivent se serrer comme des crevettes, dos contre ventre, pour garder un peu de chaleur. Les vestes en coton matelassé qu'on leur distribue ne suffisent pas à les réchauffer. Ils sont nourris d'un bol de maïs mélangé le matin, à midi de deux bols de riz avec quelques feuilles et de la saumure. Et les sangsues pullulent comme des asticots. Malgré l'hiver, le brouillard est si dense qu'elles prospèrent et sucent joyeusement le sang des forçats. Disputes et injures n'arrêtent pas sous les tentes. Et comme, en montagne, on enchaîne les détenus deux par deux, par les pieds, ils sont obligés d'aller ensemble aux latrines – qui se résument ici à une planche posée sur un trou sommairement creusé. Celui dont la jambe tremble peut tomber par mégarde et entraîner son codétenu, les plongeant irrémédiablement dans les excréments. Pour se laver, il faut aller au ruisseau dont l'eau, en cette saison, est glacée. La plus grande crainte est donc de devoir aller faire ses besoins en pleine nuit. On urine rapidement dans un buisson, mais pour déféquer, il faut aller jusqu'aux trous. Faire n'importe où est risqué : quelqu'un peut marcher dessus le lendemain et on se prend une raclée. Aller déféquer, c'est un grand malheur pour les faibles.

Thanh se souvient de la soirée où le détenu emprisonné pour inceste a eu mal au ventre.

C'était leur troisième jour dans la jungle.

Pour économiser le pétrole, les gardes avaient ordonné le couvre-feu après le repas du soir. Tout le monde était couché, les yeux grands ouverts. Une demi-heure après l'extinction des feux, le vieux détenu s'était mis à gémir :

— S'il vous plaît, j'ai mal au ventre, je peux sortir ?

Celui qui partageait sa chaîne répondit :

— Essaie de te retenir. Il fait trop froid pour sortir.

— Mais j'ai mal, j'ai mal au ventre depuis que je me suis couché.

— Je t'ai dit de te retenir !

Tout d'un coup le chef de salle ordonna :

— Laisse-le sortir !

— Mais j'ai froid, protesta le codétenu.

— Tu veux qu'il lâche sa merde en plein milieu de la tente pour que tout le monde en profite ? Voilà la lampe de poche, cassez-vous !

Le codétenu prit la lampe et se leva en jurant.

— Gros con ! Tes intestins sont pourris !

— Je suis vieux, je ne digère pas aussi bien que vous autres !

Soudain, on entendit le chef de salle hurler :

— La ferme, connard ! Quand tu ouvrais la chatte de ta fille, tu ne te plaignais pas d'être vieux et faible ?

Son cri avait jailli avec véhémence. Toute la chambrée sursauta et il se fit un grand silence. On devinait que ce cri cachait quelque chose. Le prisonnier à la lampe s'était faufilé dehors, tirant derrière lui le vieux, qui avançait courbé pour se retenir de tout lâcher dans son pantalon.

Le lendemain, alors qu'ils sciaient le bois en petites bûches pour en faire du charbon, Ranh dit à Thanh et à Cu Den :

— Le chef de salle abhorre les vieux boucs. Il y a une raison. Sa femme a quitté la campagne pour aller vivre avec son oncle à Saigon. Il a sans doute reçu la nouvelle le jour où il avait tant plu, et c'est pourquoi il a frappé le vieux avant de le repasser à l'Aigle et aux grands frères.

— Son oncle ?

— Oui, son oncle ! C'est ça qui fait mal. J'ai entendu les grands frères en parler : le chef de salle est originaire de My Tho. Il y a sa famille et son verger. Un très grand verger, mais sa femme ne s'en occupait plus et le louait. Avant, c'était son mari qui lui procurait tout l'argent. Depuis qu'il est en prison, elle a ouvert un bar. Malheureusement l'emplacement n'était pas bon et l'affaire a périclité doucement. Elle a mangé son capital, puis elle a tout vendu, maison et bar. L'oncle du chef de salle passait de temps à autre et l'aidait à survivre. Finalement, elle a tout abandonné pour le suivre à Saigon, laissant les enfants à la charge de sa belle-sœur. On dit qu'à Saigon, l'oncle possède trois ateliers de réparation de voitures, des grosses cylindrées.

— Alors c'est un inceste ? demanda Cu Den à Thanh.

— Non ! l'inceste, d'après la loi et aussi d'après la coutume, c'est quand deux personnes de même sang fricotent ensemble. Parent et enfant, frère et sœur, oncle ou tante de sang et nièce ou neveu. Dans le cas présent, la femme du chef de salle n'est pas la nièce de sang de son amant.

— Alors ce cas est classé comment ?

— C'est immoral, mais non incestueux.

Cu Den semblait ahuri, comme s'il se battait avec les mots. Ils changèrent de sujet. Mais, à dater de ce jour, Thanh lui-même eut peur d'avoir mal au ventre et de devoir aller aux toilettes en pleine nuit. Il attendait avec impatience le retour au bâtiment central.

La veille, le surveillant avait annoncé :

— Le programme prévoyait trente jours. Mais vous avez bien travaillé et vous pourrez rentrer plus tôt.

— Il ne nous reste que cinq fours en action, répondit le chef de salle.

— Alors, nous lèverons le camp dans trois jours.

Il ajouta avec un gros soupir :

— Vous croyez que ça me plaît de rester ici ? Quand le directeur du camp sera revenu de la ville, il organisera une chasse au chevreuil. Si vous atteignez les objectifs plus tôt, je pourrai y participer.

Les surveillants détestent dormir sous la tente, même si les leurs sont de meilleure qualité : deux couches de toile pour le toit, deux couches de tissu plastifié pour les cloisons. Et eux disposent de lits de camp qui les protègent des serpents, sangsues et insectes divers. Mais l'inconfort de la jungle est équitablement distribué entre prisonniers et gardiens. Thanh est impatient. D'après les gardes, dans deux ou trois jours, les cinq derniers fours seront éteints et les détenus pourront rentrer.

Pourtant, ce matin-là, des coups de sifflet se relaient de tente en tente pour indiquer que la journée sera chômée.

— Le brouillard tombe ! Quelle poisse ! Allumez les feux !

— Que tout le monde se prépare à griller du maïs, il n'y aura pas de riz aujourd'hui !

— Allez chercher du bois, il ne faut pas que les feux s'éteignent.

— Le brouillard ! Thanh fait partie des nouveaux, il ne comprend rien à toute cette agitation. Il y a du brouillard tous les jours. Et le plus épais des brouillards ne s'évanouit-il pas à midi ? Ce n'est quand même pas aussi catastrophique que la tempête, la grêle ou les inondations ?

Il tape sur le dos de Cu Den :

— Pourquoi s'agite-t-on comme si une tornade arrivait ?

— Tu verras, répond Cu Den en écarquillant les yeux. Ce n'est pas comme d'habitude.

— Il est tôt, sept heures à peine.

— Quand le brouillard nous tombe dessus, il n'y a plus d'heure. Thanh ne sait quoi dire. Il suit Cu Den à la corvée de bois pour alimenter le grand feu que viennent d'allumer les détenus.

— Chaque tente a un feu ? hurle le chef de salle.

— Oui, chef !

— Le bois est suffisant ?

— Non !

— Alors grouillez-vous, bande d'incapables !

Le surveillant s'est déjà retiré sous sa tente. Seul le chef de salle court comme un fou. Alors que Thanh ramassait quelques brindilles, Cu Den lui a tapé sur les fesses :

— Rentrons à la tente !

Il s'est mis à courir, suivi par Thanh. Ils sont les deux derniers. Tout le monde est déjà assis autour du feu, dans un silence lourd d'angoisse et de peur. Lâchant ses brindilles, Cu Den ordonne :

— Assis !

Thanh obéit mécaniquement. Soudain le brouillard arrive derrière eux. La nuque de Thanh est transie comme si on lui appliquait des glaçons. Il tire son chapeau sur ses oreilles. Le brouillard flotte en nuages blancs, purs, ondoyants comme des vagues, qui se répandent maintenant de l'autre côté du feu tels des cygnes blancs sortant du bois. Thanh a envie de crier :

« Quel merveilleux tableau ! »

Mais il sait qu'il prendrait une bordée d'injures :

« Imbécile ! Idiot ! Connard ! »

Il se retient donc, tout en observant la scène fantasmagorique devant ses yeux. Le brouillard les entoure d'un voile blanc, de plusieurs couches serrées qui lentement deviennent des murs d'un blanc opaque, impénétrable à l'œil. Thanh comprend enfin pourquoi le surveillant a donné l'ordre de griller du maïs plutôt que de cuire du riz. Avec ce brouillard, il aurait été impossible de descendre laver le riz et les légumes au ruisseau, ou d'aller chercher de l'eau pour la cuisine. Impossible de quitter le coin du feu. Le brouillard est si dense qu'on ne distingue même pas les tentes voisines, malgré le goudron noir dont sont recouvertes leurs parois.

Voilà donc la raison de leur effroi à tous ! Ce brouillard est si épais qu'il interdit toute action. Même scier une planche est dangereux, on risque de s'entamer le

*bras. Pas étonnant que les anciens y voient une cala-
mité. Moi en revanche, je trouve ça beau et je suis
content de connaître cette étrangeté.*

L'écolier en lui rit d'un bonheur espiègle.

Le brouillard est en effet étrange. On dirait qu'il
contient de la neige. Ce n'est plus un gaz mais un
composé à la fois liquide et gazeux, entre vapeur et
bruine. Il glace tant le dos des détenus qu'ils doivent
vite l'exposer au feu, de peur d'attraper la crève.

*Ce que je trouve beau est effrayant pour les autres.
Est-ce une chance ou un malheur pour moi, d'avoir
conservé en taule mon romantisme d'écolier ?*

Thanh médite, tout en tournant vers le feu le dos de
sa veste en coton trempée.

— Ajoutez encore des bûches ! hurle le chef de salle.
Qui est de corvée de cuisine aujourd'hui ? Amène le
maïs !

— Ce n'est pas encore l'heure réglementaire, j'ai
peur d'être puni par le surveillant, répond craintive-
ment l'homme.

— Imbécile ! On ne travaille pas aujourd'hui, pas
la peine d'attendre la bonne heure ! Amène le maïs !
C'est moi qui prendrai s'il y a un problème.

Le cuisinier plonge dans la tente pour en ressortir quelques instants plus tard, lourdement chargé de
poêles. Les prisonniers ont disposé un grillage sur le
feu. Il repart vers la tente et revient avec un grand
panier d'épis de maïs.

— Dégagez un peu les bûches, ordonne le chef de
salle. Le feu est trop fort, on va carboniser ce maïs !

Les prisonniers écartent les bûches à près d'un
mètre des poêles. Il faut faire plus de feu quand il y

a du brouillard, le bois représente en ce moment une ressource salvatrice.

Ils jettent un œil inquiet à leur réserve. Leur angoisse augmente à mesure que la réserve diminue. Ce brouillard est catastrophique comme une inondation, et aussi dangereux, car il obture la vision des hommes. On peut fuir une montée des eaux, on ne peut pas échapper à une telle purée de pois. Il n'y a plus qu'à s'asseoir, allumer un grand feu et attendre qu'il se lève.

— La météo n'avait pas prévenu ? demande Thanh à Ranh.

— Il n'y a jamais eu de prévision pour le brouillard. Ce genre de calamité n'arrive qu'ici, où la cordillère Truong Son se fissure en d'innombrables failles et précipices, où le temps varie comme la peau d'un caméléon. Depuis huit ans que je vis ici, je n'ai jamais pu savoir d'avance quand le brouillard nous tomberait dessus.

— Qui le sait en premier ?

— Les surveillants ! Le directeur du bagne n'est pas un homme d'expérience, il a à peine dépassé la quarantaine, mais parmi les surveillants sous ses ordres, beaucoup sont là depuis l'ouverture de ce camp. Des vétérans de trente ans !

Ranh sourit et enchaîne :

— Peut-être que toi et moi, quand nous aurons purgé notre peine, nous saurons sentir l'arrivée du brouillard, comme ces grenouilles qui se mettent à coasser quand il va pleuvoir.

Le cuisinier a fini de griller la première fournée de maïs. Il envoie les détenus chercher leurs bols sous la tente. Chacun récupère ensuite sa part, puis retourne à sa place pour mâcher ses grains.

— Il n'y a pas assez de bûches ! se plaint l'un d'eux.

— À la fin de ce tas, si le brouillard ne s'est pas dissipé, c'est sûr que quelques-uns vont crever de pneumonie, avertit le chef de salle.

Pneumonie ou non, personne n'en sait rien encore. En revanche, ce brouillard est vraiment étrange et les catastrophes naturelles sont belles parfois. Comme le Mal qui offre à l'humanité l'engouement et la passion.

Oui. Le brouillard d'aujourd'hui lui rappelle celui de Dalat.

Dalat.

Dalat, la ville où il a aimé… Où il a vécu dans l'illusion que l'homme peut changer.

*

Pourquoi Dalat ? Pourquoi Dalat et non Saigon ou ailleurs ?

C'était lui et non Phu Vuong qui en avait eu l'idée. Il l'avait décidé dès le début de leur fugue, obsédé par les souvenirs abominables de la vieille cuisine abandonnée en bordure de route et de la salle de bains de maîtresse Na. Il était humilié d'avoir dû en passer par là. Il voulait une vie confortable, dans une ville coquette et romantique. Dalat remplissait ces critères.

— La vie à Dalat est-elle plus chère qu'à Saigon ? demanda Phu Vuong alors qu'ils étaient sur la Transviêt.

— Je ne sais pas. Mais quand on se sera installé, on cherchera du travail. Aucun de nous deux ne rêve de devenir poète ! Grâce à nos mains, nous ne craignons pas de mourir de faim.

— Tes parents y sont déjà allés ?

— Non, ni personne de ma famille. J'en ai seulement entendu parler et quelque chose me dit que cette ville nous ira bien. C'est la seule ville du Sud qui a un climat agréable, comme Sapa dans notre Nord natal.

Il ne s'était pas trompé. Dalat était telle qu'il se l'était imaginée. Coquette et romantique. Ses collines trempées de rosée, ses pluies douces et légères, son lac somnolent bordé de belles rangées de pins. Les sentiers serpentant entre les vallées lui rappelaient l'ombre des eucalyptus, mais en plus beau. Il y avait deux sortes de rues. Autour du marché central, elles étaient étroites, ramifiées, sans disposition précise, montant et descendant selon la pente de la colline. Dans le quartier des villas résidentielles, elles étaient larges et bordées de parcs. Dès leur arrivée, ils louèrent une chambre dans une auberge, à côté du marché central, pensant que l'animation du quartier serait un bon camouflage pour leur vie qu'ils voulaient discrète.

— Dans un endroit aussi fréquenté, nous serons anonymes.

— En effet, j'espère qu'on nous laissera en paix.

— Comment nous présentons-nous ?

— Comme deux cousins. Deux cousins en quête de travail, que leurs familles ne peuvent nourrir.

— Alors il va falloir que tu changes d'allure et de tenue. Sinon tu seras vite démasqué comme fils à papa qui fait l'école buissonnière et part en vadrouille !

— Je ne suis pas un vagabond. Je cherche un lieu où vivre correctement, honnêtement.

— Maintenant que tu as piqué l'or dans le coffre de ta mère, tu ne peux plus prétendre à l'honnêteté. Si on n'est pas honnête, comment vivre honnêtement ?

— Je travaillerai et je rembourserai ma mère. Peut-être que je mettrai dix ou même quinze ans pour y arriver, mais je n'abandonnerai jamais.

— On verra ! lâcha Phu Vuong d'un air ironique.

Thanh, qui observait le marché devant l'auberge, n'avait pas relevé le regard moqueur et entendu de son compagnon. Ce n'est que bien plus tard qu'il en comprit la signification.

Durant les deux premiers mois, les garçons allaient manger au marché tous les jours. Dalat est une ville touristique et le commerce y fonctionne jour et nuit, qu'il fasse beau ou mauvais. Les gens appelaient ce quartier le «marché aux restaurants», à cause de leur grand nombre. Les braseros flambaient sous les poêles, les cuisiniers en maillot de corps et en pantalon grossier brandissaient leurs ustensiles comme des danseurs brandissent chapeaux coniques ou éventails. L'huile bouillante chantait, les feux crépitaient, les serveurs hurlaient, c'était un vrai concert de bruits joyeux. Thanh adorait cette atmosphère. Et, pour la première fois, lui et son compagnon vivaient dans un espace privé, propre et libre, un lieu propice à leurs étreintes. Il lui semblait aussi que, dans cette ville agréable, Phu Vuong développait moins de pensées mauvaises. Son visage était lisse, les vaisseaux rouges avaient disparu de ses yeux et son sourire semblait moins agressif. Le matin les garçons descendaient au café. Ils commandaient des pho au restaurant de gauche ou des tourtes à la viande et du lait de soja à la boutique de droite, puis ils sirotaient leur café. Les échoppes du coin entretenaient entre elles une amitié très «commerciale». N'importe quel restaurant de pho était prêt à aller chercher un café, un gâteau ou un fruit dans les échoppes voisines pour contenter le client. Depuis la terrasse du café, ils avaient vue sur une ample vallée où les grandes rues sillonnaient le pied des collines et où reposaient de belles villas entourées de leurs jardins vert tendre. À Dalat, le brouillard se forme dans les pinèdes environnantes, part à la conquête des vallons, plane sur les nombreux étangs, puis se faufile dans les vergers. Ils pouvaient le voir cheminer comme un immense tapis de soie balayant le sol. C'était très différent du brouillard épais de Lan Giang, envahissant comme de la fumée.

Les jours de pluie, le patron du café mettait de la musique pour retenir le client. La pluie était continue, lancinante, durait toute la semaine. Mais à Dalat, la pluie est douce, plus douce que n'importe où ailleurs. Jamais violente.

Quand il faisait beau, les deux jeunes gens partaient à la découverte de la ville. Leurs conditions de vie n'étaient pas encore précaires car, dans sa ceinture, Thanh avait encore ses vingt-quatre taels d'or.

Ainsi s'écoulèrent deux mois de rêve. Ils n'avaient pas encore trouvé de travail. Comme ils avaient abandonné l'école sans aucun diplôme, même un poste d'ouvrier était difficile à obtenir.

Au troisième mois, le patron de l'auberge leur demanda, l'air méfiant :

— Vous comptez rester longtemps ici ? Il faut que je m'organise.

Phu Vuong donna à Thanh un coup de pied qui renforça les soupçons de l'aubergiste. Ce dernier insista :

— Toutes les auberges du coin sont étroitement surveillées par la police locale. Je leur ai fourni la copie de vos deux cartes d'identité de lycéens mais elles ne sont valides que six mois. Que comptez-vous faire ?

— Nous cherchons du travail ici, répondit Thanh. Nous avons beaucoup cherché mais pas encore trouvé.

— Je pourrais vous aider à rencontrer les agents du Bureau du Travail. Mais il y a une petite « condition préalable ».

— Et… combien ça coûte ?

— Je ne peux pas vous le dire tout de suite. Je ne sers que d'intermédiaire. Quand vous vous verrez, vous négocierez directement. Ma commission est de quinze pour cent.

— C'est d'accord.

Ils quittèrent l'auberge, mais ne se rendirent pas à leur café habituel. Ils descendirent au « marché aux restaurants ». Ils y mangèrent rapidement un pho avant de gravir la colline. À peine assis, Phu Vuong explosa :

— On est repéré ! Je t'avais dit que, pour chercher du travail, il fallait que tu changes de look. Tu ne m'as pas écouté. D'abord tes vêtements ne sont pas ceux d'un gars qui cherche du travail pour survivre. Et puis ton allure est exactement celle d'un « prince de velours », d'un petit glandeur de famille riche qui n'a jamais connu la faim et le besoin.

— Qu'est-ce que tu veux que je fasse, alors ? rétorqua Thanh tout aussi énervé.

— La première chose à faire, c'est de me confier quatre taels d'or, dit Phu Vuong d'un air résolu.

— Pourquoi ? s'étonna Thanh, surpris de ce coq-à-l'âne.

Quel rapport entre ces quatre taels et le fait d'avoir été démasqués comme fugueurs ?

— Pourquoi ? répéta-t-il. Je ne comprends pas.

Phu Vuong fit une moue ironique.

— Pourquoi ? Parce que je ne peux vivre sereinement à tes côtés alors que l'inquiétude me ronge, à la pensée de ma pauvre mère restée à Dôi Xa. Maîtresse Yên, même entièrement dévalisée par toi, pourra reconstituer son stock d'or en une seule récolte de pamplemousses. Maîtresse Na, elle, peut s'échiner sur sa machine à coudre pendant dix ans avant de gagner la moitié d'une telle somme. N'oublie pas que je suis son seul fils, le pilier de son existence. Maintenant que je suis parti avec toi, ma mère est sans soutien. Son gros pervers de mari sait seulement lui grimper dessus et voler par-ci par-là.

Thanh comprit soudain la mauvaise humeur de son compagnon pendant ces derniers jours. Il se sentait coupable en repensant à la jeune femme de trente-sept kilos, aux dents manquantes, qui l'avait accueilli si chaleureusement lorsqu'il venait à sa boutique en ville. En vérité, il avait totalement oublié la famille de Phu Vuong. Même ses propres parents n'avaient guère occupé ses pensées. Le bonheur est une bête égoïste qui ne partage avec personne.

— Pardonne-moi ! Je comprends. Ce soir je vais te donner l'argent pour que tu l'envoies à maîtresse Na.

Mais, pour en revenir à nous deux, as-tu une idée de ce que nous allons faire ?

— Nous ne pouvons pas quitter cette auberge tout de suite. Ce serait clamer haut et fort que nous sommes bien des fugueurs. La ville de Dalat est minuscule, les flics nous mettraient immédiatement la main au collet. Le mieux est de rencontrer ce fonctionnaire au Bureau du Travail et de lui graisser la patte pour obtenir un emploi de gardien, de plongeur ou d'employé dans n'importe quelle administration, afin d'avoir la paix.

— Je suis d'accord.

— Quand nous aurons un emploi et un permis de travail, nous louerons un appartement loin du marché. Avant je croyais qu'on passerait inaperçu dans un endroit très animé, maintenant j'ai compris que, plus il y a de monde, plus il y a d'yeux qui t'observent. Dalat, finalement, n'est qu'une bourgade, et les gens y sont très curieux de leurs voisins. Nous ne ressemblons à personne et nous attirons irrémédiablement l'attention.

Dès le début il avait su que l'aubergiste se méfiait d'eux car, raconta-t-il, il l'avait surpris plusieurs fois à rôder dans le couloir près de leur chambre. Il avait peut-être mis des micros pour les enregistrer quand ils faisaient l'amour. Dans ce pays les homosexuels ne sont pas des hors-la-loi, mais les habitudes et les préjugés sociaux font d'eux des « décadents » qu'il faut fuir à tout prix. Jusqu'ici l'aubergiste les avait laissés en paix car on était en période creuse, il n'y avait pas beaucoup de clients. Mais la saison d'hiver étant arrivée, il voulait sûrement renvoyer les deux « pédés ».

— Nous sommes si différents des autres ? demanda Thanh, perplexe.

— Pas pour nous, mais un observateur extérieur sait bien distinguer un hétéro d'un homo. Et nous devons l'accepter. Si tu ne vis pas avec une fille mais avec moi, il est clair que tes attitudes et ton corps ne sont pas ceux d'un garçon ordinaire. Tiens, Petit Canh par exemple. Dès qu'il m'apercevait, il s'éloignait immédiatement, comme si j'étais un rat porteur de la peste ou de la dysenterie.

Petit Canh et ses parents ! Des personnes si précieuses, si proches et amicales ! Leur souvenir s'est estompé, avec celui des collines d'eucalyptus. Cette époque a bien pris fin, de même que le vent tombe ou que la pluie s'arrête. Ma vie d'aujourd'hui tourne autour des pinèdes et des brumes de Dalat, et de ce vagabond nommé Phu Vuong.

Son cœur se serra.

Le lendemain, il remit à Phu Vuong les quatre taels d'or. Tandis qu'ils revenaient de la poste, ce dernier débordait de gentillesse :

— Maîtresse Na pourrait quasiment acheter une maison à deux étages en pleine ville. Je pense qu'elle en deviendra folle car de sa vie, même en rêve, jamais elle n'a osé penser à une telle fortune. J'ai donné le nom et l'adresse du patron de l'auberge, ainsi je lui laisserai un pourboire quand il aura reçu l'accusé de réception de ma mère.

— Ah bon ? dit Thanh, un peu distrait par leurs soucis de logement.

Dix jours plus tard, le patron lui remit un télégramme :

«Mille mercis d'avoir aidé mon fils à me faire parvenir cette somme. Pouvez-vous lui dire que j'attends impatiemment son retour? Il est l'unique pilier de notre famille. Signé: Nguyên thi Na.»

— Merci, mon oncle, dit Phu Vuong à l'aubergiste. Je vous remettrai le pourboire demain.

— Laissez ça, voyons, j'étais heureux de vous aider. J'ai également un fils qui fait des études à Saigon. Je connais cette situation où le fils doit partir.

Il leur arrangea bien vite un entretien avec le fonctionnaire expert du Bureau du Travail de Dalat. Il était ravi de ses quinze pour cent de commission.

— Cette fois-ci, ce sont des affaires. J'aurai donc ma part, c'est la loi.

— C'est même tout naturel, appuya Thanh, nous devons vous remercier.

— Je suis très satisfait. Vous pouvez avoir une totale confiance en l'homme que vous allez rencontrer. Je n'ai jamais été déçu depuis que je travaille avec lui.

L'aubergiste ne cachait pas sa fierté.

Et c'était légitime. Le fonctionnaire expert du Bureau du Travail se révéla très introduit et «musclé», comme on disait à l'époque. Malgré un poste somme toute banal, il avait tissé des liens avec les services de police, les bureaux du Commerce, du Tourisme, de la Culture, et autres organismes municipaux stratégiques. Il leur trouva deux places dans l'équipe chargée d'entretenir le terrain de golf et les courts de tennis du Comité populaire. Elle portait le doux nom d'«équipe Anh Hông», c'est-à-dire «éclats de rose».

Le golf et les courts de tennis étaient les lieux où s'exhibaient les beautés de la province, mais aussi où l'on se faisait de l'argent. Ils étaient contigus et s'étendaient au sommet de collines peu escarpées, à l'herbe particulièrement verte, sans le moindre pin ou petit buisson. À leur pied s'étalait un grand lac reflétant les nuages indolents qui erraient dans le ciel. Du bar attenant, les clients pouvaient admirer le plan d'eau, le panorama de la ville et des forêts alentour. Les dirigeants du Comité local du Parti espéraient beaucoup de ces installations sportives qui attiraient non seulement les touristes, mais aussi les «gros calibres» de Saigon et les hommes d'affaires coréens, japonais et occidentaux venus, tels des essaims d'abeilles dans le ciel du pays, chercher où investir. Pour travailler dans l'équipe Anh Hông, il fallait être jeune : vingt-sept ans était la limite. Phu Vuong et Thanh en avaient seize, l'âge de tous les avantages. Il fallait aussi présenter bien. Plus on était beau et plus on était engagé facilement. Enfin il fallait soigner chaque jour sa tenue : se gominer, se coiffer d'un chapeau en feutre, porter l'uniforme blanc à bordures bleues et des chaussures noires bien cirées. Bref, être beau de la tête aux pieds. Les jeunes gens apprenaient également à marcher, à saluer les clients en anglais, mais un anglais élégant et non l'horrible anglais de la soldatesque américaine. Leur travail consistait à ramasser les balles de tennis, à aider les clients à ranger leurs affaires ou leurs bijoux et, les jours calmes, à tondre la pelouse. Ils apprirent à utiliser la tondeuse à gazon, un engin à mi-chemin de la charrue et de la vieille Renault. Bref, ils étaient tous très beaux et chics, la seule ombre au tableau étant qu'ils n'avaient rien en poche. Leur salaire leur permettait tout juste de se payer un sandwich au petit déjeuner et un plat de riz garni à midi. Pour le repas du soir, le loyer, les vêtements, le savon et autres frais, ils devaient se débrouiller.

— Le Comité espère pouvoir vous augmenter l'année prochaine. Actuellement nous devons encore récupérer la mise initiale, leur disait le chef de service.

La plupart des garçons de l'équipe étaient des jeunes à problèmes qui avaient abandonné leurs études et se retrouvaient là pour tromper leur oisiveté. Pour quelques-uns, c'était par crainte du service militaire. À part Phu Vuong et Thanh, tous restaient à la charge de leur famille. Leur salaire leur servait d'argent de poche, pour les boissons et les cigarettes. En sortant du travail, ils retournaient à la chaleureuse sécurité du foyer familial.

— Ils sont d'ici. Ils n'ont aucun problème pour vivre, dit Thanh. Nous, nous devons avoir un autre plan : ce salaire de misère ne nous fait manger qu'une demi-journée, pour la deuxième, nous devons puiser dans notre capital. Sans parler des vêtements et du loyer à l'auberge.

— On verra ! Ne te casse pas la tête ! fit Phu Vuong, insouciant.

Il insinuait que ces préoccupations venaient du caractère angoissé de Thanh, une sorte de maladie imaginaire. Depuis qu'il avait envoyé les quatre taels d'or à maîtresse Na, s'était déchargé de toute sa dette sur un autre, on aurait dit qu'il n'avait plus aucune inquiétude.

— Désolé, mais moi, je me fais du souci, parce que je n'ai pas l'habitude de dormir dans les conduits d'égout, répliqua Thanh rageusement. Et je n'ai pas non plus envie d'en arriver là. Tu sais bien que, pour obtenir ces deux postes de tondeurs de gazon, j'ai dû débourser six taels d'or. C'est trop. Mais maintenant que nous sommes ouvriers municipaux, employés par le Comité local du Parti, nous pourrons après trente-six mois de travail échanger notre carte d'identité de lycéens contre une carte d'identité nationale. Seulement, d'ici là, il nous faudra chaque jour suivre les heures administratives et les cours d'anglais. Nous n'avons plus le temps pour autre chose. Et qui sait si, le jour venu, ils ne nous demanderont pas un « pourboire » pour établir les cartes ?

— Ta ceinture est encore assez garnie pour tout ça, non ? On aurait beau se creuser la tête, on ne trouverait aucun autre moyen de gagner de l'argent maintenant.

Thanh savait que ses arguments n'étaient que de l'eau versée sur la tête d'un canard. Insensible, son compagnon ne partageait rien avec lui, même s'ils mangeaient et dormaient ensemble. Il dépensait juste l'argent de Thanh sans compter.

Celui-ci comprenait enfin que ce départ avait été une énorme erreur. Quelle que soit l'attention qu'il pouvait porter à son compagnon et l'aide qu'il offrait à sa famille, jamais ce garçon ne serait sincèrement avec lui, contrairement à ce qu'il lui avait maintes fois susurré à l'oreille. Phu Vuong était un vaga-bond-né. Il appartenait à la catégorie des clochards professionnels. Il ne chercherait jamais à améliorer ses conditions de vie car l'idée même d'une vie normale était hors de son champ de compréhension. Il avait abordé Thanh pour profiter de son homosexualité, comme celui qui veut manger du poisson doit se mettre à la pêche. Si Hoang le fou s'enivrait de poésie, son fils était attiré par l'aventure sans lendemain. Il n'avait ni la patience, ni la capacité de rester sur un banc d'école pour apprendre un métier sérieux. Il avait entraîné Thanh dans cette équipée car il avait besoin de lui : Thanh était le cheval qu'il montait, la voiture qui le promenait. L'argent de Thanh représentait des auberges où ce trimardeur s'arrêtait pour bien manger et reprendre des forces. L'unique but de sa vie était ce nuage de poussière à l'horizon.

Nous formons le couple le plus absurde qui soit. L'union d'un poisson de mer avec un lézard des sables. Le premier nage dans l'océan alors que le deuxième rampe dans le désert. Je l'ai compris trop tard.

Thanh savait qu'il s'était trompé. Il devait désormais être patient pour franchir cette partie marécageuse de son existence. Dans l'immédiat, c'étaient trois ans d'épreuves pour obtenir enfin des papiers officiels. Comme les chiens ont besoin d'un collier portant le nom de leurs propriétaires, l'homme social se doit de posséder une carte d'identité.

Serrons les dents pendant ces trois ans. Je verrai après, une fois la carte obtenue.

Deux semaines après avoir commencé leur travail au golf, ils déménagèrent. Ce changement contentait tout le monde. Leur nouvelle habitation était une vieille maison voisine d'un couvent de sœurs protestantes. Il avait été érigé un demi-siècle auparavant et, bien que l'histoire ne l'eût pas épargné, il était encore debout. Leur propriétaire, une protestante, était septuagénaire, mais toujours alerte et en parfaite santé.

Chaque matin, elle cueillait quelques fruits dans le verger et allait les offrir aux sœurs, de l'autre côté de la route. Thanh les voyait souvent discuter derrière leur portail en ogive, à l'architecture étrangement épurée. La propriétaire les invitait même à cueillir directement les fruits de son verger.

— Allez-y ! Les fruits ne servent qu'à notre consommation, je ne vends rien.

Le verger était grand et possédait plusieurs espèces d'arbres fruitiers, un vrai verger de propriété. La vieille dame vivait seule. On disait que son fils était parti à l'étranger depuis quelques années déjà, mais Thanh sentait qu'elle ne souhaitait pas parler de cet aspect très secret de sa vie. Elle logeait à l'étage, avec un escalier privé qui descendait directement au jardin. Cette disposition était pratique pour elle comme pour les locataires. Ils ne partageaient que le portail d'entrée et le jardin de devant. Le jardin de derrière était ce verger dont seuls les locataires du rez-de-chaussée avaient la jouissance. La propriétaire disposait au premier étage d'une grande terrasse bâtie sur quatre piliers en ciment.

— L'architecture de cette bâtisse avec son escalier extérieur à l'avant, leur disait-elle, imite celle des maisons de Montréal, au Québec. L'architecte a fait ses études là-bas. En rentrant au pays, il a reproduit le modèle à Dalat, en modifiant quelques détails pour s'adapter aux conditions locales. Quand j'ai vu les plans, j'ai accepté immédiatement. Cette demeure est une des premières « maisons québécoises ».

Ils avaient loué le rez-de-chaussée. C'était moitié moins cher qu'à l'auberge et ils disposaient de deux chambres, d'une cuisine et d'une vaste salle de bains avec baignoire. La porte de derrière donnait sur le verger foisonnant de sapotilliers, de plaqueminiers et de caïmitiers. Il y avait même une balançoire. Quoique ancienne et très rouillée, ce serait, moyennant une petite remise en état, un endroit agréable, l'été, pour lire et se reposer. Dans cette maison, le soir et les jours de repos, ils pouvaient aisément faire la cuisine, du pho ou des vermicelles à la mode de Dalat, plats savoureux et bon marché. En revanche Thanh avait dû acheter deux vélos, car le trajet était assez long jusqu'au travail.

« Il faut vivre ! » se disait-il.

Il consacra deux jours entiers à faire les courses. En entrant dans sa chambre, les bras chargés, il eut subitement l'impression de se retrouver chez lui, de revenir dans un endroit qu'il avait toujours connu. Il ouvrit les fenêtres qui donnaient sur le verger, respira longuement l'odeur des arbres avant de défaire ses paquets.

Il s'était procuré des draps, un peignoir de bain et plusieurs pyjamas en coton. À Lan Giang il ne portait qu'un caleçon l'été, mais l'hiver il lui fallait au moins deux couches de tricot pour lutter contre le vent du nord. En comparaison, le climat de Dalat était très agréable. Les senteurs de la pluie, du vent parfumé à la sève des pins et du brouillard le remplissaient de bonheur.

La salle de bains de Lan Giang est grande, mais il n'y a pas de baignoire. Ici, après mon bain, je peux me vêtir de ce peignoir en coton épais et contempler le verger. C'est un rêve enchanté.

Il savourait d'avance ces petits plaisirs. Dans les autres sacs, c'étaient les vivres : vermicelles, nouilles, riz gluant, riz blanc et divers condiments. Il avait aussi acheté quelques ustensiles de cuisine et de la vaisselle.

— Tu veux ouvrir un restaurant ? s'enquit Phu Vuong.

— Quand j'étais à la maison, je ne faisais pas la cuisine, mais ici je dois me transformer en chef. Nous sommes assez éloignés du « marché aux restaurants ». Il faut s'occuper de nos estomacs !

— Tu me demandais si on était différents des autres hommes ? Je vais te dire en quoi : les autres font la cuisine quand ils sont obligés. Aucun ne le fait avec autant de joie et de passion que toi, plaisanta Phu Vuong.

— Si cette joie et cette passion nous rendent service, tant mieux.

— Évidemment ! Je suis très content que tu sois heureux de faire la cuisine. Mais ne compte pas sur moi pour t'aider.

— Tu aimes pourtant manger !

— Manger et faire à manger sont deux choses bien distinctes.

— Si je n'étais pas là, comment te débrouillerais-tu ?

— Je m'achèterais un sandwich.

Thanh resta silencieux.

Phu Vuong ne changera pas. Il s'est accommodé de cette abominable salle de bains de Dôi Xa, il a également avalé les horribles plats que lui préparaient ses sœurs dans leur cuisine de guingois sur la colline. Tout était normal, il n'y avait rien à dire.

Pourtant il éprouvait de la compassion.

C'est un enfant qui n'a pas eu de chance. S'il n'avait pas vu le jour dans la baraque de Hoang le Dément mais sous le toit de tuiles de monsieur Chu, il aurait pu devenir quelqu'un d'autre. En fin de compte, il est une victime de son sort, il n'est pas responsable…

Après avoir tout rangé, se sentant bien dans son nouveau logement, Thanh remplit la baignoire.

— Tu veux prendre un bain avec moi ?

— Pourquoi pas ? Nous ferons l'amour dans l'eau !

Les jours de brouillard à Dalat, Thanh pensait à sa mère.

Pourquoi précisément les jours de brouillard ? Durant de longues années, il avait vécu intimement avec sa mère, elle avait été constamment dans son cœur, été comme hiver, au printemps comme à l'automne. Leur vie commune n'avait jamais été interrompue. Pendant ses dix derniers mois à Lan Giang, quand il s'était lancé dans cette aventure sexuelle avec Phu Vuong, puis après sa fugue, le bouleversement des habitudes, l'anxiété permanente, les tourments, les espérances, les profondes déceptions et les tentatives frénétiques de se faire une autre vie l'accaparaient et avaient totalement essoré son esprit, gommant peu à peu l'image de sa mère.

Aujourd'hui le navire, maintes fois immergé dans les abîmes, semble resurgir soudain à la surface.

Mais pourquoi par temps de brouillard ?

Sans doute parce qu'ici, le brouillard remplit son âme comme les nuages de fumée se déposent sur la prairie.

La première pensée nostalgique avait éclos quand il avait emménagé dans cette vénérable demeure. La banlieue, les collines à perte de vue, un ciel clair, lavé de toute poussière. Venant de l'autre côté de la route, les prières des sœurs remplissaient le calme silencieux. Et la chaleur enveloppante des vergers déserts… Cette ambiance était-elle à l'origine de ce souvenir ? Ou alors, une fois l'ouragan du sexe passé, la bête sauvage en lui assouvie et les pulsions de ses instincts apaisées, la douce mélodie du passé pouvait-elle enfin resurgir ? Ou était-ce la propriétaire, cette femme âgée de soixante-dix ans, solitaire, qui lui rappelait une autre femme dans un autre lieu lointain ?

Il l'ignorait !

Il ne pouvait s'analyser. Mais maîtresse Yên lui manquait ! Le petit faon avait besoin de maman biche. Pourtant il l'avait quittée brutalement, sans prévenir, sans un adieu.

Tu es restée là-bas, au milieu de cette belle prairie verte. À l'horizon, là où les montagnes se dessinent. Quand te reverrai-je, mère tant aimée ? Au bout des chemins couverts de poussière rouge, par-delà les fleuves immenses, les ports déserts sans l'âme d'une barque…

La vieille chanson revenait, le vent d'antan murmurait et les pigeons d'autrefois ne cessaient de voler dans son esprit.

Un soir, le trouvant pensif dans le jardin, la propriétaire lui demanda :

— Aimez-vous le thé noir ?

— Je ne connais pas du tout.

— Alors, venez, je vais vous faire goûter le thé noir des Anglais.

Ils montèrent l'escalier, qu'il n'avait pas encore emprunté depuis leur installation. Pour communiquer avec eux, la propriétaire leur laissait un petit mot et ils se donnaient rendez-vous dans le jardin de devant pour discuter. Elle ne mettait jamais les pieds chez eux, et Thanh n'avait jamais essayé, par curiosité, de regarder à l'étage. C'était une sorte d'accord tacite. Elle avait, ce soir, enfreint cette habitude en l'invitant chez elle.

— Cet escalier est très glissant. Je vais le frotter avec de la chaux, dit-il en commençant de monter.

La moisissure et la mousse avaient colonisé l'escalier, s'incrustant surtout entre les marches. La propriétaire s'aidait en se tenant à la rampe en pierre et en posant prudemment son pied à chaque pas.

— Merci beaucoup ! Sans doute qu'il est temps de le faire, je n'y avais pas pensé.

— À Dalat, il y a souvent du brouillard. Avec l'humidité ambiante, la mousse pousse facilement.

— C'est vrai ! À mon âge, je ne devrais plus rester ici. Mais, par malchance, poursuivit la propriétaire en esquissant un petit rire, j'ai du mal à quitter ce lieu, cette ville, comme cette trop vieille maison.

— Et vous avez bien raison ! Dalat est si belle et le brouillard rehausse encore sa beauté.

Ils étaient arrivés à l'étage. La vieille femme sortit son trousseau de clés et chercha un bon moment avant de trouver la bonne. Sa main, très pâle, était parsemée de taches de vieillesse et parcourue de veines saillantes.

Les mains de ma mère n'ont pas ces taches. Ma mère est encore belle. Je me souviens de sa nuque si blanche et de son chignon en forme de huit. Elle n'a pas une seule ride.

— Entrez, asseyez-vous ! Prenez le canapé ou le fauteuil.

Il s'assit sur le canapé à côté de la cheminée. Elle ne devait plus servir mais Thanh adorait ces anciennes cheminées avec leurs chenets, leurs tisonniers et leurs pelles à cendres en bronze.

— Vous avez l'air d'aimer cette cheminée ?

— Oui ! Il y en avait une dans la salle de séjour, chez nous à Lan Giang. Mais mes parents n'y faisaient que rarement du feu car ils n'aimaient pas nettoyer les cendres.

— C'est comme moi ! dit la propriétaire en riant. Mais quand il fait très froid, je brûle quelques bûches. Le feu de l'hiver est à la fois chaleur et bonheur. Un petit bonheur.

Elle alla chercher, dans la pièce voisine qui semblait servir de cuisine et de salle à manger, un thermos d'eau chaude, une boîte de thé et du lait.

— Je vais vous faire un thé noir.

Elle laissa infuser le thé avant de le verser dans deux tasses, puis ajouta un peu de lait frais dans la sienne, mais choisit pour Thanh du lait concentré.

— Buvez. Moi, je n'y ai pas droit, je suis trop vieille.

— Merci madame, c'est excellent !

Elle lui faisait face. Au-dessus de sa tête, Thanh vit le portrait à l'huile d'un jeune homme. Le tableau, de la taille d'une demi-fenêtre, trônait fièrement sur le mur peint de chaux jaune clair. Il semblait réalisé à partir d'une photographie. À la finesse des coups de pinceau, on reconnaissait un excellent copiste. Le jeune homme ressemblait à la propriétaire, malgré un front plus large, un menton un peu en retrait et une peau plus pâle. Sa chevelure était noire comme une nuit d'hiver et il portait une raie sur le côté. Son manteau de velours violet profond faisait ressortir le cadre doré du tableau, donnant à l'ensemble quelque chose de royal. Thanh en eut la certitude : il était l'ange de cette maison, qui résidait à la fois dans cet espace et dans le cœur de ses habitants.

Qui est-ce ? Son fils unique ou son époux jeune ? Ce qui est certain, c'est qu'elle le contemple chaque jour, comme un fidèle contemple la statue d'un saint ou un disciple fanatique, son idole.

Ils burent leur thé en silence.

Enfin, Thanh se leva :

— Demain, en rentrant du travail, j'achèterai de la chaux. Je n'ai besoin que de quelques jours pour enlever ces mousses et moisissures.

Cette nuit-là, il rêva de Lan Giang. C'était le premier rêve qui le ramenait vers son pays et les êtres chers à son cœur. La salle de séjour était décorée d'un tableau plus grand que le miroir : le somptueux portrait à l'huile de son grand-père maternel jeune. Au bout d'un moment, le tableau devint un hologramme. Quand Thanh le regardait de face, il voyait son grand-père, le professeur Quê, mais de biais, il se voyait lui-même tel qu'il était sur la photo prise sous le pigeonnier l'année précédente.

— Mère, c'est le portrait de qui ?

— Comment, tu ne reconnais pas ? Tu es juste devant !

— Eh bien non. C'est peut-être à cause de la lumière, mais parfois je vois grand-père, parfois je me vois, moi !

— Regarde mieux !

— Je ne peux pas !

— C'est un portrait de vous deux. À la fois grand-père quand il était jeune, et toi.

Soudain le tableau bougea comme une planche remuée par des vagues. Puis le jeune homme du tableau sortit de son cadre et s'avança lentement vers Thanh. Il le regarda fixement pendant un long moment, avant de secouer la tête, l'air déçu :

— Dommage, si beau et si perverti !

Thanh releva la tête. Le tableau était un rectangle vide. Transpirant à grosses gouttes, il dit :

— Je te demande pardon, grand-père. C'était malgré moi !

Le fantôme du professeur Quê ne disait rien. Il se dirigeait vers le verger. Subitement, le cadre du tableau se réduisit en cendres qui tombèrent sur le sol…

Thanh se releva en sursaut. Sa montre indiquait cinq heures et demie du matin. Dehors, la pluie frappait les vitres.

— Recouche-toi, il fait froid… grommelait Phu Vuong.

Il se recoucha, tirant la couverture jusqu'au cou.

J'ai quitté mon ancienne vie. Le bateau qui a largué ses amarres ne peut plus revenir au port…

*

Ils passèrent deux hivers à Dalat.

Thanh était devenu un visiteur assidu de la vieille dame. Elle lui servait du thé noir, des marrons grillés, toutes sortes de gâteaux ou de nougats de Huê. Thanh l'aidait à entretenir sa haie, à tailler les branches des arbres qui dépassaient sur la rue. Il nettoyait son escalier et son palier à ciel ouvert pour qu'elle n'y dérape pas. Elle l'appelait « Petit ».

— Bonjour, petit ! Viens boire un café ! Par ce temps de bruine, un café, c'est divin !

— Petit, j'ai une part de flan délicieux. Ma petite-fille me l'a apporté de la ville. On le dégustera avec un thé.

Ou, gentiment, elle décrétait :

— Aujourd'hui, nous allons nous offrir un petit bonheur, viens !

Ce petit bonheur, c'était la cheminée, et la compagnie de Thanh lui permettait d'en tirer plus de plaisir. Les livreurs de bois avaient entassé les bûches à côté de l'escalier et les avaient couvertes d'une bâche en plastique, qui ne suffisait pourtant pas à les garder au sec durant les périodes de pluie incessante. Posé à même les dalles, le bois prenait l'humidité et était envahi d'insectes et de vers. Il aurait fallu le protéger mieux de la pluie, mais aussi le surélever d'au moins dix centimètres, pour l'aération. Thanh finit par trouver le quartier des ferrailleurs, une sorte de brocante sur un terrain vague, derrière le marché, où l'on trouvait tout un bric-à-brac usagé : clous pour bateaux et boulons de tracteur, carcasses de voitures et plaques métalliques. Un dimanche, Thanh finit par dénicher un châssis de camion en acier soudé. Il loua un transporteur pour le rapporter chez eux et acheta de la peinture bleue pour le rafraîchir. Il prit aussi deux tôles de forme conique pour fabriquer un toit, et trois plaques en résine pour les parois. Il sollicita également un soudeur pour monter les gonds d'une petite porte qu'on pourrait ouvrir et fermer facilement. Le résultat fut probant : une petite maisonnette lilliputienne pour abriter leur bois.

— Quelle enchantement ! s'exclama la vieille dame. Moi qui te prenais pour un petit prince comme celui de Saint-Exupéry. Non seulement tu es mignon, mais tu as des mains en or.

— Merci de vos compliments. Je ne fais qu'imiter les ouvriers qui fabriquent des enclos pour les pigeons.

— Tu élevais des pigeons ?

— Oui, notre terrain était vaste, il y avait beaucoup d'arbres dans le verger et toute une rangée de pigeonniers.

Grâce à l'abri à bois, la propriétaire faisait du feu plus souvent et cela ravissait Thanh. Une vieille dame, un jeune homme. Ils partageaient ce bonheur. En dégustant un café ou un thé avec elle à l'étage, Thanh pouvait contempler la vue. De l'autre côté des jardins, c'était le toit du couvent et sa mousse verte, puis les collines s'étendant jusqu'aux lointains, séparées par de petites vallées. Et le brouillard, en montant, métamorphosait ce panorama en immenses prairies de nuages féériques.

L'horloge de la propriétaire égrenait les secondes, comme celle du professeur Quê dans la salle de séjour de Lan Giang. L'étage élégant et luxueux calmait la nostalgie de Thanh. Il lui semblait y retrouver un peu de la chaleur de son foyer perdu.

— Prends encore une lichette de flan, mon petit ! C'est léger comme du coton, cela ne va pas te peser sur l'estomac.

Elle lui tendait l'assiette d'un geste qui lui rappelait sa mère. Lorsqu'elle s'appliquait à verser du lait dans sa tasse de thé ou disposait les marrons grillés dans la corbeille en osier tapissée de papier, une douceur et une sérénité incroyables habitaient son regard. Telle Dalat un jour ensoleillé, telle la chaleur s'attardant dans les vergers, telle l'herbe printanière étalant son vert éclatant autour des lacs tranquilles.

Le bonheur arrive souvent au moment où on l'attend le moins. Comme le feu dans la cheminée d'hiver à Dalat, cette vieille dame est un petit ravissement, un bonheur inattendu qui efface les épreuves douloureuses que j'ai traversées.

La dame n'invitait jamais Phu Vuong. Elle ne posait aucune question à Thanh sur ce «cousin germain» qu'il lui avait présenté le jour de leur arrivée. C'était une femme très déterminée. Sous son attitude affable, très féminine, elle s'avérait être une femme de principes. Ne pas inviter le compagnon de Thanh, l'ignorer sciemment, même, pouvait passer pour une grande discourtoisie. Mais Phu Vuong exhalait une telle odeur de malhonnêteté que la prudence suggérait de ne pas s'en approcher. Elle appliquait à la lettre ce principe de sécurité.

Phu Vuong n'en laissait rien voir, mais Thanh savait qu'il enrageait. Quand il bavardait avec son hôtesse, ou s'occupait dehors à couper les branches mortes des arbres ou à arracher les mauvaises herbes, Phu Vuong se mettait sous sa couverture pour lire des romans policiers. Il était devenu un familier de la bibliothèque de prêt en face des bureaux du Comité populaire de la ville. Ce fils de poète haïssait particulièrement la poésie, mais adorait les histoires policières et les romans de cape et d'épée de Kim Dung.

Thanh pensait que, avec son expérience, Phu Vuong avait compris et accepté la différence de traitement que la propriétaire appliquait entre eux deux. Il n'y accorda pas d'importance.

Un soir d'hiver, en rentrant du travail, il trouva la vieille dame au bas de l'escalier :

— Mon petit, j'ai quelque chose à te demander.

— Oui, madame, je range mes affaires et je monte !

Une fois là-haut, Thanh tomba sur un énorme sapin couché dans l'entrée. La propriétaire était sur son canapé, complètement épuisée.

— Ciel ! Pourquoi n'avez-vous pas attendu mon retour ?

— Je ne le croyais pas si lourd ! l'année dernière, j'ai monté toute seule un sapin identique. Peut-être qu'il était un peu moins grand.

Thanh dressa l'arbre au milieu du salon.

— Vous mettez un sapin à chaque Noël ?

— Oui ! Les vieilles femmes solitaires ne le font pas, en général. Mais moi, je suis protestante. Sans sapin à Noël, j'aurais l'impression de ne plus vivre.

— Ces derniers jours, j'en ai vu partout, dans toutes les boutiques. Et surtout dans les halls d'hôtel.

— C'est pour leur commerce, dit la femme en riant. Moi, c'est pour mes besoins spirituels.

Dressé à l'endroit indiqué par elle, l'arbre étalait ses larges branches comme un chapeau conique vert.

— Voulez-vous que j'y mette les guirlandes ?

— Non, non, pas la peine. Je peux le faire. Décorer mon sapin est un petit bonheur pour moi, comme allumer mon feu de cheminée.

Elle le raccompagna :

— Le soir de Noël, tu viendras ? J'ai commandé une dinde rôtie et une bûche de Noël !

— Avec plaisir ! Merci.

Il descendit rapidement. C'était l'heure du dîner. Il avait acheté deux gros poissons qui étaient encore sur la table avec les légumes.

Phu Vuong lisait, étendu sur le divan.

— La vieille t'a relâché ?

— Quoi ?

— Je te demandais si la vieille pute t'avait enfin relâché ! Elle n'ose pas m'inviter à monter, elle a la trouille de se faire violer. Quelle idée ! Pour pénétrer un trou aussi déformé et asséché que le sien, il me faudrait un vieil épi de maïs.

Bien que Thanh fût habitué à la vulgarité haineuse de son compagnon, il fut abasourdi. C'était comme recevoir un coup de marteau derrière les oreilles ou une volée de févier épineux en pleine figure.

Après quelques secondes, il retrouva ses esprits :

— Si la propriétaire ne t'invite pas à monter, c'est qu'elle est prudente. On ne laisse pas le démon franchir son seuil.

Phu Vuong se redressa en ricanant :

— Pourtant j'en connais qui aiment vivre avec le démon, qui, sans lui, ne sont pas bien dans leur peau, mangent mal, dorment mal.

Thanh, qui découpait les poissons, s'arrêta immédiatement. Quand il eut bien compris les paroles de Phu Vuong, il se lava les mains et les essuya. S'approchant de son compagnon, il fixa ce visage soudain si étranger, si lointain, comme s'il le voyait pour la première fois : c'était un visage odieux.

Voilà un garçon avec qui j'ai vécu, à qui je me suis attaché, avec qui j'ai espéré vivre jusqu'à la fin de mes jours. Cette bouche affreuse m'a chanté des paroles merveilleuses. Ces yeux de voleur ont chaviré mon cœur. Ce corps m'a transporté au paradis. En définitive, tout n'est qu'illusion. C'est le désir charnel qui leurre, obscurcit le cerveau, suspend les perceptions pour empêcher la moindre réaction. Je comprends enfin le recueil de nouvelles Liêu Trai *sur les amours entre humains et succubes. Il n'y a là-dedans aucun amour véritable. D'autres ont connu l'aventure sans lendemain que je vis, se sont aussi pris de passion pour des fantômes et se sont réveillés un jour dans les bras d'un squelette, au fond d'un caveau froid et humide. Croyant étreindre de jeunes et belles courtisanes, ils étreignaient des démones. Le désir charnel aveugle les hommes, qui ne voient plus la fourrure de la bête maudite. Il trompe les sens, fait passer des cadavres en décomposition pour de jeunes corps beaux et sains. J'ai vécu cette expérience. Je me suis frotté au diable et, aujourd'hui, je vois son vrai visage.*

Il fixait attentivement son compagnon. Son visage n'était plus celui de l'amant bien-aimé mais un modèle pour un artiste, une tête de mort dans l'atelier du peintre.

Étrange, horrible ! Ai-je pu être à ce point amoureux de lui ? J'en frissonne de peur et de honte ! J'ai envie de vomir. Comme si j'avais mangé du boudin et soudain compris qu'il était fait de sang humain.

— Tu es trop prétentieux, Phu Vuong. Ton arrogance t'aveugle. Tu es comme la toupie qui tourne trop vite et se cogne partout !

Phu Vuong le regardait comme s'il n'avait pas compris. Il avait détecté la menace dans la lente élocution de Thanh, l'odeur du danger que flairent les chevreuils quand le tigre rôde de l'autre côté du ruisseau.

Thanh s'avança vers l'armoire où ils rangeaient toutes leurs affaires, les siennes à gauche, celles de Phu Vuong à droite. Au-dessus de l'armoire, deux sacoches vides. Il monta sur une chaise pour tirer celle de Phu Vuong et la jeter à terre. Un nuage de poussière s'éleva, qui le fit tousser.

— Les collines de Lac Thach sont derrière moi, ainsi que les pulsions sexuelles de ma jeunesse. Envolées aussi, les angoisses et les sottises de mes seize ans. Tu oublies que le temps a passé, que je ne suis plus le Thanh d'avant. Voilà ta sacoche. Range tes affaires et va-t'en. Je te donnerai de quoi t'acheter ton billet de train pour Saigon et vivre un mois. Après, ce sera à toi de te débrouiller. Les égouts et les sols de marché ne manquent pas à Saigon. C'est ton univers.

Phu Vuong était muet de stupéfaction ! Ses yeux tournoyaient dans leurs orbites comme deux cacahuètes dans la poêle. Après un moment, ayant bien mesuré la détermination de Thanh et sa propre situation, il fit mine de se recoucher pour lire, comme si de rien n'était, en grommelant :

— Une broutille ! Il n'y a pas de quoi se mettre en colère !

Thanh lui arracha brutalement le livre des mains et le jeta par terre :

— Je t'ai dit de te lever, de faire ta valise et de disparaître !

— …

— Debout ! J'ai dit debout !

— …

— Je répète : debout et fiche-moi le camp !

— …

Phu Vuong était gris. Sa peau, foncée, avait tendance à devenir grise sous l'emprise de la peur, quand celle des autres devenait bleue. Il n'osait pas regarder Thanh en face, fixait le sol et agrippa furtivement les bords du divan.

— Alors ? Le dieu Apollon, le dieu Zeus ? Tu te compares à eux et tu ne possèdes même pas un gramme de respect de toi ?

— …

— Assume ta condition et vide les lieux. Ton visage m'horripile. Ni ce soir ni jamais, je ne veux plus dîner en face d'une bête aussi immonde. Debout ! Dehors ! Hors de ma vue !

Phu Vuong se releva, le regard toujours vissé à terre, avalant chaque mot d'insulte. Il posa lentement les pieds au sol en se tenant fermement au dossier de la chaise.

Il se prépare à se retenir si je le pousse. Il va essayer de s'incruster. Le fils de Hoang le Dément n'a pas plus de courage que son père, finalement. Un rat d'égout reste ce qu'il est.

Thanh continua, ricanant :

— Zeus habite sur le mont Olympe ! Pourquoi t'accroches-tu à ce vulgaire rez-de-chaussée ?

Le garçon restait muet. Thanh considéra sa chevelure tombante qui cachait à moitié son visage de rat.

Quel personnage sans vergogne. Dans ce domaine, il est plus fort que les autres. Être sans vergogne, c'est le propre des canailles. Ils survivent en toutes circonstances. Moi, je suis plus faible que je ne le pense. Je n'ai pas assez de courage pour lui asséner mon poing dans la figure ou lui flanquer une gifle. J'ai grandi dans un foyer d'où la violence était exclue. Je n'ai pas l'habitude de m'en servir, et je suis même incapable de l'identifier, de m'en préserver. Je suis démuni. C'est la faute de maître Thy et de maîtresse Yên. La vraie vie, ce ne sont pas les équations mathématiques et les leçons d'histoire ! Dans la vraie vie, il y a des gouffres vertigineux, des grottes profondes, il y a des salauds, des voyous au comportement fangeux.

— Regarde-moi ! hurla-t-il.

Phu Vuong leva les yeux vers lui. Son regard n'était plus impertinent comme à son habitude. Il était fuyant. Ses pupilles ne restaient pas en place. Thanh n'avait jamais vu de visage aussi faux et perfide.

Toute comédie a une fin. Tu crois qu'à force de prétention, le mendiant peut jouer le rôle du prince ? Tu as oublié une chose : seuls les rois peuvent jouer les mendiants. Le gueux, même en revêtant des habits d'or, ne peut se changer en roi.

Les pensées défilaient dans la tête de Thanh alors qu'il observait Phu Vuong : ses narines palpitaient au même rythme que les veines de son cou.

Ce garçon a les narines trop larges. C'est un nez « à recevoir la pluie », comme disent les physiognomonistes. Je n'y avais jamais fait attention. Étrange ! Je vis avec un être dont je n'avais même pas remarqué les traits. Alors qu'un autre visage reste gravé à jamais dans ma mémoire et dans ma chair, que j'en connais chaque détail par cœur, en ai retenu le moindre souffle, chaque grain de beauté, chaque mèche de cheveux. Hélas, ce visage est maintenant si loin.

Il lui semblait que derrière, on lui criait :

« Cuong ! Où es-tu ? Réponds à mon appel ! »

Mais Cuong ne répondait pas et la douleur emplit le cœur de Thanh. L'amour ! Quelle amertume ! Il se rappela l'instant fatidique où il avait été rejeté, l'obscurité qui était descendue sur le vieux temple où, effondré au pied du figuier, il avait pleuré tout son soûl. Puis cette odeur, ce parfum d'amour qu'exhalait le corps du jeune homme à la chorale, debout juste devant lui.

Nous étions tous les deux des basses. Nous aurions dû rester ensemble, vivre ensemble, manger ensemble. Pourquoi m'as-tu rejeté ainsi ?

Puis, revenant à la chevelure défaite sur le visage de Phu Vuong, il éprouva une pointe de pitié.

C'est misérable, mais ce voyou vicieux est le seul qui reste avec moi. Est-ce la malédiction que le sort m'a réservée, et à laquelle je ne puis échapper ?

Il fit le tour de la chambre, le temps d'accepter cette idée, puis revint devant son compagnon des collines d'eucalyptus :

— Cette fois-ci, je te pardonne. Mais si tu te conduis encore une seule fois comme un salaud, je te chasse pour de bon ! Tu m'as dit un jour que si je voulais rester avec toi, je devais accepter ton caractère de voyou sorti des égouts. Je n'ai rien répondu, j'étais sous le charme, et inconscient. Aujourd'hui, les choses ont changé. Je suis sorti de cet engouement. Tu me dégoûtes ! L'odeur de la vase dans laquelle tu te vautres me donne envie de vomir. Je n'éprouve plus aujourd'hui qu'un peu de pitié pour le mendiant que tu es. Si tu veux rester ici, il faut faire un grand nettoyage afin d'enlever cette boue nauséabonde que tu traînes sur toi.

— D'accord.

— À partir de ce soir, tu dormiras dans le séjour. Je ne dors plus avec un porc.

— Tout seul ? Il fait froid !

— Celui qui doit craindre le froid ici, c'est moi. Toi, tu es entraîné à dormir dans les égouts et les entrepôts. Ne fais pas ton numéro de singe.

*

Au bout de deux ans, leur salaire fut légèrement augmenté : assez pour qu'ils puissent s'offrir un pho le matin pendant une semaine, ou une quinzaine de cafés dans le mois. En contrepartie, le Comité populaire local leur demanda un travail supplémentaire : entretenir le terrain de l'hippodrome qui venait d'être inauguré.

Cet hippodrome existait dès avant 1975. Il avait été laissé à l'abandon faute de clients, qui avaient tous fui à l'étranger. L'art équestre était une nouveauté pour les Vietnamiens. Un jeu de luxe (si on le considère comme un jeu), importé d'Occident. Après quinze années de friche, l'hippodrome était devenu un camping pour écoliers en vacances ou un terrain où femmes mûres et hommes chauves venaient ensemble s'exercer au qi gong et autres arts martiaux, ou se faire un brin de cour. Mais voilà que les pouvoirs publics avaient repensé aux jeux équestres. Sans doute que, durant une promenade au vert, le président ou le secrétaire s'était frappé le crâne :

— Mais oui ! C'est une activité qui peut rapporter gros ! Auparavant ils le faisaient, pourquoi pas nous ?

— C'est une activité de plaisir importée par les capitalistes occidentaux, avait peut-être tempéré un collaborateur. Étudions-la d'abord prudemment !

— Occidentaux ou orientaux, on s'en fiche, avait tranché le haut responsable. Du moment que ça rapporte de l'argent, on y va ! Voilà, j'ai décidé ! Allez-y, foncez.

Oublié, l'orgueil communiste : l'hippodrome, plaisir des capitalistes occidentaux, ressuscita. Les hauts responsables savaient pertinemment qu'ils pouvaient y gagner gros : monter à cheval est un loisir de riche et les riches aiment par-dessus tout être « annoncés et servis ». S'ils ne possèdent aucun titre de notoriété, on peut leur faire confiance pour s'inventer des prestiges familiaux ou d'autres mérites afin de se pavaner. Monter à cheval sans une foule d'admirateurs et de serviteurs à pied, c'est comme manger un bol de pho sans viande ni condiments, un pho végétarien, ou, comme on disait avant 1975, un pho «socialiste». Chaque hippodrome se doit donc d'avoir des spectateurs permanents, familles ou amis, prêts à brandir fleurs, drapeaux ou sifflets pour acclamer les valeureux cavaliers. Ce qui implique buvettes, cafés et autres échoppes pour déjeuner, un bon moyen pour résorber le chômage. Enfin, les spectateurs des courses de chevaux étant souvent des parieurs, surtout à Dalat où l'on est très joueur, les spéculations pourraient aussi prospérer.

C'est ainsi qu'un beau jour, le haut-parleur public en haut du poteau du terrain de l'hippodrome hurla à la cantonade :

«Allô, allô! D'ici une semaine, les entraînements de qi gong, de sabre, de danse d'éventails et autres activités sportives seront défendus sur le terrain de l'hippodrome. Le Comité populaire a décidé de le remettre en service pour attirer les investisseurs étrangers.»

Les hommes chauves et les femmes mûres, après avoir copieusement juré, soupiré, regretté, rangèrent leurs éventails et leurs sabres pour rentrer tristement chez eux. L'hippodrome était le lieu où de tardives et délicates amours naissaient dans les nuances éclatantes des éventails, dans une séquence gracieuse de qi gong ou les mouvements majestueux d'un sabre de bois. L'amour sans ornements s'abîme très vite, comme les sandales en papier fournies dans les hôtels. Tous se résignèrent sans mot dire car personne ne pouvait s'opposer au rêve rémunérateur des gouvernants. Pendant que ceux-là soupiraient, pour d'autres, la joie était grande : propriétaires d'écurie, vétérinaires, forgerons, fabricants de vêtements pour cavaliers, et surtout anciens professeurs d'équitation qui, malgré leurs cheveux blancs et leurs dents branlantes, avaient encore gardé un peu de passion pour le métier. Tous ces gens dont l'univers était le cheval et qui n'avaient pu fuir à l'étranger avec les riches cavaliers, ne savaient rien faire d'autre et avaient survécu de petits travaux au jour le jour. Ils accueillirent cette annonce comme le blé de mars accueille le tonnerre, ou comme la cigale affamée par l'hiver voit arriver la pluie. De même que les tenanciers d'échoppes de boissons, d'en-cas et de friandises, les petits cireurs de chaussures et vendeurs de journaux, qui attendaient avec impatience l'inauguration.

Ce jour arriva enfin. Le chef de l'équipe Anh Hông décréta :

— À partir de cette semaine, vous vous relayerez pour aller entretenir la zone réservée au public. Les autres tâches lourdes, comme ramasser le crottin et les détritus, ce sera le service municipal de l'hygiène qui s'en chargera. Compris ?

— Oui, chef, répondirent en chœur les garçons.

Chaque semaine, trois d'entre eux furent désignés pour aller entretenir l'hippodrome, où les courses n'avaient lieu qu'en fin de semaine. Le Comité populaire leur prêta trois bicyclettes. L'hippodrome se trouvait à l'autre extrémité de la ville et il fallait pour s'y rendre une demi-heure de vélo. Une traversée fatigante car, la ville étant construite sur des hauts plateaux, la plupart des boulevards et ruelles étaient accidentés et en pente. En outre, entretenir l'hippodrome était plus pénible que de ramasser des balles de tennis ou de golf. En compensation, ils pouvaient assister gratuitement aux courses de chevaux le dimanche. Phu Vuong fut l'un des trois premiers. Thanh échappa à cette corvée car le Comité l'employait à autre chose qui n'avait rien à voir avec le tennis et le golf.

— Nous pourrons tous assister gratuitement aux courses, leur dit le chef d'équipe, mais il nous faudra respirer l'odeur des chevaux et de leur pisse. C'est à la fois gratifiant et accablant. Seul Thanh, notre « coiffeur de la famille royale », fait exception.

— Le « coiffeur de la famille royale » doit s'occuper de nous en premier, hurlaient les mécontents.

Thanh essaya de calmer les récriminations.

— Bien sûr ! En principe les proches passent avant tout le monde. Je suis à votre service dès que vous êtes disponibles.

« Le coiffeur de la famille royale » était le surnom que lui avait donné le chef d'équipe. Ce bel homme quinquagénaire était le premier sur qui Thanh avait révélé ses talents de coiffeur amateur. Puis était venu le tour du maire de Dalat, suivi par tous les hauts et moyens fonctionnaires du Comité populaire, qui venaient demander ce petit service au « jeune Thanh de l'équipe Anh Hông ». Le chef d'équipe lui avait fait une formidable publicité. Thanh avait eu de la chance de tomber sur lui. L'homme travaillait pour le Comité populaire, mais il n'était ni paysan, ni ouvrier, les deux classes sociales considérées comme les piliers de l'État prolétarien. Il faisait partie de la catégorie des « 30 avril », c'est-à-dire de ces opportunistes devenus procommunistes le jour où le drapeau jaune à trois bandes avait été remplacé par le drapeau rouge à étoile d'or, en haut du palais de l'Indépendance. Personne n'avait jamais su d'où il venait, ce qu'il avait fait auparavant, avec qui il avait vécu. Quelques-uns disaient l'avoir aperçu dans les casinos de la région de Bao Lôc. D'autres croyaient savoir qu'il était parachutiste mais que, joueur, il avait été exclu de l'armée. Selon d'autres encore, il était autrefois proxénète à Phan Rang, puis avait suivi son cousin, guérillero dans l'armée de libération, pour venir à Dalat. Bref, personne ne connaissait vraiment ses origines, on savait seulement qu'il avait la confiance du maire de la ville. Avant de devenir chef de l'équipe Anh Hông, il s'était occupé des affaires courantes à la mairie : organiser les transports du maire, lui faire son café le matin, servir le thé à ses invités l'après-midi, livrer les courses de sa famille, trouver une entreprise de nettoyage pour son épouse et la conduire en voiture chez sa coiffeuse ou sa manucure. Il n'avait certes pas le profil du révolutionnaire « pur et dur » sorti de la jungle. Le jour où il avait intégré Phu Vuong et Thanh dans son équipe, il les avait régalés d'une soupe aux vermicelles et d'un café.

— Vous êtes des novices ! Tâchez de bien travailler. Comme partout, les anciens essaieront de vous intimider. En outre, vous êtes du Nord et eux sont des locaux. Il y a toujours eu un peu de ségrégation.

Comme Thanh avait l'air inquiet, il ajouta :

— Allez, ne vous en faites pas. Je serai derrière vous. Ils n'oseront pas !

— Merci !

— Voilà, la réception des nouveaux est terminée ! Bon travail ! dit-il en se frottant les mains avant de quitter le restaurant.

Phu Vuong le suivait des yeux :

— Il a dû recevoir au moins deux bâtons, sur les six que tu as donnés au type du Bureau du Travail.

— Sûrement !…

— Nous sommes une aubaine pour lui ! Jamais il n'aurait pu recevoir autant avec les locaux. Tout au plus un gâteau de haricots mungo ou un paquet de saucisses.

— Les locaux sont tous des enfants de hauts fonctionnaires. Nous, nous ne sommes rien, nous n'avons même pas un diplôme ou un brevet professionnel en poche. Sans mes taels d'or, qui nous aurait aidés ?

Thanh s'appliquait à son travail, qui cependant ne leur permettait de remplir que la moitié de leur estomac. Pour le reste, il leur fallait puiser dans la ceinture de Thanh. Malheureusement l'or ne se reproduit guère et l'avenir devenait menaçant. Thanh ne cessait de chercher comment gagner de l'argent. La première année, en dehors du travail effectif sur les courts de tennis et le terrain de golf, il consacrait tous ses efforts aux leçons d'anglais. Il est plus difficile d'apprendre que de travailler, surtout si le travail consiste à ramasser des balles ou à couper l'herbe. Toutefois, les cours de langue pompeusement organisés par le Comité populaire étaient très sommaires, il en fut conscient dès le début :

C'est l'occasion ou jamais d'acquérir un outil de survie. Je dois réussir à posséder cette langue. Elle m'ouvrira d'autres horizons. Mais il ne faut pas trop attendre de cette classe où nous sommes plus de soixante élèves, et où la communication avec le professeur est un fantasme. Pour obtenir des résultats, je dois investir.

Il en discuta avec les jeunes de l'équipe : les habitants de Dalat connaissent bien le sujet, car ils ont l'habitude des cours de langues étrangères. Ils lui dirent que, pour apprendre correctement l'anglais, il fallait suivre des cours privés car, quel que soit le régime politique, le privé est toujours de meilleure qualité que le public. Ils lui donnèrent les coordonnées d'une dame que les gens de Dalat considéraient comme le nec plus ultra, issue d'une famille de professeurs de langues étrangères. Le premier interprète employé par la mairie française de l'époque coloniale était l'un de ses aïeuls. Les générations suivantes avaient repris le flambeau et fourni quantité d'interprètes, de traducteurs, de professeurs qui perpétuèrent jusqu'à l'excellence le métier-phare de la famille. Si l'ancêtre ne pratiquait que le français, les descendants étaient devenus également experts en anglais. Madame Diêp Linh, elle, enseignait le français, l'anglais et l'allemand. Les gens de Dalat la surnommaient prosaïquement « la référence en langues », ou poétiquement « le rossignol à la voix d'or », même si elle ne chantait pas. Thanh avait donc frappé à la bonne porte. Trois soirs par semaine, tandis que Phu Vuong se vautrait dans son lit avec ses romans de cape et d'épée, Thanh enfourchait son vélo pour se rendre au cours d'anglais de madame Diêp Linh, dont on louait déjà sous l'ancien régime «l'anglais élégant, avec l'accent très distingué de Londres». À ce qu'on disait aussi, les femmes et enfants d'ambassadeurs, bien que tous diplômés en langues étrangères de l'université de Saigon, devaient faire un stage de quelques mois à Dalat avant de partir rejoindre leur mari ou leur père en poste.

Madame Diêp Linh avait les cheveux blancs, mais elle avait gardé une voix harmonieuse. Son appartement, assez vaste, pouvait recevoir vingt élèves. Surtout, elle leur offrait de délicieux biscuits à la noix de coco à déguster avec un bon café. Thanh suivit son cours pendant dix-huit mois. D'une part, ses revenus étaient trop faibles pour qu'il continue, d'autre part il avait acquis l'essentiel, une bonne prononciation. Il pourrait désormais améliorer ses autres langues étrangères en lisant des livres en français et en s'aidant de dictionnaires. En acquérant un magnétophone et quelques bandes, il pouvait sans grand mal progresser dans la prononciation.

Quand j'aurai un meilleur salaire, je m'achèterai une grande télévision. Avec la vidéo, l'apprentissage des langues sera une promenade. Mais actuellement, je dois plutôt faire des économies.

Il regrettait de devoir renoncer aux cours de madame Diêp Linh, mais il se sentait comme un oisillon qui prend son envol pour vivre sa propre vie.

Il va falloir trouver une autre source de revenus. J'ai déjà dépensé trois taels pour les cours. Si je ne me dépêche pas, je ne tarderai pas à devoir m'abriter dans les égouts avec Phu Vuong.

Il apprit que le Bureau du Tourisme cherchait des guides pour le soir car il n'y avait pas assez de guides salariés. Ces intérimaires étaient rémunérés quinze dollars la soirée, mais ils pouvaient gagner plus avec les primes et les pourboires.

Comme les serveurs dans les restaurants. Cependant il ne faut pas compter sur les pourboires qui sont aléatoires par définition. Même à quinze dollars la soirée, qui souvent dure au-delà de minuit avec la tournée des bars et des dancings, comme je devrai me lever tôt pour être présentable et rejoindre l'équipe Anh Hông le lendemain, je tomberai d'épuisement avant même d'avoir pu obtenir ma carte d'identité. Non, ce n'est pas possible !

Après réflexion, il retira sa candidature.

Un jour qu'ils devisaient sur le gazon, Hông, l'un de ses collègues, lui proposa de suivre des cours de danse.

— Tu es beau, tu as un corps superbement élancé. C'est tellement dommage que tu ne saches pas danser.

— Pourquoi ?

— Je te verrais bien surgir sur la piste comme une star sous les spots de couleur, au lieu de courir après des balles de tennis pour ces vieux touristes coréens ventrus.

— Je sais, mais malheureusement je ne suis pas encore assez riche pour me défouler sur une piste de danse ou y exhiber mon beau corps.

— Tu es bouché ! Quand je te parlais d'apprendre à danser, je voulais dire : pour en faire un métier. Avec le salaire du Comité, on peut nourrir des lapins, pas des hommes. Comment fonder une famille, avec toutes les charges qui pèseront sur nos épaules ?

— Je croyais que toi et les autres, vous travailliez ici simplement pour vous occuper ? demanda Thanh franchement.

— Bien sûr, mes parents me nourrissent. Mais ils ne vivront pas éternellement, fit Hông avec un large sourire. S'ils étaient immortels, je ne m'en soucierais pas.

— D'accord ! Mais je ne me représente pas du tout le métier de danseur professionnel !

— C'était un métier très prisé à Dalat, autrefois. Quand la Révolution est arrivée, tout le monde a pris peur et les dancings ont fermé. Aujourd'hui, le vent du Renouveau commence à se lever. Les enfants des hauts cadres révolutionnaires ont appris à être coquets, à onduler en rythme, et les dancings repoussent un peu partout. Si ça te dit, on peut s'inscrire à un des meilleurs cours de la ville. Évidemment il va falloir travailler, le métier de danseur n'est pas comme celui de ramasseur de balles ou de tondeur de gazon. C'est un métier plus noble encore que celui de jockey. Après une longue période de formation, sept ou huit mois voire une année, nous pourrions intégrer le groupe des « danseurs attitrés » de la piste et commencer à gagner un peu d'argent. Une rampe de lancement pour tous ceux qui savent danser, qui aiment ça et savent se plier aux désirs des clientes. Avec ces qualités, tu gagneras ta vie. Tu peux également persévérer et devenir soliste. Tu seras alors admiré, et pour les dames ce sera un privilège ou une chance de danser avec toi. Enfin, si tu continues à parfaire ta technique, si en plus tu séduis par ton physique et possèdes cette force d'attraction appelée « don du ciel » dans le métier, tu finiras certainement « roi de la piste » ou « étoile », un Madonna au masculin, roi de la nuit acclamé et invité partout. Comme mon oncle, c'est toi qui fixeras le montant de tes prestations.

— Ton oncle est danseur étoile ici ? demanda Thanh, dubitatif.

— Non ! À Saigon ! C'était l'un des meilleurs danseurs de la Perle d'Orient. La scène ou le théâtre qui l'invitait était sûr de gagner le gros lot. Les patrons des boîtes se battaient à mort pour l'avoir, comme des loups pour une brebis. Il gagnait plus qu'un gouverneur de province.

— Où habite-t-il maintenant ?

— En Californie, répondit Hông. À l'époque où il exerçait, je n'étais pas né. Ce sont mon père et mes tantes qui m'ont raconté son histoire.

— J'ai vraiment du mal à te croire.

— Évidemment, c'est incroyable pour les gens du Nord, comme toi. Mais dans le Sud, à l'époque, les salaires des gouverneurs de province, des ministres et même du chef d'État étaient fixés par la loi. Pour gagner plus, on ne pouvait compter que sur la corruption ou l'attribution d'affaires juteuses aux membres de sa famille. Impossible de s'arroger une augmentation de salaire. Tandis que les revenus des danseurs, hommes ou femmes, montaient et descendaient avec les recettes des salles. Un danseur gagnant plus qu'un gouverneur de province, c'était tout à fait normal dans le Sud, aussi bien à Saigon qu'à Dalat.

— Mais… je n'ai jamais dansé de ma vie.

— Moi non plus ! Bien sûr, Dalat est réputée pour être une ville qui aime la fête et j'ai déjà dansé avec des amis pour m'amuser, mais en sautillant et en bougeant les bras, les jambes, bref, c'était plutôt de la gymnastique. Pour être vraiment danseur, il faut maîtriser la danse classique, qui est la base, et tous les autres genres. Mais nous sommes grands, toi et moi, nous sommes jeunes, nous aimons la musique, nous apprendrons vite. Je t'assure !

— D'accord, je marche !

Ils convinrent, dans la semaine à venir, de faire le tour des classes de danse pour choisir le cours à suivre. Pourtant, après mûre réflexion, Thanh se décommanda.

— Je dois d'abord me faire tailler un costume. Différons notre recherche de quelques semaines.

— J'en ai, des costumes, dans mon armoire ! Je t'en prête un, pas besoin d'en acheter.

— Merci, Hông, mais à chacun ses habits. De toute manière il m'en faut un nouveau, le mien est trop ancien.

Le lendemain, Thanh partit à la recherche d'un tailleur. Dalat n'était pas une grande ville, mais il y avait beaucoup de boutiques. Malheureusement Thanh n'avait pas eu le temps d'étudier quel tailleur était le meilleur, quelle boutique était plus tape-à-l'œil qu'efficace, laquelle était spécialisée dans les seniors, les quinquagénaires, ou les jeunes comme lui… Ce n'était pas simple.

En traînant dans les rues, plongé dans ses pensées, Thanh sentit soudain un regard rivé sur lui. Une impression étrange, extrêmement précise. Il leva la tête. Un homme, une rose à la main et sur le point de sortir de chez lui, s'était figé sur son seuil et le fixait. Il semblait hypnotisé. Son regard était celui d'un égaré, ou d'un chevreuil aux pattes tremblantes devant la gueule du tigre, ou encore de l'esclave prêt à subir le sacrifice. Aimanté par ce regard, Thanh s'arrêta pile devant lui.

Et, stupéfaits, ses yeux se noyèrent dans les siens.

Je sais donc maintenant reconnaître un homosexuel ! C'est ce visage là ! J'ai été si aveugle jusqu'ici. Enfin, dans ce regard, je vois mon image comme dans un miroir !

L'homme esquissa un sourire, ses lèvres frissonnaient. Il était grand, avec une belle tête à la chevelure châtain, un peu ondulée. L'éclat de ses yeux n'était pas noir ni marron, mais doré.

C'est un métis !

Une pancarte était affichée au-dessus de sa porte : « Tiên Lai ».

« Lai » signifiait « métis », l'homme avait donc bien donné son identité à sa boutique en l'appelant ainsi. Le nom était aussi clairement inscrit sur les vitres des fenêtres encadrant l'entrée. Derrière, dans la boutique, Thanh aperçut une dizaine de jeunes filles en blouse blanche soignant les ongles des mains et des pieds des clientes. D'autres les coiffaient. En tout une vingtaine d'ouvrières s'activaient dans un espace très propre et bien agencé. Les murs étaient peints en blanc, un beau blanc que relevaient seulement de magnifiques roses rouges. C'était le plus huppé des salons de coiffure de Dalat, dont le propriétaire était certainement cet homme planté sur le seuil de sa boutique, l'âme captivée.

J'ai eu ce même regard envoûté à la soirée de gala, quand Phu Vuong est sorti de scène. C'est le regard de l'instinct, un regard dominé par la passion et le désir. Il ne peut être confondu avec les autres, car il ne provient pas du cœur mais du sexe. Celui qui l'a dévoile forcément sa faiblesse. Il se rend dès les premières minutes. Je comprends enfin comment Phu Vuong a pu me manipuler comme une marionnette et me baratiner aussi facilement, lui, ce vagabond ignare.

L'homme réussit enfin à articuler :

— Bonjour !

— Bonjour, salua Thanh.

— Vous souhaitez vous faire coiffer ?

— Non, merci ! En fait, je cherchais un tailleur.

— Alors, je pourrais vous indiquer quelques bonnes adresses. Vous arrivez de Hanoi ? Moi, je suis de Dalat. J'espère pouvoir vous aider !

— Merci beaucoup. En effet, je ne connais pas encore bien la ville.

— Les bons tailleurs ne sont pas dans cette rue. C'est à vingt ou trente minutes d'ici. Puis-je vous offrir un café ?

Pourquoi pas ? C'est un commerçant et non un vagabond. Toi qui fréquentes les égouts, tu n'oserais rien accepter d'un honnête homme ?

— D'accord, mais à condition que ce soit moi qui vous l'offre. Vous m'aidez à trouver un tailleur, je ne vais pas vous faire payer les boissons en plus.

— Ah oui ? s'exclama l'homme, les yeux brillants de douceur. Vous êtes un homme de principes. Mais vous n'aurez pas besoin de payer, j'ai du café dans mon salon de coiffure.

Il le conduisit dans une deuxième salle plus petite, où il y avait un bureau et deux fauteuils. À peine furent-ils installés que l'homme décrocha son interphone :

— Je peux avoir deux cafés et quelque chose à grignoter, s'il vous plaît ?

Il expliqua en baissant la voix :

— C'est mon chef cuisinier.

Thanh observait l'endroit en silence. C'était très propre, et il discernait même un léger parfum. Semblant deviner ses pensées, Tiên Lai sourit :

— C'est un parfum à notes de thé vert et de jasmin. Tout le monde me demande où j'ai pu me le procurer.

— Oui, j'allais vous le demander aussi. C'est une fragrance très agréable.

— Vous aimez le parfum ?

— Oui, mais il ne m'est pas indispensable. Si je vous posais la question, c'est parce que j'aimerais en offrir à ma vieille propriétaire. Elle adore les parfums.

— Vous êtes si aimable. Ceux qui vivent à vos côtés…

Il s'interrompit car le cuisinier venait d'entrer avec un plateau d'argent sur lequel étaient posées une cafetière en porcelaine blanche, deux tasses et une assiette de petits fours.

Première fois que je vois un vrai plateau d'argent. Cet homme doit être riche. Le métier de coiffeur rapporte donc, si on a du talent ! Pourquoi ne tenterais-je pas le coup ? C'est peut-être une belle occasion ? Finalement les montagnards peuvent bien vivre en plaine

*et les paysans s'implanter en bord de mer. En matière
de métier, il faut oser changer. Ce n'est pas parce qu'on
a projeté un jour d'être danseur qu'on doit le devenir
à tout prix. Si c'est pour gagner de l'argent, je serais
plus libre, étant coiffeur. Je n'aurais qu'à toucher des
cheveux. Danseur, on est obligé de toucher les mains,
les hanches de sa partenaire, et malheur si on tombe sur
un visage repoussant, on a l'impression d'embrasser un
crapaud, une vraie torture !*

Thanh calculait dans sa tête à toute vitesse. Le
patron du salon de coiffure, lui, semblait conquis et
réfrénait difficilement ses sentiments. Thanh, pour
avoir été épris lui-même, en discerna les signes. Il ressentit aussitôt de la compassion.

*Même un roi se perd quand il aime. Est-ce que
j'aime Phu Vuong ? Pas énormément, mais un peu
quand même. Car le cœur est un nourrisson tout nu,
il a besoin de langes, de protection. Repoussé par
Cuong, je me suis réfugié dans les bras de ce garçon
des collines. Pour être honnête, il faut lui reconnaître
quelques talents. Il a de la répartie, il sait être drôle
et sa flûte ravit mon cœur. Quelqu'un qui ne souffre
pas ne peut jouer ainsi de la flûte. Dommage que
ce talent artistique ne soit qu'une infime partie de
son être, le reste n'est que vermine d'égout. Avec le
temps l'amour est parti, maintenant Phu Vuong est
là pour mes besoins sexuels. Une promiscuité obligée.
Une tromperie, en fait. Mais pourquoi la perpétuer ?
S'il y a un Tiên Lai à Dalat, il doit bien y avoir d'autres
garçons homosexuels. Il faut que je me libère de cette
laisse de chair appelée Phu Vuong.*

— Goûtez ces gâteaux ! invita Tiên Lai.

— Merci ! C'est délicieux, bafouilla Thanh, surpris.

— Mais vous n'avez pas goûté, comment savez-vous que c'est bon ? sourit l'homme.

Thanh se rendit compte de sa maladresse.

— Vous pensez à votre famille, n'est-ce pas ? demanda Tiên Lai d'une voix douce.

Ses yeux semblaient déposer sur Thanh un voile soyeux, tissé de passion et d'adoration.

— Le climat de Dalat ramène souvent les souvenirs, continua-t-il.

— Oui, en effet ! J'ai quitté ma famille depuis deux ans déjà, soupira Thanh.

— Vous êtes de Hanoi ?

— Non, je suis d'une ville au nord de Hanoi.

— Loin au nord ?

— Quelques dizaines de kilomètres.

— C'est moins qu'entre ici et Nha Trang.

— Oui, mais là-bas les routes sont abominables.

— Je n'ai jamais été au Nord. Mais Hanoi, la capitale de notre pays, est dans mon cœur depuis très longtemps.

Ils discutèrent ainsi de tout et de rien. Thanh ne se souvenait plus de ce qu'ils avaient dit. Seuls restaient dans sa mémoire le parfum de cette pièce toute blanche et les yeux enflammés de l'homme sur son corps, des yeux désespérés, suppliants. Il avait des mains blanches aux doigts fins et longs, aux ongles minutieusement manucurés, revêtus d'un vernis rose léger, couleur chair. Ces mains étaient soignées depuis des années dans l'attente de prodiguer des caresses.

Elles m'attendaient!

Il se rappelait le geste prudent de l'homme pour déposer doucement ses mains sur la nappe blanche. Ses yeux se levaient vers Thanh, et son regard criait en silence :

« Mon ange ! Je t'attendais depuis si longtemps. Depuis que j'ai abordé l'âge adulte, et aujourd'hui mes cheveux ont commencé à blanchir. Je t'ai attendu toute ma vie. Mon cœur t'appartient. Mes mains rêvent de te caresser et mon corps, de devenir ton esclave. »

*

Tiên Lai était marié et avait des enfants.

Deux enfants. Le plus grand entamait sa première année à l'école militaire de Dalat. Le deuxième, de quatre ans son cadet, était en dernière année de lycée.

Comment ont-ils pu faire deux enfants alors qu'ils ne s'aiment pas ?

Difficile à savoir. Si Tiên Lai avait été hétérosexuel, la réponse aurait été simple. Sous l'emprise de la pulsion sexuelle, n'importe quel homme « normal » était capable d'engendrer une tribu de descendants sans même le vouloir ou le planifier, en se soumettant au devoir de « perpétuation de l'espèce ».

À Lan Giang, à l'époque où Cuong et Thanh étaient inséparables, ils avaient l'habitude de se rendre à l'hôpital après leurs cours. Trois fois par semaine, ils entraient dans une toute petite pièce bleu foncé située à l'entrée de l'établissement, à côté de la barrière mobile qui interdisait le passage aux véhicules. Ils y prenaient livraison de sacs de victuailles pour la mère de Cuong. En effet, chef du service de gynécologie obstétrique, elle dirigeait une équipe de trente médecins et infirmières. Ces dernières étaient connues pour être plus attentives à leurs affaires personnelles qu'à leur travail à l'hôpital, et pour passer plus de temps au marché qu'à la lecture de documents techniques. Réprimandées par leur chef, elles se rachetaient en lui faisant ses courses chaque fois qu'elles partaient au marché. Courses que Cuong et Thanh avaient donc pour mission d'aller récupérer.

Le gardien, un homme imposant à la fière moustache, leur proposait chaque fois une infusion de jambosier :

— Allez ! Un petit verre avant de repartir ! Ce ne sont pas cinq minutes de plus qui vont rendre un poisson ou une courge moins frais.

Les cinq minutes devenaient toujours une demi-heure, voire plus d'une heure. Les garçons connaissaient par cœur son histoire, mais ils adoraient la réécouter, comme ces blagues qu'on ne se lasse pas de redécouvrir. Ils se moquaient du « vieil amant au cœur ardent », surnom que lui donnait tout l'hôpital. Souvent, Thanh commençait :

— Alors, votre belle, a-t-elle signé ?

— Elle signera ! L'eau qui coule polit la pierre, répondait le gardien en caressant sa moustache.

— La belle ? Laquelle ? demandait Cuong.

— Je n'ai qu'une belle, ne vous y trompez pas ! L'autre, la vieille, elle a un vieux qui lui court après. Il ne faut pas confondre le laiton avec l'or, la merde avec le pâté. Il faut bien faire attention dans la vie !

L'homme était furieux qu'on ait osé prendre la « vieille » pour sa belle, son vrai amour.

Il avait passé la cinquantaine. L'objet de son amour fou était une infirmière, veuve, du service de gynécologie. Non seulement il lui avait juré qu'elle était son premier et unique amour, mais il déclarait à tous, catégoriquement :

— Si je mens, que le ciel me brûle, que la foudre m'anéantisse, que les voitures m'écrasent, que le train me coupe le corps en deux !

Il affirmait également qu'il ferait tous les papiers pour divorcer de la « vieille » restée à la campagne. Il était prêt à lui laisser tout leur patrimoine en échange de sa liberté. Le plus drôle, c'est qu'il avait fait à la « vieille » huit enfants sans jamais avoir éprouvé le moindre petit frisson d'amour. Son histoire était devenue un grand sujet de discussion à l'hôpital. Pour se faire plaindre, l'homme n'hésitait pas à la raconter encore et encore à qui voulait l'entendre.

— Ma mère m'a marié pour disposer d'une domestique. Au moment de notre mariage, ma femme avait vingt ans et je n'en avais que treize. La première année, on ne s'est pas touché. Je dormais dans le hamac de la pièce du culte, la principale des cinq pièces de cette demeure aussi vaste qu'un temple, héritée de mes grands-parents. Ma mère dormait au bout à gauche. Ma femme, au bout à droite. Les deux pièces vacantes autour de la mienne servaient aux invités lors des fêtes familiales et des cérémonies en l'honneur des ancêtres. Ma mère y avait installé des canapés et un lit de planches en bois, pour les brûlantes soirées d'été. N'étant que trois, nous mangions ensemble, mais le soir, c'était chacun chez soi. Plusieurs fois, ma mère m'avait tancé :

« Quel imbécile, ce garçon ! Tu vas devenir bossu à force de dormir dans ce hamac, va donc dans ta chambre !

Je ne comprenais pas :

— Mon grand-père a dormi toute sa vie dans un hamac, il n'est pas bossu pour autant !

Ma mère s'énervait alors :

— Pas de discussion ! Il faut obéir aux grandes personnes !

— Je ne discute pas avec vous, mère ! Mais il fait plus frais dans le hamac. Et puis, j'y suis habitué.

Désespérée, ma mère soupirait :

— Quel fils ! Ta cervelle est donc un petit caillou, dans ce corps aussi grand qu'un arbre ? »

Mon épouse courbait la tête en silence. Quand j'eus quinze ans, ma mère partit plusieurs mois rendre visite à ma tante en ville. Elles n'étaient que deux filles dans la famille, et ma tante, accaparée par son commerce, ne venait jamais nous voir à la campagne. Avant de partir, ma mère me dit :

« Si tu travailles bien à l'école pendant mon absence, je te rapporterai des cadeaux.

— D'accord, mère. Mais si tu restes trop longtemps là-bas, je sauterai dans le car de l'oncle Tu pour venir te rejoindre.

Ma mère me regarda de travers :

— Je t'ai marié, tu as une femme. Pourquoi tu me colles ainsi ? »

Là-dessus elle s'en alla, me laissant seul avec ma femme. Et voilà que celle-ci ferme les portes, m'attrape et me prend sur son ventre ! Au début, je criais, je me débattais pour me libérer. Alors elle me menaça :

« Si tu ne me grimpes pas dessus, je ne te fais pas à manger ce soir !

— Je m'en fiche », répondis-je avant de m'échapper et de filer jouer dehors.

Quand je rentrai le soir, elle me jeta un regard acéré avant de se rendre à la cuisine. Je l'attendis longtemps à table, le ventre grognant de faim, puis allai la rejoindre. Effectivement, elle n'avait cuit qu'une petite ration de riz qu'elle avait mangée seule. Affamé, j'essayai d'allumer le brasero pour griller quelques taros, car je n'avais jamais cuit de riz de ma vie. J'étais l'unique garçon, très choyé par ma mère depuis la mort prématurée de mon père, bref je ne savais rien faire à part ouvrir la bouche pour la becquée.

Les taros grillés ne m'avaient pas rassasié, et quelques heures plus tard, mon estomac grondait de plus belle, je ne pouvais m'endormir. Je pleurais dans mon hamac :

« Mère, mère ! Reviens vite…

À ce moment mon épouse s'approcha :

— Ne crie pas comme ça, tu vas être la risée des voisins.

— J'appelle ma mère, pas les voisins. Pourquoi riraient-ils ?

— Mon mari a déjà quinze ans, ce n'est plus un petit garçon !

— Je ne sais pas ! criai-je.

J'avais très faim, mais je n'osais pas lui dire qu'il me fallait quelque chose de plus consistant. Elle me lorgnait d'un regard taquin :

— Mon mari ne sait pas, mais moi je sais, laisse-moi te montrer.

Elle se pencha sur moi et saisit mon petit zizi…

— Et alors ? demandaient les interlocuteurs du gardien.

— Alors ? Je n'avais pas d'autre choix que de lui monter dessus ! Elle me guidait. Après quelques fois, je sus comment m'y prendre ! C'est comme pour le jeu de billes ou de palets. L'essentiel, c'est de se faire la main.

— La main ?

— La main, le pied ou la bite, c'est tout pareil. Cette nuit-là, elle me cuisina une marmite de riz gluant et me fit quatre omelettes frites. Puis elle me dit : « Essaie encore de me grimper et demain je rôtirai un poulet, tu auras droit aux deux cuisses et aux deux ailes. »

— Les poulets de ferme sont nourris au grain et courent en plein air. Leur chair est excellente, rien à voir avec ceux d'ici. Vos efforts valaient le coup !

— Eh oui, j'étais jeune, j'avais beaucoup d'appétit, et elle m'a eu grâce à ma gloutonnerie.

— Ensuite ?

— Après le retour de ma mère, ma femme commença à avoir des nausées. Ma mère me dit : « Très bien, mon fils. Tu as créé ta descendance. À partir d'aujourd'hui, tu dois travailler. Tu vas bientôt être père, il n'est plus temps de jouer. » Je lui rétorquai : « Je veux aller à l'école. Je ne veux pas labourer la terre. Chacun doit s'occuper de ses propres enfants ! » Ma mère fut abasourdie : «Quel idiot ! Elle ne l'a pas fait toute seule, cet enfant ?»

— Ah ! Ah ! riaient ses auditeurs. Et pour les enfants suivants ?

— Je vous ai dit que la main, le pied ou le zizi, c'est pareil, une question d'habitude. Je ne réfléchis pas, je n'ai même pas senti mon cœur palpiter ne serait-ce qu'un petit peu. On monte sur le lit et on pompe. Une fois déchargé, on s'essuie les couilles et on s'en va.

— Si l'habitude peut produire jusqu'à huit âmes, ce n'est quand même pas banal ?

— Il suffit de pomper quelques coups pour faire venir un gosse. Rien de très compliqué. Vous voyez bien. Je suis fils de paysan mais je ne voulais pas labourer. En sortant de l'école, j'ai suivi mon oncle en ville pour apprendre le métier de cordonnier. Pendant l'époque révolutionnaire, je me suis engagé dans l'armée, dans les transmissions. Après la guerre, j'ai travaillé comme gardien au ministère de la Santé avant de venir ici. À chaque permission ou congé du nouvel an, en revenant chez moi à la campagne, j'avais toujours la bite en feu. Avoir une femme chez soi, c'est comme disposer d'une casserole dans sa cuisine, à portée de main. La nuit tombée, j'entrais dans le lit de la vieille, je pompais quelques coups, puis je m'en allais ronfler sur le canapé. Ainsi la vie s'écoulait, sans saveur, sans odeur, jusqu'à ce que je rencontre ma belle…

Thanh avait un peu oublié l'histoire du gardien de l'hôpital, mais la situation de Tiên Lai la lui rappela. Il se souvenait de la moustache du vieux, en guidon de vélo, et de sa voix assurée.

— Je n'ai connu l'amour qu'à cinquante ans ! Pourquoi n'en profiterais-je pas ? Tout mon patrimoine à la campagne, je l'ai abandonné à la vieille, aux enfants et aux petits-enfants. Allez-y ! Battez-vous, partagez-vous petites et grandes maisons, étangs du haut et mares du bas. Je vous quitte les mains vides. Avec ma belle, nous aurons assez d'un bol de riz avec un peu de sauce de soja. Mon maigre salaire nous assure deux repas quotidiens de liserons d'eau avec de la saumure.

L'infirmière veuve en question, leur avait révélé la mère de Cuong, était réellement amoureuse du gardien, mais elle n'avait pas encore cédé à ses avances car elle ne voulait pas être mêlée à son divorce. Une fois celui-ci conclu, tout était possible.

Ce gardien est un paysan, et les paysans sont souvent soumis à leurs coutumes. Ils peuvent vivre toute une vie dans l'ombre sans savoir qui ils sont, ce qu'ils veulent et comment faire pour échapper à la souffrance. Tiên Lai, au contraire, est un homme cultivé, diplômé de la faculté de droit de Saigon, il parle anglais comme un Britannique car il l'a appris dès son enfance. Pourquoi a-t-il accepté une relation aussi absurde ?

Thanh se posait la question sans avoir jamais osé interroger franchement son ami.

*

Tiên Lai était un fruit qui avait mûri hors saison. Il était né de la rencontre entre un officier français assez beau gosse, instructeur à l'école militaire locale, et une jeune et jolie fille de Dalat qui, à dix-huit ans, était hôtesse d'accueil à l'hôtel des Pins. Elle aurait pu se contenter de ce lieutenant de l'armée française, si elle n'avait été aussi la fille unique de la patronne des trois plus grosses bijouteries de Dalat. Elle travaillait non pour gagner sa vie, mais pour pratiquer l'anglais et le français qu'elle apprenait depuis le cours élémentaire. Leur idylle ne dura pas plus d'un an car la jeune femme avait détecté, quelques semaines après leur lune de miel, le vrai visage de son mari. Immensément déçue, enceinte de cinq mois, elle avait demandé le divorce.

« Ce mariage est l'échec de ma vie. Une erreur impardonnable ! » avait-elle déclaré devant le juge aux affaires matrimoniales ; gifle retentissante pour son mari et les proches de ce dernier, Occidentaux qui se croyaient bien supérieurs aux « indigènes ». L'officier originaire de Corse qu'elle avait épousé, affirmait-elle, était le pire grigou de l'Orient et de l'Occident réunis. C'est pourquoi, par la suite, elle avait interdit à Tiên Lai d'apprendre le français. En revanche, il eut droit à un précepteur anglais. Sa mère était la seule fille d'une fratrie de cinq enfants. Très choyée par sa propre mère, elle n'en faisait qu'à sa tête. Tout ce qui sortait de ses lèvres était pris pour vérité absolue.

Tiên Lai se souvenait de la moue impitoyable de sa grand-mère maternelle, de ses sempiternelles médisances qu'il recevait comme autant de jets d'acide :

— Les Français, ou les Blancs en général, il y en a de toutes sortes. Il y a les élégants, les riches et puis il y a ceux qui nettoient les égouts ou cirent les chaussures.

Quand le petit Tiên sera grand, tu l'enverras faire ses études à Londres ou à Washington.

Mais quand il fut grand, sa mère ne voulut pas le laisser partir. Restée seule après son divorce, elle avait travaillé pour les orphelinats de la ville, comme pour se punir par le choix d'une vie quasi monacale. Quand il arriva à l'âge adulte, elle négocia avec la grand-mère du garçon :

— Tu as déjà six petits-enfants qui sont partis soit pour l'Angleterre, soit pour les États-Unis. Laisse-moi ce petit. Les autres deviendront riches plus tard, mais mon garçon, je ne veux pas qu'il me quitte.

— Comme tu veux, ma fille, soupira la grand-mère. Mais sache que tu ne lui donnes pas sa chance, à lui.

— Je sais que je suis fautive vis-à-vis de ton petit-fils. Mais je ne peux pas faire autrement, ma vie, c'est lui !

Ainsi le sort de Tiên Lai fut fixé. Il ferait ses études à Saigon car sa mère ne pouvait se séparer de son garçon adoré. De Dalat à Saigon, elle prenait le volant elle-même quand elle voulait le revoir. Elle restait alors auprès de lui quelques jours, parfois une semaine. Lui, prit l'habitude, en sortant de ses cours, de regarder sur le trottoir d'en face, sous les arbres, s'il n'apercevait pas la silhouette gracieuse de sa mère, toujours vêtue d'une tunique blanche recouverte d'un châle fin, ses lunettes de soleil sur le front.

Les années universitaires passèrent ainsi. Certes ses cousins partis à Londres ou à Washington pouvaient dépenser plus, avaient accès à plus de connaissances que Tiên Lai, mais le fait est qu'ils étaient beaucoup moins choyés que lui.

« Mon petit chéri, je pense trop à toi ! »

Tel était le tendre soupir qu'il avait toujours entendu
sortir des lèvres de sa mère, jusqu'à l'année de ses qua-
rante-trois ans où elle le quitta définitivement.

— Votre mère, s'étonna Thanh, n'est décédée que
depuis quelques années ?

— Oui. Elle avait soixante et un ans. Elle n'était
pas malade. Au contraire, vivant seule, elle ne faisait
pas son âge : on ne lui aurait donné que quarante-
cinq ans, tout au plus cinquante. Elle a pris froid et a
été emportée en vingt-quatre heures. C'était pendant
l'hiver 1987.

— C'est l'année où j'ai… sursauta Thanh.

— Où vous… ?

— Où je suis parti de la maison, répondit Thanh
après quelques hésitations.

Tôt ou tard, il saura qui je suis. Inutile de dissimuler.

Ils se faisaient face, assis à une table sous une fenêtre
de l'hôtel. De là, ils apercevaient la surface miroi-
tante du lac et les forêts de conifères qui s'étalaient
jusqu'à l'horizon, où les montagnes se chevauchaient
pour offrir au spectateur toutes les nuances de vert
profond et de bleu intense jusqu'à la teinte du jade.
Au-dessus, les nuages formaient un voile de fine den-
telle aux motifs sans cesse changeants en fonction de
l'intensité lumineuse du crépuscule. Les yeux dorés
de Tiên semblaient se brouiller et ses pattes-d'oie se
creuser.

*C'est un bon fils, bien élevé, pas comme toi qui as
trahi ta mère ! Il est resté à Saigon pour ses études mais
il est revenu auprès de sa mère à son appel. Il est loyal,*

ce n'est pas un voleur qui est parti avec toute la fortune familiale, pour satisfaire les désirs de son corps !

Le réquisitoire était précis et clair, énoncé d'une voix ferme, sans aucun sentimentalisme.

Se sentant intérieurement humilié, il tenta de détourner la conversation.

— Votre mère devait être très belle !

— Oui, c'est vrai.

— La mienne me disait que pour le faon, la maman biche est toujours la plus belle.

— Ah oui ? fit Tiên Lai en souriant. À l'époque, les gens critiquaient ma mère car elle me choyait plus que de raison. Elle leur répondait : « Les rois dissimulent leur enfant, les biches l'aiment. » Votre mère citait certainement la même chanson populaire. Je suis peut-être subjectif et les garçons trouvent toujours que leur mère est la plus belle. Mais c'est un peu vrai.

Tiên Lai se leva pour sortir un portefeuille de son blouson, dont il tira la photo d'une jeune fille :

— Regardez ! N'ai-je pas raison ? Ma mère avait été élue première dauphine à seize ans, lors d'un concours de miss Saigon.

La jeune fille était effectivement très belle. Thanh dut reconnaître, un peu déçu, que maîtresse Yên, sa maman biche, était légèrement en dessous :

— Qu'elle est belle ! Ce n'est pas votre partialité de fils, c'est bien réel. Je trouve que vous lui ressemblez beaucoup. Pardon si je me trompe, je n'ai jamais vu votre père ! Mais ces traits…

— Vous avez raison ! Je tiens beaucoup plus de ma mère. Même si, dans la réalité, nous tenons tous à égalité de nos deux parents.

— Vous n'avez pas de photo de… cet officier ?

— De mon père ? Non. Je n'ai pas envie d'en avoir. Et encore moins de le retrouver. Ma mère a eu raison de le quitter. C'était un homme très égoïste et tout à fait quelconque. J'ai eu l'occasion plus tard de faire la connaissance de gens qui avaient travaillé avec lui. Ils m'ont raconté qu'après avoir quitté le Vietnam, il était rentré en France et s'était remarié avec une aubergiste de Lyon. Après lui avoir fait deux enfants, il l'a quittée pour une histoire d'argent et n'a jamais payé la pension alimentaire fixée par le juge. L'ex-femme lui a bien intenté un procès mais cela n'a absolument rien changé. Les deux enfants ont refusé de le revoir. Dix ans plus tard, il paraît qu'il est retourné en Corse et s'est remarié une troisième fois. Avec la veuve d'un propriétaire terrien, riche, mais son aînée de dix ans. Il a dû oublier jusqu'à mon existence. Quant à moi, j'avais honte chaque fois que ma grand-mère commentait son avarice et sa cupidité. En grandissant j'y suis devenu indifférent, j'avais, moi aussi, oublié son existence. Je ne me sentais plus concerné par les vices de cet homme qui avait engrossé ma mère. Ma vie tournait alors autour de ma mère. Et maintenant…

Il s'arrêta de parler pour saisir brusquement les mains de Thanh. Il tremblait.

Je ne me suis jamais mis dans un pareil état ! Bien sûr, quand j'ai été repoussé par Cuong, j'avais si mal que j'en ai pleuré. Mais jamais je n'ai tremblé. Qu'est-ce qui rend cet homme aussi faible ?

Il se laissa toucher, mais ne réagit pas. Il se revoyait dévalant en trombe l'escalier du lycée pour fuir dans le jardin des flamboyants, revoyait l'air surpris de sa maîtresse qui l'avait croisé en pleurs.

Qu'avait dit Cuong ce jour-là ?

— Tu es si maigre !

J'ai pleuré ! pleuré d'entendre une voix aimée. Cet homme a-t-il autant souffert ? Dommage que nos deux cœurs ne battent pas à l'unisson. S'il se retrouvait dans la même situation que moi, il serait sûrement désespéré car la vie est courte et le désespoir croît à l'inverse de la vie !

*

Le salon de coiffure de Tiên Lai accueillait beaucoup de clients étrangers. Le tarif pour les hommes était de quinze dollars, pour les femmes de vingt-cinq, et une mise en plis coûtait quarante-cinq dollars. Ces prix étaient inaccessibles aux Vietnamiens, mais non aux touristes ou aux cadres d'entreprises étrangères.

Une coupe pour une jeune femme aux yeux bleus vaut un mois de salaire d'un membre de l'équipe Anh Hông. Couper l'herbe pendant trente jours équivaut donc à couper les cheveux pendant deux heures ! Je vais tenter ce métier de coiffeur ! Il me plaît bien !

Au départ simple plaisanterie, l'idée mûrit bientôt. Sans rien dévoiler à Tiên Lai de ses intentions, il l'observait attentivement quand ce dernier dirigeait ses employés. Puis il lui emprunta les revues spécialisées que lui envoyait un cousin d'Amérique.

— J'ai suivi les cours de madame Diêp Linh pendant dix-huit mois. Actuellement, je ne peux plus, mon travail me prend tout mon temps. Ces revues vont me permettre de continuer à réviser mon anglais.

— Naturellement ! Les livres politiques sont difficiles à lire, surtout pour les débutants. Les revues s'y prêtent mieux, les photos aident à retenir le vocabulaire. Même si celles-là sont spécialisées en coiffure, elles comportent quantité d'articles et de nouvelles très intéressantes. Ce n'est pas vraiment de la littérature, mais c'est distrayant.

— Vous n'en avez pas besoin ? Je ne vous en prive pas ?

— Non ! Tout est dans ma tête ! Le métier de coiffeur, comme tous les métiers, nécessite de bien apprendre la théorie, mais après, il faut l'oublier. Ce n'est qu'une fois débarrassé des techniques acquises qu'on peut développer son expérience et sa créativité. Aucune théorie ne peut vous donner les solutions. Il faut vivre, tout est à découvrir, dit Tiên Lai avec une idée derrière la tête.

— Merci ! Je vais les lire vite pour pouvoir vous les rendre. Vous n'en avez peut-être plus besoin, mais vos jeunes coiffeuses voudront certainement les consulter.

Thanh s'acheta un grand carnet à couverture rigide.

Ce sera mon vade-mecum professionnel. Avant d'oublier, comme Tiên Lai l'a dit, il me faut apprendre correctement. Même sans professeur.

Tous les soirs, il recopia soigneusement les leçons dans son carnet. Il dessina les visages, reproduisit les modèles de coiffures. Il nota les techniques de mise en plis, de traitement des différents types de cheveux, y compris les plus difficiles, raides, réticents au frisage, ou ce que les coiffeurs appelaient les «cheveux de soie», trop fins et brûlant facilement. Il apprit également comment «éteindre» des cheveux qui brûlent et gérer les peaux trop sensibles aux colorations. Bref, il apprit son métier avec application et méthode.

Finalement, pour recevoir quarante-cinq dollars d'une femme aux yeux bleus, il faut quand même pas mal de labeur. Ce n'est pas si simple, ce métier de coiffeur. L'image que je me faisais du coiffeur ambulant, assis au coin de la rue avec sa caisse, a bien changé avec Tiên Lai et son apprentissage !

Après avoir noté les techniques fondamentales, Thanh rendit à Tiên Lai les revues, ne gardant que quelques numéros un peu plus difficiles qu'il ne pouvait lire qu'en consultant le dictionnaire. En ville, il s'acheta quelques modèles en caoutchouc et des tresses de fils en nylon, et commença à s'exercer.

La passion s'emparait de lui. Couper les cheveux n'est pas seulement un moyen de subsistance, c'est également un mode de création. Il se sentait confiant, capable de conduire un changement, de donner une nouvelle forme à une réalité. Une coupe, une couleur pouvait assombrir un visage, le durcir, ou au contraire le rendre plus ouvert, plus élégant, plus jeune.

Tout l'art du coiffeur est là. Les techniques ne sont qu'accessoires. N'importe qui peut apprendre les méthodes, mais pour rendre la beauté à un visage ou à une coiffure, il faut aimer le Beau, et il faut aimer les gens.

Thanh était satisfait de son choix. Durant toute cette période, l'existence de Phu Vuong à ses côtés ne compta plus. L'après-midi, s'il passait à l'hôtel, il dînait avec Tiên Lai dans sa chambre. Rentré chez lui, il s'exerçait sur ses mannequins. La joie de la création le comblait. Il oubliait qu'une autre personne vivait avec lui, l'attendait habituellement pour dîner et que, dorénavant, elle devait se contenter d'un sandwich. Quelques semaines passèrent. Il voyait Phu Vuong entrer dans la cuisine, fouiller dans les tiroirs pour trouver quelque chose à se mettre sous la dent ou à cuire. Il ne lui demandait rien, mais devinait que son compagnon n'avait même plus de quoi s'acheter du pain.

Apprends donc à vivre à la sueur de ton front, misérable gueux qui veux vivre à la bourgeoise.

Il ne pouvait réprimer un petit sentiment de revanche en repensant à l'année écoulée où chaque soir, après le travail, il s'était dépêché d'aller faire les courses et de préparer à manger tandis que son compagnon des Vertes Collines se prélassait sur le divan.

Tu t'es habitué à jouer l'invité d'honneur, croyant que ce rôle t'était naturellement attribué. Maintenant la réalité de la vie te ramène à ta propre réalité. Tel ce pêcheur de la légende qui se réveille de son rêve doré pour constater qu'il est toujours assis dans la cabane pourrie de son misérable village.

Voilà à quoi songeait Thanh en écoutant les bruits de vaisselle dans la cuisine. Il savait qu'il leur restait encore un stock conséquent de pâtes, de vermicelles et de riz. La famine ne pouvait sévir dans cet appartement, il était trop prévoyant.

Pour un habitant des égouts comme toi, c'est encore trop de chance d'avoir des nouilles à se mettre sous la dent.

*pour les touristes et les étrangers. Ils ne viennent pas
seulement là pour se faire coiffer. Ils y admirent de
belles roses dans un espace serein, subtilement parfumé.*

*Pourquoi ne suis-je pas entièrement heureux ici ?
Dans cet endroit si agréable, en compagnie d'un homme
qui m'aime jusqu'à l'idolâtrie ?*

Tiên Lai prenait un soin particulier à s'occuper de
leur chambre.

— C'est notre nid d'amour. Ici, nous vivons avec
notre vraie personnalité, sans nos masques, laissés de
l'autre côté de la porte.

Leur chambre était très propre. Le lit était toujours
drapé de blanc, un blanc pur et frais comme celui
des orchidées, ou des lys dans le vase. Il y régnait un
parfum familier, mélange d'effluves de thé vert et de
jasmin. C'était un lieu réservé à l'amour, à leur amour.
Pourtant, Thanh le sentait dans le secret de son âme,
il n'aimait pas vraiment cet homme si parfait.

*Nos cœurs ne battent pas à l'unisson. La vie est-elle
donc une sorte de cercle vicieux ? Je poursuis Cuong
d'un amour impossible et maintenant c'est cet homme
qui me poursuit ? J'avais entendu parler de cette confi-
guration absurde, mais aujourd'hui je la vis.*

Tiên Lai était un amant dévoué. Dévoué jusqu'à
en devenir presque une mère. Après maîtresse Yên,
il était certainement la personne la plus tendre, la
plus aimante et la plus empressée auprès de Thanh.
Quand il était enfant, à son réveil, sa mère était là à
le contempler, à l'embrasser. Ses cheveux, ses oreilles,
ses joues, ses pieds ou ses mains, tout lui inspirait une
adoration presque excessive. En paroles, elle bêtifiait
à outrance :

Il se remit à son travail.

Un soir, le voyant travailler sur une touffe de fils de
nylon, Phu Vuong lança, moqueur :

— Je croyais que ton rêve était de devenir professeur des universités ? Tu as finalement accepté d'être
coiffeur ?

— Je peux faire n'importe quoi, pourvu que ce soit
honnête, répliqua Thanh très en colère. Je ne vole pas,
je ne mendie pas !

Thanh lui jeta un regard assassin et Phu Vuong se
détourna, silencieux. Il devait avoir besoin d'argent et
c'est pourquoi il l'avait provoqué. Thanh, en effet, ne
lui donnait plus d'argent de poche depuis qu'il l'avait
chassé de son lit, comme il l'avait toujours fait depuis
leur départ.

*Il a toujours vécu comme une femme entretenue,
mais lui ai-je jamais demandé de partir avec moi ? Nous
n'avons signé aucun contrat pour cette vie commune !
C'est lui qui a commencé à me parler d'aventure, d'avenir à construire ailleurs. Et moi, par compassion, par
prévenance envers mon compagnon de route, j'ai toujours anticipé ses besoins, je lui ai donné cet argent de
poche. Mais la bonté crée le parasite. Comme le pot de
miel attire les mouches. Comment n'ai-je pas compris
tout cela depuis le début ? Suis-je si niais, moi, le fils
de maîtresse Yên et de maître Thy, pour devoir payer si
cher cette expérience ?*

Il était furieux contre lui. Plus il y pensait, plus sa
colère augmentait.

*Je ne suis pas seulement niais, je suis faible ! Je ne
devrais pas tolérer un individu aussi veule et méchant
que Phu Vuong. J'aurais dû le chasser dès la première*

fois qu'il a médit sur notre logeuse. J'aurais dû être clair et net !

Mais une autre voix lui murmurait :

C'est quand même ton compagnon de route. Supporte-le donc encore un peu, jusqu'à ce que vous obteniez enfin vos cartes d'identité. Alors tu pourras le mettre dehors.

Il se tourna vers son compagnon qui était couché sur le divan, sans lire, sans jouer aux cartes comme d'habitude, les yeux dans le vague.

Tu as exactement les mêmes yeux que ton père, le vieux poète fou du hameau des Eucalyptus. On dit que de tels yeux dissimulent les pensées. Ce sont les yeux des hommes perfides, sournoisement méchants. Mais si rusé que tu sois, une fois les cartes obtenues, je te chasserai de ma vie sans sourciller. La carte d'identité sera mon solde de tout compte, à supposer que j'aie jamais eu une dette envers toi.

Ce fut sa décision finale : il serrerait les dents pour supporter cette vie commune encore un temps. Il s'était écoulé déjà vingt-deux mois depuis leur embauche dans l'équipe Anh Hông. Encore quatorze mois et ils auraient les fameuses cartes d'identité. Ce serait le jour de sa libération. Après, la vie changerait.

J'oublierai cette tranche de vie, je serai cet homme qui sort de la boue, qui se lave à grande eau pour se débarrasser de l'odeur de la vase et pour purifier son âme. Je laisserai derrière moi cette période maudite, comme un voyageur dépasse sur son chemin un tombeau abandonné.

Il ne s'en doutait pas, mais malheureusement toutes ses prévisions se révéleraient fausses.

*

Tiên Lai et Thanh se voyaient à l'hôtel du Cheval blanc, lieu que Tiên Lai avait choisi dès leur premier rendez-vous.

C'était l'hôtel le plus chic de Dalat. Son enseigne représentait un cheval aux deux ailes déployées qui se cabrait, crinière au vent, à l'image de la monture mythique offerte par le dieu Hermès à Persée pour ses combats. Dalat a été fondée par les Français pour son climat tempéré, favorable à la culture du café et à l'élevage des vaches laitières. Aussi la culture occidentale avait-elle imprégné l'atmosphère de la ville et le cœur des gens. Le personnel de l'hôtel connaissait bien Thanh. Il suffisait qu'il apparaisse devant la porte tournante pour qu'ils s'avancent vers lui avec un sourire chaleureux.

— Bonjour, voici la clé de votre chambre.

Il montait directement au cinquième par l'ascenseur. Leur chambre était au bout du couloir. Il s'était rapidement approprié ce lieu qui semblait attendre sa venue depuis toujours. La pièce était bien décorée, les meubles, les rideaux avaient été choisis avec goût. Le vase ne contenait que des roses rouges ou des lys. Ce choix tenait au hasard, mais les deux espèces touchaient chacun des deux hommes au cœur. Les roses rouges, en particulier les roses velours, étaient les fleurs fétiches de Tiên Lai et de sa mère. Les lys, eux, rappelaient à Thanh les fleurs immaculées de pamplemoussier à sa fenêtre, pendant les pluies de printemps.

Cet homme a beaucoup de goût et de finesse. C'est sans doute ce qui a su rendre son salon aussi accueillant

« Oh, ce pied de maman est si mignon ! »

« Quelle belle oreille tu as ! Tu me laisses la manger ? »

« Qu'il est beau, ce garçon ! C'est le fils de qui ? Mon prince, de quel jardin de fées venez-vous pour vous égarer chez moi ? »

Si on enregistrait leurs paroles et les leur repassait un jour, nul doute que les mères rougiraient de leur délire passionné pour leur enfant. Mais quel amour n'est pas fou ? Surtout l'amour d'une mère, le plus extravagant de tous ?

Les paroles admiratives de maîtresse Yên, ses regards caressants et ses baisers brûlants étaient gravés dans l'esprit de Thanh. À ce souvenir, il ne manquait jamais de rougir de bonheur et de fierté. Il savait que tous les garçons n'avaient pas droit à autant d'admiration, autant d'idolâtrie de la part de leurs parents.

Maintenant c'était Tiên Lai qui lui exprimait de tels sentiments. Il le regardait dormir avec le même regard que celui de la maîtresse, lui embrassait les mains, les pieds, la poitrine, les cuisses avec la même fougue inépuisable. En mots, cependant, c'étaient moins des transports insensés qu'une douceur pleine de grâce :

— Tu penses quelquefois à moi, quand tu es chez toi ?

— Bien sûr, répondait Thanh un peu gêné, car chez lui il s'exerçait plutôt à coiffer des têtes factices.

— Merci, Thanh. Même brève comme l'éclair, une seule seconde de tes pensées est un grand bonheur pour moi.

Son regard était triste. On y discernait de la persévérance, de la supplication, de l'accablement, et une lutte intérieure contre le désespoir. Thanh avait beau être jeune, il devinait les sentiments qui se tissaient en cet homme, se heurtaient en une tempête intérieure qui meurtrissait son âme. Tiên Lai était sensible. Il savait que son amour était à sens unique et que le gouvernail de sa nef était entre les mains d'un autre.

Tout dépend de moi, mais on ne peut commander à son cœur! Le cœur de l'homme est un cheval rétif, un médium en transe, ou l'ombre d'un fantôme aperçue entre les arbres. Nul ne peut dire dans quelle direction il va partir. Je voudrais tellement aimer Tiên Lai. Un homme aussi cultivé et doux est l'amant idéal. Un compagnon en qui on a entièrement confiance, un guide merveilleux dans la vie. Je serais si heureux de pouvoir l'aimer totalement et durablement.

Mais s'il ne l'aimait pas, pourquoi revenait-il ici, dans cette chambre, pour parler, faire l'amour, s'amuser et prendre des bains avec lui, comme s'ils étaient des amants fusionnels? Était-il aussi inconséquent que le garçon du hameau des Eucalyptus? Terrible question!

Pour être sincère avec les autres, il faut d'abord l'être avec soi-même, lui avait enseigné maîtresse Yên. Ainsi, il continuait à se poser des questions sans y apporter de réponse.

Tiên Lai avait senti ces hésitations, ces dilemmes chez son amant de dix-neuf ans. Un jour, il lui raconta sa propre histoire.

— Je lis le doute dans tes yeux, commença-t-il.

— Non, ce n'est rien, répondit Thanh. Néanmoins…

— N'essaie pas de me rassurer, dit Tiên Lai en souriant. Je suis un homosexuel bien suspect, puisque j'ai une femme et deux enfants. Tu dois te poser des questions.

Thanh se taisait. Ayant décidé de tenter sa chance avec ce beau garçon qui avait fait chavirer son cœur, Tiên Lai, lui, songeait que l'arme ultime serait peut-être de lui ouvrir entièrement son âme. Il comprenait que l'amitié, comme l'amour, pouvaient naître du mystère, mais que ce mystère était une arme à double tranchant, car elle suscitait le doute ; et dans toutes les relations humaines, le doute est l'ennemi de la sincérité. Un équilibre bien fragile, comme une petite barque lancée sur les eaux tumultueuses d'un torrent.

6

L'histoire d'amour de Tiên Lai

Ma mère a découvert mon homosexualité quand j'avais seize ans, commença Tiên Lai. Elle n'a rien dit, mais elle m'a discrètement fourni les armes pour me permettre plus tard de survivre dans une société où les homosexuels sont considérés comme des coqs à deux queues ou des buffles à trois cornes.

— Mais comment a-t-elle pu savoir ? s'étonna Thanh. Je ne suis pas fier de l'avouer, mais moi-même je ne m'en suis rendu compte que tardivement. Mes parents n'ont absolument rien vu.

— C'est le cas dans beaucoup de familles. Les parents ne cherchent pas à comprendre leurs enfants. Ils sont souvent pris par tellement d'autres préoccupations : le travail, le patrimoine à conserver, la réputation à se faire dans la société, l'avenir. Ceux qui s'inquiètent de l'avenir de leurs enfants ne se focalisent que sur deux points : leur réussite et leurs futurs moyens de subsistance. Quant à leur vie intérieure, c'est un domaine totalement inexploré par les

parents. Malheureusement, les pensées intimes sont
le principal moteur dans la vie d'un être humain,
comme le gouvernail qui peut aider le bateau à franchir l'océan ou le mène tout droit sur les rochers où
il se fracasse et coule dans les abîmes. Ma mère était
une intellectuelle. J'ai eu beaucoup de chance. Chez
ma grand-mère maternelle, une commerçante d'une
grande intelligence, deux précepteurs se relayèrent
pour apprendre l'anglais et le français à mes oncles
et à ma mère dès leur enfance. Ils sont tous pratiquement trilingues. Fille d'un maître d'école, ma
grand-mère n'avait pu apprendre le mandarin dans
son enfance car les filles n'avaient pas le droit de s'asseoir sur la même natte que les écoliers mâles. Elle
avait le droit de servir le thé et de fabriquer l'encre
pour le maître. Mais elle avait tellement envie d'apprendre qu'elle épiait les cours derrière la porte. Son
père la surprit un jour et la convoqua. Elle lui avoua
sa passion et aussi qu'elle avait suivi tous ses cours.
Surpris et impressionné par l'opiniâtreté de sa fille,
il lui donna un rouleau de papier et une plume. Elle
écrivit alors toutes les leçons apprises, à la stupéfaction de son père. En résumé, bien qu'élève clandes-
tine, elle s'avérait meilleure que tous les garçons de la
classe. Son père lui dit : «Dès aujourd'hui, tu n'auras
plus à épier derrière la porte. Je te donne une chaise
pour t'asseoir dans la pièce voisine.» Ma grand-mère
devint ainsi officiellement son élève. Pourtant elle restait exclue de la classe. La porte était ouverte, mais
elle ne pouvait s'installer dans la pièce voisine qu'une
fois le thé et l'encre prêts. Mais c'était déjà une révolution. Le maître ne commentait jamais les devoirs de

sa fille pour ne pas faire perdre la face aux garçons, mais il confia à son épouse : «Notre fille est brillante, elle les devance tous !» Ce fut son seul compliment, chuchoté. Quelques années plus tard, il prit le maquis pour rejoindre la résistance anti-coloniale. Il quitta la ville, se perdit dans les montagnes, puis disparut définitivement. Son épouse en tomba malade de tristesse et mourut peu après. Ma grand-mère dut se lancer dans le commerce pour nourrir ses jeunes frères. Elle commença par le thé, puis la soie, et termina sa carrière en ouvrant une bijouterie. Cependant elle n'oublia jamais son enfance. Les priorités qu'elle avait pour sa descendance, c'étaient les études et l'ouverture d'esprit. Elle disait souvent : «Les yeux doivent s'ouvrir pour que le cerveau puisse accéder à plus de vision. Quand le cerveau s'ouvre, alors seulement on peut développer son cœur.» C'est pourquoi elle voulait que ses petits-enfants partent étudier à l'étranger. Comme elle avait souffert du sexisme dans sa jeunesse, elle affectionnait particulièrement ma mère. Les gens de la famille disaient que c'était normal : elle n'avait qu'une seule fille et quatre garçons. Mais moi, j'ai toujours pensé que cette préférence était une réaction de sa part, une sorte de «revanche du féminin». Dans la maison, ma mère avait droit à la plus belle chambre. Dès ses quatorze ans, elle avait eu sa bibliothèque privée, alors que ses frères étudiaient à l'école ou à la bibliothèque municipale. La sienne était aussi fournie que celle du couvent où elle se rendrait plus tard pour ses actions charitables. Tous ces livres représentaient un patrimoine considérable, autant qu'une source importante de connaissances.

En ce qui me concernait, elle avait passé une année entière à se documenter sur l'homosexualité et son monde. Comme toi, je n'avais à l'époque aucune conscience de ma sexualité. À quinze ans, l'âge des livres et des études, je ne me sentais qu'un peu différent des autres garçons, nullement attiré par les filles de ma classe. Quelquefois, par suivisme ou par jeu, je faisais des commentaires avec eux, mais au fond de moi, cela m'était totalement indifférent. Elles étaient belles ou laides, leur démarche était excitante, leur corps était désirable, leur caractère promettait de grands bonheurs? Tous ces traits que les garçons, depuis la nuit des temps, remarquent et commentent ne représentaient rien pour moi. Le néant. Comme l'eau de pluie, aussitôt absorbée par le sable du désert. Ce fut ma mère qui m'expliqua que cette indifférence venait de ma nature, à l'opposé de celle d'une majorité d'hommes, sexuellement et esthétiquement attirés par les femmes. Elle me disait que le sort d'un homosexuel ici est plus enviable que dans bien d'autres pays, même si c'est un pays pauvre. En Europe, un continent où, de très longue date, les peuples sont majoritairement catholiques, les homosexuels seraient considérés comme des êtres dégénérés ayant enfreint les préceptes de la Bible. Ailleurs on les frappe, on les humilie sans craindre ni répression légale, ni reproche de la société. Dans les pays arabes, c'est pire. Là-bas, les homosexuels sont arrêtés, emprisonnés, torturés et humiliés librement car, pour les musulmans, les sodomites sont des démons. Dans certains cas, accusés de méfaits qu'ils n'ont jamais commis, ils sont enterrés vivants jusqu'au cou, restent ainsi pendant des jours et meurent d'épuisement.

Chez nous, la plupart sont bouddhistes et les textes du bouddhisme ne font aucune allusion aux homosexuels. Il n'y a donc pas transgression de règles religieuses. Le bouddhisme prône l'égalité absolue entre tous les êtres vivants : « Tous les sangs sont rouges et toutes les larmes sont salées. » Personne n'a le droit de frapper ni d'humilier autrui. Malgré cela, à toutes les époques et dans toutes les sociétés, la foule se forge sa propre vérité et en tire un pouvoir. Les minorités qui ont une activité ou des préférences différentes ont toujours été considérées comme des brebis galeuses et exclues du troupeau. L'instinct grégaire est le plus puissant, le plus archaïque de l'espèce humaine, un ciment qui a soudé les communautés. L'exclu se sent immédiatement affaibli, perd ses défenses, devient vulnérable aux blessures qui, souvent, ne viennent pas de l'extérieur, mais de ses propres sensations intimes. Dans notre pays, si la religion et la loi ne sanctionnent pas officiellement les homosexuels, ils sont devenus l'objet d'une curiosité malsaine, de harcèlement, de quolibets : « Les enculés, les pédés, les femmelettes. » Souvent ces moqueries sont lancées derrière leur dos. Mais dès qu'un conflit éclate entre un homosexuel et son voisin, on passe vite aux injures et tout peut se terminer en bagarre voire en tuerie. D'autres s'en mêlent, prompts à réprimer ou à martyriser ceux qui sont différents. L'homme a toujours détesté la différence, c'est une psychologie bien connue, presque une sorte d'instinct. Dans l'islam, les prêches appellent à « tuer les infidèles ». Chez les peuples non musulmans, c'est exactement la même chose sous d'autres formes, peut-être plus subtiles ou plus légères, car les religions restent les championnes pour alimenter des réactions violentes. Concrètement, en cas de conflit entre un homosexuel et un hétérosexuel, la foule prendra parti pour celui qu'elle considère comme normal.

Après m'avoir bien expliqué tout cela, ma mère m'a tendu un livre. « Pour éviter les dangers que tu pourras rencontrer dans ta vie, il faut que tu te comprennes et que tu comprennes la société dans laquelle tu vis. Lis cet ouvrage. À partir d'aujourd'hui, il faut que tu te fasses discret et que tu sois très prudent dans tes relations avec les autres. Quand tu seras majeur, alors tu pourras choisir. »

— Choisir ? dit Thanh. Mais entre quoi et quoi ?

— Entre composer avec la société traditionnelle ou la rejeter en bloc, répondit posément Tiên Lai. Composer, ça veut dire te marier, coucher avec une femme que tu n'aimes pas ou, pire, qui te rebute, afin de « faire comme les autres » et de produire des enfants. Les enfants sont la preuve concrète et naturelle qu'on vit comme tout le monde, qu'on est capable de perpétuer sa race et de remplir correctement son devoir d'homme. C'est un masque qu'on se fabrique pour paraître devant le monde. Sous cette enveloppe, la vraie vie se déroule dans le secret. La deuxième possibilité, refuser les règles, revient à défier l'opinion, à oser vivre comme on l'entend, en accord avec ses désirs. Dans ce deuxième cas, on ne se marie pas, on n'a pas d'enfant, on se borne à suivre ses envies, à faire l'amour et à s'amuser.

— Tu as choisi la première solution ? questionna Thanh.

— Malheureusement je n'ai même pas réfléchi ni décidé, les choses se sont faites d'elles-mêmes, sans ma volonté.

Tiên Lai avait répondu en esquissant un sourire mi-ironique, mi-douloureux. Comme à l'instant où il avait rencontré Thanh, ses lèvres tremblaient.

Il est si émotif ! Ses lèvres tremblent comme l'herbe au vent. J'ai l'impression que son cœur est encore plus nu, plus vulnérable que le mien qui est pourtant plus jeune.

Tiên Lai prit une rose du vase et, tout en jouant avec, il continua :

— À dix-huit ans, j'ai quitté Dalat pour aller étudier à Saigon. J'étais jeune et beau, mes camarades me surnommaient Henri Fonda. Ma promotion se composait de trois classes, chacune de quarante étudiants, dont un tiers de filles. C'est dans la mienne qu'elles étaient les plus nombreuses : dix-huit. Je me rappelle nettement tous leurs visages, mais j'ai oublié les noms et les prénoms que je mélange allègrement. Seules quelques-unes sont très précisément gravées dans ma mémoire, dont Bich Dao, mon actuelle épouse.

Il s'interrompit un instant, émit un petit rire amer :

— Comment l'oublier ? Le bagnard ne peut oublier son gardien de prison, ni le supplicié le visage de son bourreau.

Comme Cuong pour moi ? Cuong est-il l'objet de mon amour, ou mon geôlier, mon bourreau sous un masque de douceur ?

Pour fuir cette pensée, Thanh se versa un peu de thé et servit Tiên Lai.

— Merci, mon amour ! fit Tiên Lai tout en lui effleurant la main du bout de ses doigts fins.

L'émotion brutale qui l'avait saisi semblait se dissiper, il continua plus calmement, la voix empreinte d'une ineffable tristesse.

— À ce jour, je n'ai pas encore compris la personnalité de Bich Dao. Cette femme a signé un contrat de mariage avec moi, elle m'a donné deux garçons, porte mon nom sur tous les documents administratifs de notre patrimoine : maisons, vergers, plantations, actions de sociétés, titres boursiers et reçus fiscaux. Elle reste pour moi un secret. En faculté de droit, elle n'était ni brillante ni belle, elle était même moche, d'après les critères des garçons hétérosexuels. Ils l'avaient classée seizième sur dix-huit. Je crois qu'elle était tombée amoureuse de moi au premier regard. Un mois à peine après la rentrée, elle m'avait déjà adressé une déclaration. Elle ne m'avait pas remis la lettre, ne l'avait pas glissée dans mon cartable comme font souvent les étudiants. Elle avait trouvé mon adresse et me l'avait envoyée par la poste. Je lui avais écrit une réponse très courtoise, la remerciant sincèrement de ses sentiments à mon égard, mais repoussant poliment ses avances car, lui disais-je, je ne pensais pas que le destin nous lierait un jour, et pour l'instant toute mon énergie était concentrée sur mes études. Après, je crus le problème réglé et ne pensai plus à elle. Il faut avouer que je recevais des tas d'autres lettres de filles, des filles de ma classe par exemple, ou que j'avais connues lors de camps d'été ou de soirées de gala organisées par l'université. Je perdais un temps fou à répondre à toutes ces missives. Dans un premier temps, ça flattait mon ego et me faisait plaisir, puis, peu à peu, je fus exaspéré et n'eus d'autre souci que de ne pas vexer ces filles et me protéger. J'étais aimable avec toutes, mais je n'acceptais aucune invitation ni n'invitais personne chez moi. L'appartement était celui que ma mère avait acheté pour ses activités avant que je vienne à Saigon. Sa chambre était toujours fleurie, même quand elle restait à Dalat pour ses affaires. Tu sais bien que, pour nous, une seule femme existe au monde. Si elle représente le paradis, les autres symbolisent l'enfer. Si elle est la beauté personnifiée, les autres ne sont que des marionnettes mal fichues, faites en bouts de chiffons. Mon malheur venait de cette conviction : puisqu'aucune fille ne m'intéressait, il me suffisait d'être gentil pour avoir la paix. Je croyais qu'en n'abusant pas de ma position, en n'humiliant personne, j'éviterais qu'on me nuise. Hélas, cette vision simpliste de la vie en a perdu d'autres, mais on ne s'en rend compte qu'une fois la situation devenue irrémédiable. Nous ne pouvons pas imaginer la catastrophe parce que notre imagination, héritée de notre famille, reste emprisonnée dans les modèles humains que nous côtoyons depuis notre naissance. Notre façon d'aborder la vie est toujours commandée par notre propre vécu. Parmi les femmes de ma famille, ma grand-mère, mes tantes et mes cousines proches ou lointaines, il n'y en avait aucune comme Bich Dao. Voilà pourquoi je ne l'ai jamais comprise. Je suis tombé dans son piège, comme un moustique s'englue dans une toile d'araignée, sans aucun espoir de fuite.

Tiên Lai termina sa tasse de thé. Thanh, sentant que l'histoire allait être longue, fit de même.

— Je te l'ai dit, ma mère me gâtait beaucoup. Elle culpabilisait parce que j'aurais pu partir étudier à New York ou à Washington, comme les enfants de ses frères. Elle faisait tout pour se racheter. Mes cousins à l'étranger, afin de faire des économies, lavaient eux-mêmes leur linge. Ils prenaient leurs repas quotidiens à l'internat, mais en fin de semaine, s'ils voulaient manger vietnamien, ils devaient se mettre à la cuisine. Pour moi, ma mère avait loué les services d'une domestique qui s'occupait exclusivement de moi : mes repas, mon linge, la propreté de mon appartement. Elle avait la cinquantaine, mais elle était pleine de vigueur et très travailleuse, la femme de ménage idéale. Elle portait un prénom particulièrement humble, Bèo, « lentille d'eau », et je lui disais :

« Je n'aime pas vous donner ce prénom.

— Vous pouvez m'appeler comme vous voudrez. J'ai toujours deux pieds et deux bras. »

Ma mère et moi décidâmes de l'appeler Bat. Un après-midi, en rentrant du tennis, je vis madame Bat accourir vers moi, l'air affolé :

« Monsieur Tiên, il y a une amie de votre classe qui vous attend depuis deux heures au salon.

— Une amie de ma classe ?

— Elle est petite, la peau foncée. Elle est en robe avec un sac à main blanc.

— Ah, c'est sûrement Bich Dao. Ce n'est pas du tout mon amie, pourquoi l'avez-vous fait entrer ?

— Elle a sonné. J'avais à peine ouvert qu'elle m'a poussée en me disant : "Tiên Lai m'a dit de venir !"

J'étais à la fois stupéfait et confus de ce comportement éhonté. Elle était quand même étudiante en droit, elle aurait dû apprendre à se conduire avec un minimum de décence.

— Vous l'avez invitée à entrer au salon ?

Madame Bat écarquilla ses yeux :

— En effet, et je lui ai offert du thé. Elle n'en a pas voulu et est allée jusqu'à la porte de votre chambre. Je l'ai arrêtée : "Monsieur Tiên a interdit l'entrée de sa chambre à tout le monde." Elle a répondu : "Sauf à sa mère ?" J'ai dit : "Évidemment, elle range ses vêtements !" Ça l'a fait rire aux éclats, puis elle a dit quelque chose dans une langue étrangère que je n'ai pas comprise.

S'arrêtant de parler, elle me regarda, l'air inquiet :

— Elle est folle ? Il faut peut-être qu'on appelle la police ? J'ai peur ! »

À l'époque, les téléphones portables n'étaient pas courants. Mon immeuble était moderne, il avait un interphone, et chaque appartement disposait d'un poste fixe. J'aurais dû suivre le conseil de Bat. C'était une paysanne très simple, qui n'avait pas fait d'études, mais son instinct lui dictait souvent les bonnes décisions. Malheureusement, j'écartai cette idée :

« Appeler la police ? Non, ce n'est pas bien. Elle est de ma classe après tout, ce serait disproportionné.

J'ajoutai pour la rassurer :

— Elle est sûrement sans-gêne et provocatrice. Ne vous inquiétez pas, je vais lui demander ce qu'elle veut. »

Nous entrâmes dans mon appartement. Pas l'ombre de Bich Dao au salon ni dans ma chambre.

«Quel phénomène! me dis-je. Elle n'est quand même pas aux toilettes ou dans la baignoire? Appeler la police, ce ne serait pas si idiot!»

Juste à ce moment, Bich Dao sortit de la chambre de ma mère en riant:

«Le petit chéri adore sa maman! Elle est partie, mais même son absence doit sentir la rose!

J'avais décidé d'être très courtois pour me débarrasser d'elle, mais cet air insolent me mit en colère.

— C'est ma vie, personne n'a à s'en mêler. Je ne t'ai pas invitée ici pour entendre tes commentaires, que je sache?

Elle me répondit du tac au tac, sans se démonter:

— Les autres filles attendent les invitations. Moi, je n'attends personne. Je vais où je veux. Je suis venue ici pour régler une dette avec toi.

— Quelle dette?

— La dette d'honneur! Jadis elle se serait réglée par un duel et j'aurais eu le droit de tirer la première. Aujourd'hui, nul besoin de ces méthodes archaïques. Je peux me faire justice moi-même.»

Ses yeux brillaient. Deux charbons ardents. Ils pointaient vers mon visage un regard barbare qui signifiait qu'elle exécuterait sans sourciller ses menaces. Ce n'était pas le regard d'une jeune étudiante en droit mais bien celui d'une démente, capable de se trancher un doigt, de massacrer quelqu'un ou de chanter et de danser toute nue comme une enfant de trois ans, au milieu de la foule.

« Elle est complètement folle, pensai-je. J'ai eu tort de ne pas appeler la police comme l'avait suggéré madame Bat. C'est trop tard. Maintenant, je dois laisser passer l'orage. »

« Je ne pense pas avoir attenté à ton honneur. Nous sommes de la même classe. Je respecte tous mes camarades, garçons comme filles, pour que nos relations restent bonnes.

— Évidemment, tu respectes tout le monde au sens général du terme. Mais tu humilies les femmes en particulier. Je te suis depuis deux ans, j'ai observé tout ce qui se passe autour de toi, et je crois que j'ai enfin compris qui tu es. Tu es extrêmement orgueilleux, tu as une telle confiance en toi que tu crois pouvoir vivre seul ou en tête-à-tête avec ta mère chérie. Mais moi, je ne le crois pas. Et je ne te permettrai pas de continuer à mépriser les filles ou les femmes comme moi sans avoir à le payer. Je ne t'oblige pas à m'aimer, moi qui t'ai sans relâche poursuivi de ma flamme, qui t'ai écrit trois douzaines de lettres sans recevoir une seule réponse ! J'aurais au moins voulu que tu sois sympathique avec n'importe laquelle des filles qui t'ont fait les yeux doux, ont cherché toutes les occasions de s'asseoir à tes côtés en amphithéâtre ou au camp d'été, autour du feu, ont été heureuses toute une semaine pour avoir retenu un jour ton regard, ont abandonné les cours, gaspillant les frais scolaires payés par les parents, pour t'attendre et t'aimer.

— Tu ne forces pas un peu la note, Bich Dao ? La réalité n'est sûrement pas comme que tu viens de la décrire. Si tes trois douzaines de lettres sont la cause de cette colère, je te demande pardon. N'oublie pas que j'ai répondu à la première. Je t'ai répondu, avec beaucoup de courtoisie et de respect, que j'étais très honoré de tes sentiments mais qu'entre nous, l'amour n'était pas possible et le mariage encore moins. Je t'ai aussi écrit que, durant mes années d'études, je ne penserais qu'à mes cours. Je t'ai aussi priée, en conclusion, de ne plus m'écrire car je n'avais pas le temps de te répondre. Si la totalité de tes trente-six lettres est arrivée dans ma boîte, elle a dû partir intégralement à la poubelle, car j'ai donné à madame Bat une liste très restreinte de correspondants. Les lettres des autres sont systématiquement jetées.

— Je ne te crois pas ! explosa-t-elle. C'est pure fiction sortie de la plume d'un écrivain minable, personne n'y croirait. Rends-moi ces trente-six lettres. Elles sont les témoins de mon humiliation. Ma patience est à bout. J'ai décidé d'abandonner, et de régler définitivement mes comptes avec toi aujourd'hui. »

Elle ne parlait plus, elle criait. Ses yeux se révulsaient. La folie dans son regard me faisait froid dans le dos. Elle avait sûrement écrit ces trente-six lettres. Sa folle et insistante passion pour moi l'avait rendue butée au point qu'elle ne croyait pas ce que je lui avais déclaré dans ma réponse. Elle y voyait de l'orgueil, et croyait qu'avec de la détermination et de la patience, elle me ferait plier.

Je m'interrogeais : « M'aime-t-elle vraiment ? Y a-t-il aussi une dose de provocation ? Les jeunes gens ont cette psychologie : "Je vaincrai là où les autres ont échoué." Prétention de la jeunesse ! Pourtant, dans ses yeux, je n'arrive pas à discerner les causes de sa folie. Ses paroles sont également impénétrables : régler définitivement ses comptes avec moi ? Est-elle issue d'une famille de déments ou a-t-elle été déformée par ses lectures ? Ou alors fait-elle partie de ces femmes de pouvoir, au cœur d'acier, qui n'ont qu'une devise : "Je veux donc je peux" ? De celles qui ne reconnaissent pas la réalité, pour qui rien n'existe en dehors de leurs désirs qu'il faut satisfaire à tout prix ? Leurs désirs sont la vérité absolue. Rien ne peut s'y opposer. La pulsion sexuelle les transforme en bulldozer, en taureau de corrida, ou en boutoir médiéval qui fracasse tout… »

Plus je réfléchissais, plus la peur m'envahissait. Désemparé, j'appelai au secours madame Bat qui s'était retirée dans la cuisine.

« Madame Bat !

— Je suis là !

Elle apparut immédiatement. À ses traits, je sus qu'elle avait suivi toute notre conversation.

— Cette jeune fille pense que j'ai caché toutes les lettres qu'elle m'a écrites depuis deux ans. Vous êtes mon intendante, vous détenez les clés de ma boîte aux lettres, expliquez-lui.

Madame Bat s'empressa :

— Monsieur Tiên n'ouvre jamais sa boîte aux lettres. C'est moi qui garde la clé. J'ai pour consigne de relever le courrier, de mettre ce qui le concerne sur son bureau et de jeter tout le reste.

Bich Dao explosa de fureur :

— Ah bon ? C'est sa mère qui décide de qui il doit recevoir du courrier ?

— Madame est la propriétaire de l'appartement, rétorqua madame Bat sans cacher sa satisfaction devant cette fille qu'elle prenait pour une impertinente, sinon une folle.

Sentant la tension à son comble, j'intervins :

— Effectivement ma mère a dressé la liste des courriers à garder, mais c'est moi qui l'ai transmise à madame Bat. Je t'ai répondu et je considère que l'affaire est close. Je reçois tellement de lettres que je ne peux ni ne dois répondre à toutes.

Bich Dao fut décontenancée un bref instant. Elle allait crier ou m'injurier, quand elle changea de tactique :

— Ce que ta mère a décidé ne me concerne pas. Je ne crois pas aux témoignages d'une domestique. Elle reçoit un salaire et elle obéit à son employeur. Reste que je veux récupérer mes trente-six lettres. Les autres filles pleurent en silence leur chagrin d'amour, certaines se pendent. Moi, je n'agis pas comme ces idiotes. Si jamais je devais me pendre, il faudrait deux cous à la corde, tu m'as compris ? »

Elle me regarda droit dans les yeux, esquissant un sourire terrifiant, puis elle sortit de son sac un long couteau comme on en utilise dans le milieu. C'était un poignard d'armurerie, protégé par un étui en cuir cousu méticuleusement, car la lame était très étroite, du type qu'on appelle « feuille de riz » ou « pointe d'espadon ». Madame Bat était blême. Je devins vert. J'avais déjà entendu parler de ce genre d'arme, mais c'était la première fois que j'en voyais une. Bich Dao la sortait d'un très élégant sac de dame et cela dépassait mon entendement. Voyant l'effet produit, elle enchaîna :

« Sois rassuré ! Je ne vais pas te tuer ou me tuer dans cet appartement. Ce serait du gaspillage. Deux morts et un seul témoin, cela ne vaut pas le coup. En outre, le témoin ne serait qu'une vieille domestique presque analphabète et totalement inculte. Trop banal pour une scène de théâtre. Je suis résolue à agir dans la foule pour qu'il y ait beaucoup de spectateurs dignes de ce nom. En amphi par exemple, ou pendant la soirée de gala de notre promotion, ou encore en plein jour, lors d'une rencontre sportive. Il me reste une multitude d'occasions.

Elle rangea le couteau dans son sac qu'elle referma soigneusement, comme si elle venait de régler un achat.

— Je m'en vais. Ces trente-six lettres ont été écrites sur deux ans, soit vingt-quatre mois. Je te fais cadeau des derniers mois. C'est-à-dire que je t'en donne quatre pour réfléchir et décider. D'ici là, tu peux me donner ta réponse n'importe quand, n'importe où, même en pleine classe.

Elle tourna les talons, puis se ravisa :

— N'espère pas reprendre la main. En d'autres termes, ne te crois pas assez puissant pour m'intimider ou m'abattre. Ta grand-mère possède peut-être trois bijouteries à Dalat, mais mes parents tiennent vingt-deux succursales de vente de riz dans les provinces. Ta mère est sans doute moderne, elle parle anglais et français comme une Occidentale, alors que la mienne n'est qu'une simple commerçante qui ne peut aligner deux mots d'anglais, mais les bijoux qu'elle porte valent tout ce que peuvent fournir vos trois bijouteries.

— Ces considérations ne me concernent en rien, répliquai-je.

La frayeur passée, la colère montait en moi, surtout la colère d'avoir été si puéril et pusillanime.

Bich Dao hocha la tête :

— Si, si ! Cela te concerne ! Toutes les considérations sont liées, comme les ramées d'une touffe de liserons d'eau.

Elle s'en alla pour de bon.

Madame Bat verrouilla la porte d'entrée.

— Vous auriez dû le faire avant qu'elle n'entre, lui dis-je.

— Comment aurais-je pu deviner ? D'habitude il n'y a que les voisines ou le laitier qui sonnent. Comment pouvais-je savoir que c'était une diablesse qui frappait à notre porte ? »

J'appelai ma mère, la priant de revenir dès que possible à Saigon par le car. Depuis mon installation, jamais je ne l'avais appelée en urgence.

Le lendemain, le premier car arrivait à Saigon à trois heures de l'après-midi. Je devais suivre un cours important, je ne pus aller la chercher à la gare routière. Dès le cours fini, je fonçai chez moi. Ma mère avait eu le temps de vérifier mon armoire et d'arranger les fleurs dans les vases. Elle m'accueillit :

« Je t'ai acheté deux nouveaux costumes, j'espère qu'ils te plairont.

— Tout ce que tu m'achètes me va comme un gant, voyons ! »

En effet, c'était ma mère qui m'habillait de pied en cap : vêtements, sous-vêtements, chaussures, cravates, manteaux, tricots, chaussettes, gants, etc., ce qu'elle a continué de faire jusqu'à son décès. Malgré la tension après la rencontre avec Bich Dao, sa présence me calma. Je ne sais pas comment cela se passe pour les autres garçons, mais moi, chaque fois que j'étais avec elle, que je lui prenais la main ou restais simplement assis en face d'elle sans rien dire, je sentais que je recevais une belle énergie vitale. Comme ma grand-mère, ma mère était en même temps pour moi un refuge et une source de joie. Je la serrai dans mes bras, tel un bateau qui a regagné son port, laissant derrière lui les écueils assassins et les tempêtes de l'océan.

« Enfin, tu es là ! Quel bonheur !

— Je suis là, avec toi, me répondit-elle. Nous parlerons après manger. Va te changer et dînons d'abord, madame Bat nous a préparé un festin.

À sa mine, je voyais que madame Bat lui avait déjà rapporté l'incident. La veille, après le départ de Bich Dao, elle n'avait cessé de culpabiliser. Elle se reprochait d'avoir été assez bête pour laisser entrer une folle, une diablesse, une insolente qui était venue causer tant de soucis.

— Pourquoi ai-je été aussi stupide ? J'aurais dû laisser le loquet de sécurité. On l'a inventé pour se protéger des voleurs et des voyous. Cette fille est de l'espèce des chats de cimetière ou des poules sauvages. C'est ma faute. C'est entièrement ma faute, j'ai été trop stupide.

— Arrêtez de vous morfondre ainsi, l'avais-je consolée. C'est une catastrophe que personne ne pouvait prévoir. C'est moi qui suis fautif. J'aurais dû vous écouter et appeler la police dès mon arrivée. »

Durant tout le repas, madame Bat avait continué de se lamenter et je n'arrivais pas à la réconforter. Tour à tour elle s'accusait, demandait pardon, puis reprenait tout en boucle. Ma mère dut intervenir :

« Ni vous, ni mon fils n'êtes fautifs. Cette histoire est comme la grêle qui nous tombe sur la tête, ou un volcan qui se réveille subitement. Aucun être humain, aussi intelligent, aussi prudent soit-il, ne peut se prémunir des catastrophes naturelles. Ces malheurs sont par essence irrationnels et imprévus. »

Madame Bat se tut enfin, délivrée par ces paroles sensées. Moi aussi, bien sûr, je me sentais plus calme, mais pour elle ce devait être très important. Je remarquai qu'après le repas, son visage avait repris son air paisible. Nous nous retirâmes pour parler, ma mère et moi.

« Dans ta chambre ? lui demandai-je.

— Comme tu veux, répondit-elle en souriant. J'ai mis deux heures à ranger la tienne ! Elle est en ordre maintenant. Il ne faut plus que tu jettes tes chaussettes sous le lit, tu as un panier en osier pour le linge sale.

— Oui, je sais, mais quelquefois je suis pressé. Ta chambre est toujours bien rangée et mieux parfumée que la mienne !

— C'est normal, elle sent la rose.

Elle se leva et je la suivis en silence. Ce n'était pas seulement le parfum de la rose : un espace qui portait son odeur était pour moi un lieu de paix et de tendresse.

— Madame Bat m'a bien sûr raconté toute l'histoire, commença-t-elle, et je ne vois pas de solution évidente.

— Moi non plus, mère. Et surtout, je n'arrive pas à me l'expliquer.

— Tu n'as que vingt-deux ans, tu n'as pas assez d'expérience. Et à dire vrai, dans la vie, peu de gens se retrouvent dans une telle situation. Je ne veux pas désigner la malchance ou une quelconque punition divine, mais le cas est particulièrement complexe. Tu as affaire à une obsession amoureuse, à ce qu'on appelle en français une «folie érotique». J'essaie de trouver une autre raison, mais si je me réfère à son comportement, Bich Dao est atteinte d'érotomanie. C'est une vieille maladie, elle s'observe dans toute l'humanité. Des romans, des pièces de théâtre ont mis en scène ses manifestations. L'érotomane met toute son énergie, toute son âme dans la poursuite de l'être aimé qu'il veut conquérir. Il ne voit personne en dehors de lui-même, n'imagine pas un instant que l'être convoité est un individu indépendant qui a sa propre conception de la vie, de l'amour, de la beauté et qu'à ce titre, il existe en dehors de lui. L'objet de cette passion peut ne pas s'intéresser à l'érotomane, et même le haïr et le mépriser. Mais l'érotomane est un forgeron qui coule tout ce qui l'entoure dans le moule de sa perception. Il ne voit donc pas la réalité qui l'entoure, ne tient aucun compte des lois, des coutumes ou des règles sociales. Les sentiments courants et habituels telles la honte, la peur, l'indulgence, la charité, n'existent pas pour lui. Son univers est le désert de la nuit noire où ne brûle que l'incendie de ses désirs. Cette flamme à la fois le nourrit et le consume. Par malheur, quand ce feu le brûle, il brûle également l'être convoité. L'innocent est sacrifié dans ce jeu cruel de la fatalité. Je crois que Bich Dao t'a effectivement écrit ces trente-six lettres durant les deux dernières années. Jamais une fille normale n'aurait fait ça. Elle ne croit pas que tu les as détruites, parce qu'elle les a écrites avec le sang de son cœur, elles ont pour elle une importance capitale. Elle se croit la seule à t'écrire des lettres d'amour. Elle ignore ou veut ignorer que tu en reçois d'autres. Tu en as reçu beaucoup depuis ton entrée à l'université, n'est-ce pas ? Une trentaine, si je ne me trompe pas ?

— Oui, mère, effectivement.

Ma mère me taquina :

— Mon fils porte le surnom d'Henri Fonda, n'est-ce pas ? Toute gloire a son prix ! Si le vrai Henri Fonda reçoit trente mille déclarations d'amour, tu dois en recevoir au moins un millième. Pour un garçon, c'est la preuve d'un grand succès !

— Mère ! protestai-je.

Elle continua :

— Les jeunes filles normales n'ont pas la patience ni l'impudeur de faire ce genre de chose. Si elles ont été touchées dans leur amour-propre, elles feront tout pour oublier, ou elles admettront que l'amour est un cheval sauvage qui ne peut être dompté par l'argent, la gloire, la patience ou la soumission. Seule Bich Dao pense qu'elle réussira. Il est évident qu'elle est insensée. Elle est décidée à te couler dans le moule de l'amour qu'elle te réserve. Trente-six lettres en vingt-quatre mois. Une lettre toutes les trois semaines, quelle patience et quelle opiniâtreté ! En outre, avec ces lettres, combien de réflexions, de calculs, d'espoirs ? À chaque nouvelle lettre, elle a dû se suicider et renaître du tombeau de l'oubli et de la solitude. Quelle souffrance, quelle humiliation ! Seule la folie lui en a donné l'énergie.

— Tu as raison, m'écriai-je, mais comment échapper à l'étreinte de la folie ?

— Est-elle venue en classe aujourd'hui ?

— Oui ! Elle est venue vers moi et m'a menacé du regard. Mes camarades m'ont demandé : "Il y a quelque chose entre vous deux ?" J'ai répondu : "Non, rien." Ils m'ont dit : "S'il n'y a rien de ton côté, c'est la Dao. Tu as vu son regard ? Cette fille a un sale caractère, c'est une véritable vachette de sang-mêlé."

— Et alors ?

— Alors, nous sommes rentrés en classe.

— Tu n'as pas d'autres informations sur elle ? Elle a bien dû avoir des histoires avec quelqu'un, pour qu'on la traite de "vachette de sang-mêlé".

— Je sais qu'elle a très peu d'amis, garçons ou filles. D'abord parce qu'elle n'est pas agréable de caractère. Ce n'est pas le genre de fille qui séduit par son altruisme ou sa compassion. De plus, elle ne possède ni beauté ni talent qui pourrait rassembler autour d'elle quelques admirateurs. Elle n'est pas belle, elle n'est pas brillante et, dans les domaines annexes comme les disciplines artistiques et sportives, elle reste toujours derrière les autres. Pourtant elle est si orgueilleuse qu'elle gêne énormément ses camarades. Avant de s'en aller l'autre jour, elle a cru bon de me dire que sa famille possédait plus de vingt succursales de vente de riz dans diverses provinces et que sa mère portait des bijoux qu'aucune des bijouteries de grand-mère ne pourrait fournir.

— Ah bon ? Sans doute a-t-elle un problème avec l'argent ? Qu'a-t-elle dit exactement ?

— Elle m'a dit : "Ta mère est moderne, elle parle anglais et français comme une Occidentale alors que la mienne n'est qu'une simple commerçante qui ne peut aligner deux mots d'anglais, mais les bijoux qu'elle porte valent tout ce que peuvent fournir vos trois bijouteries." Je ne sais pas si c'est un complexe de supériorité ou d'infériorité…

Ma mère hocha lentement la tête avant de me répondre avec calme :

— Ils vont souvent ensemble. L'arrogant a souvent un complexe d'infériorité au fond de son âme et, souvent, c'est une blessure qui ne cicatrise pas. Au contraire, le timide s'invente souvent une fierté, même absurde ou illogique, car elle est sa lumière au bout du tunnel, celle qui lui permet de survivre aux ténèbres. Sans doute Bich Dao est-elle victime de ces deux complexes. Dans le cadre d'une passion sans retour, ils peuvent générer de violentes pulsions. »

Je restai sans voix, anéanti.

« Pourquoi n'ai-je pas anticipé cette situation ? Si seulement j'avais pu m'expliquer avec cette folle dès les premières semaines puis essayé d'en faire une amie, la situation ne serait pas aussi critique. Mais comment aurais-je pu savoir ? Comme ma mère l'a dit, comment deviner l'arrivée de la grêle ou l'éruption d'un volcan ? Et, de toute façon, comment aurais-je pu m'en faire une amie, quand la seule chose que veut cette folle, c'est coucher avec moi ? Pendant deux ans, combien de fois ai-je senti ses yeux d'aliénée fixés sur mon dos, ma nuque ? J'ai bien été gêné mais j'ai toujours oublié rapidement. Quel être insensible, quel être bouché j'ai été, pour ne pas avoir décelé la catastrophe imminente. »

Ma mère consulta sa montre puis me demanda :

« Demain tu as classe ?

— Oui !

— Alors, va te coucher.

— Et toi ?

— Je ne peux pas dormir tout de suite. Mais ne t'en fais pas, je ne me lève pas tôt comme toi.

— Bonne nuit, mère.

— Bonne nuit, mon garçon, ferme la porte en sortant. » Avant de fermer, je la vis reposer doucement la tête sur le dossier de la chaise, les yeux au plafond.

Le lendemain et le jour d'après, je ne croisai plus ma mère. Quand je partais en classe, elle dormait et sa porte était fermée. Le soir, un petit bout de papier indiquait : « Je suis occupée. Je dînerai chez des amis. Bon repas et bonne nuit ! » Madame Bat dînait avec moi. La corbeille de fruits était garnie.

« Madame a dit que vous deviez manger tous ces fruits d'ici à samedi. Elle en rapportera des frais.

— Où est-elle partie ?

— Je l'ai entendue parler au téléphone. Quelqu'un est venu pour la conduire à My Tho, je crois.

— À My Tho ? Je ne connais personne là-bas.

— Je n'en sais pas plus que vous. Attendez son retour. Elle ne vous a jamais rien caché !

— Vous avez raison. »

Néanmoins, j'étais impatient et curieux.

Samedi arriva. Il n'y avait pas classe et le week-end devait durer jusqu'à mardi, l'université étant réservée ce lundi à des séminaires externes informant les jeunes sur le service militaire. Moi, j'avais deux bonnes raisons de rester chez moi : ma mère et la menace d'une érotomane !

Ma mère rentra au milieu de la nuit : des chuchotements dans le salon me tirèrent du sommeil.

« Faut-il le réveiller ? demandait madame Bat. Il vous a attendue pour dîner jusqu'à dix heures. Je lui ai dit d'aller se coucher, il ne tenait plus debout.

— Pauvre garçon ! Laissez-le dormir.

— Voulez-vous que je vous fasse un bol de bouillon ou de nouilles ?

— Non, merci ! J'ai mangé. Nous sommes arrivés à onze heures et demie et avons filé au Grand Monde pour dîner. Et puis, après la douche que je viens de prendre, je me sens tout éveillée. Allez vous coucher.

— Vous ne voulez pas d'un petit bol d'entremet au manioc pour vous rafraîchir ?

— Merci, il reste des fruits. Bonne nuit ! »

Madame Bat partie, je sortis de ma chambre alors que ma mère se séchait les cheveux.

« Mon pauvre chéri, je t'ai fait trop attendre, n'est-ce pas ? La voiture est tombée en panne, j'ai attendu quatre heures dans une échoppe qu'ils la réparent.

— Alors, va te coucher pour récupérer.

— Ne t'en fais pas, j'ai dormi dans la voiture. Je me suis réveillée en arrivant au casino Grand Monde.

— Moi aussi, j'ai dormi. Maintenant je reste avec toi.

Au fond, aucun de nous deux n'avait sommeil. Nous étions inquiets, tourmentés, et la meilleure chose était de chercher ensemble la raison de notre malheur.

— La famille de Bich Dao vit à My Tho ? demandai-je.

— Exact ! Comment le sais-tu ?

— Madame Bat m'a dit que tu étais partie à My Tho. Il n'y a personne de notre famille là-bas. J'ai deviné que tu étais partie te renseigner sur les origines de la folle.

— Effectivement. Elle avait cherché à enquêter sur notre famille avant même que nous ne la connaissions. Avant de réagir, nous devons également tout savoir sur elle. En fait, la famille de Bich Dao est actuellement à Saigon mais elle est originaire de My Tho. Son père et sa mère y sont tous deux nés. Le père était greffier au tribunal et la mère propriétaire d'une succursale de vente de riz. Ils ne se sont enrichis que ces cinq dernières années, grâce au frère de la mère, commandant à l'Office central du Ravitaillement. Cet homme, très débrouillard et habile dans ses relations avec ses supérieurs, a su faire attribuer à sa sœur le contrat de fourniture de riz à l'armée. Cette position, qu'on croyait modeste, s'est révélée extrêmement lucrative. En deux ans, leur capital a été multiplié par dix. Grâce à cet acquis, ils ont sollicité l'Office central des Établissements pénitentiaires pour devenir le fournisseur de riz et de vivres des prisons. C'était une mine d'or à ciel ouvert dont personne ne remarquait l'existence. Fournir du riz aux prisons ne demande pas de boutique ni de tapage publicitaire. C'est un commerce discret. Moins il y a de monde au courant, mieux c'est, car l'argent coule plus facilement dans l'ombre qu'à la lumière. Le fournisseur des prisons doit simplement dorloter les décisionnaires pour avoir leur signature en bas des contrats, ensuite tout se passe bien. Dans la pratique, personne n'ose vérifier si les marchandises consignées dans les contrats correspondent bien à ce qu'on met dans les marmites pénitentiaires. Les repas des détenus ne sont pas vraiment la préoccupation de la nation. Les prisonniers attrapent la dysenterie ou la diarrhée en mangeant du poisson pourri ou des légumes avariés ? Ils développent des œdèmes à cause du riz moisi ? Le gouvernement s'en moque bien. C'est même un moyen discret d'éliminer peu à peu les prisonniers politiques, toutes les plaintes des familles se perdent naturellement dans le néant. Quelquefois, une intoxication alimentaire massive suscite des protestations dans la presse étrangère. On forme des commissions de contrôle dont les membres sont largement gratifiés de cadeaux avant même la tournée de visite des prisons. Bref, grâce à la baguette magique de cet oncle commandant à l'Office central du Ravitaillement, le patrimoine de la famille a crû à la vitesse d'une tumeur cancéreuse. Le père a demandé congé au tribunal pour aider sa femme. Ainsi, d'une unique succursale, ils sont passés à vingt-deux. L'oncle, maintenant lieutenant-colonel, prépare activement la route pour sa sœur : dans tous les pays, la logistique des armées et des prisons a toujours été une gigantesque source d'enrichissement.

— La folie de Bich Dao viendrait donc de cet enrichissement subit, comme si le ciel leur avait versé une pluie d'or sur la tête ?

— Pas de déductions hâtives. L'affaire n'est pas aussi simple. Seuls les nouveaux riches sont arrogants, stupides et grossiers, disent souvent les gens. Bich Dao a deux grandes sœurs et un petit frère, parti étudier aux États-Unis il y a un an. J'ai entendu dire que c'était un garçon très gentil, appliqué et économe depuis son adolescence. Les deux grandes sœurs sont, paraît-il, très douces. L'une a ouvert une boutique de vêtements d'importation. L'autre, professeur de lycée, s'est mariée avec un enseignant. Malgré leurs belles demeures et leurs voitures luxueuses, ils ne sont pas suffisants comme tous les nouveaux riches. La mère est une femme raisonnable. Il est exact qu'elle porte un gros diamant. Il est exact aussi qu'aucune des bijouteries de grand-mère n'en fournit d'aussi gros, car ils sont très difficiles à vendre. Pour en porter, il ne faut pas seulement être riche, il faut également être téméraire, prévoir les dangers et pouvoir se défendre. Porter ces bijoux, c'est, en général, être volontairement ostentatoire comme souvent les grands commerçants d'antan. Ils utilisaient leurs parures comme autant d'enseignes publicitaires vantant leurs affaires florissantes, alors que pour le commun des mortels cela revient à se transformer en proie pour les brigands. Une personne normale perdrait sa liberté, vivrait dans la peur, n'oserait plus sortir avec tous ces yeux fixés sur elle. Un aussi gros diamant est souvent confié à un coffre-fort de banque. En Europe, on ne le sortirait qu'en de très rares occasions, fêtes organisées par des familles royales ou bals huppés où la sécurité est assurée par les forces de police. La mère de Bich Dao porte le sien mais, apparemment, elle n'est pas du genre à y voir un pouvoir ou un bonheur divin, elle le fait sans ostentation ni arrogance. Elle n'a pas fait beaucoup d'études, mais elle a beaucoup d'intuition. Elle m'a dit : "Quand nous n'avions pas d'argent, nous souffrions de notre misère. Maintenant que nous en avons plein, il nous apporte cent malheurs." Les nouveaux riches qui perçoivent ainsi le revers de la médaille savent réfléchir. Après l'avoir rencontrée, j'ai compris que la maladie de Bich Dao ne tenait pas à sa famille mais à sa propre personnalité. L'enrichissement rapide de la famille n'a joué qu'un rôle accessoire dans la manifestation de sa folie, en la développant selon une certaine logique.

— Je ne comprends pas très bien. Cela veut dire…

— Cela veut dire que, si sa famille n'avait pas possédé vingt-deux succursales de vente de riz et si sa mère n'avait pas porté son diamant, cette fille aurait tout de même surgi dans ta vie, mais seulement avec un complexe d'infériorité, ce qui serait pire, car son désespoir et sa détermination suicidaire n'en seraient que plus grands. D'après sa mère, sur les quatre enfants, Bich Dao est la seule à être ainsi depuis son enfance. Un jour qu'elle avait cinq ans, pour une raison quelconque, son père lui a donné quelques coups de rotin sur les fesses. C'était la première fois qu'elle était battue. Elle était la cadette, de cinq ans plus jeune que sa sœur, et elle était choyée. Ses parents, comme tant d'autres, considéraient que donner une

fessée à un enfant est tout à fait naturel sinon nécessaire. Les deux grandes sœurs de Bich Dao et son
petit frère en avaient tous reçu. Seule Bich Dao avait
protesté. Et sa façon de protester avait horripilé sa
famille. Certains enfants ainsi punis déchargent leur
colère contre un tiers, donnent un coup de pied au
chien, arrachent les poils du chat ou pincent discrètement le petit frère, ils boudent et sautent le repas,
parfois même font la grève de la faim, ou filent chez
les voisins. Au pire, ils fuguent. Bich Dao, elle,
inaugura une forme de protestation originale, plus
énergique et bien sûr, démentielle : elle fonça dans
la cuisine, monta sur un tabouret pour se saisir du
coutelas qu'on utilisait pour découper le poulet, à la
lame acérée et brillante comme un miroir. Ensuite
elle revint devant son père : "Voilà un couteau, tue-
moi donc, père ! Tue-moi pour de bon !" Elle hurlait
comme une démente. Aucune larme ne mouillait ses
yeux. Le père, la mère, les deux sœurs et la vieille
domestique étaient figés de stupeur. Elle mit le couteau dans la main de son père en continuant à hurler : "Voilà le couteau, père ! Tue-moi !" Ce fut la
vieille domestique qui se ressaisit la première. Elle
attrapa d'une main le couteau, de l'autre saisit la
robe de la petite : "Mademoiselle Dao, ne faites pas
de bêtises, sinon le fantôme viendra vous chercher
cette nuit !" Puis elle sortit vite ranger le couteau
à sa place. Au salon, les parents étaient tétanisés,
la langue sèche, les idées en chaos. Bich Dao fixait
toujours son père avec haine tandis que les deux
sœurs se regardaient, hagardes. La domestique tenta
encore de la raisonner : "Quand une petite fille

manque de respect, les fantômes l'emportent. Ou alors ils font gonfler son visage comme une tête de tigre, ou le noircissent pour qu'elle ressemble à un démon, c'est horrible ! Personne n'ose plus la regarder, après. Elle ne peut plus mourir, mais personne ne veut plus lui parler. Ne recommencez pas !" Bich Dao baissa les yeux, semblant réfléchir à ces menaces. La domestique en profita pour la prendre par la main et l'entraîner : "Venez ! Allons faire un tour en ville, je vous achèterai une glace…" Bich Dao se laissa faire, et la famille put respirer.

Le père fit alors sortir les deux sœurs et dit à sa femme : "Dans mon karma, j'ai déjà vécu dix vies : jamais je n'avais encore engendré une fille comme celle-là. Peut-être que toi, un vent maudit t'a soufflé dessus, venu d'un temple envahi par les démons, mais en tout cas tu as donné le jour à une fille terrifiante. Je ne la toucherai plus."

À dater de ce jour, effectivement, il ne la gronda plus du tout et se désintéressa d'elle. Sa mère, en revanche, ne pouvait la laisser ainsi, c'était sa fille. Elle essayait non pas de la contrer, mais de la conseiller. Durant quelques années ses paroles portèrent leurs fruits, mais plus Bich Dao grandissait, plus elle devenait arrogante, et les conseils maternels glissaient sur elle comme l'eau sur les plumes d'un canard. La mère comprit qu'en dépit de tous ses efforts, elle ne pourrait jamais changer le cours des choses. Le dernier exemple remontait à quelques mois. Elle avait conseillé à sa fille d'être un peu plus souple avec le sous-officier d'escorte de son oncle, qui avait des vues sur elle. La jeune fille avait hurlé devant tout le monde, y compris l'oncle et le sergent : "Ton rôle, mère, c'est de compter les billets de banque et d'en gagner. Ne t'occupe pas de mes affaires !"»

Ma mère s'interrompit pour arrêter la soufflerie. Ses cheveux étaient secs.

Je partis chercher un couteau à la cuisine pour les fruits. Ma mère me demanda de rapporter aussi une bouteille d'eau fraîche et un verre.

«Les plats au Grand Monde sont saturés d'huile et ils sont trop salés. Tu veux un verre d'eau ?

— Merci, mère. Nos plats à nous ne sont pas aussi salés, et j'attends que tu me parles de la maladie d'amour.

— Depuis la préhistoire, il existe des êtres dépassés par leurs pulsions sexuelles. Leurs actions échappent à la raison. Ils vivent dans des ténèbres éternelles, dans l'aveuglement absolu, à la seule lumière de leurs désirs. On peut dire qu'ils ne vivent pas pour eux, mais pour satisfaire un désir qu'ils considèrent comme l'objectif unique de l'existence. L'exemple type est celui d'Érostrate, qui brûla le temple d'Artémis à Éphèse. Dans la société grecque, philosophes, mathématiciens, poètes, orateurs pouvaient devenir la gloire de leur ville, la source de toutes les activités spirituelles de leur communauté. Érostrate, lui, n'avait pas les qualités pour cela, mais il enviait leur gloire. Il voulait que son nom suscite des débats ininterrompus, l'enthousiasme ou la terreur, l'admiration ou la colère… bref, tous les sentiments qui agitent une communauté ou une société.

Pour lui, seuls les hommes célèbres méritaient de vivre, seule leur vie avait un sens. Quand on citait Platon, tout le monde savait qui c'était. Le nom d'Érostrate, en revanche, n'éveillait pas le moindre intérêt. À la mention de ce nom inconnu, le cavalier continuait de chevaucher, l'acheteur d'olives de marchander, l'homme de s'amuser avec les jeunes prostituées et les gardiens de temple d'allumer des cierges. Un olivier, dont les branches peuvent tout au moins remuer au vent, aurait plus attiré l'attention que lui.

Comme un vélo sans frein qui dévale la pente, comme un déluge qui ne s'arrête plus, la raison est alors paralysée et aucune force intérieure ne peut s'ériger contre les pulsions du désir. Au jour, à l'heure, à la seconde où l'envie atteint son paroxysme, survient le "passage à l'acte", comme on l'appelle, et le maniaque accomplit son noir dessein.

Érostrate mit le feu au temple le plus sacré de la cité, et devint célèbre comme il l'avait souhaité. Sauf que les Grecs l'évoquent non pas avec admiration, mais avec mépris et en crachant par terre, et que l'incendiaire fut condamné et exécuté.

— Quelle histoire superbe ! Pourquoi tu ne m'as pas fait lire ce livre ?

— Tu as encore du temps pour ça, mon chéri. On lit et on apprend sa vie durant. Mais l'heure n'est pas aux lectures, nous devons chercher à nous sortir des mains de cette "incendiaire de temple" à la vietnamienne. D'après moi, Bich Dao ne cherche pas la célébrité comme Érostrate, mais elle a en commun avec lui un désir démesuré. Comme lui, elle fera tout pour atteindre son objectif. En deux ans passés à t'écrire des lettres, les répétitions ont creusé des ornières dans son esprit, telle une piste formée par le passage incessant des hommes. Plus les jours passent et plus la volonté de te conquérir, de te soumettre se grave dans son inconscient, comme le sculpteur taille la pierre pour obtenir l'œuvre dont il a rêvé. C'est un investissement beaucoup trop important qui non seulement a asséché tout son capital, mais requiert en sus des emprunts supplémentaires. Telle est la vie d'une érotomane. Il n'y a pas d'issue. Soit elle avance, soit elle saute dans le gouffre. C'est un jeu où la parieuse doit mettre sa propre tête en gage, mais aussi celle de la personne qu'elle poursuit.

— Avertissons la police ! Elle m'a menacé avec son couteau, elle s'est introduite dans mon appartement sans y avoir été invitée. D'après la loi…

— Ne te méprends pas, mon fils, dit ma mère en secouant tristement la tête. Nous ne pouvons opposer la loi à l'érotomane, elle sera assez intelligente pour l'utiliser à son avantage. "Un lingot d'argent peut trouer une feuille de papier", comme on dit chez nous. Dans une multitude de procès où les preuves sont légions, l'argent arrive à changer le blanc en noir. Dans notre cas, tu n'as pas l'ombre d'une preuve. Cela s'est passé soudainement. La conversation n'a pas été enregistrée ni filmée. Le seul témoignage est celui de madame Bat que le tribunal considérera comme "non valable", car elle fait partie des témoins non objectifs. Par ailleurs, les érotomanes ne sont fous que dans un domaine précis, dans tous les autres ils sont parfaitement lucides, voire intelligents et manipulateurs. Si tu portes plainte pour menaces, Bich Dao pourra répondre : "Je plaisantais." Tout le monde peut dire : "Je vais te tuer", par plaisanterie ou dans un accès de colère. Mais dire et faire sont deux choses distinctes. Tu n'es à l'université que depuis deux ans. Si tu veux endosser la robe d'avocat et en devenir un très bon, il te faut encore beaucoup de temps et de dépenses.

Ma mère me caressa la tête comme lorsque j'avais six ans et que je sautais dans ses bras pour lui demander une faveur. J'éclatai doucement de rire en réalisant ma naïveté.

— Et moi qui pensais qu'une étudiante en droit se comportait toujours correctement !

— C'est parce que tu es gentil et inexpérimenté. Sache que la conscience de l'homme n'est qu'une paillotte dans la tempête des passions. Des avocats, des magistrats, même un vice-président de la République ont tué leur femme sous l'emprise de la passion. Ce que tu prends pour une nouveauté est vieux comme le monde, et on voyait déjà bien des cas de ce genre à l'époque où l'homme n'avait pas de montre et circulait encore en diligence.

— Qu'allons-nous faire, alors ? m'écriai-je.

Ma mère se tut un long moment.

— Mon pauvre fils, c'est mon égoïsme qui t'a mis dans cette situation. Il aurait fallu t'envoyer à Washington. En te retenant près de moi, je t'ai mis en danger.

— Ne dis pas ça, mère. Si le sort a voulu que je croise le chemin d'une érotomane, cela se serait produit même à New York ou à Washington. Elle ne s'appellerait pas Bich Dao mais porterait un autre nom, Linda ou Marina… Le couteau serait remplacé par un pistolet et les menaces seraient proférées dans une autre langue. Donc, le mieux est de garder notre sang-froid et de trouver comment nous sortir de cette situation.

Mais ma mère secouait la tête. Sans m'écouter, elle continuait de réfléchir.

— Il n'est sans doute pas trop tard pour que je me rachète. Je vais te faire partir le plus tôt possible, mon petit garçon chéri. »

Tiên se tut et posa la rose pour se tourner vers la fenêtre :

— Encore la pluie ! Cette année, il n'arrête pas de pleuvoir à Dalat !

Un sanglot l'interrompit. Thanh se leva pour aller lui chercher un mouchoir dans son pardessus.

— Merci, répondit Tiên Lai en s'essuyant les yeux.

Dehors, la pluie tombait à verse. On ne voyait plus le lac, ni les collines. Même l'horizon avait disparu dans un blanc opaque. Thanh aperçut la rose posée sur la serviette blanche et se rappela subitement la vieille bicoque délabrée du poète dément en haut des collines d'eucalyptus et les gamines à la tête badigeonnée de bleu de méthylène. Ce monde de misère et de folie qui avait donné naissance à Phu Vuong. Son compagnon, qui l'attendait sûrement…

Comme le destin est étrange. Avant, je pensais que la tragédie ne survenait que dans un monde de misère et d'isolement, avec des personnages orduriers tel Phu Vuong. En fait, elle est partout, même dans les endroits les plus huppés. La folie peut frapper des familles qui possèdent les plus gros diamants de la Terre. J'ai dix-neuf ans, mais j'ai l'impression d'être un vieillard.

— Désolé, je me suis arrêté un peu brusquement, s'excusa Tiên Lai après avoir séché ses larmes.

— Je te comprends. Chaque fois que nous parlons de nos mères, nous ne pouvons retenir nos émotions.

— Nous autres garçons, homosexuels ou non, nous sommes tous des « fils à nos mères ». Même à soixante-dix ans, à moitié édentés et chauves. J'ai toujours l'impression que ma mère me regarde du fond de son tombeau. Son esprit ne cesse de me protéger. Mais retournons à cette histoire d'érotomane. Après notre conversation, ma mère rentra à Dalat. Je savais qu'elle allait discuter avec ma grand-mère pour m'envoyer aux États-Unis le plus tôt possible. Ma grand-mère était une femme d'action et ma mère avait hérité ce caractère. J'étais au début de ma troisième année. Si je partais immédiatement, je devrais attendre la prochaine année universitaire pour commencer les cours. Le temps de m'habituer au pays, surtout à la langue, très différente de l'anglais que j'avais appris. Comme je ne pouvais pas être hébergé par mes cousins, tous mariés à des Américaines pour qui la vie familiale ne se concevait pas comme chez nous – « Trois générations, un même toit » –, il fallait également que je trouve à me loger.

« Nous partirons ensemble, m'annonça ma mère au téléphone ; j'espère trouver un poste de bibliothécaire pour être auprès de toi. Sinon, je serai ton intendante et ta cuisinière. Grand-mère me versera une pension jusqu'à ce que tu sois avocat et possèdes ton propre cabinet. » Elle était tellement heureuse. Moi aussi car, en fin de compte, nous vivrions ensemble et c'était le plus important. Ma mère avait mené une vie de nonne et sacrifié toute sa jeunesse pour moi. Je ne voulais pas la laisser seule.

« Mais c'est merveilleux ! répondis-je. C'est plus que je ne pouvais rêver, mère ! Quand est-ce qu'on part ?

— Le plus vite possible. Ton oncle se charge de louer une maison par une agence. Dès que le contrat est signé, nous partons. Si elle n'est pas meublée, nous nous en contenterons. Un matelas par terre suffira, nous verrons après. »

Malheureusement, notre joie fut de courte durée. Quelques jours après cette conversation, je reçus un coup de fil de ma grand-mère en pleurs : « Ta mère est tombée dans l'escalier. Elle est hospitalisée et nous attendons les résultats des examens. Prions pour que le ciel nous protège ! » J'entendis alors le combiné tomber de ses mains, puis des sanglots de désespoir. J'appelai ma tante, la femme du frère aîné de ma mère. Sur les quatre garçons de la fratrie, il était le seul à Dalat pour s'occuper de sa mère et gérer les magasins. Les autres étaient tous partis aux États-Unis depuis longtemps. Ma tante était à la fois la fille et l'intendante de sa belle-mère, s'occupant de tout, et j'étais plus proche d'elle que d'autres membres de la famille. Elle me dit que ma mère avait l'air épuisé, qu'elle avait souvent des vertiges, sans doute à cause des insomnies et des soucis. Le jour de l'accident, elle s'était levée un peu plus tard que d'habitude. On l'avait entendue appeler la cuisinière : « Madame Sen, pouvez-vous me faire deux œufs au plat ? » La cuisinière avait répondu presque immédiatement : « C'est prêt, madame, vous pouvez descendre ! » Puis on avait entendu un vacarme dans l'escalier et le cri de madame Sen : « Madame est tombée ! »

À l'arrivée des premiers secours, ma mère était évanouie sur le palier du premier étage. L'ambulance l'avait immédiatement transportée à l'hôpital. Les médecins parlaient d'une fracture de la jambe droite, de la rotule et du talon gauche, mais ce n'était pas le plus grave : une femme de quarante ans récupère vite de ces blessures. Ils étaient plus inquiets à cause d'une fracture du crâne et d'éventuelles lésions au cerveau. On attendait justement les résultats des examens. Ma tante essayait de me consoler : « Continue à suivre tes cours à Saigon. Je m'occupe de ta mère ici. Si tu venais, tu ne pourrais pas faire grand-chose et ta mère s'inquiéterait. » Pourtant, comment le pouvais-je ? Je demandai l'autorisation de m'absenter et partis dès le lendemain à Dalat. Je n'avais plus qu'une obsession, savoir ce qui pouvait résulter d'une blessure à la tête. C'était la première fois que je pensais à cela. À vingt ans, on ne s'intéresse pas à la maladie et à la vieillesse. La jeunesse est un univers qui ignore les gémissements, les soupirs et les blessures. J'entrevoyais soudain des images de fauteuils roulants, d'éclopés, de fous. Je me sentais mal. Mes oreilles retentissaient de menaces : « Si elle avait une hémorragie cérébrale ? Quelles seraient les séquelles ? » « Et si elle devenait tétraplégique ? Comme le magasinier de la faculté de droit ? » Suppositions, prévisions et craintes me rongeaient le cerveau. Je ne pouvais supporter l'idée de ma mère, cette si belle femme, paralysée dans un fauteuil roulant, avec une couverture sur les jambes en plein été. Je tremblais à l'imaginer perdre toute conscience et survivre à l'état de légume, comme quelques cas que je connaissais : des visages qui n'en étaient plus, aux yeux révulsés et à la bouche baveuse.

« Si… » Quel mot terrifiant ! Pendant tout mon voyage, les « si » tournaient dans ma tête et m'accablaient d'angoisse. Le car arriva à Dalat en fin d'après-midi. Ma tante m'accueillit à la gare routière et la première chose qu'elle me dit, ce fut : « Le ciel et le Bouddha ont été magnanimes, ta mère est revenue à elle. Le cerveau n'a rien. Nous avons beaucoup de chance ! » Je serrai ma tante dans mes bras, la remerciai en inondant son épaule de mes larmes. Le cœur allégé tel un bateau déchargé de sa cargaison de pierres, je pus dîner en joie avec ma grand-mère. Nous parlions de tout, sauf du projet de départ vers l'Amérique. À la fin du repas, elle me dit :

« Ta mère sera très heureuse. Ta simple présence est un élixir de jouvence pour elle. La convalescence sera brève. Nous réglerons les problèmes les uns après les autres. Même si la montagne est haute, disent les anciens, il y a toujours un chemin pour parvenir au sommet.

— Merci, grand-mère », répondis-je. Comme j'avais de la chance d'avoir à côté de moi ces deux femmes, ces deux grands banians aux frondaisons protectrices.

Ce soir-là, je me rendis à l'hôpital. Ma mère était immobilisée par ses deux jambes dans le plâtre mais elle souriait et me caressa la tête :

«Sois sans crainte, je n'ai rien de grave. Une fracture est dangereuse pour une personne de quatre-vingts ans, je n'en suis pas encore là. Acceptons cet accident. Tu partiras avant, je te rejoindrai quand mes jambes seront guéries. Ce n'est que partie remise.

Je serrai fort sa main :

— L'important, c'est d'être avec toi. Où, ça m'est égal.

Je posai ma tête sur sa poitrine pour écouter son cœur tant aimé, la laissant me caresser les cheveux.

— C'est bien que tu sois venu. Maintenant, il faut que tu rentres à Saigon car les cours ne s'arrêtent pas. Ne donnons pas la possibilité aux autres de nous reprocher quoi que ce soit.»

Je savais que cette femme élégante et gracieuse cachait une personnalité très responsable et ferme sur ses principes. Le lendemain donc, j'obtempérai en me levant tôt pour prendre le premier car. Ma vie d'étudiant reprit son cours, mais j'avais perdu toute sérénité depuis l'irruption de la folle d'amour. Avant, la catastrophe couvait et les menaces étaient silencieuses, comme pendant une incubation virale. Maintenant le diable était sorti de sa boîte, on m'avait annoncé ma condamnation, il ne restait plus qu'à attendre le moment de l'exécution. Bich Dao m'avait donné quatre mois et je vivais dans le couloir de la mort. Chaque fois que j'allais en cours, son regard me paralysait.

«Pourquoi n'ai-je pas détecté plus tôt le danger dans ce regard démentiel?»

Puis je me répondais à moi-même : «Même si je l'avais su, je n'aurais pas pu empêcher le volcan de cracher sa lave.»

L'important était de fuir à toute vitesse. Pourtant mon intuition me disait que ce ne serait pas si facile. Plus les jours passaient et plus je sentais ses regards m'envelopper telle une toile d'araignée. Il me semblait que ses yeux jetaient du feu, qu'elle tramait quelque chose. Effectivement, deux semaines après mon retour de Dalat, alors que je mangeais une glace avec des camarades pendant la pause, elle s'avança vers moi comme un fermier entrant dans l'enclos pour attraper une chèvre et l'abattre.

«Alors? Ton oncle a trouvé un appartement?»

La stupeur me figea. Mes camarades l'observaient curieusement, mais elle continua, très naturelle :

— Mon petit frère a loué un appartement pour moi, au cas où je voudrais un jour lui rendre visite. Si vous en avez besoin, ta mère et toi, je pourrais vous le prêter pendant quelque temps.

Sitôt dit, elle tourna les talons. Mes amis s'empressèrent autour de moi :

— De quoi elle parle, l'ourse?

— Ma mère a l'intention d'aller vivre aux États-Unis avec ses frères et ses petits-enfants. Je ne sais pas comment cette fille l'a su.

— Elle est folle de toi depuis longtemps, tu es vraiment le dernier à le savoir! dit mon meilleur ami. Je t'ai prévenu plusieurs fois mais tu ne voulais rien entendre. C'est clair, maintenant?

— Je n'y suis pour rien, répliquai-je. Je lui ai répondu avec courtoisie et respect, mais sans équivoque. Nous n'avons pas de destin commun.

— Il en faut plus pour réfréner le cœur d'une femme qui aime, sourit mon ami. Si tu ne l'as pas encore compris, c'est que tu es un idiot. Par malheur, nous avons là une amoureuse hors du commun. Bich Dao n'est pas comme les autres filles.

Un camarade me tapa sur l'épaule :

— Mon pauvre ! À quoi ça sert d'être aussi beau gosse, Tiên Lai ? Heureusement pour moi, j'ai un nez comme un poing et personne ne m'appelle Henri Fonda. Personne n'a donc enquêté sur moi !

Tous me regardaient avec compassion.

Je songeais : «Où pourrais-je me réfugier maintenant ? Elle va prendre le même vol que moi pour Washington. Elle est assez fortunée pour faire mille autres choses. Et si elle avait été pauvre, elle m'aurait tué avant que je n'aie eu le temps de monter dans cet avion ! »

— Une femme qui veut exercer son pouvoir, ajouta mon ami, est capable de concentrer toute sa volonté sur son objectif et de considérer le monde comme accessoire. Elle a la force et l'assurance d'une folle. Elle peut se déshabiller dans la rue en pensant qu'elle est dans sa salle de bains. Pour lui échapper, il faut que tu le saches.

Puis, s'adressant aux autres :

— Celui qui a une idée, qu'il parle ! Mais surtout, gardons le secret. Si Bich Dao est au courant, allez savoir ce qu'elle fera. Quand on a affaire à ce type de vachette sauvage, il faut vraiment être prudent. »

Tiên Lai s'arrêta pour soulever la théière, et Thanh sursauta. C'était le même geste que chez Cuong. La même lenteur, la même douceur pour verser le thé. À ce souvenir puissant, brûlant, qui lui revenait ici à Dalat, Thanh sentit un nœud dans son ventre tandis que le thé coulait dans les tasses blanches.

— Tu n'avais pas un amant dans ta classe ? demanda-t-il à brûle-pourpoint.

— Oh, non, je n'ai pas eu cette chance. Ma vie aurait probablement été différente. Je m'entendais bien avec les garçons de ma classe, mais je n'osais me rapprocher de quiconque. À l'époque, les homos devaient être discrets, et je crois qu'il n'y en avait pas parmi eux. Ils étaient aimables avec moi, mais ils s'intéressaient plus aux filles. Ils en parlaient tout le temps. Ma mère m'avait recommandé d'être très prudent dans mes relations et je ne l'oubliais jamais. Un garçon qui fait la cour à une fille et est repoussé, c'est normal. Pour tout le monde, un homme est un coureur, une sorte de papillon ou d'abeille qui a le droit de voleter d'une fleur à l'autre. Si la fleur du prunier ou du merisier n'est pas à son goût, il se tournera vers la fleur du citronnier ou du pamplemoussier. Dans notre cas, si nous déclarons notre flamme à un hétéro, les conséquences peuvent être catastrophiques. S'il est indulgent et ouvert, il refusera poliment. Sinon, sous le poids des préjugés sociaux, il se sentira blessé ou même humilié et, pour sauver la face, pourra nous insulter et se moquer de nous devant tous. C'est le cas le plus fréquent, et par conséquent la meilleure armure d'un homosexuel est la prudence. Et pourtant, dès cette époque, j'ai aimé et j'ai été déçu. Mon cœur avait déjà chaviré. Pour le dire de façon romanesque, ce fut mon premier amour, même si je ne connaissais pas le nom de l'homme.

— Quoi ? Tu ne connaissais pas son nom ?

— Je savais que cela te surprendrait, répondit Tiên Lai en souriant. Tu vas trouver que c'est une histoire extravagante. Mais tu peux me croire, jeune homme, car je ne suis pas un mythomane et je n'ai pas envie de te raconter des blagues. Le premier amour est comme une averse ou un souffle de vent. Appelons-le quand même amour, faute de meilleur terme. Nous faisions du tennis dans le même club, cet inconnu et moi. Il avait à peu près mon âge, peut-être un ou deux ans de plus. C'était un gars costaud, avec une dégaine de marin, très musclé, le dos large, de beaux pectoraux. Mais il était plus petit que moi. Le club disposait de dix courts de tennis. Malheureusement, il jouait toujours dans le court le plus éloigné. Nous ne fîmes donc connaissance qu'au bout de dix mois. Nos regards se croisèrent et ce fut le coup de foudre. Nous nous étions reconnus sur-le-champ, nos cœurs s'étaient mis à battre plus fort et nos corps s'appelaient.

— Je comprends.

Tiên Lai plongeait son regard dans les yeux de Thanh :

— Mon jeune ami est un homme d'expérience, c'est heureux !

— L'expérience m'est venue sans que je la cherche. Et alors, votre histoire ?

— Dès ce premier regard échangé, mon souffle était devenu court. J'étais pétrifié… Lui aussi. Nous étions comme deux pieux plantés au milieu du terrain.

Enfin, sentant qu'on nous observait, il proposa : «Je peux vous offrir un café ?»

Je répondis par l'affirmative ; mon cœur était sur le point de sauter hors de ma poitrine. Nous traversâmes les terrains pour nous rendre au grand café Phuong Hoang où se retrouvaient beaucoup d'étrangers et de sportifs locaux. Nous nous installâmes sur la terrasse, le café était encore assez désert à cette heure. Là, nous avions vue sur les courts et c'était aéré, très agréable. Mon ami me proposa une bière, que j'acceptai.

Pendant qu'il passait la commande, je restai silencieux, pâmé.

«Pourquoi a-t-il fallu tout ce temps pour que nous nous rencontrions ? dit-il alors.

— Je me demande aussi !»

Quand le serveur nous eut apporté nos consommations, nous reprîmes notre conversation. Mais en fait, notre vrai échange passait par nos yeux électrisés. Je ne sais combien de temps nous parlâmes ainsi. Je me souviens seulement que j'étais dans les nuages, bien loin de ces courts de tennis. Je flottais sur une mer d'émotions, me roulais sur des grèves de plaisir et de liesse. Pour la première fois je comprenais ce qu'était le bonheur, alors que nous n'avions même pas encore fait l'amour.

Soudain, ce monde merveilleux explosa brutalement :

«Foutez le camp ! Laissez-nous votre place !»

Encore enivrés, nous levâmes la tête. Un type au crâne rasé, gros et gras, noiraud, se dressait à côté de notre table. Derrière lui se tenaient deux autres hommes, moins costauds et au teint plus clair. Le chauve nous fixait des yeux :

— Vous êtes sourds ? Je vous ai dit de foutre le camp, rentrez chez vous pour vous enculer ! Débarrassez-moi cette table.

— Pardon ? » demanda enfin mon ami.

À son regard soumis, je compris qu'il essayait de réprimer son cœur. Il allait se renier pour conserver sa place dans la société. Je repensai aux paroles de ma mère : « La majorité des homos se plient aux exigences de la société. Ils se construisent une vie de façade et vivent sous ce masque, souvent jusqu'à la fin. »

Une pensée fulgura dans ma tête : « L'exemple vivant est devant moi ! Cet homme en face a décidé de vivre une vie d'emprunt ! » Un froid glacial descendit le long de mon dos, comme si tout mon sang avait quitté mes veines.

Le chauve s'avança encore :

« Vous me croyez aveugle ? Vous êtes des pédés. Allez vous enculer ailleurs, rendez-moi cette table. C'est la table des chefs ! »

Mon ami avait pâli. Ses mains tremblaient. Son beau corps vigoureux était trempé de sueur ainsi que son menton carré, un menton de héros.

« Il a peur ! me dis-je. Malgré sa carrure et son physique ! La condition d'homosexuel l'a privé de tout ressort. Quelle pitié ! »

Comme il ne disait plus rien, je répondis au chauve :

« Nous ne vous connaissons pas, et nous n'avons aucune envie de faire votre connaissance. Nous sommes dans un café, pas dans une prison, il n'y a ici ni chefs, ni subalternes.

— Oui ! C'est vrai, renchérit une voix venant de la cuisine.

C'était le patron qui arrivait :

— Vous êtes dans mon café ici, pas dans une prison. Je ne vous permets pas de chasser quelqu'un. Chaque client a les mêmes droits. Celui qui arrive avant s'assoit avant, il n'y a pas de privilèges. »

Le chauve, menaçant, se tourna vers le patron qui soutint son regard avec sérénité, toisa la brute des pieds à la tête, enregistra les chaussures blanches, les mollets pleins de cicatrices, le short, le t-shirt noir aux deux os croisés, jusqu'au cou épais où tressautait une pomme d'Adam en furie. Visiblement, il considérait le chauve comme un moins que rien. Pour être le patron du plus grand café de la ville, me disais-je, il devait avoir des appuis en haut lieu, car l'établissement était rentable et la place sûrement très convoitée. Le chauve sembla le comprendre aussi. Il lâcha un juron et s'en alla, suivi de ses deux acolytes.

« Ce type a fait plusieurs séjours en prison, nous expliqua le patron. Avant, personne n'osait s'opposer à lui, car sa mère est la tante de l'adjoint du chef de la police de l'arrondissement. Depuis que nous avons fait sauter ce flic corrompu, la place est plus calme. Mais les chevaux reprennent toujours le même sentier. De temps à autre, il se croit en droit de faire le gros bras.

— Merci beaucoup de votre intervention. Nous n'avions encore jamais eu affaire à ce genre d'individu.

Le patron éclata de rire :

— Je m'en doute ! Avec votre mine de chérubin, on vous voit mal fréquenter ces voyous, ces parasites de taule ! Allez, conclut-il, buvez donc votre bière sinon elle va tiédir. »

En effet, ma bière n'était plus très fraîche. Je lui trouvai un goût amer et mon enivrement s'était dissipé. Le monde merveilleux avait disparu. Les vagues s'étaient retirées et sur la plage ne restaient plus que des coquilles d'escargots morts, des huîtres écrasées et des bouteilles en plastique vides. Et des algues. Des algues séchées, mortes, des algues visqueuses et noires, ayant perdu leur vert et leur brillant, et qui ne miroitaient plus sous nos yeux enchantés.

Nous restâmes silencieux devant nos deux chopes de bière tièdes. La magie s'était envolée. Sitôt apparu, le bonheur nous avait quittés, telle une bulle de savon soufflée par un gamin.

Bien plus tard, je me demandai :

« Suis-je trop sévère ? Ai-je trop idéalisé l'amour et l'homme ? Les idéalistes sont condamnés à l'infortune, toute leur vie. La malchance n'accompagne-t-elle pas souvent ceux qui vivent ainsi, en marge de la société ? »

Je n'eus jamais de réponse. Je venais toujours faire du tennis, mais mon ami ne se montrait pas. J'essayai quelquefois de venir plus tôt ou plus tard, peine perdue : je ne le revis jamais.

« Pourquoi le chercher ? Pourquoi poursuivre un amour disparu ? Pour ranimer un feu éteint ou pour faire mon propre malheur ? »

Je l'ignorais. Je revenais toujours, je jouais au tennis et j'attendais de le revoir. Mais il avait bel et bien disparu, comme un oiseau, comme un poisson, sans une trace. Soit il avait arrêté le tennis, soit il avait changé de club. En réalité, j'aurais pu enquêter dans tous les clubs de tennis de Saigon si mon cœur l'avait vraiment réclamé, mais je n'en avais pas le courage : ce n'était plus que quelques frissons causés par un chant du passé. J'étais comme un nageur entre deux eaux, comme une barque au milieu du fleuve, ne sachant quelle rive aborder. Je vivais dans l'engourdissement et devins rapidement dépressif. En fin de compte, je compris que si je continuais à attendre cet homme après une telle déception, je resterais enfermé dans ce cercle que le sort avait tracé : le monde des homos est étroit, chaque rencontre est le fruit du hasard et, quand on quitte quelqu'un, on ne peut plus revenir à une vie normale.

Tiên Lai s'interrompit pour laisser son regard vagabonder par la fenêtre. Que cherchait-il à discerner dans l'opacité blanchâtre de la pluie ? Le visage de son amant ? L'émotion première du cœur amoureux ? Des rides se creusèrent sous ses yeux, sur ses pommettes, entre les ailes de son nez et son menton bleu de barbe.

On dit que les homos sont imberbes parce qu'ils auraient la même constitution que les eunuques ! Quelle ineptie ! Non seulement Tiên Lai a une barbe, mais sa poitrine est également velue. Il n'a pas eu ma chance. Son rêve s'est écroulé quand son premier amant a fui sa propre homosexualité. Phu Vuong est un voyou, mais il m'a appris la confiance en soi. Sa fierté a quelque chose de comique et d'effronté quand il parle d'Apollon et des aristocrates athéniens, mais il faut reconnaître qu'elle est convaincante : l'amour homosexuel était le choix des dieux de l'Olympe et des aristocrates de la Grèce antique. D'y penser, c'est un bon remède contre la dépression.

Le cœur serré, il prit la main de Tiên Lai :

— Quand était-ce ?

— Pendant l'hospitalisation de ma mère. Quelques semaines après mon retour de Dalat. Et juste après la conversation avec mes amis au sujet de Bich Dao. Tous ces coups du sort, c'était comme les coups de massue du boucher qui doit abattre un bœuf. J'en restais terrassé.

Tiên Lai fixa les roses puis, levant le visage vers Thanh, demanda insidieusement :

— Es-tu déjà allé dans un abattoir ?

— Jamais de ma vie !

— Tu as de la chance ! soupira Tiên Lai. L'abattage d'un bœuf, ça ne s'oublie plus. Les images restent gravées dans ta mémoire et t'obsèdent jusqu'à la mort. Ce n'est pas du tout comme voir égorger un cochon, même si les deux se valent en atrocité. Chez le bœuf, l'agonie est beaucoup plus longue, il beugle, c'est horrible ! Il lutte plus longtemps, plus violemment. Et, surtout, ses yeux ! Les yeux du porc sont blancs et inexpressifs, alors que ceux du bœuf expriment des sentiments presque humains. La douceur, la naïveté. Puis la supplication, la terreur, l'affolement et le désespoir. Ce n'est pas par hasard que les Européens disent d'Héra, la femme de Zeus, qu'elle a des yeux de génisse. Un jour j'ai assisté à l'abattage d'un bœuf. C'était terrifiant ! Sans pouvoir me contrôler, je me suis enfui, alors que je savais bien que mes camarades de classe me trouveraient couard et lâche. Le

bœuf avait été attaché à un pieu. Ses pattes postérieu-
res étaient liées ensemble, ainsi que ses pattes antérieures. L'animal ne savait pas qu'on allait l'exécuter.
Entravé, il gémissait doucement, avec patience. Puis il
a reçu un premier coup de maillet en plein milieu du
crâne. Il est tombé comme une masse, sans un cri. Ses
centres nerveux n'avaient pas encore détecté la douleur ! Ce n'est qu'au deuxième coup qu'il a commencé
à beugler et à s'agiter violemment dans ses entraves.
Ses tressaillements se sont peu à peu affaiblis, jusqu'à
son dernier souffle. Pendant l'agonie, ses yeux étaient
ceux d'un désespéré. Ils m'obsèdent depuis ce jour.
Voilà pourquoi cette image du bœuf m'est revenue
lors de cette succession de catastrophes, tel un symbole occulte et menaçant.

« C'est exactement ce qui se passe avec toi ! me
disais-je. Tu es poursuivi, attaqué et terrassé par
le sort. Il n'y a aucune issue. Tu es ce bœuf mené à
l'abattoir. Tu es au fond de l'impasse et il n'y a pas de
voie de retour ! »

J'appelai ma mère pour l'avertir que Bich Dao
comptait nous intercepter à Washington. À l'autre
bout du fil, je la sentis se pétrifier. Malgré son aisance
et sa résolution, elle ne trouvait plus ses mots. Après
quelques instants de silence, je l'entendis sangloter :
« Mon pauvre fils chéri… »

Un mois plus tard, guérie, ma mère revint à Saigon
pour vivre avec moi. Elle sentait peut-être que j'avais
besoin d'elle. Ou alors, très affectée par l'échec de
notre plan de fuite, elle ne voulait plus vivre seule.
Nous étions comme deux oiseaux qui se blottissent

pour se réchauffer sous le vent glacial, deux pieux tordus se reposant l'un sur l'autre pour ne pas être arrachés par la bourrasque. J'avais envie de mourir. J'étais si fatigué, de corps et d'âme.

«Je n'ai que vingt ans ! L'âge de l'espoir, sinon des désirs impétueux. Pourtant le chagrin et l'épuisement ont déjà ébranlé mon âme. Je suis un jeune homme dans la fleur de l'âge, mais en réalité mon esprit est déjà miné, tel un bateau qui a perdu son mât et qui menace ruine. Quelle humiliation.»

Je cachais ces sentiments pessimistes à ma mère, dont j'étais l'unique espoir. Mais cela ne pouvait la tromper. Un après-midi, elle me fit asseoir en face d'elle et me dit :

«La vie est un océan de souffrances. Bouddha est venu le rappeler aux hommes qui se bercent de magnifiques illusions afin de se rassurer. En général chacun ne se concentre que sur ses propres malheurs, en oubliant ceux des autres. Lors de mon accident, ton regard attentif s'est tourné un moment vers les handicapés, les tétraplégiques, les malades mentaux, ceux qui sont devenus des légumes. Mais après ma guérison tu as immédiatement oublié, n'est-ce pas ?

— Oui, mère, effectivement.

— Tu vois ? Chacun ne pense qu'à ses propres souffrances et oublie celles que les autres doivent subir. Mais, que tu y penses ou non, le monde de ces infortunés existe toujours. Je suis assise avec toi ici, mes os cassés se sont ressoudés presque comme avant, et je n'ai aucune séquelle intellectuelle. Mais les hommes et les femmes qui sont en fauteuil roulant, grimacent et bavent, vivent dans le même monde que nous.

Désormais, je te demande de ne plus les oublier, de faire un peu plus attention à eux. Tu verras que notre épreuve n'est pas le pire malheur qui puisse arriver dans une vie humaine.

— Je comprends.

— Cela vaudrait mieux. Car nous devons continuer à vivre.

— J'essaierai, c'est promis !

— Tu es un garçon courageux, dit-elle puis, dans un éclat de rire espiègle : Et de toute manière, nous serons ensemble. Les anciens disent : "Un arbre seul n'est rien mais trois arbres qui se regroupent font une belle forêt." Nous sommes deux. Avec l'assistance de grand-mère, nous atteignons deux et demi. Ce n'est pas une forêt très dense, mais une futaie assez épaisse pour nous protéger.

— Oui, mère, tu as toujours raison ! »

Celle qui m'a donné le jour était aussi mon plus grand professeur.

Mes crises de dépression s'espacèrent. Pourtant, chaque fois que je me rendais au tennis, je ne pouvais m'empêcher de regarder vers la terrasse du café Phuong Hoang, là où j'avais connu mon tout premier coup de foudre. Par ailleurs, mes études avançaient bien et la présence à mon côté de ma mère et de ses roses chassait mes idées noires. Madame Bat déployait beaucoup d'efforts pour nous mitonner des repas exquis.

« Je dois m'estimer heureux, pensais-je. Il y a tellement de gens qui ne mangent pas à leur faim, de jeunes soldats tués sur les champs de bataille, d'handicapés qui vivotent tristement, cachés aux yeux de tous. » Je faisais exactement ce que m'avait dit ma mère : je pensais un peu plus à autrui. Mes souffrances diminuèrent. La vie devenait plus légère, plus sereine, j'oubliais même le délai de quatre mois imposé par Bich Dao. En me rappelant mes sueurs froides lors de la scène du couteau, j'avais honte de moi : « Comment ai-je pu être aussi lâche ? J'ai peur d'une folle, alors que d'autres attachent les fous dans des camisoles ou les internent dans des salles fermées. Non ! Je ne permettrai pas à cette peur de revenir. Dès aujourd'hui je vais changer d'attitude, reprendre l'initiative. Je ne suis pas un amas de lentilles d'eau ballotté par le courant. Ma vie m'appartient, je dois en décider. Si j'échoue, c'est que le destin en avait décidé autrement et qu'il était vain de vouloir y échapper. »

Même si j'en riais à demi, ces farouches décisions me permirent de retrouver un peu de tranquillité d'esprit. Je n'avais plus peur d'affronter le regard de Bich Dao en cours. Peut-être pour me venger de mon humiliation passée, je me mis en tête de la provoquer. Un matin qu'on attendait encore le professeur, je l'apostrophai :

« Bich Dao ! »

C'était la première fois que je l'appelais ainsi. Surprise, comme tous les présents, elle me répondit avec hésitation :

— Tu me parles ?

— Absolument !

— Qu'y a-t-il ? »

Je la fixai droit dans les yeux. Son visage exprimait la stupéfaction et le trouble. Elle ne s'y attendait pas, certaine que j'étais un peureux, incapable d'agir car paralysé par la honte et la crainte des commérages.

« Cette attaque-surprise est sans doute plus efficace que les conseils de fuite de ma mère. Pourquoi n'y ai-je pas pensé plus tôt ? L'esprit humain peut être obtus. Voilà la solution : je vais régler mes comptes avec celle-là. »

Ragaillardi, je me lançai dans l'aventure comme un gamin qui vient de découvrir un nouveau jeu.

« Peux-tu me suivre au bout de la cour ? Je ne souhaite pas que les autres entendent notre conversation, dis-je d'une voix directive, pour bien montrer que c'était moi qui menais les opérations.

— Allons-y, répondit-elle, embarrassée.

Nous nous isolâmes sous un grand ficus au feuillage touffu. Je la toisai et lui dis, en souriant et en articulant chaque mot :

— Tu as prévu de m'intercepter à Washington. Donc je ne pars plus. Si les choses doivent arriver, qu'elles se passent ici, ce sera beaucoup moins coûteux et moins humiliant qu'à l'étranger. C'est une histoire entre Vietnamiens, autant garder la face dans notre pays.

— Ah ? balbutia Bich Dao, qui semblait ne pas en croire ses oreilles.

— Alors ? As-tu bien aiguisé ton couteau ? »

Elle pâlissait.

« Elle n'est pas complètement folle, me dis-je. Mais elle pense que j'ai peur des scandales en public. Eh bien aujourd'hui même, je vais en prendre l'initiative, du scandale. »

Sans attendre sa réponse, je continuai :

« Tu m'as fixé un délai de quatre mois. Il s'est déjà passé deux mois et demi. Dépêche-toi !

— Quoi ? Tu me provoques ? répliqua-t-elle d'une voix rageuse, ayant repris ses esprits. Tu me cherches ?

— Je ne te provoque pas, je ne te cherche pas. C'est toi qui as commencé, ne l'oublie pas. Je ne fais que te rappeler que le délai fixé par toi arrive bientôt à son terme. De mon côté, je dois préparer la contre-attaque. Ma famille ne possède pas vingt-deux succursales de vente de riz, et ma mère ne porte pas des bijoux aussi gros que ceux de la tienne. Dans ma grande famille, aucun gamin de cinq ans n'ose menacer ses parents avec un couteau. Nous détestons la violence. Pour faire face à des terroristes ou à des dérangés de ta sorte, nous avons dû faire appel à des gens aussi qualifiés que toi.

— Tu es donc allé chez moi ? Tu as enquêté sur moi ?

— Évidemment ! Mais c'est toi qui as initié ce jeu. Je ne fais que t'imiter.

— Continue ! Que sais-tu encore ?

— Je n'ai pas besoin d'en savoir plus, surtout sur des choses qui ne me concernent pas. Je ne suis pas romancier ou journaliste pour me documenter sur des faits divers.

Elle était rouge de rage :

— Ne m'humilie pas ! Tu le regretteras !

— Les anciens nous enseignent : "Aucun être ne peut en humilier un autre. L'humiliation vient toujours de soi-même."

Sitôt dit, je tournai les talons.

Elle hurla :

— Tiên ! »

C'était le hurlement d'une folle. Un hurlement stri-dent, qui résonna aux quatre coins de la cour, où tout le monde nous regardait. Même les étudiants restés dans les étages se penchaient par-dessus les balcons, et j'imaginais les chuchotements passant de bouche à oreille pour rameuter les autres.

« Quelle honte ! Et encore, là, il n'y a eu qu'un cri. Je n'ose imaginer le nombre de curieux en cas de sang versé. Un tel spectacle attirerait autant de badauds qu'un cirque ou un concert de musique en plein air. Et après les curieux, la police, les ambulances… Quelle horrible vision ! J'en ai des sueurs froides. »

Mes oreilles chauffèrent. Puis mes tempes, ma mâchoire, tout mon visage et mon corps devinrent brûlants.

« Tiên ! Arrête-toi ! »

Elle hurlait de plus belle, en plein délire.

« Ce n'est même plus un hurlement de femme. C'est le rugissement d'une tigresse. Elle a l'énergie sauvage d'une bête de la jungle ! »

Je frémis, mais continuai mon chemin. Je ne vou-lais pas, je ne pouvais pas m'arrêter, malgré la chaleur insupportable de l'air qui me donnait l'impression d'être une sauterelle jetée dans une poêle. Ce cri, c'était de l'acide répandu sur mon corps, versé dans mon cerveau. Je me consumais sous ses appels per-çants, réalisant :

« J'ai perdu ! Dans la confrontation, la sauvagerie l'emporte car elle n'hésite jamais. Elle ne connaît pas la honte, n'a nul besoin de réflexion, aucune notion de l'honneur ni de l'amour-propre. L'érotomane est ainsi. C'est la force brute d'hommes préhistoriques sortant de leurs grottes.»

Tout tournait dans ma tête, tandis que je continuais de marcher. Je passai le portail de l'université. Un cyclo arrivait juste à ce moment. Je l'appelai et lui fis faire un tour de la ville avant de rentrer chez moi.

Le lendemain, mon ami m'attendait à l'entrée.

«Tiens, je te l'ai gardé! me dit-il en me tendant mon cartable que j'avais oublié la veille. Tu as mal dormi, n'est-ce pas?

— Oui. J'ai à peine fermé l'œil.

Il me fixa un moment avant de baisser la voix:

— Bich Dao est hospitalisée.

— Elle est malade?

— Elle est tombée dans les pommes hier après avoir hurlé comme une sirène de pompiers. Une vraie folle. L'infirmier lui a fait une piqûre pour la ranimer, avant de la confier à sa famille venue la chercher. Ils ont convenu de l'hospitaliser.

— Je suis vraiment désolé pour elle, mais je ne pouvais pas faire autrement. Comme tu l'as dit, elle m'a terrorisé. Dans sa volonté de domination, elle veut détruire l'objet de sa conquête et se détruire elle-même. Tant que je suis encore sain d'esprit, je ne peux me laisser faire.

— Exact! Mais crois-tu qu'après ceci elle va te lâcher?

— Je ne sais pas. Je n'ai aucun moyen de le prévoir.

— D'accord, soupira mon ami. Mais mon instinct me dit que tu n'en as pas fini avec cette fille sauvage. Toute la fac en parle. Je te préviens, tu es devenu le héros d'une pièce de théâtre qui passionne non seulement les étudiants, mais les agents administratifs et les enseignants. Ça ne va pas être facile pour toi.

— Je le pense aussi. »

Nous entrâmes dans la faculté. Comme l'avait prédit mon ami, tous les regards convergèrent sur moi, certains discrets, d'autres carrément sans-gêne. Et cela allait continuer toute l'année universitaire. Pourtant, abandonner et m'avouer vaincu, c'était lâche ! Je n'allais quand même pas surmonter une lâcheté pour en commettre une autre et, en fin de compte, vivre tout le reste de ma vie dans la peur ?

Le soir, ma mère me dit :

« Ne garde pas les choses pour toi, dis-moi ce qui s'est passé.

Je lui racontai et conclus :

— Je pense que nous sommes faibles parce que nous avons été éduqués pour devenir vertueux, tempérés, bienveillants envers les autres. Cette éducation nous fait redouter les scandales. On nous a appris à respecter l'ordre public, à ne pas parler ou rire fort, pour ne pas déranger nos voisins. Mais les voyous, les mal élevés, eux, ont le droit de hurler n'importe où comme les fous. Peux-tu imaginer une jeune fille qui hurle si fort qu'elle arrive à choquer une centaine de personnes ? C'est ce qu'a fait Bich Dao l'autre jour, en pleine cour de la fac.

— Je n'ai jamais vu ça, soupira ma mère en hochant la tête.

— On nous apprend à être aimables, à parler correctement, à agir avec politesse. Surtout ne jamais devenir le point de mire des autres, l'objet de leurs commentaires et de leurs remarques. La peur nous paralyse. L'autre jour, j'ai tenté de surmonter cette frayeur. J'ai affronté Bich Dao. J'ai gagné le premier round, mais je sais que je vais perdre le deuxième, car je ne peux continuer à subir tous ces regards en cours. Je ne peux être comme l'hippopotame ou la girafe dans un zoo.

— Et elle ? Qu'a-t-elle fait après avoir hurlé ?

— On m'a dit qu'elle s'était évanouie. Elle est à l'hôpital. À sa sortie, on se reverra. Je ne pourrai pas supporter cette situation à la longue. Je pense quitter la fac.

— Tu as pris ta décision ?

— Non, j'hésite encore. D'abord, je voudrais avoir ton avis. Ensuite, si je quitte la fac, c'est que je m'avoue vaincu.

Je me levai pour aller ouvrir les fenêtres. Chaque fois que je parlais de Bich Dao, je sentais un poids énorme sur ma poitrine, qui m'étouffait. Ma mère attendit que je me rasseye.

— Tu es maître de ta vie. Je ne peux décider à ta place. Néanmoins, il te faut bien peser le pour et le contre. Un choix engage toujours la vie dans une nouvelle direction.

— Oui, mère. »

Mon cœur hurlait : « Mère, je n'ai que vingt ans ! Il y a peu, j'étais encore un petit garçon qui se réfugiait dans tes bras protecteurs. J'en sors à peine pour aborder la vie. Je ne sais pas quoi faire ! »

Soudain l'image de cet officier de l'école militaire de Dalat, de ce père égoïste que je n'avais jamais connu, originaire de la lointaine Corse, s'imposa à moi avec un vœu étrange : j'aurais tellement voulu qu'il fût là, devant ma mère et moi. Je l'aurais serré dans mes bras et ensuite je l'aurais tué.

« Toi qui as jeté ta semence dans le lit de ma mère, tu as disparu en coup de vent, telle l'ombre du nuage ; père inconnu, géniteur sauvage, sais-tu que tes parties de plaisir ont engendré un pitoyable garçon ? Toi, le taureau qui ne sais que foncer tête baissée, tu as laissé en chemin ton sperme gluant, sans jamais te retourner pour connaître l'être vivant qui en est issu. Moi, l'orphelin, l'enfant misérable et esseulé qui ne sais comment se relever. Tu es un père irresponsable, tu es de l'espèce du renard des montagnes, du sanglier sauvage. Tu n'as pas compris la force spirituelle qu'un père pouvait offrir à son fils. Car un garçon ne peut se passer d'un père, pas plus qu'une maison d'un toit, ou un bateau, d'un gouvernail. Sans père, un fils est handicapé à vie. »

Ces plaintes profondes résonnaient en moi, d'abord imperceptibles, puis vibrantes comme les échos dans une caverne.

« Ce type avait la peau plus claire que moi, mais je suis plus beau. Les métis le sont toujours, car la nature sélectionne le meilleur des deux races. Mes traits sont plus fins, ma peau plus ferme, ma poitrine est douce, mes mains sont plus effilées. Seulement, à quoi servent tous ces avantages quand je panique et que mon père n'est pas là avec moi ? »

Au même instant, toutes les images enfouies dans les fonds boueux du passé resurgirent, des images de pères et de fils. Comme dans un flash-back, je revoyais le frère aîné de ma mère assis sur la pelouse du jardin, entouré de ses quatre garçons. Devant eux, un monceau de fruits de jambosiers rouges et blancs.

Le vieux voisin sirotait son café du matin avec son fils de vingt ans. Ils étaient face à face, sous la véranda, comme deux collègues de travail. Je me rappelais exactement les gestes du garçon pour couper le pain, y étaler du beurre et du pâté avant de le tendre à son père.

Le chauffeur de ma grand-mère entrait dans le magasin avec son fils de dix ans. Le petit garçon balançait son bras au rythme de leur marche comme s'ils jouaient ensemble. Du trottoir d'en face, je les avais regardés un long moment.

Plus loin encore, des petits garçons jouant aux cavaliers sur les épaules de leur père au jardin d'acclimatation, ou jouant au foot avec lui sur la pelouse… C'était un fleuve d'images ! Ce fleuve, étaient-ce les larmes trop longtemps retenues dans mon âme mélancolique ? C'était la grande injustice de ma vie que ces rêves sitôt éclos, sitôt fanés.

« Père, pourquoi n'es-tu pas présent ? Si tu ne peux rien à mon orientation sexuelle, tu aurais pu m'aider à calmer cette folle. Ma mère en est incapable. C'est une femme, avec les limites d'une femme, comprends-tu ? »

Mon âme sanglotait. Mon cœur hurlait. Je restai coi.

Ma mère avait certainement compris mon état. Elle vint vers moi, caressa mes joues et posa ma tête sur sa poitrine.

« Mon pauvre petit garçon ! Je te demande pardon car je ne sais plus quoi faire.

Je lui saisis les mains, si belles, si douces et qui sentaient si bon.

— Ne me demande pas pardon ! J'ai vingt ans, je suis majeur. Ne t'en fais pas. »

Tiên Lai suspendit son récit et Thanh versa du thé.

— Et alors ? demanda-t-il, brûlant d'impatience.

— Bich Dao revint en classe après deux semaines d'hospitalisation. Mon ami me conseilla d'aller la saluer, mais je refusai. Elle aurait pu le prendre pour une provocation. Elle avait été souffrante. Moi, j'avais été carbonisé par la honte dans cette cour. Nous avions tous les deux payé cher cette confrontation. Le mieux désormais serait de vivre discrètement notre vie, chacun de son côté. Je ne voulais même pas la regarder, tant il y avait d'yeux qui nous observaient, attendant la suite du feuilleton. Parfois je sentais passer sur moi son regard fiévreux. De nous deux, j'étais le plus éprouvé. Elle semblait sans honte. Étrange, cette fille qui n'avait aucune notion des règles les plus communes de la vie. Depuis ses cinq ans sans doute, quand elle avait provoqué son père avec le couteau, elle s'était fixé ses propres valeurs. Faute de prévoir ses réactions, j'observais une distance prudente pour me protéger. Les filles s'asseyaient aux premiers rangs. En général, comme j'étais assez grand, j'entrais dans la salle assez tôt pour filer vers le fond et m'asseoir au dernier rang. À la pause, j'attendais pour me lever que tout le monde fût sorti, en me préparant à un assaut-surprise de Bich Dao. Bref, je vivais dans la crainte et observais une extrême prudence, comme si j'avais peur de contracter une maladie. Les jours passèrent. Les regards curieux se détournèrent peu à peu de nous. Toute curiosité a ses limites ainsi que toute impatience. Je me crus à nouveau en sécurité, oubliai Bich Dao et ne pensai plus qu'à cet homme rencontré sur les courts de tennis. Chaque fois que j'y allais, je le cherchais des yeux, espérant le retrouver ou rencontrer un autre garçon.

Ainsi passa le premier semestre. La direction de l'université nous offrit quelques jours de vacances, histoire de nous récompenser après une période studieuse. Notre faculté de droit choisit Vung Tau. C'était un lieu idéal, il y a la plage, mais aussi la montagne et, sur le plus haut sommet, le «manoir du Prince» et un formidable panorama. Les fruits de mer y sont de première fraîcheur et beaucoup moins chers qu'à Saigon. Je suis originaire de Dalat, mais je raffole des coquillages et des crustacés. Je décidai de me payer de bons repas. Quelques amis eurent la même idée :

«Pour se baigner, il vaut mieux aller à Nha Trang, ou prendre le bateau pour l'île Phu Quôc. Vung Tau n'est pas la station idéale pour barboter dans la mer. Pendant que les autres se baigneront, nous irons au restaurant pour un festin de gros crabes arrosés de bière et le soir nous nous régalerons de coquillages sur brasero. Et pour mettre en valeur les coquillages, rien de tel que l'alcool de riz !»

Après des mois d'études, se détendre est une joie. Notre virée devait durer trois jours. Le premier serait réservé à la baignade, le deuxième à un concours de chant, le troisième à des visites touristiques. Au quatrième jour, nous devions rentrer à Saigon. L'université avait loué trois cars. Pour les pauses, les trois cars s'arrêtaient ensemble et les étudiants, tels des essaims d'abeilles, envahissaient les restaurants. On entendait un brouhaha de rires, de bavardages et de chants. Sur les dix-huit filles de ma classe, plusieurs s'étaient mises en couple avec des condisciples. Les amoureux étaient ravis de la sortie. Sans doute s'étaient-ils promis d'heureux lendemains dans le mariage, en tout cas, pour l'instant, leur amour s'exprimait par de petits soins pleins de tendresse. Pour le mesurer, il n'y avait qu'à voir ces jeunes filles servir à manger à leurs amants qui, en retour, leur portaient leurs sacs. Les regards échangés étaient si affectueux et les rires si complices ! Je regardais ces gens heureux en pensant secrètement :

« Mon amour, où es-tu ? Cet homme à la carrure de marin a disparu, il a compris que sa lâcheté avait tué mon attirance naissante. Mais mon amour, que je ne connais pas, quand m'apparaîtras-tu enfin ? Existes-tu ou n'es-tu qu'un fantasme ? Mon univers n'est-il finalement qu'une terre d'exil, ou est-ce le destin qui m'empêche de trouver le diamant dans la roche ? »

Ces pensées m'obsédaient pendant que je chantais avec les autres ou que je regardais défiler le paysage par la fenêtre du car. Je savais que les homosexuels sont minoritaires dans ce monde, comme des montagnards obligés de vivre parmi les gens de la plaine. Comme les crabes nés dans les failles rocheuses des collines, qui se retrouvent jetés dans la boue des rizières. La solitude m'accablait et le car continuait de foncer vers Vung Tau. Les amoureux, après avoir chanté à tue-tête, s'assoupirent les uns contre les autres. Moi, n'ayant aucune épaule pour poser ma tête, je me tenais droit, fermais les yeux et rêvais des instants magiques passés à la terrasse du café Phuong Hoang.

Nous arrivâmes à Vung Tau à trois heures. Tout le monde descendit à la plage. Nous autres, les « gastronomes », nous cherchâmes des restaurants de fruits de mer. Plus que repus après cette tournée de crabes arrosés de bière, nous renonçâmes aux coquillages grillés. Nous investîmes immédiatement les transats pour une énorme sieste. Nous ronflions encore au retour des baigneurs qui nous réveillèrent par leurs cris. Et, après nous être traînés jusqu'à l'hôtel, nous nous écroulâmes tout habillés dans nos lits pour n'émerger que le lendemain.

Le deuxième jour fut joyeux. De l'aube jusqu'au soir, chaque classe répéta de son côté pour le concours de chant. Notre hôtel donnait sur la plage, nous pouvions chanter à tue-tête, rivalisant avec le bruit des vagues. À la nuit tombée la scène fut installée sur la plage. Les spectateurs arrivaient pour nous entendre chanter. Les spectacles montés par des étudiants ont toujours eu beaucoup de succès par leur caractère « amateur », joyeux et très cordial. Étrangement, je n'avais absolument pas pensé à Bich Dao durant ces jours. Bien sûr, je l'avais aperçue à la gare routière, au restaurant, à l'hôtel ou à la plage. Elle était dans le groupe des baigneuses, dégoulinantes, enveloppées dans leur serviette de bain. Je l'avais oubliée ainsi que tous les événements passés. Quand je ne participais pas aux chants, aux festins ou aux balades, je ne pensais qu'à un avenir fantasmé avec un amant encore inconnu. Tous ces moments contribuaient à rendre la vie plus gaie et plus légère.

Arriva le troisième jour. Nous prîmes le petit-déjeuner de bonne heure pour partir visiter quelques sites aux alentours. J'étais satisfait des deux premiers jours, j'avais changé d'air et pris des forces grâce aux fruits de mer. C'est dans cet état d'esprit que je montai dans le car. Tous voulaient profiter de ce dernier jour de vacances et le programme prévoyait trois visites, plus deux sites de remplacement si les premiers n'étaient pas accessibles. Mais après les deux premières visites, ce fut déjà l'heure du déjeuner, qui se révéla médiocre. Les grands voyageurs connaissent cette situation : quand l'estomac crie famine, on se risque dans des échoppes au bord de la route, gargotes louches où les denrées sont presque toujours périmées, et où le cuisinier, s'il n'est pas un bagnard récemment évadé, est forcément un ancien truand reconverti. Bref, ce sont des pièges à touristes infestés de bactéries et de germes de dysenterie. Et comme nous étions sur une route secondaire, voilà à quoi nous fûmes condamnés. Ce qui devait arriver, arriva. Dans le car après manger, on pressait le chauffeur de revenir de toute urgence à l'hôtel. Il fonça, inquiet pour les intestins de ses passagers. Au bout de dix kilomètres, les gémissements commencèrent.

« Si vous ne pouvez pas vous retenir, dites-le-moi et je m'arrête. Mon ventre commence à gargouiller aussi. »

Mais nous étions jeunes et beaux, personne ne voulait tenir son pantalon à deux mains et détaler devant les autres. Nous consacrions donc toutes nos forces à maîtriser nos tripes en révolte. Malheureusement ces maudites tambouilles étaient en train d'y fermenter à gros bouillons : l'un après l'autre, nous laissâmes échapper des bruits inélégants qui résonnèrent dans le car. Au début, nous étions extrêmement embarrassés :

«Pardon! Mon ventre est d'une impolitesse!»

«Pardon! Quelle musique de voyou!»

Puis, d'une banquette à l'autre, d'un coin du car à l'autre, ce fut un vrai concert et plus personne n'éprouva de honte : c'était pareil pour tous, le désagrément partagé devint sujet de plaisanterie. On écoutait, on commentait les divers solos et leurs sonorités : pétarades, chuintements, gargouillis, etc. À chaque commentaire, un éclat de rire général. Un étudiant se leva pour lancer un avertissement :

«Ne me faites pas trop rire, sinon je vais tout lâcher!»

Le chauffeur gloussait, mais il avait le pied au plancher. Heureusement on arriva à l'hôtel sans qu'aucun pantalon ait subi d'outrage. Quelques-uns descendirent quand même du car comme des parturientes entrant en salle de travail. Chacun fila dans sa chambre régler ses problèmes.

Après cet épisode, personne n'eut le courage ni l'envie de continuer les visites. Nous nous installâmes au café, en surveillant le comportement de nos ventres. Enfin, au coucher du soleil, le responsable de notre classe se leva :

«Nous sommes à Vung Tau, c'est vraiment dommage de ne pas visiter le manoir du Prince. Je propose un vote.

« — Pourquoi voter ? Tout le monde aurait envie de retourner en excursion ! Ce n'est pas de notre faute si nous sommes assis ici, rétorqua le groupe.

— Tu n'as qu'à demander aux deux autres classes, proposa un étudiant. On ne va pas y aller seuls.

— D'accord ! Notre classe est unanime, n'est-ce pas ? demanda le responsable. Qui n'est pas d'accord ? Personne ? Je vais, de ce pas, consulter les autres. »

Il partit vers les stands en bord de mer, à quelques centaines de mètres de nous. Quelques instants plus tard, nous le vîmes revenir en agitant les bras :

« Tous au car ! »

On siffla le rassemblement et les étudiants remplirent rapidement les trois cars stationnés à côté de l'hôtel. Nos ventres redevenus calmes, la joie revint et les conversations et les chants recommencèrent.

« Es-tu déjà monté au manoir du Prince ? demandai-je à mon ami.

— Deux fois ! C'est la troisième.

— C'est donc si beau ? Pour y aller trois fois, tu dois trouver le site magnifique !

— Rien de particulier, répondit-il. Le manoir du Prince n'est que la résidence d'un roi de la dynastie Nguyên, une pâle figure historique dont je n'ai pas retenu le nom. Mais chaque fois que j'y monte, je deviens mélancolique, je ne sais pas pourquoi. Est-ce parce que cette dynastie a sombré dans une lamentable décadence, avec les pires trahisons et les vengeances les plus sordides de notre histoire ? C'est aussi la dernière dynastie, symbole de la fin de la monarchie, le silence avant l'explosion de la bombe. Pour toutes ces raisons, j'ai toujours envie d'y retourner méditer.

Je fus étonné :

— Tu as l'inspiration d'un poète et l'âme d'un historien. Qu'est-ce que tu fabriques dans cette faculté de droit ?

— Je ne sais pas, dit-il en haussant les épaules. L'histoire me passionne depuis l'enfance. J'avalais les récits et les livres comme une vache broute de l'herbe. Hélas, après le lycée, mon père m'a dit : "Apprends le droit ! Notre pays n'aura pas d'histoire car les rois et les seigneurs ne l'aiment pas. Et le Sima Qian vietnamien n'est pas encore né !"

Je me tus. Il leva le bras :

— Tiens ! Regarde, le manoir du Prince, c'est cette maison tout en haut de la montagne, juste en face de nous. Ce chemin qui sinue, c'est le chemin des frangipaniers, il en est bordé. On dit que le prince aimait s'y promener. Et tout autour du manoir, on a planté les mêmes arbres. Le roi, dit-on, en ramassait les fleurs pour les entasser devant chez lui. »

« Parce qu'il n'avait rien d'autre à faire, pensai-je. Un roi sans pays, sans peuple, en somme, sans vie… »

J'ignorais encore que ces tristes pensées d'un roi dépossédé vaudraient bientôt pour moi, qui ne suis pas roi et n'ai reçu de mes parents que la vie.

Mon ami continua :

« Les gardiens du manoir disent qu'ils entendent des sanglots pendant la nuit. Des soupirs, les gémissements rauques d'un homme. D'après eux, c'est l'âme du roi qui erre dans le manoir.

— Ces histoires sont légions en Angleterre, où des fantômes assoiffés de vengeance traînent souvent dans les châteaux à l'abandon. Si ce manoir du Prince est hanté par un roi déchu, il deviendra un temple où les gens du coin viendront vénérer son âme. D'ailleurs, est-ce que les touristes ont le droit d'y brûler de l'encens ?

— Non ! Les autorités craignent que la fumée ne salisse les murs. Tu verras, toutes les pièces sont dans un état de propreté impeccable. »

Nous arrivâmes un quart d'heure plus tard. Le crépuscule était tombé sur la ville. Nous nous dépêchâmes de descendre des cars pour nous engager sur le chemin des frangipaniers. Il était très étroit, on ne pouvait marcher qu'en file indienne. Par endroits, on avait installé des garde-fous pour empêcher les chutes, ou plutôt de sommaires tuyaux de fer soudés à des pieux en fonte et plantés dans la roche, devant le gouffre vertigineux dont on n'apercevait pas le fond, même avec des jumelles. Le vertige vous saisissait si vous regardiez vers le bas et la terreur vous prenait aux tripes à l'idée de glisser. Le chemin, assez long, serpentait contre la faille montagneuse. Il était pavé de dalles irrégulières, qui peut-être s'étaient descellées avec le temps. Il fallait se concentrer pour ne pas tomber. La pente était raide, plus personne ne chantait ni ne parlait, on n'entendait que des halètements. Arrivé en haut, le groupe se dispersa. Les couples d'amoureux cherchaient un coin sombre pour s'embrasser, quelques photographes profitaient des derniers rayons de soleil, mon ami s'était isolé pour méditer. Resté seul, je furetai, visitai chaque salle du manoir en imaginant la situation de ce roi déchu à qui l'on avait tout confisqué, jusqu'à son nom de famille.

Depuis ce manoir en hauteur et surplombant la mer, on pouvait voir le soleil de l'aube au crépuscule, contempler les voiles prenant le large et les mouettes planant au-dessus des vagues. Des images de liberté. Une liberté que ce roi sans royaume avait perdue. D'en bas, les gens regardaient en se disant : « C'est le manoir du Prince. On n'oublie pas le roi, mais le roi doit s'oublier, car il n'est plus qu'une âme errante. À quoi bon ces salles somptueuses, si elles se révèlent des cellules ? À quoi bon ces superbes miroirs encadrés d'or, s'ils ne reflètent que l'image d'un prisonnier ? » Je compris pourquoi cet homme arpentait sans relâche le chemin des frangipaniers. Il devait mener un intense combat intérieur entre l'instinct de survie et la volonté de mort. Il devait chercher un endroit propice pour se jeter dans le vide et mettre un terme à sa vie de captif. Il suffisait d'enjamber ce garde-fou d'opérette pour tomber comme une masse ou une branche morte, mais de son propre gré. En un clin d'œil il pouvait dissoudre le tribunal qui siégeait dans son âme et où il était à la fois l'accusé et le juge. En un clin d'œil, il pouvait annuler la condamnation que le juge proclamait jour après jour. La mort, qui lui rendrait la sérénité, était si désirable ! Après ces sombres pensées, pourtant, des rayons d'espoir éclairaient son esprit. Un jour, peut-être, les choses changeraient. Un jour, son peuple aurait assez de force pour se soulever, se débarrasser de ses chaînes et, ce jour-là, son existence reprendrait un sens pour l'histoire de son pays. Mort, il ne verrait jamais l'avènement de son peuple et devrait porter la faute devant ses ancêtres.

Puis il remontait le sentier, à l'ombre des arbres en fleurs, respirant leurs effluves purs, plongé dans le fantasme des éclats d'armes, des hennissements de chevaux de combat retentissant dans les sifflements des vents des montagnes, se rappelant les visages de ses courtisans et de son peuple, devenus si lointains. Ce conflit intérieur devait battre chaque jour dans son cœur et lui apporter des visions nouvelles. Pour ce prince déchu et sans royaume, il était devenu une partie de sa vie, voire sa seule vie.

Plongé dans mes pensées, je ne m'étais pas rendu compte que la visite était terminée. Les gens avaient commencé à descendre. Le gardien s'approcha dans mon dos en agitant son trousseau de clés :

« S'il vous plaît ! La visite est terminée depuis quinze minutes. Vous étiez si absorbé que je n'ai pas osé vous déranger pour fermer la porte.

— Désolé ! »

Je me précipitai vers la sortie. Toutes les issues étaient déjà fermées sauf une qui n'attendait que moi. Dehors, plus l'ombre d'un étudiant. Seuls se dressaient sur un fond de ciel vert sombre les frangipaniers immobiles. La nuit n'allait pas tarder à tomber. On ne distinguait à l'ouest qu'une frange de nuages orangée, telle la dernière flamme d'un feu de paille. Je fonçai sur le sentier sans grand espoir de rattraper mes camarades qui devaient être déjà arrivés au pied de la montagne.

Je réfléchis : « L'essentiel est d'arriver avant la nuit noire car ce sentier est dangereux. Avant de partir, ils doivent vérifier la présence de tous, donc ils m'attendront. Sinon je prendrai un taxi. »

J'avais de l'argent sur moi, ce qui me rassurait. Je me retournai vers le manoir qui plongeait peu à peu dans la nuit. Les lumières du toit et de la cour venaient de s'allumer.

À ce moment, Bich Dao surgit de derrière l'édifice :

« Tiên ! Attends-moi ! »

Son apparition et son appel firent battre mon cœur à tout rompre. Un sentiment de tristesse et d'étouffement me saisit à la gorge. Je pensai tourner les talons.

« Tiên ! Grand frère ! » continuait-elle de crier.

Si je ne répondais pas, elle allait certainement hurler comme à la faculté. À chaque répétition, c'est une loi générale, l'intensité augmente. Le manoir du Prince était derrière nous. Il y avait au moins trois gardiens employés sur ce site historique. Si elle criait, ils arriveraient et un scandale éclaterait encore. Je m'arrêtai. En dix pas, elle me rejoignit sur le chemin étroit. Nous étions face à face, dans une situation extrêmement gênante. Bich Dao leva son visage vers moi. Malgré les ténèbres à peine mêlées d'une lumière blafarde provenant de la bâtisse, ses yeux brillaient telles deux braises :

« Tiên ! Sautons ensemble dans ce précipice ! Nous mourrons ensemble, au même instant ! »

Sitôt dit, elle m'enlaça par le cou et s'y accrocha comme une enfant :

« Tiên ! Je t'aime ! Tu ne peux pas me fuir, le destin nous a réunis ! »

Mon pied glissa sur une dalle. Si je ne saisissais pas la rampe, j'allais l'entraîner dans ma chute. Nous étions collés comme deux escargots. Mais le garde-fou, construit pour servir de guide aux promeneurs, n'était pas fait pour soutenir un tel poids. Il vibra, se courba sous la charge de nos deux corps entremêlés.

« Si elle veut vraiment sauter et m'entraîner, me dis-je, je ne pourrai pas résister. Ou elle saute au-dessus de la rampe, ou elle m'entraîne avec elle en basculant en arrière, et nous plongeons tous les deux dans le vide. Je dois lutter contre la pathologie d'une folle. Une vraie folle, ou une femme qui simule la folie. »

« Calme-toi, s'il te plaît ! »

— Je ne peux pas me calmer, haletait-elle. Je suis à bout. Je ne veux plus vivre cette vie de souffrances. L'enfer doit s'arrêter aujourd'hui, sinon nous tomberons dans un autre abîme. »

Elle me soufflait ses paroles au visage, mélange d'émotions violentes et de chaleur ardente. Elle se serrait contre moi, ses deux jambes entourant fermement les miennes. Sa poitrine se frottait contre la mienne dans la caresse troublante de l'acte charnel.

« Bich Dao ! essayai-je de la raisonner.

— Je t'aime ! me souffla-t-elle de nouveau à l'oreille.

— Stop ! Reprends tes esprits ! »

Je n'arrivais plus à analyser la situation. Je m'agrippai à la rampe en calant mes pieds entre les pavés glissants pour ne pas tomber à la renverse. En même temps je fus saisi d'une envie brutale, subite, inimaginable, sans ambiguïté : celle de la prendre. Je ne me comprenais plus ! Pourquoi ? La peur ? La peur libérerait donc les hormones ? Ou était-ce une envie contenue et réprimée depuis des lustres qui explosait en pulsions irrépressibles ? J'avais vingt ans et j'étais encore puceau. J'avais tellement espéré, attendu un amour qui n'était jamais arrivé. Le besoin sexuel était total, il avait grandi avec moi, était devenu une charge beaucoup trop lourde à porter. Était-ce cette pulsion renforcée par la peur qui provoquait en moi une telle réaction ? Ou la peur n'était-elle qu'un alibi pour satisfaire le corps ? L'excitation physique était-elle une échappatoire à la terreur qui m'avait saisi, celle de mourir, de m'écraser au bas de ce précipice en compagnie de cette femme que j'abhorrais ?

Je ne sais pas. Jusqu'à ce jour, je n'ai pas encore compris clairement. Mais lorsque Bich Dao m'entoura les cuisses de ses jambes, appuya son pubis sur mon sexe, la pulsion explosa telle une bombe invisible, réduisant en fumée toute ma raison. Je ne pensais plus. Que pouvais-je penser en cet instant ? Mon corps se raidit, m'interdisant tout autre mouvement. Et quand Bich Dao m'étreignit le cou, quand elle posa goulûment ses lèvres brûlantes sur les miennes, je la couchai sur la roche et nous fîmes l'amour. Nous qui étions deux étrangers l'un pour l'autre, deux ennemis se poursuivant comme dans un jeu de cache-cache, elle courant après moi et moi courant après une ombre dans un rêve, nous fusionnâmes dans une vraie tornade sexuelle, nous étions devenus deux bêtes, mâle et femelle. Deux complices dans une caverne préhistorique, deux vampires alléchés par le sang frais, deux loups se partageant un cadavre de biche. Nous ne savions plus qui nous étions. Nous n'étions plus que deux machines actionnées par la chaleur de nos corps, deux locomotives lancées à toute vapeur. Nous fîmes l'amour comme des mousquetaires en goguette ou des marins revenus d'une longue traversée et lâchés dans une maison close. Pas un soupçon de pudeur, de honte ni d'hésitation, nous forniquions comme si nous l'avions toujours fait, comme un débauché expert et sa putain. Le cinéma, dit-on, nous sature de tant d'images érotiques en tout genre que l'acte d'amour en est devenu purement mécanique et a perdu son sens. Est-ce vrai ? On dit aussi que les films pornographiques deviendront bientôt aussi banals que des denrées alimentaires, qu'ils seront des toxines paralysant le cœur ; l'humanité ne fera plus que satisfaire ses pulsions sexuelles, perdra toute notion de l'amour et de ses bienfaits. Exagération ? En ce qui nous concernait, Bich Dao et moi, c'était déjà avéré !

Le manoir n'était ouvert au public que dans la journée et, malgré l'éclairage extérieur de l'édifice, et les lumières de Vung Tau au loin, le chemin des frangipaniers était plongé dans l'ombre. Quand nous nous relevâmes après notre étreinte, la nuit était tombée, noire, dense. J'attrapai la rampe d'une main, de l'autre, je pris celle de Bich Dao et nous descendîmes ainsi dans l'obscurité, pas à pas. Après cent mètres, elle glissa soudain sur moi et m'entraîna dans sa chute. Heureusement ma tête ne rencontra pas une pierre, mais un buisson de ronces. Pourtant, je ne sentais même pas les piqûres d'épines. Bich Dao était tombée à califourchon sur mon ventre et l'excitation repartit de plus belle, volcanique. Nous refîmes l'amour, cette fois longuement, sans répit, comme si chacun voulait rembourser sa propre dette d'attente.

Nous arrivâmes en ville à minuit. Évidemment, personne ne nous avait attendus en bas de la montagne.

Bich Dao sortit un petit miroir de son sac pour se recoiffer.

«Nous ne pouvons pas arriver à l'hôtel dans cet état, lui dis-je.

Nul besoin de me voir dans un miroir, je me savais couvert d'égratignures d'épines, la tête et les vêtements maculés de terre et de taches d'herbe.

— Ne t'en fais pas! J'ai une tante qui a un hôtel ici.»

Nous dûmes marcher longtemps pour trouver une station de taxis. Arrivés à l'hôtel, je nous aperçus dans la grande glace du salon d'accueil. Nous étions horribles, nous semblions tout droit sortis de la jungle. Un couple d'amoureux sauvages, barbares, qui venaient de se rouler dans la terre. Les employés de l'hôtel baissaient les yeux en s'adressant à nous. Je sentais la peau de mon visage s'épaissir en cuir. Bich Dao, en revanche, était très à l'aise. Elle parlait gaiement à sa tante tout en lisant la carte du restaurant. La tante ordonna à son équipe de préparer une chambre aux deux intrus; j'imaginais son effroi, toute la famille devait connaître Bich Dao pour la démone destructrice qu'elle était. Elle fit également livrer quelques plats du restaurant encore ouvert, qu'on nous servit dans notre chambre. Elle devait craindre que notre apparition en pleine nuit ne jette la honte sur la famille.

Quand nous fûmes installés, je vis une trace de sang sur la tunique blanche de Bich Dao. Remarquant mon regard, elle me dit:

«Je t'ai attendu. Je me suis donnée à toi. Nous aurons beaucoup d'enfants et tu m'aimeras.

Supposant que c'était un plan ourdi de longue date, je me tus. Je ne voulais pas ajouter de mensonges.

— Combien d'enfants voudrais-tu ? Combien de garçons ? De filles ?

— Je suis fils unique, je n'y connais rien. Les enfants sont un don du ciel. Vivons et nous verrons.

— On fait l'amour et les enfants en sont la conséquence. Le ciel n'y est pour rien. Enlève tes vêtements, le personnel les lavera demain matin. Tu peux faire la grasse matinée. Je m'occupe de tout. »

Elle s'était préparée depuis longtemps à son rôle d'épouse, avait dû le répéter dans le secret de l'attente.

« Elle a une foi absolue en sa capacité à transformer le réel : me conquérir, enfanter, prendre soin de ma personne ou plutôt me gérer », pensai-je.

L'idée m'indisposait, en même temps, elle m'émut. Ainsi, quand Bich Dao m'entraîna dans la salle de bains, je la suivis et, pour la première fois de ma vie, pris un bain avec une femme, sans l'aimer. Le lendemain matin, alors que je dormais encore à poings fermés, Bich Dao appela mon ami à l'hôtel pour le prier de ramener mes affaires à Saigon car j'avais pris froid et avais dû être hospitalisé. Elle informa ses amies qu'elle resterait quelques jours à Vung Tau pour prendre soin de moi. Notre liaison en fut donc officialisée.

Plus tard, quand je retournai en cours, mon ami me raconta qu'au manoir du Prince, au signal du départ, Bich Dao était venue lui dire :

« Tiên m'a donné rendez-vous aujourd'hui pour qu'on parle. Nous avons des tas de choses à régler. Ne nous attends pas ! »

Croyant à cette histoire, il n'était pas parti à ma recherche. Nous comprîmes que Bich Dao ne reculait devant rien.

« Mon pressentiment ne m'a pas trahi, ajouta-t-il. Depuis le début, je savais que tu n'échapperais pas à cette fille. Comme on ne sait pas si elle est saine d'esprit ou un cas pathologique, il n'y a rien à faire.

— Ma mère m'a dit la même chose. »

Nous n'abordâmes plus jamais ce sujet.

Tiên Lai se tut. Touchant la théière, il constata qu'elle était froide et en commanda une autre par l'interphone.

— Tu bois du vin ?

— Non, ma mère m'a toujours interdit les excitants. Ce n'est qu'à seize ans que j'ai bu mon premier café !

— Ah bon ? s'étonna Tiên Lai dans un éclat de rire qui plissa ses yeux dorés. Les gens du Nord sont tellement traditionnalistes. Leur éducation est beaucoup trop stricte. Les gens d'ici sont plus libres. Comme ils sont en contact permanent avec l'Occident, ils sont moins pointilleux.

Il se leva pour prendre une bouteille de vin dans le buffet.

— Un petit verre de vin ?

— Non, merci.

— Mais tu as dix-neuf ans ! insista Tiên Lai, taquin. En Occident, les jeunes gens y goûtent à partir de seize ans.

Thanh rougit :

— D'accord ! Un verre, pas plus !

— Bien ! Je respecte tes ordres.

Il rappela le service pour commander une assiette d'amuse-gueules. Disposant deux verres à pied sur la table, il déboucha la bouteille. Son allure était féline et ses gestes calmes, amples, ceux d'un homme habitué au luxe. Mais voilà qu'on frappa à la porte et qu'il tacha la nappe blanche de quelques gouttes de vin. C'était le serveur avec son plateau :

— Je change la nappe, monsieur ?

— Bien sûr !

Le serveur posa le plateau sur le buffet et revint quelques instants plus tard avec une nouvelle nappe. Thanh, étrangement, pensa aux chiffons sales sur les crânes rasés des fillettes du poète Hoang le Dément, à la nuée de mouches autour des fichus cachant des plaies purulentes, ces mouches qui les suivaient à la trace, avec une pugnacité de parasites. Il revit les deux sœurs accroupies dans le potager de monsieur Chu pour cueillir les plantes.

Ces soupes mendiées chez le voisin, cette pépinière de Matisse asiatiques – persévérance ou stupidité ? Courage ou chimère ? Où se situe la frontière entre volonté et prétention aveugles ? Y en a-t-il une ?

Subitement ses pensées revinrent à Lan Giang, au verger de sa maison, aux pigeons roucoulant dans leur nid.

Que fait ma mère en ce moment ? Ma belle et douce biche, toi qui passais des heures à contempler ton faon dans son lit, des semaines à broder une jupe pour la petite voisine, mais qui pestais chaque fois que tu devais passer trop de temps en cuisine ?

À cette pensée, un sourire fleurit sur ses lèvres.

— Pourquoi ris-tu ?

Thanh sursauta.

— Pardon de ma curiosité ! poursuivit Tiên Lai. Mais je ne peux pas me retenir, parle-moi un peu de toi !

— Je souris en pensant à ma mère. Elle est tellement maladroite pour cuisiner. À chaque fête du Têt ou anniversaire de la mort d'un parent, elle est désespérée si elle ne peut avoir l'aide de madame Nhàn, la cuisinière. Ta mère était comment ?

— Elle ne savait absolument pas faire la cuisine ! Depuis son enfance, il y avait toujours eu une cuisinière à la maison.

— Ah bon ! À mon époque, dans le Nord, nous n'avions pas le droit d'avoir des employés, c'était considéré comme de l'exploitation. Aujourd'hui, en revanche, beaucoup de paysans n'ont plus assez de terre, alors ils viennent en ville chercher un emploi. Il paraît que l'État a finalement autorisé l'emploi des gens de maison.

Tiên Lai leva son verre :

— Alors, buvons à ce changement ! Ta mère ne se désespérera plus et les paysans ne seront plus au chômage.

— Trinquons ! acquiesça Thanh en buvant une petite gorgée.

— Alors ? C'est bon ?

— Délicieux ! répondit-il poliment, car ce goût totalement nouveau le déconcertait.

Il se rappela son premier café, qui lui avait valu près de vingt-quatre heures d'insomnie, et se demanda si cela allait être pareil avec le vin.

Tiên Lai poussa l'assiette vers lui :

— C'est un fromage français. Il sent mauvais la première fois qu'on y goûte mais, avec un peu d'habitude, tu l'aimeras.

— Je vais essayer. Il sent vraiment mauvais mais c'est bon…

Tiên Lai éclata de rire :

— C'est étrange, mais ce qui est bon sent souvent mauvais. Les Français ont horreur de l'odeur du nuoc mam et du durian. Exactement comme nous avec leurs fromages. Pour moi, c'est l'habitude qui forme le goût. Si on sait changer ses habitudes, on change également de goût.

Thanh commençait à discerner la saveur de ce breuvage, rouge comme du jus de prune de Lang Son. Il prit un autre morceau de fromage sans se rendre compte qu'il avait vidé son verre. Tiên Lai but aussi avec délice et le resservit.

— Dans ta vie antérieure, tu devais être européen. Tes anciens goûts te sont revenus très vite !

— Tu crois ? répliqua Thanh en riant.

Il se rendait à peine compte qu'il parlait plus fort, que son ton était plus enjoué. La sensation de léger vertige l'amusait beaucoup.

— Si j'ai été européen dans ma vie antérieure, je retrouve mes ancêtres ! Allons-y, encore un verre !

— Mon petit prince ! Tu es intrépide ! riait Tiên Lai. Mais je dois te modérer car c'est ta première fois.

Il lui versa lentement la moitié d'un verre, que Thanh leva pour le humer.

— Comme c'est drôle, maintenant je sens l'arôme.

La robe du vin réfléchissait la lampe. La rose rouge était toujours là, posée sur la nappe blanche.

Ces couleurs vives réchauffaient l'atmosphère de la chambre. Le cadre semblait avoir été conçu pour le bonheur des amants.

Pourquoi je n'arrive pas à l'aimer comme un vrai amant ? Cet homme adorable, si distingué, cet amant idéal ? Cette chambre est faite pour l'amour. Pourquoi je ne ressens pas le même transport que la première fois avec Phu Vuong, sous les jaquiers à Lac Thach, en haut des collines d'eucalyptus ? La vie est capricieuse, le bonheur est toujours incomplet : quand il ne lui manque pas un bras, c'est une jambe. Est-ce ainsi pour tout le monde, ou suis-je le seul à subir cette frustration ?

À ces pensées, il soupira et une tristesse l'étreignit, avant de se dissiper lentement comme une fumée au-dessus de toits de chaume. Et il sombra dans le sommeil. C'était la première fois qu'il dormait à l'hôtel.

Le lendemain, au réveil, il était allongé, entièrement nu, sur le lit. Tiên Lai, draps tirés jusqu'au menton, se tourna vers lui en souriant :

— Tu es né pour boire du vin ! Il te rend heureux !

— Tu m'as mis au lit hier soir ? demanda Thanh, confus.

— Oui. Comme tu dois aller au travail aujourd'hui, je t'ai déshabillé pour que tes vêtements ne soient pas froissés.

— C'est vrai, il faut que j'y aille, fit Thanh en regardant sa montre.

— Tu prends ton petit-déjeuner en bas ou tu veux que je te le fasse monter ?

— Non, non ! Je vais descendre. C'est plus pratique, je sais que tu fais la grasse matinée.

— Oui, c'est difficile de changer ses habitudes, lui répondit Tiên Lai sans le quitter des yeux.

Thanh s'habilla rapidement avant de filer au terrain de tennis. Hông, qui attendait déjà, l'accueillit avec un grand sourire :

— Tu es matinal aujourd'hui !

— Oui, je me suis couché tôt hier soir. Quand est-ce qu'on s'inscrit pour la danse ? répliqua Thanh, taquin.

— Euh… comment dire, bredouilla Hông en sortant un paquet de sa sacoche. Écoute, voici mon costume le plus récent, je te l'offre.

— Pour quelle raison ? fit Thanh, surpris.

En vérité, depuis qu'il s'était mis à la coiffure, il avait complètement oublié leurs projets de danse et le costume qu'il devait se faire tailler.

— En fait, je t'ai trompé avec ce cours de danse. Pour me racheter, je t'offre ce costume.

— Trompé ? Pourquoi trompé ?

— Si je t'ai proposé d'aller au cours de danse, c'était pour faire pression sur ma mère, répondit Hông avec un ricanement gêné.

— Je ne comprends pas.

— Laisse-moi t'expliquer. J'aime une jeune fille depuis trois ans. Ma mère ne l'accepte pas sous prétexte qu'elle vient du Nord et que les filles du Nord sont retorses, font le contraire de ce qu'elles disent, ne sont pas franches comme les filles d'ici ou du Sud. J'ai supplié ma mère, sans succès. Désespéré, je me suis porté volontaire pour l'armée. Ma mère a un frère qui travaille au Comité provincial du Parti et qui, pour tirer sa sœur d'affaire, m'a aussitôt placé dans cette équipe Anh Hông. Coincé, j'ai eu l'idée d'apprendre la danse et t'ai proposé de venir avec moi.

— Je commence à comprendre. Mais tu sais que tu étais très convaincant ? À t'écouter, on meurt d'envie de devenir danseur. C'était vrai, tout ce que tu disais ?

— À moitié ! Le métier de danseur a son côté glorieux, mais il y a le revers de la médaille. Mon oncle est une star de la piste. Il adore le luxe, dépense sans compter. Où qu'il aille, femmes et jeunes filles se jettent sur lui comme des insectes dans la flamme. Ce qui épouvante toutes les femmes de mon entourage, mes trois tantes et ma mère. Elles le considèrent comme une épidémie à lui seul, à contenir avant qu'elle ne gagne toute la famille. Mon oncle ne s'est jamais marié, change d'amante comme de chemise. Il ne vit que pour son plaisir. Non seulement il se fiche de ses frères, mais il ne s'occupe même pas de ses parents quand ils sont malades. Pour les miens, mon oncle est un type brillant, mais sans moralité. Ils méprisent et rejettent tout ce qu'il entreprend. Pour mes tantes et ma mère, un danseur ne saurait être qu'un égoïste et un pauvre type. Fils, il serait ingrat envers ses parents. Mari, il abandonnerait sa femme. Père, il ferait de son fils un orphelin de son vivant. Tout ceci pour t'expliquer qu'en apprenant que je voulais prendre des cours de danse, elle est allée chercher son frère, affolée. Ce dernier a confirmé : «Il a même proposé à son ami Thanh de le suivre. À ce que j'ai compris, ils attendent que Thanh ait son costume avant de se trouver un professeur.» Ma mère a éclaté en pleurs,

et mon oncle lui a dit : «C'est parce que tu l'empê-
ches de se marier. Tu sais, les jeunes d'aujourd'hui
se marient à leur guise, on n'est plus à l'époque des
mariages arrangés!» Alors ma mère s'est rendue : «Je
vais donc suivre tes conseils, j'accepte d'avoir une bru
du Nord. C'est un moindre mal, comparé au désastre
que ce serait s'il se lançait sur les traces de son oncle
de malheur.»

Hông s'interrompit pour glousser de plaisir et de
satisfaction. Par jeu, Thanh prit un air sévère :

— Alors tu me pousses dans la voie du péché?

— Non! Je ne suis pas si salaud! Mais, en tout cas,
je suis coupable envers toi. Accepte ce costume pour
apaiser ma conscience.

— Un pot-de-vin pour me faire oublier que tu m'as
roulé, gronda Thanh. C'est de la corruption!

— Pardon! Mille pardons! supplia Hông. Ce
n'était pas contre toi.

Voyant l'embarras gagner réellement son camarade,
Thanh le rassura d'un rire :

— Je plaisantais! Nous n'avons encore perdu
ni temps ni argent à chercher un cours. Il y a plein
d'autres métiers. Oublions cet incident! Je te souhaite
beaucoup de bonheur. À quand le mariage?

— L'année prochaine, vers la fin de l'automne,
d'après le conseil que le voyant a donné à la famille
de ma future.

— Tu ne travailleras plus ici?

— Si, jusqu'au mois de juin de l'année prochaine, à
la fin de mon contrat. Après, adieu!

— Alors nous avons encore du temps pour nous
amuser ensemble. Reprends ton costume, je n'ai

jamais mis les vêtements d'un autre. Nous nous comprenons, nous nous apprécions, c'est l'essentiel.

Juste à ce moment, Phu Vuong arriva à vélo. De loin Thanh nota sa mine sombre et renfrognée. Ses yeux semblaient enfoncés dans leurs orbites, on ne voyait plus que ses sourcils, comme deux traits noirs sous son front proéminent. À l'évidence, il était très tendu.

— Ton ami est là, je m'en vais, se dépêcha de dire Hông avant de filer.

Phu Vuong laissa son vélo dans un coin de la cour et s'avança vers Thanh, l'air hargneux.

— Tu n'es pas rentré hier soir ! Où étais-tu ?

— C'est mon affaire ! rétorqua Thanh avec une pointe de moquerie. Qui es-tu pour m'interroger ? Tu n'es pas mon maître, et moi, je ne suis pas ta cocotte…

Avant qu'il ait pu terminer, Phu Vuong lui asséna un coup de poing en pleine figure.

Thanh fut surpris, mais l'attaque réveilla immédiatement sa férocité. En un éclair, il recula pour se préparer à contre-attaquer. Phu Vuong, emporté par son élan, trébucha et tomba en avant. Thanh en profita pour fondre sur lui et le rouer de coups de poing. Le premier toucha l'œil de Phu Vuong qui, aveuglé, ne put riposter avec précision. De toute façon, il n'avait pas la force physique de Thanh et, dans un combat, l'essentiel est la force. Au lycée, Thanh avait fait partie de l'équipe de course à pied et y avait gagné de solides muscles. Phu Vuong, plus faible, sans technique, finit par lever ses mains pour se protéger le visage.

Après l'avoir bien rossé, Thanh vit les membres de l'équipe Anh Hông arriver en courant.

— Qu'est-ce qui se passe? demanda le chef d'équipe.

— Désolé, chef ! Je regrette d'avoir agi ainsi. Veuillez me pardonner.

Puis il ajouta, à l'adresse des autres garçons :

— Pardon ! J'ai honte de mon acte.

Tous étaient silencieux. On ne savait comment réagir devant ces deux étrangers, venus ensemble pour travailler dans la même équipe, et qui maintenant se battaient. Par chance, le chef d'équipe décréta :

— Stop… Pas de justification. Les coqs ne peuvent s'empêcher quelquefois de se battre, plumes et ergots hérissés. Quand j'étais jeune, ça m'est arrivé des dizaines de fois. Les garçons s'empoignent puis, après, ils oublient. Maintenant, écoutez-moi tous : le coiffeur de la famille royale va quitter les courts de tennis aujourd'hui pour se mettre au service du Comité. Phu Vuong, quant à lui, ne ramassera plus les balles ici, il est transféré à l'hippodrome. Les autres continuent comme d'habitude. Aujourd'hui, nous avons beaucoup de clients étrangers, il n'y a plus de place sur les courts.

— Merci, chef ! répondit Thanh en le bénissant secrètement, avant de sauter sur son vélo pour filer au local du Comité.

Il oublia rapidement la bagarre. Néanmoins, à la pause déjeuner, les yeux tristes de Phu Vuong lui revinrent en mémoire, obsédants.

Il est jaloux, à n'en pas douter. Et il doit avoir faim. Sans doute que les sachets de nouilles précuites sont épuisés et qu'il a dû se contenter de riz au nuoc mam ou de cacahuètes salées, s'il a pris la peine de les

*torréfier. Étrange qu'un type aussi pauvre puisse être
aussi paresseux et vouloir se faire servir comme un
prince. Comment sortira-t-il de sa misère, avec une
telle fainéantise ? Est-ce le cercle vicieux du destin ?
Pourtant, entre cinq et sept ans, il a dû transporter de
l'eau pour sa famille ! Ce n'était pas un travail pour
un garçon de son âge, surtout aussi mal nourri. Il a
aussi cultivé le potager que son oncle leur avait créé
en haut de la colline. Il n'est donc fainéant qu'avec
moi ! C'est un vrai parasite. Comme le gui qui vam-
pirise la sève de la baccaurée ou du jaquier. Tout ce
que je fais pour lui, il le considère comme un dû. Il
me croit asservi à un besoin sexuel que lui seul peut
satisfaire. Il ne m'aime pas et pourtant il est jaloux ?
Bizarre ! On dit toujours que la jalousie va de pair
avec la passion amoureuse. Je crois plutôt que c'est la
colère de celui qui a dû sauter un repas. Du loup à qui
on a volé la proie. Eh bien, dans ce cas, il n'est pas au
bout de ses amertumes !*

Ce soir-là, après le travail, Thanh se rendit à l'hôtel
et, aussitôt arrivé, déclara à Tiên Lai :

— J'aimerais rester ici ce soir pour écouter la suite
de ton histoire.

— C'est aussi mon souhait ! répondit Tiên Lai. Puis,
remarquant l'hématome sur la pommette de Thanh :
Qu'est-ce qui t'est arrivé ?

— Une bagarre ! Mon ami est jaloux !

— Quel dommage ! La jalousie est une maladie qui
touche la majorité des humains, peu de gens y échappent. Dans ma vie avec Bich Dao, j'ai pu en observer
tous les différents stades.

Il esquissait un sourire énigmatique. Thanh, lui, songea soudain à un problème pratique :

— Mais je n'ai pas de pyjama.

— C'est un détail, ne t'en fais pas. Tiens, voici le mien pour te dépanner. Un truc de vieux qui ne mérite pas de couvrir ton jeune corps, mais il est tout propre, je te le garantis.

Tiên Lai sortit de l'armoire un pyjama de soie blanc.

— Mets tes vêtements sur cette chaise, je vais te les faire nettoyer.

— Merci.

Après sa douche, Thanh sortit de la salle de bains dans le pyjama blanc un peu trop grand pour lui. Ses vêtements avaient déjà disparu.

— Je les ai fait porter d'urgence au pressing. Nous les aurons après le dîner.

Au même moment, le serveur frappa à la porte avec un plateau-repas. Il était sept heures et demie. En cette saison, la nuit tombe vite à Dalat. Il n'avait pas plu de la journée et les gouttes commençaient à tomber. Le bruissement de la pluie sur le feuillage devint rapidement régulier, à la fois paisible et un peu douloureux. Cette pluie sentait l'orchidée sauvage quand elle se fane, une odeur qui donne envie de se fondre dans l'ombre fraîche d'un jardin, à l'abri des chemins baignés de vent et de soleil. Ses effluves réveillent les souvenirs, et appellent un futur encore indiscernable.

Et Thanh de songer :

Je suis là avec Tiên Lai, mais où se trouve mon cœur ? Où se trouve mon véritable amour ? À qui appartient le visage vers qui se tournent tous mes rêves secrets ?

— À quoi penses-tu, mon petit prince ?

Thanh sursauta.

— J'écoute la pluie. Et je la compare au parfum des orchidées qui se fanent. C'est un peu saugrenu, je sais. Peut-être qu'elle me fait penser à notre verger de Lan Giang, où nous avions quelques orchidées ?

— Tu es un poète, mon garçon ! Pourquoi n'écris-tu pas des poèmes ? demanda Tiên en fixant Thanh.

— Poète ?

Thanh éclata de rire.

— Je suis ramasseur de balles sur les courts de tennis, tu l'as oublié ?

— Si tu veux, je t'aiderai à trouver un autre emploi.

— Merci ! Mais je dois travailler là-bas jusqu'à pouvoir échanger ma carte de lycéen contre une carte d'identité. Sans ce bout de papier, je suis la proie du premier flic venu.

— Combien de temps te faut-il attendre encore ?

— Encore dix mois ! Je commence à compter les jours.

— Nous ferons la fête, ce jour-là ! Ensuite tu verras.

Tiên Lai sortit une bouteille de vin du buffet.

— Tu veux boire un verre aujourd'hui ?

— À la fin de la semaine. Ce soir, j'ai envie d'entendre la suite de ton histoire. Si je bois, je tomberai de sommeil comme hier, c'était honteux !

Leur repas dura, comme d'habitude. Tiên Lai avait quand même débouché une bouteille et, pour trinquer, Thanh accepta un demi-verre. Cette fois-ci, le vin lui fit l'effet d'un excitant et le tint éveillé. Tiên Lai alluma une Marlboro bleue et entama la suite de son histoire.

— Je suis resté cinq jours à Vung Tau avec Bich Dao. Durant ces cinq jours, nous n'avons quasiment jamais quitté notre chambre. On nous y apportait nos repas. La porte ne s'ouvrait que pour laisser entrer les plateaux et ressortir les assiettes sales. Nos vêtements, nettoyés, repassés, étaient prêts dans l'armoire pour notre départ. Pour l'instant, nous n'en avions pas besoin. Deux peignoirs étaient à notre disposition quand les femmes de ménage venaient nettoyer et changer les draps. Nous ne faisions rien d'autre que l'amour. Jour et nuit. L'espace et le temps avaient disparu, nous avions oublié où nous étions. Nous passions du lit à la baignoire, puis de la baignoire au lit, pour manger, dormir, faire l'amour. Combien de fois ? Je ne sais pas, cela arrivait n'importe quand. En prenant un bain, en mangeant, en dormant. À même le sol de la salle de bains, ou, si nous étions en plein repas, directement sur le tapis. Si je dormais et que Bich Dao était excitée, elle montait sur moi et je la prenais quasiment les yeux fermés. Durant ces cinq jours, je n'eus aucune pensée, aucun sentiment, je n'éprouvai aucun tourment. Les accouplements mobilisaient toute mon énergie vitale, me transformant en machine, j'étais devenu une coquille vide. Je copulais jusqu'à épuisement. Au sixième jour, en ouvrant grand la fenêtre pour voir la ville, je compris que je m'étais abandonné à elle, irrémédiablement : « Que dois-je faire maintenant ? L'épouser, sans l'ombre d'un doute. Elle m'a dit qu'elle était enceinte depuis notre étreinte sur le chemin rocailleux des frangipaniers. Elle est sûre d'elle et je la crois. Pendant la guerre coloniale, les femmes violées par les soldats français tombaient systématiquement enceintes, car les émotions intenses, y compris la peur, favorisent la fécondation. Bich Dao, elle, n'avait pas peur, mais elle avait attendu cet acte pendant très longtemps, elle avait réfléchi, bâti des plans, et s'était mise dans un état fébrile de rêverie et de tourments. Son émotion était paroxystique et la fécondation était pratiquement certaine. Dans un avenir proche, j'aurai donc un enfant. Un enfant que je n'attendais pas, que je ne me représente pas. Devenir père ainsi, c'est une ironie du sort. Cet enfant sera son enfant à elle, qui l'a voulu et a tout fait pour l'avoir. Le rôle de père se définit par des droits, des désirs et des responsabilités. Si je n'ai aucun désir de l'être, comment pourrais-je assumer ce rôle ? »

Bich Dao interrompit le fil de mes pensées tourmentées. Elle venait de se brosser les dents, ne s'était pas encore coiffée et m'entraînait sur le lit : « Saluons le matin ! » En voyant son corps nu, un gémissement fusa en moi : « Ciel, comment puis-je caresser sans arrêt ce corps repoussant ? Est-ce un cauchemar ou la réalité ? Suis-je encore moi-même ou un sort m'a-t-il changé en un autre ? » C'était la première fois que je la voyais à la lumière du jour. Elle était si laide ! Plus laide qu'avant, sous mes yeux méprisants. Sa peau était foncée, pleine de taches, ses hanches étaient trop étroites et son nombril ressortait telle une cacahuète. Ses fesses, tout sauf fermes, tombaient comme deux énormes quartiers de fruit de jaquier. Ses orteils courts et en éventail avaient les ongles peints en rouge, une couleur que j'abhorrais. Soit c'était une métamorphose, soit la

Bich Dao que j'avais devant moi était la vraie, sans fard, sans maquillage, sans aucun artifice. Bien sûr, elle n'avait jamais été belle, mais ces derniers jours, dans la pénombre des rideaux tirés, je ne l'avais pas vue aussi nettement et en détail. Sous l'emprise de mes pulsions sexuelles, je n'avais pas fait attention à la femme. Elle n'avait été pour moi que le moyen de libérer ce volcan impétueux qui bouillait en moi depuis si longtemps. Soudain, la réalité m'apparaissait. Soudain le tigre affamé que j'avais été était repu. Épuisé, il était rentré dans sa tanière, me laissant seul dehors, face à la réalité. J'étais muet. Je ne savais quoi dire. Bich Dao, ignorant la tempête qui me secouait intérieurement, insista : « Mon amour, viens… » Sa voix onctueuse me rappelait les paroles d'une chanson. Cela sonnait tellement faux, c'était tragique, j'en eus la chair de poule. Quand on n'aime pas, entendre cela est un supplice, une abomination. Il me fallut un long moment pour reprendre mes esprits : « Pardon, mais je ne peux plus continuer, les choses ont une limite. Je dois retourner à Saigon aujourd'hui. » Aussitôt Bich Dao se redressa. La mine sombre, elle m'adressa un ricanement ironique : « Ah ! J'avais oublié que tu devais rentrer à Saigon dans les jupes de ta mère. Ça fait trois semaines que tu ne l'as pas vue ! » Elle se dirigea vers la commode, je la suivis des yeux, dans le même état qu'un homme en train de se mutiler volontairement avec un couteau : « Regarde-la, c'est la femme que tu dois épouser, avec qui tu devras vivre. Elle est folle, se comporte en parvenue et ne maîtrise pas sa jalousie maladive. Pour couronner le tout, quelle laideur ! Elle est déjà moche avant d'avoir eu un enfant. Une fois qu'elle aura mis bas, nul doute qu'elle deviendra informe. La punition pour toi sera alors absolue. L'enfer qui s'ouvre devant toi est pire que celui des supplices et des tortures. » Arrivée devant la commode, Bich Dao se retourna et perçut mon regard. Elle semblait avoir deviné mes pensées. Son visage devint rouge, puis violacé. Réalisant qu'elle était trahie par la lumière du jour, elle me cria : « Ferme la fenêtre ! » Je lui répondis : « Je vais partir, je ne vais pas me mettre au lit, il n'y a pas de raison de la refermer. » Bich Dao sauta au-dessus de moi, entièrement nue, d'abord pour fermer la fenêtre, ensuite pour me griffer et me pincer en hurlant : « Tu es méchant, tu veux m'humilier ! » Je lui montrai aussitôt la porte : « Ne crie pas ainsi. Un scandale à l'université, c'est assez ! » Elle, encore plus fort : « Je m'en fous, des scandales ! Je vis pour moi, pour moi seule, je me fous bien des autres ! » Alors je compris que je ne pourrais pas discuter avec elle tant elle était prisonnière de cet amour obsessionnel, que toute autre action serait vouée à l'échec. Je la pris dans mes bras, la caressai, la rassurai : « Ne crie plus, ne crie plus, tout va s'arranger. » Elle posa sa tête sur ma poitrine et éclata en pleurs. Le visage baigné de larmes, elle sanglotait : « Ne m'abandonne pas ! Si tu m'abandonnes, nous mourrons tous les deux. Nous mourrons. » Je savais que ce n'étaient pas des paroles en l'air, que cela faisait partie d'un plan méticuleusement ourdi. En définitive, seuls les fous peuvent aller jusqu'au bout de leurs désirs, à n'importe quel prix. J'étais un homme normal, sain d'esprit. Comment aurais-je pu contrer ses actions ?

Tiên Lai s'alluma une autre cigarette. Thanh attendait en silence. La pluie tambourinait, dehors, sur le feuillage des arbres. De l'étage du dessous leur parvenait de la musique. Dans cet hôtel, il y avait toujours une musique de fond pour contenter les clients. C'étaient en majorité des habitués, souvent des Européens d'âge mûr. La réception mettait de la musique classique, nostalgique à souhait, pour suggérer le souvenir d'un lieu ou d'un visage perdus. Tiên Lai était un grand ami du gérant. Il l'avait aidé à décorer l'hôtel et à choisir la musique d'ambiance. C'est sans doute pourquoi il bénéficiait d'un régime spécial. La musique distillait ses notes à travers les gouttes de pluie, jusqu'au cinquième étage.

— Il y a un mariage aujourd'hui, dit Tiên Lai. On prépare le festin depuis une semaine !

— Ah, l'hôtel organise aussi des banquets de mariage ?

— D'habitude, non. C'est une exception. Le marié est un client depuis déjà six, sept ans. Il est riche, alors quand il a demandé au gérant, ce dernier a dit oui tout de suite.

Sentant la curiosité de Thanh, il continua :

— C'est un mariage entre un Occidental et une Vietnamienne, mais rien à voir avec celui de mes parents. Ma mère s'est mariée par amour, elle avait dix-huit ans, mon père vingt-cinq. Aujourd'hui, le marié a la cinquantaine, il est déjà grand-père en Allemagne, et la mariée n'a que vingt ans.

— Elle s'est vendue, donc ? demanda Thanh.

Tiên Lai hocha la tête :

— Point de liberté pour ceux qui ont faim. Tu as bien de la chance, tu sais, d'être né dans une famille aisée. Tu possèdes déjà ce dont tous les autres jeunes rêvent. Tu n'as nul besoin de te battre pour des choses que les gens mettent une vie à obtenir, une maison par exemple. Mais, comme toute médaille a son revers, les possédants peuvent aussi devenir les victimes de leur propre richesse.

Thanh éclata de rire :

— Ça, je le comprends mieux que toi ! Malgré mon jeune âge, j'en ai déjà fait l'expérience.

— Ah oui ? répliqua Tiên Lai avec un sourire malicieux. Peux-tu me transmettre un peu de ton expérience ?

— Non, fit Thanh en secouant la tête. Ni à toi, ni à personne. Mais je sais que, quand tu es riche, tu ne peux pas trouver quelqu'un qui t'aime vraiment car les gens sont plus séduits par ta bourse que par ton visage.

— Bravo ! s'exclama Tiên Lai.

Encore une fois, il dardait vers Thanh un regard brillant de chaleur et de passion. Ce dernier, confus, baissa les yeux et demanda :

— Ensuite ? Que s'est-il passé après Vung Tau ?

Une ombre voila le regard de Tiên Lai, sa mine s'assombrit. Après avoir tiré quelques bouffées de sa cigarette, il reprit le cours de son récit :

— Nous rentrâmes à Saigon par le car. Avant de nous quitter, elle me demanda : « Quand nous reverrons-nous ? » Je lui rétorquai : « Nous sommes des adultes. Mettons cartes sur table : il me faut un espace de liberté. Je ne suis pas ton otage, je ne te permettrai pas de me considérer comme tel. Ne me crois pas assez lâche pour me plier à toutes tes folles exigences. Si je dois choisir entre la prison à vie et la mort, ce sera la mort. » Elle insista : « Mais tu ne m'abandonneras pas ? » Et moi : « Non, si tu acceptes mes conditions. Sinon, tous nos accords deviendront caducs. » Elle me dit alors : « Du moment que tu ne m'abandonnes pas, que tu m'épouses, j'accepterai tout ! » Je tournai les talons, sans un au revoir, sans le moindre geste d'affection. Mon cœur débordait d'humiliation. Je me méprisais. J'avais honte de moi. Ces cinq jours passés à Vung Tau avec elle avaient été horribles. Ils m'évoquent une analogie atroce : quand nous sommes saisis par la diarrhée, le besoin primaire de soulager nos entrailles nous domine si entièrement que nous nous accommodons des lieux les plus abominables, des toilettes publiques les plus dégoûtantes, où les excréments traînent à vos pieds et où la puanteur vous fait défaillir. Une fois soulagés, nous n'y repensons pas sans un haut-le-cœur. C'est dans cet état d'esprit que je rentrai chez moi. Les lampadaires venaient de s'allumer, les familles allaient se réunir pour le dîner. En me voyant, madame Bat s'exclama : « Ciel ! Voilà des jours que je vous attends et prépare le dîner chaque soir. Aujourd'hui madame a justement dit de cuire moins de riz, et vous arrivez ! Je m'en vais acheter du pain ! » De sa chambre, ma mère lui lança : « Non, ce n'est pas la peine, madame Bat. Faites sauter un peu de nouilles avec des légumes, cela suffira bien ! »

Puis elle sortit pour m'accueillir : « Mon fils, tu es enfin rentré ! J'ai rangé ton sac dans ta chambre, mais prends-toi des habits propres dans l'armoire. » À son regard, je sus que mon ami lui avait tout raconté. En la serrant dans mes bras, je ne pus m'empêcher de fondre en larmes. Elle me tapota le dos : « Ne désespère pas. Si c'est ton destin, acceptons-le et faisons en sorte de le rendre vivable. Tout le monde a le droit de commettre des erreurs. C'est une façon de s'améliorer. » Vaines consolations : je savais que mon avenir s'ouvrait comme un puits dans lequel il fallait que je plonge, je n'avais pas le choix. Le lendemain à la faculté, je fus accueilli par des regards curieux et interrogateurs. Mon ami me demanda : « Tout est réglé ? » Je haussai les épaules. Bich Dao était absente. La semaine suivante, sa famille informa l'université qu'elle avait des malaises de début de grossesse. Elle me mettait devant le fait accompli. Aux yeux de tous, j'avais été victime du piège. J'étais perdant, j'avais été soumis par une érotomane, une hystérique, comme l'appelaient ses propres amies. Le mois suivant, ma mère reçut la visite de la sienne, venue demander l'autorisation de préparer le mariage. Ma mère me demanda : « Tu es prêt ? » Je lui répondis : « Non, et je ne le serai jamais. Ce mariage a été voulu par elle seule. Elle a usé d'un stratagème pour l'obtenir, cet enfant sera son enfant à elle. J'ai promis, donc je me marierai. Mais la vie à deux sera impossible. Tu dois le leur dire ! » Ce fut au tour de ma mère de me serrer dans ses bras et de pleurer à chaudes larmes : « Mon pauvre enfant ! Je ne sais plus quoi faire pour t'aider ! »

Du quatrième étage, des applaudissements et des bravos retentirent.

C'est sans doute le discours de l'officiant. Les invités vont bientôt passer à table. Ce mariage se déroule comme tous les mariages du monde, même si, sous les bouquets de roses, se cache la raison bien sordide d'un échange économique sans aucune trace d'amour. Pourtant, cette formalité va devenir le rêve éternel de ma vie. Quand me marierai-je ? Un mariage avec la personne que j'aime vraiment, que je désire vraiment, en qui j'ai vraiment confiance ? Un mariage, comme un serment simple mais efficace pour une union belle et indissoluble ? Un contrat entre deux cœurs en harmonie, entre deux corps vibrant à l'unisson ? Quand ?

Tiên Lai alluma sa troisième cigarette. Ses yeux si beaux et nostalgiques rappelèrent à Thanh les vers d'un poète indien :

« Tes yeux tristes cherchent le chemin de mon âme,
Comme la lune plonge vers les fonds de l'océan. »

Il eut soudain de la compassion pour cet homme si délicat, si gentil. Pourquoi ne rêvait-il pas d'avenir avec lui ? Il lui prit la main.

— Pauvre de toi !

— Merci, dit Tiên Lai en tirant quelques bouffées rapides, avant de reprendre son récit :

— Le jour de notre mariage, j'ai définitivement abandonné la faculté. Tel un boxeur qui a reçu un coup à la mâchoire et ne veut plus remonter sur le ring. Ma mère était déçue, mais elle n'osait pas m'en empêcher. « Ta vie t'appartient désormais, tu décides

de tout, je te demande juste si tu as bien réfléchi. »
Je lui répondis : «J'ai beaucoup réfléchi. Jamais je ne
pourrai devenir avocat pour défendre les autres, alors
que je n'ai pas réussi à me défendre moi-même. Aux
yeux de tous mes amis, je ne suis qu'une souris prise
au piège, je le reconnais volontiers. Mais ce n'est pas
par honte que j'arrête mes études, c'est par honnêteté envers moi-même. Je ne sais pas encore quel
métier j'aurai, mais certainement pas celui d'avocat
ou de magistrat. Dans la réalité, la loi ne règle qu'une
infime partie de notre vie, et encore, seulement pour
un temps. » Ma mère ne posa plus de question. Le
mariage eut lieu. Pendant tous les préparatifs, je me
rendis régulièrement au club de tennis. J'y jouais du
matin au soir, je déjeunais sur place ou j'allais boire un
verre au café Phuong Hoang. Ma mère vint un jour
m'y retrouver :

«Mon fils, tu dois te faire tailler un costume pour
le mariage.

— Non, répondis-je, j'en ai déjà un blanc.

— C'est un costume pour tous les jours, ni la coupe
ni le tissu ne sont assez habillés pour un mariage. La
mère de Bich Dao a commandé trois robes dans la
boutique la plus luxueuse de Paris. Ils célébreront le
mariage trois fois : à Saigon avec leur famille, à My
Tho et une troisième fois avec nous.

Je devins fou :

— Elle peut aller sur la lune pour s'acheter dix
robes, je n'en ai rien à faire ! Ce mariage, c'est eux qui
l'ont voulu, il a une signification pour eux, pas pour
moi, je te l'ai déjà dit !

Ma mère soupira :

— De toute manière, elle sera ton épouse. Pour une jeune femme, le mariage est un grand jour. Je te supplie de le comprendre et de te résigner. Si ce n'est pas par amour, fais-le par pitié.

Cela me rendit plus furieux encore :

— Pourquoi devrais-je éprouver de la pitié pour cette folle manipulatrice ? Toi, mère, tu oses me conseiller une chose aussi absurde ? Toi que j'ai toujours considérée comme la femme la plus intelligente sur terre ? »

Ma mère s'excusa aussitôt, et partit. Je suppose qu'elle pleurait dans sa voiture sur le chemin du retour. Moi, je ne pouvais plus réfréner ces crises. La violence montait en moi comme des nuages dans un ciel orageux. J'eus quand même un superbe costume de mariage : ma mère avait fourni au tailleur un des miens pour les mesures. Elle se chargea scrupuleusement de tous les préparatifs, envoya les invitations à mes oncles et à mes cousins des États-Unis. Bien évidemment mon oncle et ma tante de Dalat furent présents aussi. Seule ma grand-mère ne vint pas, mais je savais pourquoi : elle était celle qui m'aimait et me comprenait le mieux au monde. Les membres de ma famille, même les plus pointilleux, durent reconnaître que ma mère avait agi comme une future belle-mère idéale et avec une grande générosité. Pour la famille de Bich Dao, ce mariage était une belle occasion de dépenser sans compter, d'étaler ostensiblement leur richesse comme au théâtre et d'« aveugler les gens par l'éclat de l'or », selon l'expression populaire. Pour moi, ce fut l'occasion d'observer le comportement de ces nouveaux riches, leur façon de s'habiller et de porter des bijoux. Les invités étaient des couples d'officiers supérieurs, des parents, des commerçants. Nous eûmes droit à quelques coups en traître. Lorsque nous vînmes à chaque table saluer les invités, Bich Dao et moi, je vis les femmes scruter moqueusement le visage de la mariée, détailler son nez, ses oreilles et ses yeux lourdement maquillés. En revanche, leurs regards étaient chargés d'envie et de mépris quand ils se posaient sur le collier de diamants, la robe de mariée la plus chère de Paris, et disaient en silence : « Tout cela m'irait bien mieux à moi, y compris ce jeune marié aussi beau qu'Henri Fonda, plutôt qu'à toi, pauvre fille au cou trop court et aux jambes arquées. » Pour dire vrai, la mariée était laide. Je me pavanais donc dans le salon des noces, partagé entre la honte d'avoir Bich Dao au bras et le plaisir d'attirer ces regards caressants, pleins d'admiration et d'envie. Je savais que Bich Dao ravalait sa haine pendant que je savourais avec délectation cette vengeance en bonne et due forme.

Après le mariage, je décidai de partir avec mes cousins d'Amérique pour un grand voyage. Bich Dao, malgré sa colère, n'osa même pas pousser un soupir. Comme elle avait officialisé sa grossesse dès avant le mariage, elle ne pouvait partir pour la traditionnelle lune de miel. Ma mère, pleine de compassion, cherchait à la consoler :

« Tiên rêve d'aller aux États-Unis depuis très longtemps. C'est l'occasion ou jamais, ses cousins vont s'organiser pour lui faire voir le pays. Les États-Unis sont vastes, il lui faudrait au moins un an, mais je vais le persuader de ne visiter que les principaux États pour revenir plus tôt.»

C'est ainsi que je fis ma valise juste après avoir jeté mes habits de marié au fond de l'armoire. Pour moi, les États-Unis représentaient la terre promise. Ma mère m'accompagna à l'aéroport. Pendant que mes cousins et cousines s'occupaient des formalités de douane, je l'attirai dans un coin :

«Si je trouve du travail là-bas, tu viendras ?

— Évidemment ! Mais tu dois d'abord finir l'université. Après, pour obtenir un bon poste, il te faudra également faire un doctorat. Ça demandera du temps et de la volonté. Les États-Unis ne sont un paradis que pour ceux qui ont de l'énergie et de la chance ; pour les faibles et les malchanceux, c'est un désert aride.»

Après quelques secondes de silence, elle me regarda : «Quelle que soit ta situation, je serai toujours à tes côtés. Je prie pour que tu sois heureux.»

Son regard m'obséda durant tout le vol. Pourquoi, lorsqu'elle avait parlé de prier pour moi, était-il chargé de tant de tristesse ? Après quelque temps aux États-Unis, je compris la déception qui pesait sur son cœur. Les États-Unis étaient un vaste pays et mes cousins et cousines se partagèrent la tâche de me les faire visiter. Les paysages m'enthousiasmaient, les gens me passionnaient, mon anglais était déjà suffisant, même si j'avais du mal avec l'accent et quelques expressions très américaines. Les conditions étaient donc favorables pour mon installation. J'appelai ma mère pour lui annoncer que j'avais décidé de vivre à New York et non à Washington. J'adorais cette mégapole et m'y sentais comme un poisson dans l'eau. Ma mère fut d'accord tout de suite, mais elle ajouta :

« Il faut que je convainque Bich Dao. As-tu oublié que tu es son époux et que tu seras bientôt père ?

Je lui répondis :

— Dès que je suis monté dans l'avion, je l'ai oubliée. Vraiment, je l'ai oubliée. L'enfant est à elle seule, je l'ai déjà dit clairement. »

En effet, j'avais tout oublié : le mariage, la femme érotomane et l'enfant dans son ventre. Je me trouvai un appartement et préparai mon entrée à l'université. Je choisis cette fois-ci un métier médical, comme la majorité des Vietnamiens de la diaspora qui deviennent médecins, chirurgiens-dentistes ou pharmaciens ; c'est sans doute inhérent au caractère de notre peuple, de choisir des métiers sociaux, qui garantissent un bon salaire et comportent un risque minimal de chômage. Qui ne permettent pas de monter haut dans l'échelle sociale, mais assurent de ne pas tomber trop bas non plus. Je me préoccupai alors de comprendre la vie locale. Près de six mois passèrent à ces nouveaux projets de vie. J'étais plein d'entrain en imaginant le jour où j'aurais un bon travail, comme mes cousins et cousines, et où je pourrais enfin accueillir ma mère. De temps à autre, mes oncles venaient me rendre visite pour m'encourager et m'aider concrètement dans mon installation. Mes cousins et cousines m'invitaient à passer les fins de semaine à Washington ou en Virginie. L'automne venu, en découvrant le rouge des immenses et somptueuses forêts américaines, je me fis une promesse : « Un jour viendra où j'accueillerai ma mère ici. Nous contemplerons ensemble ces magnifiques forêts à la frondaison rouge feu.» Je lui écrivais, lui racontais mes randonnées passionnantes et lui disais que, dans cinq ans, le rêve deviendrait réalité. Ma mère m'écrivait en retour qu'elle le souhaitait ardemment, car si le rêve est le moteur de l'homme à ses débuts, la réalisation de ce rêve est la maison douillette qui l'attend au bout de la route. Je ne savais pas que, pendant ce temps, ma mère subissait la folie désespérée de Bich Dao, qui avait reporté sur elle toute sa haine. J'avais éradiqué cette femme de mon cerveau alors qu'elle existait toujours, avec un ventre de plus en plus gros, abritant un enfant de mon sang. Plus tard, madame Bat me raconta que mon épouse venait souvent chez nous, menaçant de se jeter par la fenêtre avec l'enfant du traître. Chaque fois, ma mère la consolait, la suppliait malgré ses injures :

«Tout cela est de votre faute ! Mon mari n'aime que vous en ce monde, vous seule avez de l'influence sur lui. Si vous le rappelez, il reviendra sur-le-champ. Mais vous voulez nous séparer et vous lui avez dit de rester là-bas. Vous avez tout manigancé avant notre mariage. Sous vos airs de sainte, vous êtes une affreuse sorcière. Chaque jour de ma vie, je vous maudis, et la première chose que j'enseignerai à cet enfant à naître sera de me venger ! »

Ma mère me cachait toutes ces humiliations. Elle voulait me protéger afin que je bâtisse sereinement ma vie dans le Nouveau Monde. La vie d'un émigré n'y est pas facile.

À New York, je préparais mes premiers examens. J'avais un peu plus de confort que les autres étudiants étrangers. Comme la vie dans cette mégapole est très chère, ils devaient se trouver un petit travail pour compléter leur bourse : serveur, femme ou homme de ménage, gardien de nuit ou baby-sitter. Ceux qui avaient une belle voix, en général des Africains ou des Espagnols, chantaient dans les cabarets populaires. Je n'avais pas besoin de ça. Je pouvais me concentrer sur mes études. En fin de semaine, je m'installais dans un restaurant pour observer et écouter les gens, meilleur moyen d'apprendre la langue et de comprendre la culture locale.

L'hiver vint. Pour la première fois de ma vie, je connus la nostalgie du pays natal. Elle n'arrive que l'hiver, quand le ciel est de plomb, que la neige tombe en tempête, que cette ville si familière semble larguer ses amarres pour voguer dans le vent et devenir totalement étrangère, avec ses rues sans soleil, aux arbres raidis par le gel.

« Je comprends enfin la tristesse des chansons d'émigrés, qu'ils soient d'Espagne, du Portugal, de l'Afrique ou de l'Asie. Ce ne sont que soupirs, souvenirs et regrets du beau temps. »

Cependant j'étais jeune, plein d'entrain, et cette nostalgie ne pouvait m'affecter en profondeur. Les moments de tristesse passèrent comme des averses, bientôt suivis d'un regain de joie. Un samedi soir, je me rendis à mon restaurant habituel. L'endroit était plutôt fréquenté par la classe moyenne que par les ouvriers ou les immigrés pauvres. Il y avait là des petits commerçants, des fonctionnaires, des artisans. Très peu d'Asiatiques, d'autant que ces derniers, très timides, choisissaient souvent des endroits moins courus. Je ne faisais pas exception à la règle. En m'installant à une table discrète, j'observais mieux les autres. Ce soir-là, je commandai un plat de pâtes italiennes, et appliquai consciencieusement la méthode que m'avait indiquée mon voisin italien pour les enrouler sur ma fourchette. Soudain des injures fusèrent au milieu de la salle et cinq hommes se levèrent en même temps. Le plafonnier éclairait des visages écarlates. En général les clients étaient en veste et en pantalon bien repassés, et se conduisaient correctement. Cette fois-ci, je ne sais pourquoi, ils se saisirent des chaises et se lancèrent dans une rixe violente. Sur leur table, quelques amuse-gueules et des bouteilles de vin à peine entamées : l'alcool n'était donc pas en cause. J'avais horreur de la violence et, dans une telle situation, je prenais la fuite. Je n'ai pas les caractéristiques du mâle : le goût pour la drague et pour la bagarre. Aux tables voisines, on se levait également et on se bousculait pour sortir en vitesse. J'entendis le patron hurler aux serveurs : «Ne vous mêlez pas de ça, vous allez prendre des coups. J'appelle la police !» Il avait bien raison : les fauteurs de troubles continuaient à frapper furieusement avec leurs chaises deux hommes à terre, le visage et le crâne ensanglantés. «C'est atroce !» criait-on. Les femmes se cachaient les yeux pour ne pas voir, les hommes, en revanche, tout en tenant la main de leur femme ou de leur fille, ne perdaient pas une miette de la scène, par curiosité ou par excitation.

«Qu'est-ce qui se passe ? demandai-je au serveur que je connaissais.

Il me chuchota :

— Ils frappent deux homos !

— Pourquoi ? demandai-je, tremblant de terreur.

Il me répondit :

— Parce que ce sont des homos, tout simplement. Ils n'auraient pas dû s'embrasser devant tout le monde. C'est un spectacle choquant pour les autres, il faut qu'ils le sachent. »

J'essayai de me montrer indifférent. La voiture de police arriva à ce moment, un officier hurla : « Police ! Stop ! » Les hommes s'engouffrèrent dans le restaurant pour menotter tous les bagarreurs et les emmener. Je vis les deux homos. Ils n'étaient pas menottés car ils ne pouvaient même plus marcher. Les policiers les prirent sous les aisselles pour les traîner dehors. Leurs têtes semblaient avoir été plongées dans un seau de sang frais. L'un d'eux avait au crâne une plaie ouverte inondant sa chevelure dont on ne distinguait plus la couleur. Ils étaient assez vigoureux, mais avaient dû affronter cinq gars non moins costauds et qui avaient le bon droit pour eux : d'après l'Ancien Testament, les homosexuels sont des pervers qui ont enfreint les lois de Dieu. Dans une guerre, celui qui croit sa cause juste a déjà gagné. Et les homosexuels ? Ils avaient résisté, mais au fond d'eux, ils avaient déjà rendu les armes. Je me rappelai les explications de ma mère, et mon rêve américain partit en fumée.

« Au café Phuong Hoang, pensai-je, nous avions été agressés par des voyous, des truands sortis de prison. Ici, ce sont des gens normaux, propres sur eux, qui en brutalisent d'autres. Et au nom de Dieu ? Les homosexuels sont plus malheureux ici qu'au Vietnam.

L'Amérique ! Ce paradis n'est décidément pas le mien ! »

Deux semaines après je rentrais à Saigon, laissant derrière moi mes illusions de liberté. Ma mère m'accueillit à l'aéroport : « En tout cas, tu auras connu les États-Unis. Tu as été heureux tant que tu y as cru. Comme j'ai vécu des jours de bonheur dans les bras de ton père. C'est ainsi, l'espoir puis la déception tissent la vie des êtres. »

Je la serrai dans mes bras.

« Tu es mon unique espoir.

— Ne sois pas si sûr de toi ! dit-elle en riant. Un jour, je deviendrai sénile, je mangerai de la terre en croyant que c'est du riz, et tu seras désespéré.

— Je n'y crois pas », affirmai-je.

De l'étage en dessous nous parvinrent des cris de joie :

— Encore ! Encore !

On entendit parler en vietnamien, puis en anglais, puis dans une langue que Thanh reconnut pour de l'allemand, la langue maternelle du marié.

— Qu'est-ce qu'ils veulent ?

— Ils réclament un autre baiser des mariés. C'est la coutume dans les mariages occidentaux. À mon mariage avec Bich Dao, on nous l'a réclamé aussi mais j'ai refusé. Tu connais cette coutume ?

— Non, je n'ai jamais assisté à un mariage.

— Tu t'imagines qu'un jour, tu embrasseras ton amoureux devant tout le monde ?

Son regard passionné fit rougir Thanh.

— Oh non ! Je n'y pense pas. Ma préoccupation, c'est ma carte d'identité.

— Ce n'est pas difficile !

— Mais il faut que je l'obtienne. Tu n'es pas dans ma situation, tu ne peux pas comprendre, répondit Thanh pour cacher son embarras. Et alors ? Est-ce qu'à ton retour, Bich Dao avait accouché ?

— Pas encore. Pourtant, elle en était déjà à onze mois et demi ! Une grossesse digne d'une bufflonne. Après mon départ pour l'Amérique, elle était restée habiter chez ses parents. Apprenant mon retour, elle rappliqua avec des porteurs et une dizaine de valises. Tenant à faire chambre à part, je lui dis :

« À Vung Tau, je t'ai dit que j'acceptais ce mariage à condition de garder ma liberté. Je ne peux pas partager ma chambre avec toi.

— Mais avec ta mère, tu peux, non ? » répliqua-t-elle.

Le mépris faillit m'emporter, j'eus du mal à ne pas lui cracher au visage. Au bout de quelques secondes, je pus enfin reprendre :

« À cause de mon éducation, je ne te frapperai pas. Néanmoins, sache que ton comportement me dégoûte. Je te rappelle que ce mariage a eu lieu grâce à ma mère, qui a tout organisé. Mon costume, les fleurs, les cartons d'invitation, l'accueil de nos parents américains, le festin de noces au Rex, le discours de mon oncle au nom de la famille du marié, les offrandes à ta famille, tout, tout venait de ma mère. Tu devrais lui en être reconnaissante, parce que moi, je n'ai même pas levé le petit doigt. N'oublie pas que, pour moi, tu restes une dette à payer, j'avais fait une promesse et j'ai dû apposer ma signature au bas de ce document de mariage. »

Je tournai les talons, elle s'effondra à terre. J'entendis madame Bat appeler ma mère pour la relever. Cette nuit-là, je dormis à l'hôtel. Ma mère vint m'y trouver.

«Je sais que tu la détestes. Mais il est facile de détester les autres, moins de se détester soi-même : tu as eu besoin d'elle. Elle ne t'a pas violé, tu t'es abandonné aux pulsions de ton corps. Comme disent les anciens : "Fais-toi des reproches avant d'en faire aux autres." Dans cette affaire, tu as ta part de responsabilité. Aujourd'hui, tu ne peux pas t'en désintéresser ainsi. Ton sang coule dans les veines de son enfant. Il portera ton nom.

— Je veux bien qu'il porte son nom à elle, comme je porte le tien et non celui de mon père.

— Pas de comparaisons hâtives : j'ai divorcé quand j'étais encore enceinte de toi. Et, à l'époque, j'étais trop jeune, trop orgueilleuse.

— Tu le regrettes ?

— Oui, je le regrette. Tu aurais dû connaître ton père. Et apprendre le français. La haine nous aveugle.»

Je me taisais, elle enchaîna : «Ton enfant n'est responsable de rien. Les adultes que vous êtes lui ont donné vie, alors il faut aussi lui donner une existence digne de ce nom. Écoute-moi. Il faut que tu rentres chez vous. Nous trouverons un moyen d'organiser votre vie commune.»

Je me rendis à ses raisons et retournai à notre appartement. Bich Dao gisait dans le noir, comme un cadavre. Je crus qu'elle avait compris et serait reconnaissante à ma mère qui l'avait protégée ainsi que son enfant. Je me trompais encore. Une folle ne réfléchit pas. Pourrie dans sa jeunesse par la richesse, mal élevée, elle ne pouvait devenir que plus méchante et perverse. Elle vouait une haine implacable à ma mère, la rendait responsable de tout ce que je faisais. «La sorcière a pompé tout ton sang, tu n'as plus aucune vitalité, ton cœur est une boîte vide. Il ne peut plus aimer quiconque», telle était sa théorie démente. Elle jurait de se venger.

Comme je n'étudiais plus à Saigon, nous retournâmes à Dalat. La maison que ma grand-mère avait achetée pour ma mère était immense. Il y avait trois étages, chaque étage avait quatre chambres, je pouvais donc éviter Bich Dao quand je n'avais pas besoin de la voir. Madame Bat nous avait suivis et logeait au rez-de-chaussée où se trouvaient le salon, la salle à manger, la cuisine et une grande salle de bains familiale. Bich Dao occupait le premier étage, ma mère le deuxième et moi le troisième, sous les toits. Le dîner ne réunissait souvent que les trois femmes. Moi, je mangeais chez ma grand-mère après mes parties de tennis ou de golf.

À peine arrivée à Dalat, Bich Dao accoucha d'un garçon. Elle l'appela Daniel, un nom occidental en hommage à mes origines. Les gènes européens du petit, pourtant quarteron, ressortaient tellement qu'il ressemblait beaucoup à son grand-père. Il faisait plus européen que moi. J'ai des yeux à reflets dorés, les siens sont bleus, j'ai les cheveux châtains, les siens sont carrément blonds. Son nez est plus étroit et pointu, il a beaucoup plus de poils, bref c'est la copie de l'officier corse, ce père que je n'ai jamais connu. Dès leur retour de la maternité, ma mère m'entraîna dans un coin : «Si tu veux savoir comment était ton père, il te suffit de regarder Daniel, c'est sa copie conforme.»

Je ne dis rien mais allai le voir dans la chambre, l'âme en désarroi : un peu curieux, un peu bouleversé, mais surtout tourmenté par ma propre indifférence. Je ne comprenais pas pourquoi mon cœur était si sec. Quelle humiliation pour un père ! Mais je ne voulais pas me mentir à moi-même. Après avoir vu le petit garçon, je dis à ma mère :

«Je suis au regret de te le dire, mais je ne l'aime pas ! Ma conscience a parlé, c'est sans espoir. Je ne peux forcer mon cœur.

Ma mère poussa un soupir :

— Je m'occuperai de lui à ta place. Parce que je t'ai donné la vie, je ferai pour toi ce dont tu n'es pas capable.

— Mère, ce n'est pas la peine. C'est l'enfant de Bich Dao, elle lui apprendra la haine, surtout envers toi. Ne sème pas de graines de liseron d'eau sur la roche aride de la montagne. Ne force pas ton cœur, tu le regretteras plus tard. Les choses évolueront naturellement. Tu as déjà beaucoup trop souffert pour moi, ne t'encombre pas d'un autre fardeau !» Là-dessus je m'en allai, en l'entendant soupirer dans mon dos.

Du côté de Bich Dao, il y eut un léger changement. Elle détestait toujours autant ma mère, mais se rapprocha de madame Bat. Sans doute se sentait-elle seule et isolée dans une ville inconnue. Elle avait besoin d'une alliée. Madame Bat m'informa de cette tentative de séduction. Bich Dao lui faisait des cadeaux pratiquement chaque semaine : une paire de sandales, des vêtements, une petite bague ou un bijou en argent… «Merci, protestait madame Bat, mais je n'ai pas l'habitude d'accepter des cadeaux.» Et Bich Dao d'insister : «Avant vous ne me connaissiez pas, mais maintenant je suis l'épouse de Tiên. Vous devriez reconsidérer votre point de vue.» Madame Bat lui répondait : «Il y a épouse et épouse. Il y en a de bonnes, mais il y en a aussi qui aiguisent des couteaux pour s'imposer dans un foyer. J'ai suivi madame et monsieur Tiên jusqu'ici, je ne connais qu'eux.»

Pauvre Bich Dao, qui vivait dans une maison si belle et si froide. De mon côté, hormis quelques moments de compassion passagère, je ne changeai rien à nos relations. En dehors de sa folie amoureuse, Bich Dao se comportait comme toute sa famille de nouveaux riches. Je me souviens du jour où Daniel eut un an. Grâce à ma mère, je lui avais acheté un petit costume et des chaussures de marin. En ouvrant le paquet, Bich Dao observa : «Un seul short offert par ma mère à moi vaut trois costumes de marin comme le tien.» Je partis en silence, décidé à ne plus acheter de cadeau d'anniversaire. Seules comptaient pour moi ma mère et madame Bat.

Daniel grandit. Il me haïssait, comme le voulait Bich Dao. Mais il ne parvenait pas à détester ma mère, ce qui rendait Bich Dao folle de jalousie. Ma mère l'aimait, elle l'aimait vraiment comme une grand-mère peut aimer son petit-fils. Était-ce la nostalgie des jours de bonheur avec son officier corse ? Elle le portait, lui chantait des berceuses, rôdait autour de sa chambre jusqu'à ce que Bich Dao la chasse indécemment. Quand il eut un an et demi, Bich Dao cessa d'avoir du lait. Il se tourna vers ma mère, que je voyais dégrafer son corsage pour lui proposer son sein, comme les vieilles paysannes. Très étonné, je demandai à ma grand-mère :

« Tu me donnais le sein quand j'étais petit ?

— Bien sûr ! Quand ta mère était absente. À un an, tous les enfants aiment téter !

— Ma mère est une femme moderne ! protestai-je avec véhémence. Elle ne se laque pas les dents, parle l'anglais et le français couramment. Comment peut-elle imiter les vieilles paysannes sans avoir honte ? »

Ma grand-mère me fixa un long moment : « Qu'elle se laque les dents ou non, une mère ou une grand-mère, c'est du pareil au même. Donner le sein à un enfant pour le contenter n'est pas un péché, il n'y a aucune raison d'en avoir honte. Les petits aiment téter le sein et le toucher car ils dorment mieux après, plus profondément, et ils sont heureux. Ta colère, c'est de la jalousie. Maintenant, écoute-moi bien. Si ta mère aime Daniel plus que toi, alors viens vivre avec moi. » Puis elle se tapa sur les cuisses : « Viens donc sur mes genoux ! » Je ris : « Je fais soixante-quatorze kilos et un mètre quatre-vingts. Si je t'obéis, je te casserai en deux et, à ton âge, les os mettent beaucoup de temps à guérir ! » Ma grand-mère éclata de rire.

À dater de ce jour, je passai souvent la nuit chez elle. Quelquefois je lui massais le dos et elle me racontait des histoires. Nous étions très complices. Il suffisait que je commence une phrase pour qu'elle en devine la fin. Un simple regard d'elle et je comprenais ce qu'elle voulait. Ce métier de coiffeur, c'était son idée. Depuis mon retour à Dalat, je passais mes journées au golf ou au tennis, mes soirées au bar et au dancing. Un jour, elle me dit :

« Tu as surmonté le stade de la dépression. Maintenant ton esprit est plus stable. Il te faut choisir un métier. Je ne serai pas toujours là pour te nourrir. Un homme qui ne travaille pas devient tôt ou tard un bon à rien. S'il ne sombre pas dans le jeu, ce sera dans l'alcool. Dans notre grande famille, personne ne s'est encore retrouvé dans cette situation humiliante.

— À New York, j'avais commencé des études de pharmacie. Est-ce que je pourrais reprendre tes affaires ? »

Elle secoua la tête : « La bijouterie, ça ne te va pas du tout. Il faut des qualités que tu ne possèdes pas : le commerce de l'or et des pierres précieuses n'est pas exempt de risques. Les bijouteries, juste après les banques, sont la cible préférée des voleurs. Il faut un bon capital et des marchandises qui circulent. Les garder en stock expose à la faillite. Il faut aussi anticiper les goûts des acheteurs, changer les modèles, employer les meilleurs artisans et des créateurs de confiance. Bref, c'est un dur métier qui nécessite un haut niveau d'organisation et toi, tu es un doux rêveur. Tu te ferais sûrement trucider par les brigands. »

Elle éclata de rire et me saisit une main qu'elle contempla sous toutes les coutures : « En revanche, tu as des mains en or ! Si tu optais pour le métier de tailleur ou de coiffeur, tu arriverais au sommet de ton art. Les gens mangent pour survivre, mais ils ont besoin de soins pour leur corps. "La vraie nature de l'homme, disent les anciens, ce sont ses dents et ses cheveux." Depuis toujours on se préoccupe de son apparence. Aujourd'hui c'est devenu une passion, surtout pour les citadins. Suis mes conseils, je suis certaine que tu réussiras.»

À cette époque, le métier de coiffeur n'était pas encore prestigieux. Le salon le plus luxueux n'employait guère plus de deux ou trois coiffeurs en dehors du patron. On y accueillait hommes et femmes pour avoir plus de clientèle, mais les gains étaient faibles. Ma mère protesta vigoureusement quand je lui en parlai, et reprocha à ma grand-mère de me l'avoir suggéré. Cette dernière riposta : «Ton fils est grand, c'est à lui de décider. Quant à moi, je dis ce que je pense.»

Bich Dao venait d'ouvrir la plus grande boutique de vêtements occidentaux de la ville. Ayant eu vent de mon projet, elle fonça furibonde chez ma grand-mère :

«Si vous n'avez plus de quoi nourrir votre petit-fils, laissez-le-moi ! J'ai assez de fortune personnelle pour faire vivre trois bons à rien qui passent leurs journées au golf et au tennis. Je ne permettrai pas à Tiên d'humilier mon fils. Daniel Dinh n'aura jamais un père coiffeur !

— Tu oublies que tu n'es plus rien pour moi ! ripostai-je. J'ai tenu ma promesse, maintenant je n'ai plus à prendre en compte tes avis. Si tu veux, trouve un père plus digne de ton fils, j'en serais très heureux. Nous sommes chez ma grand-mère, tu n'as pas ta place ici. Dehors ! »

Durant notre dispute, ma grand-mère préparait sereinement son rouleau de bétel dans son mortier de bronze, comme si de rien n'était. Bich Dao, après quelques menaces, s'en alla. Je considérais que ma grand-mère avait eu raison et décidai d'ouvrir un salon de coiffure que j'appellerais Tiên Lai. Dans un premier temps je retournai à Saigon pour suivre une formation. Ensuite je fis un tour en Europe pour voir comment on y travaillait. À mon retour, j'avais deux valises entières de livres qui me permirent d'étudier les façons de soigner les cheveux, de traiter chaque type différent, de les adapter à chaque forme de visage. Ma formation dura deux ans, car à Saigon il n'y avait pas encore de maître en la matière. La majorité des bons coiffeurs étaient plutôt des artisans expérimentés. Je profitai donc à la fois de leurs compétences et de mes lectures. Au bout de la troisième année, je revins à Dalat pour ouvrir un salon avec quatre coiffeuses. La première cliente fut ma grand-mère. Elle avait quatre-vingt-deux ans, depuis toujours elle portait un chignon piqué d'une épingle en argent. Le jour de l'inauguration, elle la retira et me dit : «Fais-moi une permanente. Je souhaite que tes mains d'or s'occupent maintenant de mes vieux cheveux.» Je lui fis une magnifique coupe. Après s'être contemplée dans le miroir un long moment, elle déclara : «Je suis fière de toi. Et encore plus fière de moi car, malgré mon âge, mes conseils n'étaient pas absurdes. Tu es né pour être coiffeur. Tu réussiras.» Elle me tendit une boîte rouge contenant une bague sertie d'une pierre en forme de poire : «Porte-la au majeur, c'est ton premier salaire.»

Me montrant son doigt orné d'un rubis, Tiên Lai continua :

— Depuis ce jour, elle n'a plus quitté mon doigt. Elle est mon porte-bonheur. Je crois que les objets ont une âme, quand ils nous rappellent une personne, un amour, quelque chose de sacré. Cette bague est le trésor qui a marqué ma vie professionnelle. Elle est aussi la mémoire de ma grand-mère. Dans ma famille, qui est pourtant riche et vit de la bijouterie, personne ne porte ostensiblement un bijou pour ne pas attirer la concupiscence des voleurs. Seules nos vendeuses en portent pour les présenter, et elles en changent souvent. Depuis ma naissance jusqu'à l'inauguration de mon salon, c'était la deuxième bague que m'offrait ma grand-mère. La première, c'était pour mes seize ans. Un an après, ma mère m'avait dit : «Donne-la-moi, je vais la porter pour t'avoir toujours avec moi.»

— Et à ton mariage? demanda Thanh, piqué par la curiosité. Vous avez échangé les bagues devant les familles?

— Évidemment! fit Tiên Lai avec un rire moqueur. Pour Bich Dao et sa mère, c'était l'occasion rêvée d'exhiber leurs diamants. Elles ont voulu acheter elles-mêmes les deux bagues qu'en principe la famille du marié doit offrir, sous prétexte que Bich Dao voulait choisir celle qu'elle porterait. À ma mère qui me demandait mon avis, je répondis : «Laisse-les. Je porterai cette bague comme une sangsue, pendant une paire d'heures. Après le festin, je l'enlèverai en même temps que mon costume de marié et la leur rendrai. Je n'ai pas envie d'être entravé par ces menottes.» Je fis ce que j'avais dit. Après la cérémonie, j'enlevai la bague, la plongeai dans un verre d'eau que je mis devant Bich Dao et sa mère : «Je vous rends la bague. À César ce qui appartient à César.» Puis je les laissai en compagnie de ma mère. Pendant ce mariage, c'est ma mère que j'ai fait le plus souffrir.

— Et ensuite ?

— Tu es curieux ? Je le lis dans tes yeux !

— Effectivement ! soupira Thanh, sincère. Je voudrais savoir comment est la vie des mariés quand il n'y a pas d'amour. Je suis comme toi, finalement !

— Pauvre petit garçon ! C'est à mon tour de te plaindre. Tu as accepté une vie à deux sans amour ?

Thanh acquiesça :

— Oui ! Nous sommes tous deux homosexuels. Nous avons fui notre ville ensemble. Tout laissait croire à un amour fou. Seulement la réalité en est loin. Les gens ne raisonnent que par modèles.

— Exactement, approuva Tiên Lai.

Sans en demander plus sur la vie de Thanh, il continua son récit :

— Mon salon de coiffure fut un grand succès. Il «monta comme un cerf-volant sous le vent», selon notre expression. Je n'ai cessé d'investir et j'ai changé de salon chaque fois que je recrutais. Celui où tu m'as rencontré est le septième. Dans le même temps, la boutique de Bich Dao déclinait. Au début, elle avait recruté jusqu'à vingt tailleurs, mais comme elle n'avait aucune sensibilité artistique, elle n'a pas su définir les bonnes coupes ni contrôler le travail de ses employés. La boutique était grande, luxueuse, tape-à-l'œil. Mais les vêtements n'étaient pas si beaux et les prix, en comparaison, trop élevés. Au bout d'un an, la clientèle commença à se réduire. Les lumières magiques des néons publicitaires ne durent pas très longtemps. Quand elles s'éteignirent, l'affaire eut vite fait de plonger. Bich Dao dut se résigner à licencier les deux tiers de ses tailleurs et à se réinstaller dans un lieu plus modeste : « Cette ville ne me mérite pas ! Il aurait fallu Saigon », était le motif souvent invoqué devant la famille et les voisins. Si elle avait été lucide, elle aurait fermé. Seulement l'orgueil l'obligeait à garder la pancarte « Boutique Bich Dao » et à sortir chaque mois de l'argent pour combler les déficits. Elle aurait voulu que son nom fût écrit en lettres d'or et sa renommée considérable. Avec la très haute idée qu'elle avait d'elle, sa jalousie ne tarda pas à se manifester d'étrange manière. Quand mes affaires démarrèrent, elle déclara : « Ce sont les coups tordus de ta grand-mère. Elle a accordé des remises à ses clientes à condition qu'elles viennent se faire coiffer chez toi. Elle veut absolument prouver qu'elle a eu raison. » Quand je dus m'agrandir en changeant de boutique et en recrutant, elle se présenta au salon : « Je suis la femme de Tiên Lai. Je viens ici pour gérer les employées de mon mari. »

— On dit que tes employées sont exclusivement des femmes, parce que c'est elle qui recrutait et que tu n'aimes pas les femmes, est-ce vrai ?

— Non ! répondit Tiên Lai en riant. Ce sont des ragots. C'est moi qui ai décidé de n'employer que des femmes. Pour moi, le lieu de travail doit être très « professionnel », avec de la discipline, des principes

clairs qui seuls garantissent un comportement équi-
table du patron envers ses employés. Je ne veux avoir
aucune liaison dans le milieu du travail. C'est une des
clés du succès. Bich Dao, elle, ne pouvait devenir chef
d'entreprise. Tout ce qu'elle cherchait en ouvrant
une boutique, c'était étaler sa fortune ou se donner
une occupation. À Dalat, on trouve pourtant quantité de femmes qui se consacrent exclusivement à leur
famille. Elles gèrent leur maison, s'occupent de leurs
enfants et de leur mari, elles ne pensent pas à gagner
beaucoup d'argent. Ma mère, par exemple. Elle n'a
travaillé que quelques années, puis s'est occupée de
charité en visitant les couvents. Bich Dao ne pouvait
pas vivre comme ma mère et elle n'était pas non plus
du genre à s'occuper de la famille. C'est la toupie folle
qui tourne autour de son axe égocentrique. Devant le
monde, ma réussite était pour elle un objet de fierté ;
aux yeux de nos familles respectives, elle était l'aveu
de sa faiblesse.

«Je ne peux pas être moins que toi», déclarait-elle.
En vérité, je m'en souciais peu car je n'avais jamais
eu l'envie ni l'idée de lui faire concurrence. Quant à
ma mère, elle ne disait rien, et ma grand-mère et mes
oncles ne se mêlaient pas de ses affaires. Mais Bich
Dao voulait être reconnue. Sa mère, la patronne des
vingt-deux succursales de vente de riz, avait agrandi
son patrimoine. Elle en possédait maintenant trente-
huit ! Elle avait remporté les marchés de fourniture
de riz à l'armée et aux prisons, et l'argent affluait
comme l'eau d'un fleuve en crue. Pourtant elle ne
possédait pas les trois «joies» qu'on vous souhaite
en début d'année : Bonheur, Fortune, Longévité. La

fortune, certes, mais pas les deux autres. Son unique fils, objet de son amour et de ses espoirs, était mort dans un accident de la route alors qu'il était encore lycéen. Sa fille aînée avait monté une affaire prospère d'import-export de vêtements occidentaux, mais son mari était parti avec une femme à Paris après avoir pris dans la caisse une somme assez énorme pour lui assurer une vie de roi, ainsi qu'aux nouveaux enfants qu'il pourrait avoir. Elle avait pleuré toutes les larmes de son corps, essayé de lui téléphoner, demandé à son fils de lui écrire pour le supplier, sans succès : il avait changé d'adresse. Quoique moins laide que Bich Dao, cette sœur aînée n'avait pas un physique qui attirait les hommes et, si elle voulait absolument se remarier, il lui faudrait se trouver un autre profiteur. Quant à la deuxième, elle était institutrice et mariée à un collègue, mais n'avait eu que deux filles, et son homme qui lui reprochait de ne pas lui voir fait de fils menaçait à tout moment de la quitter.

Même folle, Bich Dao avait finalement fait un beau mariage, aussi sa mère misait-elle beaucoup sur elle. Le jour où je lui avais rendu la bague sertie de diamants dans le verre d'eau, elle avait été humiliée, mais au moins elle était sûre que je n'étais pas de ces aigrefins qui avaient épousé ses autres filles. Je n'avais jamais mis les pieds chez elle, à Saigon ou à My Tho. Ce dédain déplaisait à la famille, mais il prouvait que je n'avais rien à faire de leur fortune. La mésaventure de la fille aînée avait fait comprendre à la mère le sort des filles riches, mais laides et pas très intelligentes. C'est pourquoi elle abondait continuellement le compte de Bich Dao, espérant que l'argent compenserait ses faiblesses. Grâce à cette manne, Bich Dao continua ses activités. Ayant échoué dans la mode, elle se lança dans la vente de terrains. Elle démarra des plantations de thé et de café, investit dans les marchés couverts et les programmes immobiliers. Je ne me rappelle plus les multiples affaires, ventes et achats qu'elle a gérés mais, en tant qu'«époux», je devais être présent à chaque signature de contrat. Je ne me suis jamais intéressé à tous ces papiers, qui sont rangés dans un coffre de sa chambre. Cependant, je dois reconnaître que, grâce à ces activités qui lui prenaient énormément de temps, elle n'avait plus le loisir de me torturer ni d'empoisonner la vie de son fils. Pourtant, ses affaires ne comblaient pas le vide de sa vie d'hystérique. Parfois, prise de pulsions sexuelles, elle se remémorait Vung Tau : «Il me faut une lune de miel, il me faut un deuxième Vung Tau, c'est mon droit d'épouse.» Dans ces moments-là, elle arrivait sans crier gare chez ma grand-mère, qu'il fasse jour ou nuit, et frappait à la porte d'entrée : «Tiên Lai ! Mon mari est-il ici ? Où es-tu, Tiên Lai ? Tu m'entends ?» Chaque fois, on la faisait entrer et je venais honteusement la voir dans le salon pour mettre fin au scandale.

«As-tu oublié que tu es mon mari, mon mari officiel, sur le papier ? Et moi, je suis là, je ne suis pas partie avec un autre homme comme toutes ces pauvres filles. Je viens réclamer mon droit légitime, mon droit conjugal. Tu entends ?»

Plus elle parlait et plus sa voix montait, plus ses yeux se révulsaient, tels des yeux de louve, son corps tremblait d'excitation. Les employés de maison étaient sortis de la pièce, mais j'étais sûr qu'ils entendaient tout. À l'étage, ma grand-mère et mes oncles s'étaient enfermés dans leur chambre. Leur cœur devait battre comme un tambour en folie, par peur du ridicule. Il est dur de devenir la risée des autres, même quand on n'a rien commis de honteux. La peur de l'opprobre est énorme chez les gens honnêtes, elle les fait toujours reculer devant les voyous.

C'est cette peur qui, un jour, me força à rentrer avec la folle. À l'époque, je n'avais pas de voiture et je fis appeler un taxi : «Calme-toi, lui dis-je, calme-toi immédiatement, sinon je fiche le camp de Dalat et ne reviendrai plus jamais.» Quand le taxi arriva, nous partîmes. La maison était silencieuse comme une tombe abandonnée. Je savais que madame Bat et ma mère s'étaient enfermées dans leur chambre dès le début de la crise. Madame Bat s'était sûrement retirée avec Daniel. Je montai à l'étage en pensant :

«Je vais la tuer. Pourquoi ma vie est-elle devenue aussi horrible ? Pourquoi ai-je conclu un contrat avec une folle ? Une folle qui, de plus, est un laideron ?» Mais une autre pensée vint chasser cette envie démente : «Je ne peux pas devenir un assassin, ma famille ne cultive pas le germe de cette violence. Je n'ai pas envie de finir ma vie en prison ni de briser le cœur de ma mère et de ma grand-mère qui m'aiment, me protègent et me gâtent. Ce serait de l'ingratitude, de l'inconscience. Ce serait de la cruauté.»

Profitant de mon désarroi, Bich Dao me déshabillait et m'entraînait dans l'accouplement avec l'énergie d'une bombe. Je ne sais plus au juste ce qu'elle balbutiait, mais c'était autour du thème : «Nous aurons des enfants, plein d'enfants. Tu devras m'aimer, comme tous les maris aiment leurs femmes. Nous vivrons heureux. Si, jeune, tu me délaisses, vieux, tu te passionneras pour moi, tu ne pourras plus te passer de moi. Que tu le veuilles ou non, le destin nous a réunis et les enfants seront un second lien entre nous. Aime-moi tout de suite, sinon tu le regretteras plus tard. » Elle parlait sans discontinuer, me léchait la poitrine, le ventre, m'embrassait, me mordait comme une chienne, me griffait jusqu'au sang, puis s'écroula une fois satisfaite, telle une feuille de bananier flétrie par le soleil. J'enjambai son corps pour aller dans la salle de bains. Elle se redressa, attrapa ma cuisse :

« Non, ce n'est pas fini, tu n'as pas payé ta dette encore. Combien de nuits ai-je dû, seule, étreindre mon oreiller ? As-tu compté combien de temps je t'ai attendu pendant que tu massais les cuisses de cette vieille ? »

Un froid glacial me saisit à l'idée que ma mère ait pu entendre cette folle. « Elle a tant souffert, elle a été tellement humiliée, et maintenant c'est le tour de ma grand-mère, pensai-je. Je suis cause de tous les malheurs de la famille. Si quelqu'un peut me pardonner, moi, je ne pourrai jamais. »

J'attrapai Bich Dao par les cheveux : « Tais-toi immédiatement ! Sinon je te tue ! »

Elle se releva, courut à la cuisine et en revint un couteau à la main, en s'esclaffant : « Bien ! J'attendais ce moment depuis longtemps ! Tue-moi donc ! »

Elle avait posé le couteau sur sa gorge. Je le lui arrachai des mains, en me maudissant tout bas : « Tu n'es qu'un imbécile ! Il n'y a que les imbéciles qui excitent les fous. Même un être normal reproduit les mêmes erreurs, alors une psychopathe ? On dit que l'histoire ne se répète pas, mais en fait sa mémoire est inflexible. Mon sort est donc celui d'un condamné à vie. Mon destin, celui d'un chien galeux. Comment m'en sortir ? »

J'éclatai en pleurs, et Bich Dao, voyant cela, crut que ses propos m'avaient touché. Elle reprit son calme : « Enfin ! Je sais qu'en fin de compte tu m'aimeras. Tu n'es pas de bois, tu es mon époux, le père de Daniel Dinh et de ses frères et sœurs à venir. » À son tour elle m'arracha le couteau des mains, le jeta dans un coin et m'attira à terre pour que nous refassions l'amour.

Je dus rester six semaines dans cet appartement, le temps de la remettre enceinte. Lorsqu'elle commença à avoir des nausées et n'eut plus la force de me crier dessus, je repartis chez ma grand-mère.

« Grand-mère, je suis tombé dans le piège d'une folle. Je ne veux pas que vous soyez mêlés, toi et mes oncles, à mes turpitudes. Le mieux est que je m'achète un appartement.

— Où que tu ailles, elle te retrouvera toujours, avec ses hurlements et ses exigences. On ne peut pas discuter avec une démente. Il te faut choisir une maison isolée en banlieue et avertir à la fois les voisins et les autorités locales. C'est souvent la surprise qui rend les gens curieux. S'ils sont au courant, ils prêteront moins attention aux désordres de leur voisinage. »

Elle était clairvoyante. J'achetai une villa dans un quartier résidentiel. Chacune était entourée d'un grand jardin et de murs d'enceinte, un petit îlot isolé. Après avoir repeint les murs et acheté des meubles, j'allai expliquer aux autorités locales et aux voisins que je m'installais là pour fuir une épouse atteinte de délire. Ils me demandèrent pourquoi elle n'était pas internée. Je leur répondis que sa maladie n'était pas si grave et qu'elle ne tourmentait que les gens de sa famille, jamais les étrangers. Elle ne s'en prendrait qu'à moi seul, les rassurai-je. Puis j'emménageai et m'achetai une voiture, car ma nouvelle demeure était assez éloignée de mon salon. Ma vie redevint stable. Au bal, je fis la rencontre d'un assez beau jeune homme. Souvent, je le ramenais discrètement chez moi. Grâce à ces moments passés avec mon amoureux, il me semblait revivre. Dans le quartier, nous nous fréquentions peu entre voisins. Les demeures étaient assez éloignées les unes des autres, chacun avait sa voiture, le mode de vie était plutôt occidental. Et Bich Dao, je te l'ai dit, était enceinte. Elle venait quelquefois au salon nous rappeler que «madame Tiên Lai allait bientôt avoir un autre bébé». Elle m'obligea également à passer à sa boutique pour me présenter à ses employés. Je remplissais mon rôle d'époux pour la contenter. Si elle se satisfaisait de ce nouvel enfant, de mon côté je pourrais discrètement goûter des moments heureux. Le jour de son accouchement, j'étais à Saigon pour acheter du matériel pour le salon.

À mon retour, ma grand-mère m'annonça :

«C'est un garçon. Bich Dao se dit déçue, elle espérait une fille, car une fille a toujours une relation affective forte avec son père : au moins tu l'aimerais, et cela t'aiderait à t'éloigner enfin de ta mère. C'est pourquoi elle a décidé d'avoir un autre enfant de toi.

— Comment le sais-tu ?

— Par les infirmières, me répondit ma grand-mère. Comme tu n'étais pas là, je suis allée lui rendre visite pour voir le bébé.

— C'était vraiment absurde, indécent, de parler ainsi devant des femmes qu'elle ne connaissait pas. Il y a des fous intelligents et des fous imbéciles. Elle fait clairement partie de la deuxième catégorie. Cette fois c'en est trop, je ne mettrai plus les pieds dans sa chambre. »

Et j'ajoutai : « Au fond je la plains, mais c'est elle qui fait son propre malheur. Plusieurs fois je lui ai déjà dit : Cherche-toi un autre homme qui t'aimera vraiment, qui te désirera, toi, ou au moins ta fortune. Tu prendras du bon temps. De moi, tu n'obtiendras jamais ni amour, ni désir : je n'ai pas besoin de toi ni de ton argent. Quitte-moi pour trouver ce bonheur. Je t'aiderai. Je le lui ai dit sincèrement, avec toute ma conviction. Mais elle ne veut rien entendre. Elle considère qu'étant mon épouse, elle ne peut s'abaisser à prendre un homme moins beau, moins fortuné et plus ordinaire. Elle s'est mise dans une impasse. Les tunnels, chacun en traverse dans sa vie. Mais les impasses, on n'en sort pas. »

Ma grand-mère observa le silence pendant un moment avant de se lisser les cheveux :

« Mon père me disait : "Il ne faut jamais se décourager car, si haute que soit la montagne, il existe toujours un chemin pour y grimper. L'essentiel, c'est d'avoir la patience de le chercher." Je ne saurais dire mieux. J'ai plus de quatre-vingts ans, le chemin devant moi n'est plus très long, tout ce que je souhaite, c'est que tu accèdes un jour au bonheur. Tous tes cousins et cousines partis à l'étranger ont réussi leur vie, fondé une belle famille. Tu restes mon unique tourment. »

Je la serrai dans mes bras : « Tu es mon guide clairvoyant, l'ombre fraîche qui me protège. Même si un jour tu pars, cette vérité ne changera pas. »

Elle pleurait. C'était la première fois que je la voyais pleurer. Ses larmes coulaient le long de ses rides profondes. Je mesurais combien ses yeux étaient déjà opaques, fatigués. Elle ressemblait soudain à toutes ces pauvres vieilles qui souffrent de leur grand âge et dont les poètes comparent les larmes à la rosée. Depuis mon enfance, j'avais d'elle une tout autre image : celle d'une maîtresse femme qui, d'une voix de stentor, donnait des ordres à toute la famille. Elle avait un rire éclatant, sans âge. Elle se moquait de ses fils et de ses brus lorsqu'ils faisaient des bêtises. Elle donnait des leçons aux vendeurs de la bijouterie, des conseils aux enfants qui quittaient la maison. Mes cousins et cousines rangeaient ses recommandations dans leurs valises comme des fidèles leurs promesses faites à Dieu. Ils l'aimaient et, en même temps, la craignaient car, plus que leurs parents, c'était elle qui représentait l'autorité et les avait nourris jusqu'à l'âge adulte. Nous l'avions tous vue rire. Pleurer, jamais. Sauf moi. Par mon triste sort, j'avais donc tiré des larmes à cette femme d'acier qui n'avait jamais fléchi devant les aléas de la vie ? J'étais pétrifié. Une tendresse infinie m'étreignait la gorge, mêlée de fierté : « Ne t'en fais pas, grand-mère ! Je suis ton petit-fils. J'ai dans mes gènes la capacité de me sortir du pétrin et de retrouver la joie. »

— Tu as de la chance, coupa Thanh. Je n'ai pas eu de grands-parents. Ma grand-mère est décédée juste après avoir mis ma mère au monde. Mon grand-père s'était remarié mais il est mort quand ma mère avait six ans. Sa deuxième femme n'avait que trente ans, elle était très belle et chantait à merveille. Elle portait un nom très romantique : Kiêu Chinh. Dix ans après le décès de mon grand-père, elle s'est pendue. Je ne la connais que par les photos.

— Et du côté de ton père ?

— Mon grand-père paternel est lui aussi mort tôt. Je n'ai vu ma grand-mère qu'une seule fois, à onze ans. Mais il aurait sans doute mieux valu que je ne la rencontre pas.

— Pourquoi, elle t'a déçu ? demanda timidement Tiên Lai.

— Pire : je n'avais aucune sympathie pour elle. Je n'ai pas osé le dire mais je trouvais qu'elle ressemblait à une sorcière, par le caractère comme par l'aspect. En définitive, celui que j'aimais le plus était mon grand-père maternel, le professeur Quê. Il revient souvent dans mes rêves ou lorsque j'ai des soucis. Je ne sais pourquoi, je me sens des affinités avec ce fantôme-là.

Il éclata d'un rire qui gagna Tiên Lai. Le brouhaha du mariage devenait plus audible, car la pluie avait cessé et la ville était devenue silencieuse.

Dalat s'endort tôt, dès la tombée du soir. De jour, des foules rêvent tout éveillées dans ses rues baignées de soleil. La nuit, on y dort d'un sommeil tourmenté, les yeux s'ouvrent grand pour fouiller le passé ou scruter le futur. L'homme y oscille entre deux rives, les rêveries de midi et les soupirs de minuit.

En proie à ces pensées vagabondes, Thanh tourna
ses regards vers la fenêtre : dehors, les arbres étaient
immobiles dans un silence imbibé de pluie, plongés
dans une nuit noire et veloutée. Quelques rais de
lumière zébraient les feuillages sombres. Pas un seul
pépiement d'oiseau. La pluie les avait chassés.

*Est-ce que ma mère a rénové le pigeonnier ? Avant
mon départ, le menuisier qui était venu changer la
planche du bas l'avait prévenue qu'il faudrait bientôt
refaire les douze niches et les prévoir plus grandes, avec
des orifices plus larges.*

Cette pensée l'attrista. Trois ans déjà depuis ce jour
où il avait pris le train pour fuir Lan Giang. La gare
avait-elle toujours ses vieux murs délabrés ? La pluie
qui s'abattait à Lan Giang sur les pamplemoussiers
était plus violente qu'ici sur les hauts plateaux. Il songea à un refrain que chantonnait maître Thy quand il
était seul dans le verger :

« La pluie d'automne tombe devant la véranda… »

— Mon garçon, tes yeux sont bien pensifs ! Ce ne
sont pas les yeux d'un jeune de dix-neuf ans.

— Ai-je précocement vieilli ? Oui ! Depuis quelques
années déjà, je suis atteint d'un mal de vieux, la nostalgie. À l'instant, je me souvenais d'un chant parlant
de la pluie d'automne. Mais revenons à ton récit.
Comment ta femme a-t-elle détruit ta relation amoureuse ? Car elle devait bien en être jalouse ?

— Elle l'a détruite par les moyens les plus brutaux,
comme seules les pires garces peuvent le faire. Elle
avait loué les services d'une bande de voyous. Ils ont

fait irruption au dancing, munis de bouteilles d'acide pour intimider le propriétaire, et avec l'intention d'attaquer mon amant. Or la femme du propriétaire était en contact avec la police locale et il y avait toujours des policiers en civil sur place. Ils ont sorti leurs armes quand ça a commencé et les choses se sont envenimées : un des voyous a brûlé un policier au bras avec de l'acide. Ce n'était plus une simple rixe : tout le monde a été arrêté, et le policier blessé transporté aux urgences. Mon danseur, qui avait échappé de peu au drame, a pris ses jambes à son cou pour filer à Saigon. Je ne l'ai plus jamais revu. Pas un mot, pas un soupir, rien. À l'époque, quand un homo se faisait démasquer, il devait changer d'endroit. Personne ne le frappait, mais on le regardait bizarrement comme si le mot « pédé » était écrit sur son front en lettres de feu. Moi, je n'ai pas fui, car ma position sociale me permettait de vivre en sécurité ici. D'abord, ma famille était établie depuis longtemps à Dalat. Elle alimentait abondamment les fonds publics, et ma grand-mère était très respectée. Ma mère, quant à elle, avait une réputation de quasi-sainte car elle ne travaillait que pour des œuvres charitables et aidait les établissements religieux, catholiques ou protestants. De plus, mon salon de coiffure était maintenant connu dans toute la ville. C'était l'endroit où tous soignaient leur apparence, depuis le haut fonctionnaire municipal jusqu'aux employés, en passant par la patronne de magasin et, malgré les préjugés, chacun me témoignait une certaine déférence. Les prévisions de ma grand-mère se vérifiaient en tous points : la beauté devenait l'obsession des citadins.

Ma profession m'assurait une vie agréable, pour ne pas dire très aisée. Quant à Bich Dao, le fait de devoir partager sa cellule avec des voleurs et des prostituées l'avait calmée. Je n'allai pas la voir, mais ma mère lui rendit souvent visite pour lui apporter des affaires personnelles, des cadeaux. Puis l'oncle de Bich Dao, un officier supérieur, fit la navette entre Saigon et Dalat, armé de son chéquier. L'argent fit miracle : de sept ans d'emprisonnement, la peine de Bich Dao fut réduite à un an dont huit mois avec sursis, alors que les deux voyous, eux, avaient été condamnés à neuf ans. Le policier blessé reçut une indemnisation dont le montant lui permettrait de se faire construire une maison à trois étages, une aubaine pour ce petit fonctionnaire. Le propriétaire du dancing, lui aussi, fut dédommagé. L'oncle était personnellement venu tirer sa nièce de prison. Bich Dao rentra chez elle les yeux bouffis par quatre mois de nourriture carcérale. Mais, dans cette affaire, c'était moi le grand gagnant. J'avais perdu un amant mais j'avais recouvré ma liberté. Le jour de la libération de Bich Dao, ma mère m'enjoignit de venir parler avec l'oncle de ma femme, qui représentait sa famille. C'était certes un homme rusé et affairiste, mais intelligent. Il connaissait la vraie nature de ses nièces. Les drames familiaux à répétition avaient entamé l'orgueil de la famille et lui avaient appris la crainte. D'ailleurs, ce fut lui qui engagea le dialogue :

« Ma nièce est responsable des derniers événements. Au nom de ma famille, je vous adresse des excuses. Maintenant que vous êtes père, vous le savez : chacun voudrait que ses enfants soient des gens bien, qu'ils réussissent leurs études et plus tard construisent une famille harmonieuse. Tous les parents ont honte quand le scandale éclate dans leur maison. Mes frères et sœurs n'ont d'autre souhait que le bonheur de leurs enfants. Mais sans doute que la chance ne leur a pas été favorable, car souvent la réalité ne correspond pas aux vœux de chacun.

— Vous avez parfaitement raison, lui répondis-je. Personne n'est fier quand un scandale éclabousse sa famille. Plus les gens ont de l'éducation, plus ils craignent l'ignominie. C'est leur dignité qui les fait capituler devant les canailles ou les fous. Mais aussi leur faiblesse. Bich Dao a pu m'épouser en exploitant ce point faible chez moi. Elle n'a aucune notion de la honte ou de l'ignominie, elle ne vit que pour satisfaire ses désirs personnels et ses pulsions charnelles. Elle pourrait très bien se mettre nue devant une foule. Elle m'a piégé dans ce mariage en jouant sur ma crainte des ragots et en recourant à toutes les ruses de l'érotomane. Mais tout a ses limites. La peur a fini par disparaître en moi, ou plutôt par se tarir. Avant, chaque fois qu'elle venait hurler chez ma grand-mère, j'allais la retrouver pour nous éviter la honte. À partir d'aujourd'hui, si elle recommence, je la ferai chasser comme on chasse une folle sortie de l'asile. Je n'ai plus peur. Désormais, je vivrai ma vie, vie dans laquelle Bich Dao n'a aucune place. »

Et elle de s'écrier : « Je suis ta femme, la mère de Daniel Dinh et de son frère !

— Ces deux-là sont tes enfants, à toi. Tu peux les emmener avec toi si tu veux vivre ailleurs, à Saigon par exemple. Je te promets de ne jamais vous déranger, toi et eux. Je déclare aussi que je ne les rechercherai pas si eux n'en éprouvent pas le désir. Bref, je deviens un fantôme du passé pour vous laisser vivre librement votre vie à trois. C'est la meilleure solution pour nous tous. En revanche, si tu souhaites rester sous ce toit, n'oublie pas que la situation a changé. Désormais plus personne ne craindra la honte causée par une démente. Car, d'expérience, je sais que reculer devant une folle équivaut à un suicide, parce qu'on essaie toujours de faire des concessions. Les voyous et les fous croient qu'ils peuvent nous soumettre. Je ne tiendrai plus aucun compte de l'honneur familial. Malgré tous mes vœux, cela s'est avéré totalement inefficace. Il faut au contraire s'armer de lucidité et de courage pour désigner les vils devant tout le monde : voici une personne aliénée, fuyez-la comme la peste. Même si elle vit sous le même toit que nous, elle n'est pas des nôtres. »

L'oncle de Bich Dao avait blêmi. Ma mère regardait par terre. Je continuai à décharger tout le fiel accumulé depuis si longtemps sur ce représentant de sa famille :

« Savez-vous ce que votre nièce, la belle Bich Dao, a dit à la naissance de son premier fils ? Elle a déclaré qu'elle lui enseignerait la haine de ma famille. À la naissance du deuxième, elle était si déçue qu'elle a juré de donner naissance par tous les moyens à une fille pour que cette dernière accapare l'amour de son père envers sa grand-mère, c'est-à-dire ma mère. Avez-vous déjà connu une femme comme elle ? »

Je vis un éclair de colère passer dans les yeux de l'officier lorsqu'il regarda sa nièce. Certes il connaissait bien le caractère difficile et rebelle de Bich Dao, mais il n'imaginait pas des actes aussi absurdes. Son visage devint rouge, puis violacé, comme s'il vacillait sous l'humiliation et s'enfonçait dans des sables mouvants. Enfin je conclus :

« Tout se termine ici. Si Bich Dao souhaite le divorce, ce sera une bonne solution pour les deux parties. Si elle continue à vouloir être l'épouse de Tiên Lai, je le supporterai en silence, mais ce ne sera qu'une comédie. Après tout ce qui s'est passé, il ne reste entre nous que du mépris, pour ne pas utiliser un terme plus fort. »

Je partis, laissant à ma mère le soin de régler l'affaire avec ce lieutenant-colonel. Elle a toujours été là pour supporter les malheurs de ma vie.

— Qu'a fait Bich Dao ? Elle est restée ou elle est partie ?

— Elle pouvait évidemment s'acheter des dizaines de maisons, mais elle a préféré rester pour continuer à être la femme de Tiên Lai. L'être humain se rend malheureux par amour-propre. Elle a été victime de son ego. L'aîné, Daniel Dinh, n'a pas supporté la guerre affective que menait sa mère contre ma grand-mère. Dès la fin du lycée, il a intégré l'école militaire pour partir en internat. La relation de Bich Dao avec son deuxième fils a été tourmentée aussi. Parfois elle lui criait : « Tu aurais dû être une fille. J'attendais une fille, pas un garçon ! » Le petit collait à ma mère. Après son décès, il se rendait autant qu'il pouvait au salon de coiffure pour jouer avec moi et les employés. Madame Bat m'avait rejoint à la villa et Bich Dao a dû embaucher d'autres employés de maison. Bref, elle n'a pas eu beaucoup de chance à Dalat. Abandonnée par son oncle, elle a perdu un peu de son extravagance et a plongé dans une mélancolie chronique. Elle ne parlait plus, vieillissait à vue d'œil. En l'espace d'une année, tous ses cheveux ont blanchi et elle a dû se teindre. Les muscles de son visage se sont relâchés et elle fait vingt ans de plus que son âge. Pourtant elle tenait à rester à Dalat. Je me suis plusieurs fois posé la question : pourquoi ? Avec sa fortune, elle aurait pu monter à Saigon une grande boutique ayant pignon sur rue. En définitive, je pense qu'elle voulait prouver qu'elle avait réussi, qu'elle était devenue ma femme, avait eu des enfants avec moi, bref qu'elle avait réussi à s'emparer de cette part de gâteau convoitée par tant de femmes.

7

Le soleil de Saigon

Après trois nuits passées à l'hôtel, Thanh retourna à son appartement de banlieue. Du premier étage, la propriétaire l'aperçut et descendit l'accueillir :

— Sans toi la maison était devenue tellement déserte !

— Vous m'avez manqué aussi, répondit Thanh. Mais j'avais du travail en ville ces derniers jours.

— Les lumières de la ville sont toujours plus brillantes que celles de la banlieue, dit la vieille dame d'un air taquin. Viens à l'étage, on se fait un thé.

Encore du thé noir au lait, avec des langues de chat saupoudrées de sucre. Quel accueil chaleureux !

Au salon, Thanh s'installa confortablement sur le canapé.

— C'est étrange ! J'éprouve toujours l'impression de rentrer chez moi quand je viens vous voir. À une différence près : votre verger n'a pas de pamplemoussiers.

— Il y en a beaucoup dans ton verger ?

— En réalité, il y a toutes sortes d'arbres. Des jaquiers, des longaniers, des pommiers-cannelle, même des orchidées et des chlorantus. Mais surtout des pamplemoussiers !

Thanh aida la vieille dame à poser son plateau. Le parfum du thé noir mélangé au lait concentré s'éleva dans l'air.

Comme celui des fleurs de pamplemoussier dans la maison de Lan Giang... Le thé noir au lait est la marque de cette demeure. On le sent partout !

Une autre pensée suivit :

Et le hameau des Eucalyptus ? Bien sûr, la sève des arbres a des effluves étourdissants, enivrants, surtout quand le vent souffle. Mais il s'y mêlait des odeurs autrement âcres, sueur ou crottin de cheval, paille fatiguée des auges, mélasse, bouse fermentée. Et aussi la puanteur émanant des lésions sur la tête des petits Matisse vietnamiens.

Son esprit s'assombrit.

Pourquoi repenser à ces senteurs écœurantes ? Je n'ai pourtant jamais collé mon nez aux chiffons imbibés de bleu de méthylène dont elles s'enturbannaient la tête. C'est pure imagination de ma part. Mais je me rappelle aussi Petit Canh et le hameau des Eucalyptus. La mémoire est un cheval sauvage, elle vagabonde à son gré.

La propriétaire ouvrit une boîte décorée de jeunes danseuses se tenant par la main.

— C'est ma nièce qui a fait ces gâteaux.

— Merci ! Oh, ils sentent trop bon ! Il y a de la vanille et beaucoup d'œufs.

— La petite est très habile. Elle arrive à reproduire tous les gâteaux qu'on trouve dans les pâtisseries.

— Elle deviendra une pâtissière de renom !

— Elle m'a dit t'avoir aperçu sur le court de tennis, dit la vieille dame, un peu curieuse.

— Oui, je ramasse les balles pour les joueurs. Je dois y travailler encore quelques mois pour pouvoir obtenir un permis de travail et une carte d'identité. Après, je pourrai être enfin libre.

— Libre ?

— Oui. Je pourrai aller où je veux, faire le métier que je désire. Le métier de ramasseur de balles ne nourrit pas son homme. Depuis que je suis là, j'ai déjà bien entamé mon pécule.

— Ma nièce se demandait comment tu pouvais vivre avec le salaire du Comité, tout juste suffisant pour deux maigres repas quotidiens, sans compter le loyer et les à-côtés, dit la propriétaire en riant.

— Votre nièce est une vraie détective, répondit Thanh en riant aussi. Trois années de labeur pour ce salaire de misère, c'est le prix à payer pour obtenir mes papiers.

— Eh oui ! soupira la vieille dame. Telles les rivières, les vies humaines ont leurs basses eaux, mon petit. Tout n'est pas rose en ce monde.

— Merci, madame. Mais ce travail ingrat va bientôt prendre fin. Plus que quelques mois à supporter !

— Je t'offrirai un grand festin ce jour-là ! Ce sera autre chose que des petits gâteaux et du thé comme aujourd'hui !

— Merci ! Rien que d'y penser, j'en suis déjà heureux. Vous êtes si généreuse ! C'est une bénédiction pour un jeune vagabond comme moi !

Après le thé, Thanh salua la propriétaire et descendit. Son absence n'avait duré que trois jours, pourtant tout semblait changé dans la cour. Il pénétra dans l'appartement. La porte n'était pas verrouillée, Phu Vuong devait être rentré. Pourtant la chambre était plongée dans le noir. Thanh fit le tour pour allumer toutes les lampes. Phu Vuong était recroquevillé sur le divan et pleurait en silence. Thanh voyait ses larmes scintiller sur son visage.

Ainsi tu sais quand même pleurer ? Depuis que je te connais, je ne t'ai vu que ricaner ou te moquer des autres. Ce vieux dément de Hoang est d'un orgueil sans limites, il considère les gens comme de la merde, et le fils est la reproduction exacte du père. Le genre d'individu qui mange les légumes des voisins tout en les insultant. Y a-t-il une différence entre vous deux ? Ton père pleure dans ses crises de poésie, et toi ? Tu pleures de faim ?

Il pénétra dans la cuisine. L'armoire était vide. Ni pâtes, ni vermicelles, ni riz. Plus rien.

Effectivement, il y a longtemps que je mange à l'hôtel ! Cette cuisine n'a plus servi depuis plusieurs mois !

Il ressortit vite faire quelques courses chez l'épicier le plus proche. Il y trouva les pâtes et vermicelles habituels, mais pour les légumes, il n'y avait que des tomates et des aubergines salées. À défaut de viande fraîche, il acheta des œufs, des saucisses, du pemmican de crevettes et des cacahuètes. Subitement lui vint l'envie de boire, il prit aussi quelques bières et un sachet de seiches grillées.

Je ne vais pas boire de vin sans fromage, mais de la bière pour accompagner la seiche grillée, à la vietnamienne. Cela me permettra de penser à Tiên Lai et de me sentir vraiment homme, à ma façon.

Une fois rentré, il rangea les victuailles et se mit à la tâche.

Je me suis habitué à la cuisine gastronomique d'un hôtel quatre étoiles. On va voir si la cuisine populaire est encore assez bonne pour moi.

Il réchauffa les saucisses à la vapeur, prépara une omelette frite à la ciboulette et une soupe aigre-douce de tomates et d'œufs brouillés. Les senteurs appétissantes envahirent rapidement la cuisine, ce qui le rendit joyeux. Le bariolage des mets disposés sur la table mettait dans la pièce quelque chose de chaleureux et de familial : le velouté doré de l'omelette, le pourpre de la saucisse et le carmin de la tomate, à côté du jaune terreux des aubergines salées arrosées de sauce de soja.

C'est pas mal ! On peut être content de soi si on le veut ! Au final, c'est nous qui décidons de notre état d'esprit !

Il s'attabla devant l'assiette de seiche grillée et une bouteille de bière. La vaisselle blanche et la mousse de la bière scintillaient à la lumière de la lampe. Cette mousse épaisse semblait constituée d'une multitude de minuscules billes de verre et Thanh ressentit un pincement au cœur.

Phu Vuong a sûrement faim mais, par amour-propre, il ne vient pas. Je vais surmonter ma propre fierté et l'appeler. On ne gagne rien à ce jeu du chat et de la souris.

Il alla au salon :

— J'ai fait la cuisine. Tu viens, ou tu attends que je te porte sur mon dos ?

Phu Vuong se leva et le suivit immédiatement, comme s'il n'attendait que cette invitation. À peine assis, il commença à se goinfrer et, après trois bols de riz, attrapa une bouteille de bière pour boire au goulot.

Je lui ai pourtant donné un verre. Ce sont vraiment des manières de vagabond habitué à dormir dans les égouts. Tant pis si le sort m'a imposé un tel compagnon. C'est une période à passer. Quand j'aurai mes papiers, cela changera.

Il but une gorgée de bière fraîche. Le goût se mariait bien avec celui de la seiche grillée, même si elle n'avait pas la forte odeur du fromage.

Les bons produits sentent souvent fort, me disait Tiên Lai. Est-ce que, de la même façon, les vies intéressantes sont battues par les tempêtes ?

Les images et les personnages d'*Autant en emporte le vent* défilèrent dans sa tête, il en vint à oublier la présence de son compagnon. Le repas se passa en silence.

— Je vais faire la vaisselle, proposa ensuite Phu Vuong.

Surpris, Thanh posa les yeux sur son visage renfrogné :

— Quel honneur ! s'exclama-t-il. Et il se leva de table pour passer au salon.

Depuis que nous vivons ensemble, c'est bien la première fois qu'il propose de faire la vaisselle ! Décidément, je ne comprends pas les hommes. C'est peut-être que mon univers se borne à trois familles : la mienne, celle de Cuong et celle de Petit Canh. Mais il en existe des milliers d'autres, sorties de moules totalement différents. Une fois sortis de leurs moules, les individus ne changent pas, même avec le temps. C'est la vérité vraie, qui balaie toujours les rêves réformistes des hommes !

Les bruits de vaisselle se turent dans la cuisine et, déjà, Phu Vuong réapparut. Thanh alla vérifier le travail de son compagnon : les couverts et les assiettes étaient encore maculés de savon.

— Tu n'as pas rincé ?

— Si, mais il reste de la mousse.

— S'il reste de la mousse, il faut rincer à l'eau chaude.

— Je me serais brûlé avec l'eau chaude, rétorqua Phu Vuong. C'est ça que tu veux, que je me brûle les mains ?

— Il fallait mettre des gants ! Tu n'as pas vu les gants de caoutchouc ? En fait, tu n'as aucune patience pour travailler correctement. Tu es poète peut-être ?

— Je n'en ai rien à foutre, des poèmes. Je chie sur les poèmes. Je préfère m'occuper à des choses plus prestigieuses.

Sans dire mot, Thanh plongea les assiettes dans l'évier pour les relaver. Le bruit de l'eau lui rappelait le bouillonnement dans les rues lors des averses de printemps. La saison des pluies à Lan Giang avait le charme sauvage d'une nature indomptée et en furie. Des torrents d'une blancheur éclatante charriaient des fleurs de flamboyants tombées sur les trottoirs, les vergers se tordaient sous la tempête et la pluie, les grondements sourds et répétés du tonnerre se mêlaient aux pépiements des oiseaux dans les frondaisons trempées. Après, Thanh sortait souvent dans le verger pour observer les oiseaux sauvages et les pigeons devant leurs boulins. D'un côté, c'étaient des nids de paille coincés entre les branches, de l'autre, des compartiments bien alignés, aux entrées bien rondes. Le colombier était en bois peint de couleurs douces, les boulins y étaient comme de minuscules maisons chaleureuses et protectrices. À l'époque, trop petit, il n'avait pas su faire l'analogie.

Suis-je moi-même une sorte d'oiseau de colombier et Phu Vuong, un oiseau sauvage ? Pourtant les oiseaux sauvages sont très courageux ! Pour survivre, ils se transforment en ouvriers patients et besogneux, ramassant brin à brin l'herbe sèche pour confectionner leurs nids, des nids minuscules qui doivent être assez solides pour braver le temps et protéger leurs petits du vent d'hiver et des orages torrentiels de la saison des pluies. Rien à voir avec la cabane de Hoang le Dément. Phu Vuong, quant à lui, ne peut être comparé à ces oiseaux sauvages. Il n'en a ni les qualités, ni le courage. Qu'est-il alors ? Le simple croisement entre une institutrice aux yeux abîmés, voûtée à force de se pencher sur sa machine à coudre, et ce poète dément qui est soûl à longueur de journée ? Je ne comprends pas. Je suis parti, j'ai durablement lié mon destin à quelqu'un que je ne connaissais pas vraiment, dont la personnalité m'échappait.

Après avoir refait la vaisselle, Thanh regagna sa chambre pour s'exercer sur les perruques. Depuis quelques jours, accaparé par les conversations avec Tiên Lai, il n'y avait plus pensé. Les recommandations de la grand-mère de Tiên Lai l'avaient marqué profondément, et lui avaient donné la certitude qu'il faisait le bon choix.

Mon métier servira directement le désir qu'ont les gens d'être beaux. C'est un désir éternel. Tiên Lai a eu la chance d'être guidé par quelqu'un de clairvoyant. Et moi, j'ai eu la chance de le connaître.

Sur ces entrefaites, Phu Vuong entra, son oreiller dans les bras :

— Ce soir, je dors ici.

Thanh comprit que son compagnon voulait faire l'amour. Depuis qu'il l'avait chassé de sa chambre, ils ne s'étaient plus touchés.

— Tu ne vois pas que je suis occupé ?

— Je ne suis pas aveugle. Mais tu ne vas pas jouer des ciseaux toute la nuit. Laisse-moi réchauffer ton lit. Tu viendras me rejoindre quand tu auras fini.

— À vrai dire, je n'ai pas envie.

— Ne refuse pas. Ce soir on échange les rôles, dit Phu Vuong, esquissant un sourire entendu.

Thanh suspendit son geste. Le sourire de Phu Vuong et sa mimique de rat le rendaient fou de colère.

C'est quoi, ce sourire ? Il veut faire la paix ou il veut m'amadouer ? C'est un sourire contractuel ou un sourire de soumission ?

Depuis les débuts jusqu'à leur dernière étreinte, Phu Vuong avait toujours tenu le rôle actif. Après leur arrivée ici, Thanh avait suggéré plusieurs fois de changer, mais Phu Vuong avait toujours éludé :

— Ne sois pas si compliqué ! On est bien ainsi.

— Pourquoi pas ?

— On a mieux à faire que d'échanger les rôles.

— J'ai envie d'essayer d'autres positions !

À chaque tentative de sa part, Phu Vuong avait détourné la conversation. Une fois, face à son insistance, il avait avoué tout de go :

— Le destin a voulu que je sois sur ton dos. Dans la Grèce antique, les nobles ont toujours été sur le dos des esclaves. C'était inscrit dans la tradition et dans les lois.

— Alors, je dois être l'esclave et toi le maître ? avait-il demandé, surpris et indigné.

— N'en fais pas toute une histoire ! avait répondu Phu Vuong en riant. Je plaisantais ! Disons que j'aime bien être derrière.

Thanh avait ensuite oublié l'incident. Il s'était dit qu'ils étaient jeunes, qu'ils s'aimaient, et que cela ne valait pas la peine de se disputer. En outre, dans leur situation difficile, ils devaient surtout s'entraider. Aujourd'hui la proposition de Phu Vuong était la preuve qu'il avait bien une idée derrière la tête. Ce n'était ni le fruit du hasard, ni une plaisanterie. Il se souvint d'une parole de Hoang le Dément, rapportée par monsieur Rô :

« Même riche à en péter des pièces d'or, un voyant n'est qu'un voyant. Un poète, même s'il doit brouter l'herbe pour survivre, reste un poète. »

Le fils était donc la copie conforme du père : il restait toujours aussi prétentieux, malgré les démentis de la vie. Cette prétention, chez eux, était soit une maladie génétique, soit un comportement délibéré dont ils se servaient comme arme défensive.

Mais nous ne sommes plus sur les collines d'eucalyptus, et je n'ai pas encore l'âge du vieux monsieur Chu pour fermer mes oreilles aux insultes de ce poète véreux.

Il posa ses ciseaux sur la table et fixa Phu Vuong dans les yeux :

— Fous-moi le camp dans le salon ! Je n'ai aucune envie de partager mon lit avec un minable qui veut se faire passer pour un prince. Je te rappelle que je ne suis plus le Thanh d'il y a trois ans, celui qui t'avait suivi en haut des collines d'eucalyptus et à qui les gamins de Lac Thach avaient lancé des cailloux. Dès cet instant-là, j'avais déjà compris une partie de ton caractère. Un amant, toi ? Tu n'as même pas les qualités d'un ami. Ce jour-là, tu portais un double pardessus et moi un simple petit blouson. Tu aurais pu me protéger des jets de pierre, car tu étais mieux vêtu. Mais non, tu m'as laissé tout recevoir sur la tête. Je n'étais ni aveugle, ni aussi idiot que tu pouvais le penser. Je me taisais, pour ne pas faire tomber ton masque. Une mauvaise chose supportée, m'avait enseigné ma mère, c'étaient dix bonnes de gagnées. Maintenir le calme a toujours été un principe dans ma famille. Mais depuis, combien de jours, combien de mois ont passé ? Le temps passe et l'homme change.

Phu Vuong ne disait rien. Soit il n'en croyait pas ses oreilles, soit il pensait qu'il allait fléchir Thanh. Il restait debout à la porte de la chambre, l'oreiller dans les bras, indécis. Saisissant ses ciseaux, Thanh affermit sa voix :

— Dehors ! Fiche-moi le camp !

Phu Vuong finit par s'en aller vers le divan et alluma la lumière pour lire. Quand Thanh eut fini et se coucha, il l'entendait encore feuilleter son livre dans le salon.

Le lendemain, il se leva tôt et se cuisina des pâtes. Phu Vuong, encore couché, lui dit :

— Pas besoin d'en faire pour moi, je suis en congé aujourd'hui.

— Je n'ai rien fait pour toi. À partir d'aujourd'hui, tu te fais à manger toi-même.

Faute de ciboulette ou de menthe, Thanh fit frire de l'oignon séché. Après avoir déjeuné, il s'apprêtait à partir au travail à vélo quand Phu Vuong sortit la tête de sous sa couverture :

— Tu dînes ici ce soir ? Je vais faire la cuisine.

— Je rentrerai ce soir, mais je ne mangerai pas ta tambouille. Ne t'occupe pas de moi, répondit-il avant de fermer la porte.

Ce jour-là, il faisait un temps superbe. Les courts étaient pris d'assaut. Les joueurs attendaient leur tour sur des bancs, en buvant de la bière ou de l'eau.

— Thanh, lança Hông, tu vois le Coréen en chemise noire ?

— Celui qui est assis à côté de la buvette ambulante ?

— Exact ! Il est homo comme toi !

Il s'interrompit, très gêné, et avant que Thanh ait eu le temps de dire un mot, lui prit la main :

— Ne te fâche pas, s'il te plaît ! Je t'aime beaucoup pour te dire cela.

— Si tu ne m'aimais pas, tu ne me le dirais pas ?

— Non ! Si je ne me sentais pas aussi proche et si je n'avais pas autant confiance en toi, jamais je n'aurais osé dire cela.

Ce fut au tour de Thanh de saisir la main de Hông :

— Je ne suis pas fâché ! Je n'ai aucune raison de me fâcher contre un ami sincère. Je suis simplement curieux. Sois rassuré et dis-moi donc ce que tu as derrière la tête.

— En général, on n'ose pas trop parler avec les homos. On a peur soit de ne pas contrôler ses paroles, soit de blesser l'autre sans le vouloir et de susciter sa haine. Et puis on n'a pas confiance en quelqu'un de différent. Toute l'équipe Anh Hông, y compris le chef, sait que tu es homo mais ils font comme s'ils l'ignoraient. Sauf moi. Je te respecte beaucoup. C'est ce qui me donne le courage de t'en parler.

— Merci ! Le pire, c'est que je ne sais pas en quoi je suis différent des autres.

— Ça ne se voit pas beaucoup. Mais comme mon cousin est homo, je sais les reconnaître depuis l'enfance. Dans ton cas, on le sait par ta relation avec Phu Vuong. Deux jeunes hommes peuvent vivre ensemble, travailler ensemble pour d'autres raisons, mais ils n'ont pas les mêmes gestes que vous. Ils se regardent différemment, se parlent différemment.

— Et ils ne se battent pas, comme nous l'avons fait l'autre jour ? demanda Thanh en souriant.

Hông lui rendit son sourire.

— Si deux garçons normaux se battaient ainsi, ils ne se parleraient plus. Ils ne pourraient surtout plus vivre sous le même toit, en dépit des circonstances matérielles.

— Cela se vérifie avec tout le monde, sauf avec Phu Vuong.

— Il est spécial, acquiesça Hông.

Après quelques secondes d'hésitation, il poursui-vit :

— Je pense même que vous êtes très différents l'un de l'autre.

— Merci de cette observation. Tout le monde ne me dit pas ça.

Hông changea subitement de sujet :

— Maintenant, je vais te dire deux mots de ce client coréen ! Les jours où tu étais absent, il a demandé de tes nouvelles. Le chef d'équipe l'a orienté vers moi, qui suis censé être le plus proche de toi.

— C'est vrai ? fit Thanh en riant, avant d'examiner le client, un homme assez enveloppé, chauve, au teint blême, certainement dans la cinquantaine.

— Chut, ne ris pas si fort, chuchota Hông. Il va nous entendre, ce serait très incorrect de notre part.

— D'accord, éloignons-nous. Il nous reste encore une demi-heure avant de commencer.

Les deux jeunes gens se dirigèrent vers le fond des courts. Ils s'assirent sur le gazon, savourant les senteurs de l'étang et le chant des bosquets de pins sur les collines alentour. Le bruit des balles y était atténué et ce calme était agréable.

Hông expliqua :

— C'est l'un des investisseurs étrangers les plus courtisés. Ses collègues parlent de lui comme d'un vieux loup sur le marché, et ses mains changent en or tout ce qu'elles touchent. Bien sûr, toi et moi on s'en fiche, car nous ne comptons pas sur la fortune des autres pour faire notre vie. Pour toi, le poste est temporaire, quant à moi, je me marierai l'année pro-chaine et j'aurai ensuite à gérer l'une des principales entreprises de bâtiment de cette ville. Si je t'ai parlé de lui, c'est par pitié. Pour un observateur comme moi, il est absolument évident qu'il est toqué de toi, et toi, tu ne le regardes même pas.

— Je suis désolé pour lui ! Sincèrement, je ne l'avais pas remarqué. J'ai trop de préoccupations.

— Bien sûr ! Et l'amour à sens unique est une souffrance. Aimer sans être aimé, c'est comme brûler sur un gril. Je sais pertinemment que notre conversation d'aujourd'hui ne lui rapportera rien. Cependant, j'avais promis de transmettre le message, je le fais.

— Pourquoi as-tu promis ? C'est le chef qui te l'a demandé, ou c'est par compassion pour ce vieux ?

Hông éclata de rire :

— Par compassion, exactement ! Le chef n'a aucune autorité sur moi. D'ailleurs, il sait très bien que nous sommes tous ici pour passer le temps, pas pour travailler sérieusement. Dans ces conditions, l'autorité du chef est nulle.

— Bon, d'accord. Alors, maintenant, parle-moi du Coréen, répondit Thanh en souriant.

— Cet homme t'a remarqué dès le premier jour. Un jour qu'il a noté dans son journal.

— Il te l'a montré ?

— Oui ! C'était au printemps de l'année d'avant. Il y a vingt-deux mois très exactement. Vingt-deux mois, c'est sept cents jours, sept cents fois qu'il écrit ton nom dans son journal. Franchement, on ne simule pas l'amour pendant près de deux ans.

— D'accord, il ne simule pas. Mais c'est peut-être une sorte de poète ou d'écrivain maudit, que les affaires ne peuvent guérir de sa maladie, et qui s'inspire de l'amour pour écrire ?

— Ne plaisante pas sur le malheur des autres, dit Hông, les traits figés.

Se rappelant subitement que son ami était chrétien, Thanh reprit son sérieux.

— Je ne plaisante pas ! Il y a des gens comme ça.

— Ce n'est pas son cas ! J'ai lu son journal pendant trois nuits de suite. Et je peux te dire, j'étais content de ne pas être dans sa peau. As-tu déjà été amoureux de quelqu'un qui ne t'aimait pas ?

Thanh accusa un moment de silence, puis répondit en regardant Hông droit dans les yeux.

— Oui. Je l'ai été et j'ai beaucoup souffert, bien plus que ce monsieur coréen. C'est la première fois que j'en parle et si ce n'était pas toi, j'aurais gardé ce secret jusqu'à la fin de ma vie.

Hông posa sa main sur son épaule :

— Je te demande pardon, mon très cher ami. Comme tu as déjà souffert, je pense que tu comprends la souffrance des autres. Sans doute pourrais-tu lui répondre par une lettre ou de vive voix ? Il est très sensible et c'est quelqu'un qui craint beaucoup de perdre la face.

— Rassure-toi. Je le ferai. Tu as tenu avec succès ton rôle d'émissaire. Demain, ou après-demain, je lui fixerai un rendez-vous et je lui parlerai avec sincérité.

— Merci !

Ils revinrent vers les courts. Encore un quart d'heure et ce serait leur tour. Leur métier était semblable à celui d'ouvriers non qualifiés.

Ce jour-là, Tiên Lai vint chercher Thanh au club de tennis. À son arrivée, une foule s'empressa pour l'accueillir. Du directeur du club jusqu'aux gestionnaires, et même au chef de l'équipe Anh Hông.

— Cela faisait si longtemps !

— Quel dommage que l'étoile ait disparu, les courts sont devenus bien sombres. Nous étions si désolés de votre disparition. Où étiez-vous caché, Tiên Lai ?

— Ah ! L'oiseau d'or est revenu ! Quelle raison vous a éloigné de nous si longtemps ?

Les saluts chaleureux pleuvaient, les sourires s'épanouissaient, les bras se tendaient, accueillants. Thanh comprit que Tiên Lai était quelqu'un de très important pour les affaires du club. Cet accueil en fanfare l'attestait. En réponse, Tiên Lai serrait des mains, tapotait des épaules, saluait joyeusement tout le monde avec sa grâce innée.

— Je suis vraiment désolé ! Pour cause d'affaires, j'ai dû délaisser cet endroit si agréable. Mais ce n'était qu'un au revoir. Tout départ a son retour !

Le directeur du club s'approcha de lui :

— Aujourd'hui, même si vous voulez jouer, ce sera non ! Cela fait des années que nous ne nous sommes vus. Venez ! Nous allons boire un verre !

— D'accord ! Mais avant j'ai quelque chose à faire. Je vous rejoins.

— Qu'avez-vous d'autre à faire ici que de jouer au tennis ? demanda le directeur. Vous excitez notre curiosité.

— Outre le tennis et le golf, il y a l'être humain. Et il est plus important que tout, répondit Tiên Lai d'un air mystérieux.

Il portait un jean bleu indigo et une chemise couleur fleur d'aubergine. Ses cheveux, légèrement bouclés, arrivaient au ras de son col. Son allure exerçait une séduction extraordinaire, même sur les hommes, qui ne pouvaient s'empêcher de le féliciter. L'un d'eux, après l'avoir bien contemplé, s'exclama :

— Vous êtes une vraie star de cinéma ! J'ai exactement la même chemise, de la même couleur fleur d'aubergine. Pourtant, quand je la mets, j'ai l'air d'un épouvantail planté au milieu de la rizière.

— Vous exagérez ! rit Tiên Lai.

— Non, je dis la vérité. Quand vous aurez un peu de temps, vous me donnerez quelques cours pour me vêtir ? Ma femme n'arrête pas de me critiquer.

— D'accord, promis ! Ce n'est pas très difficile, il faut juste un bon sens de l'observation. Je vous laisse. Je reviens dans dix minutes.

— Nous vous attendons, répondit le directeur. De toute façon, vous êtes ici sur nos terres. À moins d'avoir des ailes, vous ne nous échapperez pas !

— Ok ! dit Tiên Lai en lui tapant sur l'épaule.

Il s'avança alors vers Thanh. Ce dernier sentit une bouffée de chaleur envahir son visage car tous les regards s'étaient instantanément tournés vers lui. Leur relation allait devenir publique. Un autre s'en serait sans doute réjoui. Annoncer sa relation amoureuse avec un homme aussi beau, riche et distingué, c'était le rêve des rêves, quelque chose que la vie vous offre rarement. Pourtant, Thanh n'en voulait pas. Son cœur n'en voulait pas.

Comme il était assis avec quelques collègues, Tiên Lai salua tout le monde avant de demander :

— Puis-je vous priver de Thanh quelques minutes ?

— Bien sûr, répondit Hông. La journée de travail est finie. Nous étions sur le point de partir.

— Merci ! dit Tiên Lai, puis s'adressant à Thanh : Je peux te parler ?

Thanh se leva lentement, les mains dans les poches :

— D'accord !

Ils se dirigèrent vers la buvette.

— Parlons si tu veux, mais ne prenons rien ! dit Thanh.

— Pourquoi ?

— La vaisselle n'est pas très propre ici. Je les ai observés, ils ne lavent pas les verres, ils les plongent juste dans le bac d'eau et les essuient. La serviette blanche a l'air propre, mais les verres sont sales.

— Mon petit prince ! s'exclama Tiên Lai dans un sourire mi-surpris, mi-ravi. Tu ne peux pas vivre en collectivité si tu exiges une propreté absolue. C'est la première fois que je rencontre quelqu'un d'aussi méticuleux, tu es comme ma mère.

— Et toi, tu aimes la saleté ? répliqua Thanh. Chez toi comme à l'hôtel, les nappes sont d'une blancheur éclatante !

— Évidemment que je préfère la propreté, comme toi. Mais parfois, pour m'intégrer dans un groupe, j'en rabats un peu sur mes exigences. Comme dans cette buvette que je fréquente depuis des dizaines d'années, chaque fois que je viens jouer.

— Tu es donc un vieil habitué de ce club ? Pourquoi ne t'ai-je jamais vu ici ?

— Parce que tu as fait irruption dans ma vie ! Enfin, disons que je ne venais plus au club depuis un an, pour m'occuper d'un gros investissement. Un ami de Saigon m'avait proposé de racheter des rizières pour y élever des crevettes d'exportation. Au début, ça paraissait simple, mais par la suite, il a fallu résoudre toutes les questions de congélation et de conditionnement, ce qui a absorbé toute mon énergie et tout mon temps. Pendant un an, j'ai fait la navette entre Saigon et Dalat. Enfin, quand l'affaire a pu se passer de ma présence régulière, j'ai voulu revenir au club pour me détendre. C'est à ce moment-là que j'ai fait ta connaissance, et j'ai compris que je devais me retirer pour te laisser le champ libre. Le jour où je suis revenu ici, c'était exactement une semaine après notre rencontre. Tu ramassais les balles du court du milieu et tu ne m'as pas vu.

— C'est vrai ? Je suis vraiment désolé d'avoir été la cause de ton absence.

— Non, ne dis pas ça ! Rien ne vaut les minutes que j'ai passées auprès de toi. Le golf, comme les autres jeux, ne sont que d'agréables passe-temps. Toi, tu es la vie !

Il s'interrompit quelques secondes puis reprit :

— Plus exactement, tu es l'amour et l'espérance de ma vie !

— Merci !

— Mais arrêtons-nous ici. Si tu ne veux rien boire, inutile d'aller jusqu'à cette buvette. Je suis venu te voir à l'improviste pour te dire une chose dont j'aurais dû te parler hier. Seulement, devant toi, j'étais si confus que j'ai tout oublié. Mon cousin des États-Unis, fils de mon oncle aîné, était à Saigon pour des vacances depuis une semaine. Il est arrivé à Dalat aujourd'hui et il est actuellement chez moi, à la villa. Pendant au moins deux mois, je vais le piloter pour un tour du Vietnam, d'abord Hanoi, Sapa et les provinces du Nord. Ensuite, nous irons à Huê, Danang, Nha Trang, avant d'arriver à Saigon d'où nous partirons pour le delta du Mékong. J'aimerais beaucoup passer à Lan Giang, ta ville natale. Est-ce que tu me permets de rendre visite à ta famille ?

— Non ! coupa Thanh.

Pourtant, une question s'insinuait dans son esprit : *Et pourquoi pas, au fond ? Voilà déjà trois ans que j'ai quitté ma famille ! Trois années d'attente douloureuse pour mes parents. Mon père est un homme, il sait supporter la souffrance. Mais ma mère… Combien de nuits la biche a-t-elle pleuré son faon ? Elle aura pleuré dans sa cuisine, dans le verger, sur sa pile de copies à corriger. Je suis un fils cruel ! ingrat envers mes parents !*

Il se reprit et fixa Tiên Lai dans les yeux :

— Pour tout t'avouer, j'ai fui ma famille. La situation est certainement très douloureuse pour mes parents. Ma famille n'est pas comme la tienne, je ne pouvais pas rester après avoir découvert mon homosexualité. Sans être riches, mes deux parents sont des enseignants très respectés. Je ne voulais pas nuire à leur réputation.

— Je suis sûr qu'eux ne pensent pas comme toi. Souvent, nous attribuons aux autres nos propres pensées. Une projection qui ne mène qu'à d'irréparables malentendus.

— Tu crois ? demanda Thanh, hésitant.

— Je ne crois pas, j'en suis sûr ! Je l'ai observé autour de moi et j'en ai fait l'expérience, répondit

Tiên Lai avec un grand soupir. Mais j'ai déjà la quarantaine, tandis que toi, tu as à peine dix-neuf ans. Tu peux m'apprendre certaines choses, mais mon expérience à moi t'évitera bien des détours inutiles dans la vie.

Thanh restait muet. Cet homme avait une grande force de conviction. Était-ce parce qu'il disait vrai, ou parce qu'il parlait toujours de façon si affable et modeste ?

A-t-il raison ? Ai-je tort ? Si c'est le cas, je commets une énorme, une impardonnable erreur. Je nous fais tous cruellement souffrir, mes parents et moi-même.

Tiên Lai continua :

— Nous allons être séparés deux mois ! Tu vas me manquer !

— Toi aussi ! Mais je te souhaite un beau voyage avec tes proches.

— Je te remercie. Nous aurons beaucoup de choses à nous raconter après tout ce temps.

— Surtout toi ! dit Thanh en riant. Moi, je ne fais que ramasser des balles ici, qu'est-ce que je pourrais bien te raconter ?

Les amis de Tiên Lai, qui s'impatientaient, leur adressaient de grands signes de bras.

— Tiens, le directeur t'appelle !

— C'est mon ami d'enfance, depuis la maternelle. Quand nous courions encore tout nus, disent les gens pour plaisanter.

Il agita le bras dans leur direction.

— Adieu, mon petit prince. As-tu bien réfléchi ? Une dernière fois, je voudrais que tu me permettes de donner à tes parents quelques nouvelles de toi. Et puis j'aimerais tant connaître ta ville natale, y faire au moins un pèlerinage.

— Mais tu ne leur révéleras pas mon adresse?

— D'accord!

— Et si ma mère t'en supplie?

— Je lui dirai que je t'ai promis de ne pas le faire, et que toi seul le feras quand tu le jugeras bon. Quand ta vie se sera stabilisée. Ça te va?

— D'accord!

Tiên Lai lui fit noter l'adresse de ses parents dans un petit carnet et, y jetant un coup d'œil, s'exclama :

— Tu es né dans la rue qui porte le nom du poète Tan Da ! Voilà pourquoi tu as l'âme d'un poète. Mais je dois te quitter, les autres là-bas s'impatientent ! Je te souhaite beaucoup de bonheur. Mais, même si tu nages dans le bonheur, pense un peu au vieillard que je suis, s'il te plaît !

— Tu exagères toujours !

Et ils se séparèrent.

Avant de rentrer chez lui, Thanh acheta un gros poisson au marché.

Ma mère adorait les soupes de poisson acidulées, je vais en faire ce soir en souvenir d'elle. En la dégustant, j'imaginerai sa rencontre avec Tiên Lai.

Son cœur caressa cette pensée mais, aussitôt, une angoisse le saisit :

Que pensera-t-elle de lui? Je n'aurais pas confié cette mission à n'importe qui. Que va-t-elle penser de nos relations? Tiên Lai est né en 43, il a seulement deux ans de moins qu'elle, quatre ans de moins que mon père. Il est de leur génération ! J'aurais une

relation amoureuse avec quelqu'un de la génération de
mes parents ?

Il laissa échapper un grand soupir. Aucune solution à tous ces problèmes. Sa vie était une maison
qui, à peine construite, commençait à tomber en
ruines.

Il faisait nuit quand il arriva chez lui. La propriétaire écoutait le journal radiophonique. Sa porte était
fermée.

Il s'apprêtait à dîner quand Phu Vuong poussa la
porte.

— J'ai dû tondre le gazon à l'hippodrome, cela m'a
retardé ! expliqua-t-il.

Thanh savait que c'était un mensonge, mais il
n'insista pas. Décapsulant une bouteille de bière,
il se mit à manger et Phu Vuong fit de même, en
buvant bruyamment au goulot. Le repas se déroula
sans un mot. Thanh imaginait Tiên Lai cherchant
la rue Tan Da. Il entendait à nouveau les sabots du
cheval sur le chemin de Dôi Xa, revoyait les fleurs
de flamboyants rouges sur le ciel bleu limpide, cet
après-midi où Cuong et lui étaient allongés, entre-
mêlant leurs jambes, plongés dans des rêveries et
des émois d'adolescents. Il se rappelait l'escalier
du lycée, les larmes versées au pied du vieux figuier
derrière le petit temple. La soupe de poisson aci-
dulée l'avait d'abord ramené à sa mère, la biche au
petit faon, puis la tristesse l'avait conduit sur tous
les sentiers anciens.

Dès le dîner terminé, Phu Vuong partit. Thanh
débarrassa la table et fit la vaisselle. Il avait toujours entretenu cet appartement pour que leur vie

commune soit agréable. Maintenant il savait que son compagnon était un incapable. Sa cuisine était infecte et il bâclait les travaux ménagers. Leur cohabitation était une absurdité, l'union d'une carpe et d'un lézard. Cependant il avait appris à supporter. Et à taire son exaspération.

Cette nuit-là, Phu Vuong revint le voir dans la chambre avec son oreiller et sa couverture. Thanh le chassa.

Pourtant, en pleine nuit, Phu Vuong profita du moment où Thanh allait aux toilettes pour se glisser sous les draps comme un voleur. À son retour, de guerre lasse, Thanh le laissa pour s'exercer sur ses perruques jusqu'à minuit. Au moment où il allait éteindre, Phu Vuong l'arrêta :

— Laisse la lampe de chevet ! Faisons l'amour avec cette lumière, c'est plus excitant.

Thanh ne dit rien, et ils firent l'amour.

Et ils le refirent la nuit suivante, puis celle d'après. Comme avant. Comme si rien n'avait changé entre eux.

Après une semaine, Thanh se sentit envahi de tristesse.

Je sais maintenant pourquoi je ne peux spontanément aimer Tiên Lai d'un amour passionné. C'est le gouffre de l'âge qui nous sépare. Je ne peux aimer quelqu'un de la génération de mes parents ! Un corps de dix-neuf ans n'a rien à voir avec un corps de cinquante. Comme le destin est absurde ! Je suis condamné à vivre avec un jeune homme au cœur d'hyène ! Où me mènera cette vie ?

La réponse n'allait pas tarder à venir.

*

Un matin, environ deux mois plus tard, Thanh se réveilla seul. Comme d'habitude, la couverture de Phu Vuong était roulée au pied du lit.

— Tu es levé ? lança Thanh.

Aucune réponse.

Où est-il parti si tôt ?

Il tira la couverture sur lui, essaya de se rendormir. Son programme du jour consistait à aller coiffer les dignitaires et il n'avait pas d'horaire particulier. Son chef lui avait dit :

« Viens vers dix heures, dix heures et demie, coiffeur de la famille royale. Déjeune avant de partir de chez toi, car tu devras travailler jusqu'au soir, voire faire des heures supplémentaires ! »

J'avais réglé mon réveil à 9 heures. Une bonne heure pour petit-déjeuner et me rendre en ville sur mon vélo. J'aurai le temps de manger et de bavarder en prenant le café.

La couverture coincée sous le menton, Thanh jouissait de cette sensation de douceur et de sécurité tout en écoutant le gazouillis matinal des oiseaux. Dix minutes plus tard, n'arrivant pas à se rendormir, il se leva.

Il sursauta en voyant, sur le couvre-lit, des lambeaux de coton couleur ivoire. Ils ne pouvaient provenir que de la ceinture qu'il portait en permanence et dans laquelle étaient cousus ses taels d'or. Il enleva précipitamment cette ceinture, imprégnée de la sueur des trois dernières années. Elle était lacérée tout du long, laissant échapper le coton de renfort. Deux taels d'or avaient disparu.

Le misérable ! Il a volé mon or !

Son cœur se mit à battre la chamade :

Dans deux semaines ! Dans deux semaines je dois recevoir les papiers ! Combien devrai-je payer ? Je ne sais pas encore. Mon sort est entre les mains de ce fonctionnaire du Bureau du Travail et de ses acolytes. La loi n'intervient pas dans cette affaire, c'est un jeu de couteau où ils tiennent le manche et me laissent la lame. Si j'obtiens ces papiers, je pourrai ouvrir un salon de coiffure. À Saigon, à Danang ou à Nha Trang ? En tout cas, il me faut de l'argent.

Mais une autre voix chargée de reproches s'élevait en lui :

Tu lui devais cet argent. Un client est redevable à ses prostitués. Connais-tu un prostitué qui ne fait pas les poches à son client ? Tu as joui de son corps de dix-neuf ans. Même s'il a l'âme d'une hyène, tu dois payer le prix de ta témérité. Ne te plains donc pas !

Puis, serrant les dents :

Calme ! Sois calme ! Pas de nouvelle empoignade devant tout le monde. Il faut que j'encaisse, jusqu'au jour où j'aurai enfin mes papiers. Voilà le plus important !

Il considéra la ceinture de tissu noir, qu'il avait confectionnée avant de partir de Lan Giang. Elle était pareille à une ceinture de taekwondo, si ce n'est qu'elle se fermait par un bouton et non par un nœud. Il l'avait renforcée avec du coton pour caler les taels d'or dans les douze compartiments. Chaque compartiment contenait deux taels. Depuis leur arrivée, il en avait déjà dépensé quatorze : quatre envoyés à maîtresse Na, six remis au fonctionnaire du Bureau du

Travail et quatre autres pour leurs diverses activités en trois ans à Dalat. Avec les deux que lui avait volés Phu Vuong, il ne lui en restait que huit. Huit taels d'or, ce n'était vraiment pas suffisant pour cet avenir qui s'annonçait incertain.

Pendant que je dormais, il a coupé le côté des poches avec une lame de rasoir. Il attendait sûrement l'occasion depuis longtemps. Il a bien préparé son coup ! Je n'aurais jamais imaginé une telle audace.

Il fut pris d'un tremblement, comme dans une crise de paludisme. Cela partait des paupières, descendait vers ses lèvres, vers son menton, avant de se propager à tous ses membres.

Calme-toi ! Garde ton sang-froid !

Cet ordre fut totalement inefficace. Thanh paniquait. Il transpirait à grosses gouttes, alors qu'il faisait froid. Ses mains, posées sur ses cuisses, tremblaient de plus en plus fort.

Qu'est-ce qui m'arrive ? Pourquoi ne puis-je détacher mes yeux de ces mains qui tremblent comme des feuilles mortes ? Elles échappent totalement au contrôle de mon cerveau. Font-elles encore partie de mon corps ? Horreur ! Il faut vite que je me reprenne. Que je fasse comme si j'avais été volé dans la foule, au marché ou à la gare, ce qui arrive à tant de gens. Je ne suis pas le seul. Non, je ne suis pas le seul.

Il inspira profondément pour retrouver son calme. Au bout d'un moment, quand ses tremblements eurent cessé, il se leva.

Attrapant la couverture de Phu Vuong, il la jeta dans le séjour avant de prendre une bonne douche pour se débarrasser de sa sueur. Incapable de se préparer à manger, il prit son vélo pour se rendre en ville. Après un arrêt dans une échoppe pour boire un café au lait et un bol de pho, il se rendit au terrain de golf. Hông devait être arrivé. Ce matin il était censé déjeuner avec son amoureuse, lui avait-il dit, et le couple se retrouverait ensuite à midi, après le travail, pour aller choisir les alliances et quelques meubles. La future femme de Hông commençant le travail bien avant lui, Thanh était donc sûr de le trouver tôt.

Son ami fumait, assis sur un banc de pierre, l'air très content de soi ; à part lui, il n'y avait que le gardien qui exécutait des mouvements de taï-chi sur la pelouse. Il lui fit un signe de la main :

— Salut ! Je croyais que tu ne serais pas là aujourd'hui ?

Toujours à vélo, Thanh traversa la pelouse pour rejoindre le banc, et Hông devina quelque chose :

— Qu'est-ce qui se passe ? Tu es vert comme une feuille de bananier !

— Oui ! J'ai un problème. Et tu es le seul à qui je peux en parler.

— Je t'écoute !

— Phu Vuong vient de me voler deux taels d'or.

— Ça devait arriver tôt ou tard !

— Pourquoi tu dis ça ?

— Tu te souviens de ce que je t'ai dit l'autre jour ? Vous êtes très différents, toi et lui. Vous vivez ensemble mais vous n'êtes pas de la même espèce. Vous êtes tous les deux homos, mais pour ce qui est de la personnalité, de la conduite et des valeurs, vous êtes à l'opposé l'un de l'autre.

— Alors il m'a volé parce que nous sommes différents ? C'est une revanche sur la vie ?

— Non ! Ne raisonne pas ainsi. Pour les gens du Sud comme moi, Phu Vuong est un prolétaire voyou. Il y a deux sortes de prolétaires. Ceux qui n'ont pas de chance, qui sont nés défavorisés et ne bénéficient d'aucune aide pour réussir dans la vie. Ce sont des prolétaires honnêtes. Pauvres, mais honnêtes. Avec eux on peut nouer des relations, collaborer, négocier. Mais il y a aussi les prolétaires voyous, des escrocs comme ton compagnon. Eux, veulent passer par le chemin le plus court, et ce chemin ne peut être que le vol ou la fraude. Je voulais t'en parler depuis longtemps, mais je n'ai pas osé : depuis la réouverture de l'hippodrome, l'équipe Anh Hông a dû envoyer des gens là-bas pour entretenir les tribunes. C'est un travail pénible qui n'a pas soulevé l'enthousiasme des garçons. Phu Vuong s'est porté volontaire. Depuis quelques mois, il y est de plus en plus souvent, et il se propose même pour remplacer les autres. Tu sais pourquoi il fait ça ?

— Aucune idée. En fait je croyais que le chef, qui ne l'apprécie pas beaucoup, l'envoyait exprès à l'hippodrome.

— Oui, c'est sûr que ni le chef, ni les garçons de l'équipe ne l'aiment particulièrement. Mais comme vous êtes tous les deux originaires du Nord et loin de chez vous, c'est délicat d'aborder la question de vos relations. La vérité, c'est que ton compagnon aime jouer aux courses.

— Aux courses ? s'étonna Thanh.

En fait de courses, il ne connaissait que les petits chevaux auxquels il jouait dans son enfance avec les gamins du quartier.

Hông le regarda avec un grand sourire :

— Je m'en doutais ! Quand on te connaît un peu, on devine aisément que ta famille n'est habituée ni aux jeux, ni à l'alcool ! Les vraies courses sont un jeu d'argent, on fait des paris comme pour les matches de foot. Mais au lieu de miser sur une équipe, on mise sur un des chevaux, le numéro deux ou le numéro sept par exemple.

— Je comprends.

— Le plus grave pourtant, c'est que Phu Vuong joue avec les truands de la ville. Ceux qui passent la moitié de leur temps en prison. Il espère que ces relations lui apporteront du prestige, ce qui est complètement idiot. Il a perdu tant d'argent qu'il a dû te voler pour rembourser ses dettes. Avec ces truands, il n'y a que l'argent ou le sang versé qui comptent.

Thanh était médusé. Remarquant sa stupeur, Hông le réconforta :

— J'ai entendu le chef dire que les pontes du comité t'estimaient beaucoup. Ils apprécient ton talent de coiffeur, bien sûr, mais également ta façon d'être et ta personnalité. Quand tu auras enfin tes papiers, je pense que ta vie changera radicalement.

— Merci, car elle a été cruelle envers moi. Avoir de vrais amis, c'est une belle consolation, une chose précieuse qui m'aide à tenir le coup.

— Mais tu le mérites, voyons, dit Hông. Puis, remarquant l'embarras de son ami, il changea de sujet : Tiens, voilà le chef !

Le chef était effectivement en conversation avec le gardien. Thanh sauta sur son vélo pour s'en aller par-derrière, il ne voulait rencontrer personne.

Phu Vuong ne rentra pas ce soir-là.

Thanh monta à l'étage voir la propriétaire.

— Pourriez-vous me prêter la clé de ma chambre à coucher ?

— La clé de ta chambre à coucher ? demanda la vieille femme qui semblait deviner ce qui se passait. Aucun locataire ne me l'a jamais demandée, alors je l'ai rangée quelque part, je ne sais plus où. Cette serrure a plus de vingt ans, elle doit être toute rouillée. Si nécessaire, j'appelle un serrurier pour qu'il t'en pose une nouvelle.

— Ne vous dérangez pas. Si vous m'en donnez la permission, il y a un magasin de serrurerie sur mon chemin.

— D'accord, mais je te rembourserai, c'est à moi de prendre en charge ces frais.

— Si en vingt ans personne ne vous a réclamé la clé, apparemment ce n'est plus vraiment de votre ressort, dit Thanh en riant. J'en ai besoin pour des raisons absurdes, alors j'assumerai.

— Tu as la tête dure, n'est-ce pas ? répondit l'aïeule en riant. Bon, à ta guise. Je suis vieille, je ne vais pas m'opposer aux jeunes.

— Merci, madame, dit-il avant de prendre congé.

Il dîna seul dans la cuisine. Face à son ombre projetée sur le mur, il avait l'esprit vide. La bière lui parut amère, il la jeta dans l'évier. Après manger, n'ayant aucune envie de s'exercer, il se coucha. Il avait déjà coiffé beaucoup de personnes dans l'après-midi. Toutes avaient été fort contentes. Remerciements et compliments n'avaient pas manqué. Mais il avait mal et se sentait profondément triste. L'appartement était plongé dans la pénombre. La lumière filtrait par les volets en raies vertes, reflet de la végétation de ce jardin de banlieue.

Une fois que j'aurai reçu mes papiers, je partirai d'ici. Cette cohabitation avec Phu Vuong me met dans une situation déplorable aux yeux de tous ! L'humiliation restera gravée sur mon visage comme la marque au fer rouge sur le front des criminels à l'époque féodale. Il faut que je parte, je n'ai plus le choix. Mais pour aller où ? Où pourrait se poser l'oiseau vagabond ? On dit que Saigon est immense comme l'océan, qu'on y vit facilement, mais que si on veut la tranquillité il faut plutôt choisir Nha Trang. Une ville charmante, romantique. Irai-je à Nha Trang ? Mais c'est une ville de province où tout le monde se connaît. Pour les homos, ça doit être difficile. Alors, Saigon. Mais avec qui ? Seul ! Je n'ai besoin de personne ! Il vaut mieux être seul qu'associé à des truands. Il faut que je parte ! que je change de vie ! dès que je le pourrai.

Partir ! Partir !

Le sifflet du train retentissait dans sa tête, malgré son épuisement. Ce ne serait pas le départ héroïque du guerrier, ni celui du jeune ambitieux qui va se lancer dans la vie. Ce ne serait pas non plus l'appareillage calme, indifférent, du vieux marin aguerri qui quitte son port. Ce serait une fuite, celle d'un bagnard cherchant par tous les moyens à s'évader de son destin.

Les rayons verts viraient lentement au gris. Il s'endormit.

Au réveil, le souvenir des derniers événements lui revint.

Après le travail, je dois passer chez le serrurier. À partir de maintenant, il faut que je tienne à distance cette ordure.

Et une fois la serrure posée :

Après avoir remboursé ses dettes, il lui restera encore de quoi se louer une chambre et manger. Quand il aura épuisé ses ressources, il reviendra ici et, en voyant cette serrure, il comprendra. Ce sera une vraie gifle pour lui, pire qu'une humiliation verbale. Cette serrure symbolise la distance entre moi et ce voleur, ce prolétaire voyou, comme l'appelle Hông. Je ne lui parlerai même pas. Parler avec lui, c'est admettre l'égalité entre nous. Le silence est le meilleur moyen de lui signifier mon souverain mépris. Le silence !

Pourtant, quand Phu Vuong revint à l'appartement trois jours plus tard, Thanh ne put s'empêcher de lui hurler :

— Espèce de voleur ! Fils de mendiant du hameau des Eucalyptus ! Fiche le camp de chez moi.

Phu Vuong ne disait rien. Ses vêtements étaient dans un état lamentable, ses cheveux tombaient sur ses yeux sombres, ses traits étaient tirés. Aux veines saillantes de son cou et à son allure accablée, Thanh devinait que depuis quelques jours il dormait sur les bancs de l'hippodrome et n'avait rien mangé. Les deux taels d'or ne lui avaient donc servi qu'à rembourser ses dettes de jeu ?

— Je répète : fiche-moi le camp d'ici. Je n'héberge pas un truand.

Mais Phu Vuong tituba vers le divan et s'écroula, le visage dans la couverture que Thanh y avait jetée quelques jours auparavant. Il semblait à bout de forces, incapable d'entendre ou de comprendre la colère de Thanh. Ce dernier dut se rendre à l'évidence : toutes ses résolutions tombaient à l'eau. Ni le silence glacial ni les mots de mépris n'auraient blessé l'amour-propre de son compagnon, affalé comme un paquet de chiffons. Aucune parole ne pouvait atteindre son cerveau. Il n'entendait pas, il ne ressentait rien. Ou s'il entendait, il ne comprenait pas et ne cherchait pas à comprendre. Thanh savait qu'il resterait ainsi, comme une vieille bête de trait épuisée, comme un chien battu à mort, jusqu'à ce que lui, Thanh, se retire dans sa chambre. Alors il se relèverait pour se chercher quelque chose à manger dans la cuisine. Quand son estomac serait rempli, il se réchaufferait, ressusciterait et redeviendrait comme avant. Comme si de rien n'était. Ce garçon était une hyène. Une plante vénéneuse. Une machine fonctionnant hors de toute logique que Thanh eût pu comprendre, ce qui l'empêchait de lutter contre lui.

*

Le fonctionnaire du Bureau du Travail était un homme honnête. Il tint sa promesse, n'exigea pas plus que la somme prévue, seulement un festin «royal» dans le meilleur restaurant de la ville pour remercier tous ceux qui, de près ou de loin, s'étaient préoccupés des papiers de Thanh et de Phu Vuong. Thanh soupira d'aise lorsqu'il eut enfin en main les deux cartes plastifiées, avec leur photo d'identité tamponnée du sceau officiel sur le bord droit. Il les tournait et retournait comme des objets venus de Mars, avec l'étrange sentiment de s'être donné beaucoup de mal pour cette toute petite chose.

En rentrant, le soir, il trouva Phu Vuong attablé dans la cuisine devant un bol de soupe. Il lui jeta sa carte :

— Tiens ! Voici ma dernière dette envers toi.

Phu Vuong la ramassa sans un mot, l'enfouit dans sa poche de poitrine et se remit à aspirer bruyamment sa soupe de nouilles. Thanh n'en revenait pas.

Il pense sans doute que c'était à moi de m'en occuper ? Que je lui suis redevable à vie ? Il veut que nous ayons le même genre de relation que son père Hoang le Dément et maîtresse Na ? Avec moi dans le rôle de la malheureuse institutrice, évidemment ! Je ne comprends absolument rien à ce garçon !

Il prit une chaise et s'assit, partagé entre curiosité et colère. Mais la curiosité l'emportait.

— Phu Vuong ! Je dois te parler.

L'autre, sans un mot, s'essuya la bouche de sa main. Thanh continua :

— Penses-tu que nous ayons la même relation que Hoang le Dément et maîtresse Na ?

Phu Vuong restait muet, fixant le bol dans lequel traînait une dernière nouille.

— Dans les faits, tu m'as bien volé, exactement comme ton père avait volé ta mère. La seule différence, c'est la quantité. La somme que Hoang avait subtilisée dans les chiffons de ta mère était une aumône à côté de l'or dont tu m'as dépouillé, qui aurait pu pratiquement te payer un appartement à Dôi Xa. Oui ou non ?

— ...

— La passion de ton père était la poésie. La tienne, que tu qualifies de luxueuse et d'élégante, c'est le jeu, à condition que l'argent provienne de la poche d'autrui et non de la tienne. Ce luxe et cette élégance, tu les as par conséquent volés. Vrai ou faux ?

— ...

— Pour être franc, je ne comprends pas ce que tu as dans la tête, en dehors des chiffres de tes paris ! Est-ce que tu me vois comme la réincarnation de l'institutrice de Dôi Xa ? Je ne suis pas originaire de Diên Viên, moi, et je ne suis absolument pas sensible aux envolées minables du poète dément !

— ...

— Je n'ai pas pour toi la même admiration que maîtresse Na pour ton père, mais il reste les besoins du corps. En d'autres termes, nous vivons ensemble pour baiser. Le monde des homos est si étriqué que l'oiseau y est obligé de vivre avec le crapaud. Mais les choses ont des limites. Aujourd'hui, je choisis la solitude pour rester sain et sauf. L'homme ne doit pas être soumis aux besoins de son corps, c'est une dépendance dangereuse qui le prive de sa liberté. Aujourd'hui, je déclare que notre vie commune prend fin. Tu as tes papiers, maintenant, vis ta vie !

Les yeux de Phu Vuong n'avaient pas quitté le bol devant lui. Il releva enfin la tête.

— Je ne vivrai pas seul. J'irai où tu iras.

— Tu veux continuer de faire le parasite ? Tous les gars de l'équipe Anh Hông savaient que tu jouais et avaient deviné depuis longtemps que tu finirais par me voler. Si nous avions été un couple marié ordinaire, j'aurais eu toutes les raisons légales de demander le divorce. L'homme honnête a le droit de chasser un truand pour assurer sa propre sécurité. Tout le monde sait que tu es un pouilleux et un voleur. Personne ne plaidera ta cause. Aie donc l'intelligence de comprendre ça.

— Je ne peux pas vivre seul, répétait Phu Vuong d'une voix chevrotante.

— Tu te vantais pourtant d'être un vagabond expérimenté, qui avait survécu dans les égouts ! Et tu te moquais bien de moi, le fils de mandarin ! rétorqua Thanh, narquois.

— J'ai changé. Comme toi.

— Ah bon ? ricana Thanh, la gorge soudain envahie d'amertume. Tous les changements ne sont pas positifs. Dans ton cas, c'était pour le pire.

— Mais je ne peux pas vivre sans rien !

— Je vais te fournir de quoi vivre trois mois, pendant lesquels tu te chercheras du travail. Mais après t'avoir donné cet argent, je ne veux plus jamais te revoir. C'est clair ?

— Oui.

— Tu veux vivre où ?

— J'irai à Saigon, comme toi.

— D'accord. Je te remettrai cet argent à Saigon. D'ici notre départ, ne m'oblige plus à te dire quoi que ce soit, s'il te reste un brin de pudeur !

*

Mais on ne peut rien contre l'imprévu. Thanh préparait déjà son départ de Dalat, programmé la semaine suivante. Un jour qu'il se rendait au terrain de golf pour trouver le chef de l'équipe Anh Hông, le directeur du club vint à sa rencontre et lui lança :

— Bonjour !

Thanh était un peu surpris, car jusqu'ici il n'avait eu affaire qu'au chef d'équipe et n'avait jamais rencontré le directeur en tête-à-tête. Après un bref instant de surprise, il demanda :

— Bonjour, vous me cherchiez ?

— Bien sûr ! répondit le directeur avec un sourire mystérieux, en sortant une enveloppe de sa poche. Mon ami m'a demandé de vous transmettre cette lettre.

Thanh vit sur l'enveloppe l'adresse du directeur, suivie d'un petit mot : « À remettre à mon jeune ami Thanh ». Il comprit que c'était de Tiên Lai.

— Je ne l'ai pas ouverte, vous le constaterez ! Je ne suis qu'un facteur fidèle et loyal ! dit le directeur d'un air amusé. Bonne journée ! J'espère avoir l'occasion de vous inviter à dîner chez moi bientôt.

— Merci ! répondit Thanh, envahi d'une subite tristesse.

Tandis que le directeur s'éloignait vers les bureaux, Thanh se laissa choir sur un banc, la lettre dans la main, en suivant machinalement des yeux un brin d'herbe chassé par le vent. Il était venu pour bavarder avec le chef d'équipe, ses collègues et Hông, les remercier du temps passé ensemble et les inviter à un repas d'adieu au restaurant du lac. Il en avait vérifié la carte, et le service avait l'air impeccable. Un repas d'adieu se doit d'être joyeux et de bonne qualité pour que tous soient heureux. Ensuite, il offrirait aussi un dîner à sa propriétaire. Il imaginait déjà le soleil éclatant de Saigon, cette ville du Sud si particulière. C'est là que s'écrirait la première page de sa vraie vie. Après les péripéties humiliantes avec Phu Vuong, il devait le plus rapidement possible tirer un trait sur le passé. Mettre derrière lui Dalat et ses brouillards. Et voilà que maintenant, il hésitait. Il ne savait plus si son plan était le bon. Si cette idée avait été mûrement réfléchie, ou si elle lui avait été imposée par les circonstances, alors que son esprit était embrumé.

Je ne comprends pas, je me sens comme un type debout dans les ténèbres, qui ne voit rien devant lui. J'ai planifié ce départ, mais aujourd'hui une chaîne invisible me retient ici. Partir ? Rester ? Pourquoi partir, et pourquoi rester ?

Il savait bien pourquoi partir. Mais rester ? Pour quelle raison le ferait-il ? Son cœur se désolait, telle une ville déserte, abandonnée, plongée dans le noir. Son cœur était un champ en plein hiver, terre dure, terre sèche, balayée par le vent glacial et la mélancolie. Comme un acide pénétrant lentement son corps, le chagrin le vidait de toute son énergie. Quelques herbes sèches voletaient devant ses yeux hagards.

Des bruits retentirent au loin, et soudain il entrevit la vérité : Tiên Lai !

C'était à cause de lui qu'il se retrouvait dans une impasse ! Cet homme dont il n'avait pensé garder qu'un merveilleux souvenir éphémère, comme la «fleur de dix heures» qui éclôt au soleil levant et se fane à la tombée de la nuit, cet homme qu'il pensait oublier une fois monté dans le car pour Saigon, envahissait soudainement son cœur.

C'est donc toi, Tiên Lai ?

Une voix lui répondit :

C'est lui ! Tiên Lai ! Il est plus fort que tu ne l'imagines. Ce quadragénaire que tu croyais fréquenter par pur plaisir, dont les cajoleries et les gentillesses adoucissaient ta solitude d'émigré, tu comptais pouvoir l'oublier comme une vulgaire connaissance d'auberge ? Il a ébranlé ton âme, alors que tu avais une confiance aveugle en ta jeunesse, en sa capacité à vaincre tous les obstacles, à combler tous les lacs, à te permettre l'ingratitude sans justification. Cette rencontre, censée n'être que joyeuse et passagère, a maintenant creusé un grand vide, cause de ta mélancolie, de ton dépérissement. La jeunesse ne triomphe pas de tout, elle n'échappe pas au lot commun des hommes.

Il avait aussi mal que si un couteau lui entaillait la paume de la main.

Mais pourquoi ? Il n'avait pas la force d'effacer son souvenir, comme les vagues de la mer effacent les pas sur le sable. Il ne voulait pas voir non plus sa propre cruauté et son ingratitude. Depuis qu'il avait décidé de partir, il n'avait plus pensé à Tiên Lai. Comme ce danseur professionnel qui avait disparu après la rixe causée par Bich Dao. Était-ce sa veulerie qui lui faisait si mal ? Ou son égoïsme ? Ou les deux à la fois ?

Du fond des courts, Hông s'avançait vers Thanh. Ce dernier se redressa, rangea la lettre dans sa poche.

Son tourment intérieur rejaillissait sur son corps, il avait l'air d'un vieillard voûté et arthritique. Hông, en revanche, était radieux. Depuis deux semaines, il s'occupait de meubler son nouvel appartement, et sa mère avait enfin accepté d'acheter la bague que sa future épouse convoitait. Il avait la mine d'un enfant qui a reçu un cadeau.

— Tu as l'air d'aller à une fête, lui dit Thanh.

— Ah bon ? s'esclaffa Hông. Ta remarque me rajeunit d'au moins cinq ans ! Ce midi, je t'invite au restaurant !

— Pour t'avoir complimenté sur ta jeunesse ?

— Oui et non. Je suis heureux, et je veux partager ma joie avec toi. Surtout que tu viens de te faire voler. J'ai repéré une gargote où l'on sert une merveilleuse viande de veau grillée. C'est en pleine ville, mais dans une petite impasse, personne n'y fait attention. On ira là tout à l'heure, tu m'en diras des nouvelles !

Pendant qu'ils bavardaient, Phu Vuong arriva. Sans une salutation, il passa devant le chef d'équipe avant de disparaître. Hông l'avait suivi du regard avec attention. Il dit à Thanh :

— Écoute-moi bien : celui qui est tombé dans le jeu ne quittera jamais le jeu. Tout comme celui qui a le pouvoir ne le lâchera plus jamais de sa propre volonté. Tu dois te méfier de ton compagnon.

— Merci, je sais. Je fais tout ce que je peux pour me débarrasser de lui.

La journée de travail débuta. Ils ramassèrent les balles comme d'habitude. Puis Thanh décida de différer le festin d'adieu qu'il comptait offrir à ses collègues.

Il faut d'abord que je lise la lettre de Tiên Lai. Je déciderai après. Quelques mois ne sont rien à côté des trois années passées.

Telle était la lettre de Tiên Lai :

« Mon petit prince,

« Je t'écris de l'hôtel du Vent du Nord à Lan Giang, ta ville natale. Je sais que tu n'oublieras jamais cette ville, même si ce n'est pas la capitale, ni la somptueuse et animée Saigon. Ta ville est une ville de vergers et de collines, un hybride entre la métropole et la verte forêt. J'y imagine ton enfance, les rues bordées de flamboyants que tu empruntais pour aller à l'école, les collines qui accueillaient tes pas durant les vacances d'été ou les fins de semaine, les pamplemoussiers sur lesquels tu montais pour en cueillir les fruits. Si je m'étale si longuement sur les sentiments que cette ville me procure, c'est que chaque coin de rue, chaque trottoir, chaque arbre m'y rappellent ta présence.

« J'ai quitté Dalat depuis trois semaines. Nous sommes passés partout où nous devions aller, mais dans un ordre imprévu. D'abord Phan Thiêt, puis Nha Trang, Phu Yên, Danang, Huê avant d'arriver à Hanoi. De Hanoi, nous sommes allés à Sapa, où nous avons séjourné une semaine avant de gagner Lan Giang, ta chère ville natale. Cela fait maintenant deux jours que je vis dans les lieux où tu as vécu, que je respire cette bonne odeur d'arbres fruitiers et marche sur ces sentiers, comme toi jadis. Lan Giang est tout petit et la rue Tan Da borde le pied de la colline, je n'ai eu aucun mal à trouver ta maison. C'est maintenant un grand café avec beaucoup d'orchidées aux fenêtres, arborant l'enseigne qui porte ton prénom, Ngoc Thanh. Le café est très fréquenté. Le patron est un jeune homme de ton âge, plus petit de taille, aux yeux clairs respirant l'honnêteté. Une jeune femme aux cheveux longs l'aide, sans doute son épouse. Elle semble être enceinte. Il y a aussi deux jeunes filles qui font le service. Quand je me suis présenté comme un de tes amis, ils se sont empressés de prévenir ta mère. La professeure Yên m'a reçu en compagnie d'une autre femme, d'allure paysanne, aux cheveux blancs, plus grande qu'elle et sûrement plus émotive, car elle ne cessait de pleurer pendant que nous bavardions. Je sais que ces femmes t'aiment énormément, d'un amour inconditionnel. Je ne pense pas avoir été maladroit en te demandant de me permettre de venir les voir. Elles étaient heureuses de m'entendre parler de toi, rassurées de savoir que tu te portes bien, que tu travailles et vis dans une ville calme. J'ai tenu ma promesse : quand ta mère m'a demandé ton adresse, je lui ai dit que je n'avais pas le droit de la lui donner, que tu lui écrirais ou l'appellerais toi-même bientôt. Elle m'a donné le numéro de téléphone du café Ngoc Thanh. Notre rencontre a été une joie. Au moment de mon départ, le jeune patron a couru me rejoindre à la voiture et m'a dit : "Je suis le petit frère de Thanh. S'il vous plaît, dites-lui que notre famille se désole de son absence. Que nous pensons constamment à lui et espérons ardemment son retour."

«Il est reparti aussitôt, cachant sûrement des larmes d'émotion. Je crois que tu as beaucoup de chance d'avoir une famille aussi unie et qui t'aime autant. Ton père, je ne l'ai pas rencontré. Ta mère m'a dit qu'il était actuellement à Hanoi pour s'occuper de son frère handicapé. C'est mon seul regret.

« Tu vois, mon petit prince, j'ai brillamment rempli ma mission d'intermédiaire. Ton fidèle serviteur n'attend qu'une seule récompense, c'est de revoir enfin ton sourire et tes yeux brillants dans notre chambre, à l'hôtel du Cheval blanc.

« Je devais revenir à Dalat la semaine prochaine. Mais mon cousin s'est avisé d'appeler sa famille aux États-Unis pour me préparer quelques mois de tourisme là-bas ! À Saigon, un de ses amis travaillant au consulat américain m'établira les documents de voyage. Voilà vingt ans déjà que j'ai quitté les États-Unis, j'ai envie d'en revoir les paysages et mes amis. Je serai donc loin de mon petit prince pour quelque temps encore. Pardonne-moi, mon beau garçon, mon ange. Je t'embrasse et je te souhaite beaucoup de bonheur. »

*

Thanh décida d'attendre Tiên Lai.

Pour lui parler d'amour ou pour lui dire adieu ? Il ne savait pas. Vraiment pas. Mais il l'attendrait, c'était décidé.

Il ne pouvait pas partir comme un voleur, il n'avait aucune raison de le faire.

Phu Vuong n'est plus rien pour moi. Je n'ai pas à déguerpir au seul motif que j'ai rompu avec lui ! Ce serait bien défensif de ma part. Je vais l'expulser directement, et le plus tôt sera le mieux.

Le soir même, il dit à Phu Vuong :

— Si tu veux t'établir à Saigon, pars ! Je te donnerai de quoi acheter ton billet et vivre trois mois.

— Tu restes ici ?

— Cela ne te concerne plus.

— Si tu restes, je reste ! Je ne pars pas tout seul !

— Tu penses encore que tu diriges tout. Les gens de ton espèce sont des rois de la manipulation. Avec leur langue, ils donnent des ordres et embobinent tout le monde. C'est grâce à ta langue fourchue que tu as pu offrir à ta mère une maison de trois étages, que tu as vécu à mes crochets. Et quand nous faisons l'amour, c'est toi qui te mets derrière, comme les aristocrates de la Grèce antique. Ce n'est pas vrai ?

— Pardonne-moi, balbutia Phu Vuong.

— Trop tard ! Le fruit est pourri, envahi par les vers. Quand la plaie se gangrène, il faut couper le membre et le jeter. Tu vas partir d'ici le plus tôt possible.

— Je ne veux pas partir seul. Je ne peux pas !

— Tu ne veux pas, mais moi, je veux ! Ici, c'est moi qui décide !

Suivit une minute de silence total. Et soudain Phu Vuong se jeta à terre et enserra les jambes de Thanh :

— Pardon ! Je te demande pardon !

Thanh était stupéfait. Même dans ses rêves les plus baroques, jamais il n'avait imaginé cette situation. Il restait figé telle une statue de bois pendant que Phu Vuong répétait, de plus en plus insistant :

— Pardon, pardon ! Je t'en supplie !

Thanh le repoussait, mais Phu Vuong s'accrochait à lui. Sans l'écouter, comme un drogué en pleine transe, il haletait encore et encore :

— Pardonne-moi ! Je t'en supplie, je t'en supplie.

Et, tout d'un coup, il éclata en sanglots :

— S'il te plaît ! Pardonne-moi ! Je ne peux pas partir tout seul !

Thanh prit peur. Quelle honte, si quelqu'un l'entendait ! Montrant du doigt le plafond, il lança à Phu Vuong :

— Tais-toi ! La propriétaire va tout entendre !

L'autre, devenu sourd, n'écoutait que ses propres lamentations et gémissements. Plus Thanh lui disait d'arrêter, plus il braillait :

— Je suis parti avec toi, je ne peux pas m'en aller seul ailleurs. Pardonne-moi, pardonne-moi !

Thanh était fou de rage. L'attrapant par le col, il martela :

— Tu te tais immédiatement ou je te tue !

Phu Vuong se figea à ces paroles. Lisant la détermination dans les yeux de Thanh, il se tut aussitôt. Ses yeux, encore baignés de larmes, étaient redevenus brillants, craintifs et calculateurs, de vrais yeux de rat. Il alla se rasseoir, fit craquer ses doigts et baissa la tête. Thanh le regardait, médusé.

Que faire avec ce fou ?

Après un moment de silence, il reprit calmement :

— Je ne comprends pas comment j'ai pu t'aimer. Et je t'ai vraiment aimé ! Peut-être ai-je été séduit par ton morceau de flûte, la flûte de Truong Chi. L'art est une putain ! L'art trompe les gens ! Maintenant je vois clair dans ton cœur noir !

Il ne savait plus s'il s'adressait à Phu Vuong ou à lui-même, mais chaque mot résonnait comme un caillou sur son crâne, et cela lui faisait mille fois plus mal que les pierres jetées par les gamins de Lac Thach jadis.

Phu Vuong gardait la tête baissée et agrippa la table de ses mains. Thanh ajouta une dernière tirade, qui le dégoûta dès qu'elle sortit de ses lèvres :

— Tu es un rat qui porte la peste ! Une sale bête nuisible qu'il faut anéantir, pour jeter son cadavre dans une fosse à chaux !

Épuisé, incapable de se mettre à la cuisine, il s'engouffra dans sa chambre, verrouilla la porte et s'écroula sur son lit, le visage tourné vers le plafond pour laisser libre cours à ses larmes. Dans le silence.

Le lendemain, le surlendemain, le jour d'après…

Quelle vie misérable : tous les soirs, Thanh rentrait, faisait le repas, mangeait, puis s'enfermait dans sa chambre. Phu Vuong attendait qu'il ait fini, mangeait à son tour et empilait la vaisselle dans l'évier. Le matin, il se levait le premier, mangeait des nouilles précuites et partait. Puis Thanh se levait à son tour, faisait la vaisselle et prenait son petit-déjeuner, avant de se rendre à son travail. Ils vivaient sous le même toit, mais ne se regardaient plus.

Les choses changeront au retour de Tiên Lai. Je dois le voir avant de prendre une décision au sujet de ma vie.

Vue de l'extérieur, cette vie semblait s'améliorer grandement. Comme s'il était à une croisée des chemins, et entrevoyait la lumière au bout du tunnel.

Au club de tennis, tout le monde se montrait chaleureux avec lui. Les jours où il faisait le coiffeur de la famille royale, il recevait quantité de compliments et de cadeaux. Après trois années de travail pratiquement sans solde, il était assez qualifié pour grimper d'un échelon dans la hiérarchie. Ses talents de coiffeur semblaient lui valoir une autre qualification, symbolique mais plus efficace. Enfin, grâce à sa relation avec Tiên Lai, il n'était plus le petit ramasseur de balles d'antan. Le chef augmenta son salaire de trois points d'indice, au lieu d'un seul point comme à tous les autres. Le directeur du club l'invita à boire un verre, au vu et au su de tous. Il lui offrit même un billet pour aller voir le ballet russe au théâtre de la ville avec son épouse, que Thanh accompagna donc et avec qui il dîna en tête-à-tête au restaurant voisin du théâtre, à une table décorée d'une bougie rose. Dans cette calme petite ville de province, c'était considéré comme le sommet des plaisirs.

Que veux-tu d'autre ? La vie te donne toujours son bras pour t'assister après les épreuves. Partout, des gens gentils sont prêts à t'aider. N'est-ce pas là le bonheur que beaucoup rêveraient d'atteindre ?

Les jours se succédaient. Entre les joies du quotidien et l'impasse de sa vie avec Phu Vuong, Thanh oscillait telle une barque ballottée par les vagues. Plus d'un mois s'écoula, puis le directeur lui remit une deuxième lettre de Tiên Lai qui, cette fois-ci, ne contenait que quelques lignes :

« Mon petit prince,
Je pense énormément à toi.
L'Amérique est immense, l'Amérique est belle, mais ma vraie patrie, c'est toi ! Je compte les minutes qui me séparent du retour. Je te reverrai, mon cœur chaud et ardent. »

Reviens vite, Tiên Lai ! J'ai besoin de toi, j'ai besoin de ton aide pour sortir de mon impasse.

Thanh comptait retrouver cet homme si distingué dans une dizaine de jours, à l'hôtel du Cheval blanc. Il ne savait pas pourquoi ni comment, mais il devinait que Tiên Lai serait son unique recours pour l'aider à se débarrasser de Phu Vuong et l'expulser définitivement de sa vie.

Or, le soir même, Phu Vuong rentra très tard. Il était plus de dix heures, Thanh avait fini de dîner depuis longtemps. Il entamait un nouveau livre, cherchant le sommeil, quand Phu Vuong cogna à sa porte.

— Réveille-toi ! J'ai une urgence !

— Fiche-moi le camp ! Je dors !

Ce chien s'arroge le droit de me déranger ! Il croit que je l'insulte mais qu'au fond de moi, j'ai besoin de lui ? C'est ma faute ! J'ai trop cédé, à cause de mes besoins sexuels !

Cette pensée le fit enrager.

— Sale rat ! Voleur ! Disparais !

— Réveille-toi, c'est urgent, suppliait Phu Vuong tout en continuant de frapper à la porte. Il faut qu'on parte immédiatement, sinon on risque la mort !

Thanh ne dit rien, mais un mauvais pressentiment le saisit.

C'est un voleur, mais peut-être qu'il ne ment pas et qu'il s'est vraiment passé quelque chose de grave.

Il se leva. Phu Vuong, maintenant, sanglotait :

— Il faut qu'on s'en aille dès cette nuit. Ils vont nous tuer tous les deux. Viens, je te raconterai. Je te supplie de m'écouter.

Thanh ouvrit la porte, et une odeur de sang agressa son nez. La tempe de Phu Vuong était ensanglantée.

Il a fricoté avec des truands, maintenant ça va me retomber dessus. Comme une femme adultère qui ramène des ennuis à son cocu de mari !

Il le regarda de la tête aux pieds :

— Tu t'es battu avec des vagabonds ?

— Je ne me suis pas battu, ils m'ont frappé ! J'avais parié aux courses. Et cette fois, j'ai perdu encore plus ! Je ne pensais pas que le sort allait s'acharner ainsi !

D'un ton méprisant, Thanh l'interrompit.

— Stop ! Bien sûr que le sort s'acharne sur un sale voleur comme toi. Abrège, comment ça s'est passé ?

— J'ai perdu six taels d'or. Si dans une semaine je ne les ai pas remboursés, ils me tueront.

— Cela ne me concerne pas.

— Bien sûr que si ! brailla Phu Vuong en braquant sur Thanh ses yeux de rat.

Thanh frémit.

Ce garçon est d'une déloyauté extraordinaire. Cela dépasse l'entendement. Une déloyauté qui est au fondement de sa personnalité, et dont personne ne peut le guérir.

Phu Vuong avala sa salive. Devant le regard interrogateur de Thanh, il expliqua :

— Comme nous vivons ensemble, je leur ai dit que je t'avais confié tout mon argent !

— Quoi ? bafouilla Thanh, stupéfait.

— Je leur ai dit que tu étais très prudent et méticuleux et que c'était toi qui gérais notre argent.

— Quoi ? hurlait Thanh. Alors je suis ton trésorier ?
Le trésorier d'un seigneur, c'est ça, d'un aristocrate de
la Grèce antique ?

Comme Phu Vuong baissait la tête, ses cheveux
poissés de sang apparurent à la lumière et Thanh dis-
tingua un sparadrap. Les voyous l'avaient taillladé au-
dessus de la tempe pour lui donner un avertissement,
puis il l'avaient relâché, et il avait dû aller se faire
soigner dans un dispensaire de quartier ou dans une
infirmerie privée. Il y avait probablement dépensé ses
derniers sous.

Thanh éclata d'un rire tonitruant, tout en sachant
qu'il devrait plutôt pleurer. Puis il pensa à la vieille
propriétaire qu'il risquait de réveiller, et se domina.

— Qu'as-tu d'autre à me dire ?

— Nous devons fuir dès cette nuit. J'ai peur
que…

— Peur, toi ? Quand on se lance dans ces jeux de
riches et de flambeurs, on ne peut pas avoir peur.

— Je t'en supplie. Il faut qu'on s'en aille. C'est
beaucoup plus sûr en pleine nuit, insista-t-il. Ils ne
nous suivront pas, ils pensent que je n'oserai pas fuir.

— Pour quelle raison ?

— Parce que j'ai perdu beaucoup de sang. Ils pensent qu'il me faudra quelques jours pour me rétablir.
Pour fuir, il faut être un peu en forme.

Phu Vuong était gris comme de la cendre. Il avait
effectivement perdu beaucoup de sang. Les truands
avaient dû le retenir un bon moment avant de le laisser repartir.

Thanh le fixait, l'esprit vide. Au bout d'un long
moment, il put enfin réfléchir :

J'avais décidé de rester pour attendre Tiên Lai. Maintenant je dois fuir comme un voleur. Ce passé que je traîne est une prison à détruire. Sans doute, un jour, je tuerai ce chien. Mais dans l'immédiat, il faut que je parte pour préserver ma vie.

— Descends les sacs et range les affaires, dit-il à Phu Vuong.

Ce dernier grimpa sur le tabouret pour atteindre les deux sacs au-dessus de l'armoire, mais il trébucha et tomba au coin du lit.

— J'ai trop faim ! dit-il avant de filer dans la cuisine.

Thanh descendit lui-même les sacs, les épousseta, commença à les remplir. Malgré leurs faibles moyens, la quantité de vêtements accumulés en trois ans était impressionnante.

J'ai un autre sac. Mais il s'agit d'une fuite, pas d'un déménagement ! Je vais laisser l'essentiel de ma garde-robe, un seul sac suffira. Je prends quand même les revues de Tiên Lai, c'est mon bagage professionnel.

Il se mit à trier. Il n'avait pas beaucoup de vestes, mais des pulls et des blousons en quantité. À Dalat, il pleut souvent, on a besoin d'imperméables ; mais il n'en aurait pas besoin à Saigon. Les chemises, si. Pour pouvoir fermer le sac, il ne prit que la moitié de ses pulls et fourra les vêtements restants dans un grand sac de toile blanc qu'il posa contre le mur.

À ce moment, Phu Vuong, qui avait fini de manger, entra pour faire son sac. Thanh rangea ses perruques dans un autre sac de toile qu'il ferma soigneusement. Puis il prit une feuille blanche.

« Chère madame », commença-t-il, mais il s'arrêta aussitôt, découragé.

Je désirais partir. Maintenant qu'il le faut, j'hésite. Comme si je voulais rester, finalement. M'étendre sur ce lit devenu si familier, me plonger dans le sommeil de Dalat. J'aimerais tant retrouver Hông demain aux courts de tennis, pouvoir déjeuner avec lui dans ce restaurant fameux pour son veau grillé. Cette fois, c'est moi qui le régalerais.

Je voudrais revoir la chambre avec la rose sur la nappe blanche. Revoir la chevelure bouclée de Tiên Lai, avec ses quelques mèches blanches…

Un bruit de casse l'arracha à ses pensées : Phu Vuong avait laissé tomber le cendrier coloré qui était sur la table.

— Qu'est-ce que tu fais ?

— Un faux mouvement.

— Ce cendrier était en plein milieu de la table, comment a-t-il pu se retrouver par terre ?

— Je l'ai pris pour le regarder et il m'a échappé des mains.

Ses yeux étaient enfoncés dans leurs orbites. Aucune lumière ne les éclairait plus.

Il se venge ! Ce cendrier était un objet ancien auquel la propriétaire tenait. Un objet artisanal, orné de frises baroques, plutôt fait pour décorer un salon. Je me demande combien je dois le lui rembourser.

Il se tourna vers Phu Vuong :

— Tu as été maladroit et c'est moi qui dois payer, c'est ça ?

Même si je veux rester ici, je ne peux pas le faire avec un crétin pareil. Ce type est une catastrophe ambulante qui me colle à la peau. Il faut que je parte.

C'est le seul moyen pour l'expulser de ma vie plus tard.

Il continua sa lettre :

«Je suis confus de devoir vous quitter si soudainement. Je ne sais pas si j'aurai un jour l'occasion de vous revoir pour vous en expliquer les raisons, mais j'espère que vous comprendrez que je ne suis pas de ces êtres déloyaux qui cachent leurs méfaits. Les trois années passées ici ont été calmes, pleines de beaux souvenirs avec vous et mes nouveaux amis en ville. Je regrette énormément de devoir quitter Dalat. Mais les circonstances m'y obligent, je n'ai pas le choix. Veuillez trouver ici trois mois de loyer, plus un mois supplémentaire pour vous rembourser le cendrier cassé. J'ignore son prix, mais je ne veux pas vous réveiller pour vous le demander. Si nous nous revoyons un jour, je vous promets de vous régler éventuellement le solde. Les vêtements dans le grand sac blanc sont à donner aux pauvres. L'autre sac contenant les perruques, vous pouvez le jeter. Je vous laisse mes livres. J'accrocherai les clés au clou, derrière la boîte aux lettres du portail. Encore une fois, merci infiniment pour les jours chaleureux que j'ai passés en votre compagnie. Je suis certain que Dieu protégera la femme douce et bienveillante que vous êtes.

Nguyên Ngoc Thanh.»

Il mit l'argent dans l'enveloppe. Plus tard, au salon, il vit Phu Vuong en train de lire sa lettre.

— Pourquoi tu lui règles trois mois de loyer ?

— Le bail stipule qu'il faut trois mois de préavis, le temps que les propriétaires trouvent un nouveau locataire. Ce n'est pas un cadeau que je lui fais, c'est la loi.

— N'importe quoi ! Elle est ici, nous, on sera à Saigon. Comment fera-t-elle pour réclamer ? Donne-moi l'argent, je sais quoi en faire, dit-il en attrapant l'enveloppe.

Thanh lui asséna son poing en pleine figure.

— Petit con !

Phu Vuong s'effondra, et Thanh ramassa l'enveloppe.

— Ce n'est pas parce que je vis avec toi que je suis aussi malhonnête !

Il monta à l'étage, glissa silencieusement l'enveloppe sous la porte de la vieille dame et redescendit.

Phu Vuong, toujours à terre, avait réussi à s'adosser au mur.

Ce nouveau chemin, il faut que je m'y engage avec un être qui m'est indifférent ou, pire, que je hais. Même un chien battu peut susciter de la pitié. Lui, non. Absolument pas. S'il mourait, son cadavre ne m'inspirerait que le dégoût qu'on a pour une chose laide, un seau en fer rouillé, un bout de bois pourri.

Sa montre indiquait trois heures quarante. Dehors, il faisait nuit noire. Le chant d'un coq retentit. Thanh vérifia l'état des deux pièces, aperçut les couvertures de Phu Vuong roulées en boule sur le coin du divan. Il les plia, puis les rangea sous l'oreiller. Le sol n'était pas impeccable, mais il l'avait nettoyé la veille. Restaient les vitres qu'il n'avait pas faites depuis deux semaines, mais il n'avait plus le temps. Après s'être assuré que tout était en bon état, il s'assit pour contempler une dernière fois les lieux, qui lui parurent à la fois familiers et étrangers. Pendant trois ans il avait vécu entre ces murs, il en connaissait chaque clou, chaque tableau. C'étaient des reproductions de Van Gogh, encadrées avec goût. La propriétaire aimait particulièrement les paysages de ce peintre hollandais, elle en avait aussi chez elle. Le champ de blé avec cyprès, les oliviers, le champ de blé aux corbeaux, la vigne rouge, les saules au soleil couchant, le paysage au lever du soleil, l'église d'Auvers. En trois ans, ces images lui étaient devenues si familières, et maintenant il allait les quitter. Sans date de retour.

Je ne reverrai plus Tiên Lai ?

Thanh avait cru voir le visage de l'homme derrière les tableaux, et il eut un pincement au cœur.

Quelle question idiote ! Il n'est qu'un tableau, lui aussi, un tableau de chair et d'os, que je ne reverrai pas plus que ceux-ci.

Énervé contre lui-même, il lorgna sa montre : quatre heures douze.

— On y va ? dit-il d'une voix impérieuse. Ce départ, tu l'as voulu, non ?

Phu Vuong se leva en silence. Ils attachèrent leurs sacs sur les vélos et sortirent. Après avoir accroché les clés derrière la boîte aux lettres, ils pédalèrent en direction de la ville. Dans le brouillard, la route semblait un ruban de soie. Les lucarnes ovales du couvent et son toit couvert de mousse apparurent. Il y avait de la lumière à quelques fenêtres.

Que peuvent faire les sœurs à cette heure-ci ? Il est trop tôt pour la prière et, de toute façon, elles prient dans le bâtiment d'à côté. Ce qui est sûr, c'est qu'elles ne préparent par leur fuite comme moi. Peut-être sont-elles en train d'écrire des lettres ? Et à qui, sinon à leurs amants ?

Puis une pensée triste l'envahit :

Je n'ai encore jamais écrit de lettre d'amour. Et sans doute ne le ferai-je jamais. Mon sentiment amoureux n'a pas pu se développer, comme ces courges à peine naissantes et déjà détruites par les abeilles. Mon âme n'est qu'un terrain vague jonché de tuiles et de briques cassées, sans le moindre ouvrier pour ériger le château.

Un camion fonçait droit sur eux. Thanh se serra contre le trottoir, sauta de son vélo. Avec ce brouillard, si le chauffeur s'était assoupi, un accident était inévitable. Le camion passa en vrombissant, dans une odeur écœurante de mazout. Encore un peu, et Thanh et son vélo se faisaient écraser par cette énorme masse métallique. Devant lui, Phu Vuong resurgit à quatre pattes du fossé. Plus prudent, il avait sauté au fond et s'y était terré comme un crapaud.

— C'est affreux ! dit-il en tremblant.

— Tu peux le dire ! répondit Thanh, tout aussi secoué. Puis, ayant repris son calme : À cette heure-ci, les honnêtes gens ne sont pas dehors. Seuls les hiboux sortent la nuit.

— Reposons-nous dix minutes. Il fait trop noir.

— Sais-tu à quelle heure part le premier car ?

— Non, balbutia Phu Vuong. Je n'ai pas eu le temps de me renseigner.

— Tu veux t'enfuir et tu ne connais pas les horaires de car ? lâcha Thanh, partagé entre mépris et colère. Le premier départ pour Saigon est à six heures moins le quart. Et il est déjà cinq heures moins vingt.

Phu Vuong reprit son guidon sans un mot. Ils continuèrent leur chemin et arrivèrent en ville au bout d'un quart d'heure. Il faisait déjà un peu moins sombre et, grâce à l'éclairage plus dense qu'en banlieue, la route était bien visible. Des balayeurs s'activaient, emmitouflés dans leurs cache-poussières et coiffés de chapeaux coniques. Au réveil d'une ville, le premier bruit est sans doute celui des balais sur la chaussée. Thanh contempla les enseignes de néon qui avaient clignoté toute la nuit, les grands lampadaires au mercure, les affiches géantes aux carrefours et sur les murs des immeubles.

Adieu, Dalat ! Adieu, Tiên Lai ! Les événements ont déjoué toutes nos prévisions. Nous ne sommes, toi et moi, que de pauvres marionnettes actionnées par des puissances invisibles. Nos volontés ne sont qu'illusion, aussi fugaces que des feux follets. Pourtant, au moment de quitter Dalat, je mesure combien tu me manques. Cette séparation est inconcevable, c'est un accident, oui, un accident parmi tous ceux de la vie.

Ils traversèrent la ville pour atteindre la gare routière située à l'opposé. Le logo de la compagnie de cars était une rose, qui rappela à Thanh celle que Tiên Lai posait sur la nappe blanche de son salon. Il ne put réprimer un soupir. Le bâtiment central était encore fermé, mais les voyageurs étaient déjà nombreux dans la salle d'attente et sur la terrasse. Thanh aperçut, à gauche de la plateforme, un petit mur de béton peint en blanc où étaient attachés des deux-roues.

— Attachons nos vélos là.

Thanh laissa la clé sur son cadenas, en expliquant :

— Mon vélo servira sûrement à quelqu'un.

Phu Vuong, lui, jeta sa clé sur le trottoir d'en face.

— Pourquoi tu l'as jetée ?

— Parce que j'en avais envie ! Pourquoi faciliter la tâche aux autres ?

— Ces vélos, nous ne pouvons pas les emporter. Alors autant les laisser à ceux qui en ont besoin ici, avec leurs clés de cadenas. Va la chercher !

— Non !

— Je t'ai dit de la retrouver et de la remettre à ton cadenas, tu m'as entendu ? » Puis, avec un sourire narquois et menaçant : « Sinon je suis prêt à te donner quelques coups de poing encore pires que tout à l'heure. J'en ai très envie, subitement. Je serai bien content de te péter la gueule et de te voir par terre, la tête éclatée, comme un chien.

À ses yeux injectés de sang, Phu Vuong comprit qu'il n'hésiterait pas. Il sauta par-dessus le muret pour aller ramasser sa clé et revint la mettre en place.

Alors Thanh reprit :

— Tu es un être foncièrement mauvais. Depuis que je te connais, jamais je ne t'ai vu faire quelque chose de bien pour autrui. Tu es sans doute né pour détruire. Il n'y a rien de constructif dans ton âme. Dire que j'avais pensé vivre durablement avec toi, dans un nid douillet. Ma stupidité est sans borne.

— Je suis comme je suis, je n'ai pas besoin qu'on me dise ce que je dois faire.

— Moi non plus ! Ce qui vient de se passer montre une fois de plus que nous devons nous séparer. Sans quoi j'en viendrais à te tuer un jour. Est-ce clair ?

Phu Vuong resta muet, Thanh tourna les talons et s'en alla vers la salle d'attente. Les premiers cars commençaient à entrer dans la gare, les uns derrière les autres. C'étaient les cars pour Saigon.

*

Le soleil de Saigon !

Thanh baignait enfin dans ce soleil du Sud dont il rêvait depuis si longtemps et qui brillait déjà dans ses yeux au milieu des nuits de Dalat. C'était comme un air qu'il respirait, ce soleil. Il lui entrait dans les narines, chauffait tous les poils de son corps, couvrant sa peau de sueur.

Le soleil de Saigon inonde les rues. Il est brûlant comme le feu, doré comme la paille. Il chauffe l'atmosphère, allume les mèches de la colère, gâte les aliments et enrichit les vendeurs de boissons fraîches. C'est le dieu financier le plus généreux, protecteur des cafés et buvettes de la ville et de sa banlieue. Depuis les stands sur les trottoirs, où le bas peuple s'abreuve pour quelques sous de canne à sucre pressée et glacée, de lait de coco réfrigéré ou de compotes de doliques noirs à la gelée, jusqu'aux luxueuses tavernes climatisées où un jus de fruit coûte dix fois plus cher qu'ailleurs, où la clientèle possède des dollars et porte bijoux et vêtements achetés à Hong Kong ou à Singapour. Mais, dans tous les cas, il s'agit de répondre à un unique besoin : lutter contre le soleil, ou du moins s'en abriter.

— S'abriter du soleil ?

— Exactement.

— Mais comment faire, dans cette région équatoriale ?

— On n'y parvient pas de façon continue, mais parfois on a besoin d'une pause, comme un entracte au théâtre. Ou, plus exactement, on a besoin d'un produit pour supporter le soleil, comme la compote de mungo fait passer l'excès d'alcool.

Seuls les gens du pays en comprennent la nécessité. Seuls les gens du pays connaissent le revers de la médaille, le visage terrifiant de ce soleil dont la splendeur est si souvent célébrée par les poètes et les artistes.

Si les Occidentaux, dans leur passion un peu sotte du soleil, se dénudent pour carboniser leur corps tout blanc, les Vietnamiens fuient le soleil comme les souris fuient la lumière. Ils sont comme les tamariniers sauvages, au tronc acide et visqueux, aux feuilles pâles, aux fleurs mauves, qui ne poussent qu'à l'ombre de grands arbres touffus, dans une pénombre perpétuelle. Le hic est qu'ils sont nés dans un pays tropical, mais qu'ils détestent le soleil. Ils rêvent d'avoir la peau claire, et ne comprennent pas ces dingues d'Occidentaux qui font tout pour gâter le teint idéal dont le ciel les a dotés.

«De la satiété naît la démence, du bonheur naît la graisse. Seuls les fous veulent noircir leur peau blanche. Alors qu'un Michael Jackson a dépensé des millions de dollars pour blanchir sa peau noire!»

Voilà ce que pensent les Vietnamiens des Occidentaux.

«Dans ce monde, tout marche sur la tête. Pourquoi le Créateur n'a-t-il pas fait naître ces fous d'Européens ici, pour qu'ils y gagnent une sainte frousse du soleil? Alors que nos femmes, qui n'ont jamais connu l'islam, s'emmitouflent dans trois épaisseurs de voile pour labourer dans les rizières ? »

Preuve qu'on est toujours préoccupé par les injustices que l'on pense devoir subir.

Voilà à quoi songeait Thanh dans les rues, en regardant le ciel à travers la frondaison des arbres et en écoutant bavarder les habitants de cette mégapole, la plus peuplée et la plus bruyante de la péninsule indochinoise. Le soleil de Saigon était terrible, mais en même temps, ses rayons redoutables étaient synonymes de liberté. Aussi l'acceptait-il, au lieu de le haïr comme il aurait dû. Il pensait même qu'un jour, il l'aimerait.

Le soleil de Saigon ferait partie de cette vie qui s'ouvrait devant lui.

Depuis deux semaines, il vivait libre. Enfin. Arrivé à Saigon, il avait dit à Phu Vuong de garder les sacs et de l'attendre dans un café. Il alla aux toilettes, sortit un tael d'or de sa ceinture, puis se rendit dans une bijouterie. En revenant, il donna à Phu Vuong de quoi vivre et se payer une chambre pendant trois mois.

— Je te l'avais promis. Tiens !

Phu Vuong reçut l'argent sans dire mot et le rangea dans la poche intérieure de sa veste.

Sans même lui jeter un regard, Thanh ramassa son sac et sortit appeler un cyclo.

— Au marché Bên Thanh, s'il vous plaît.

Le conducteur fit demi-tour pour prendre une rue adjacente. Assis sur le siège, Thanh regardait droit devant lui, sachant que derrière, Phu Vuong le suivait du regard devant son verre de soda. Son cœur battait la chamade :

Il va me poursuivre. Ou alors il hurlera, pleurera en pleine rue. Il est capable de se rouler par terre et de brailler. C'est une crapule, avec lui on peut s'attendre à tout.

La sueur lui coulait dans le dos rien que d'y penser.

Mais rien. Pas de cris. Seulement le bruit assourdissant de la rue. Ce ne fut qu'après plusieurs centaines de mètres que Thanh osa enfin se retourner. Geste inconscient.

Suis-je sauvé ? Pourquoi a-t-il accepté cette séparation ? Une hyène lâche-t-elle le bout de viande qu'elle tient entre ses mâchoires ? Uniquement s'il est empoisonné. Il a dû comprendre que sans ça, je le tuerais vraiment. Cette histoire de clé était une bonne chose. L'altercation a été décisive, pour lui comme pour moi.

Il se tourna vers le conducteur du cyclo :

— Vous habitez à Saigon même ou en banlieue ?

— Vous croyez que Saigon, c'est dans mes moyens ? répondit l'homme, puis, devant la mine ébahie de Thanh, il ajouta : Mais je ne peux pas non plus habiter une vraie banlieue car je n'aurais plus de jambes, à pédaler jusqu'ici. J'habite de l'autre côté de l'aéroport, à la limite de l'arrondissement de Phu Nhuân.

— Entre Phu Nhuân et ici, quel est l'arrondissement le plus riche ?

Sa question naïve fit rire le cyclo.

— C'est la première fois que vous venez à Saigon ?

— Oui, je suis passé il y a quelques années, mais pour une nuit, dans une auberge à côté de la gare routière.

— Évidemment. Personne n'irait comparer le premier arrondissement avec Phu Nhuân. Ici nous sommes dans la vieille ville, alors que Phu Nhuân est un faubourg plus récent. Les habitants y sont moins riches, bien sûr, mais là-bas, il y a plus de potentiel car c'est proche de l'aéroport et il y a encore des terrains.

— Alors, à Phu Nhuân !

Le cyclo tira aussitôt sur son frein.

— Vous plaisantez ?

— Non, dit Thanh. Je vous paierai deux courses, ne vous inquiétez pas. Je ne suis pas un voleur, et vous non plus, je crois. Dites votre prix.

Le cyclo lui annonça un prix équivalent à celui d'une longue course à Dalat.

— C'est plus cher qu'à Dalat, mais d'accord.

— Oui, mais vous allez où ? Car, pour ce prix-là, je vous emmène au centre de l'arrondissement, pas plus loin. Phu Nhuân est immense, si vous voulez vous rendre de l'autre côté de l'aéroport, vers là où j'habite, c'est différent.

— Je vais au centre. En fait, je cherche une auberge bon marché.

— Dans le centre, il n'y a que des hôtels trois ou quatre étoiles. Mais je connais un fonctionnaire à la retraite qui loue des chambres à des étudiants pour se faire un peu d'argent. Sa maison est dans une petite ruelle, le loyer n'est pas très élevé. Si vous voulez, je peux vous y conduire.

— Ça devrait convenir. Moi aussi, je suis une sorte d'étudiant qui cherche du travail après ses études.

Le cyclo, rassuré sur son client, prit un autre chemin.

Les événements s'enchaînèrent comme en rêve, ou plutôt comme en un éclair. Le cyclo roula jusqu'à l'entrée de la ruelle, qui était en si mauvais état, pleine de trous et de bosses, qu'ils durent mettre pied à terre tous les deux et marcher. Elle était longue et bordée de hauts immeubles, donc ombragée. Après le soleil tapant, il semblait à Thanh qu'il replongeait dans la fraîche brume de Dalat. Il remercia secrètement le destin d'avoir mis ce cyclo sur sa route. Après environ cinq cents mètres, ils arrivèrent devant chez le fonctionnaire en question, tout au bout de l'impasse. Grâce à cette situation et à la proximité d'un bout de terrain vague, le propriétaire avait pu ériger une bâtisse de deux niveaux, chacun pourvu de deux chambres. Ce bâtiment, face à celui où il logeait, avait été visiblement construit pour être loué. Le propriétaire était assis dans un fauteuil roulant, devant une télévision de la taille d'une grande valise. Tout était ouvert, on le voyait de loin.

— C'est lui, le propriétaire. Vous avez de la chance. D'habitude, à cette heure, il est au club d'échecs.

— Il y a un club d'échecs dans cette ruelle ? demanda Thanh, sceptique.

— Non, dans la rue d'à côté. C'est un club pour retraités. Maintenant, payez-moi, je dois faire encore quelques courses.

— Restez là pour l'instant, je vous paierai le temps d'attente. Si ça ne marche pas ici, il faudra que je cherche ailleurs.

— D'accord. Si vous me payez, je vous attends. Mais ne vous inquiétez pas !

Le cyclo avait raison. Un client honnête qui arrive est toujours une manne pour un propriétaire. Sur les quatre chambres, trois étaient encore libres. L'infirme abandonna sa télévision pour rouler son fauteuil à leur rencontre.

— Bonjour, monsieur Trân, je vous amène un client !

— Bonjour, entrez tous les deux ! répondit chaleureusement l'homme en leur montrant le canapé le long du mur. Et quand ils furent assis : Que puis-je vous servir ? J'ai de la bière, du jus d'orange en bouteille ou de l'eau minérale.

— Je veux bien une bière, répondit le cyclo.

— Merci, dit Thanh. Je n'ai pas soif, j'ai bu pendant tout le trajet.

— Ce jeune homme vient d'arriver de Dalat, il cherche un logement, je l'ai tout de suite amené chez vous, dit le cyclo.

— Merci ! Vous avez de la chance, j'ai trois chambres libres, les étudiants ont terminé leur bail il y a juste deux semaines. J'ai fait faire le ménage ce matin.

Thanh lui présenta sa carte d'identité, qu'il examina.

— J'ai un garçon qui s'appelle aussi Thanh. Il n'est pas mal, mais moins beau gosse que vous. Puis, se tournant vers l'escalier, il appela : Mademoiselle Nhan, pouvez-vous faire visiter les chambres au client ?

Pour toute réponse, un traînement de sandales. Une jeune femme d'environ trente ans apparut.

— Bonjour !

Sans un mot de plus, elle se dirigea vers la sortie. Ces manières firent hésiter Thanh, mais le propriétaire le pressa :

— Allez-y ! Suivez-la pour voir les chambres.

Il s'exécuta en pensant :

Si la chambre est correcte et le loyer acceptable, je passerai outre à cette attitude étrange. Sinon, je décampe d'ici.

La jeune femme l'attendait.

— Vous voudriez être au rez-de-chaussée ou à l'étage ? lui demanda-t-elle, la mine fermée, le regard toujours vissé au sol.

Tout cela la rendait antipathique, malgré ses traits agréables.

— J'aimerais visiter les deux, répondit-il.

Elle lui ouvrit la chambre du rez-de-chaussée.

Cette dernière sentait encore les produits d'entretien et un parfum d'ambiance bon marché. Elle venait d'être nettoyée. C'était assez propre, avec un grand lit de bonne facture, sous lequel un tiroir servait de rangement. En guise de bureau, une petite table avec deux chaises. De grandes étagères aux formes géométriques couvraient tout le mur principal, où étaient disposés une télévision et divers bibelots. Dans un coin, un ventilateur électrique.

Ça pourrait aller. Le ventilateur convient pour une personne. Les nombreuses étagères peuvent contenir pas mal d'objets usuels et de livres. J'ai laissé tous les miens à Dalat, j'en achèterai d'autres ici. C'est moins bien qu'à Dalat, mais ça me dépannera, en attendant mieux.

La chambre comportait des annexes : d'un côté les toilettes, de l'autre la cuisine, reliées par un couloir. C'était pratique, sans être esthétique. Cela convenait pour un jeune, la jeunesse n'ayant besoin que de sa propre lumière. Si une personne âgée avait dû y vivre, elle aurait dépéri dans cette architecture banale qui aurait encore aggravé les ravages du temps.

Je vais signer un bail court, et voir comment les choses tournent. Je ne pense pas rester longtemps ici, mais je me sens en ce moment comme un bouquetin déplacé en plaine, totalement perdu. Ce cadre de vie, c'est une épreuve à accepter.

— C'est bon ? demanda la femme.

— Oui, merci.

— Je vais vous montrer les chambres à l'étage.

Elle repartit, Thanh sur ses talons. Il observait le corsage à fleurs jaunes moulant des formes pulpeuses, et se demandait pourquoi un corps aussi beau et désirable était surmonté d'une tête aussi maussade.

Il n'y a pas de miracle. J'avais eu une chance inouïe avec ma propriétaire de Dalat. Je ne peux pas en espérer autant partout ! Il faut de tout pour faire un monde.

La clé grinça en tournant.

— Le vieux radin ! grommelait la jeune femme. Je lui ai pourtant dit et redit de faire huiler cette serrure !

Thanh ne disait mot, mais il était content de l'entendre râler plutôt que de continuer à voir ce visage aussi muet et lourd qu'un pavé.

— Entrez ! fit-elle en poussant la porte.

La chambre était disposée comme celle du rez-de-chaussée mais plus haute de plafond, plus aérée. On y sentait la brise. Sur le plafond se profilait l'ombre d'un caïmitier dans le jardin voisin, dont les branches passaient par-dessus le mur de séparation.

Cette chambre est abritée du soleil, sauf en plein midi. Le matin, l'après-midi, elle recevra l'ombre des hauts immeubles voisins.

— Je vais prendre celle-ci, pas besoin de visiter la dernière.

Au salon, le propriétaire l'accueillit en souriant de toutes ses dents – mal plantées et tachées de nicotine, à l'exception de quatre prothèses dentaires immaculées.

— Alors, ça vous va ?

— Oui. Pouvez-vous m'indiquer les tarifs ?

Le propriétaire sortit de son tiroir un carton de couleur ivoire, plastifié comme les menus dans les restaurants populaires.

Thanh le parcourut rapidement : rien d'extraordinaire pour un hôtel d'étudiants. Le bail minimal était de trois mois, le locataire payait sa consommation d'eau et d'électricité selon les relevés de compteurs. Ustensiles et meubles devaient être rendus en l'état.

— Pouvez-vous m'établir un bail pour trois mois ?

— Seulement ? s'étonna le propriétaire en haussant les sourcils.

— Je suis en recherche d'emploi. Si j'en trouve dans cet arrondissement, je prolongerai.

— Ah bon, d'accord ! répondit le propriétaire en se tapant le genou. Première fois que je signe un bail de trois mois. La plupart de mes clients étudiants louent pour un an.

— J'aimerais bien trouver du travail dans le coin et signer pour trois ans ! dit Thanh en souriant.

Le propriétaire, comme s'il n'attendait que ce moment pour arborer encore une fois son grand sourire, approuva :

— Je vous souhaite d'en trouver très vite.

Thanh paya le cyclo, qui toucha également une commission du propriétaire et, après avoir signé le bail et payé un trimestre d'avance, il monta à l'étage.

Aussitôt la porte refermée, il balança son sac par terre, alluma le ventilateur et se jeta sur le lit, le visage tourné vers le plafond blanc. Il resta ainsi un bon moment, la tête vide, sans une pensée, se laissant envahir par un état étrange, inconnu. Puis, ayant enfin pris conscience qu'il se trouvait bien dans une nouvelle ville, au seuil d'une nouvelle vie, il ferma les yeux et hurla :

— Libre ! Je suis libre !

«Libre», répétaient les murs en écho.

Il se leva précipitamment pour allumer la télévision.

Je crie trop fort, le propriétaire pourrait croire que je sors de prison !

La voix d'une chanteuse emplit la pièce et il se laissa retomber sur le lit, gigotant des bras et des jambes comme un nourrisson, avant de crier encore, un peu plus bas cette fois :

— Libre ! Enfin libre !

Deux semaines déjà ! Il ne s'était toujours pas habitué au soleil de Saigon, même si les nuits étaient moins étouffantes qu'il ne l'avait craint. Le jour, le soleil vous rôtissait le visage et, la nuit, la brise mettait comme un baume frais sur ces brûlures. La nature sait être aussi intrigante que les hommes. Est-ce parce qu'elle doit composer avec l'espèce humaine ? Thanh adorait se promener la nuit. Le soir, au coucher du soleil, les salons de coiffure s'animaient, il y retrouvait son monde. S'étant acheté une carte de la ville, il sillonnait les rues des principaux quartiers. Il observait les salons les plus en vue, les classiques, réservés aux hommes mûrs, et ceux qui, plus à la page, se spécialisaient dans les styles modernes venus de l'étranger. Seuls quelques-uns pouvaient rivaliser avec celui de Tiên Lai. Dans la plupart, le décor était très chargé, avec une multitude d'outils rangés sans la moindre notion d'ergonomie. Thanh mesurait maintenant combien son ancien amant était doué.

Mon amant éphémère, mon amant perdu… Le poisson qu'on a laissé filer n'est-il pas toujours le plus gros ? Pourquoi n'ai-je pas été chaviré par son amour à Dalat, quand nous nous baignions ensemble ? Mais ne revenons plus en arrière, il me faut trouver un travail, un moyen de subsistance.

Il essayait d'organiser sa vie. Ayant fait le tour des principaux salons de la ville, il comprit qu'avec les sept taels d'or qui lui restaient, il lui serait impossible d'en louer un et de l'exploiter seul. Les prix des locations étaient très élevés, et de plus il lui faudrait s'équiper entièrement. Un beau salon devait être climatisé, posséder une machine à faire du café glacé, sans compter les fauteuils pour le shampoing, les casques de mise en plis et les outils de première qualité. Le confort des clients était la clé du succès, comme dans tous les métiers de service. Mais les autres fondamentaux, les instruments et les produits, garantissaient la renommée du patron. Après avoir bien réfléchi, il décida plutôt de collaborer avec un propriétaire ayant déjà pignon sur rue et à la recherche de nouveaux talents. Dès lors, il éplucha les petites annonces.

Chaque matin au kiosque, il essayait divers journaux, puis il se concentra sur un seul. Au bout de la troisième semaine, il avait repéré onze adresses, qu'il entreprit de visiter. La plupart des salons lui parurent suspects d'emblée, car ils semblaient avoir passé leur annonce pour se faire de la publicité ou pour tromper les gens. C'était gros comme le nez au milieu de la figure. La plupart annonçaient : «Recrute coiffeurs de talent», mais quand il arrivait, on l'entretenait de tout sauf du métier. En outre, les outils et accessoires étaient de piètre qualité. Les coiffeuses étaient pratiquement toutes des jeunes filles qui, ondulant de la croupe, faisaient danser leurs ciseaux autour de la tête des clients plutôt qu'elles ne les coiffaient. Visiblement, c'était à d'autres parties du corps que leurs services s'adressaient. Dans trois salons, Thanh constata une vraie volonté de s'améliorer, mais les patrons se révélèrent trop conservateurs, ils ne semblaient pas avoir bien compris les besoins de la profession ou se faisaient des idées fausses sur la bonne façon de se perfectionner. Bref, les espoirs étaient grands, mais les capacités insuffisantes. Comme souvent, ils voulaient investir peu et gagner gros, faire fructifier leur argent à la vitesse d'un train express.

Thanh perdit confiance.

Trop difficile de trouver un bon salon. Ces gens veulent du prêt-à-consommer, qui rapporte tout de suite. Une attitude qui ne favorise guère la créativité ni le développement à long terme. Je suis dans une impasse.

Subitement, il pensa à Tiên Lai :

Il est rentré à Dalat. Va-t-il me chercher ? Comme un fuyard que j'étais, je n'ai rien laissé derrière moi. Que va-t-il penser ? Que je suis un égoïste ? Un fourbe ? Un type qui s'en va comme un voleur, sans un mot, sans un adieu ? Lui qui m'avait offert de si beaux moments de bonheur, et est même allé porter un message de ma part rue Tan Da !

La conscience de son ingratitude lui était douloureuse. Mais une idée lui vint :

Et si moi, je le cherchais ? Il n'a pas mes coordonnées, mais moi, je sais comment le joindre, soit aux courts de tennis, soit à l'hôtel du Cheval blanc. Je pourrais écrire à Hông pour lui demander de lui transmettre ma lettre, directement ou par le directeur. Rien n'est donc impossible. J'ai toujours une solution en mains.

Mais un instant après, elle lui semblait absurde. Alors qu'il commençait une lettre à Hông, il lâcha son stylo.

Non ! Je ne peux agir ainsi. Prétexter l'amour pour quémander de l'aide ? Quelle honte ! Je n'ai pas été élevé comme ça. Je mêle le désir de mon cœur et la fébrilité d'un lâche qui a besoin d'une protection. Allons ! Je suis jeune, il faut que je prenne tout seul le chemin de ma vie. Que je marche sur mes deux jambes.

Il resta prostré dans sa chambre pendant trois jours, à regarder la télévision du matin au soir. Le quatrième jour, se sentant de nouveau d'attaque, il se leva tôt, mangea un pho à l'échoppe du bout de la ruelle, puis se rendit à son kiosque à journaux habituel. Le vendeur n'était pas encore arrivé, Thanh prit un café et fit un tour. À son retour, il s'acheta le *Saigon-Market* et remarqua une annonce encadrée, qui avait donc coûté deux fois plus cher à l'annonceur.

«Salon de coiffure de luxe Linda
Recrute coiffeur expert, homme ou femme.
Exigences :
bonne présentation, bonne culture générale.
Niveau scolaire : lycée minimum.
Entretien au salon.»

L'annonce l'amusa, il éclata de rire :

Que veut dire «bonne présentation»? Celui qui a écrit cette annonce n'est pas très précis, ou n'en fait qu'à sa tête. «Bonne culture générale», suivi de la précision «niveau lycée minimum». Je n'ai jamais lu d'annonce aussi extravagante. Mais allons-y! Au moins je rencontrerai son auteur, ce qui sera peut-être l'occasion d'une bonne rigolade!

Il faut dire aussi que le salon Linda se situait tout près de chez lui, dans la rue du caïmitier dont les branches lui donnaient de l'ombre.

Le salon était grand : soixante-dix mètres carrés environ. L'enseigne prenait quasiment les trois quarts de la devanture. Les accessoires de travail semblaient être de bonne qualité et avaient dû coûter assez cher, mais ils étaient totalement dépareillés. On aurait dit un Asiatique aux yeux bridés, en

tunique traditionnelle de gaze noire et en coiffe noire
de soie plissée, mais qui aurait porté en dessous un
jean dernier cri plein de trous et de déchirures laissant voir à dessein un peu de cuisse, un peu de fesse,
et des poils aux mollets. (Pour les Vietnamiens, les
hommes sans poils aux jambes sont vils et mesquins,
et mieux vaut éviter d'avoir affaire à eux. Les jeans
modernes sont donc pratiques pour afficher qui on
est : plus on a de poils, plus on ouvre la brèche pour
les montrer.)

Une femme abandonna son shampoing pour
accueillir Thanh. Le voyant dubitatif, elle lui sourit
comme pour l'inviter muettement à entrer. Il lui rendit son sourire.

— Entrez donc, insista-t-elle.

Thanh foula le tapis de l'entrée. La coiffeuse, la
cinquantaine environ, écarta son masque d'une main
savonneuse.

— Vous souhaitez une coupe ?

— Non, je viens voir…

— Vous venez pour…

Se ravisant, elle s'interrompit pour se tourner vers
le fond où se trouvait l'escalier menant au premier.

— Yên ! Viens, Yên !

Aucune réponse. Elle continua de gueuler comme
une paysanne aux champs :

— Yên ! Viens vite, il y a quelqu'un !

— J'arrive ! répondit une autre voix de femme,
douce mais un peu boudeuse. Qu'as-tu à me presser
ainsi ? J'étais aux toilettes !

Ensuite on entendit toute une conversation entre la
fameuse Yên et son mari.

— Tiens, tu peux prendre le bébé un moment ? Je descends voir qui c'est.

— D'accord, mais dépêche-toi, je suis déjà en retard.

— Ce n'est pas grave ! Personne ne t'embête au bureau !

— Bon, vas-y ! Les désirs d'une femme sont des ordres !

Puis, tout d'un coup, on entendit le mari s'exclamer :

— Oh ! le petit chéri à son papa a fait pipi dans sa culotte ? Attends, je vais te changer… Quand tu seras grand nous irons nous promener, toi et moi, et maman gardera la maison !

Des bruits de pas dans l'escalier, et une jeune femme, gracieuse dans sa tunique blanche bordée de dentelles, apparut. Elle s'arrêta net sur le seuil, les yeux rivés sur le visage de Thanh, sans prendre le temps de dire bonjour. Elle l'inspecta des pieds à la tête, plusieurs fois, puis ses yeux s'éclairèrent et elle lança gaiement :

— Vous êtes… Vous êtes…

Thanh s'avança :

— Bonjour, madame.

— Bonjour, bonjour, jeune homme, gazouillait-elle, les yeux écarquillés d'une joie manifeste. Vous êtes… Vous êtes… homo, n'est-ce pas ?

Personne encore ne lui avait posé une question aussi directe. Mais cette femme le faisait avec une jubilation si naturelle et si naïve qu'il en fut déstabilisé et se contenta d'un grand sourire muet. Aussitôt elle se retourna et cria en direction de l'escalier :

— Hai ! Descends, descends vite ! La chance vient d'entrer chez nous !

Un homme d'apparence herculéenne descendit l'escalier, son fils dans les bras. On aurait dit un taureau, tant la testostérone lui sortait par tous les pores. Visage carré, mâchoire épaisse, cou vigoureux et rouge comme celui d'un ivrogne. Sa pilosité n'était pas en reste ; ses cheveux et ses sourcils d'un noir intense étaient complétés d'un collier de barbe allant d'une tempe à l'autre. Il portait un pull noir, un short kaki à quatre poches, dans le style des commerçants ou des patrons à la page. Tout comme sa femme, il inspecta longuement leur visiteur avant de lâcher :

— Bonjour, jeune homme. Nous attendions ce moment depuis si longtemps. Heureusement que la chance a tourné. Après la pluie, le beau temps !

Thanh, qui n'y comprenait rien, gardait le silence. Ayant remis l'enfant dans les bras de son épouse, le patron appliqua une tape amicale sur l'épaule de Thanh :

— Asseyez-vous, jeune homme ! Prendrez-vous quelque chose ? Nous avons du vin, du thé, mais pas de café, ma femme refuse d'en faire. Si vous en voulez, nous pouvons aller à côté.

— Non merci, j'en ai déjà pris un, répondit Thanh, sans s'offusquer de cette façon assez cavalière de s'adresser à un inconnu.

L'homme s'assit en face de lui, et entra directement dans le vif du sujet :

— Vous avez lu mon annonce dans *Saigon-Market* ?
— Oui.

— Alors j'irai au fait. Il faut d'abord que je connaisse vos capacités, même si j'ai l'intuition que vous êtes un expert.

— Je suis prêt à vous le prouver, répondit Thanh en regardant autour de lui. Je peux faire le test sur vous, d'accord ?

— Parfait ! D'autant que je pensais me faire coiffer incessamment. Si mon intuition se vérifie, nous pourrons travailler ensemble.

Il continua :

— Toute collaboration doit être basée sur des points de vue convergents. C'est fondamental. Les deux parties doivent se comprendre pour que la confiance dure.

Devinant ce qu'insinuait le patron, Thanh répondit :

— Pour être franc, je dois vous dire qu'au départ je voulais ouvrir mon propre salon, m'occuper de l'équipement, de la décoration, et même choisir le matériel. C'est le rêve de tout entrepreneur. Mais je me suis rendu compte que je n'avais pas assez de capital. Alors j'essaie de devenir associé dans un salon déjà existant. Il y a bien sûr un risque d'échec pour les deux parties, mais si tout se passe bien, nous serons complémentaires et ferons beaucoup mieux que nous n'aurions fait seuls. Je n'ai pas l'intention de devenir salarié.

— Merveilleux ! approuva gaiement le patron en se tapant la cuisse. Je pense comme vous. Souvent les salariés sont paresseux, bâclent le travail et ne restent pas très longtemps. Ils sont opportunistes, changent d'emploi comme de chemise. Les vrais experts, en revanche, ne fonctionnent pas selon le schéma patron-salarié. L'association, c'est ce qu'il leur faut. Vous êtes d'accord avec moi ?

— Oui, bien sûr !

— Donc nous sommes d'accord sur les principes. Le contrat serait le suivant : A et B investissent à égalité, on divise tout par deux. Je possède le lieu, le matériel, vous apportez votre talent. Les revenus seront répartis équitablement entre nous, de même que les impôts et les dépenses courantes. Bien sûr, il faudra discuter de la clé de répartition.

— Je suis d'accord. Cependant j'ai des conditions.

— Lesquelles ? questionna le patron en haussant les sourcils, l'air concentré.

— Je souhaiterais refaire la décoration. Et opérer quelques changements radicaux, la disposition des fauteuils, les accessoires, le matériel, etc.

— Vous pourriez être plus précis ? demanda l'homme en regardant autour de lui.

— Voulez-vous connaître ma première impression à mon arrivée ?

— Allez-y !

Restée silencieuse jusqu'alors, la femme qui avait accueilli Thanh renchérit :

— En effet, je ne sais pas combien de temps vous êtes resté planté devant la porte avant d'entrer. Vous aviez l'air d'un policier épiant un trafic de drogue.

— Un policier qui se fait remarquer par tout le monde n'est pas très bon ! dit le patron en éclatant de rire. Puis, se tournant vers Thanh : Je vous présente ma cousine, responsable des shampoings et des mises en plis. Elle dirige deux jeunes filles qui lavent aussi les cheveux et font les manucures à nos clientes. Mais revenons à votre avis sur le salon.

— Vous êtes sûr de vouloir l'entendre ?

— Absolument !

— Eh bien, j'ai eu la fâcheuse impression que quelque chose clochait, ou passait mal. Comme un homme affublé en bas d'un jean à la mode, et en haut d'une tunique traditionnelle en gaze noire, avec une coiffe à l'ancienne !

— Une tête de poule sur un corps de chèvre, comme qui dirait ? s'exclama le patron, les yeux écarquillés.

— Exact !

— C'est dur à avaler, en effet !

Il se gratta le cou, l'air très embarrassé, puis fixa Thanh dans les yeux :

— Admettons que la décoration est plutôt hétéroclite. Mais parler d'un type affublé de gaze noire, ça me fiche un coup ! Je déteste la tunique ! J'abhorre cet accoutrement traditionnel ! Depuis mon enfance !

Thanh lui sourit :

— Nous sommes des étrangers l'un pour l'autre. Si nous voulons coopérer, il nous faudra un peu de temps pour mieux faire connaissance. Je ne savais pas que vous détestiez autant ces habits traditionnels. Mais c'est un point commun entre vous et moi.

— C'est vrai ? s'esclaffa l'homme. Pour moi, c'est extrêmement important, pour ne pas dire déterminant. Je suis persuadé que, pour réussir dans les métiers de l'habillement et de la coiffure, il faut aller carrément contre les coutumes et les goûts des ancêtres. La coiffure est un exemple concret de la rupture avec la tradition : nos ancêtres portaient des chignons, ils ne connaissaient pas la tondeuse !

— Nous n'avons pas besoin de prendre à rebours toutes les préférences de nos ancêtres, mais seulement d'abandonner celles qui sont devenues obsolètes, dit Thanh avec un sourire. Dans notre héritage, les objets les plus laids sont la tunique de gaze, le pantalon large de cérémonie et la coiffe de tissu plissé. Un jour que j'avais dix ou onze ans, j'étais en primaire, mon père m'a emmené voir une pièce de théâtre populaire du Nord, de la région de Bac Ninh. Les chanteurs étaient habillés à l'ancienne. C'était la première fois que je voyais ça. De plus ils tenaient chacun un parapluie noir en chantant les différents rôles du *quan ho*, ce chant spécial de Bac Ninh. Je trouvais qu'ils ressemblaient à des effigies en caoutchouc, à la fois débiles et comiques. Ils ondulaient du dos, tendaient leurs bras pour jouer la colère ou la passion, faisant tournoyer leurs parapluies noirs comme pour exprimer la palette de leurs émotions. Et leurs gestes dérangeaient la fine gaze de leur tunique, qui révélait leur pantalon blanc en tissu léger et, par moments la protubérance de leur sexe. Cette tenue censément si stricte devenait alors provocante au possible et me faisait frémir de dégoût. Pourquoi nos anciens s'habillaient-ils de façon si laide ? Pourquoi bougeaient-ils de façon si impudique ? Mais on était en plein théâtre, je gardais ces réflexions pour moi. Seulement ces chansons que j'avais écoutées avec passion à la radio m'apparaissaient maintenant fades, forcées. Je ne voyais plus que le tissu de gaze s'agitant comme un rideau devant le pantalon blanc et le sexe du chanteur. Sur le chemin du retour, j'ai demandé à mon père : « Pourquoi sont-ils habillés de façon si laide et ridicule ? Personne ne trouve ça grotesque ? » Mon père m'a répondu : « Je trouve aussi que c'est laid, comme beaucoup d'autres. Mais personne n'ose le dire, pour ne pas être accusé de bafouer la tradition, de trahir nos ancêtres ! » Sans bien comprendre, je lui ai demandé : « Tu as déjà porté cette tenue ? » Il m'a répondu en riant : « Jamais ! Sans quoi ta mère n'aurait sans doute pas accepté de se marier avec moi ! »

— Génial ! applaudit le patron, rayonnant. J'ai eu exactement la même expérience. À sept ans, en voyant la photo de mon grand-père ainsi accoutré, j'ai fait un bond comme si j'avais marché dans une fourmilière. Vous l'avez bien dit : c'est d'une laideur épouvantable ! Les Vietnamiens ont le visage assez écrasé, avec des pommettes saillantes. Dans cette tunique en gaze qui engonce le cou, sous cette coiffe qui couvre le front, cela donne un visage coupé en haut et en bas, et fait encore plus saillir les deux pommettes. Les yeux, assombris, disparaissent. Alors il ne reste plus rien de la beauté des Vietnamiens. Quand ils sont beaux ! S'ils sont laids, ces oripeaux les transforment irrémédiablement en clowns, en épouvantails caricaturaux. C'est bien simple, ils détruisent la beauté du peuple vietnamien, tout comme le gâteau de farine de mungo moulé au borax détruit leur santé.

— Je suis bien de votre avis. Maintenant que vous avez reconnu le ridicule de cette tunique, vous devez reconnaître que la décoration d'une maison peut avoir un résultat analogue. L'habillement et la décoration sont également importants pour l'homme. La coiffure n'est pas un service comme un autre, elle a pour objectif de rendre les êtres humains plus beaux en corrigeant leurs défauts physiques. Le salon de coiffure doit donc être un lieu charmant, où les objets sont disposés de façon harmonieuse, recherchée, tenant compte des formes et des couleurs. Bref, la décoration doit lui donner son style.

— J'ai entendu parler de ça un peu partout…

Thanh parcourut du regard la pièce :

— Par exemple : peinte en blanc, cette salle évoquera la propreté, la pureté. Le blanc va très bien avec le noir, le rouge foncé, le violet et le vert profond. Cependant vous avez mis des tas d'objets marron ou couleur café, des ustensiles jaunes, roses ou bleu clair. L'effet est celui d'un marché aux puces, d'un rayon d'épicerie, l'atmosphère est étouffante. Et des fauteuils modernes en cuir à montants chromés ne peuvent en aucun cas côtoyer ces petits meubles français Louis XIV. Vos miniatures en bronze iraient sûrement très bien dans un autre cadre, ici elles rappellent vraiment le type en tunique et en jean Levi's. Les clients un peu esthètes fuiront au premier coup d'œil. Dans un tel décor, difficile de coiffer convenablement.

Le patron regarda son salon.

Après un moment, il hocha la tête.

— Vous avez raison, jeune homme ! Comment faire alors ?

— Il faut se débarrasser de tout le superflu.

— D'accord. Je vais en faire cadeau à mes proches, pour qu'il n'y ait pas de gaspillage.

— Comme vous voulez.

— Alors, que doit-on enlever ?

— On peut garder ces fauteuils. Les assises en cuir noir et les structures en inox ont un air confortable, moderne, solide et simple. En revanche, il faut remplacer les tablettes en bois, les repose-pieds, les étagères marron et jaunes de hauteurs inégales, par du matériel contemporain aux couleurs sobres.

— D'accord.

— Au lieu de ces vases de fleurs dans tous les coins, un seul vase en cristal très grand où nous ne mettrons que des fleurs bleues ou violettes, de la serradelle ou des callistèphes de Chine.

— D'accord.

— Ensuite il faudra que tous les employés portent un uniforme, moi compris. Un vêtement un peu comme une blouse d'infirmière, blanc, en coton propre, bien repassé, mais ajusté, et non ample comme à l'hôpital.

— Vous avez parfaitement raison, dit le patron qui se tourna vers sa femme en clignant de l'œil. Tu as entendu ? Cette tunique à dentelles n'est pas convenable au salon.

Thanh ajouta :

— Ah ! Autre chose : vous n'aimez pas le café, mais un salon de coiffure aujourd'hui doit posséder une machine à café pour ses clients. Et comme le climat de Saigon n'est pas celui de Dalat, nous servirons des cafés glacés.

— Pas de problème. Je m'équiperai d'un réfrigérateur avec un grand compartiment à glaçons. Puis nous achèterons du café lyophilisé. C'est bon ?

— Parfait, pour l'instant. J'y pense aussi : l'enseigne du salon est trop grande pour la devanture. On dirait un nain avec une tête de géant.

— Je la ferai réduire et repeindre.

— Dernière chose, le nom du salon. Je n'aime pas trop les noms étrangers, même si je parle anglais. Un faux éclat peut cacher un contenu minable. J'ai connu un hôtel qui s'appelait l'Éden, pas moins ! Le propriétaire y avait investi beaucoup d'argent, mais ça n'a pas du tout marché et il a dû le revendre à quelqu'un qui finalement en a fait des bureaux.

— Ce nom ridicule m'a été suggéré par la nièce de ma femme, grommela le patron.

Thanh sourit en se tournant vers cette dernière, assise sagement avec le bébé dans les bras. Elle avait suivi la conversation sans intervenir, mais très attentivement.

— Excusez-moi, quel est votre prénom ? lui demanda Thanh.

— Je m'appelle Kim Yên, répondit-elle dans un grand sourire.

— Et moi, Ngoc Thanh. Dans ce cas, baptisons ce salon « Ngoc Yên » ou « Yên Thanh », à votre choix !

— Ngoc Yên alors ! dit-elle en se tournant vers son mari. Qu'en penses-tu, Hai ?

— Merveilleux !

— Pour moi, ce nom est plus que merveilleux : c'est celui de ma mère ! Bon, maintenant que nous sommes d'accord, je vais donner mes premiers coups de

ciseaux dans cette ville. Après, si cela vous convient,
nous signerons le contrat.

— Parfait ! dit le mari qui attrapa une serviette pour
se la mettre autour du cou.

*

Le salon Ngoc Yên eut un succès fulgurant. En
à peine quatre mois, le nombre de clients fut multiplié par six ou sept. Thanh proposa de recruter
trois coiffeuses supplémentaires, qu'il entreprit de
former. La patronne engagea de son côté deux nouvelles employées d'âge mûr pour étoffer l'équipe de
shampoing et de mise en plis sous l'autorité de la
cousine de son mari. Avant, les bourgeoises ne dai-
gnaient même pas s'arrêter devant le salon Linda,
maintenant elles se pressaient dans la salle d'attente
pour recevoir les soins du jeune et beau coiffeur aux
mains d'or. Comme les clients étrangers des hôtels
alentour affluaient, on avait aussi dû afficher les
tarifs en anglais. Côté femmes, on voyait aussi bien
des dames mûres voulant se refaire une jeunesse que
des cohortes de jeunes filles en fleurs. Côté hommes,
on en voyait de tous âges, mais les plus nombreux
étaient les «petits jeunes». Une coiffure à la mode
devenait plus importante que les vêtements, dont
on peut changer en un clin d'œil si on n'en est plus
satisfait. Les cheveux, eux, ne repoussent pas en deux
semaines, si on a voulu se faire raser la tête pour ressembler aux stars du foot et que, par malheur, on se
rend compte qu'on a le crâne aplati comme un pois-
son-chat, ou parsemé de bosses comme un chemin

de montagne. C'est surtout grâce à cette mode des crânes rasés que le salon Ngoc Yên et son «Ngoc Thanh-les-ciseaux-d'or» monta comme un cerf-volant dans le vent.

Le nouveau salon avait été inauguré trois mois avant la Coupe du monde de foot. Longtemps prisé par la seule gent masculine, ce sport était devenu l'opium de tous. Les familles, vieillards et gamins, hommes et femmes, passaient des nuits blanches à suivre les matches. Seules, peut-être, les femmes de plus de soixante-dix ans échappaient à cette hystérie collective. Le moral de la population était intimement lié aux succès ou aux échecs des joueurs. Des Européens, des Africains, des Américains blancs ou noirs, des catholiques, des musulmans… Tous les détails de la vie de ces stars devenaient une nourriture quotidienne durant la Coupe du monde. Les passionnés du ballon rond voulaient ressembler à leurs idoles. Ils en imitaient l'habillement et la coiffure. Dans leurs fantasmes, ils oubliaient la réalité et les contraintes de la vie quotidienne, ce qui ne manquait pas d'occasionner des drames.

Rien de plus ridicule qu'un Asiatique, avec son mètre cinquante-cinq et ses quarante kilos, affublé d'un costume pailleté à galons d'opérette comme celui de Michael Jackson. Pourtant son déguisement va le rendre heureux et, seul devant son miroir, il rêvera qu'un jour on parle de lui comme de cette star qui a blanchi sa peau noire. Mais quand ces moments d'ivresse se seront dissipés, il ne manquera pas de croiser les regards amusés de la foule, appuyés ou furtifs. Et le nain se réveillera, constatera qu'il n'était qu'un clown, aura honte et jettera son costume à la poubelle, comme un meurtrier se débarrasse d'un cadavre.

La coiffure produit le même genre d'engouement. Quand Maradona était l'étoile au firmament, titulaire du Ballon d'or, tous les jeunes Asiatiques voulaient des cheveux bouclés : «Maradona a des cheveux noirs, nous aussi. Mais comme les nôtres sont raides comme des racines de bambou, nous les ferons boucler à la machine et aux produits capillaires pour lui ressembler.» Ainsi raisonnaient les fans du footballeur protégé de Dieu. La star suivante avait le crâne rasé, aussi les jeunes firent-ils la queue au salon pour être tondus à la façon des vénérables moines, tout comme les femmes font la queue à la pagode au nouvel an pour cueillir le bourgeon qui portera chance à la famille dans l'année nouvelle. Cependant cette coiffure ne va pas aux Vietnamiens, qui ne sont pas assez grands et dont le crâne n'est pas bien arrondi. Thanh, qui l'avait remarqué, la refusait à ses clients. Une fois, il eut affaire à un type connu dans le quartier, un gosse de riche mais qui avait abandonné ses études pour s'amuser, courir les filles et parier au foot. Quand Thanh refusa, il jeta un gros billet sur la table :

— Je viens ici pour me faire coiffer. C'est moi qui décide de la coupe, oui ou non ?

— C'est vous, bien sûr, répondit Thanh poliment. Mais nous devons garder notre réputation. Si je vous rase la tête et qu'on vous demande où vous avez fait ça, vous donnerez le nom de notre salon. Et les gens qui s'y connaissent un peu diront que nous sommes des irresponsables, des incompétents.

— Je m'en fous, je veux me faire raser la tête.

— Désolé, mais vous trouverez ailleurs. Pour beaucoup moins que ça.

— Putain, je n'ai jamais vu de coiffeur aussi prétentieux ! Je ne mettrai plus jamais les pieds ici, c'est clair !

Il ramassa son billet et sortit en trombe. La patronne était blême et tous les employés, tétanisés de peur. Plus tard Kim Yên dit à Thanh :

— Pourquoi tu es si têtu ? Il voulait se faire raser la tête, tu n'avais qu'à lui obéir et qu'on n'en parle plus !

— On n'en parle plus ? Quelle blague. Les gens sont souvent égoïstes et lâches, ils ne reconnaissent jamais leurs erreurs. Ce type a un crâne mal conformé. Je peux t'assurer qu'une fois rasé, il nous aurait traités de tous les noms, soit sur place, soit une fois dehors, en prétendant que nous lui avions fait une tête horrible !

Deux mois plus tard, le voyou revint tout penaud :

— Mes cheveux ont à peine repoussé, pouvez-vous, s'il vous plaît, rattraper ma coiffure ?

— D'accord, répondit Thanh. Mais je vous préviens, ça ne changera pas grand-chose. Il faudra au moins six mois pour que la longueur soit suffisante.

— Je sais, admit l'autre, avant de s'asseoir humblement dans un fauteuil.

Après cet incident, la réputation de Thanh grimpa encore. Les clients se passaient le mot :

« Quand Ngoc Thanh vous dit que c'est beau, c'est beau. Quand il vous dit que c'est laid, ce sera forcément laid. Lui confier votre tête, c'est se mettre entre des mains d'or. »

Les clients étrangers étaient plus raisonnables. Aucun ne demandait à être rasé si son crâne n'avait pas la forme adéquate. Thanh aimait travailler pour eux, son anglais était suffisant pour ces relations, du coup leur nombre augmentait régulièrement. La caisse de l'établissement recevait trois devises étrangères, en plus de la monnaie vietnamienne.

Le couple des patrons était devenu proche de Thanh avec le temps. Leur association rapportait au-delà de leurs espérances, et la personnalité de Thanh leur inspirait confiance. Un jour la patronne confia à Thanh :

— C'est le ciel qui t'a envoyé chez nous. Il y avait trois ans que nous passions cette annonce sans trouver quelqu'un qui plaise à Hai. Sa cousine se plaignait : «Si on continue à laisser faire Hai le Barbu, il peut encore se passer douze ans avant qu'on ne recrute.»

— Hai le Barbu ? s'étonna Thanh. Pourquoi ce surnom ?

Kim Yên sourit :

— Avant notre mariage, il portait une énorme barbe, on aurait dit Karl Marx. Ses parents l'ont supplié, puis lui ont fait des reproches : «Tu es vietnamien, ce n'est pas beau d'imiter les Européens.» Il rétorquait : «Karl Marx est le dirigeant du communisme mondial. Moi, je suis le dirigeant de ma famille. Ma barbe est plus fournie que la sienne, je n'ai aucune raison de ne pas la laisser pousser.»

Thanh riait aux larmes :

— Pas mal comme raisonnement, non ? Et après ?

— Après, il est tombé amoureux de moi. Dès la première semaine, je lui ai dit : «Je ne peux pas sortir avec un type aussi barbu. Si tu ne te rases pas, tu ne mettras plus les pieds chez moi. »

— Et il l'a fait ?

— Évidemment ! Sinon nous ne serions pas là !

— Bravo ! Tu es quand même assez autoritaire en fin de compte, moins soumise que tu n'en donnes l'impression !

— Dans le monde entier, ce sont les femmes qui sont à la cuisine. Pourtant les grands chefs sont tous des hommes ! Dans la coiffure, c'est la même chose. Pour qu'un salon marche, il faut des hommes. Seulement, mon mari n'en a jamais voulu à mes côtés, qu'ils soient vieux ou jeunes, beaux ou laids. Notre salon restait donc un désert. Seules quelques femmes du quartier venaient pour une permanente ou une manucure, de simples femmes au foyer d'ailleurs car, sans coiffeur de talent, pas de riches clientes.

— Il est très jaloux ?

— Pire que Hoan Thu dans le Kiêu !

— C'est sans doute parce qu'il a douze ans de plus que toi.

— Non, ce n'est pas pour ça. Il y a quantité de maris qui ont dix ou quinze ans de plus que leur femme, et ils ne sont pas jaloux à ce point ! répondit Kim Yên avec une moue. Mais notre lascar était un coureur de première avant de m'épouser. Maintenant qu'il est casé, c'est un vrai tigre ! Il m'attribue ses propres défauts passés.

Quelques jours plus tard, profitant de la présence de Hai au salon, Thanh lui glissa :

— Je connais ton surnom !

Hai fit un grand sourire :

— Hai le Barbu ! J'adorais porter la barbe, c'était ma fierté ! C'est pour me plier aux désirs de ma chère épouse que je me la suis coupée. L'amour a son revers.

— Désormais, je t'appellerai Hai le Barbu, même s'il ne te reste que ce petit collier. Ta fierté n'aura pas totalement disparu. D'accord ?

— Génial ! Et moi, je te paierai une tournée chaque mois pour me rappeler ce surnom, lié à mes heures de gloire.

— Autre chose a aiguisé ma curiosité ! Yên m'a avoué que tu étais jaloux comme un tigre, c'est vrai ?

— Exact ! Comment ne pas être jaloux ? J'ai bien vécu, j'ai roulé ma bosse dans les arènes de l'amour. Je connais les humains : les hommes comme les femmes sont faibles devant la tentation. Elle tisse ses toiles en travers de toutes les routes. Personne n'est à l'abri. Même les ingénus peuvent mal agir dans un moment de légèreté ou quand on les oblige. C'est pourquoi je prends toutes les précautions pour défendre mon bonheur. Quand je me suis marié avec Yên, elle était vierge. Certains hommes préfèrent les femmes qui ont usé leur chatte dans tous les lits, mais moi, je suis très conservateur, je respecte ma femme. Et je la protège.

Hai se tourna vers son épouse :

— Alors, ma belle ? J'ai été un peu cru, tu ne m'en veux pas, j'espère ?

Yên, rouge comme une tomate, souffla par le nez pour marquer sa désapprobation, et Thanh en profita :

— Tu sais, Yên, tu es mariée à un héros ! De nos jours, qui oserait dire les choses de façon aussi directe ?

Le mari éclata de rire :

— Je ne suis pas un héros, loin de là ! Mais au moins, j'assume ce que je fais. Aux hommes qui arrivaient ici pour chercher du travail, je répondais : vous avez des compétences, mais les autres conditions ne sont pas remplies.

— Alors pourquoi tu n'annonçais pas clairement : le salon Linda ne recrute que des femmes ?

Hai le regarda avec de grands yeux :

— Si je l'avais fait, comment serais-tu arrivé ici ?

Il baissa la voix :

— Cette annonce n'était qu'un piège pour attraper un seul lapin. Toi !

— Tu veux dire que tu ne cherchais que des coiffeurs homosexuels ?

— Exactement ! Les homos sont très talentueux. Et ils ne convoitent pas ma femme. Voilà, j'ai abattu mes cartes. Tu as tout compris ?

L'amitié entre les deux hommes grandit après cette conversation. Ils étaient comme deux frères. Hai le Barbu aida Thanh à se trouver un deux-pièces à un prix correct, plus confortable que sa chambre d'étudiant au fond de l'impasse. À la fin de son bail, Thanh avait pris congé du propriétaire en chaise roulante et de sa concubine au visage maussade. Hai le Barbu le conseilla aussi pour l'acquisition d'une moto légère, élégante, mais pas trop luxueuse aux yeux des voleurs. Hai vivait dans cette ville depuis sa petite enfance, aussi en connaissait-il les moindres recoins et les divers quartiers.

Un lundi matin, il dit à Thanh :

— C'est notre jour de congé aujourd'hui. Je t'amène au café des loisirs.

— Au café des loisirs ? demanda Thanh, dubitatif. On y trouve des échiquiers, des tables de billard ?

— Viens, tu verras ! répondit Hai le Barbu en démarrant sa moto.

Thanh ne put qu'enfourcher la sienne pour le suivre. Hai le Barbu fonçait à toute vitesse. Sans être un chauffard, il aimait la vitesse et roulait déjà à moto à quinze ans. L'engin faisait pratiquement partie de son corps. Ils traversèrent la ville pour arriver devant un café à l'enseigne du « Thé des courtisanes ». Deux jeunes en uniforme rouge les accueillirent dès leur arrivée pour aller garer leurs motos. Un troisième homme, dans la trentaine, s'avança vers Hai le Barbu :

— Quel plaisir de vous revoir, monsieur l'ingénieur ! Ça faisait tellement longtemps !

— Je suis monté en grade. Je suis papa !

Ils entrèrent. Tout de suite Thanh remarqua les fauteuils de velours rouge, du même rouge foncé que la tenue des employés. Il n'en avait jamais vu de pareils. Ils évoquaient moins un café qu'un grand restaurant de luxe. Un restaurant occidental, car le rouge convient bien aux pays froids. En outre, il y flottait un léger parfum. Certes moins délicat que dans la chambre de Tiên Lai, mais Thanh fut néanmoins surpris.

Un parfum d'ambiance dans un café ? C'est aussi déplacé que des lentilles d'eau au sommet d'une montagne. On boit du café pour se tenir éveillé, alors que ce parfum produit une atmosphère apaisante de gynécée.

Le lieu était beaucoup plus vaste que les cafés classiques. Les quatre murs étaient lambrissés. Les fauteuils de velours rouge étaient disposés soigneusement autour de tables en bois noir à tablette de verre.

Il était midi, mais les clients, qui occupaient à peine la moitié des tables, buvaient surtout des jus de fruit et des cocktails. Dans leurs verres, la glace pilée étincelait.

— Assieds-toi ! dit Hai le Barbu à Thanh en attrapant une carte. Tu as pris ton café ce matin ?

— J'en ai déjà bu deux en lisant le journal, dans l'échoppe au bout de la rue.

— On se prend un jus de fruit ou un cocktail ?

— Ça m'est égal !

Un serveur vint prendre la commande, puis Hai se pencha à l'oreille de Thanh :

— Il m'a dit « Tout de suite », mais ici, il faut au moins vingt minutes. On ne sert pas aussi vite qu'ailleurs.

Et, d'un ton plus sérieux :

— Tu es un poisson d'eau douce lâché dans l'océan, Thanh. Aujourd'hui je te ramène à ton étang.

— Que veux-tu dire ? demanda Thanh, très étonné de la métaphore.

— Le Thé des courtisanes n'est pas vraiment un café, expliqua Hai en baissant la voix. C'est l'étang où se regroupent les poissons d'eau douce. En termes vulgaires, c'est le lieu de rencontre des pédés.

— Ah bon ? s'exclama Thanh, mi-surpris, mi-joyeux.

— C'est le rendez-vous des homos. Il te faut un amant, tout le monde a des besoins sentimentaux et sexuels. Je ne suis pas obtus. Je sais que les buffles et les vaches engendrent des petits, les oiseaux des œufs à coquille et les grenouilles des œufs à membrane. Chaque espèce se reproduit, chacune à sa manière.

— Je te remercie, mais je suis intrigué. Comment connais-tu ce lieu, toi qui es mâle entre les mâles ?

— Je te l'ai dit, je suis un homme d'expérience. J'ai roulé ma bosse partout où se pratique l'amour. Je connais, sans avoir besoin de personne.

— Pardon, mais j'ai une autre question indiscrète. On dit qu'il existe des hommes bisexuels dont l'exemple type est l'empereur chinois Can Long.

— Non, je ne suis pas bisexuel, si c'est ça ta question. Mais j'ai des relations avec les homos et, par conséquent, je connais ces lieux secrets. Le Thé des courtisanes existe depuis longtemps déjà, à l'époque de l'ancien régime pro-américain. Les autorités ne répriment pas officiellement l'homosexualité, même si les flics le font sans vergogne – la police, que ce soit sous l'ancien régime ou sous celui d'aujourd'hui, a toujours été la complice discrète des truands pour racketter la population. Les homos sont souvent des gens aisés, qui n'hésitent pas à dépenser pour satisfaire leurs désirs. L'établissement a donc toujours fonctionné sans problème, depuis tout ce temps.

Hai lui montra le lustre au milieu de la salle :

— Regarde-moi ça ! Il a été acheté dans les années soixante. La boiserie des murs, idem. Patinée par le frottement d'un nombre incalculable de dos masculins. J'ai connu cet endroit à dix-sept ans. L'homme qui m'y avait amené n'est déjà plus de ce monde.

Thanh observa les tableaux aux murs. Ils étaient suspendus anormalement haut.

— Pourquoi sont-ils si loin du sol ?

Hai le Barbu répondit en souriant :

— Tu n'es jamais venu dans ce genre d'endroit, n'est-ce pas ?

— Non, je t'avoue…

— Tu as un amant ?

— Oui, répondit-il machinalement, revoyant en pensée la salle de bains envahie de mousse, à Dôi Xa, et la charmante chambre de l'auberge du Cheval blanc.

Sans noter l'hésitation de Thanh, Hai continua ses explications :

— Dans de tels lieux, les tableaux ne sont là que pour le décor. Personne n'y fait attention, personne ne les admire. On vient là pour se regarder, se bécoter, se toucher, et plus si affinités. À cette heure-ci, il n'y a pas grand monde, on voit jusqu'au fond de la salle. À partir de sept heures du soir, le propriétaire disposera des paravents pour transformer cette salle en une trentaine de petites chambres où les amoureux pourront s'embrasser à volonté, une fois servis.

— Ah ! C'est donc ça ! s'exclama Thanh.

— Reviens ce soir et tu verras !

— C'est-à-dire que…, balbutia Thanh.

— Je suis sûr que tu seras satisfait ! trancha Hai le Barbu. Et moi, je serai très heureux de t'avoir fait connaître l'endroit.

Il se tut un moment et ajouta :

— Écoute, je voulais te le proposer depuis longtemps, mais nous n'étions pas encore assez proches. Aujourd'hui l'heure est venue : considérons-nous comme frères, même si tu es du Nord, et moi, un éternel sudiste.

— Je te remercie. C'est un grand bonheur. Doré-navant, nous pourrons aborder franchement tous les sujets.

Thanh n'y retourna pas le soir même mais le sur-lendemain, vers huit heures. Comme Hai le lui avait dit, des paravents compartimentaient la salle en petits espaces intimes. Faits de trois panneaux rectangulai-res tendus de soie, ils s'avéraient très efficaces malgré leur apparence fragile car leur surface était intégrale-ment peinte. Les sujets étaient nombreux : nature chi-noise avec oiseaux, fleurs, poissons, crevettes, buffles et chevaux, quatre saisons, libres copies de tableaux de maîtres, en divers coloris. Styles chinois et vietna-mien se mêlaient sans aucune règle esthétique, dans un seul but : rendre la soie opaque pour arrêter les regards curieux.

Les clients entraient en nombre, ils semblaient des habitués.

Le Thé des courtisanes est bien le rendez-vous des bouquetins égarés dans la plaine. Pour les homos, ce lieu doit être comme une oasis en plein désert.

Thanh observait leurs allées et venues entre les deux rangées de paravents.

Comme par magie, un serveur apparut devant lui :

— Je vous en prie, l'encouragea-t-il, en agitant la carte comme un drapeau.

— Merci, répondit Thanh qui lui emboîta le pas.

D'autres serveurs en uniforme rouge circulaient entre les paravents, apparaissaient et disparaissaient mystérieusement, félins et fantomatiques, dans la lumière blême. Ils parlaient aux clients d'une voix douce, presque chantante. Leurs gestes aussi étaient gracieux, très féminins. Les compartiments étaient presque tous occupés, Thanh dut aller jusqu'au fond, attendant patiemment que son serveur lui trouve une place.

Par l'entrebâillement d'une porte, il apercevait une deuxième salle baignée d'une lumière bleue, mate comme celle d'une lampe de chevet, une lumière qui appelait la nuit.

C'est sans doute là que les couples font l'amour. Nul besoin d'une chambre d'hôtel, ils peuvent satisfaire ici même un désir soudain. C'est une clientèle impulsive qui n'a pas le temps pour se chercher un endroit plus propice aux ébats.

— Voilà ! s'exclama soudain le serveur. Installez-vous, on vous a enfin trouvé une place, et une bonne : d'ici, la musique semble même plus langoureuse.

— Parfait !

— Que voulez-vous boire ?

Ayant posé la carte devant Thanh, le serveur attendait, la main négligemment appuyée sur le paravent. Il était très jeune, pas plus de dix-sept ans, mais on devinait qu'il travaillait là depuis longtemps déjà. Ses gestes étaient fluides, presque parfaits. Sachant que le temps était compté pour chaque client, Thanh lut rapidement la carte :

— Un cocktail cubain.

— Merci ! répondit le serveur qui disparut aussitôt avec la carte.

Thanh se renversa sur son dossier, les yeux levés vers le plafond où se reflétaient la luminescence blafarde des appliques, et le rouge des fauteuils en velours. Au milieu, solitaire, le grand lustre pendait tristement. Il était énorme mais n'éclairait guère, ce qui le faisait paraître massif, absurde, comme une pyramide renversée.

Pourquoi l'ont-ils mis là ? Il aurait plus sa place dans le hall d'un hôtel cinq étoiles ou dans la salle de réception d'un palais, bref des lieux d'apparat. Ici, au Thé des courtisanes, où l'on vient se chuchoter à l'oreille et se chercher un amant, il semble si insignifiant, si déplacé. Pauvre lustre ! réduit à une sombre masse où s'agitent brièvement quelques éclats tremblotants de cristal.

La musique s'arrêta et les micros émirent quelques bruits insolites, probablement dus au disc-jockey. Un raclement de gorge, puis le chant d'un saxophone s'éleva. Une belle musique. Une mélodie connue, qui rappelait à Thanh un poème familier :

« Demain quand tu ne seras plus là,
L'océan appellera ton nom, il t'adjurera de revenir. »

Vibrante, la mélodie l'enveloppait, telle la brume montant des précipices. Il y avait si longtemps qu'il n'avait pas entendu un saxophone. Cet instrument semblait réservé aux musiciens noirs, grands, lourds, aux poumons puissants. Eux seuls parvenaient à pousser l'instrument à ces hauteurs vertigineuses où la sonorité atteignait la surface la plus sensible de l'âme. Pour Thanh, les Vietnamiens étaient aussi incapables d'en jouer que de gagner au football contre une équipe d'un pays de frimas. Pourtant ce morceau

était d'un soliste nommé Tung ou Tuân. Était-il l'incarnation du courage, ou simplement un téméraire ?
Thanh l'imaginait en plein effort, les veines du cou
saillantes.

*Le pauvre ! Il doit sûrement fournir un effort surhu-
main pour se servir de cet instrument inadapté à sa mor-
phologie. Les Vietnamiens sont maigres, ils n'ont de
force que pour souffler dans une flûte ou une corne de
buffle ! Le son de la flûte est plaintif, et en fin de compte
il reflète le tempérament d'un peuple qui manque de
hauteur et de chance, un peuple toujours en retard sur
son temps, éternellement à la traîne.*

Les mélodies de Trinh Công Son continuaient, mais
Thanh n'y faisait plus attention. Un vers du composi-
teur lui revint cependant à l'improviste ; court et cru,
fiché depuis longtemps dans son cerveau comme une
écharde sous un ongle :

« Les vaches entrent dans la ville. »

Quelles étranges paroles de chanson ! Pourquoi
un troupeau de vaches entrait-il dans la ville, et non
l'aube ou le crépuscule, la lune océane ou la pluie de
montagne, le vent de la steppe ou le nuage de sable
du désert – toutes images si chères aux musiciens et
aux poètes ? Il n'avait jamais compris, et cette phrase
un peu niaise était restée gravée dans sa mémoire. Il
n'était pas fan de Trinh Công Son comme beaucoup
d'autres, mais chaque fois qu'on citait son nom, il
repensait à ça :

« Les vaches entrent dans la ville. »

C'était sans doute à cause de son absurdité même que la phrase lui restait en tête. Dans ce monde, il n'y a pas énormément de villes où les vaches se promènent, hormis en Inde où elles sont sacrées. Si l'on n'est pas indien, l'image d'une vache en ville ne peut être porteuse que d'un sentiment d'étrangeté et d'angoisse, comme un fruit de l'inconscient.

Quelques bruits s'entendaient dans le compartiment voisin. Les amoureux d'à côté étaient en train de s'embrasser avec fougue ; ils en avaient oublié que les paravents de soie, s'ils les protégeaient des regards, laissaient passer les sons pour une oreille fine.

Thanh eut honte.

Cet endroit est réservé aux amants. Si tous les couples s'embrassaient, s'ils étaient tous plongés dans l'ivresse de l'amour, si leurs corps étaient emportés par le désir et les pulsions, personne n'entendrait son voisin. Moi, j'entends tout parce que je suis seul. J'ai l'impression étrange d'être un cheval égaré parmi les chèvres, une vache dans la ville. Est-ce pour cela que j'ai repensé à cette chanson ?

À droite, les embrassades et les halètements s'emballaient. À la fois excité et gêné, Thanh se représentait le couple enlacé dans une étreinte torride. Cette image lui perçait le cœur.

— Voici votre cocktail !

Aussi subitement et légèrement qu'il avait disparu tout à l'heure, le serveur venait de reparaître. Posant le verre, il glissa délicatement la note sur la table.

— Dois-je régler tout de suite ? demanda Thanh.

Devant le sourire du serveur, il expliqua :

— C'est la première fois que je viens, je ne connais pas les habitudes.

— En général, nous encaissons tout de suite.

— Bien, dit Thanh en payant. Et combien de temps puis-je rester ?

— Jusqu'à minuit ! Sauf exception.

— Quelles sont les exceptions ?

— Si personne d'autre n'arrive après minuit.

— Vous êtes ouvert toute la nuit ?

— Non, jusqu'à trois heures.

— Merci de ces informations, dit Thanh en lui remettant quelques pièces de pourboire.

Le serveur fit une grande courbette avant de s'éclipser.

Thanh se laissa aller en arrière, regarda le lustre. La musique remplissait l'atmosphère, plus forte qu'avant. Le saxophone avait cédé la place à du Mendelssohn. Une pièce très belle, très mélancolique. Thanh laissa son esprit voguer sur la mélodie.

Existe-t-il une musique à la fois belle et joyeuse ? Une musique de fête et de victoire, faite uniquement pour célébrer et glorifier ? Une telle musique mobiliserait une armée de cuivres et de percussions.

Ces réflexions furent vite dissipées par les chuchotements de ses deux voisins. Leur box était situé contre le mur. Thanh était la seule personne à entendre leur conversation. Calme au début, elle devint rapidement tendue, accaparant son attention.

— Ne tourne pas autour du pot ! s'exclama soudain l'un d'eux, sans doute le dominant, d'un ton de provocation et presque de menace. Tu veux qu'on arrête de se voir ?

— Ce n'est pas que je le veux, c'est que je n'ai pas le choix, répondit d'une voix douce celui qui semblait soumis.

— Tu n'as pas le choix ? Personne ne te force.

— Il arrive qu'on fasse ce qu'on ne voulait pas. C'est la vie.

— Arrête d'ergoter ! Nous ne sommes pas là pour discuter ou pour débattre de qui gagne, qui perd.

— C'est toi qui parles de gagner ou de perdre ? Tu veux toujours avoir le dessus. Tu veux toujours gagner. Avec toi, les autres n'ont rien à dire. J'ai souffert de ta domination des années durant. Aujourd'hui, je n'en veux plus.

Semblant mesurer la détermination de son amant, le dominant céda un peu de terrain.

— D'accord. Alors explique-toi. Donne-moi toutes les raisons qui t'amènent à vouloir rompre si subitement, dit-il d'un ton narquois.

— Nous sommes ensemble depuis sept ans. Aujourd'hui, j'en ai trente-neuf. Un âge où il faut arrêter de rêver.

— Rêver ? Qu'est-ce que le rêve vient faire ici ? Si tu étais une femme, d'accord, une femme doit penser à avoir des enfants tant qu'elle le peut encore. Mais pour nous, l'âge n'a aucune importance. L'important, c'est l'amour !

— Justement ! L'amour ne survit pas dans le néant !

— De quel néant parles-tu ?

— Réponds toi-même !

— Tu veux parler de ma pauvreté, c'est ça ?

— D'abord, tu n'es pas pauvre. Sans être milliardaire, tu as ton capital dans une entreprise d'exploitation de bois. Et pas n'importe laquelle : l'une des trois plus grosses de la ville.

— Tu as enquêté sur moi ? Tu n'as pas honte ?

— Je n'ai pas eu besoin d'enquêter sur toi. Notre monde n'est pas un couvent et tes affaires ne sont pas des secrets d'État, politiques ou militaires. Tu n'es pas non plus dans un désert : il y a autour de toi plein de gens qui t'observent, de même que tu les observes.

— Admettons. Mais quel rapport entre mes affaires industrielles et notre relation ?

— Le rapport, ce sont les mensonges que tu me sers depuis le début. Tu as toujours prétendu être pauvre !

— Je ne vois pas le rapport ! Nous étions convenus de laisser nos vies respectives en dehors de notre histoire d'amour. Chacun doit avoir son espace privé, chacun doit respecter la liberté de l'autre.

— Je l'ai toujours fait. Mais le mensonge, c'est la fin de l'amour.

— La fin de l'amour ? railla le dominant. Alors tu montes sur tes grands chevaux, maintenant ? Mais ce mensonge, tu l'as accepté pendant des années. Si c'était si grave pour toi, tu aurais dû me quitter il y a sept ans ! Je suis comme je suis, et je n'ai jamais eu envie de changer. C'est toi qui as changé subitement ! Cette histoire de mensonge cacherait-elle autre chose ?

— Je n'ai pas à me justifier.

— Alors pourquoi tu as changé ? Réponds-moi !

— Ne crie pas ainsi ! Nous ne sommes pas au tribunal, tu n'es pas un juge ! Et je ne te dois rien.

— Oh, que si ! Tu ne peux pas t'affranchir aussi facilement. Tu me dois des années de bonheur, tu me dois tout ce que je t'ai apporté et que tu ne pouvais pas avoir ailleurs.

— Qui t'a dit cela ?

— Personne. Mais c'est clair comme deux et deux font quatre.

— Quel prétentieux ! Tu devrais te regarder dans une glace. Alors je ne pourrai jamais trouver un autre amant que toi, c'est ce que tu penses ?

— Je ne le pense pas. C'est la réalité.

— La réalité ? Elle est bien contradictoire ! Si tu étais vraiment l'homme idéal, pourquoi te quitterais-je maintenant ?

— Tu as sûrement trouvé un type aux poches plus remplies que les miennes !

— Dans ce cas, tu n'es pas l'homme idéal ! ni le seul qui puisse m'apporter le bonheur, comme tu l'as toujours proclamé.

— Je l'ai été ! Mais c'est terminé aujourd'hui, si tu ouvres une autre porte.

— L'orgueil te rend aveugle ! Écoute-moi bien : je n'ai ouvert aucune autre porte. Je n'ai trouvé aucun type aux poches plus remplies, comme tu disais. Si je te quittais, je serais seul. Mais je veux te quitter. Je le dois.

— Qui peut croire ces sottises ? demanda avec mépris le mâle dominant. Tu parles vraiment comme un malade !

— À tes yeux peut-être, pas aux miens, répondit l'autre d'une voix un peu tremblante. Je me suis décidé trop tard, mais mieux vaut tard que jamais. J'abats enfin mon joker dans une partie que j'étais en train de perdre. Il y a sept ans, quand nous nous sommes mis ensemble, je pensais que tu serais désormais mon unique port d'attache. Que notre amour serait pour chacun de nous une force, un bienfait. Puis les mois, les années ont passé et je me suis rendu compte que ce n'était qu'illusion. Tu es un homme égoïste, très égoïste. Tu ne te soucies jamais des autres, tu ne t'occupes que de toi. Toutes les relations que tu entretiens ne sont que des moyens pour satisfaire tes propres besoins. Ça, j'ai mis longtemps à le comprendre. Prenons l'amour filial. Tout le monde pense que nous autres homosexuels, nous sommes trop attachés à nos mères et que cet amour fusionnel a fini par modifier notre psychologie, faisant de nous ce que nous sommes. C'est sans doute vrai pour beaucoup, mais pas pour toi. Je t'ai observé avec ta mère, je t'ai vu jouer avec elle comme un chat avec une souris. De la chaleur affectueuse, tu passes sans vergogne à une froideur de glace, pour la soumettre et lui soutirer de l'argent. Elle n'est là que pour te servir quand tu en as besoin. Jamais tu ne lui as fait un beau cadeau, jamais tu ne t'es soucié de sa santé, de ses affaires, de son moral… Quand elle s'est trouvée en situation de faiblesse, malade, pauvre, tu as totalement disparu. Pendant deux ans tu n'es même pas venu lui rendre une seule visite, ni pour l'anniversaire du décès de ton père, ni pour le nouvel an. Ce n'est pas vrai, ce que je dis ?

— Ce qui se passe sous mon toit ne regarde que moi, hurla l'homme, oubliant que le lieu était public. Tu n'as pas à mettre ton nez dans mes affaires de famille. Nous n'avons signé aucun contrat de mariage, alors ne regarde pas par les trous de serrure ce qui se passe chez nous.

— Bien, je ne le ferai plus ! rétorqua son interlocuteur. Mais tu nous considères donc toi-même comme de simples voisins. Des voisins qui ont vécu côte à côte pendant sept ans, mais restent des étrangers. Revenons à notre relation, celle entre deux êtres que les caprices du destin ont réunis un temps. Pendant sept ans, depuis notre première rencontre jusqu'à ce soir, c'est moi qui ai supporté ce que les gens appellent avec ironie «les frais de l'amour».

— Tais-toi ! Comment oses-tu me parler ainsi ? hurla encore l'homme, comme s'il régnait là en maître. Je ne t'ai rien demandé. Je ne suis pas pauvre au point de me faire entretenir ! C'est toi qui l'as fait de ta propre volonté, tu en étais même fier !

— Exact ! J'y prenais plaisir, comme tous les amoureux de cette terre, considérant que l'argent et le patrimoine ne sont que des moyens, et non des tyrans à qui il faut obéir. Tous les amoureux n'ont qu'une envie, c'est que leur amant mesure leur sacrifice et leur en soit reconnaissant. En amour, l'argent est plus que de l'argent. Il symbolise la tendresse, le dévouement, la sollicitude, tous sentiments d'un cœur vraiment épris. Entre amants, on ne dépense pas comme un client de supermarché signe froidement son chèque avant de s'en aller avec ses sacs !

— Et alors ? Il faudrait que je te chante des hymnes pour tout l'argent que tu as dépensé pour moi ? Vas-y, dis-le !

Sa voix était tendue comme la corde d'un arc : il devait être à bout. Thanh entendait nettement son souffle dans chacune de ses paroles et de ses invectives.

— Je...

L'autre, sans doute trop ému, ne trouvait pas ses mots.

— Alors ? Tu voulais une explication, je t'ai écouté jusqu'au bout. Pourquoi ce silence, maintenant ? Parle ! Que veux-tu de moi ?

Il avait baissé le ton, mais l'ironie et l'arrogance avaient remplacé la colère. Ce devait être un homme endurci, un homme au cœur de pierre.

— Je... Je ne veux... rien, répondit enfin le dominé, surmontant sa douleur et son humiliation.

— Rien du tout, vraiment ?

— Tout ce que je veux, c'est te quitter. Le plus tôt sera le mieux.

La réponse, quoique résolue, se perdit dans des larmes.

Thanh entendit un bruit de chaises qu'on déplaçait, puis le paravent eut une secousse, et une mince silhouette passa devant lui. L'homme avait des cheveux jusqu'aux épaules, portait sans doute un soutien-gorge qui faisait saillir sa poitrine sous la chemise de soie. De profil, il avait un assez beau visage, aux lèvres rouge carmin. Ses yeux étaient très lourdement maquillés de noir. Et il était parfumé. D'un parfum chargé, accrocheur, au jasmin de Méditerranée, qu'on avait découvert récemment dans les vitrines des parfumeries. Thanh, le nez dans son cocktail, se tenait coi. L'autre homme, forcément, allait aussi passer devant son box.

Bientôt, en effet, la table d'à côté fut repoussée et l'homme apparut. D'allure imposante, il marchait lentement, d'un pas lourd, contrairement à son amant.

Le menton levé, la poitrine gonflée, tout en lui exprimait l'arrogance. Ses cheveux poivre et sel étaient ondulés, avec une raie. Il devait avoir la quarantaine et portait la tenue sobre de son âge, pantalon droit noir et chemise blanche. Sa large mâchoire trahissait de forts appétits sexuels, et ses yeux conquérants étaient ceux des héros de cinéma. Pas de parfum, mais il portait au poignet un bracelet d'argent aussi gros qu'une menotte. C'était du sur-mesure, car personne ne porte normalement ce genre d'accessoires pas forcément coûteux mais insolites. Thanh se pencha pour le suivre du regard derrière le paravent.

Quand l'homme eut disparu, Thanh se redressa et, perplexe, fixa son verre. La musique continuait à distiller ses notes. Le jaune ambré de son cocktail lui rappelait quelque chose de familier. Quelques instants plus tard il comprit : c'était Tiên Lai. Et ce qui lui trottait dans la tête, c'était ce que la mère de Tiên Lai avait dit à son fils à l'aéroport Tân Son Nhât : « L'utopie et l'espoir tissent la vie des hommes. »

Cette phrase avait traversé le ciel de son esprit, comme un oiseau solitaire plonge dans d'épaisses couches de nuages mélancoliques. C'était étrange que Thanh pense à lui, son amant éphémère, juste après avoir assisté à une rupture.

Tiên Lai lui manquait beaucoup.

Pourquoi suis-je donc ici, dans ce lieu réservé aux homosexuels ? Pour trouver un autre cœur esseulé ? Pour recueillir des lambeaux de couples en train de se séparer ? Et sur qui tomberais-je, si je procédais de façon aussi absurde ? Sur le mince aux lèvres carmin, ou sur le costaud à la chaîne d'argent ? Les deux hypothèses me font froid dans le dos. Il n'y a pas si longtemps, j'exultais d'avoir quitté Phu Vuong. Rien que de repenser à lui, j'ai encore peur. Il n'y a pas d'amour quand on ramasse le rebut des autres, il n'y a pas d'amour quand on veut seulement combler le vide de sa vie. Les hétéros sont mille fois plus chanceux, ils peuvent satisfaire leurs désirs sexuels sans avoir à se soucier de trouver un endroit. Les bordels et les maisons closes pullulent pour les accueillir. Ce sont des clients insouciants, ils n'ont aucune inquiétude au moment de payer. Dans notre petit monde à nous, c'est impossible. Tout se passe en cachette, et chacun se ment à lui-même.

Puis il se tourna en dérision :

Et moi qui, en arrivant, étais si frétillant d'espoir ! Je pensais qu'il me suffirait de m'installer dans ce fauteuil entre deux paravents de soie pour recevoir la visite d'un jeune homme séduisant avec un beau sourire. Suis-je fou ou stupide ? La mère de Tiên Lai l'avait bien dit, c'est de l'utopie. Mais alors, quelle proportion l'utopie tient-elle dans la vie d'un homme ? La moitié, les deux tiers ? Les trois quarts, plus peut-être ! Seul le ciel peut savoir.

Dans son verre encore plein, les glaçons avaient fondu. Il en but une gorgée.

Un cocktail ici coûte dix fois plus qu'ailleurs. C'est le prix de l'attente. L'attente du bonheur. Me tombera-t-il sur la tête comme un fruit mûr, ou me sautera-t-il au visage comme une sauterelle attirée par la lumière ? Quoi qu'il en soit, je suis venu ici et j'ai payé, je vais attendre.

Cette nuit-là, aucune sauterelle égarée ne lui sauta dessus. Le lendemain non plus.

Le surlendemain, pas davantage…

Plusieurs semaines passèrent. Thanh était très abattu.

Je n'ai pas de chance en amour. La gentillesse de Hai le Barbu ne m'a rien apporté d'autre que ces soirées d'interminable attente. Je devrais arrêter d'aller là-bas.

Le soir, pourtant, il revint au Thé des courtisanes où il passa encore son temps à contempler le lustre et à écouter les chuchotements d'amour, les bruits de baisers et d'étreintes des voisins. Depuis la première fois, il n'avait plus surpris de conversation orageuse.

Je viens ici comme quelqu'un qui entre volontairement au purgatoire. Hai le Barbu, en me faisant connaître l'endroit, n'avait sans doute pas prévu ça. Ce n'est sûrement pas ici que je vais trouver mon bonheur, dans ce caveau de l'auto-flagellation où on dirait que j'expie mes péchés !

Comme une machine néanmoins, il retournait tous les soirs au Thé des courtisanes et, tous les soirs, songeait en repartant :

Demain j'irai ailleurs. Au théâtre, ou au cinéma par exemple. Ma vie aura plus de sens !

Quelques semaines passèrent encore. Un midi, Yên lui montra *Les oiseaux se cachent pour mourir*.

— Tu as lu ce roman ?

— Il y a longtemps !

— Moi aussi. Je crois que c'était au lycée. Hier la libraire m'a convaincu d'acheter cette nouvelle traduction. Il paraît qu'elle est cent fois meilleure. Je te la prête ?

— Si tu n'en as pas besoin tout de suite, je veux bien.

Le soir venu, Thanh resta chez lui avec le fameux roman australien. Tout en le feuilletant machinalement, il pensait au lustre sinistre du Thé des courtisanes. Ce lustre avait sept étages. Combien d'ampoules électriques par étage ?

Combien d'ampoules n'étaient jamais allumées, poursuivant une vie inutile dans la lueur blafarde de la salle ?

Une idée, soudain, lui causa une vive douleur, comme une crampe au bras :

Et si j'écrivais à Tiên Lai ? Aujourd'hui ce ne serait plus un appel à l'aide, j'ai réussi ma carrière, même si le salon Ngoc Yên n'est pas comparable au sien. Je ne ferais que laisser parler mon cœur.

— Ou combler le vide de ta vie, insinua une voix.

— Quel amour ne naît pas d'un vide ?

— Peut-être ! Mais si l'amour ne naît que d'un vide à combler, il s'éteindra vite. Comme la «fleur de dix-heures». Serais-tu de ceux qui aiment tant cette fleur si éphémère ?

— Je ne peux pourtant continuer de vivre dans un tel manque ! Je n'ai pas la patience, ni l'impudeur, de venir chaque soir m'installer dans un fauteuil de velours au Thé des courtisanes, entre deux paravents, pour siroter un verre de vin en priant pour qu'arrive mon prince charmant. Comme ces milliers de courtisanes qui, autrefois, attendaient chaque nuit que le carrosse royal dépose le souverain devant leur porte. Il y a quelque chose d'humiliant et de ridicule à vouloir trouver l'amour de manière aussi crue.

— *D'accord, mais à l'hôtel du Cheval blanc, tu t'es seulement amusé avec Tiên Lai ! Et quand tu étais dans ses bras, tu pensais à un autre.*

— *C'est vrai ! Mais les sentiments évoluent avec le temps. Et une séparation peut donner à chacun le recul nécessaire pour reconsidérer les choses de la vie…*

— *Dans le meilleur des cas, oui. Mais je crains que tes sentiments à toi n'aient pas encore assez évolué. Ton cœur n'est pas encore assez lucide ni assez courageux pour se juger. N'oublie pas que tu as déjà fait une erreur avec Phu Vuong, qui est devenu une malédiction pour toi. Ne recommence pas !*

— *Tiên Lai n'est pas un salaud comme le fils du poète dément. Tu ne peux pas les comparer.*

— *Prince ou mendiant, n'importe qui peut être ta malédiction.*

— *Mais alors, comment la distinguer de l'amour véritable ?*

— *Tu trouveras la réponse dans ton cœur.*

Et Thanh crut voir en imagination la silhouette de l'homme qui lui avait ainsi parlé se fondre dans une brume blanche comme celles qui flottaient sur le lac de Dalat. Son visage était caché mais sa voix résonnait, calme et nette comme les cloches de la pagode annonçant la fermeture des portes : *Tu trouveras la réponse dans ton cœur. Mais ce cœur doit être éprouvé, le tribunal du purgatoire lui apprendra à regarder. À cette condition, il saura faire la différence entre une malédiction et l'amour. Le véritable amour.*

Thanh lâcha le livre et éteignit la lumière.

Entre les lattes des volets, la lumière de la rue filtrait en raies blafardes. Saigon est toujours aussi bruyante le soir, mais Thanh n'entendait rien. Comme si l'océan sonore s'était retiré loin, très loin, à l'infini.

Il poussa un soupir. Non, il n'écrirait pas à Tiên Lai. Son amant de Dalat resterait dans les brumes de cette ville des montagnes. La vie de Thanh était maintenant là, à Saigon, dans cette métropole assourdissante où l'on cuisait le jour, où l'on baignait, la nuit, dans les bouffées moites, collantes, nauséabondes, de l'air océanique.

Nous sommes séparés désormais. Et la distance est comme le vent : elle éteint les flammes chétives, mais avive les feux ardents. Si tel est le cas, pourquoi ne me chercherais-tu pas, Tiên Lai ?

Mais comment ferais-tu, dans cette ville de sept millions d'âmes ? Impossible ! J'ai fui comme un voleur, un criminel, sans laisser le moindre indice. C'est moi qui dois t'écrire, ce serait plus logique.

… Vraiment ? Tu m'aimes beaucoup plus que je ne t'aime. C'est bien toi qui dois me chercher. Si tu le veux, tu le peux. Je n'ai que dix-neuf ans, ce n'est pas à moi de faire des efforts !

La jeunesse l'emporta, et Thanh sombra dans un sommeil léger. Dans son rêve, cette jeunesse lui apparut sous la forme d'un vaisseau fendant vaillamment les mers. Un vaisseau d'acier, monumental, et non la chétive barque aux voiles rapiécées qu'on voyait autrefois sur les couvertures de livres. Il creusait de blancs sillons dans l'océan, fonçait résolument vers l'horizon, laissant derrière lui toutes les grèves, les rives, les forêts de filaos verts et les mouettes déconcertées.

L'orgueil en Thanh triomphait :

Et voilà ! Ce vaisseau, c'est la jeunesse, avec son goût de l'aventure et sa faculté d'oubli.

*

Un an passa.

Le salon Ngoc Yên, pour accueillir tous ses nouveaux clients, avait dû s'agrandir d'une autre salle de cinquante mètres carrés. Autrefois, Hai y recevait ses collègues de bureau et elle servait aussi pour les réunions familiales ou pour le nouvel an. Malgré ses tirades contre les ancêtres, Hai, au quotidien, était très respectueux de la tradition. Comme il était l'aîné, il lui incombait d'organiser avec son épouse les anniversaires de décès au sein des deux familles. Et les ancêtres à honorer étaient plus nombreux que les modèles de coiffures et de permanentes du salon.

Maintenant que cette salle était occupée, Hai avait déménagé à l'étage les autels des ancêtres :

— À partir d'aujourd'hui, je ne ferai plus que les garnir d'offrandes. Quant aux quatorze anniversaires de décès annuels, nous les fêterons au restaurant.

L'agrandissement du salon avait été possible grâce aux efforts de Thanh. Bien sûr, en comparaison avec les grands salons réputés de la métropole, Ngoc Yên restait encore bien modeste. Pourtant la renommée de Thanh s'était répandue hors de l'arrondissement de Phu Nhuân. Les jeunes se passaient le mot : « Qu'importe quelques frais de transport supplémentaires, si on veut être beau, il faut confier sa tête aux ciseaux d'or de Ngoc Thanh. »

Les files d'attente s'allongèrent, les jeunes jouaient à des jeux électroniques en attendant patiemment leur tour. Même les journaux décrivaient cette éclatante réussite commerciale.

Les admirateurs de Thanh l'appelaient «Ngoc Thanh l'artiste». Ça ne le ravissait guère, car le seul artiste qu'il avait connu était le poète dément, mais il se contentait de sourire. Dans le métier, il fallait être courtois et Thanh n'avait aucun mal à l'être. Le couple Hai Yên était très fier de cette expansion. La seconde salle fut aménagée comme la salle principale : murs blancs et fauteuils de cuir noir. Les repose-pieds et les meubles de rangement étaient rose crème, du même style que les tables et les chaises. Et un vase gigantesque contenait des fleurs violettes ou bleu vif. Comme à côté.

Le soir, après le départ du dernier ouvrier, Thanh resta seul dans la salle encore imprégnée par l'odeur de neuf et de peinture.

Ai-je bien mérité d'être ton disciple, Tiên Lai ? Aujourd'hui, j'ai sous ma direction dix coiffeuses et nous allons en recruter deux autres. C'est moi qui les ai toutes formées, moi, un autodidacte ; moi qui n'ai pas déboursé un seul centime pour apprendre ce métier et n'ai même pas été en Europe pour observer comment les professionnels exercent leur art là-bas. Bien sûr, notre salon ne peut pas encore rivaliser avec le tien, Tiên Lai, nous ne sommes pas dans un quartier chic. Tes accessoires sont de meilleure qualité, tu y as investi beaucoup d'argent. Nous n'avons pas de si belles roses à Saigon parce qu'il y fait trop chaud, ce n'est pas comme à Dalat, cette ville européenne en pleine Asie.

Mais j'assume la deuxième place avec sérénité. Je te suis très reconnaissant. Je ne serais pas là si je ne t'avais pas rencontré.

Un jour, pensant à Tiên Lai, Thanh décida d'orner la deuxième salle, où le soleil tapait moins, d'un vase en porcelaine blanche contenant des roses rouges. Elles firent merveille dans ce décor blanc et, quand la climatisation fut installée, l'endroit attira toutes les clientes européennes. Thanh savait que les gens aimaient associer la fraîcheur à la sensation d'une fin d'été sous un soleil clément, qui éveillait toujours un souvenir personnel ou un manque indéfinissable. Les roses évoquaient cette sensation-là, mais également l'amour et la vie en pleine effervescence. Son amant de Dalat savait choisir les fleurs.

Dès lors, Thanh n'y mit plus que des roses rouges, et les coiffeuses parlèrent désormais de la « salle mauve » et de la « salle rouge ».

Pour trouver de nouvelles recrues, Hai le Barbu, en veine d'inspiration, fit paraître une annonce tonitruante :

« Le légendaire salon Ngoc Yên
cherche deux coiffeuses entre 18 et 25 ans.
Bonne présentation, bonnes connaissances,
diplômées de l'enseignement général.
L'anglais parlé serait un plus.
Vous serez formées personnellement
par le grand artiste Ngoc Thanh. »

Quand ce dernier vit le texte de l'annonce, il protesta avec véhémence :

— Tu me tues ! J'ai horreur de ce terme !

— Toi oui, mais les gens adorent ! C'est ça qui compte.

— Ils adorent, parce qu'ils n'en connaissent que l'aspect positif. L'autre aspect, tu le connais ?

— Bien sûr ! rétorqua Hai le Barbu. Mais pourquoi se préoccuper du revers de la médaille ? Le terme d'artiste valorise notre métier. De toute manière, ce sont nos clients qui t'appellent ainsi, on n'a rien inventé !

— Je sais, mais…

— Il n'y a pas de mais… Toi, tu es toi. Les autres, les artistes qui mentent, qui trichent, qui sont le rebut de la société, on s'en fiche ! Dans ce monde, il y aura toujours le vrai et le faux, qu'il s'agisse de marchandises ou d'hommes.

Thanh se rendit à ces raisons. De toute façon, Hai le Barbu était sourd à toute critique : quand il écrivait un texte, c'était d'emblée parfait. Heureusement que le ciel ne l'avait pas fait écrivain !

Au bout de deux semaines, une coiffeuse fut sélectionnée. Vingt-deux ans, un mètre soixante-dix comme une joueuse de basket-ball. Elle n'était pas belle mais semblait bien dans sa peau, de plus elle parlait quelques mots d'anglais.

— J'ai fait une formation de douze mois au centre municipal pour l'apprentissage des langues, annonça-t-elle fièrement.

Pourtant, lorsque Thanh lui posa une question en anglais, elle ne comprit pas.

— Vous n'avez pas le même accent que mon professeur. Si vous écrivez la question, je pourrai répondre.

— Écrire et parler, ce n'est pas la même chose ! Alors posez-moi une question en anglais.

— Ça me fait drôle ! Je n'ose pas ! Je ne vous connais pas assez, laissez-moi quelques semaines.

— D'accord, nous referons ce test dans deux semaines. Commencez le test de coupe.

La jeune fille se mit au travail sur le mannequin, et Thanh constata qu'elle était assez douée. Ses gestes étaient agiles, décidés, précis.

— Vous exercez depuis combien de temps ? Cinq ou six ans, n'est-ce pas ?

— Pourquoi voulez-vous le savoir ? demanda la jeune fille avec un sourire condescendant.

— C'est nécessaire. Même si je suis plus jeune que vous.

— J'ai commencé à quinze ans. Ça fait donc sept ans.

— Votre famille exerce ce métier ?

— Bien entendu !

— Alors pourquoi…

Contenant sa curiosité, Thanh se ravisa :

— Pardon, la question n'a rien à voir avec notre collaboration. Évidemment, dans le cas où vous accepteriez l'emploi…

— Bien sûr que j'accepte ! Je suis venue pour ça !

Cette réponse catégorique fit grande impression sur Thanh.

La semaine suivante, la jeune femme prit l'initiative de parler anglais avec Thanh, qui lui donna pendant le travail quelques leçons de langue. Elle s'appelait Thom, un prénom très paysan. Pourtant, d'après ses papiers, elle était née à Saigon, d'une famille de coiffeurs installée rue Nguyên Huê. Un soir, Thanh alla observer leur salon de l'extérieur. Plusieurs visages avaient un air de famille avec Thom. Elle ne lui avait donc pas menti, mais pourquoi le poisson avait-il abandonné son étang ?

— Notre nouvelle recrue est très douée, déclara-t-il au couple Hai Yên. J'espère qu'un jour, elle pourra me seconder pour former ses collègues. Son anglais est approximatif, mais une petite année de cours et elle pourra parfaitement dialoguer avec les clients étrangers.

— Nous avons besoin de recruter une deuxième coiffeuse, dit Hai.

— Comme tu veux. Mais Thom est très capable, on peut augmenter son salaire et elle travaillera pour deux !

— Attendons quelques mois avant de décider.

L'annonce continua donc de paraître dans les journaux.

Un jour débarqua chez eux un client très spécial.

Il était midi passé. Thanh terminait une coupe sur une Européenne et s'apprêtait à faire la mise en plis. La cliente était grande, elle devait être scandinave, suédoise ou danoise, dans les quarante ans, les muscles des bras déjà flasques et des taches rousses sur la peau. Ses cheveux étaient blonds mais n'avaient plus ni l'éclat, ni l'aspect soyeux qu'ont habituellement les cheveux clairs. Fragilisés, ils réclamaient beaucoup de soin à toutes les étapes, coupe, mise en plis, application des produits. C'est ce qu'expliquait Thanh à Thom tout en bavardant avec sa cliente. Cette dernière lui apprit qu'elle sortait d'une longue maladie et qu'elle avait dû suivre une chimiothérapie :

ses cheveux commençaient à repousser mais étaient encore fins et mous.

— Je sais que c'est difficile. Avec des cheveux aussi abîmés, je ne peux espérer un miracle !

— Il n'y a pas de situation désespérée quand on sait identifier les problèmes et prendre les bonnes décisions. Ne vous inquiétez pas ! Nous ferons le maximum.

Il était en train de montrer à Thom comment couper les petits cheveux qui avaient poussé inégalement dans la nuque, quand une ombre s'interposa. Absorbé par son travail, Thanh n'avait même pas remarqué que toutes les autres coiffeuses et Kim Yên s'étaient retournées vers eux avec circonspection et curiosité. Après un dernier coup de ciseaux, il confia la cliente à Thom, se redressa et, dans la personne plantée comme un piquet derrière lui, il reconnut Phu Vuong.

Lui ! Ce compagnon qu'il avait fui et voulait oublier à jamais ! Réveillant l'humiliation et la peur que Thanh avait crues enfouies dans la vase de l'oubli, il resurgissait, tel un virus triomphant de tous les antibiotiques. Tel un cadavre exhumé du cimetière. Plus d'un an s'était écoulé, mais Thanh n'avait pu oublier ses battements de cœur au moment où, assis dans le cyclo, il lui avait dit de se rendre au marché de Bên Thanh. C'était le premier nom qui lui était venu à l'esprit pour s'éloigner de ce chacal affamé, n'importe quel lieu aurait fait l'affaire. Il n'avait pas non plus oublié son angoisse ni ses sueurs froides à l'idée que le garçon du hameau des Eucalyptus puisse lui courir après ou crier quelque chose dans son dos. Pourquoi se laissait-il terroriser par ce gringalet, pâle comme un mort-vivant, qui s'était effondré sous son coup de poing ? Quelle absurdité ! Était-ce un mystère ou une fatalité ? Il croyait avoir définitivement rompu avec cet amour inepte et aussi avec sa haine envers ce garçon. Dans sa petite chambre surchauffée, il avait crié sa joie d'être libéré, senti le sang couler dans ses veines, éprouvé la légèreté de son souffle, l'immensité du ciel, bref, tous ses sens s'étaient réjouis de ce trésor retrouvé : sa liberté.

Pourtant le chacal affamé était ressorti de sa jungle. Il était redescendu en plaine pour chercher sa proie. Jusqu'ici.

Sans aucun doute, il avait lu l'annonce de Hai le Barbu et appelé un cyclo ou un taxi-moto pour se rendre droit au salon Ngoc Yên.

— Tu ne me reconnais pas ?

Phu Vuong avait toujours le même teint livide, la même stature rabougrie, des yeux brûlant comme deux braises au fond de leur trou. Ses lèvres, décolorées, étaient bordées d'un trait foncé comme chez les femmes un peu trop mûres. Deux nouvelles rides creusaient ses joues et sous son menton apparaissaient des taches brunes qui donnaient un aspect froissé à son visage. Il regardait fixement Thanh, d'un regard où se lisaient la provocation mais également un questionnement, un regard bouillant d'aspirations et de ruses à venir, que Thanh connaissait bien.

Ce dernier eut un frisson.

Pourquoi ce frisson ? Est-ce du dégoût ou de la peur ? Ou les deux ? Non, ces sentiments sont néfastes. Je dois les réfréner.

Involontairement ses lèvres eurent un rictus, et une colère blanche lui enserra les tempes.

— Bien sûr que je te reconnais ! Comment ne pas reconnaître un mendiant et un voleur ?

Thanh n'avait pas crié, mais son visage et le ton de sa voix reflétaient son ressentiment. Tous les présents se retournèrent. D'abord la cliente blonde. Puis les autres. Kim Yên et les coiffeuses, elles, n'avaient pas quitté Thanh des yeux depuis l'apparition de l'étranger. C'était la première fois qu'elles l'entendaient parler de façon si violente. Thanh avait toujours été très courtois, et tous les clients appréciaient son caractère.

Phu Vuong restait immobile. Une odeur pestilentielle se dégageait de ses cheveux et de ses vêtements.

Il doit continuer de dormir sous les ponts, dans des entrepôts abandonnés, mener une vie de vagabond. Il ne peut pas rester ici, son odeur incommoderait la clientèle et nuirait à notre réputation.

Il fallait agir. Thanh prit peur, son cœur s'accéléra.

Si je perds mon sang-froid, ce ne sera pas bon non plus. Nous sommes sur mon lieu de travail, et non plus dans notre appartement de Dalat.

— Que veux-tu ?

— Me faire couper les cheveux, dit Phu Vuong, sortant de sa poche un billet de vingt dollars.

— Je ne coiffe pas des gens aussi répugnants.

— Je te paie en dollars.

— Tu peux m'en proposer dix fois plus, je ne le ferai pas. Va-t'en.

Il vrilla son regard dans les yeux de Phu Vuong :

— Tu as rassemblé tous tes sous pour obtenir ce billet de vingt dollars ? Un conseil, rechange-le pour t'acheter à manger. Tu n'as rien à faire ici. Je ne te connais plus. Et si j'ai contracté une dette envers toi dans ma précédente vie, elle est intégralement remboursée. Alors, fiche le camp ! Hors de ma vue !

Chacun dans la salle retenait son souffle. Même les clients étrangers, trois femmes et un homme dans la cinquantaine, bien mis, avaient suivi l'échange. Bien sûr ils ne comprenaient rien à cette langue chantante, mais semblaient deviner ce qui se passait.

Phu Vuong ne répondait pas. Il restait là, buté, et Thanh ne savait plus quoi faire. Il revoyait Phu Vuong s'agrippant au divan, à Dalat, lorsqu'il avait voulu le chasser.

Pourquoi mon destin me lie-t-il à cet ignoble individu ? Il n'a aucune pudeur. Il n'obéit qu'à son instinct, un instinct de bête sauvage.

Le cœur de Thanh battait de plus en plus fort, une pulsion montait en lui, comme la nuit de leur fuite, quand il avait envoyé un coup de poing au visage de Phu Vuong pour récupérer l'enveloppe destinée à la propriétaire. Et il sentait que cette pulsion allait le déborder.

Je vais le frapper !

Terrible tentation ! Le sang affluait furieusement à ses tempes.

Or Thom venait de lâcher ses bigoudis dans le bac et d'aller se laver les mains. Elle revint juste à ce moment-là et se planta devant Phu Vuong :

— Veuillez sortir du salon, dit-elle, nous sommes en train de travailler.

Phu Vuong écarquilla les yeux de colère :

— De quoi tu te mêles, toi ?

Sans un mot, elle l'attrapa par le dos de sa chemise et, avant qu'il ait pu réagir, le traîna jusqu'à l'entrée, puis le jeta dehors comme un sac de sable.

— Bravo ! applaudit la cliente scandinave, qui n'en revenait pas.

Les autres femmes se regardaient avec un grand sourire. Prudents, les clients vietnamiens observaient, mais n'ouvraient pas la bouche.

Dehors, Phu Vuong se releva, jeta un regard torve à l'intérieur tout en s'époussetant, puis s'en alla clopin-clopant.

Thanh se tourna vers Thom :

— Je vous remercie !

Après s'être excusé auprès de sa cliente, il s'adressa à Kim Yên et à ses coiffeuses :

— Je suis vraiment désolé, honteux de cet esclandre. Ce voyou est de ma ville. Autrefois nous étions amis, mais il en a profité pour me voler afin de rembourser des dettes de jeu. Je l'ai planté là dès notre arrivée à Saigon. Il a dû me retrouver grâce à l'annonce de Hai.

— Pas nécessairement, observa la cousine. C'est peut-être ta simple renommée, et plus tu deviendras célèbre, plus il te retrouvera facilement. Cet homme est un parasite, comme cette plante qu'on appelle «nid de corbeau» et qui pousse sur les troncs des arbres. Ou bien comme une sangsue. Les sangsues affamées te sentent et te retrouvent en deux temps, trois mouvements. Difficile de leur échapper.

— C'est ce qu'on va voir ! répliqua Kim Yên. Cette fois j'ai été prise au dépourvu, je ne savais pas qui il était. La prochaine fois, j'appelle immédiatement mon Hai. Et s'il est occupé, j'ai un cousin policier au commissariat du quartier.

— Inutile, répondit Thom d'un ton assuré. Il n'osera pas revenir ici, je vous le garantis.

L'affaire en resta là.

En rentrant chez lui, Thanh s'effondra sur son lit sans dîner. La réapparition de ce fantôme l'avait mis dans un état de tension extraordinaire, il avait besoin de récupérer. Il dormit dix heures d'affilée.

Le lendemain il se réveilla à huit heures. Le soleil éclatant était déjà bien haut. La ville était trépidante. Pourtant Thanh se sentait égaré comme s'il avait atterri dans un lieu étranger, totalement déconnecté de la réalité.

Où suis-je ? À Lan Giang ? À Dalat ? À Saigon ? Pourquoi cette confusion ? Est-ce la nostalgie de mon pays natal qui m'obsède, ou le regret de ma jeunesse perdue, mon avenir gâché, l'ombre d'un amour que je n'ai pas connu ? Qu'est-ce qui se cache derrière le fantôme de Phu Vuong et me dévaste tant ? Le fils du poète maudit n'est pourtant plus que l'ombre de lui-même, un paillasson, un démon à qui l'on a arraché les crocs ! Pourquoi m'en soucier ?

Thanh resta ainsi longuement sur son lit, hébété, jusqu'à ce que retentisse une sirène de pompiers dont la stridence le tira soudain de sa torpeur. Il ouvrit les fenêtres : trois camions rouges fonçaient à toute allure vers le bout de la rue, d'où s'élevait une colonne de fumée noire.

Une maison qui brûle ! Le patrimoine d'une famille est réduit en cendres, des vies d'enfants sont en danger. Les pompiers vont se jeter dans le feu pour sauver des gens et quelques affaires. Ils risquent des brûlures, la mort peut-être. Mes préoccupations ne sont rien à côté. Inutile de disséquer les cadavres de mon passé.

Il se changea pour sortir déjeuner.

Au salon, tout le monde était là. Les clients étaient déjà installés. Les coiffeuses racontaient des blagues et on riait gaiement. Les événements de la veille semblaient oubliés.

Je dois apprendre à oublier, moi aussi. C'est la meilleure solution pour aller de l'avant.

*

Mademoiselle Thom était une jeune femme gâtée par le sort. Où qu'elle aille, la chance lui souriait toujours. En l'occurrence, le couple Hai Yên avait prié Thanh de raccourcir sa période d'essai et, à partir de son troisième mois, il fut décidé qu'on ne recruterait pas de deuxième coiffeuse et qu'on multiplierait son salaire par deux. Elle devint le bras droit de Thanh, qui lui enseigna les techniques spéciales du métier et l'anglais. Ils devinrent naturellement amis, s'appelaient par leur prénom, comme font les enfants et aussi les artistes, ces grands enfants. La réputation du salon ne cessait de croître depuis l'ouverture de la deuxième salle. Grâce au bouche à oreille, les clients étrangers venaient de plus en plus nombreux. Les devises affluaient autant que les billets vietnamiens. Kim Yên se convertit en caissière, confiant ses tâches à la cousine de son mari et à Thom.

Trois mois passèrent en coup de vent. Le salaire de Thom fut encore augmenté car elle occupait maintenant le poste de régisseuse et de responsable technique, devenant numéro quatre dans l'entreprise, juste après Hai, Yên et Thanh.

Ce dernier décida d'organiser une petite fête en son honneur.

— Pourquoi, Thanh ? C'est moi qui devrais inviter.

— Il n'y a pas de règle en matière d'invitation. Simple question d'envie. Grâce à ta présence, je travaille deux fois moins, donc j'en profite. Et j'ai envie de régaler !

— D'accord, répondit Thom. Mais n'oublie pas que normalement c'est toujours l'aîné qui paie.

— Pas du tout ! Cela dit, si tu veux, je peux t'appeler « grande sœur » puisque tu es plus âgée que moi.

— Jamais de la vie ! Je préfère mourir ! décréta la jeune femme.

Le festin fut joyeux. Thanh but tellement de vin que Hai et Yên durent appeler un taxi et le ramener chez eux. Ils couchèrent le jeune homme dans leur salon, sur le canapé, et, le lendemain, lui proposèrent un petit-déjeuner au restaurant.

— À mon tour de t'inviter, dit Hai le Barbu.

Yên jeta un regard comminatoire à son mari :

— Tu parles d'un remerciement ! Pour être à la hauteur, il faudrait plutôt inviter toute l'équipe du salon pour un week-end à Vung Tau !

— D'accord ! Nous ferons un pique-nique à Vung Tau. En attendant, prenons déjà un petit-déjeuner.

— Avec plaisir, acquiesça joyeusement Thanh. La vie est courte, profitons de chaque moment où nous pouvons être ensemble.

Ils optèrent pour un restaurant de pho, assez loin de Phu Nhuân, dont Hai le Barbu adorait particulièrement le bouillon, « exceptionnel, un mélange goûteux de viande et de moelle, sans toutes ces fioritures de condiments qui gâchent tout ».

— Nous te suivons, Yên et moi ! approuva Thanh avec gaieté.

Ils s'y rendirent en taxi, une course dont le prix dépassait de loin celui des trois bols de « pho spécial » qu'ils allaient consommer. Hai le Barbu était très fier de connaître ce bon endroit pas cher, façon aussi de plaire à sa jeune épouse.

Thanh regardait cet homme de plus de quatre-vingt-dix kilos, au système pileux noir et fourni. Il pensa au personnage de Truong Phi dans le roman classique chinois *Les Trois Royaumes*.

Comme toujours dans la vie, ce bouillon de bœuf si savoureux est un prétexte. En l'occurrence il sert à exprimer l'amour. Dans d'autres circonstances il pourrait aussi bien exprimer la haine, et se transformer alors en brouet indigeste.

— Quel délice, ce pho, très bon choix, approuva-t-il à haute voix. La prochaine fois, nous n'avons qu'à revenir ici.

— Tu es sincère, ou tu me fais marcher ? demanda Hai.

— Tout ce qu'il y a de plus sincère. Je trouve ce pho excellent car nous sommes joyeux. Si j'étais malade ou préoccupé, il pourrait très bien être immangeable.

— Oui, tu as sans doute raison. Comme disait ma mère : «Quand l'âme est triste, le paysage ne peut pas être joyeux.»

— Aujourd'hui le paysage est très joyeux ! Et le pho est délicieux. Nous sommes heureux que le salon soit un tel succès. C'est tout ce qui compte en ce moment.

Le petit-déjeuner s'acheva dans la joie. Hai, avant de prendre un taxi pour aller à son travail, informa Thanh et Yên qu'il dînerait avec des clients et rentrerait tard. Avant de monter en voiture, Hai se frappa la tête, fouilla dans sa poche et tendit un petit papier à Thanh :

— Je peux te demander un service ?

— Bien sûr !

— C'est le reçu pour récupérer la batterie. J'ai déjà payé, peux-tu t'en charger ?

— D'accord.

— Elle pèse dix kilos, ça ira ?

— C'est le poids d'une petite valise. Pas de problème.

— Cette batterie est mon outil de travail à l'usine. Je ne peux pas encore me permettre d'en avoir une deuxième. Prends-en soin, s'il te plaît.

— D'accord. Je t'ai entendu crier contre quelqu'un au téléphone au sujet de cette batterie.

— Exact, tu as bonne mémoire ! Alors tu la rapporteras chez nous ?

— D'accord !

— Bon, je file ! Au revoir !

Après une petite tape sur les fesses de son épouse, Hai s'engouffra dans le taxi.

Yên dit à Thanh :

— Je n'aime pas le taxi, prenons un cyclo ! C'est un peu plus cher mais plus agréable, on voit mieux la rue.

— On voit mieux la rue ? Dis plutôt que tu n'aimes pas l'odeur de l'essence !

Yên écarquilla les yeux :

— Comment le sais-tu ?

— Ce n'est pas difficile à deviner !

— Hai, lui, ne l'a jamais remarqué ! soupira Yên. Et je n'ai jamais osé le lui dire. Vous, les homos, vous êtes vraiment de fins observateurs !

— Pas plus que n'importe qui, répliqua Thanh en riant. Mais nous avons une sensibilité plus féminine, ma chère !

Ils appelèrent donc un cyclo. Pendant le trajet, Yên était intarissable. On aurait dit que Thanh avait touché sa sensibilité avec l'histoire de l'essence et l'avait rendue radieuse. Thanh, lui, pensait à une autre Yên.

Que fait ma mère la biche en ce moment ? Déjeune-t-elle avec madame Rô à la maison ou sont-elles au restaurant du bout de la rue où elle m'avait emmené une fois, quand j'avais quatre ans ? En face du restaurant de pho, il y avait une très bonne échoppe, du nom de Van Thanh, où les raviolis étaient un régal ! Hmm, des raviolis de riz tout chauds, au nuoc mam mijoté à l'essence de bélostome, cette sauce au parfum divin, quel délice pour un petit-déjeuner d'hiver. Pas très loin de là, il y avait une autre échoppe toute petite en apparence, d'à peine trois mètres de large, mais qui se prolongeait sur près de quarante mètres jusqu'à une arrière-cour. C'était le royaume des vermicelles au porc grillé. Je revois toujours ces jeunes cuisinières assises le long du

*mur devant les braseros, en train de ventiler les braises.
L'odeur appétissante de la viande grillée envahissait la
rue. À quoi ressemble Lan Giang aujourd'hui, depuis
quatre ans que j'en suis parti ? La femme de Petit Canh
a dû accoucher. Il est donc jeune père à présent, ce
gamin à côté duquel je dormais dans la carriole de son
père, ce char cahotant, sur la longue route vers Dông Mo
et Lang Son. L'ancien cocher repose maintenant sous
terre. Et les herbes, sont-elles encore vertes ? Le faon
retournera-t-il un jour fleurir, avec sa mère la biche, la
tombe du cocher défunt ?*

Le ciel s'était couvert, présageant une tempête ou
du moins la pluie. Le soleil n'était plus cet astre resplendissant au zénith, il barbotait comme il pouvait
dans une mer d'un blanc laiteux, entre des couches de
nuages. Cela rappela à Thanh son Nord natal, et cette
nostalgie l'accompagna jusqu'à leur arrivée au salon
de coiffure, où les clients attendaient déjà nombreux.
Ils s'attelèrent à la tâche immédiatement.

Ce n'est qu'à quatre heures de l'après-midi qu'il
put enfin faire une pause, prendre un deuxième café
et grignoter un sandwich acheté par les coiffeuses.
Puis une autre vague de clients arriva.

— Hai t'a demandé d'aller récupérer la batterie, lui
rappela Yên à cinq heures et demie. Vas-y vite avant
qu'ils ne ferment.

— C'est vrai ! J'avais complètement oublié, heureusement que tu es là.

— Laisse Thom te remplacer. Et prends la moto,
c'est mieux que le cyclo ou la voiture, à cette heure
de pointe.

Quand Thanh partit, il était déjà six heures moins le quart et la ville était pleine d'embouteillages. Heureusement Thanh, qui connaissait bien les rues, put éviter les carrefours les plus chargés. Il arriva au magasin d'électricité juste au moment de la fermeture.

— Vous avez de la chance ! dit la caissière en lui montrant l'horloge murale. D'habitude, je pars à moins cinq !

Et il était déjà sept heures dix. Thanh décocha son plus beau sourire à cette femme plate comme une limande et au teint trop foncé :

— Merci mille fois, grande sœur ! Vous m'épargnez un second aller-retour. La route est longue, et nous avons absolument besoin de cette batterie pour travailler.

Elle se rengorgea, heureuse. C'était son dernier client, et quel charme !

Pendant qu'un employé baissait le rideau, Thanh lui adressa un ultime sourire et s'empressa d'attacher la batterie sur sa moto. Puis il partit, en pensant à son programme de la soirée.

Après avoir déposé la batterie, je vais rentrer chez moi, prendre une douche puis écouter de la bonne musique sur le divan. Et avant de rentrer, je m'achèterai une part de vermicelles au porc grillé. Ce soir, pas de complications.

Il n'avait pas envie de cuisiner. Ni de regarder la télévision. Il n'y avait ce soir que des numéros de comiques, et beaucoup étaient très mauvais. « Rien de pire qu'un comique qui n'est pas amusant, un politicien que personne ne respecte, une étoile dont l'éclat se ternit. » Il ne savait plus qui était l'auteur

de cette phrase mais elle était pertinente. Se rappelant quelques mauvais acteurs comiques, il répéta à
mi-voix : «Rien de pire…»

Une moto le dépassa, son conducteur lui lança un
regard furtif. Il devait le prendre pour un fou parlant
tout seul.

Thanh arrivait à un carrefour complètement bloqué par un embouteillage, avec une file de voitures et
de motos sur au moins un demi-kilomètre. Avec son
histoire de comique, il avait raté la bifurcation permettant de l'éviter et se retrouvait maintenant pris au
piège.

Comme on n'avançait plus, il mit pied à terre et se
contenta d'avancer au pas, centimètre par centimètre.
Tous les conducteurs formaient comme une seule bête
gigantesque, hargneuse, sale et indisciplinée. Tous les
véhicules se mêlaient en une masse chaotique où voitures et motos envoyaient leur fumée noire et leurs
émanations toxiques au nez des cyclistes, les plus
pauvres, les plus défavorisés. Même dans la mêlée de
la rue, il n'y avait plus d'égalité, observait Thanh. Il
comprenait pourquoi les rixes survenaient souvent
dans les foules, avec leur atmosphère tendue et surchauffée.

Dix minutes plus tard, la situation n'avait pas
changé. Ceux qui arrivaient à s'engager dans le carrefour s'y retrouvaient tout de suite bloqués. Tel
était le vrai visage d'une métropole de sept millions
d'âmes, gouvernée par des cadres tout juste compétents pour gérer un village d'une centaine d'habitations. Thanh commençait à s'impatienter, et une idée
lui vint :

Si j'allais au Thé des courtisanes ? On est certes mieux dans un fauteuil de velours que sur cette selle de moto coincée dans un imbroglio de véhicules. Encore dix minutes et je vais mourir asphyxié. Pourquoi n'y ai-je pas pensé avant ?

Aussitôt il entreprit de se faufiler jusqu'au trottoir et rebroussa chemin pour prendre une voie latérale. C'était une ruelle en sens interdit. Il continua donc de pousser sa moto avant de rejoindre une autre rue, plus large. Alors il enfourcha sa machine et fonça vers le Thé des courtisanes. En remettant sa moto au portier, il souffla enfin.

M'y voilà, même si j'ai perdu trente minutes à marcher. Si j'étais resté là-bas, j'en aurais encore eu pour une bonne heure.

Il était déjà à l'intérieur quand il se souvint de la batterie de Hai. Elle coûtait dix fois plus qu'une batterie ordinaire. Hai se l'était fait spécialement envoyer des États-Unis, c'était la prunelle de ses yeux. Il devait vraiment avoir confiance en Thanh pour lui demander de s'en occuper. La laisser au garage, c'était courir le risque de se la faire voler. Hai perdrait son outil de travail et Thanh passerait pour un irresponsable.

Il revint vers le serveur qui l'avait accueilli :

— En fait je vais garder la batterie avec moi.

— La batterie ? fit l'autre avec une moue, comme pour dire qu'une batterie n'avait rien à faire dans un établissement aussi chic.

— Ce n'est qu'une batterie, expliqua Thanh avec gravité, mais d'un genre introuvable ici. Si nous la perdons, nous ne pourrons plus travailler avant d'en recevoir une autre de l'étranger.

— Je comprends, dit le serveur impressionné. Je vous la fais porter tout de suite.

Quand il reparut avec l'objet, Thanh lui donna un pourboire et entra pour de bon.

Je vais pouvoir reposer mon dos. Avec une bonne musique, en attendant mieux...

Il trouva un box libre au milieu de la salle. Le serveur lui apporta un chocolat glacé et disparut. Se laissant aller, Thanh leva les yeux vers le grand lustre familier, cette pyramide renversée à l'air triste. Il savoura le goût frais de la boisson après ces longues minutes de marche dans la poussière.

Quand est-ce que je suis venu ici la dernière fois ? Le mois dernier ? Non, il y a deux mois déjà...

Entre-temps il avait complètement oublié le Thé des courtisanes, car il avait trouvé une nouvelle passion, le tennis. Auparavant, il y venait pratiquement tous les soirs. Il restait généralement seul, mais parfois des sauterelles venaient s'égarer dans son box. Il avait ainsi fait la connaissance de quelques jeunes. Parfois, au contraire, c'était lui qui longeait les rangées de paravents et s'arrêtait devant un emplacement occupé par un jeune homme solitaire comme lui, installé dans un fauteuil rouge. Un regard complice, un sourire aimable et tout devenait possible. C'étaient des rencontres entre larves de moustiques dans une jarre d'eau. Légères, elles se révélèrent bien vite superficielles. Puis de superficielles, elles devinrent banales, enfin, éphémères. Ces jeunes de son âge étaient tous des citadins. Espiègles ou stupides, naïfs ou bardés d'expérience, ils le décevaient tous rapidement. Thanh ne savait plus quoi leur dire et n'avait plus la patience de les écouter. Les conversations se résumaient aux vêtements et coiffures dernier cri, aux marques de motos les plus en vue. Ensuite, ils abordaient la vie des artistes de Saigon : telle chanteuse s'était mariée avec un Hollandais puis, après lui avoir fait acheter une villa à trois étages, avait mis le grappin sur un Américain. Une autre s'était mariée avec un pseudo-Vietnamien très riche vivant aux États-Unis mais, arrivée en Californie, elle avait découvert que son nouvel époux était un chômeur subsistant grâce aux aides sociales et vivant dans une roulotte comme un bohémien. Une troisième avait pris tellement d'argent à son vieil amant que la femme de ce dernier avait envoyé des voyous la défigurer au vitriol…

Après ces conversations, Thanh rentrait toujours pensif.

Je n'ai pas de chance avec eux, ou eux n'ont pas de chance avec moi. Est-ce à cause de Tiên Lai que ces conversations me paraissent si nulles ? Mais où trouver un jeune homme à la conversation aussi séduisante que la sienne ? Il avait à la fois de la culture et l'expérience de la vie. Deux ingrédients qui manquent de toute évidence à ces jeunes.

Au fond de lui, un contradicteur rétorquait méchamment :

Mais Tiên Lai, lui, n'a pas un corps de dix-neuf ans et ses yeux sont déjà ornés de pattes-d'oie. Tu es trop gourmand, tu veux tout, mais le Créateur ne donne jamais tout à quelqu'un. Il te faut faire un choix. La vie se passe à faire des choix, et ce jusqu'à notre mort.

Thanh s'en voulait. L'avenir lui semblait bouché. C'est à ce moment-là que le tennis le sauva. Un nouvel espace s'ouvrit, de nouveaux visages se présentèrent et un enthousiasme nouveau le saisit. En nage après quelques heures d'entraînement, il s'enchantait de pouvoir se mettre sous la douche avant d'aller faire un bon dîner. Il en avait totalement oublié le Thé des courtisanes pendant près de huit semaines.

Jusqu'à ce jour.

Je suis là par hasard. En ce moment mon âme est gaie, espérons que la vie va me sourire. Que ces garçons me paraîtront moins ennuyeux. Et même dans l'hypothèse où je ne recevrais aucune visite agréable dans mon box, au moins j'aurai tranquillement écouté de la musique et évité les gaz d'échappement, les carrefours embouteillés.

Il savourait son chocolat glacé. Et par chance, la musique qui passait était un concerto de Mendelssohn.

Deux plaisirs simultanés. Une boisson agréable et une belle musique ! Dommage que je ne puisse m'allonger sur un divan !

Il fit pivoter le fauteuil devant lui et y allongea ses jambes.

C'est l'avantage de la situation. Je suis seul, donc je peux profiter de ce fauteuil pour mieux me détendre.

Cette pensée le fit sourire. Ici il pouvait rire seul sans craindre d'être pris pour un fou. Étendu de tout son long, la tête posée sur le haut du dossier, les jambes sur le fauteuil d'en face, Thanh écoutait, les yeux mi-clos. Il goûtait ce petit bonheur de l'homme seul. Ce soir Mendelssohn était magnifique, le concerto évoquait un foisonnement de couleurs, d'images. Une musique introspective, qui incitait l'auditeur à explorer le fond de son âme, ses propres sentiments. Une musique ensorcelante, tout simplement.

Cependant, même le concerto de Mendelssohn avait une fin.

Le silence qui suivit sembla dilater l'espace de la salle, la rendant beaucoup plus vaste que d'ordinaire. Puis le micro crachota, sans doute parce que le technicien avait enlevé le disque, et ce bruit arracha chacun à son rêve.

Une voix grave s'éleva :

— J'aimerais bien du blues !

— Non ! C'est trop triste !

— Quelle belle musique n'est pas triste ?

— Oui, mais le blues est la musique des esclaves noirs. On n'est pas déjà assez malheureux comme ça, pour vouloir écouter cette musique africaine ?

Un silence.

Une troisième voix lança :

— On arrête un moment ! L'appareil chauffe depuis ce midi. Je vais fumer une cigarette et après on verra.

Un bruit sec, comme une pierre lancée sur un tambour. Puis ce fut le silence : le disc-jockey était sorti fumer.

Au Thé des courtisanes, quand la musique s'interrompait, les bruits d'étreintes devenaient audibles, comme libérées et décuplées par le silence. Et Thanh en éprouvait de l'envie, et de la honte pour son désir.

Pourvu que cet imbécile finisse vite sa cigarette et vienne remettre un disque !

C'est alors qu'à sa gauche retentit un éclat de rire, à la fois aigu comme un cri de souris et rauque comme la voix d'un vieillard. Thanh en eut immédiatement la chair de poule. Ce rire, il ne le connaissait que trop ! Son rythme, sa couleur, ce sifflement de la salive entre les dents, tous ces détails en désignaient l'auteur : Phu Vuong !

Ce misérable est ici ?

Il revit le visage émacié de Phu Vuong au salon de coiffure, ses doigts maigres aux ongles noircis de crasse sortant le billet de vingt dollars. Cela faisait trois mois ! Avait-il vécu entre-temps un conte de fées ? Comme au gala de l'école de Lan Giang, quand Thanh avait été aussitôt séduit par la flûte de Truong Chi et avait accepté un premier rendez-vous ?

C'est lui ! Il a trouvé une proie !

Ses sens étaient en alerte. Une puissante curiosité s'empara de son corps et de son âme. Ôtant ses pieds du fauteuil, il se redressa, tendit l'oreille vers le paravent voisin.

Le gloussement de Phu Vuong s'atténuait. En réponse, un rire cristallin, joyeux et confiant. Le garçon devait être plus jeune que Thanh, dix-sept ou dix-huit ans. Voire quinze ou seize, car les jeunes citadins sont sexuellement plus précoces.

Qui peut être ce malheureux ?

Thanh éprouva de la compassion pour le jeune inconnu. Lui-même avait ri de ce rire confiant, autrefois, lorsqu'il courait sur les collines d'eucalyptus. Lorsqu'il était juché sur le dos du cheval ou somnolait sur l'épaule de Petit Canh, dans la carriole. Un rire baigné du soleil de l'aube, embaumé du parfum des fleurs sauvages le long de la route, un rire de bonheur mêlé au son du grelot du cheval. Il lui semblait entendre, dans le box d'à côté, l'écho de ce rire d'enfant.

Phu Vuong chuchota quelque chose et le garçon s'exclama :

— C'est vrai ?

Ce n'était pas une question, c'était l'exultation d'un fils recevant un cadeau de sa mère. Et Phu Vuong répondit :

— Tu ne me crois pas ? Demain, au déjeuner, je t'apporterai le livre sur les mythologies pour que tu découvres ce dieu. Il n'a pas beaucoup de pouvoir, mais c'est l'un des trois dieux les plus séduisants de l'Olympe. On lui connaît beaucoup de liaisons amoureuses, mais la plus précieuse à ses yeux, c'était avec un homme.

— C'est vrai ? répéta le jeune inconnu, extasié.

— Son nom, tu l'as lu dans tous les journaux. On le donne à toutes sortes de produits, vêtements, cosmétiques ou même parfums. Nous autres mortels, nous sommes toute notre vie esclaves de la beauté, sous les auspices de…

La suite se perdit dans un brouhaha : le couple de droite était sorti de son box pour passer bruyamment une commande. Pourtant Thanh aurait pu achever :

… Les auspices d'Apollon, ce dieu bisexuel pour qui l'amour homosexuel était le choix de l'excellence. Les aristocrates grecs en ont fait plus tard une réalité universelle. En conséquence, nous n'avons aucune raison de douter de notre préférence. Au contraire, nous devons en être fiers car nous sommes des êtres élus. Des phénix parmi les paons, ou des paons égarés dans une basse-cour de poules et de canards…

Il eut un rictus machinal. Même une pièce de théâtre ressassée peut toujours attirer un nouveau spectateur. Ce jeune garçon, c'était lui lors des premiers jours d'ivresse où il avait écouté le fils du poète dément. La vie est-elle un labyrinthe si sombre et si tortueux qu'un homme doit dépenser toute son énergie et son temps pour tenter d'en sortir ?

Le rire enchanté retentit de nouveau, et Thanh en eut le cœur serré sans savoir pourquoi. Comme si un couteau invisible avait douloureusement fouillé son âme. Il lui semblait soudain discerner son nom dans la conversation, puis il comprit que le garçon parlait du chanteur Truong Thanh. Leur ton devenait enthousiaste, malgré la voix rauque de Phu Vuong, une voix de quinquagénaire. Tous deux vantaient le monde homosexuel. Après avoir cité Apollon, Phu Vuong avait sûrement entrepris de montrer en quoi les hommes qui rejetaient les femmes étaient d'une essence supérieure. Toujours il restait le maître et l'autre, son amant soumis, un disciple obéissant et heureux de son rôle.

— Truong Thanh, observait Phu Vuong, pourrait atteindre une meilleure position dans le monde artistique. Malheureusement il n'a pas d'imprésario. Un bon imprésario peut compter jusqu'à soixante-dix pour cent dans la réussite d'un chanteur.

— Mais Truong Thanh n'est pas aussi doué que Câm Tu !

— Quel Câm Tu ?

— Un comédien. Il porte un prénom de fille parce que ses parents en voulaient une, mais n'ont eu que des garçons. Enfant, il était joli comme une poupée. Je pense que c'est le meilleur acteur de notre pays.

— Il y a un autre acteur qui s'appelle Man Thanh, n'est-ce pas ?

— Exact, mais il ne vaut pas Câm Tu.

— Et dans la mode, tu connais quelqu'un ?

— Non. Mais je connais un coiffeur réputé, dans l'arrondissement de Phu Nhuân. On le considère comme un véritable artiste.

— Ce ne serait pas Ngoc Thanh ? Les publicités le vantent ainsi : «Ngoc Thanh, les ciseaux d'or»; «Ngoc Thanh, un phénomène marquant».

— Tu le connais ?

— Personne ne le connaît mieux que moi !

— C'est vrai ?

— Ngoc Thanh m'a suivi à Saigon pour s'établir. Il a mon âge, mais jusqu'à ses treize ans c'était un fils à papa, naïf et incapable, un vrai bébé. D'abord il a été mon esclave fidèle, un petit chiot obéissant. Je lui ai donné ses premières leçons de vie pour qu'il comprenne qui il était. Je lui ai appris à vivre sa vie d'homo. C'est moi qui lui ai conseillé ce métier et qui lui ai donné les éléments pour réussir. Bref, je l'ai nourri et protégé !

— C'est vrai ?

— Tu crois que je te raconte des histoires ?

— Mais alors pourquoi vous n'êtes plus ensemble ?

— Que veux-tu ! l'homme a la trahison dans le sang. C'est la plus ingrate des espèces animales. Tu le comprendras plus tard.

— Quel dommage ! J'ai entendu dire que ce Thanh est très beau, qu'il est d'une grande courtoisie et qu'il parle anglais à merveille. Beaucoup de clients l'adorent.

— Même un grand général peut trahir son roi, alors un coiffeur qui parle anglais… Tu es trop candide pour comprendre la vie.

Thanh n'avait pas perdu un mot de la conversation. Il écoutait, la bouche esquissant un rictus figé : décidément, le temps ne changeait pas les êtres. Ou les êtres ne changeaient pas avec le temps. Ce type était toujours aussi hâbleur. Un faux évangéliste, un escroc jonglant avec quelques bribes de littérature sans doute héritées du poète des collines d'eucalyptus. Que faire avec ce déchet humain ? Aux quatre coins du monde, il continuerait à salir Thanh en paroles. C'était une machine qui ne fonctionnait que dans un seul sens.

Pour lui clouer le bec définitivement, Thanh devait lui coller son poing en plein visage. Le coup donné à Dalat n'avait pas exprimé toute la puissance de sa pulsion. Aujourd'hui, il ne la réfrénerait plus.

Écartant le paravent, il pénétra dans le box voisin, la batterie sous le bras. Les deux amants, qui s'embrassaient, s'écartèrent avec un sursaut.

— Pardon de vous interrompre, mais je viens d'être bafoué. Ngoc Thanh, c'est moi !

— Ngoc Thanh ! s'exclama le jeune garçon, médusé.

Les propos de Phu Vuong semblaient ne pas l'avoir totalement convaincu. Il regardait Thanh, les yeux brillants, avec toute l'admiration ardente de sa jeunesse. Phu Vuong, confondu et très embarrassé, baissait la tête. Il ne s'attendait pas à cette rencontre.

— Alors, le héros Phu Vuong ? ricanait Thanh. Lève donc la tête ! Pourquoi cette attitude de chien qui rampe sous le lit pour échapper à la raclée ? Tu déçois ce jeune homme ! Personne n'aime voir son amant dans une position aussi lamentable.

Hébété, le garçon regardait alternativement Thanh et Phu Vuong. Il ne croyait pas encore à ce qu'il venait d'entendre, mais tous les propos de son amant et maître se désagrégeaient comme une motte de terre sous les coups du maillet.

Il se raccroche à un mince espoir pour ne pas voir son idole s'écrouler.

Thanh observait le jeune visage aux lèvres rouges et pulpeuses, encore ornées d'un mince duvet. Dans la tension, des gouttes de sueur perlaient à ses tempes et autour de sa bouche. Ses joues roses, éclatantes, servaient d'écrin à un petit grain de beauté.

Comme il est beau ! Pauvre garçon, il ne doit pas avoir plus de quinze ans ! C'est l'âge des amours de collégiens, pas encore celui des tromperies et autres saletés.

Phu Vuong, la tête toujours baissée, se rembrunit quand Thanh arriva devant lui :

— C'est moi, le chiot fidèle de son maître, celui que tu as nourri et protégé ! Relève la tête et réponds !

Il l'attrapa par le menton, et la lumière éclaira en plein son visage. Depuis son passage au salon, Phu Vuong s'était remplumé, sans doute grâce à l'argent de son jeune amant. Mais son visage restait émacié, évoquant la tête d'oiseau et de cheval. Son nez était court et écrasé, un détail morphologique qui avait frappé Thanh, cette nuit où il avait voulu le chasser de l'appartement à Dalat. À présent il était tout proche de Phu Vuong. Il entendait sa respiration et voyait ses narines palpiter. Phu Vuong, lui, n'osait pas le regarder en face. Ses yeux, rivés au sol, s'enfonçaient

Les Collines d'eucalyptus

encore plus dans leurs orbites. Son menton saillant était la copie de celui de Hoang le Dément. Thanh eut un frisson.

Quand je pense que nous avons été intimes. Et que ce sale pleutre me terrorisait au point que la sueur me coulait dans le dos ! Quelle absurdité !

Une bouffée de chaleur l'envahit à cette pensée si humiliante. Au même moment une flamme jaillit devant ses yeux, haute comme un feu de camp, mais aussi improbable, évanescente que si elle était née au fond de la jungle. Toutes ces sensations se conjuguèrent en une exaltation soudaine qui chassa le sang à jets puissants dans ses artères.

Il répéta, d'une voix étrangement rauque :

— Réponds-moi ! Je te donne une minute !

Leurs regards se croisèrent enfin, et le teint de Phu Vuong devint cendreux. Il tenta d'écarter de son visage la main de Thanh.

— Je… Je plaisantais, finit-il par balbutier en guise d'excuse. Sans doute voulait-il dire que les paroles s'envolent, que toutes les conversations sont éphémères… Il allait supplier, se mettre à genoux, s'agripper aux jambes de Thanh et pleurer, comme à Dalat.

Mais il n'en eut pas le temps. Car Thanh, au lieu de lui donner un coup de poing, ramassa la grosse batterie, l'éleva en l'air et l'en frappa à la tête. Une seule fois.

Phu Vuong ne cria pas quand le coup mortel l'abattit comme une machette tranche un pied de bananier. Ses poumons se vidèrent, sa tête chuta en avant, son corps s'effondra sur la table, silencieusement, aussi lentement qu'une feuille morte détachée de sa branche.

Thanh le regardait sans un mot. À ses oreilles quelqu'un chuchotait, de très loin, comme dans un soupir :

C'est terminé !

Les deux bras de Phu Vuong, qui pendaient dans le vide, entraînèrent en un dernier mouvement la tête vers le coin de la table. Thanh considérait cette masse qui avait été un être vivant.

Un cadavre encore tout chaud.

Son visage reposait sur la table. L'immobilité de la mort l'envahissait lentement, malgré quelques frissons résiduels à la commissure des lèvres.

Ce serait un superbe modèle pour un peintre. Dommage que les Matisse d'Asie ne soient pas là.

Quand le corps ne bougea plus, Thanh examina les côtés de la batterie, puis la souleva pour regarder le fond.

— Aucune trace de sang, balbutia-t-il. Une mort propre. C'est déjà ça.

Puis il déclara au jeune garçon à côté de lui, qui était blanc comme un linge :

— Souvenez-vous de ce jour, de ce mois. Si je meurs, n'oubliez pas de célébrer l'anniversaire de mon décès. Phu Vuong était une hyène. Si je ne l'avais pas tué, il vous aurait arraché la peau, comme il l'a fait pour moi.

Pétrifié, hypnotisé, le garçon fixait Thanh.

Alors ce dernier se retourna vers le passage, où se faufilaient les ombres rouges des serveurs.

La police va bientôt arriver. Comment avertir Hai ? Il faut qu'il récupère la batterie avant demain, pour son travail.

8

Amour perdu

Des coups de feu retentissent à neuf heures du soir.

Aujourd'hui le directeur du camp chasse le chevreuil. De nombreux gardes l'accompagnent. La chasse au chevreuil est ici la distraction suprême. À la cuisine du camp, on en prépare très souvent pour les gardes, soit accompagné d'une salade de légumes citronnée et assaisonnée d'arachides, soit bouilli à la cocotte avec beaucoup de cive, de coriandre et de poivre.

Les prisonniers écoutent les détonations. Elles sont leur seule distraction nocturne, outre les hurlements des tempêtes. Et comme il ne s'agit pas d'une exécution, ils n'en ressentent ni angoisse ni inquiétude.

La seule lumière électrique est dispensée par une ampoule accrochée très haut et protégée par un grillage d'acier. Elle baigne la cellule d'une lueur jaune, opaque, juste suffisante pour distinguer les silhouettes et leurs mouvements, non les visages. Lire un livre ou jouer aux échecs est pratiquement impossible. Dès huit heures du soir, l'ordre est donné de se coucher. Personne n'arrive à dormir, même Cu Den qui, dans l'après-midi, a déjà fait une longue sieste sur le dos du buffle qui convoyait la canne à sucre.

Les oreilles se tendent, guettant les coups de fusil. Les bouches se tiennent prêtes à commenter.

Coup de feu.

— Tiens ! Ça m'a l'air net !

— Le premier coup est toujours net !

Deux nouveaux coups de feu.

— Deux coups ! Ce doit être un mâle ! Les mâles sont plus rapides que les femelles.

— On dirait que le premier a porté, mais ces deux-là… ils ont l'air un peu… cafouilleux. Pas très convaincants.

— Imbécile ! Un coup de feu est un coup de feu ! Tu es couché ici, et tu prétends savoir s'il a raté ou touché sa cible ?

— Eh bien, oui !

— N'importe quoi ! Tu n'es pas le directeur pour contrôler les tirs !

— Arrêtez, vous deux, là ! On en a plein les oreilles, de vos conneries !

Encore des détonations. Cette fois-ci, trois d'un coup.

— D'habitude ils chassent plus tard, pourquoi ils commencent si tôt aujourd'hui ?

— Sans doute parce que le directeur a un chagrin d'amour.

— Il s'est fait larguer, tu crois ?

— Ce n'est pas un dieu. Et aucun mortel n'échappe aux déceptions amoureuses. La seule différence avec nous, c'est qu'il n'est pas trafiquant d'opium comme toi, ni voleur comme moi.

— Je n'en suis pas si sûr !

— D'accord.

— Pour en revenir à notre sujet, qui t'a dit qu'il s'était fait larguer ?

— Les gardiens en parlaient hier, à la carrière. Ils disaient qu'il partait souvent en ville en laissant le camp à son adjoint, Gueule d'hippo. Il en a assez de ce poste. Il voudrait partir, mais il ne peut pas. Il a une histoire de femme.

— Elle est belle ?

— Évidemment, quelle question idiote ! Dans ce monde, tu connais un type qui se rendrait malheureux pour une moche ?

— Ton père est parfois bête, c'est vrai. Et ensuite ?

— Le directeur est marié. Sa femme est aussi dans la police, à un grade supérieur. Ils ont fait la même école et se sont mariés à la fin de leurs études. Trois enfants. Quand elle a su qu'il avait une poule, elle a organisé un guet-apens pour le surprendre en flagrant délit.

— Une femme-policier, ça doit être terrible ! Et avec trois enfants, elle doit lui casser les dents.

— Pourquoi ?

— C'est toi qui poses des questions idiotes, maintenant ? Écoute : les femmes-policiers, contrairement aux actrices et aux chanteuses, sont super-moches et mal roulées. Et après trois enfants, les seins tombent, les fesses se ramollissent et le ventre pendouille, tout le monde le sait. Ça fait des fruits tellement acides que l'homme qui y goûte s'y casse les dents ! Et ce genre de femmes, quand elles piquent leur crise de jalousie, c'est pire que les lionnes et les tigresses.

— Tu as bien raison !

— Ton père, qui est devant toi, a toujours raison ! Oui ou non ?

— Oui !

— La suite !

— Mais je n'en ai pas entendu plus.

— Qu'est-ce que c'est que cette histoire racontée à moitié ? C'est comme si tu baisais avec une moitié de ta bite dedans, l'autre dehors !

Un ricanement saisit l'assemblée.

— Je n'ai entendu que ça, je vous jure ! Après, le gardien m'a envoyé casser les pierres avec un autre groupe, à cent mètres de là. Même en tendant l'oreille comme un malade, je ne saisissais plus rien.

— Alors, écoute-moi bien. Je te parie que le directeur en a assez de sa vieille mais ne sait pas quoi faire pour lui échapper.

— Au contraire, il a essayé. J'ai entendu dire qu'il avait fait une demande de mutation ou de retraite anticipée, mais ça n'a rien donné.

— Il vient seulement d'avoir cinquante ans, il ne peut quand même pas prendre sa retraite ?

— Ça s'est vu. Mais apparemment sa femme, qui a des relations haut placées, a fait rejeter la demande.

— Elle le tient, alors. Elle sait bien que si elle accepte le divorce, aucun mâle ne visitera plus jamais sa vieille chatte. Or c'est un âge où la vigueur revient et où une femme a encore plus envie de baiser qu'une fille de dix-sept ans.

— Peut-être…

— Il n'y a pas de «peut-être», c'est sûr à cent pour cent.

— Oui, mais le directeur n'est pas non plus du genre à s'avouer si vite vaincu.

— Vaincu ou non, tu n'as qu'à l'observer pour savoir. Premièrement il s'absente souvent du camp. Ça peut signifier que le travail ici ne le passionne plus vraiment. Où se rend-il, alors ? D'après moi, sûrement pas chez sa femme qui lui a tendu tous ces pièges, et encore moins pour grimper sur son ventre plissé. Le vrai mâle ne se soumet qu'à l'amour, et sans amour, mieux vaut se payer une pute que de forniquer avec une femme aussi sournoise. Deuxièmement, quand il revient au camp, il va à la chasse au chevreuil. Il se fiche des plaintes de ses subordonnés et même de sa hiérarchie. Cette tactique, ça s'appelle faire du brouillard pour provoquer la pluie. Dans quelques années, sa hiérarchie en aura marre et l'autorisera à prendre sa retraite anticipée. Alors il filera chez la femme de son cœur.

— Mais c'est lui qui a construit ce pénitencier. Un établissement-pilote ! Tous les mois il y circule tellement d'argent que même les flics du commissariat viennent ici quand ils ont besoin de devises.

— C'est bien pour ça que sa hiérarchie veut le maintenir à son poste. Mais notre monde est peuplé d'imbéciles. Comme disent les anciens, on ne peut pas retenir ceux qui ont décidé de partir. Autant entraver un cheval avec un bouchon de paille.

Nouvelle série de coups de feu. Cette fois une vraie rafale, impossible de compter. Personne n'en avait jamais entendu autant. Tous les prisonniers se redressent, se regardent :

— Ours ou tigre ?

— Possible aussi que ce soit un sanglier. Il a fallu l'abattre avant qu'il ne charge.

— Autant de coups ? Plutôt un éléphant ! En tout cas, ça devait être une bête féroce !

Ils tendent encore l'oreille, en vain.

— C'est fini, dit l'un des prisonniers.

— Oui, on dirait. Dormons !

Tout le monde se recouche. Les prisonniers l'ont deviné : la présence d'un fauve a permis au troupeau de chevreuils de s'enfuir. Les chasseurs s'apprêtent à ramener la bête abattue, peut-être sont-ils en train de soigner des blessés. L'année dernière, un gardien a été quasiment éventré par une charge de sanglier.

Pourtant les coups de feu et l'histoire du directeur ont excité la curiosité des prisonniers qui remuent sur leurs couches, et le chef de salle les rappelle à l'ordre :

— Dormez ! Demain c'est corvée de canne à sucre !

Mais dix minutes après, c'est lui qui s'exclame, furieux :

— Putain ! Ça me démange !

Cu Den se lève à son tour :

— Moi aussi, ça me démange de partout, donne-moi la bougie.

Puis tout le monde s'y met. On n'entend plus que des grattements dans le noir.

— Il faut lancer une campagne de chasse aux punaises ! Donne-nous une bougie plus grande, notre planche est pourrie, il y a plein de trous !

— C'est la mienne, la plus pourrie ! répond le chef de salle.

Il ouvre la malle en bois à ses pieds, où l'on range toutes les affaires des soixante-dix prisonniers et dont il est seul à garder la clé. Après avoir farfouillé un bon moment, il en sort une poignée de bougies, en tend une à Cu Den. Immédiatement, d'autres mains se tendent :

— Moi aussi !

— Moi aussi, une bougie, j'ai la cuisse toute piquée !

Le chef de salle doit y mettre le holà :

— Une bougie pour trois lits. Faites bien les marques sinon vous allez vous battre. Car il n'y a pas que nous. À côté, ils vont réclamer aussi !

En effet, à peine a-t-il terminé qu'une dizaine d'hommes sortent de la salle intérieure :

— On veut nos bougies.

— On est infesté de punaises, là-dedans, beaucoup plus que vous ! Alors on doit avoir plus de bougies.

Le chef de salle ne dit rien, il sait qu'il ne peut user de son autorité maintenant. Après avoir cherché encore un bon moment dans la malle, il se redresse :

— Voilà, il ne reste plus que douze morceaux de bougies. Partagez-vous ça, demain j'en demanderai d'autres. Regardez, ici on n'en a que dix.

— Dix mais ils sont longs, les nôtres sont courts.

— Allez, servez-vous. Demain on en aura d'autres, je vous dis !

Après avoir réglé la distribution, il lâche encore un juron :

— Putain, ces punaises ! Pourquoi elles pullulent comme ça ?

Il allume la bougie de Cu Den, puis range le briquet dans la malle qu'il verrouille aussitôt. Cu Den, lui, allume la bougie de son voisin, et ainsi de suite dans toute la salle. Les détenus se déshabillent, cherchent les punaises en train de se gorger de sang, les jettent à terre pour les écraser avec leurs ongles. Une fois leur corps et leurs vêtements inspectés, ils passent à la planche qui leur sert de lit. Chacun, à l'aide d'un cure-dent, traque les insectes dans les fentes. À chaque capture, un cri de victoire jaillit :

— Sale bête, cette fois-ci, c'est ta fête !

— Putain, tu nous suces le sang ? Tu vas payer !

— Putain, un de ces jours on va faire de la bouillie de punaises !

Ils alignent ensuite les cadavres en longues rangées et s'amusent à les compter comme à la fin d'une chasse. On croirait des trophées, ou les scalps exposés par une tribu d'Indiens. La puanteur des punaises écrasées empeste l'air. La traque à quatre pattes continue, aussi passionnée qu'un jeu de casino. C'est presque plus captivant que la chasse au chevreuil du directeur.

— Tu en as eu combien ? demande Cu Den à Thanh.

— Vingt-sept !

— Peuh ! Moi, trente-cinq. Regarde ma rangée !

— Pas mal ! Mais c'est bien moins que Ranh.

Il se retourne vers ledit Ranh :

— Combien ?

— Quarante-six ! répond ce dernier avec un plaisir manifeste. Elles sont dodues à souhait. Presque aussi grosses que des grains de maïs. Cette nuit, on va pouvoir ronfler en paix.

Une voix s'élève dans la salle :

— On aurait dû commencer cette chasse depuis longtemps ! Il y en a trop maintenant ! J'ai mal au bras à force de les écraser.

— Comment ça, « on aurait dû » ? rétorque le chef de salle. L'intendance ne m'a pas donné de bougies avant !

— C'est la faute à ce connard de Gueule d'hippo.

— Celui-là, le Créateur l'a mis au monde pour faire souffrir les gens. Il a une famille, une femme, des enfants ? Je n'ai rien entendu à son sujet.

— Les gardes ne parlent jamais de lui. Ils ne parlent que du directeur.

Une fois par an, en plein été, l'intendance du camp organise dans le bâtiment des bagnards une campagne de désinfection pour éliminer les punaises, les poux et autres parasites. L'équipe responsable arrose tout d'insecticide et de raticide dont l'odeur âcre perdure jusqu'au soir, agressant le nez et causant des vertiges. Après le petit-déjeuner, les détenus doivent tous sortir et se regrouper sur le terre-plein à côté de la rivière. Au milieu est disposé un énorme chaudron d'eau bouillante savonneuse. En file indienne, les hommes viennent y jeter tous leurs habits, même les sous-vêtements, qu'on laisse à bouillir pendant cinq minutes. Ensuite ils sont repêchés avec une longue perche, une sorte de fléau de paysan, et mis à refroidir sur le gravier. Chaque détenu récupère les siens et va les rincer dans la rivière avant de les faire sécher, ce qui prend en général cinq bonnes heures. Alors seulement il peut quitter sa tenue d'Adam. Les derniers de la file doivent attendre tout nus jusqu'à la nuit tombée, les malheureux, et si leurs vêtements ne sont toujours pas secs, ils les suspendent au-dessus des braises du foyer. Pour des naturistes, la nudité est chose normale, sinon agréable et joyeuse. Pour les autres, la gêne est inévitable et on détourne poliment son regard pour ne pas embarrasser ses voisins. Chez les détenus, pour qui le naturisme est une étrangeté et la politesse, une culture inconnue, la tenue d'Adam est un prétexte à bagarres ou un motif de haine. Car certains ont la peau claire, d'autres foncée, chez certains elle est fine, chez d'autres elle est épaisse, couverte de boutons ou de cicatrices, autant de raisons de se moquer les uns des autres. Il y a aussi les glabres, les poilus, ceux qui ont la verge longue ou minuscule, les fesses larges comme des meules ou ridées comme des pois… Bref, ces mille sujets de plaisanteries dégénèrent inexorablement en rixes où le raillé peut très bien saisir un bout de bois dans le feu et frapper au visage le railleur. C'est pourquoi la désinfection se déroule toujours en présence de deux fusils-mitrailleurs et de deux gardes positionnés à chaque bout du terrain. Il reste que c'est un jour spécial pour les bagnards, comparable à la fête de Pâques pour les chrétiens. Ce jour-là ils peuvent jouir de vacances dans la nature. Pour un bagnard, c'est le bonheur.

La dernière désinfection remonte déjà à neuf mois. Les œufs de punaises épargnés ont éclos et les punaises se sont joyeusement reproduites pour sortir la nuit et se restaurer de sang humain. Nichés dans les sacs à dos, les sacoches et les vêtements, les poux ont

suivi leur exemple. Poux et punaises ont ainsi recon-
quis leur royaume. Les royaumes des parasites sont
plus stables, plus pérennes que les royaumes humains.

Dans la prison, la chasse se poursuit et les cris de
victoire se multiplient.

Quelqu'un hurle :

— Bouge ta tête, tu vas éteindre la bougie !

Cu Den, à côté de Thanh, marmonne :

— Trente-six, trente-sept… Ah, ah, deux dans le
même trou !

Le dos fatigué, Thanh se rassoit et porte à son nez
ses doigts souillés.

Bizarre : le sang humain sent fort, mais passé par le
corps des punaises, il pue. Il sent le pétrole ou la graisse
brûlée. De rouge, il est devenu brun. Ces parasites sont
de couleur claire. Les poux et les puces sucent le sang
aussi mais ils sont noirs.

— Pourquoi cet air ahuri, tout d'un coup ? demande
Cu Den à Thanh. Trouves-en encore quelques-unes
avant que notre bougie s'éteigne.

— J'ai mal au dos ! Et puis on ne les tuera pas
toutes. Elles vont encore se reproduire.

— Flemmard !

Cu Den se remet à l'œuvre, fesses en l'air, armé de
son cure-dent. Les bougies s'éteignent une à une. Le
chef de salle ordonne :

— Ceux dont les bougies sont éteintes, dormez
maintenant !

La salle intérieure est plongée dans le noir depuis
longtemps. Chez eux, les trois dernières bougies
s'éteignent successivement. Les détenus se recou-
chent. La brise, se faufilant entre les barreaux,

chasse peu à peu l'odeur et balaie les cadavres sous les planches, où ils serviront de repas aux fourmis et aux lézards. Demain il ne restera de cette soirée de chasse que quelques traces noires de sang sur le sol.

Thanh remonte sa couverture jusqu'au cou. Le vent passe sur son visage comme une main mouillée et froide. Des oiseaux de nuit crient dans le noir. Quand ils se taisent, on entend le ruissellement de la rivière. Thanh imagine le pont, puis le sentier tortueux menant aux cellules des condamnés à mort. Il se souvient de Pham thi Lan. Le jour de son exécution, il avait plu à verse. Une pluie de forêt, violente. De celles qui rappellent au rêveur les pluies de son passé, mélancoliques ou calmes, les joyeuses averses de sa jeunesse. Il pleut sur la ville. La ville ? Image tellement vague, hésitante, embarrassée comme un regret. Thanh écoute l'eau frapper les tuiles du toit, couler dans les gouttières et se déverser en glougloutant dans les égouts. Sa maison natale ne contenait pas de citerne car ils avaient l'eau courante. Les pluies d'été à Lan Giang évoquent pour Thanh la transparence de l'eau et le rouge des fleurs. La ville était trempée, mais elle resplendissait grâce aux fleurs arrachées aux branches des flamboyants et couvrant la terre d'un tapis rouge sang. Il revoit ses petits pieds nus courir et barboter dans les ruisseaux sinuant entre les amas de fleurs mortes. Il revoit aussi les petits pieds des autres enfants. C'étaient leurs premières aventures, à l'âge de quatre, cinq ans. Aventures qui se terminaient immanquablement par une fessée ou quelques coups de rotin. Mais l'eau était si fraîche, la teinte des fleurs si belle, et ces instants de bonheur si merveilleux…

Ah, les étés magnifiques et les pluies infinies de l'enfance !

Thanh laisse échapper un soupir.

Au rouge frais de la fleur de flamboyant succède abruptement le rouge brunâtre des punaises écrasées, couleur de sang mort. Les pétales se réduisent peu à peu aux proportions des minuscules taches rondes laissées par les cadavres d'insectes écrasés sur le sol.

Une métamorphose qui heurte Thanh au fond de l'âme.

— *Pourquoi cette transformation ? Est-ce de la magie, un sort jeté par les démons ?*

Une voix lui répond :

— *Non, ce n'est pas de la magie. C'est juste la vie qui a changé.*

Un ricanement suit. Thanh écarquille les yeux pour en scruter l'origine, quand un cadavre de punaise, soudain, commence à s'agiter. Il grossit à vue d'œil tel un beignet dans une poêle, un beignet teinté de rouge morbide.

— *Quel est le sorcier qui …*

— *Je ne suis pas un sorcier. Je suis ton compagnon de route. Regarde-moi bien.*

La réponse lui parvient claire et légère. Simultanément le beignet s'allonge et devient un serpent qui se dresse, se balance de gauche à droite, puis disparaît pour laisser place au visage noiraud de Phu Vuong.

— *C'est donc toi ?*

— *C'est moi !*

C'est bien Phu Vuong, en chemise à carreaux élimée et en jean noir argenté. Ses vêtements semblent tissés d'un fil aussi fin qu'une soie d'araignée et sa peau a la couleur grise de la pierre. Ses jambes flottent dans son pantalon, ses pieds sont invisibles. Tout son corps est comme en apesanteur au-dessus du sol.

— *Tu as perdu tes pieds ?*

— *Non ! Mon corps est entier, mais je ne veux pas montrer mes pieds. Ceux qui me voient risquent d'être déçus.*

— *Je croyais que tu te considérais comme le plus bel homme de la terre.*

— *Être beau m'importe peu. Mais être plus intelligent que beaucoup de gros tas, si.*

— *Parmi les gros tas, il y a moi ?*

— *Oui et non.*

— *Pourquoi cette réponse équivoque ? C'est la réalité, ou tu cherches à te faire remarquer ? Je sais que tu veux toujours montrer que tu es un type intelligent et talentueux.*

— *Autrefois, peut-être. Mais maintenant, je n'en ai plus besoin.*

— *Alors la réalité est équivoque ?*

— *Non, c'est plutôt la vie qui est équivoque. D'ailleurs, c'est une chance pour l'homme !*

— *Tiens, voilà le philosophe des collines d'eucalyptus ! Le roi de la métaphore. Explique-toi ! Je suis prêt à t'écouter malgré le déplaisir que j'ai, très franchement, à te rencontrer.*

— *Tu m'as l'air bien disponible !*

— *Tu ne vois pas qu'on est en prison ici ? En taule, le temps s'étire, on en a trop et on est prêt à écouter toutes les sottises pour le meubler.*

— *D'accord, je vais t'expliquer. D'abord je t'ai considéré comme un gros niais. Mais ensuite tu es devenu un autre, tout différent.*

— *C'est-à-dire un type intelligent, digne de toi ?*

— *Exact !*

— *Quel honneur ! Et quand était-ce ? Quand est-ce que j'ai changé, grâce à la bonté du Seigneur ou aux bienfaits des fées ?*

— *Ni le Seigneur ni les fées n'étaient pour rien là-dedans. Oublie ces idées naïves. C'est toi, l'auteur de ta propre transformation.*

— *Je ne comprends pas. Je n'ai pas une âme de poète pour devenir un homme de lettres, je n'ai pas le cerveau torturé d'un métaphysicien. Je ne suis qu'un homme normal, qui accepte les principes généraux de l'existence.*

— *Non. Ça, c'est ce que tu étais avant. Aujourd'hui tu es devenu un autre. Regarde où tu es. Tu es au bagne, dans le camp de détention PA14. Il compte près de cinq mille détenus, pour une population de dix-huit millions dans les deux provinces du coin. Sur ces cinq mille, seuls soixante-dix sont condamnés aux travaux forcés. Toi qui es doué en maths, toi qui es le fils chéri d'une éminente enseignante du secondaire, fais donc une règle de trois. Que tu le veuilles ou non, tu ne fais plus partie de la foule qui accepte les principes d'une vie banale.*

— *Mais ces principes, même un forçat peut les accepter. Ce qui l'a conduit en prison ne le poursuivra pas toute sa vie. Pour toi donc, je fais toujours partie des gros niais.*

— *Tu es mon amant, tu entends ? Et jamais je ne m'abaisserai à aimer un imbécile.*

— *Quoi ? Que veux-tu dire ?*

— *Ne fais pas l'idiot ! Maintenant tu es devenu mon amant, un vrai amant, celui que j'aime et avec qui je veux vivre !*

— *Ton vrai amant, celui que tu aimes vraiment… C'est une plaisanterie ?*

— *Thanh ! Reprends tes esprits et écoute-moi bien. Oublie tout ce qui s'est passé jusqu'ici entre nous. Le passé, laissons-le s'en aller comme l'eau coule, comme le bois flottant dérive vers l'aval, comme l'alcool retombe dans la colonne de distillation. Vivons dans le présent et pour l'avenir. La vie commune n'en sera que plus belle, grâce aux expériences qui nous ont fait grandir et nous ont donné le vrai amour, que je n'espérais pas ou plutôt, que je n'imaginais pas.*

— *C'est mélodramatique à souhait ! Une vraie pièce de* cai luong. *Mais je suis originaire du Nord et je n'aime pas trop ce genre de théâtre rénové, surtout quand les acteurs se mettent à chanter. Chaque fois, ça me donne de l'urticaire. Qu'est-ce que le vrai amour, d'après toi, et à quel moment s'est-il manifesté à toi ? Était-ce le résultat d'un remords tardif, ou une découverte magique que je n'ai pas comprise, sot que je suis ?*

— *Je ne connais pas le remords, je ne suis pas chrétien. Une découverte ? Oui, peut-être. Une découverte tardive qui m'a illuminé. J'ai vraiment connu l'amour, lorsque j'ai vu ce feu sauvage briller dans tes yeux magnifiques…*

— Au *Thé des courtisanes*? Lorsque j'ai soulevé la batterie pour tuer ce maudit chien de Phu Vuong?

— Tout juste!

— Passionnant! Ou du moins, plus captivant que les hurlements du vent ou le hululement des chouettes.

— Ne plaisante pas, écoute d'abord mes explications avant de rire. Pour te dire la vérité, jusque-là, je ne t'avais jamais aimé. Je n'avais aucune notion de l'amour, ni le désir de le connaître. Je t'utilisais, comme le vieux Rô utilisait son cheval pour tirer sa carriole ou comme les paysans de nos collines se servaient du treuil pour remonter l'eau des puits. Pour survivre, l'homme doit savoir utiliser tout ce qui lui tombe sous la main. C'est vrai depuis des millénaires. L'histoire de l'espèce humaine s'est construite autour d'un verbe unique : «utiliser». Le singe qui a su utiliser le feu est devenu un pithécanthrope, le pithécanthrope qui a su utiliser des outils de pierre puis de fer est devenu un humain. Dans les premières sociétés humaines aussi, le verbe «utiliser» a joué un rôle fondamental. Et dans la formation et la destruction des royaumes, dans la construction et le délitement des empires. C'est grâce à lui qu'est née la politique moderne. As-tu lu *Manière de conduire l'armée de Tôn Tân*? Connais-tu l'adage : «Utiliser les hommes comme du bois qu'on plie»? Toutes les relations humaines reposent sur l'utilisation mutuelle. Si je t'ai utilisé, c'était dans la nature des choses. Pourquoi ne l'aurais-je pas fait, alors que j'ai le cerveau performant d'un génie? Moi, né dans une cabane miteuse, entre les cuisses suantes d'une malheureuse rivée à sa machine à coudre au point de s'en dévier le col de *l'utérus ? Une femelle rendue obtuse à force d'amour, une esclave ne connaissant qu'une seule vertu : le sacrifice. Le sacrifice ! Je hais le sacrifice ! Il me dégoûte ! Je crache dessus, comme je crache sur les arts, et sur les fous qui tricotent des mots pour en faire de la poésie. Maîtresse Na s'est sacrifiée pour les deux couilles du vieux Hoang le Dément, puis pour la nombreuse progéniture produite par ces deux couilles. De toute mon enfance, je ne l'ai jamais vue oser manger ne serait-ce qu'un œuf. Toujours elle les réservait à son mari, ou alors à ses gosses. Elle est de ces gens qui ne se nourrissent que de rogatons, ramassés dans les assiettes et dans les marmites. Toi, le fils adoré de maître Thy et de maîtresse Yên, comment comprendrais-tu la dureté de la vie dans les cabanes du peuple ? Connais-tu les deux œufs qu'on bat dans de l'eau, avec un peu de nuoc mam, pour nourrir six bouches ? L'herbe qu'on va couper dans les collines, jusqu'à avoir les pieds en sang et à s'écrouler d'épuisement, le ventre vide, comme un chat sauvage ? Les nuits entières passées à l'affût pour attraper une poule égarée ? Moi, oui. J'ai d'abord volé les poules de monsieur Rô, puis des autres voisins. Les paysans du hameau des Eucalyptus ne sont pas riches. Ils comptent leurs chèvres, mais aussi leurs poules. En attraper une hors de son enclos n'était pas une mince affaire. Alors, avec toutes les privations, les souffrances, les humiliations que j'avais dû subir, je n'allais pas passer à côté d'une proie aussi belle, aussi juteuse que toi ! J'aurais été fou à lier ! Et fou, je l'étais aussi peu que possible. Garder les yeux bien ouverts, calculer minutieusement chaque action, c'est le seul moyen de survivre. Ce qui s'est passé entre nous était inévitable.*

— *Très bien ! Au moins tu as le courage d'abattre tes cartes. Cependant une chose m'intrigue encore : notre rencontre était-elle un hasard ou l'avais-tu provoquée ?*

— *Il n'y a pas de hasard dans la vie, mais personne ne peut tout planifier à cent pour cent. Notre rencontre dans les coulisses a été fortuite, mais elle devait avoir lieu, cette fois-là ou une autre. Je t'avais remarqué dès la rentrée, et j'ai su qui tu étais avant que tu ne me le dises. Grâce à mon vieux bouc de père, Hoang le Dément.*

— *Tu es un braconnier expert. Entre une poule et un gars, il n'y a qu'une différence de degré, la technique est juste un peu plus délicate, c'est ça ?*

— *Presque !*

— *Bien ! J'aime la franchise. Un truand qui joue cartes sur table est moins méprisable qu'un faux moraliste.*

— *Encore la morale ! Encore ces principes généraux ! Oublie tout ça ! Tu es au bagne, tu fais partie des soixante-dix qui osent assumer ce qu'ils ont fait. Ces soixante-dix valent bien plus que les dix-huit millions de gros niais qui courbent l'échine tous les jours sous ces sacro-saints principes hérités de la tradition. La morale ? Quelle morale ? Pour les habitants du hameau des Eucalyptus, ma mère est très morale, n'est-ce pas ? Qu'est-ce qu'elle y a gagné, à part une vie de bufflonne tirant jour après jour sa charrue ?*

— *Pour des gens qui réfléchissent peu et font comme tout le monde, oui, elle est morale. Pour d'autres, maîtresse Na s'est comportée comme une évaporée, une femme sous emprise ou, comme tu pourrais dire, une cervelle d'oiseau. Le sacrifice n'est pas un fruit rare dans notre pays. De génération en génération, des centaines de millions de femmes se sont sacrifiées pour leur* famille, leur fratrie. Il y a des sacrifices imposés, des sacrifices volontaires, comme chez ces jeunes femmes qui quittent la maison familiale pour entrer au couvent. Dans ce cas, le sacrifice est motivé par la charité. Il y a aussi des jeunes filles qui vont soigner leur mère tuberculeuse en quarantaine, aux abords des fours à chaux, et gâchent ainsi toute leur jeunesse. Cette forme de sacrifice s'appelle la piété filiale. Dans le cas de ta mère, c'est tout différent. Elle s'est sacrifiée pour les deux couilles de Hoang le Dément. Faire le choix de se sacrifier pour une chose aussi vile est digne d'une aveugle, esclave de ses plus bas instincts. Ne prends pas maîtresse Na comme critère de la vertu des gens. Elle ne représente pas toutes les femmes de ce monde, pas plus que Hoang le Dément n'est l'exemple type du poète. À Lan Giang, je t'avais parlé de Nguyên Trai. Je peux te citer d'autres noms, comme Cao Ba Quat chez nous ou Ly Bach en Chine. L'un est un héros national, l'autre est un grand homme. Ces deux poètes n'ont pas vécu accrochés aux basques d'une femme ni mené l'existence de pervers immoraux.

— Pervers immoraux ? C'est à mon père que tu fais allusion ?

— Oui. Tu crois que je n'ai pas des yeux pour voir ?

— …

— Ta stupéfaction prouve que non seulement tu me considères toujours comme un gros niais, mais que de plus tu me crois aveugle ou très myope ?

— …

— Écoute-moi bien : je n'ai pas oublié et je n'oublierai sans doute jamais la salle de bains dégoûtante de ta famille à Dôi Xa, ni les saletés qui se commettaient derrière cette porte vermoulue.

— ...

— *Tu ne dis rien ? Tu es terrifié ?*

— *Terrifié, moi ? Non, mais...*

— *Mais tu es un peu surpris, avoue-le ?*

— ...

— *Encore muet ? Tu es pourtant le plus beau parleur que j'aie connu dans ma vie. Mais être beau parleur ne signifie pas toujours être intelligent. Ton orgueil t'empêche d'imaginer ce que pensent les autres, même les gros niais comme moi. Dès cette époque où nous nous rendions en ville, à l'atelier de ta mère, j'avais compris que j'étais tombé chez les démons. J'avais compris que tu étais le fils, l'espoir de la lignée, mais également l'amant et le disciple de Hoang le Dément. Tu hais ton père car vous vous ressemblez comme deux socs de charrue sortis du même moule, forgés du même acier. Mais inutile de poursuivre cette conversation. J'ai envie de dormir. Je viens d'exterminer une armée de punaises et là, je peux dormir en paix.*

— *Tu n'as pas le droit de me chasser ainsi ! Laisse-moi terminer ce que j'ai à dire.*

— *Va-t'en ! J'ai sommeil !*

— *Tu es le fils de maîtresse Yên, tu es de bonne famille, bien éduqué. Tu sais être aimable avec les gens.*

— *Les anciens nous enseignent : «Si tu suis le Bouddha, porte la robe jaune, si tu suis un fantôme, habille-toi de papier.» Avec les truands, nul besoin d'être aimable.*

— *Thanh !*

— *Va-t'en ! Espèce de déchet humain !*

— *Thanh, je t'en supplie !*

— *Bon, je te donne quinze minutes !*

— *Avant je te considérais comme un naïf, un petit garçon juste bon à téter le sein de sa mère. Grâce à ce sein, tu as tout eu, tout ce que les misérables enfants comme moi ne trouveront jamais, même en cherchant jusqu'à l'épuisement de leurs forces. Pour moi, les garçons de ton espèce étaient donc des canards gras qu'on pouvait égorger, des êtres inférieurs qu'on pouvait utiliser, parce qu'ils n'avaient pas accumulé expériences et privations comme moi.*

— *Et alors ?*

— *Ce soir-là au Thé des courtisanes, j'ai soudain vu la flamme qui brûlait dans tes yeux. Ce fut une découverte pour moi. Cette flamme est le symbole du conquérant, de l'autorité, elle est le propre des héros.*

— *Donc je suis subitement devenu un héros à tes yeux, au moment même où j'allais asséner la batterie sur le crâne de ce prétendu sage nommé Phu Vuong ? Et c'est alors que l'amour t'a illuminé, parce que tu ne peux être séduit que par plus fort que toi ?*

— *Exactement !*

— *Mais à Dalat, quand j'ai eu cette même envie de te tuer, tu as bien dû la voir aussi, cette flamme ? Pourquoi l'amour n'a pas fait irruption à ce moment-là ? On aurait perdu moins de temps et tu ne te serais peut-être pas fait écraser comme un cafard dans ce café aux fauteuils rouges, lieu de rencontre des pédés saigonnais ?*

— *Cette nuit-là, je n'ai pas eu le temps de comprendre.*

— *Cette nuit-là à Dalat, dans ton cerveau inerte, j'étais toujours un gros tas, c'est ça ?*

— *Presque !*

— Bon. Je t'ai écouté. Maintenant, dis-moi ce que tu veux.

— L'amour ! Le vrai amour ! Nous vivrons ensemble. Faisons une croix sur le passé. Je compenserai tout ce que tu as perdu.

— Compenser ? Tiens, c'est tentant ! Mais avec quoi ?

— Avec de l'amour ! Un amour sincère, un amour total, une union fidèle et durable.

— Admettons que ce soit là le vrai amour. Mais parmi les vertus qui entretiennent l'amour, il y a le sacrifice. Toi qui hais le sacrifice, qui lui craches dessus, comment peux-tu aimer ?

— Je ferai un effort. L'homme peut changer, une fois que sa pensée a changé.

— Légende que tout ça ! Quel que soit son pays, quelle que soit la couleur de sa peau, blanche, jaune ou noire, l'homme souffre d'une pathologie commune et inguérissable : la perpétuation des légendes. Autrefois la tuberculose était incurable. On exilait les tuberculeux à côté des fours à chaux, loin de tout, jusqu'à ce qu'ils meurent. Même chose pour la lèpre. Les lépreux étaient chassés de leur village et regroupés dans des camps. Idem pour la peste. Grâce au progrès, ces maladies sont maintenant soignées. Reste le virus de la légende, que ne peut éradiquer aucun médicament. Mais encore une fois, cette conversation n'a que trop duré. Les coqs sauvages commencent à chanter. Il faut que je dorme. Va-t'en.

— Thanh ! Ne me chasse pas ! Je ne peux vivre sans toi. Avec tous les autres, ce ne sont que des aventures passagères. J'ai enfin compris que j'avais besoin de toi. Je t'aime plus que tout !

— *Plus que tout, vraiment ?*

— *Vraiment !*

— *Précise.*

— *Évidemment, j'aime aussi maîtresse Na, mais cette imbécile est une femelle, et l'esclave de Hoang le fou. Et puis ils ont leur vie à eux. Nous, nous avons la nôtre. Nous sommes encore jeunes, mon avenir c'est toi !*

— *L'éternel amour commence donc aujourd'hui ?*

— *Thanh, écoute-moi ! Oublie le passé, donne-moi une nouvelle chance. Nous serons heureux, l'un à côté de l'autre. Maintenant et pour l'avenir, une seule promesse de bonheur.*

— *Quelle jolie chanson ! Mais c'est à mon tour de parler, et ce seront mes dernières paroles. Dans l'absolu, oui, un homme peut changer. Mais l'animal qui porte le nom de Phu Vuong, lui, ne changera jamais. Aujourd'hui ou demain, tu auras toujours besoin de trouver un canard gras à te mettre sous la dent. Un serviteur polyvalent, capable de faire la cuisine, le ménage, d'entretenir le foyer et de servir son maître avec dévouement. Capable aussi de gagner de l'argent, car son maître Phu Vuong ne doit jamais se retrouver dans le besoin : il est beau parleur, mais inapte à travailler pour gagner quelques sous. Et enfin, c'est primordial, il faut que ce serviteur sache faire l'amour en position passive afin que son maître Phu Vuong se sente dans la peau d'un aristocrate de la Grèce antique. Ton amour, ce n'est qu'une liste de desiderata.*

— *Thanh ! Oublie les haines du passé, pardonne-moi ! La vie change car l'homme est capable d'évoluer et de se racheter. Crois en ma bonne volonté. L'amour vient quand il veut. Notre malheur est qu'il arrive si tard ! Mais mieux vaut tard que jamais. Pour moi, notre relation est la seule qui compte.*

— *Alors, ouvre tes oreilles et écoute-moi bien : pendant un temps je t'ai aimé, vraiment aimé, j'espérais une vie commune durable et saine. Ce ne fut pas long. Notre amour a été un feu de paille. Pendant tout le reste de notre vie commune, je t'ai considéré comme un objet. Ne te berce pas d'illusions.*

— *Thanh ! Ne sois pas si cruel, je t'en prie.*

— *Je t'ai dit de t'en aller !*

— *Ne me repousse pas ! Tu es mon unique espoir, même si ça me fait mal de te le dire !*

— *Bien sûr ! La vérité fait souffrir, n'est-ce pas ? Car monsieur l'aristocrate sans-le-sou du hameau des Eucalyptus a l'habitude d'être servi. Il veut triompher partout, rien que par la souplesse de sa langue. Aurais-tu oublié ? «Avec la langue, on incite, avec la salive on modèle le monde.» Tu te souviens où tu m'avais sorti ça ?*

— *Non.*

— *C'était au bord du lac de Dalat. Nous venions de terminer nos beignets de crevettes au restaurant Van Xuân. Ce jour-là, tu avais envoyé quatre taels d'or à maîtresse Na. Sans que tu en dises rien, je savais que tu étais très content. Tu m'avais cité cette phrase parce que tu étais très satisfait de toi, tu t'envoyais des fleurs, en fait. À ce moment-là, tout en lançant des galets dans l'eau, j'avais compris pourquoi la bonté est souvent prise pour de la sottise : elle est trop rare en ce monde.*

— *Pardonne-moi, Thanh ! Le temps a passé, maintenant je sais que je ne me suis pas bien comporté envers toi.*

— *Merci mais c'est trop tard. Je n'ai plus envie de te voir. Cette rencontre sera la dernière. Va-t'en. Il faut que je dorme. Demain nous devons travailler aux champs de canne à sucre.*

— *Thanh ! Je t'en prie ! Je t'en supplie !*

— *Tu pleures ? C'est vrai que tu pleures aussi facilement qu'on pisse ! À Dalat, tu sanglotais déjà comme si ton père venait de mourir.*

— *Ce soir-là, je faisais semblant. C'étaient des larmes de crocodile. Aujourd'hui, elles viennent de mon cœur. Je t'en supplie.*

— *Quand pleures-tu vraiment et quand fais-tu semblant ? Il faudrait une âme de démon pour le deviner ! Et moi, je ne suis qu'un homme normal. Va-t'en ! Hors de ma vue !*

— *Thanh !*

— *Ne t'accroche pas à mes jambes, nous ne sommes pas dans une pièce de théâtre rénové. Et tu pues ! Depuis combien de semaines tu ne t'es pas lavé la tête ? Tu n'es qu'un rat pesteux, au propre comme au figuré. Fous le camp !*

— *Thanh !*

— *Fous-moi le camp ou je te flanque un coup de pied.*

— *Thanh !*

— *Disparais !*

Un cri.

Ranh secoue Thanh :

— Un cauchemar ?

— Pardon ! Qu'est-ce que j'ai fait ? demande Thanh, réveillé en sursaut.

— Tu m'as donné un méchant coup de pied !

De l'autre bout de la salle, le chef rugit :

— Arrêtez vos conneries et dormez ! Il n'est que trois heures !

Thanh se rallonge. La fenêtre au mur commence à devenir visible. En hiver, elle ne le devient qu'à six heures du matin. L'ampoule au plafond est toujours allumée et la salle résonne de ronflements sonores. Les corps étendus semblent deux rangées de statues recouvertes de tissus. Thanh tire la couverture au-dessus de sa tête.

Dors ! Demain, il va falloir couper la canne à sucre ! Si tu es un peu lent, les gardes te frapperont ! Ici, je suis un forçat, la lie de cette société carcérale. Je ne suis plus le bébé à sa maman dont se moquait Phu Vuong. Le petit prince de maîtresse Yên et maître Thy.

Il pousse un soupir :

Pourquoi je pense si peu à mon père ? Pourquoi son image s'est ainsi effacée de mon cœur ? Les homos n'aiment que leur mère. L'amour de leur père, ils le trahissent. Est-ce pour ça que leur existence est si amère ?

Un coq sauvage chante. Thanh sombre dans un sommeil lourd, sans rêve, comme on tombe dans un puits à sec, glacial, au silence terrifiant de grotte. Un sommeil à la lisière de la mort et de l'oubli.

Le lendemain, il faut que Cu Den le secoue pour qu'il parvienne à émerger.

— Maudits soient tes ancêtres ! Je t'ai hurlé dessus comme un fou. Debout ! Ils vont nous apporter le petit-déjeuner.

Thanh se dépêche de ranger sa couverture pour faire ses ablutions du matin. Déjà rassemblés autour du bac, les détenus présentent leur brosse à dents au chef de salle pour la distribution de dentifrice, comme des petits élèves de maternelle tendant leur bol à la maîtresse pour recevoir du bouillon. L'eau du bac est si glaciale qu'ils la réchauffent longuement dans leur bouche avant de se brosser les dents.

Dehors, le vent forcit, hurlant entre les parois de la montagne.

— Il va faire froid aujourd'hui. N'oublions pas de caler quelques journaux sous les chemises, sans ça c'est la mort !

— Il fait froid mais je prie pour qu'il ne pleuve pas ! Barboter dans les champs de canne sous la pluie, c'est l'enfer.

— Ça ne sert à rien de prier. Si le ciel veut qu'il pleuve, il pleuvra, le sort des hommes c'est de subir. Point à la ligne.

Les cuisiniers appellent à la porte. Le chef de salle crie, tout en servant du dentifrice au dernier prisonnier :

— L'homme à côté de la porte, tu peux ouvrir ?

Il range précipitamment son tube de dentifrice et se dirige vers l'entrée. Les cuisiniers apportent un panier de riz au maïs et les détenus qui ont fini de se laver font déjà la queue.

Une heure après, ils sont en route vers les champs de canne à sucre. Les soixante-dix hommes, entassés sur les plateformes de deux camions, s'agrippent les uns aux autres en blocs compacts car la route est très cahoteuse. Les montants sont, de plus, reliés par du fil de fer pour leur éviter d'être éjectés hors du camion durant le transport. Une mesure prise il y a quelques années après un accident : deux prisonniers ainsi projetés sur la route étaient morts sur le coup.

Le soleil n'est pas encore levé. Le vent de montagne est si froid qu'il paralyse toute pensée. Serrés autant qu'ils peuvent pour garder un peu de chaleur, les détenus ne pensent qu'à cette maudite route qui va leur prendre une bonne demi-heure. Dans la vallée, là où les immenses champs de canne à sucre s'étalent jusqu'à l'horizon, on espère qu'il y aura moins de vent. Quand ils descendent des véhicules, tous sont couverts de poussière rouge. On les laisse s'ébrouer et secouer leurs vêtements, puis les équipes s'éloignent dans les champs de canne. Hier, le groupe de Thanh travaillait près de la route, aujourd'hui il doit se rendre presque au pied de la montagne. Trois kilomètres de marche. Ici le vent est plus calme, on se sent mieux. On peut respirer sans avoir le nez qui coule, ouvrir les yeux sans crainte d'y recevoir du sable. Au bout d'un demi-kilomètre, les corps s'échauffent, les jambes se sont assouplies et les langues vont bon train. Dans les conversations, il est essentiellement question de l'estomac et des précieux testicules, ces deux fondamentaux de la survie. On se répète les mêmes histoires sans se lasser, sans doute parce qu'il n'y a guère d'autres loisirs ici, ou parce que la vie de bagnard, par son absence de toute activité spirituelle, change radicalement la mentalité : on ne songe plus qu'aux besoins les plus primaires. Thanh écoute ces histoires comme il écouterait un vieux disque rayé.

Voyant qu'il ne partage pas l'hilarité bruyante du groupe, Cu Den s'inquiète :

— Tu es malade ?

— Non !

— Tu m'as l'air fourbu comme un drogué en manque.

— J'ai mal aux dents, invente Thanh.

— Ah bon ? Dis au chef de salle de t'envoyer à l'infirmerie.

— Pas la peine. Ce soir je sucerai un peu de sel. À l'infirmerie, ils n'ont même pas de comprimés contre le paludisme. Alors, les soins dentaires !…

— Tu as raison.

Après quelques pas en silence, Cu Den, l'air préoccupé, se retourne encore vers Thanh :

— Tu as rêvé de quoi hier, pour donner ce grand coup de pied à Ranh ?

— Je me battais contre un fantôme.

— Tu plaisantes ?

— Non.

— Imbécile ! À quoi ça sert de se battre contre un fantôme ? Il suffit de lui pisser dessus.

L'homme de la jungle a l'air sérieux. Cela amuse Thanh qui a subitement envie de se moquer un peu de lui.

— Lui pisser dessus ? interroge-t-il d'un air faussement naïf. Jamais entendu parler de ça.

— Ignare ! Tout le monde le sait !

— Mais comment pisser quand on est mort de trouille ?

— Si tu ne peux pas pisser, tu n'as qu'à péter. Les fantômes ont très peur de la merde, des pets, de la pisse, bref, de tout ce qui pue.

— Péter, c'est encore plus dur ! Tu pourrais péter, là, maintenant ?

Cu Den ferme la bouche et pousse, devient tout rouge. L'homme de la jungle se concentre pour émettre un pet, comme un professeur d'athlétisme se préparerait à une démonstration de saut en hauteur ou de saut à la perche.

— Alors ? Ça y est ?

Cu Den secoue la tête, déçu :

— Non. Tu as raison, ce n'est pas facile. J'ai dû trop chier hier, j'ai les tripes vides.

Thanh rit :

— On est dans la nature, en plein jour et tu n'arrives même pas à péter. Alors en pleine nuit, tu imagines ! Le fantôme aurait déjà eu le temps de me sauter à la gorge et de m'étrangler.

— Comment ça, t'étrangler ? Nous sommes des vivants, le fantôme n'est qu'une ombre. Comment il aurait la force de t'étrangler ?

— C'est vrai. Mais pour le faire disparaître, alors, que faire si on ne peut pas pisser ou péter ?

— Laisse-moi réfléchir !

De concentration, les tempes de Cu Den palpitent. Sachant que dans ces situations de blocage Cu Den peut devenir subitement très colérique, Thanh s'empresse de désamorcer :

— Arrête ! Je plaisantais. Au moment fatidique, on peut essayer de faire le plus facile des deux, c'est-à-dire de pisser. Même quelques gouttes !

— Je ne plaisante pas ! rugit Cu Den.

— Allons, excuse-moi ! insiste Thanh.

L'homme de la jungle continue à marcher devant lui, tête baissée, sans un mot. Thant croit l'avoir vexé mais, quelques secondes après, ce dernier se retourne, la mine épanouie :

— J'ai trouvé ! L'ail ! Tu n'as qu'à planquer une gousse d'ail sur ton ventre et aucun fantôme n'osera plus t'importuner. Quand j'étais petit, nous en avions tous dans une pochette accrochée au cou. Un si bon remède, et je l'avais oublié !

— D'accord, je trouverai une gousse d'ail.

*

La chasse du directeur s'est terminée glorieusement.

Quatre chevreuils bien charpentés, un sanglier et un ours : le tableau de chasse d'un tireur d'élite.

Le lendemain, les détenus bénéficient de ce succès : quatre bœufs sont abattus sur ordre du directeur. Quatre bœufs pour cinq mille bouches, ce n'est pas vraiment l'abondance, mais chacun aura un peu de viande à son menu.

Le plus important, c'est le bouillon : rognures de viande, parures de graisse, os, pattes, queues et même couenne, bouillis dans des marmites gigantesques pendant une journée, deviennent fondants à souhait. Les cartilages sont croquants et la moelle fondue flotte délicieusement à la surface. Le bouillon dégage un arôme appétissant pour tous ces nez affamés. Le chef cuisinier a eu la bonne idée d'y ajouter une grande quantité de choux et de carottes pour en faire une merveilleuse soupe. Un véritable festin-surprise, que les détenus doivent à la chasse victorieuse du directeur.

Les forçats reçoivent également leur part. Dans la marmite du petit-déjeuner, c'est soupe de bœuf au riz blanc, au lieu du riz au maïs habituel. Le chef de salle verse à chacun un bol, veillant bien à ce que chacun ait du solide et du liquide. Tous les regards sont vissés sur la louche, comptant chaque morceau d'os, de chou ou de carotte. Thanh observe ces yeux avides, ces pommes d'Adam qui bougent au rythme des déglutitions, et finit par se rendre compte qu'il n'échappe pas au lot commun : il salive, attend son tour pour recevoir quelques déchets de viande et bouts de légumes surnageant dans cette soupe grasse.

Je suis devenu un vrai forçat. Un affamé, esclave de ses besoins primitifs. À mi-chemin entre l'homme et l'animal à deux pattes.

— Ton bol ! hurle le chef de salle.

Cu Den lui envoie un coup de coude dans le dos. Thanh tend mécaniquement son bol sous les regards agacés de ses codétenus. Après lui, c'est Cu Den, puis Ranh. Ils s'attendent, puis retournent à leur planche pour manger ensemble.

Une fois le repas terminé, Cu Den fulmine :

— Maudits soient tes ancêtres ! Tu es toujours dans la lune, comme un drogué en manque.

— J'ai eu un étourdissement tout à l'heure.

— La prochaine fois, c'est moi qui me mettrai derrière toi, dit Ranh. Je te secouerai.

— Bien, approuve Cu Den.

Thanh manque de le remercier. Mais un remerciement est vite pris pour de la politesse ou, au contraire, de la moquerie. Dans les bas-fonds de la société, on n'aime pas la politesse. Elle écorche les oreilles car elle rappelle qu'il y a d'autres vies à l'extérieur, celles des gens aisés ou qui vivent au grand jour.

Aujourd'hui aussi on travaillera dans les champs de canne. Après le repas, ils vont donc attendre les camions qui, pourtant, ne semblent pas pressés de sortir du garage. En revanche, du quartier des gardiens, la brise apporte des effluves de pho que les bagnards hument goulûment.

— Grâce à cette marmite de pho, nous ne trimerons pas de sitôt aujourd'hui ! À l'heure qu'il est, la direction et les soldats doivent encore se lécher les babines !

— Tu parles ! Comme d'habitude.

— D'accord, on ne leur sert pas du riz au maïs, mais ne va pas croire qu'ils sont beaucoup mieux lotis que nous. Au petit-déjeuner, c'est riz au pemmican ou nouilles à la viande hachée. La cantine ne peut pas fournir du pho très souvent, c'est trop compliqué. On peut stocker les ingrédients secs, mais les herbes fraîches, basilic, coriandre et cive, ne poussent que sur des terrains proches de la ville. Cent kilomètres, ça fait loin pour se ravitailler. Les gardes se plaignent souvent que pour eux, vivre dans la montagne rouge et au milieu de la jungle, c'est comme être des prisonniers sans menottes.

— C'est sûr ! Être flic en ville ou être muté ici, ce n'est vraiment pas la même chose.

— Alors, comme ils détestent leur vie ici, ils se défoulent sur nous.

— Tais-toi, ils arrivent !

À l'autre bout de l'immense cour, les gardiens sortent de la cantine. Il faudrait hurler pour être entendus d'eux, et pourtant, tout le monde se tait. La crainte est une seconde nature pour les bagnards et le contrôle de soi est devenu un réflexe.

Le responsable du département des condamnés à perpétuité, le directeur du bagne, sort en dernier tout en rectifiant la position du revolver à sa ceinture et de la sacoche à son épaule. Cet homme n'est jamais pressé, quelles que soient les circonstances, mais les prisonniers savent que c'est un tireur extrêmement rapide qui ne rate jamais sa cible. Il y a quelques années, un des droit commun avait tenté de s'enfuir. L'officier passait par hasard. Entendant les cris, il avait sorti son revolver et tiré. Au premier coup, il avait touché le fuyard à la cuisse. On avait dû couper la jambe à ce dernier, qui maintenant moisit dans l'enclos à cochons du camp, occupé toute la journée à préparer les légumes. Le responsable du bagne porte un masque très professionnel, fermé, sans expression. Il ne rit jamais, ne crie jamais, ne se met jamais en colère. Mais, sous ces airs glacés, il peut subitement envoyer un coup de poing en pleine figure ou coller son revolver sur la tempe d'un prisonnier, tout en avertissant froidement :

— Tu bouges d'un millimètre et je t'envoie rejoindre les fantômes.

C'est une machine conçue pour ne jamais s'enrayer ni se rouiller.

Sans se hâter, il traverse la cour pour les rejoindre. Le chef de salle se hâte à sa rencontre pour lui faire son rapport.

— Officier, les détenus sont au complet !

— As-tu procédé au changement des fers ?

— Euh…

— Je te demande si tu as procédé au changement des fers, répète le directeur.

— Oui, comme d'habitude, sauf pour les détenus 14 et 21 qui ont demandé à rester attachés ensemble, car ils ont la diarrhée et craignent de déranger tout le monde. J'ai fait une concession.

— Il n'y a ni concession, ni exception ! ordonne le directeur d'une voix monocorde.

— Oui, directeur, je rectifie immédiatement.

Le chef de salle s'incline avec déférence comme s'il était devenu subitement bossu. Le directeur lui jette le trousseau de clés sans un mot. Les détenus savent que, malgré son attitude désinvolte, il a l'œil sur tous les mouvements derrière lui. À chaque instant, il peut dégainer et se retourner pour tirer. Il a des yeux dans le dos et tous ses gestes sont ceux d'un fauve habitué à guetter ses proies. Pendant que les détenus restent hypnotisés par sa vue, le chef de salle se dépêche de changer les fers.

Le détenu numéro 14 est l'Aigle, et le 21, l'un des grands frères régnant sur la salle intérieure. La règle au bagne est que les forçats ayant un lien officieux ne doivent jamais être attachés ensemble. Ainsi Cu Den ne se retrouvera jamais avec Ranh ou Thanh, car ils pourraient tenter de s'évader ensemble. Enchaîner les prisonniers deux par deux est une technique pour les maîtriser. On change les couples tous les deux jours. Ainsi ils n'ont pas le temps de s'accoutumer l'un à l'autre pour comploter. Chaque matin, les gardes viennent enchaîner les prisonniers avant la sortie, mais c'est le chef de salle qui forme les couples. Il a la liste de tous les bagnards et connaît les rapprochements à éviter. Ce matin, sans doute sous la pression de son chef l'Aigle, il a enfreint la règle. Ou alors, l'Aigle et ses acolytes ont voulu voir si le directeur du bagne était encore dans l'euphorie de la chasse. Mais cet homme est une vraie machine, et toute tentative d'échapper à son contrôle est vouée à l'échec.

Le changement opéré, le chef de salle remet les clés au directeur qui les range dans sa poche, les yeux fixés sur les deux camions en train de s'avancer vers eux.

— Ce soir, je veux te voir.

— Oui, directeur.

Les prisonniers s'apprêtent à monter. Les uns mettent leur chapeau, les autres boutonnent leur col. Avant de grimper dans la cabine d'un des camions, le directeur sort une enveloppe de sa sacoche.

— Détenu numéro 78 !

— Directeur ?

— Tu as une lettre.

— Merci, directeur.

Thanh range précipitamment la lettre dans sa poche pour rejoindre la troupe, mais il est aux cent coups.

Une lettre ? Pour moi ? Est-ce une erreur ? Qui pourrait m'envoyer une lettre ?

Seuls les gens du salon de coiffure Ngoc Yên et le propriétaire de l'appartement de Thanh avaient appris son arrestation. Après le meurtre, il avait lui-même demandé au serveur d'appeler la police. Auparavant, il lui avait glissé un fort pourboire pour aller remettre la batterie à Hai et l'avertir, afin que ce dernier se prépare à être interrogé comme associé du meurtrier.

Les interrogatoires sont individuels, mais il y a toujours une séance de confrontation. Ce serait le moment le plus propice pour Thanh. Il lui fallait effacer toutes les traces de son passé. Sa vie aurait débuté au terrain de golf à Dalat. Avant cette période, sa vie serait un noir total, un néant. Voilà ce qu'il avait résolu en attendant l'arrivée de la police. Il mettait déjà en scène les tableaux mensongers de sa vie. Il mourrait ou serait condamné à perpétuité, mais il fallait que maîtresse Yên et maître Thy restent en dehors de tout cela. Jamais ils ne le verraient en uniforme de prisonnier, debout à la barre des accusés. Sa fugue leur avait déjà causé tant de souffrances, il n'allait pas encore y ajouter l'humiliation. Le mieux au tribunal, ce serait qu'il n'y ait aucun proche de la victime, aucun proche de l'accusé. Phu Vuong, de son côté, n'avait rien dit à personne de ses origines, ni au cinéma, ni au parking où il était gardien, ni à son lieu de résidence. Son passé était un grand vide. Thanh, lui, se présenterait comme un vagabond et ce serait à Hai d'étoffer ses dires. Thanh n'avait pas encore touché aux sept taels d'or qui lui restaient. Depuis qu'il exerçait au salon Ngoc Yên, il avait gagné pas mal d'argent. Hai le Barbu était un homme d'expérience et il saurait immédiatement ce que Thanh voulait, au premier coup d'œil échangé. Il veillerait à ce que les choses aillent dans le bon sens. L'enquête sur le passé de l'accusé serait rapidement bouclée et son dossier avancerait vite. Thanh avait donc tout planifié, il n'avait plus peur, il était redevenu calme, seule une tristesse immense l'envahissait, pesant sur son âme et rendant son corps aussi léger que du coton.

Quand les policiers arrivèrent, il les regarda en silence puis leur tendit les mains pour qu'ils lui passent les menottes.

Ensuite tout se passa exactement comme prévu, sans même qu'il s'en étonne. Il s'était découvert des talents de comédien, au moins une fois dans sa vie ! La salle d'interrogatoire était humide, peinte en blanc mais envahie de moisissure aux coins du plafond. L'assesseur avait un crâne long et chauve comme une pastèque. Sa voix était traînante et ses lèvres tremblaient quand il parlait. De ses longs doigts il manipulait son stylo-bille pendant l'interrogatoire. Thanh se demandait si ces doigts auraient pu saisir une batterie pour frapper sur la tête de quelqu'un. L'amant de sa femme par exemple, ou sa femme elle-même, car cet homme avait une vraie tête de cocu.

— Que fait votre père ? demanda-t-il à Thanh en lui jetant un regard.

— Mon père est mort quand j'avais deux ans. Je ne me souviens pas de lui.

— Et votre mère ?

— Décédée en me mettant au monde.

— Leurs noms et prénoms ?

— Ma mère s'appelle Nguyên thi Huê. Sa famille est originaire de Huê, mais a émigré en ville depuis plusieurs générations.

— Que faisaient en ville les membres de sa famille ?

— D'après mon oncle, ils vendaient des beignets, du tofu. À certaines périodes, ils vendaient des conserves de légumes en banlieue.

— Le nom de votre père ?

— Lê van Dâu.

— Que faisait-il pour vous nourrir jusqu'à vos deux ans ?

— Mon oncle m'a dit qu'il travaillait en ville.

— Dans quoi ?

— Je ne sais pas. Mais quand je suis arrivé à la ville moi aussi, j'ai vu beaucoup de gens de mon village qui travaillaient à démolir des vieilles maisons, à transporter des tuiles, à aménager des chantiers pour la construction de logements neufs. Ou alors ils comblaient les mares ou les anciennes fosses septiques.

— Quand avez-vous rencontré la victime ?

— Quand nous avions douze ans.

— Que faisiez-vous pour vivre ?

— Nous volions. Nous attrapions des poules près des maisons de banlieue. Parfois nous étions plongeurs dans des restaurants, ou nous plumions les canards au marché pour les marchandes de volailles.

— Où habitait la victime ?

— Je ne sais pas.

— C'est votre oncle qui vous a élevé jusqu'à ce que vous deveniez vagabond. Son nom, son domicile ?

— Je hais mon oncle. Lui et sa femme, ils me battaient comme un chien. Je ne veux plus jamais le revoir, plus jamais entendre son nom. Je ne veux pas qu'il vienne à mon procès. Je préfère mourir.

L'assesseur ne regardait plus Thanh. Il penchait un peu la tête en l'écoutant, comme un canard écoute le tonnerre sous la pluie. Pendant tout l'interrogatoire, on entendait le bruit des vrillettes perçant le bois de la table. On pouvait presque imaginer la foule des insectes en train de travailler avec ardeur et urgence sur leur chantier. Dans un avenir très proche, la table ne serait plus qu'un tas de poussière. Ce bruit de forage apparaissait à Thanh comme le seul élément de réalité, alors que l'assesseur, Thanh lui-même et l'interrogatoire n'étaient qu'une illusion. Un rêve, une comédie.

Un jeu dont les deux adversaires connaissaient la fausseté. Thanh savait bien que Hai et son épouse avaient glissé aux enquêteurs une grosse enveloppe, à l'intérieur d'un livre, pour que le jeu se passe en douceur comme une partie de cartes amicale.

Quel livre a acheté Kim Yên ? C'est une experte en livres ! Les nouveaux portent des titres ronflants : L'Intelligence des Anciens, Les Trente-six Stratagèmes, Tout ce qu'il faut savoir au lit, La Sexualité et la Santé, *etc. Pour cet assesseur chauve, elle a dû choisir* Comment préserver le bonheur de son couple.

L'homme écrivait sans discontinuer. Enfin il lâcha son stylo, poussa un gros soupir et se leva :

— L'interrogatoire est terminé.

— Merci !

Connaître Hai et Yên avait été une bénédiction pour Thanh. Ils avaient fait tout leur possible pour que Thanh ait la paix. Mais quand ils lui proposèrent de présenter Thom comme quelqu'un de sa famille, il refusa catégoriquement : il faut marcher seul sur le

chemin de l'enfer. Finalement la victime et le meurtrier furent déclarés tous deux sans domicile fixe :
les règlements de compte entre vagabonds sont
monnaie courante et n'excitent aucune curiosité.
Au pire, quelques quotidiens de Saigon pourraient
en dire trois lignes dans la rubrique « Faits divers »,
au milieu d'une multitude d'annonces en tous genres. Un crime entre vagabonds est moins intéressant
qu'un avis de travaux sur la voirie, l'annonce qu'on
recherche des plombiers pour déboucher les cana-
lisations, ou des balayeurs pour nettoyer un marché
où les détritus s'accumulent à cause d'une grève des
agents d'entretien. Pour les juges, Phu Vuong et
Thanh étaient des miséreux ayant émigré du Nord
au Sud pour survivre, employés comme intérimaires
dans l'équipe Anh Hông par le comité populaire
de Dalat. Le motif de leur bagarre ne pouvait ins-
pirer ni film ni pièce de théâtre à succès, aussi les
assesseurs n'avaient-ils aucun intérêt à vendre cette
histoire aux journalistes ou à leur révéler quelques
secrets contre de l'or. Si Thanh avait été le fils d'un
roi du pétrole ou d'un sultan de pays arabe, cela
aurait sûrement été différent. Mais il n'était qu'un
inconnu. Les inconnus sont comme les chenilles ou
les fourmis. On peut pester contre eux à l'occasion
mais, quand il arrive quelque chose, ils passent sans
problème à travers les mailles du filet parce qu'on
ne les voit même pas. C'est l'avantage de leur condition. Les gens se disent : À quoi bon perdre plus de
temps pour ces vagabonds, ces brins d'herbe qu'on
foule aux pieds, ces sacs en plastique usés qui traînent dans les rues ?

Le procès fut donc rapide. Ensuite Thanh entra en prison, humble comme l'insecte ou le minuscule oiseau qui ne sait ni chanter, ni voler très haut, et vivote dans les buissons à la lisière des forêts.

Voilà plus d'un an que Thanh est là. Le silence entoure sa vie tel un cocon enveloppant une chrysalide. Et soudain il y a cette lettre, la première qu'il reçoit. Qui a retrouvé sa trace ? Il avait demandé à Hai et à Yên de garder son secret.

Serait-ce Tiên Lai ?

Après ses parents, Tiên Lai lui était le plus proche, mais il ne lisait jamais les journaux, surtout les quotidiens locaux comme le *Saigon* : pour lui, c'étaient de vulgaires feuilles de chou. Et ses parents, qui habitaient si loin, risquaient encore moins de les lire. Le Vietnam, ce pays en forme de palanche, est tellement étendu qu'il existe une frontière invisible au col des Nuages Hai Vân. Les journaux de Hanoi ne passent pas les Montagnes des Cinq Éléments à cause des différences d'accents, d'habitudes alimentaires et de préférences culturelles.

Seule sa cousine, la fille de son oncle aîné, aurait pu avoir vent du meurtre. À la naissance de Thanh, elle était venue passer ses trois mois de vacances à s'occuper de lui et à aider maîtresse Yên dans la maison. Elle était revenue chaque été jusqu'à son mariage. C'était une de ces femmes qui se vouent entièrement au travail, sans répit. Même en dormant, elle remuait inconsciemment les doigts. Pour Thanh, elle était une seconde mère qui lui apportait tendresse, douceur et soins, tout comme maîtresse Yên. Chez eux, elle besognait dur. Une fois que, mariée, elle alla s'installer à Danang, ce fut pire encore. La famille de son mari était dans la misère. Outre que les parents étaient très âgés, le frère était handicapé, bossu de naissance et incapable de gagner sa vie. Après leur premier enfant, son mari, ouvrier au ministère de la Défense, fut victime d'un accident de la route qui lui fit perdre un œil. Forcé d'arrêter de travailler, il percevait une si maigre pension qu'elle ne pouvait même pas le nourrir seul. La cousine de Thanh restait la seule personne valide de la famille à devoir supporter toute la charge et les bouches à nourrir. Le sort de Thanh viendrait-il en plus peser sur ses frêles épaules ?

Ces pensées le torturent durant tout le trajet. Une fois arrivé, il marche au milieu des cannes à sucre comme un somnambule. Même le labeur ne peut l'arracher à ses souvenirs. C'est au point qu'il manque se couper la jambe avec sa machette : heureusement, son compagnon de fers lui donne à temps un grand coup sur le bras. Soudain revenu à lui, il est tétanisé et son codétenu, un homme d'âge mûr, l'invective :

— Eh, oh, tu pourrais me dire merci !

— Oui, je te dois une fière chandelle.

L'homme le fixe dans les yeux :

— Où avais-tu la tête ? Cette lettre que tu as reçue a failli t'envoyer à l'hôpital. Pour un moment de joie, combien de litres de sang ? Mauvaise affaire ! Tu connais l'hôpital du bagne, n'est-ce pas ? On y attrape plein de cochonneries et, si ça s'infecte, ils t'envoient illico en ville. Là ils te couperaient la jambe à peu près comme on équarrit les bœufs à l'abattoir.

— Oui.

— Alors, arrête la machine qui tourne dans ton crâne, et regarde ce que tu fais.

— Oui.

Thanh ramasse sa machette et se remet au travail. La sueur baigne son dos. Le soleil est haut et a chassé le brouillard qui recouvrait la vallée. Les plants de canne à sucre tombent par masses sous les machettes des détenus autour de Thanh. La peau de ses bras est irritée par le contact des feuilles rugueuses. De gais chants d'oiseaux leur parviennent par vagues tumultueuses des forêts bordant la Grande Vallée. Ils le déconcentrent, tous ses sens sont attirés par ces sonorités aiguës et vivantes. Quand il arrête la machine dans son crâne, c'est dans son cœur qu'une autre démarre. Compliqué ! Ces oiseaux sont-ils une voix inconnue qui le presse d'affronter la vie réelle, occultée par le quotidien misérable de ce bagne ? Est-ce un appel ?

La cause de son émoi est bien la lettre cachée sur sa poitrine et dont il ne connaît pas encore l'auteur.

— Attention ! crie son compagnon.

— Oui, fait Thanh en lui souriant.

L'homme répond à son sourire par un grognement qui n'est ni une menace, ni une approbation, et lui tourne le dos.

Pourquoi sourire à cet homme auquel je suis enchaîné ? Par amitié, pour le remercier muettement, puisque personne ici ne dit merci ? Sans doute. Mais c'est aussi à moi que je souris, à cette voix mystérieuse, à cette lettre que je n'ai pas ouverte, à ce corps que je croyais mort depuis longtemps et qui se révèle encore vivant.

Une sirène hurle à l'autre bout de la vallée. Les détenus sortent des rangées de canne. Le camion du déjeuner apparaît.

Après manger, ils ont droit à une heure et demie de repos.

— Allons nous étendre là-bas, dit le compagnon de Thanh. Tu pourras lire tranquillement ta lettre !

Ils trouvent un endroit aménagé par l'équipe d'hier avec des feuilles de canne à sucre séchées. Le compagnon de Thanh sort de sous sa chemise un vieux sac de ciment vide sur lequel ils pourront s'allonger. D'autres détenus arrivent pour leur sieste. Une fois que tous sont installés, Thanh sort la lettre. C'est une grande enveloppe, confectionnée avec du papier fabriqué dans la prison. Elle ne porte que la mention «Prisonnier 78 (Contrôlé)». Tout le courrier est contrôlé au camp.

Sa respiration se suspend : c'est l'écriture de sa mère, de maîtresse Yên !

Le choc l'a pétrifié. Son nez picote. Il s'allonge, recouvre son visage avec la lettre.

Nous sommes au bagne et je fais partie des soixante-dix condamnés aux travaux forcés. Je ne dois pas pleurer. Pleurer ici, c'est de la pure folie.

Vaines résolutions. Son cœur déborde, sa gorge se noue et les larmes affluent.

Ne pleure pas ! Ne montre pas ta faiblesse ici ! Ils t'écorcheraient comme un lapin !

Il serre les dents, s'invective. Mais les larmes coulent, coulent à flots. À peine ont-elles franchi le coin des yeux que, refroidies par le vent, elles filent vers ses tempes pour aller inonder ses cheveux. Rien ne peut contenir la crue une fois les digues brisées, nul ne peut arrêter la marée montante. Aucun ordre, aucune injonction n'y font quoi que ce soit. Il faut pourtant que Thanh retienne ses sanglots, par n'importe quel moyen. Il serre ses mâchoires, colle sa langue contre son palais et, quand il sent venir un hoquet, déglutit rapidement pour l'arrêter. Mais voilà que son nez coule. Discrètement, il s'essuie les narines alternativement avec les manches de sa chemise. Son corps tremble secrètement de tous ces efforts pour rester silencieux. Heureusement, les prisonniers épuisés se sont déjà tous endormis, à commencer par son compagnon de fers.

Thanh attend que son émotion reflue et que ses larmes sèchent.

Sa mère a entièrement rempli le recto et le verso, car le règlement n'autorise qu'une seule feuille. L'écriture droite et précise est bien celle d'une enseignante.

« Mon enfant chéri, mon fils bien-aimé,

« Par un hasard inouï, j'ai appris ton malheur. J'aurais voulu voler auprès de toi sur-le-champ, ne serait-ce que pour te voir une seconde ou t'entendre dire un mot. Malheureusement je vais bientôt être opérée et madame Rô, en pleine crise d'arthrite, suit en ce moment des séances d'acupuncture dans un institut de médecine orientale. Petit Canh se démène pour s'occuper des deux vieilles. L'hôpital et l'institut sont très éloignés l'un de l'autre et le pauvre est épuisé. Sa femme doit s'occuper de toutes les affaires domestiques ainsi que du magasin. Par bonheur, elle est très dévouée, active et méritante. Ils ont une fille d'un an qu'ils ont appelée Kim Oanh sur mon conseil. Ils adorent ce prénom. Kim Oanh apporte une grande joie à toute la famille. Tu la verras un jour et j'espère que tu l'aimeras comme nous tous. Pour te rassurer, quelques nouvelles de la maison : notre boutique porte désormais ton prénom, Ngoc Thanh, elle est l'âme de la petite communauté qui habite rue Tan Da. Quelle que soit la situation, sache que tous les membres de cette communauté t'aiment et espèrent ardemment ton retour au pays.

« Concernant notre relation, je te demande pardon pour mes insuffisances. Soit j'étais aveugle, soit j'étais insensible, toujours est-il que je ne t'ai pas compris assez tôt. Si j'avais eu l'esprit plus large, plus compréhensif, comme madame Van la bouchère, ta vie aurait sans doute été différente. C'était une malchance pour toi d'avoir une mère professeure de maths car, en général, les mathématiciens sont démunis devant les problèmes de la vie. Leur cerveau, organisé en équations et en formules, en devient totalement rigide. Quand j'ai enfin compris, tu étais déjà loin ! Le premier à m'avoir ouvert les yeux a été ton père. Il faut dire que, lui, il a un oncle homosexuel qui a eu une existence très mouvementée, à l'origine de multiples tempêtes dans la famille. Il a fini sa vie dans un monastère à Ninh Binh. C'est ce qui a permis à ton père de comprendre, pour toi. Chaque fois que tu partais avec Phu Vuong pour aller à Lac Thach, puis à Dôi Xa, il te suivait sans jamais perdre ta trace, grâce à son excellente moto. Quand tu nous as quittés, c'est lui qui m'a dit de ne pas partir à ta recherche, parce que c'était inutile. Aujourd'hui, je me demande si j'ai bien fait de l'écouter. J'ai été une mère sotte et une épouse soumise, qui a toujours obéi aux instructions de son mari. Cette obéissance n'était-elle pas une autre forme de sottise ? Si j'avais décidé de partir quand même à ta recherche et si je t'avais retrouvé, les malheurs d'aujourd'hui seraient-ils arrivés ? Toutes ces questions m'ont torturée, mais je sais que les dés sont jetés, que l'eau répandue ne remonte plus dans la tasse. La seule chose que je vais pouvoir faire, c'est prendre la route dès ma convalescence et venir te voir. Je dois te retrouver et je te retrouverai, mon fils bien-aimé.

« Ton père a été parfait avec moi après ton départ. Je t'avoue que, s'il n'avait pas été là les premières années, j'aurais sans doute cherché à mourir. Petit Canh, quoique très attaché à notre famille, ne faisait que passer prendre quelques nouvelles. Il a dû attendre trois ans pour pouvoir exhumer les restes de monsieur Rô et les rapporter au hameau des Eucalyptus. Puis quelques mois encore pour confier la maison et l'équipage à son frère, enfin démobilisé, et rejoindre madame Rô. À peine une semaine après leur arrivée, ton père a décidé de partir. Tu sais bien qu'il est l'unique membre de la famille Nguyên à pouvoir assurer la continuité de la lignée. Son frère aîné n'a que des filles, le benjamin est psychologiquement malade, ton père plaçait donc beaucoup d'espoirs en toi. Une fois certain que tu ne lui donnerais pas de fils pour perpétuer la lignée familiale, il a changé de plan. Il a demandé à être muté dans une école secondaire près de Hanoi et s'est remarié avec une veuve qui avait déjà deux fils d'un premier mariage, une vendeuse de légumes au marché de Ngoc Ha. Très vite, ils ont eu un garçon. Ainsi ton père a pu remplir son devoir vis-à-vis de ses ancêtres, mais il semble qu'il ne soit pas très heureux. D'après ses collègues, leur vie familiale n'est pas sereine. Les deux fils de sa nouvelle épouse sont mal élevés, ils ont une scolarité désastreuse, et l'irruption de ton père et du bébé les a rendus plus irrespectueux que jamais. J'ai su qu'il avait des difficultés financières, alors, par deux fois, je me suis arrangée pour lui faire parvenir un peu d'argent par des amis. Mais ceux-ci m'ont rapporté que sa nouvelle épouse était devenue follement jalouse, qu'elle l'insultait continuellement. J'ai donc rompu tout contact avec ton père. Comme tu es son fils et que son sang coule dans tes veines, je te devais toute la vérité. Je n'ai aucun reproche à lui faire. Lui et moi, nous avons fait un long chemin ensemble, un très beau chemin. Mais chaque vie comporte plusieurs étapes, telle une rivière qui a un amont et un aval, où alternent des cours calmes et des cours torrentiels. Chacun a le droit de vivre sa vie. Celle de ton père lui appartient. Ma vie à moi, c'est toi.

« Maintenant, je vais te parler de quelqu'un : je sais que tu le porteras à jamais dans ton cœur. Je sais que lui aussi pense toujours à toi. Ton ami Cuong est également homosexuel. Je suis si malheureuse pour vous deux, car vous aviez droit au bonheur, vous auriez pu rester ensemble à Lan Giang ! Je ne suis pas capable de brandir un couteau comme madame Van, mais j'ai assez de courage pour protéger mon enfant, la chair de ma chair. Comme les Thinh, les parents de Cuong. Mais notre erreur, à nous parents, a été d'être aveugles et de ne pas avoir reconnu la réalité assez tôt pour vous donner notre point de vue. Nous savons maintenant que vous aviez besoin d'alliés, de protecteurs, d'armes pour vous défendre. Nous aurions dû être la muraille qui vous aurait abrités, l'arbre qui vous aurait couverts de son ombre protectrice, la source qui vous aurait abreuvés de confiance en vous pour lutter contre toutes les pressions. Mais, quoique étant ce qu'on appelle des intellectuels, nous étions bien moins intelligents que madame Van la bouchère. Nous n'avons compris la vérité qu'une fois la tuile tombée, le vase brisé. Tante Thinh et moi sommes très proches maintenant, deux mères coupables, deux mères éplorées. Nous partageons des sentiments que n'éprouvent ni ne comprennent les autres mères.

«Après ton départ, Cuong a fini le secondaire et est entré à l'université. Dès la première année, il a décidé de se marier avec une aide-soignante sortie de l'orphelinat. Les parents de Cuong étaient contre, pour eux ce mariage était absurde. Cette jeune fille qui s'appelle Phi, de père inconnu, a perdu sa mère à l'âge de deux ans. Des parents l'ont fait vivre tant bien que mal jusqu'à l'âge de huit ans, où elle a intégré un orphelinat. Elle a été scolarisée jusqu'à la fin du second cycle avant de trouver un poste d'aide-soignante à l'hôpital. Cuong l'a rencontrée une seule fois, en gynécologie. Il l'a invitée au restaurant quelques fois, puis l'a demandée en mariage. Évidemment, elle a accepté. Dans sa situation, épouser un infirmier aurait été le rêve ; alors épouser un étudiant en médecine, fils unique du directeur de l'hôpital et du chef de service de gynécologie obstétrique !... C'était inespéré pour cette malheureuse, mais l'assemblage était tellement improbable qu'il a fait jaser tout l'hôpital. Tante Thinh a même rencontré la jeune Phi pour lui conseiller de refuser. Il était évident que, pour Cuong, c'était une foucade ou un jeu dangereux. Mais Cuong a prié sa famille de ne plus intervenir, leur disant que lui et Phi étaient responsables de leurs actes et qu'au besoin, ils se passeraient des parents en se mariant directement à la mairie. Les relations familiales, si elles avaient subsisté, en auraient certainement pâti. Bref, les Thinh ont serré les dents et organisé le mariage en bonne et due forme. Après la cérémonie, le marié est resté deux jours avec sa femme puis il a disparu. C'était il y a trois ans déjà. Cuong ne revient plus à Lan Giang. Il reste terré à Hanoi, y compris au nouvel an et pendant les vacances d'été. Madame Thinh doit aller fréquemment à la capitale pour lui donner de l'argent.

«Cette situation étrange a suscité beaucoup de commentaires. Certains disent que Phi est douce et obéissante, mais ni belle ni intelligente; Cuong l'aurait donc épousée par pitié mais, une fois au lit, en découvrant le corps sans attraits de sa femme, il se serait enfui. Les fils uniques sont toujours sujets aux caprices car ils sont trop gâtés, obtiennent tout ce qu'ils désirent : ce mariage serait une toquade de gosse de riches. D'autres pensent que Phi a sans doute été violée à l'orphelinat. Cuong, découvrant qu'elle n'était plus vierge, se serait senti trahi et l'aurait abandonnée sur-le-champ, sans explication ni compassion. Autrefois, dans un tel cas, le marié pouvait rendre la jeune femme à ses parents, en même temps qu'une tête de cochon aux oreilles coupées, pour ridiculiser la famille de la mariée. Phi est orpheline, il ne pouvait pas la ramener à l'orphelinat. Alors il aurait déguerpi. D'autres encore attribuent à Phi une malformation congénitale rendant impossibles les rapports. Le couple n'ayant pas osé le reconnaître, Cuong serait parti discrètement tandis que Phi se serait résignée à étreindre seule son oreiller pendant des années. Il est arrivé à madame Thinh de questionner Phi sur ces deux jours de vie commune. Elle s'est contentée de pleurer sans rien dévoiler. Pour toutes ces raisons, les commérages sortis de l'hôpital ont circulé dans toute la ville. Bien plus tard, deux ans après son départ pour la capitale, Cuong a enfin parlé à sa mère. Sachant qu'il ne pouvait apporter le bonheur à une femme, il avait choisi Phi, pensant que, pour une fille d'origine si misérable, ce mariage serait un moyen d'entrer dans la norme et d'éviter la curiosité malsaine des autres. Tous ses calculs s'étaient révélés erronés. Maintenant que les choses étaient établies, aucun arrangement n'était plus possible.

« La plus à plaindre est cette pauvre Phi. Une jeune fille sans famille est une barque sans gouvernail. À la sortie de l'orphelinat, trouver un poste d'aide-soignante dans le service d'obstétrique avait été pour elle une grande chance, mais son salaire ne suffisait pas. En plus, elle devait faire le ménage dans une famille, en échange du repas du soir et d'une chambre de douze mètres carrés dans l'arrière-cour. Depuis son mariage, elle habite dans la famille de son mari, où elle a plus d'espace et de confort. Officiellement belle-fille du directeur de l'hôpital, elle est comme Cendrillon au château du prince. Malgré l'ironie de la situation, elle essaie donc de s'y maintenir en s'occupant consciencieusement du ménage. Avec Phi à la maison, tante Thinh a plus de temps à elle. Le foyer est toujours impeccable, l'eau des vases est changée régulièrement et les repas toujours préparés avec soin. Bref, en apparence c'est une bru dévouée comme la tradition le veut, mais dans les faits c'est une domestique déguisée. Quand je suis avec tante Thinh, nous ne cessons de plaindre cette femme qui est malheureuse depuis sa naissance, comme si la malchance lui collait à la peau. J'ai l'intention de lui offrir un appartement et de lui confier des fonctions dans notre restaurant, pour lui donner une indépendance financière. Une fois stabilisée dans sa vie, elle acceptera de divorcer de Cuong et ce sera une libération pour tous. Et toi, mon enfant chéri, tu auras enfin l'occasion de faire ton bonheur en retrouvant le visage tant aimé de ton ancien ami. Ta situation actuelle est très difficile, mais Cuong pourra prendre soin de toi, comme moi, comme madame Rô, Petit Canh, et plus tard Kim Oanh et sa mère. Nous ferons tout notre possible pour adoucir ton avenir. Je vivrai très longtemps, pour te voir enfin heureux.

« Sois assuré que des jours magnifiques nous attendent au bout du chemin. Préserve ta santé, ta confiance, mon petit garçon chéri, mon fils bien-aimé.

« Je t'embrasse très affectueusement,

Mère. »

Thanh range la lettre dans sa poche de poitrine. Après une seule lecture, il la connaît déjà par cœur. Chaque mot a frappé son cœur comme la rame frappe l'eau de la rivière, comme la vague se brise contre la digue. C'était Sa voix, la voix de sa biche. C'était Son écriture, l'écriture de sa bien-aimée. C'étaient Ses mots à elle, qui lui avait donné la vie et l'aimait depuis toujours. C'était Elle !

Il revoit la chevelure luisante et veloutée enroulée en huit au-dessus de sa belle nuque, ces après-midi où mère et fils se tenaient ensemble dans la cuisine. Il lui faisait de tendres compliments sur sa nuque si blanche, si fine, sans une ride. En a-t-elle beaucoup aujourd'hui ? Combien a-t-elle de mèches blanches, combien de cheveux a-t-elle perdus à cause des nuits d'insomnie ? Thanh a quitté la maison en 1987. Trois ans après, c'était le tour de maître Thy. Comment cette femme a-t-elle survécu à la trahison des deux êtres les plus chers à son cœur, chacun à la poursuite d'une ombre différente ? Où a-t-elle puisé la force de rester debout dans la tourmente, de pardonner et justifier les actes de ces ingrats ? Est-elle née avec une dose de tolérance exceptionnelle, pour agir ainsi ? Où a-t-elle trouvé l'optimisme d'affirmer qu'elle vivrait très longtemps, avec obstination, pour le voir enfin heureux ? Elle qui va bientôt être opérée, et lui qui a encore vingt-quatre ans à purger ? Étrange ! C'est la première fois que Thanh voit sa mère sous cet angle. La biche n'est pas seulement la femme traditionnelle qu'il croyait, elle se montre digne d'un homme chevaleresque, pétri d'indulgence et d'espoir. Elle se révèle également très volontariste, d'un volontarisme simple, sans artifice, presque enfantin. Elle croit que ce qu'elle a planifié est conforme à la loi du ciel. Ce rêve de faire renaître l'amour entre lui et Cuong en est la preuve évidente. Est-elle un personnage de ces contes de fées qui commencent par « Il était une fois… » ?

Thanh sourit.

Maîtresse Yên s'est reconvertie en scénariste. Où sera tourné ce film sur l'amour retrouvé entre Kim Trong et Thuy Kiêu ? Est-ce qu'il aura du succès ?

Thanh imagine Cuong venant le retrouver au bagne, d'après le scénario de la mère biche. Pleurera-t-il ? Rira-t-il ? Parlera-t-il d'amour ou se taira-t-il par respect ? Son amour d'adolescence, ce visage qui a hanté ses rêves pendant des années… Comment se passerait la rencontre si elle avait lieu ?

Soit sa mère a gardé l'âme d'une fillette en robe rose, soit elle a tellement simplifié la vie qu'elle n'est plus dans la réalité. Non ! Aujourd'hui il ne peut imaginer les choses ainsi. En écrivant « Ton ami Cuong est également homosexuel », elle a dû s'illuminer de joie, comme une gamine rentrant de l'école pour annoncer à ses parents qu'elle a reçu un bon point, une récompense, un beau prix. Sait-elle qu'à l'instant même où il a lu ce passage, son rêve entretenu depuis des années s'est transformé en cendres ? Derrière chaque mot, Thanh a revécu ses jours de souffrance, ses pleurs, ses larmes chaudes entre adolescence et âge adulte, ces larmes qu'il n'oubliera jamais. Il avait pleuré dans le vieux temple, il avait pleuré dans l'escalier lors de sa fuite vers le jardin des flamboyants. Son cœur avait secrètement saigné dans sa chambre de Dalat, lorsqu'il se méprisait d'être si ingrat envers Tiên Lai, si malheureux d'avoir été repoussé. Cuong est donc homosexuel. Il l'avait repoussé non par

dégoût, mais parce qu'il avait peur de lui-même.
Il était terrifié par l'amour que Thanh lui déclarait. Thanh avait été aveugle : une personne qui se
renie et se méprise ne peut apporter le bonheur à
quiconque. À l'instant, il vient de comprendre l'histoire entre Tiên Lai et le robuste joueur de tennis.
Il comprend pourquoi le rêve de bonheur, à peine
commencé, s'était défait comme l'ombre des nuages
au café Phuong Hoang. L'amour de Tiên Lai s'était
immédiatement brisé. Celui de Thanh pour Cuong
a disparu de la même façon, simplement, après de
longues années.

Mère, ma pauvre biche, n'essaie pas de construire
mon bonheur de cette façon. Achète donc à Phi cet
appartement si tu veux faire une bonne action, mais
vouloir réunir deux planches fracassées par les vagues
est au-dessus des pouvoirs de l'homme. C'est du ressort
de Dieu.

Il se revoit près de Cuong dans le pupitre des basses.
La baguette dansante du professeur de musique les
chorégraphiait mieux encore que ne l'aurait fait le
chef de l'orchestre symphonique national. Le soliste
s'avançait, écharpe de soie flottant au vent. Pendant
que les choristes s'absorbaient dans la musique,
Thanh était déchiré par ses pulsions. Son corps entier
se tendait, comme une limaille de fer luttant pour ne
pas être attirée par l'aimant. Douloureuses tensions.
Ce moment avait été un enfer, un feu cruel qui l'avait
torturé mille fois plus que les privations physiques
qu'il doit supporter ici. Le cœur de Thanh se serre à
ces pensées. Pleure-t-il sur son propre sort ou sur la
vie humaine, ses erreurs et ses regrets ? Il ne sait.

Ce qui est certain, c'est qu'en apprenant la condition de Cuong et le projet de bonheur de sa mère, son amour s'est éteint. D'une mort subite, radicale. Comme un piéton soudainement écrasé par un camion, comme un passager tombé d'une barque et qui se noie, comme un homme terrassé par une crise cardiaque, qui s'effondre sans un cri. Le visage et les rêves jalousement entretenus s'écroulent tel un monticule de terre sapé par les termites, qui disparaît comme par enchantement.

Depuis sa dernière année au lycée de Lan Giang, il n'a plus jamais fait partie d'une chorale, mais les paroles des chants lui reviennent souvent.

« Mille cols, mille monts, mille fleuves, mille ruisseaux... »

L'auteur s'était inspiré de l'image des troupes quittant la plaine du Nord-Ouest du Vietnam pour se rendre à la frontière. Les montagnes et les forêts ondulent à l'infini vers la cime du mont Hoang Su Phi, surgissant des nuages blancs. Les ruisseaux clairs étincellent au soleil de l'après-midi, les précipices insondables se colorent de mauve grâce aux tapis de fleurs de bauhinie, les tuniques indigo des montagnardes chatoient et le galop des chevaux résonne dans le silence. Cette région frontalière a fait couler tant d'encre, a tellement inspiré les poètes, les écrivains et les musiciens. Ce panorama n'est-il pas le paysage même de l'existence ? L'homme doit franchir mille cols, mille monts, mille fleuves, mille ruisseaux. Non sur des routes goudronnées ou tapissées de gravier, non sur des sentiers longeant les précipices, mais par les détours de son âme, qui lui permettent de grandir et de se comprendre.

Thanh frémit. Ses manches mouillées de larmes adhèrent à sa peau et lui rappellent le froid et l'humidité des ondées d'automne dans le verger de pamplemoussiers. Il avait six ans et s'était faufilé dehors pour ramasser les cadavres de termites après les averses. Il revoit la petite cour de l'école primaire, où il saluait le drapeau chaque lundi matin, debout à côté de son ami si cher. À l'époque, Cuong et lui s'habillaient d'un short bleu et d'une chemise blanche. Comme plus personne de la classe ne portait de short, on les prenait pour des jumeaux.

Adieu, Cuong ! Mon cher amour d'antan, aujourd'hui disparu comme la brume et la fumée. Adieu, mon premier amour. Adieu, mon enfance, mes vieux rêves. J'ai traversé le fleuve. Je suis désormais sur l'autre rive.

La sirène hurle. Le détenu voisin se réveille d'un bond en se frottant les yeux.

— Dis donc ! J'ai dormi comme une souche ! grommelle-t-il en remettant son chapeau.

*

Pendant la nuit, alors que Cu Den et les autres dorment sous leurs couvertures, Thanh rampe jusqu'à la planche libre pour écrire une lettre. Difficile de voir ce qu'on écrit, à la lumière blafarde de la lampe au plafond. Thanh n'en a cure, il recopiera au propre demain durant la pause. Depuis son envoi, sa mère doit attendre une réponse chaque jour, guettant de l'aube au soir la venue du facteur. L'attente est un purgatoire, une prison qui maintient le condamné dans un tourment incessant, un supplice qui déchire l'âme de conjectures et de doutes. Surtout en ce moment, où sa mère doit se morfondre à l'hôpital. Il ne doit pas trop tarder à lui répondre.

Il a commencé par «Ma mère biche adorée», mais raye ces mots intimes car toutes les lettres sont lues par la censure. Sa vie privée n'existe plus, tout ce qu'il écrit est quasiment public. Il reprend donc :

«Mère chérie,

«Enfin je te lis à nouveau, après tant d'années ! Derrière tes mots je vois tous les êtres qui me sont si chers dans la maison de jadis. Lan Giang est toujours dans mon cœur. Lan Giang n'est pas aussi belle que Hanoi, ni aussi animée et vivante que Saigon, mais elle abrite la femme qui compte le plus dans ma vie. Pour moi, ce simple fait lui donne de l'importance.

«En te lisant, je n'ai pu m'empêcher de me sentir fier que notre maison soit maintenant aussi nombreuse et nos affaires prospères. Cette réussite est, bien sûr, due à la participation active de madame Rô et de la famille de Petit Canh ; mais le pilote de ce navire, c'est toi. En observateur que je suis, je voterai donc pour qu'on décerne un certificat d'excellence à maîtresse Yên, notre "glorieux Parti dirigeant" ! En outre, je découvre, cachée en ma douce mère, une combattante courageuse et vaillante qui ose affirmer sans une hésitation qu'elle vivra longtemps, en pleine forme, et considère son opération chirurgicale comme une broutille sans importance. En tant que ton fils, je te promets par conséquent de lutter contre les ravages du temps et les dures conditions de vie pour pouvoir te revoir un jour, et ce jour-là tu seras satisfaite car tu me verras heureux. Je t'avoue que j'ai un peu honte, car nous venons d'échanger de fortes paroles alors que notre tradition familiale, enseignée par mon grand-père, a toujours été d'éviter toute grandiloquence ! C'est peut-être notre volontarisme qui a enfreint cette règle. En tout cas, j'espère son pardon.

« À présent j'aimerais savoir de quoi tu dois te faire opérer. Quelle partie de ton corps doit être soumise au bistouri ? Je suis très inquiet ! inquiet comme – je cherche une image qui parlera à l'enseignante que tu es – comme le lycéen attendant le résultat de ses examens de fin d'année.

« J'en reviens à nous deux. D'abord, je te demande pardon des erreurs que j'ai commises, même si moi, je ne pourrai jamais me les pardonner. Ne te tourmente pas de ne pas m'avoir compris plus tôt et de ne pas être intervenue à temps. Je devine que madame Rô a également versé beaucoup de larmes, se lamente de ne pas m'avoir interdit d'aller chez Hoang le Dément le jour où je suis retourné au hameau des Eucalyptus, se dit qu'elle aurait dû chercher à savoir pour te prévenir, etc. Les mères sont toujours prêtes à dresser leur propre acte d'accusation. C'est absurde. À supposer qu'elle ait cherché à m'empêcher d'y aller ce soir-là, elle n'aurait pas réussi. Personne ne peut contenir la crue. Une fois qu'elle a commencé à monter, elle envahit la plaine, brise les digues, détruit tout sur son passage, avant de rentrer dans son lit. Ainsi va la vie, les regrets n'y peuvent rien. Ce n'est pas avec des "si" qu'on change la réalité. Pour cette raison, mère, je te prie de jeter tous ces actes d'accusation que vous ne cessez de réécrire tous les jours, toi et la mère de Cuong, j'en suis persuadé. Madame Van la bouchère est comme elle est, toi et tante Thinh vous êtes comme vous êtes. Alors ne nous lamentons plus. Ce qui est passé, est passé.

« Je suis triste pour père. C'était un homme mesuré, un mari chaleureux et un père dévoué. Comme toi, je n'ai aucun reproche à lui faire. Il a le droit de vivre sa vie. Pourtant je ne peux m'empêcher d'éprouver de la pitié pour les hommes dont les choix sont conditionnés par les valeurs qu'ils portent. Je croyais maître Thy plus clairvoyant. Cette dernière partie de sa vie paraît sombre. Durant ses années à Lan Giang, j'ai appris qu'il envoyait tout son salaire à son frère aîné à Hanoi, en plus des sommes que tu préparais pour les fêtes du Têt, les vacances, ou quand grand-mère et le plus jeune de mes oncles en avaient besoin. Depuis toujours père vivait de ton salaire à toi, et des revenus de notre verger. Je sais aussi que tu avais touché de ton père un héritage important. En résumé, père a été habitué à notre train de vie confortable. Maintenant qu'il est professeur dans une école secondaire de la banlieue de Hanoi, son revenu doit être bien plus faible. Tout en gardant la charge de grand-mère et de mon oncle benjamin, il doit entretenir une épouse maraîchère, ses deux fils et un petit enfant de maternelle. Je me demande comment il s'en sort. Mais à chacun d'assumer ses actes. Moi je dois purger ma peine ici, comme maître Thy doit survivre chez une maraîchère du marché de Ngoc Ha, tout est affaire de destin. Je ne te dis pas ça pour susciter ta pitié, ni pour que tu viennes en aide à mon père. Je ne suis pas si sot. Tu as eu raison de rompre tout contact avec lui. Les gens ne croient pas à la bonté désintéressée, ils y voient toujours un but caché. La pensée humaine est souvent vénale, sinon pire. Si tu avais continué à l'aider financièrement, sa nouvelle femme aurait pu penser que tu voulais le faire revenir. Le complexe du pauvre, additionné à la jalousie, se serait transformé en haine implacable. Surtout, garde tes distances. Si un jour maître Thy sombrait dans la misère ou la maladie, il aurait toujours le bonheur d'avoir un fils, ne serait-ce qu'un garnement comme ses deux demi-frères. Considérons ces événements comme une crue, la crue de la vie, la crue du destin. Les eaux en crue n'obéissent qu'à leurs propres lois.

« Pour en revenir à moi, parlons de la fameuse réunion des amants séparés, Kim Trong et Thuy Kiêu, que veut écrire maîtresse Yên. Cette drôle d'idée m'a fait sourire. Une professeure de maths qui se met subitement à vouloir écrire du théâtre ? À moins que ce ne soit un scénario de cinéma ? Sait-on jamais, à ta retraite, tu pourrais sans doute te reconvertir dans l'écriture. Tu taperais à la machine dans mon ancienne chambre, on t'apporterait à manger, on te servirait du café et des petits fours. Tous les jours, les pigeons roucouleraient à la fenêtre qui donne sur le verger et la frondaison des pamplemoussiers bruissant sous la brise t'apporterait l'inspiration nécessaire ! Passionnant, n'est-ce pas ? Mais en attendant ce jour-là, revenons à tes plans.

« Mère chérie, je sais que tu m'aimes, je sais que tu es prête à te sacrifier pour m'apporter le bonheur. Je sais aussi que tu aimes Cuong, que tu es très proche de ses parents, oncle et tante Thinh. Même si une fois, tu t'es fâchée avec tante Thinh, cette relation entre nos familles était trop ancienne pour être gâchée par un petit différend. En outre, et c'est très important, vous vous ressemblez sur plusieurs points, elle et toi. Votre culture, votre éducation familiale, vos préférences culinaires, vos goûts en matière vestimentaire, et enfin votre milieu social. Une alliance entre nos deux familles aurait sans doute été idéale. Mais la vie nous a séparés, Cuong et moi, et ton scénario de réunion est chimérique. Si tu as de l'affection pour Phi, achète-lui un appartement, comme tu as aidé les membres de ta famille à Sông Câu, car tu as hérité de mon grand-père cette grande générosité. Mais si tu veux dédommager Phi de ce pseudo-mariage pour que Cuong renoue avec moi, alors ton acte est intéressé. Nous devons être au clair avec nous-mêmes. Pour ma part, je me souviendrai à jamais des jours heureux que nous avons vécus, Cuong et moi, à Lan Giang. À l'école, à la maison, nous partagions naturellement nos joies et nos biens, dans un climat d'affection immense. Pendant toute mon enfance et mon adolescence, Cuong a été pour moi l'être le plus proche après toi et père, dans mes songes de la nuit comme dans mes rêveries ensoleillées. Je ne me consolerai jamais, je n'oublierai jamais cette période de bonheur, où le sel des larmes m'était encore inconnu. Mais cette époque est passée et le destin nous a placés sur des voies distinctes. Nos itinéraires ne sont pas parallèles comme deux rails de chemin de fer. Ils se sont croisés un instant, puis se sont éloignés l'un de l'autre, chaque jour un peu plus, jusqu'à être aspirés par des horizons totalement différents. Comme tu disais, l'eau répandue ne remonte plus dans la tasse, les morceaux du vase brisé ne peuvent se recoller. Ton désir est irréalisable. Comment ne t'en es-tu pas rendu compte toi-même ? Tu m'écris : "Chaque vie comporte plusieurs étapes, telle une rivière qui a un amont et un aval, où alternent des cours calmes et des cours torrentiels." L'amour entre Cuong et moi se trouvait en amont, là où la source ruisselle entre les roches. Maintenant nous sommes arrivés en plaine, le ruisseau est devenu fleuve et seule l'image des forêts d'antan subsiste au fond de l'eau. Les souvenirs de bonheur n'apportent pas le bonheur, ce ne sont que des ombres floues du passé.

« Un auteur français a écrit ceci : "Le souvenir est une fleur de l'océan. Une fois cueillie, hors de l'eau, elle meurt." Pour nous qui sommes originaires de Lan Giang, au pied des collines, les fleurs de l'océan peuvent sembler une étrangeté. Voici donc une autre image qui te sera plus familière. Te souviens-tu quand, vers mes treize ans, tu m'avais emmené dans ta famille au bord du fleuve Sông Câu ? Un soir que nous nous promenions au bord du fleuve, tu m'avais montré une église sur une colline de l'autre rive, derrière la commune de Dap Câu. C'était l'église Rousselet. Elle était petite, mais très belle, si belle que même les habitants de Hanoi, habitués aux grandes églises, la trouvaient superbe. Elle était à l'abandon depuis des années. Il y avait une caserne française à côté, et les combats entre le Viêt Minh et les Français avaient été d'une extrême violence. À la fin de la guerre anticoloniale, l'église avait été abandonnée car l'État vouait une haine à tout ce qui était religieux. À l'époque, je n'avais aucune notion d'architecture, mais la silhouette de l'église Rousselet, perchée sur cette hauteur dans la lumière silencieuse du crépuscule, a gravé dans mon esprit une impression de beauté muette, désolée, que je n'ai jamais plus retrouvée. C'était la beauté des vestiges, des ruines. Mon amour pour Cuong est de la même nature. On ne peut contempler les ruines que de loin, depuis l'autre rive. Si l'on s'approche, leur beauté disparaît. Et il faut encore moins s'y réfugier, car les châteaux abandonnés n'abritent que des fantômes.

« C'est ainsi, mère chérie. Je ne te fais sans doute pas plaisir, mais je dois te dire la vérité. Nous ne devons pas nous complaire dans des illusions. L'important maintenant, c'est que tu préserves ta santé et ta confiance pour survivre dans l'attente, tel le pécheur au purgatoire, car tu as mis au monde et aimé un fils condamné. Tu ne peux échapper à la souffrance. S'il existe un jour de clarté, il verra la fin de ce supplice du feu, dans l'enfer que nous vivons actuellement. J'y crois. J'y crois car tu es là, comme tous mes proches vivant dans cette maison chérie, dans cette bonne vieille rue Tan Da.

«Transmets à madame Rô et à la famille de Petit Canh mon immense gratitude pour leur amour. Je les aime tout aussi fort. Si le ciel nous est clément, nous nous retrouverons et je pourrai porter la petite Kim Oanh dans mes bras.

«Encore une fois, pardonne-moi toutes mes fautes passées.

«Ton fils qui se prosterne devant toi.»

9

Fête du Bouddha

Pour la fête du Bouddha, le directeur du camp a autorisé les prisonniers à recevoir la visite de leur famille.

Sa décision a fait l'effet d'une bombe. Il y a quelque temps encore, un tel caprice aurait été inimaginable de sa part. La stupéfaction passée, on s'est interrogé sur les raisons de cette largesse.

La première : le directeur est celui qui a inauguré le camp, il est donc le souverain de cette espèce de royaume. Or, depuis un certain temps, ce souverain avait des velléités de départ. Soit la soif de pouvoir lui était passée, soit son attachement au lieu avait disparu. Une terre devenue étrangère n'attire plus les pas d'un homme, de même que les fleurs fanées ne séduisent plus les abeilles ni les papillons. Être astreint par sa hiérarchie à moisir ici devait le rendre amer, et l'amertume inspire parfois des actions inédites.

On sait que l'État se méfie des religions, de toutes les religions, et de tous les moines, qu'ils soient d'ordres chrétiens ou portent la robe safran des bonzes. Pour détruire les lieux de culte destinés à la propagation de la foi, le gouvernement avait donc infiltré des policiers vêtus en moines dans les églises et les pagodes. Mais, pour plusieurs dizaines de milliers envoyés dans les pagodes, seules quelques centaines avaient été envoyées dans les églises. Les dégâts les plus importants furent dans les monastères bouddhistes, qui n'avaient pas pour les protéger la hiérarchie ni la bourse remplie du Vatican. Les faux bonzes pullulent maintenant dans les pagodes, alors que les vrais se sont réfugiés dans la nature, un coin de bois ou une grotte de montagne, quand ils ne pourrissent pas en prison comme les vénérables Thich Huyên Trang et Thich Quang Dô.

La majorité des Vietnamiens sont bouddhistes. S'ils ne sont ni aveugles ni sourds aux actes du pouvoir, ils sont comme l'homme à qui l'on menace de trancher la gorge : ils se taisent, n'émettent aucune critique. Mais ils construisent discrètement des pagodes partout, repèrent ceux qui dégradent les lieux de culte et font courir le bruit que ce sont des voyous, des misérables qui s'entretuent en famille, des pervers qui couchent avec leur belle-fille et engendrent des monstres, des nymphomanes, des assassins, etc.

Bref, les agents communistes brûlent le drapeau aux cinq couleurs du Bouddha pour le remplacer par le drapeau rouge, mais en retour ils sont châtiés, dans la réalité ou dans l'imaginaire du peuple. C'est une vengeance légitime. Or le bagne est un élément-clé dans le dispositif législatif. Si le directeur autorise les détenus à recevoir leur famille pour la fête du Bouddha, n'est-ce pas là une ruade de cheval entravé ?

La deuxième raison de sa générosité serait ses problèmes sentimentaux. Plongé dans un océan de souffrances, il pourrait subitement éprouver de la compassion pour ses administrés. Les cinq mille et quelques condamnés ne sont-ils pas eux aussi des êtres humains, des victimes du sort, l'incarnation par excellence de ce bas monde si complexe et impénétrable ?

Quoi qu'il en soit, la décision directoriale a fortement agité le camp. Non seulement parmi les gardiens, mais chez les détenus, bagnards et condamnés à mort compris. Dès l'annonce de cette autorisation, plusieurs milliers de lettres ont été envoyées en trois jours. Tous les prisonniers informaient leur famille, attendant avec impatience ce jour de bonheur qui, somme toute, était encore assez lointain : dans quarante-huit jours, soit deux lunes, un bon mois et demi.

Simultanément, le directeur a donné une autre instruction tout aussi surprenante : celle de préparer un repas à se faire péter la panse pour les cinq mille détenus. Trente-huit porcs et vingt bœufs seraient abattus. Un vrai paradoxe ! En général, à la fête du Bouddha, on ne mange pas de viande ; là ce serait une débauche de nourriture carnée. Était-ce sa façon à lui de saluer la naissance du Bouddha ? Si Bouddha l'apprenait, il ne pourrait qu'en sourire. Les cinq mille prisonniers, eux, calculaient le nombre de morceaux de viande qu'ils engloutiraient en ce prochain jour de « paradis sur terre ». Ils imaginaient les plats, sûrement bien différents du bouillon d'os et de couenne de la dernière fois. Ils en salivaient, en jouissaient à l'avance, en savouraient déjà la joie.

Une révolution dans le commandement a accompagné ces décisions. D'après les commentaires des gardes, le directeur et Gueule d'hippo s'étaient disputés. Gueule d'hippo avait protesté énergiquement contre les ordres lors de la réunion du comité de direction. Depuis plusieurs années, c'était lui qui remplaçait le directeur en son absence pour les décisions importantes. Il était considéré comme l'un des quatre piliers de la «cour», quelqu'un d'une haute importance. C'est pourquoi il s'était permis de contrer le directeur, sans se douter des conséquences. On rapporte que, durant tout son virulent exposé, le directeur avait écouté, la tête posée sur sa main comme un moine écoutant le prêche d'un cardinal. Puis il s'était levé et avait dit calmement :

— Je vous avais désigné comme adjoint en charge du camp. C'était ma décision, pas celle de nos supérieurs ni du comité de direction. Aujourd'hui je me rends compte de mon erreur. Notre camp a le statut de camp modèle grâce à son rendement. Seule la quantité des biens produits lui vaut ce label. Si on prend en compte le taux de mortalité, il est celui qui accuse le plus grand nombre de décès parmi les détenus, pour cause de maladie, d'accident du travail ou de bagarre. À qui en revient la responsabilité ? Vous êtes mon adjoint, et médecin de surcroît. Vous devez bien le savoir. En vous opposant aujourd'hui à ce qu'on serve un repas frais à nos détenus, vous démontrez que cette mortalité est due à votre gestion. Personne n'est indispensable. Quand on est mauvais cavalier, il faut céder sa monture. Ce soir, je demanderai au comité de direction de choisir parmi les trois autres directeurs un adjoint permanent qui me remplacera quand je serai absent. Quant à vous, préparez vos affaires pour quitter le camp. Je vous rends au Bureau de la province et je demanderai la nomination d'un autre médecin de grade équivalent. La réunion est terminée.

Tout le monde s'était levé pour partir. Gueule d'hippo était resté pétrifié sur sa chaise. Sans doute avait-il enfin compris ce qu'il était : une simple marionnette sortie de la manche du directeur. Le comité de direction s'est réuni dans la soirée et a élu comme nouvel adjoint le responsable du service financier, gérant l'économat et la comptabilité du camp. Un sous-colonel binoclard, grand et maigre comme une perche. Il fallait encore voir, mais pour l'instant tout laissait penser qu'il serait moins sadique que Gueule d'hippo. De toute manière, un changement rend toujours l'air plus respirable et apporte ainsi un peu d'espoir. Et un espoir, même minime, c'est toujours mieux que pas d'espoir du tout. Ainsi, en attendant de fêter la naissance du Bouddha, les cinq mille prisonniers ont donc trois joies différentes à anticiper : une visite de leurs proches, un festin gargantuesque et mémorable, et une discipline un peu moins rude à l'avenir.

La fête du Bouddha a lieu le huitième jour du quatrième mois du calendrier lunaire, c'est-à-dire à la mi-mai dans le calendrier occidental. En attendant, alors que tout le monde vit dans une excitation permanente, Thanh regarde tranquillement Cu Den jouer aux cartes avec Ranh. Ces deux-là n'ont pas de famille. Et aucun proche de Thanh ne viendra en ce jour béni. Maîtresse Yên sera encore convalescente, madame Rô en plein traitement contre son arthrite. Quant à Petit Canh, il a le café à tenir et deux malades à soigner. Qui pourrait bien venir ? Néanmoins, Thanh espère avoir fait plaisir à sa mère par sa longue lettre, et lui-même se sent plus léger. Il accepte sans amertume d'être de ces détenus qui, comme Cu Den et Ranh, n'auront pas de visite. Ceux-là n'ont qu'une seule attente, celle d'un repas fait de vraie viande, et non de couenne bouillie et d'os.

— J'aime par-dessus tout le bœuf saignant avec une sauce de soja au gingembre, déclare Cu Den. Quelle merveille ! À chaque bouchée, mes os se raffermissent et mes nerfs frémissent de plaisir.

— T'en as mangé souvent ? demande Ranh.

— Souvent ? Tu veux rire ? Une seule fois dans ma vie, à Hanoi. Et c'est ce qui m'a valu d'être expédié en camp de détention pour cinq ans.

— Quoi ? Pourquoi ? s'exclame Thanh, surpris. C'est disproportionné ! Ça ne valait pas le coup !

— Comment l'aurais-je su ? rétorque Cu Den. À l'époque j'avais quinze ans. Je traînais au marché Dua. Un jour, un vieux avait loué mes services pour transporter sa marchandise depuis la rue des Farines jusqu'au pied de l'horloge, au marché des Cuirs. Ce n'était pas très lourd, des sandales en plastique. Juste avant, il m'a invité dans un restaurant pour me régaler de ce fameux carpaccio de bœuf à la sauce de soja au gingembre, avec des galettes de riz soufflé. Puis il m'a donné quelques sous pour louer un cyclo et livrer la marchandise à son client.

Une fois le travail fini, je devais revenir au marché Dua et recevoir mon salaire. J'ai fait ce qu'il me disait. Au marché des Cuirs, il y avait effectivement un homme habillé à la chinoise, en train de fumer. Je lui ai demandé son nom, c'était le bon. « Qu'attendez-vous comme marchandises ? » Il m'a répondu : « Des sandales en plastique. » Je lui ai remis les sacs. À peine avais-je terminé que les flics m'ont sauté dessus. En fait il y avait de l'opium planqué dans les talonnettes des sandales.

Cu Den abat une carte avant de lever son visage vers Thanh :

— Et toi ? Tu dois bien connaître le bœuf saignant à la sauce de soja au gingembre, non ?

— Non. Ma mère ne sait pas faire ce plat.

— Alors c'est une ignorante ! Ce plat est bien meilleur que le pho ou le pâté de bœuf !

Thanh regarde les mains de ses deux camarades en train de jouer aux cartes. C'est terrible de devoir passer cinq ans en prison à cause d'un bon repas. L'homme n'est qu'une mouche piégée dans une cruelle toile d'araignée. Le pire, c'est que cette toile est tissée par ses propres congénères. Le visage de Cu Den se tend quand il réfléchit à son prochain coup. Thanh regarde son nez bombé, ses sourcils qui se plissent, et se demande si sa mère, cette femme qui avait dix-huit ans quand elle l'a abandonné, vit encore. Si elle est morte, est-ce que son âme errante souffre encore à l'idée que son enfant ait été jeté à la rue ? Quel amour est le plus grand, celui d'une mère vivante ou d'une mère décédée ? Lequel est le plus terrible ? Le plus cruel ?

Sans doute celui d'une mère morte. Plus un amour est confronté à l'impossible, plus il déchire l'âme. L'amour secret, l'amour méconnu, l'amour humilié en silence, cet amour-là est terrible !

Il a envie de pleurer. Ne sachant comment se contenir, il lève l'index pour toucher la main de Cu Den. L'homme de la jungle se retourne vers lui :

— Quoi ?

— Pourquoi tu ne joues pas le cavalier ? dit Thanh dans sa tentative de diversion.

— Stupide ! peste Cu Den. Tu me pousses dans l'impasse ? Salaud !

— Non, ce n'est pas un salaud ! tempère Ranh. Il est simplement bête ! Il ne sait pas jouer.

Le regard de Thanh revient vers leurs doigts, sales, noirs, déformés par les cicatrices et l'arthrose.

Si j'étais Cu Den, comment vivrais-je ? Mourrais-je au premier froid attrapé dans les rues ou m'adapterais-je pour devenir un prisonnier professionnel ? Maintenant que je sais où peut mener un bon plat de bœuf saignant à la sauce de soja au gingembre !

Enfant, il n'a jamais manqué de rien. Aujourd'hui le destin lui fait côtoyer des hommes dont la vie s'écrit dans de la caillasse et de la poussière. Il souffre, mais il sait qu'il ne faut jamais dévoiler ses sentiments. Car ici, c'est le bagne.

*

Le temps s'étire et devient une malédiction pour celui qui attend. Thanh n'attend personne, c'est le destin qui l'attend. Un matin, deux semaines après le remplacement de Gueule d'hippo, le geôlier en chef entre subitement :

— Prisonnier numéro 78 !

— Présent !

Thanh se lève, surpris et ahuri.

— Suivez-moi !

Il jette un regard vers Cu Den et Ranh avant de franchir la porte, suivi par une multitude d'yeux curieux.

Il marche derrière le geôlier en chef.

Il a été poli avec moi, était-ce involontaire ou intentionnel ? Depuis que je suis ici, il ne m'a jamais regardé en face. Chaque détenu n'est qu'un objet avec un numéro. C'est la première fois qu'il me regarde ainsi, d'un regard qui semble voir un être humain. Pourquoi ?

Ne trouvant pas de réponse, il tente de se rassurer :

Ne te casse pas la tête ! On s'en fout. Les lentilles d'eau flottent et suivent le courant. Je suis déjà au fond, il n'y pas de lieu pire, si ce n'est le peloton d'exécution. Or je n'ai aucune raison d'être envoyé au quartier des condamnés à mort.

Pour oublier ses tracas, il se concentre sur les fesses du geôlier en chef. Cet athlète aux muscles d'acier a des fesses protubérantes. Du coup, l'étui de son pistolet sautille sur sa hanche de façon ridicule quand il marche. En outre, il est massif et ses fesses débordent en largeur et en hauteur, comme celles des femmes dans les villages de potiers. Là-bas, dans la région des plaines du fleuve Rouge, cette partie de l'anatomie est un objet de rêve ou de répulsion…

Le delta du fleuve Rouge est le pays des cultivateurs de riz. Quelques villages, cependant, sont spécialisés dans l'élevage de vers à soie, d'autres, plus rares, dans la fabrication de céramiques. Ce métier rapporte gros et fait beaucoup d'envieux. Les potiers protègent donc farouchement leur art : ils ne le transmettent à personne d'extérieur, et entourent leur maison d'épaisses haies de bambou hautes de plus d'un mètre, interdisant tout regard investigateur ou curieux. Les habitants de ces villages sont exécrés par tous leurs voisins. Et quand on ne peut attaquer un ennemi au fusil ou à la lance, on l'attaque en mots. La langue est une arme redoutable, efficace et sûre : on n'est jamais jeté en prison pour médisances ou critiques acerbes. Pour calomnier les potiers, le plus simple est de se moquer des fesses de leurs femmes. En effet, dans le partage des tâches, les hommes creusent et mélangent la glaise, les femmes pressent et façonnent les pièces. Et pendant qu'elles façonnent, elles doivent actionner le tour avec leurs jambes, qui leur servent donc de moteur sans carburant. À travailler ainsi toute la journée, les muscles des fesses s'usent au rythme du pédalage, et elles se développent donc de façon anormale. Elles deviennent des fesses de mules, deux ou trois fois plus volumineuses que chez les autres femmes. Les méchantes langues disent que les hommes de ces villages sont tout pâles, vidés, exténués, à cause des efforts surhumains qu'ils doivent fournir au lit pour mouvoir les gigantesques fessiers de leurs bonnes femmes.

Il court un adage fripon sur la déesse qui a créé l'humanité : « La chatte de la déesse Nüwa est large comme trois hectares de rizières. » Les plaisantins en ont fait : « La chatte de la déesse Nüwa est large comme treize chattes de potières. » Car leur sexe, évidemment, serait aux proportions de leurs fesses.

Thanh considère celles du gardien. Vraiment dignes des attributs d'une potière.

Si cet homme grimpait sur sa femme pour lui faire l'amour, deviendrait-elle aussi chétive qu'un potier ?

Souriant à sa pensée grivoise, Thanh est brusquement interrompu par son guide. Ils sont arrivés devant les bureaux de l'administration.

— Entrez !

L'ordre surprend Thanh. L'homme n'a pas dit un mot durant le trajet. Il lui montre du doigt la pièce à gauche du couloir. À peine a-t-il eu le temps de répondre que son garde, du menton, lui fait signe de franchir la porte ouverte, puis repart sans un mot.

Thanh observe une dernière fois les fesses rebondies où tressaute l'étui du pistolet.

Une voix lui parvient de la pièce :

— Veuillez entrer !

En passant par la porte, derrière le bureau, Thanh reconnaît immédiatement à ses lunettes le nouvel adjoint du directeur. Il l'a aperçu une fois, de l'autre côté de la grande cour : il n'avait distingué qu'une silhouette longiligne, très frêle par rapport à celle de ses collègues, des bras longs et une démarche légère de héron. Assis à son bureau, il semble plus grand, plus humain. Son visage long, au front large et au nez droit fait plutôt penser à un scientifique ou à un chercheur qu'à un officier au service de l'instrument de pouvoir le plus terrible d'un État. Cependant, sous des montures d'écaille brillantes, ses yeux acérés sont chargés d'expérience. Des rides en éventail au coin des yeux lui donnent l'air âgé, mais ses cheveux noirs, du noir naturel de la jeunesse, sans un cheveu blanc, font douter de son âge réel. Tout, dans son aspect et son habillement, intrigue. Pas d'uniforme. Un pantalon en toile kaki, une chemise gris souris. Des habits de professeur de lycée plutôt que de sous-colonel de la police. Il feuillette un dossier à côté d'une pile de paperasses, et lève les yeux vers Thanh.

— Veuillez vous asseoir !

Thanh s'exécute.

— Merci, seigneur directeur.

— Pas la peine d'être obséquieux ! répond l'homme.

Son regard glisse sur Thanh et va se poser dans le coin de la pièce où se trouve un petit pot en porcelaine de jade vert contenant des fleurs d'abricotier. Sans doute l'objet le plus délicat de cette pièce, avec une peinture sur soie représentant une jeune fille en train de jouer au mancala.

— Euh… Merci, balbutie Thanh. Euh… Merci, monsieur le directeur.

Depuis qu'il est au bagne, Thanh a dû apprendre à s'abaisser. Il en a pris l'habitude.

« Seigneur directeur. »

« Je vous supplie, maître… »

« Je connais ma faute, seigneur… »

C'est nécessaire non seulement devant le geôlier en chef et les gardiens, mais également devant les soldats nouvellement affectés au camp, qui sont de vrais bourreaux. Sans raison et sans crier gare, ils peuvent vous asséner un coup de crosse ou vous envoyer leur botte dans le ventre à vous faire cracher le sang.

Quelquefois dans un accès de sadisme, d'autres fois pour se défouler, tout simplement. Les détenus n'ont qu'à ramper devant ceux qui tiennent les armes. L'humiliation et l'endurance à la supporter sont leur lot quotidien. Il faut apprendre cette soumission volontaire, qui peut devenir un bouclier contre les tortures et les supplices. Se rabaisser, c'est accepter son sort de prisonnier, ouvrir la porte à ceux qui, à tous les niveaux de la hiérarchie, détiennent le droit de maltraiter et de brimer à volonté. La servilité est la mélodie maîtresse dans la symphonie qu'est la vie quotidienne ici, entre la boue de la terre et la fange de l'abus de pouvoir. Le premier jour, Thanh en avait été choqué, mais très vite il avait compris qu'il lui fallait s'adapter pour survivre. Peu à peu la soumission devient une habitude et personne n'y fait plus attention. Et voilà que l'adjoint du directeur la lui reproche. Cela le surprend autant que le surprenait à son arrivée le spectacle des détenus rampant comme des chiens en subissant les brimades.

Sans doute est-il plus familier avec les chiffres, les papiers, les prévisions et les comptes qu'avec les détenus ? Ce qui fait qu'il les considère encore comme des hommes ?

L'adjoint du directeur continue de feuilleter le dossier. Après avoir lu quelques feuillets, il se lève pour atteindre l'interrupteur de la lampe de bureau, quoique le plafonnier soit allumé. Il fait clair, mais le soleil ne brille guère en cette demi-saison. Thanh essaie par curiosité de lire, mais le bureau est trop grand et il n'arrive pas à discerner les lettres. Bruit furtif des feuilles de papier. Geste léger du doigt tournant les pages. C'est la première fois dans ce camp que Thanh rencontre un homme aux gestes si mesurés, si doux, évoquant une vie tranquille, chaleureuse, très éloignée du bagne. Ces doigts sont aussi longs que ceux de l'assesseur qui l'avait interrogé, mais moins osseux, plus fins, aux ongles soignés.

De vrais doigts de guitariste ! Qu'est-ce qu'il fabrique ici ?

Thanh revoit les doigts de maître Thy glisser sur le clavier de son accordéon. Souples, beaux, capables de produire un son mélodieux et prometteurs de douces caresses. Beaucoup de collègues de sa mère étaient tombées amoureuses de son père, sans oser l'exprimer. Même les lycéennes des groupes 9 et 10 étaient sous le charme de ce professeur d'histoire mélomane. Thanh se rappelle les regards énamourés des filles de sa classe quand elles écoutaient maître Thy jouer *Le Beau Danube bleu*. Et aussi cette chanson populaire russe qu'il avait traduite et que chantaient les élèves, les professeurs, et même d'autres jeunes de la ville :

> « Le saule vert se penche sur l'étang,
> Ma bien-aimée, où es-tu partie ? »

L'adjoint pourrait être un maître Thy. Un tel homme ne peut être qu'un séducteur.

Tout à ses pensées, Thanh n'a pas remarqué que l'adjoint le scrutait :

— J'ai lu votre…

— Oui, monsieur, sursaute-t-il.

Devant sa mine affolée, l'homme se racle la gorge, comme pour ramener son interlocuteur à l'instant présent. Puis il reprend :

— J'ai soigneusement relu votre dossier. Aussitôt après, j'ai envoyé quelqu'un à Dalat pour enquêter à votre sujet. Je considère que le procès a été bâclé. Plusieurs détails ont été négligés dans l'acte d'accusation.

— Oui, répond Thanh mécaniquement, sans comprendre, comme s'il répétait un refrain insignifiant pour meubler le silence.

L'homme feuillette quelques pages, puis continue :

— Un établissement pénitentiaire n'a pas à intervenir dans le jugement. Surtout quand la peine est déjà mise à exécution. En résumé, nous n'avons pas le droit de faire appel. Cependant nous avons la possibilité de demander une grâce, ce qui vous permettrait de travailler à l'extérieur.

Travailler à l'extérieur ? Qu'est-ce qu'il veut dire ? Ai-je bien entendu ?

L'adjoint le regarde attentivement. Les oreilles de Thanh bourdonnent, son cœur bat la chamade et ses yeux se brouillent.

L'autre continue :

— Dans notre camp, quelques prisonniers ont la permission de travailler normalement. Ce sont surtout des détenus de droit commun. Vous êtes un cas particulier. Une exception.

— Oui, répond toujours Thanh.

Il répond sans réfléchir, comme un pic épeiche frappant le tronc de l'arbre, ou une trotteuse avançant sur le cadran de l'horloge. Les mots « travailler à l'extérieur » résonnent dans ses oreilles avec un bruit assourdissant, un bruit de tambour ou de train qui passe. Sa tête tourne, il est sidéré. Il se retient de crier, s'efforce de rester assis et de reprendre ses esprits pour répondre. L'adjoint, sans rien remarquer, continue de s'absorber dans le dossier puis lui demande :

— Vous avez été «coiffeur de la famille royale», à Dalat ?

— Vous savez ça ?

— J'ai mes renseignements. Pourquoi cette appellation ?

— C'est le chef de l'équipe Anh Hông qui l'a inventée.

— C'est-à-dire que vous étiez employé au Comité local du Parti et que vous coiffiez le maire et les cadres supérieurs de la ville ?

— Oui.

— Combien de temps avez-vous travaillé pour le Comité ?

— J'ai été ramasseur de balles sur les courts de tennis pendant plus d'un an, puis je suis devenu coiffeur au Comité local et même au Comité provincial du Parti, et le suis resté pendant deux ans.

— Je vais vous affecter au poste de coiffeur des fonctionnaires et des gardes du camp. Et de leurs familles.

— Oui, monsieur.

— À partir d'aujourd'hui vous logerez dans le secteur administratif. À côté de la bibliothèque. Vos horaires seront les horaires administratifs. En dehors de votre travail de coiffeur, vous aiderez également le bibliothécaire. Vous avez compris ?

— Oui.

— Avez-vous quelque chose à déclarer ?

— Je vous remercie !

L'adjoint du directeur se lève. Thanh aussi, presque en même temps, mais, très embarrassé, il ne sait quoi faire. Cet échange est-il bien réel ? Il en doute. Cet homme à lunettes l'entraîne-t-il dans un jeu de dupes ou est-il sincère ? Et s'il est sincère, d'où vient ce miracle ? Si Thanh était catholique, il dirait que c'est la volonté de Dieu. Mais il n'est pas croyant et la raison l'empêche de croire aux miracles. Il y a toujours une cause à un événement en apparence merveilleux. Quel rapport entre lui et cet officier supérieur de la police, pour que ce dernier ait envoyé quelqu'un à Dalat enquêter sur son compte ? Rouvert les pages d'un dossier poussiéreux ? Le dossier d'un anonyme, auteur d'un meurtre entre vagabonds – brin d'herbe au pied d'un mur, grain de sable sous les pieds des passants ?

Toutes ces questions le paralysent. Il reste tétanisé devant l'homme à lunettes, qui semble comprendre son tourment et lui dit, presque en chuchotant :

— Rentrez dans vos quartiers. Il n'est que huit heures. Vers neuf heures, on viendra vous chercher.

— Oui, monsieur, répond Thanh.

Il reste toujours pétrifié. Le quasi-murmure de l'adjoint l'enfonce encore plus dans les songes. Ce n'est pas une voix qu'on peut entendre au bagne. C'est la voix de Cuong, qui chuchotait à son oreille quand Thanh était malade. Ou celle de Phu Vuong quand il le flattait de paroles de velours. Ou encore celle de Tiên Lai dans la chambre aux roses rouges posées sur la nappe blanche immaculée. Tous ces échos se mêlent, Thanh ne sait plus où il est, en prison ou dans un rêve.

L'officier l'observe, et se rend compte que le ton de sa voix l'a trahi. Repoussant sa chaise, il se lève, vient vers Thanh dont il secoue énergiquement l'épaule, et lui ordonne sèchement :

— Rentrez dans vos quartiers ! Compris ?

— À vos ordres !

L'ordre presque hurlé et les gestes brusques l'ont réveillé. Il comprend enfin que tout ça est bien réel. Il lui faut néanmoins un effort pour bredouiller :

— Merci... monsieur.

— C'est bon. Allez, bougez-vous ! D'ici à votre bâtiment, il faut vingt-cinq minutes. Là, vous aurez une demi-heure pour rassembler vos affaires. À neuf heures précises, on viendra vous chercher !

*

La plus grande salle de la bibliothèque du camp avait été entièrement repeinte. On l'avait équipée de portes vernies et d'un panneau de bois à l'entrée, sur lequel il était écrit «Salon de coiffure».

C'était une bonne idée. Les gens venaient se faire couper les cheveux et, en attendant leur tour, ils allaient lire à la bibliothèque. L'attente était très longue, car il n'y avait à l'œuvre que Thanh, le fameux «coiffeur de la famille royale».

En général, dans les camps de détention, un homme faisait office de coiffeur pour ses codétenus alors que les gardes, les soldats et leurs familles se faisaient coiffer en ville.

Ici, chaque mois, l'établissement pénitentiaire dépensait beaucoup d'argent pour faire venir une équipe de cinq ou six coiffeurs, hommes et femmes, pendant une semaine. Pour la sécurité des cinq mille prisonniers, il fallait une équipe logistique d'au moins trois cents personnes, sans compter les familles, cinq cents personnes en totalité. Malgré la situation du camp, perdu dans la jungle et juché sur la montagne, malgré la pénibilité du quotidien, la vie restait la vie et elle avait ses exigences. On prenait soin de son apparence, surtout de ses cheveux, suivant le fameux adage : «Les dents et les cheveux reflètent la nature de l'homme.» Les gardes et les soldats portaient l'uniforme. Pendant les heures de travail, personne, hormis les membres du comité de direction, n'avait le droit d'être en chemise ou tête nue. Qu'il fasse chaud à se liquéfier ou froid à crever, il fallait porter un couvre-chef. C'était le règlement. La seule marge laissée aux goûts personnels, c'était la coiffure. Pendant la guerre, tout le monde avait les cheveux ras, quelle que fût la forme de son visage : ronde ou carrée, triangulaire ou pointue comme une tête de faucon, maigre et osseuse, ou renflée et pleine de graisse… Les hommes inclinaient la tête, la tondeuse ratissait comme un bulldozer. Ils avaient le choix entre deux coiffures : en fer à cheval, ou en feuille de banian au sommet du crâne. La Révolution en avait décidé ainsi et, sous un régime de dictature, le coiffeur est lui-même dictateur.

La guerre était finie. Dans ce monde moderne, l'envie de se faire beau, trop longtemps interdite et réprimée, redevenait une revendication légitime. Les hommes ne voulaient plus avoir une tête ressemblant à un radis géant ou à une grosse jarre. Ils voulaient une coiffure gracieuse, qui mette en valeur leur visage. Se faire beau était également un moyen de s'aimer soi-même et de voir la vie sous un angle moins morose. Car ce n'était pas gai d'être gardien de prison, même si on gagnait un peu plus que ses collègues. Quand on avait accepté une telle vie, on pouvait s'octroyer quelques petits cadeaux. Était-ce pour cette raison que les gardes conservaient secrètement dans leur poche un flacon de parfum ? Certes c'était pour couvrir la puanteur des détenus, mais aussi par coquetterie. Dans la liste des marchandises à rapporter de la ville ne manquaient jamais les eaux de toilette «pour homme».

Si l'envie d'être beau est souvent discrète chez les hommes, chez les femmes, c'est tout le contraire. Elle se manifeste de manière frénétique, souvent par des injures acerbes. La communauté des épouses et des filles des gardes et des soldats était redoutable. C'étaient des femmes comme il y en a des millions en ville ou dans les campagnes de la plaine. Seulement, obligées de suivre leur époux ou leur père, elles étaient devenues des montagnardes. Là-haut, pas de théâtre ni de cinéma, ni de boutique de vêtements. L'unique atelier de confection du camp ne travaillait qu'à façon, et pour voir un tailleur professionnel il fallait faire une centaine de kilomètres jusqu'à la ville la plus proche. Cent kilomètres d'autoroute où les voitures filent comme le vent ne sont rien, comparés à cent kilomètres de routes de montagne. On monte, on descend, on tombe dans des nids-de-poule, on saute sur des dos d'âne. Ces dames rebondissaient dans leur siège de voiture comme des pilons dans un mortier.

Arrivées à destination, elles avaient les jambes en compote et les fesses meurtries, sans parler des cheveux, des vêtements, des mains et des pieds, couverts de poussière rouge. Malgré leurs sacs à main bourrés de billets, pénétrer ainsi dans une boutique à la mode, une bijouterie ou une parfumerie, c'était comme se promener avec un écriteau «Paysanne» autour du cou. Elles se faisaient régulièrement rouler par les vendeuses qui leur refilaient de la pacotille à prix d'or. La langue de vipère des filles de la ville ferait même sortir la fourmi de son trou. Lorsqu'elles ouvraient leurs paquets en rentrant de leurs escapades et essayaient leurs emplettes, c'était un festival de burlesque et de laideur : ces corsages «très en vogue» aux dires des vendeuses, «très seyants» dans la glace du magasin, se révélaient des peaux de grenouille dans les miroirs du camp, qui ne savaient ni flatter ni embellir. Ces dames juraient de ne plus s'y laisser prendre. Peine perdue ! Pour bien s'habiller, il faut avoir appris : ce n'est pas en distribuant des billets qu'on s'achète de belles choses. Mais pour apprendre il faut connaître du monde, observer d'autres femmes et échanger avec elles, en tirer des leçons. Il faut aussi un peu de sensibilité esthétique. Chez ces femmes, rien de tout cela. Elles se regardaient entre elles. Les «Miss», les actrices occidentales ou orientales vues à la télévision étaient des modèles inaccessibles. La distance entre l'idéal et le réel est impossible à franchir, il n'est pas besoin d'être très intelligent pour le comprendre. L'habillement était donc devenu une obsession pour ces femmes, un atroce complexe d'infériorité, la cause principale de leur infortune.

Pour les coiffures, c'était exactement le même problème. Ne pouvant se rendre régulièrement en ville pour se faire couper les cheveux, elles devaient se contenter des coiffeurs loués par l'administration pénitentiaire. Ces derniers, quoique beaux parleurs, se comportaient avec une parfaite désinvolture. Ils considéraient les têtes de ces dames comme des choux-raves qu'on pouvait sculpter rapidement, grossièrement, avec le moins d'efforts possible. En résumé, ce travail bâclé, au forfait, ne ressemblait à rien, car le dieu des finances filait au moins cent fois plus vite que la déesse de la beauté. Bien sûr, nos dames et demoiselles les filles des gardiens n'étaient pas des beautés, mais elles appartenaient au sexe faible, au beau sexe, et leurs terribles frustrations pouvaient se déchaîner en colères terribles, comme des bols de soupe puante versée sur la tête de leur mari ou de leur père. Ces derniers étaient certes les maîtres quand ils chassaient le chevreuil, quand ils tabassaient un détenu récalcitrant ou l'envoyaient au cachot, sans eau, au régime maigre ; mais ils étaient incapables d'apprendre à leurs femmes comment s'habiller ou se maquiller, ou de leur ramener de la ville un tailleur renommé ou un coiffeur de talent.

Aussi le salon du « coiffeur de la famille royale » était-il comme la pluie salvatrice en période de sécheresse.

Jusque-là, aucun des coiffeurs sélectionnés parmi les détenus de droit commun n'avait eu le droit de coiffer les employés du camp. C'était le règlement. Les forçats, eux, étaient la lie du camp. Comment Thanh avait-il eu ce poste ? D'après le garde qui était venu le chercher au bâtiment des forçats, l'adjoint du directeur avait enquêté sur Thanh à Dalat et déclaré ensuite que le procès avait été bâclé. L'appareil judiciaire avait mal fonctionné. Les autres représentants de la loi se devaient de corriger cette injustice, soit publiquement dans la presse, soit discrètement dans l'ombre. Parler, comprendre et agir discrètement, dans le consensus de la nuit et du silence, est un trait culturel de notre peuple, on le sait. La déclaration de l'adjoint avait donc été interprétée comme une libération virtuelle et la pancarte «Prisonnier numéro 78», immédiatement effacée sans qu'il soit besoin d'une notification écrite.

Le fait d'avoir eu à coiffer les hautes personnalités de Dalat avait été déterminant. Jadis, quand un médecin devenait attaché au palais, on le nommait «médecin royal». Lui seul pouvait accéder au corps du roi. Le tailleur et le maquilleur n'avaient pas le même prestige, mais ils avaient néanmoins leur titre qui faisait d'eux des proches du roi. De nos jours, il en va de même pour le coiffeur. Celui qui a coupé les cheveux du gouverneur de province vient juste après le coiffeur royal. Être coiffé par des mains qui ont touché les cheveux du plus haut gradé d'une province, c'est forcément une grande fierté pour des gardes et des soldats. Le passé de forçat est effacé comme par magie. Ne compte plus qu'une prestigieuse rubrique dans le curriculum vitae de Nguyên Ngoc Thanh : «coiffeur de la famille royale».

Le jour où Thanh a quitté la geôle des forçats, on lui a demandé de se laver et de retirer ses habits de détenu. Il a reçu des sous-vêtements neufs, une tenue neuve, en popeline noire brillante, taillée sur le modèle des vestes des paysans du Sud, avec des boutons en nacre. Ainsi vêtu, un autre aurait effectivement eu l'air d'un paysan, mais Thanh avait la peau claire, était grand et svelte, et ses yeux immenses étaient si beaux qu'il dégageait la séduction d'un jeune séminariste promettant des ravages dans le cœur des jeunes nonnes et dans l'âme de ses futurs paroissiens.

Le salon de coiffure étant voisin de la bibliothèque, on lui avait attribué par commodité une chambre de douze mètres carrés dans le quartier d'habitation des bibliothécaires, médecins et infirmiers. Ce n'était pas bien loin de la cantine et du quartier réservé aux loisirs, où il pourrait jouer au ping-pong ou au billard. Pourtant il n'y mettait jamais les pieds. Le travail était soutenu, certains jours il lui arrivait de travailler douze heures d'affilée. Même si l'adjoint l'avait engagé à respecter les horaires administratifs, huit heures par jour, à la dernière minute, quelqu'un venait toujours le solliciter :

« S'il vous plaît, demain je dois partir sur l'autre versant de la montagne. Si j'y reste trois semaines, mes cheveux pousseront sur mes oreilles et me gratteront, ce sera insupportable ! »

« Soyez compréhensif, l'enclos à bœufs où je travaille est à douze kilomètres. Je n'ai pas le temps de faire la queue comme tous ceux du centre ! »

« Je sais que l'heure est passée, mais je dois aller en ville demain ! Vous voulez que j'aie l'air d'un sauvage hirsute, là-bas ? »

Thanh ne refusait jamais. C'était si merveilleux d'être devenu un employé du camp qu'il ne ménageait pas sa peine. Et il pouvait ainsi mesurer la faculté d'adaptation des gens. Les gardes, qui jusqu'alors le considéraient comme un ver de terre, se mettaient à l'appeler «jeune homme» ou «oncle», comme s'ils n'étaient pas des gardes et comme si lui n'avait jamais été détenu. Les soldats, qui frappaient les prisonniers comme des chiens, le flattaient à tout bout de champ pour qu'il leur fasse une belle coiffure. Le plus étonnant était le chef des gardes, la terreur du camp, qui, outre ses fesses protubérantes, se révélait posséder quelques secrets surprenants. Trois jours après l'inauguration du salon de coiffure, il débarqua :

— Bonjour, jeune homme ! C'est mon tour, dit-il avec le plus grand naturel, comme si Thanh travaillait là depuis dix ans et était son voisin de cantine.

— Bonjour, euh… hésita Thanh, ne sachant comment nommer celui qui, une semaine auparavant, représentait encore le purgatoire.

Il n'avait pas oublié le mutisme de l'homme pendant qu'ils se rendaient au bureau de l'adjoint. En fin de compte il se résolut à dire :

— Bonjour, monsieur.

— Bonjour, mon ami. Soyons moins formels, voyons.

— Oui, bonjour, grand frère !

— À la bonne heure !

Le client en train d'être coiffé, un soldat affecté à l'enclos à bétail, le lorgna avec un sourire en coin :

— Le grand frère a la cinquantaine, mais il est encore très vert !

— Qu'est-ce que tu en sais ? répliqua le geôlier en chef, la mine glaciale.

— Oh, je ne me cache pas sous votre lit ! Je devine !

— Tu devines quoi ? demanda l'autre d'une voix lente, monocorde.

— Que vous devez tirer au moins trois coups par nuit, répondit le soldat avec un grand sourire.

— Trois ? Pff ! Tu veux dire sept, au moins !

— Terrible ! Je ne vous crois pas.

— C'est parce que tu n'es qu'une bite molle !

Puis il hurla :

— Bon, c'est fini ! Lève-toi de là que je m'y mette !

Or il se révéla coquet. Devant le miroir, il se tourna à gauche, à droite, admira sa nouvelle coiffure, la mine concentrée, la bouche en cul-de-poule. Debout derrière lui, Thanh sentait l'eau de toilette dont il s'était frotté le dos et la nuque comme une femme. Après s'être contemplé un bon moment, le geôlier observa :

— C'est drôle comme cette nouvelle coiffure a changé mon visage ! Je ne me reconnais plus !

— Parce que vous avez le visage en triangle, répondit Thanh. Dans votre cas, la raie au milieu ne convenait pas, c'est contraire aux règles de l'esthétique.

— Vous avez raison !

— Mais vos cheveux n'étaient pas assez longs pour que je vous fasse la coiffure idéale. Il faut attendre encore un peu.

— D'accord, je les laisse pousser !

Il se leva, tapa sur l'épaule de Thanh :

— Je m'en vais ! Au suivant !

Thanh était stupéfait. Un auteur, même très inventif, n'aurait pu imaginer un tel changement. Soit le passé de Thanh était un cauchemar, soit les jours qu'il vivait en ce moment étaient un rêve. Aucun pont ne pouvait relier deux rives aussi éloignées.

Dehors, deux gardiens attendaient. Voyant Thanh un peu ahuri, ils se raclèrent la gorge pour attirer son attention.

— Entrez ! Entrez ! À qui le tour ?

— Nous sommes ensemble, choisissez, on ne va quand même pas se battre !

Ainsi se termina la première semaine. Thanh pensait qu'il serait de repos le dimanche, mais le samedi soir, il fut convoqué chez l'adjoint du directeur avec qui ses rapports s'étaient un peu détendus. Tout de suite, ce dernier alla au fait :

— Je suis très satisfait de votre travail. Comme tous ceux qui ont eu affaire à vous. Le comité de direction a conclu que la décision d'ouvrir ce salon de coiffure était judicieuse.

— Oui, monsieur.

— Demain, en principe, vous deviez avoir congé comme les autres employés, mais je vous ai fait monter ici car nous avons des imprévus.

— Oui.

— Comme vous le savez, le quartier des employés compte environ trois cents personnes, en majorité des femmes, des jeunes filles et des enfants. Ces femmes, après vous avoir vu à l'œuvre durant une semaine, réclament d'être à leur tour coiffées.

— Oui, mais…

— Je sais que la quantité de travail sera énorme. Vous avez dû faire des heures supplémentaires la semaine dernière. Mais vous pourrez former un adjoint. Nous vous laisserons libre de le choisir parmi tous les coiffeurs embauchés ici.

— D'accord.

— Demain donc, une voiture vous conduira en ville où vous achèterez du matériel professionnel. Le trésorier vous accompagnera pour tout régler. Choisissez ce qu'il vous faut de plus moderne pour une clientèle mixte. Car le comité de direction a décidé d'ouvrir un vrai salon de coiffure dans notre camp, pour nos employés et nos militaires. Ainsi nous n'aurons plus besoin d'aller chaque mois réquisitionner des coiffeurs en ville. Ce n'est pas une question de coût, simplement ce sera beaucoup plus pratique pour ceux et celles qui vivent ici.

— Oui.

— Comme vous travaillez plus qu'un employé du camp, votre temps de travail demain sera rémunéré au salaire horaire d'un vrai coiffeur.

— Oui.

— Enfin, je vous rappelle que la qualité de votre travail sera déterminante pour votre demande de grâce.

— Oui, je comprends.

— Bonne chance !

— Merci, monsieur !

Cette fois, l'officier n'eut pas besoin de le ramener sur terre en lui tapant sur l'épaule. Avant de partir, Thanh jeta un rapide coup d'œil au pot de fleurs d'abricotier. Dans quelques mois, lui aussi mettrait des fleurs dans la chambre de douze mètres carrés qu'on venait de lui attribuer.

*

Le salon était maintenant équipé de quatre fauteuils tournants, comme un établissement de taille moyenne en ville. Thanh avait également acheté un casque de mise en plis, ainsi que tous les accessoires nécessaires à la mise en valeur de la beauté féminine. Coiffer les dames est beaucoup plus complexe que coiffer les messieurs. Il faut faire des couleurs et des permanentes, la tâche la plus pénible consistant à enrouler les mèches sur les bigoudis avant d'y appliquer les produits, ce qui nécessite patience et habileté. Il aurait pu embaucher un coiffeur du camp, mais un homme n'aurait su mener à bien cette tâche très minutieuse, très féminine. Il avait donc proposé à l'adjoint une prisonnière, ancienne modiste, qu'il avait dénichée. Originaire du bourg de Ba Dôn, elle était issue d'une famille où, depuis plusieurs générations, on fabriquait des chapeaux. Voulant changer de vie, elle avait quitté son village pour se lancer dans la contrebande entre le Laos et le Vietnam. La première année s'était bien passée. La deuxième année, elle avait été arrêtée avec une centaine de doses d'opium. Pour elle, avoir été choisie pour assister Thanh était une vraie résurrection. Du matin au soir elle shampooinait et mettait en plis, consciencieusement, sans pousser un soupir. Thanh avait aussi recruté un autre coiffeur, un quadragénaire habile et sensible à l'esthétique. C'était le meilleur des coiffeurs sélectionnés par l'administration pénitentiaire. En fin de compte, le salon du camp avait acquis une belle allure professionnelle. Le matériel était dernier cri, les vernis, les teintures, les laques, tous d'excellente qualité. Le comité de direction se disait prêt à ouvrir sa bourse pour redonner de la joie aux femmes qui avaient dû quitter la ville et la plaine pour suivre leurs hommes.

Une fois les fauteuils et le matériel installés, l'adjoint du directeur fit poser une peinture sur soie d'un mètre de côté, représentant le fleuve Thu Bôn en crue. C'était sans doute l'œuvre d'un détenu, passé à la même école que les «Matisse d'Asie». Mais c'était toujours mieux qu'un mur nu, aussi Thanh avait-il accepté qu'on l'accroche.

Dès la deuxième semaine, le salon du coiffeur de Sa Majesté ouvrit ses portes aux demoiselles et aux dames.

On imagine sans mal la forte impression que fit ce «coiffeur de la famille royale» sur ses clientes en soutien-gorge. Le salon avait beau ne contenir que quatre fauteuils et un casque de mise en plis, chaque jour, vingt à trente de ces dames s'entassaient dans la salle d'attente. Elles savaient pertinemment qu'elles n'auraient pas le temps de passer toutes, mais elles venaient là pour voir. Le comité eut l'idée de mettre à la disposition des clients un registre des arrivées. Chacun y écrivait son nom et les clients étaient servis dans l'ordre. Cela évitait explications et négociations, et les dames ne se disputaient plus. Devant cet afflux féminin massif, le comité de direction décida de leur réserver un mois entier, mesure empreinte d'une galanterie toute française. Les hommes, maris ou pères, jetaient un œil curieux et méfiant dans le salon, où ils voyaient une foule de femmes plus importante encore qu'au club de loisirs. Certaines apportaient leur tricot, d'autres leur livre, et les jeunes filles s'asseyaient en rangs d'oignons pour se peindre les ongles. Le salon était devenu un lieu de rencontre joyeux où fusaient rires et bavardages féminins, où papillonnaient des silhouettes roses, celles, replètes, de bonnes mères de famille ou celles de filles de quinze ans agitant encore leurs nattes. Toutes se pâmaient devant les yeux de velours, la stature élancée et romantique de Thanh. Dans cet univers carcéral, Thanh semblait, solitaire et rare, une fleur de nénuphar sur une mare couverte de lentilles d'eau, un chrysanthème sauvage aux pétales blancs et au pistil d'or, éclos soudainement, comme un soleil d'automne, dans une plaine désertique. Non seulement il avait des mains de fée capables d'embellir magiquement leurs visages, mais il possédait également une voix douce et une si aimable conversation qu'elles fondaient dès les premiers instants. Les femmes mûres se méfiaient quand même de leurs époux qui, fesses rebondies ou fesses plates, possédaient tous un revolver à la ceinture. En revanche, leurs filles draguaient ouvertement le jeune homme, sans aucune retenue, à la façon des «femmes à soldats» qui ont grandi dans une caserne militaire, l'âme sauvage comme l'herbe folle, les sens aussi brûlants que le soleil du désert, capable de cuire un œuf sans eau ni casserole.

Thanh était effrayé par la puissance de ces désirs. Tout en restant poli, il cherchait secrètement une voie de sortie :

Je suis toujours un prisonnier. Si je suis mouillé dans une quelconque histoire, même involontairement, toutes les conséquences retomberont sur ma seule tête.

C'est pourquoi, au bout de la première semaine «féminine», il demanda un rendez-vous avec l'adjoint du directeur.

— Puis-je vous exposer les difficultés que je rencontre ?

— Bien sûr ! répondit l'homme à lunettes en esquissant un sourire énigmatique. Pour vous épargner des explications, je peux même vous aider, vous êtes d'accord ?

— Oui, merci, monsieur.

— Les femmes et les filles d'ici ne sont pas douces et calmes. Ce sont des juments sauvages longtemps parquées dans des enclos trop étroits et travaillées par des pulsions qu'elles refoulent. Je devine qu'elles vous font peur.

— Oui, vous avez raison.

— Vous craignez que de vilaines histoires ne surviennent indépendamment de votre volonté, et vous ne voulez pas y être mêlé ?

— Exactement.

— Pour éteindre toutes les flammes avant qu'elles ne s'embrasent, nous pourrions déclarer que vous êtes homo, qu'en dites-vous ?

— Je suis d'accord.

— Ainsi les hommes ne seront plus jaloux, les femmes abandonneront vite leurs vains espoirs, et vous pourrez travailler en paix.

Il darda sur Thanh un regard à la fois interrogateur et amusé. Puis il reprit :

— Ai-je deviné vos pensées secrètes ?

— Oui, parfaitement, je vous remercie beaucoup.

L'homme souriait. Alors que Thanh prenait congé, il le rappela :

— Dites ! Vous voyez cette fille, là, qui a les dents en avant et n'arrête pas de vous complimenter ?

Thanh hésita.

— Celle qui a la peau très claire, un visage rondelet, des cheveux jusqu'aux épaules, qui porte souvent des jeans et a au bras un tatouage de cœur traversé par une flèche ?

— Exact !

— Elle chante assez bien et…

— Et elle a chanté, pour vous séduire, « Tes sourcils sont si noirs qu'ils ressemblent à mille fils de soie. Quel hasard t'a fait venir pour ébranler mille cœurs ? » N'est-ce pas ?

— Oui, répondit Thanh stupéfait. Comment le savez-vous ? Votre bureau est très loin du salon, quand même !

— Parce qu'elle est ma fille ! Elle est tellement amoureuse de vous qu'elle chantonne ça toute la journée. Mais soyez rassuré, je lui ai parlé de vous. Et dans deux semaines, je l'envoie en ville chez ma sœur. Cet endroit ne vaut rien aux femmes.

Il sembla retenir un soupir, et un air pensif passa furtivement dans ses yeux, dont les rides se creusèrent un instant.

*

La fête du Bouddha arrive enfin, après tant d'attente.

La veille, l'équipe chargée de la logistique a travaillé d'arrache-pied pour abattre trente-huit porcs et vingt bœufs. Les bêtes ont été immédiatement équarries et la viande transférée à la cuisine. Les cuisiniers ont œuvré toute la nuit. On a dû faire venir en renfort, de camps voisins, des prisonniers méritants pour aider à la cuisine. Il s'agissait de préparer des pâtés, des saucisses de tripes, des boudins, de la viande à griller et à rôtir. Rien que d'y penser, on salivait. Mais ces plats réclament un formidable labeur.

Pour le pâté, il faut hacher la viande encore chaude, et les grillades doivent être précuites pour pouvoir repasser sur le grill juste avant d'être servies. En ce qui concerne les boudins et les saucisses de tripes, il faut quelques dizaines de personnes pour découper ciboulette et renouée, et quelques autres dizaines pour mélanger ces herbes au sang et à la graisse. Apprêter un festin pour cinq mille convives n'est pas une mince affaire !

L'atmosphère des préparatifs est toujours excitante. La veille de la fête du Bouddha, c'est comme le Têt. Les lumières sont allumées toute la nuit, le son des pilons dans les meules à viande résonne, les hommes hurlent, s'interpellent, les parfums de rôtisserie embaument l'air, volent au vent. Tout est exceptionnel. L'excitation est due à l'attente, même si l'objet de cette attente est très banal, au fond : un bon repas. Cette nuit, les prisonniers méritants ne sont qu'un peu plus de cent. Ils ne dorment pas, mais les autres, dans leurs baraquements, n'arrivent pas non plus à dormir.

La nuit ici est habituellement calme. Les bruits nocturnes contribuent à cette quiétude : le vent qui siffle dans la montagne, l'eau qui ruisselle dans le ravin, les cris des chevreuils et des singes, les hululements des chouettes, les bruissements des insectes et des oiseaux. Quelquefois un tigre rugit dans le lointain, présence mi-réelle, mi-imaginaire. On entend parfois un coup de fusil, bien réel, lui, et tout proche : c'est un chevreuil ou un fauve abattu par un chasseur, ou alors un détenu fugitif rattrapé par la balle d'un garde – autant de percussions dans l'orchestre de la mort. En cette veille de fête pourtant, les bruits sont tout autres. Le pilon dans la meule à viande fait certes aussi un bruit de percussion, mais c'est un instrument culinaire, plein de promesses de plaisirs. Tout le monde dresse l'oreille. Ah, le joli son ! En l'écoutant, on imagine les saveurs du boudin, de la viande rôtie, du pâté grillé, des saucisses de tripes. On rêve. L'excitation atteint même cet éternel dormeur de Cu Den. Il se retourne sur son flanc gauche, sur son flanc droit. Enfin, il se redresse en jurant :

— Je n'arrive pas à dormir ! Fils de maudit singe !

Ranh, à côté, explose de rire :

— Tu jures contre qui ?

— Euh…

L'homme de la jungle ne le sait même pas. Jure-t-il contre l'atmosphère générale qui l'empêche de dormir, ou contre le sommeil qui ne veut pas venir ? Ranh renchérit :

— Tu jures sans doute contre cette viande de bœuf qui ne sera certainement pas saignante ni accompagnée de sauce de soja au gingembre ? Ou contre autre chose ?

— Putain, je ne sais pas ! Il se recouche bruyamment sur sa planche. Ailleurs on entend des bâillements, puis quelqu'un se plaint :

— Je bâille à m'en décrocher la mâchoire, mais je n'arrive toujours pas à dormir.

— Normal, répond un autre dans le noir. Demain tu verras ta famille. Avant le plaisir, la peine, il faut que ce soit équilibré.

— Tu as raison ! Voilà pourquoi mon œil reste ouvert comme un noyau de longane. Chaque fois que je le ferme, il se rouvre malgré moi.

— Quelle heure est-il ?

— Peut-être deux heures, deux heures et demie.

— Qui a une montre au phosphore ?

— On s'en fout ! Si tu n'arrives pas à dormir, tu dormiras demain. On est trop excité, on ne peut pas fermer l'œil.

— Moi je ne suis absolument pas excité, intervient Cu Den, et pourtant je ne dors pas.

— Si, si ! Tu n'es pas excité dans ton âme, mais dans ton estomac.

— Tu te fous de moi ? Tu me prends pour un con ?

Ranh intervient pour calmer son ami :

— Non, il ne se fout pas de toi, il dit seulement que, toi et moi, on n'attend pas nos familles, mais que nos ventres attendent les pâtés et les rôtisseries du chef.

L'homme de la jungle bougonne tout en reposant ses mains sur son front pour faire venir le sommeil. Mais, un instant après :

— Ranh !

— Oui ?

— Demain, on demande aux gardes de nous laisser aller voir Thanh.

— Ce ne sera pas évident !

— Pourquoi ?

— Maintenant, il est considéré comme du personnel de bureau. Il mange dans le réfectoire des gardes. Nous, nous sommes des bagnards. C'est seulement lui qui peut venir nous voir. Mais au retour, on l'oblige à prendre une douche et à faire bouillir ses vêtements.

— Connards !

— Normal, il habite dans le quartier des médecins et des infirmiers. Ils ont peur qu'il ramène des poux.

— Putain !

— De toute manière, il est très occupé. Il travaille douze heures par jour. Il mange mieux, mais il est toujours maigre comme un clou.

— Quelle putain de vie ! Être coiffeur de la famille royale et ne pas en profiter !

— Mais on lui fait plein de cadeaux. Les friandises et les saucisses qu'il nous a apportées, c'étaient des cadeaux offerts par les femmes du camp.

— Les cadeaux, c'est bien, mais je préférerais quand même voir Thanh.

— Oui, mais comment faire ?

— Bon, ça suffit ! intervient le chef de salle. Dormez ! Il va bientôt être quatre heures du matin !

*

Le jour de la fête, le réfectoire des gardes sent bon le pho. Dans les camps, détenus ordinaires ou bagnards ont droit à du riz gluant avec du pâté de bœuf. À midi, il y aura cinq plats comme promis. Au dîner ce sera pareil, avec en complément un dessert, des beignets farcis à la pâte de haricots mungo.

Depuis que Thanh est en prison, c'est la première fois qu'il remange du pho. Le pho du camp est fait du même bouillon savoureux de viande, d'os et de moelle qu'au restaurant où il avait mangé avec Hai le Barbu et sa femme, le jour du meurtre. Pour obtenir un bouillon aussi exquis, il faut faire mijoter beaucoup d'os de bœuf, très peu de condiments tels que gingembre, cannelle, anis étoilé et cardamome noire, et des oignons et du gingembre grillés à doses bien mesurées. Les gourmands optent naturellement pour un bouillon gras, mais ceux qui n'aiment pas la viande ont la nausée rien qu'à en sentir les effluves.

Thanh sort du réfectoire en pensant :

Aujourd'hui, ce sont sûrement Ranh et Cu Den qui ont le plus d'appétit. Les autres, qui attendent leur famille, sont dans un état trop fébrile pour avoir faim.

De l'autre côté de la cour, un millier de personnes attendent, assises sur le terre-plein derrière le bâtiment de la direction. De loin c'est une foule bigarrée, à l'habillement divers. Quelques groupes sont assis en rond pour manger, comme au camping. On reconnaît les gens de la ville. Ils discutent, parfois même rient gaiement, comme s'ils n'étaient pas dans une prison mais au théâtre ou au cirque. Ce sont les familles des boat-people qui n'ont pas eu de chance et ont été arrêtés. D'autres, en groupes plus clairsemés, la mine plus accablée, moins bien habillés, sont des proches des droit commun ou des bagnards. D'autres encore portent d'amples vestes noires comme des paysans. Ceux-là restent isolés, silencieux, pâles de privations ou d'angoisse, couverts de poussière et hébétés de fatigue. Ils ont certainement voyagé toute la nuit pour arriver à l'aube. Devant l'entrée du camp de détention s'alignent camions, triporteurs, cars et chars à bancs formant un interminable serpent dont on ne voit que la tête.

Thanh ne peut quitter des yeux les paysans. Ces visages blêmes ravivent son impatience et sa compassion.

Si ma mère était venue, serait-elle assise, seule, comme ces paysans en noir, ou participerait-elle à la conversation d'un groupe ?

Non, jamais elle n'aurait supporté l'isolement de ces laboureurs. Elle serait sûrement venue accompagnée de madame Rô ou de Petit Canh, ou des deux. Maîtresse Yên a toujours eu de la chance, elle ne descend pas au purgatoire seule.

Quelques soldats armés traversent placidement la cour. Derrière eux, des gardes et des surveillants des bâtiments de droit commun, hommes et femmes, mobilisés pour la circonstance. Cinq minutes plus tard arrivent les forces vives : les pelotons de soldats se suivent en marchant au pas. Ils sont là pour mater toute tentative de rébellion.

Une rangée de baraquements à toits de chaume, longue comme un entrepôt, arbore une pancarte «Accueil». C'est là que se rencontreront les prisonniers et leurs familles. Ces bâtiments sont divisés en deux dans le sens de la longueur : les prisonniers sont regroupés dans la partie intérieure, l'extérieur étant réservé à leurs proches. Entre eux, un treillis qui va du sol au plafond, avec, tous les deux mètres, une sorte de guichet. Il doit y en avoir une cinquantaine. Pour cinq mille détenus, c'est peu. Mais tous les prisonniers n'ont pas reçu de réponse, et toutes les familles n'avaient pas les moyens de venir. Beaucoup de déceptions sont à prévoir.

Le chef de salle des forçats, par exemple, a écrit à sa sœur aînée, mais il n'est pas du tout certain que cette quinquagénaire puisse venir jusqu'ici, elle qui a la charge de ses propres enfants et de ceux du condamné, dont la mère est partie à Saigon. Depuis qu'il a envoyé sa lettre, on l'entend soupirer à fendre l'âme chaque soir, et son visage est devenu sombre comme le ciel avant la tempête. Il est désespéré. Si sa sœur n'est pas venue et s'est contentée de confier un colis à un autre visiteur, on ne sait sur qui son amertume pourrait se déverser. Et il n'est pas le seul dans ce cas. Pour beaucoup ce sera un jour de désespoir, et non un jour de retrouvailles. Le comité d'organisation aura fort à faire, car les détenus dans la partie fermée seront bien plus nombreux que les proches en face. Certains détenus, sachant pertinemment que leurs familles ne sont pas au rendez-vous, se bousculent pourtant, s'agrippent à un espoir totalement illusoire. La joie des autres réveille leur sentiment d'injustice.

«Nous sommes tous des prisonniers! Nous sommes tous des hommes! Pourquoi le sort s'acharne-t-il contre moi?»

Plaintes ou cris de révolte s'élèvent de chaque âme meurtrie. Voilà pourquoi les rencontres familles-détenus sont toujours à risque, réclamant la mobilisation exceptionnelle des forces de sécurité. Seul un tiers des prisonniers, estime Thanh, pourra être satisfait aujourd'hui. Les autres devront attendre demain, voire après-demain. Les familles dormiront comme elles pourront sur des treillages en bambou posés à même la terre battue, dans un baraquement à toit de chaume réservé à leur hébergement, sur la colline. Elles pourront acheter sur place, au pénitencier, des rations de riz «touristes» et des boissons. Les plus avertis ont apporté, outre les colis pour leurs parents détenus, deux accessoires incontournables : des couvertures, pour lutter contre le froid et les terribles moustiques de la montagne ; et du pain sec, des gâteaux de pâte de riz au pemmican, des biscuits et des boissons, pour éviter de devoir consommer les rations «touristes» et le thé rougeâtre de la prison.

Quand ma mère viendra, je demanderai à l'adjoint du directeur qu'il m'autorise à la faire loger dans ma chambre, pendant que j'irai dormir dans le salon de coiffure!

Thanh éclate de rire à cette pensée. «Ce jour est encore loin!» se dit-il avant de regagner sa chambre.

Le jour de la fête bouddhique est aussi un jour de congé pour le «coiffeur de la famille royale». À son chevet, une pile de romans fraîchement empruntés à la bibliothèque. Tous des romans policiers, mais excellents, pour passer le temps.

Enfin une journée de tranquillité. Pas de machette à couper la canne à sucre, pas de ciseaux, pas de tondeuse. Lire et dormir! À l'heure de manger, je me rends à la cuisine! Une journée à moi, pour respirer, penser et discuter avec moi-même. On a peur de la solitude mais, quelquefois, elle peut être magique!

Il se jette lourdement sur son lit, heureux de ce geste brusque mais plein de liberté. Il étire ses bras et ses jambes. Yeux mi-clos, il repense à la saveur du pho de la prison.

Exactement le pho qu'affectionne Hai le Barbu. Dommage qu'il ne soit pas là pour s'en mettre plein le ventre!

Pourtant une autre pensée lui vient aussitôt:

Quelle ineptie! Est-ce qu'on a besoin d'aller en prison pour manger du pho? C'est bien toi! Toi, détenu numéro 78, sorti du bagne il y a un mois pour devenir employé du camp. Hai le Barbu, lui, n'a pas croupi dans les bas-fonds de la prison, il n'a aucune raison de partager ton enthousiasme! Tu comprends ce que c'est que d'être aliéné?

Cette pensée l'a refroidi.

Sur le mur, un lézard gobe un insecte d'un coup sec de la langue. L'insecte doit être gros, le reptile a du mal à l'avaler. Une fois la proie casée dans son estomac, il étire son cou pour regarder autour de lui, l'air satisfait.

Depuis quand goûtes-tu la vie de la même façon que ce reptile ? Depuis quand n'as-tu plus conscience que ce n'est qu'un bonheur de reptile ? Toi, le fils de maîtresse Yên et de maître Thy ?

Pour chasser ces idées noires, il attrape un livre : *Agent secret numéro 18*. La couverture en est froissée, déchirée, le héros a perdu la moitié de son visage. Il entame le premier chapitre.

« Ce matin-là, il pleuvait à torrents sur la ville… »

Son esprit s'éclaire à la lecture de cette phrase.

Ici il ne pleut pas, mais les larmes de ceux qui attendent au bout de la cour seront encore plus abondantes que les pluies d'été.

C'est alors que l'on tambourine à sa porte. Une urgence, apparemment. Il est en train de se lever lorsque la porte s'ouvre, laissant apparaître une chevelure ondulée.

— Bonjour, jeune homme, salue l'adjointe du bureau de l'administration.

C'est une femme très respectée, pour son pouvoir mais aussi pour ses yeux acérés et son franc-parler, qui terrifie même les hommes. Elle a été une des premières clientes de Thanh. Sa coiffure est un de ses chefs-d'œuvre, qui a rendu folles d'envie les autres, surtout celles de quarante ou cinquante ans. Madame l'adjointe du bureau administratif en est très fière. Pour remercier Thanh, elle lui offre régulièrement des fruits et des bonbons et, quand elle a un moment de libre, elle passe le regarder travailler. C'est sans doute ce qui l'a rendue assez familière pour entrouvrir sa porte et y passer sa tête.

— Bonjour, grande sœur !

— Que faites-vous ?

— Je suis en train de lire.

— Laissez votre livre ! Vous avez une visite, dit-elle en fixant Thanh d'un air interrogateur.

— Moi ? Mais ma mère est…

— Ce n'est pas votre mère ! Elle n'a que deux ou trois ans de plus que vous !

— Mais…

— Allez ! Vite ! Vous allez passer en priorité. Tout à l'heure, à l'ouverture officielle, ça va être très compliqué ! Il y aura plein de monde, des pleurs, des rires, des cris… Ce sera pire qu'au marché : une vraie maison de fous ! Et puis, on n'aura que vingt-cinq minutes par rencontre.

Sitôt dit, elle tourne les talons et disparaît. Thanh n'a que le temps de fermer la porte pour lui emboîter le pas.

— Je vous emmène au guichet 17, lance-t-elle par-dessus son épaule.

De loin, on voit que chaque guichet est numéroté. Les surveillants, porte-voix en main, sont prêts à diriger les rencontres. Tous les guichets sont encore fermés, il reste encore trente minutes avant l'heure officielle. Les prisonniers, massés dans un coin de la cour et sous la garde des soldats, attendent de pouvoir pénétrer dans le bâtiment.

De l'autre côté de la barrière, les familles, fébriles, se pressent déjà. Tous les regards semblent vouloir traverser la barrière, comme jadis, quand la foule affamée faisait la queue pour des rations alimentaires. Cette tension présage des réactions incontrôlées, aussi les soldats se disposent-ils tout le long de la façade, fusil en main, prêts à intervenir. Tout est fait pour maîtriser un brusque déchaînement.

Me diriger maintenant vers le guichet pour rencontrer ma visiteuse, au vu et au su de toute cette populace qui brûle d'impatience, ce serait comme me jeter devant une meute de loups. Ils me haïraient. M'insulteraient, sans même savoir qui je suis. Ils se bousculeraient pour s'approcher des guichets en hurlant. Surtout ceux qui ont tant peiné pour arriver jusqu'ici, pour voir de leurs yeux leurs proches, exilés en enfer pour longtemps encore. La souffrance est la même pour les détenus et leurs familles. Non ! Il n'en est pas question. Je ne vais pas m'attirer leur haine et leurs injures en acceptant cette dérogation personnelle.

Frémissant d'effroi, il attrape par la chemise l'adjointe du bureau administratif :

— Je vous remercie, mais ce n'est pas possible !

Elle se retourne, les yeux ronds d'étonnement :

— Comment ça, pas possible ?

— Je ne peux pas y aller tant que les guichets sont encore fermés. Cet avantage personnel va exaspérer les familles.

Elle secoue la tête :

— Mais non ! Vous faites partie des employés maintenant. Ce régime spécial est tout à fait naturel !

— Je comprends. Mais mettez-vous à la place de ceux qui sont agglutinés devant le bâtiment d'accueil, insiste Thanh. Comment réagiriez-vous ?

— Bon, d'accord ! Entrez par là et attendez ! Vous verrez votre visiteuse dans une heure. Ou alors, je demanderai aux gardes de l'amener dans mon bureau.

— Merci ! Je peux tout à fait attendre, aujourd'hui je suis en congé.

Thanh la suit dans la salle de travail du comité d'organisation, vaste de soixante mètres carrés. On y voit des gens debout ou assis, en train de boire du thé, de grignoter des friandises en discutant. Moment de détente avant la journée chargée qui les attend. Une seule table, mais quelle table ! Au moins six fois plus grande que les tables de bureau ordinaires. Beaucoup de chaises en bois pliantes, certaines ouvertes, d'autres repliées contre les murs. Au milieu de la gigantesque table trône un grand plateau de friandises entouré d'une multitude d'objets : petites soucoupes, théières, porte-voix, cravaches, matraques, paquets de cigarettes. On y voit même une ceinture avec un revolver dans son étui. Thanh est étonné car, dans le règlement militaire, les détenteurs d'armes ne doivent jamais s'en séparer. Un sous-capitaine est en train de boire du thé, adossé à la table. Le revolver et la ceinture de munitions doivent être à lui. Il se tourne vers eux pour les saluer :

— Ah ! Notre coiffeur de la famille royale ! Entrez donc boire un verre !

— Merci !

L'adjointe du bureau administratif sert à boire, pose devant Thanh une soucoupe de bonbons puis se mêle à la discussion commune. On raconte des blagues crues habituellement réservées aux hommes entre eux, et aux hommes les plus vulgaires. Mais les femmes d'ici sont naturellement intégrées au monde mâle. Les frontières entre sexes s'effacent, là où la féminité n'a plus d'existence : dans la pègre, dans les casernes et dans les prisons. Thanh imagine avec terreur sa mère ici, obligée d'écouter ces vulgarités inouïes, exprimées dans un langage tellement cru qu'elle ne comprendrait pas tout.

Il vaut mieux qu'elle ne vienne jamais ! qu'elle reste chez elle, écrive tranquillement ses scénarii de films et attende le retour du fils prodigue. Un jour ou l'autre, je serai bien libéré ! Inutile que maîtresse Yên franchisse les monts et les fleuves pour pénétrer ces terres abominables, se mêler à cette foule encrassée de poussière, épuisée, aux yeux rougis de larmes et d'insomnie !

Dehors, les familles parlent bruyamment. Deux mètres à peine les en séparent. Par la fenêtre, Thanh aperçoit des têtes qui se haussent pour essayer de mieux voir, les yeux perdus à force de chercher quelqu'un, les cheveux rougis par la poussière de la route, les pommettes sillonnées de rides, les lèvres exsangues d'effort et d'épuisement.

Ces malheureux imaginent-ils les blagues grivoises qui circulent de ce côté du mur ? Non ! Sûrement pas ! Mais c'est la vie. Les êtres humains sont séparés les uns des autres, ils ne peuvent se comprendre. Et n'en éprouvent pas le besoin. Ce ne sont pas des vases communicants, comme dans les laboratoires.

D'une seule oreille, Thanh écoute ces plaisanteries pour lui inédites. L'inventivité de l'homme en matière sexuelle est sans limites. La conversation coule de source. Soudain l'officier regarde sa montre :

— C'est l'heure ! dit-il à la cantonade.

Il se lève, attrape sa ceinture et, d'un geste rapide, la met autour de la taille.

À l'extérieur une sirène hurle comme pour avertir d'une rupture de digue. Une voix rauque proclame :

— Les guichets vont ouvrir. Les prisonniers doivent faire la queue et attendre les ordres des surveillants. Nous demandons aux familles de la discipline : pas de bavardage, pas de bousculade. Écoutez le haut-parleur. Voici l'organisation des visites : les prisonniers des bâtiments A1 à A10, guichets 1 à 5. Les prisonniers des bâtiments B1 à B10, guichets 6 à 10…

L'adjointe du bureau administratif boit une dernière gorgée avant de lancer au sous-capitaine :

— Qu'est-ce qu'elle trouve le plus gros, ta femme, ton engin, ou celui que tu portes à la ceinture ?

L'officier se redresse après s'être rajusté :

— Ah oui ? Et toi, chez ton mec ?

— C'est son engin le plus gros, bien sûr !

— Ton mec, alors, il doit faire au moins soixante-cinq kilos ? réplique l'homme, l'air incrédule.

— Mais quel con ! s'esclaffe-t-elle. Jette à la poubelle tes insignes de sous-capitaine ! Pour la jugeote, tu n'arrives même pas à la cheville d'un troufion. La taille de la bête n'a rien à voir avec le poids du mec, crétin ! C'est comme les tubercules de patate douce. Il y en a d'énormes avec des radicelles minuscules : « petite barbe, gros bulbe », comme disent les paysans. Il y en a de tout chétifs, parce que toute la sève est partie dans les feuilles et les racines : « bonnes racines, mauvais bulbe ». Mon premier mari pesait quatre-vingt-deux kilos, mais son engin n'était pas plus gros qu'une petite saucisse. Comme les coqs ou les canards trop gras, la graisse déborde de partout, même sur leur croupion, et les empêchent de saillir. En revanche mon nouveau mari ne fait que soixante-deux kilos, mais son engin est au moins deux fois plus gros que ton revolver. Tu comprends, imbécile ?

— Compris, madame ! glousse le sous-capitaine. «Petite barbe, gros bulbe», ça me va ! Dès ce soir, je la ressortirai à ma femme !

Mais dès qu'il sort de la salle, son sourire s'évanouit et son visage se fige. Silencieux, Thanh observe autour de lui avec circonspection. Quelques minutes plus tard, un appel au haut-parleur :

— Luu thi Thom, guichet 17 !

L'adjointe du bureau administratif fait un signe de tête à Thanh :

— Votre visite, allez !

Il se dépêche de sortir, se faufile entre les détenus, passe devant le guichet 16 pour atteindre le 17. Le surveillant est assis, la porte est ouverte, mais il n'y a personne en face. Les gens à côté s'impatientent.

— Qui s'appelle Thom ? Allez, vite, vous faites perdre du temps à tout le monde !

— Ne traînez pas ! Quelle étourdie !

Thanh entend la voix de Thom au loin :

— Écartez-vous un peu ! Laissez-moi passer !

Puis, dans la foule :

— Laissez-la passer, voyons !

— Poussez-vous encore, elle ne passe pas !

— Eh, vous marchez sur mon sac !

— Écartez-vous, elle est enceinte !

— Du calme, je bouge mon baluchon.

— Vous êtes aveugle ? Vous me marchez sur le pied !

Enfin Thom apparaît dans la foule, suivie d'un jeune homme portant péniblement sacs et cabas, le visage rouge à force de se frayer un chemin entre les gens. Ils arrivent devant le perron, cherchent des yeux un numéro de guichet. Thanh les hèle :

— Thom ! Je suis là !

Elle l'a entendu, se retourne pour dire quelque chose au jeune homme, puis ils se dirigent ensemble vers le guichet 17.

Thanh ne peut réprimer son émotion :

C'est donc elle, ma famille ! Thom ! Le destin le voulait ! Déjà elle a failli témoigner à mon procès en tant que membre de ma famille. Si je n'avais pas refusé, elle aurait certainement été la seule à partager mon enfer. Et maintenant ! Pauvre Thom ! Traîner un si gros ventre sur des centaines de kilomètres, par des routes de montagne cahoteuses !

— Thanh !

Un sourire éclatant illumine le visage de la jeune femme, soulagée de le revoir enfin.

— Thom ! Pourquoi es-tu venue ? bredouille Thanh, le cœur plein de joie et d'émotion.

— Et pourquoi pas ? Thanh, ne me pose pas de questions idiotes !

— Mais tu es enceinte !

— T'inquiète ! Il est bien accroché. À l'hôpital, j'ai fait vérifier l'arrimage avant de partir !

— Quand même, la route est très mauvaise entre la ville et ici, surtout pour une femme enceinte. Tu me fais peur. S'il arrivait quelque chose, je ne me le pardonnerais jamais !

— Ne dis pas de bêtises ! Il ne s'est rien passé et tu n'as pas à te sentir coupable !

Devant son assurance, Thanh éclate de rire.

— Si je ne suis pas coupable, alors qu'est-ce que je fais ici ?

Au tour de la jeune femme de rire :

— C'est une autre histoire. Ne mélange pas tout, dans la vie chaque chose doit venir en son temps !

— Tu le penses vraiment ?

— Mais oui, rétorque Thom. Tu me prends pour une menteuse ?

— Bien sûr que non, mais…

— Il n'y a pas de «mais» ! Et tout le monde pense comme moi. En principe grand frère Hai devait m'accompagner mais il est en train de recruter de nouveaux employés pour sa société. Cela dit, il s'active pour ta demande de grâce.

— Vous en faites trop pour moi !

— Mais non, voyons ! Quand on est dans la même barque, il faut s'entraider. C'est normal, non ?

— D'accord ! Comment vont les affaires à la maison ?

— Ça marche très bien ! Hai et sa femme ont acheté la pièce voisine. Le salon Ngoc Yên s'est agrandi de soixante mètres carrés supplémentaires, avec quatre coiffeurs en renfort. Tout le monde dit que c'est grâce à toi, Thanh !

Thom se retourne :

— Viêt !

Jusque-là muet pour les laisser bavarder librement, le jeune homme qui l'accompagne se rapproche, les bras toujours chargés des sacs.

— Je te présente Viêt, mon mari.

Ils se saluent et elle enchaîne :

— Maintenant tu sais pourquoi j'ai quitté le salon de coiffure de mes parents. Le coupable est là, devant toi !

— Thom ! reprend le jeune homme, confus.

Thom continue son récit avec un naturel étonnant.

— Mon honorable époux a six ans de moins que moi. Comme il sortait à peine de l'école de design industriel et n'avait pas encore de travail, mes parents ont refusé que je l'épouse. Mais je l'aimais, ce petit jeune homme, alors j'ai refusé tous les partis que mes frères m'avaient dénichés. Maintenant le petit jeune homme sera bientôt le père de mon enfant. C'est une belle histoire d'amour, non ?

Elle sourit. Pendant tout ce récit, l'intéressé a rougi d'embarras, aussi Thanh ajoute-t-il :

— L'histoire de Thom mérite un roman entier. Dont l'auteur pourrait même être ton enfant à naître !

Coup de sifflet.

Le surveillant tapote sa montre-bracelet, leur signifiant la fin de l'entrevue. Thom se dépêche d'arracher les sacs à son mari pour les faire passer par le guichet.

— Tout le monde t'a fait des cadeaux. Hai, Yên, sa grande sœur et moi. Prends bien soin de toi ! Nous t'attendons !

— Merci, Thom ! Merci à tous…

Il n'a pas fini sa phrase que le haut-parleur tonne déjà à ses oreilles :

— Le suivant : Nguyên van Hai, guichet numéro 17 !

L'homme appelé est déjà sur le perron, côte à côte avec un policier. Dès l'annonce, il fonce, heurte Thom violemment. La jeune femme pousse un cri. Il a dû la bousculer et lui faire mal. La mine sombre, les yeux injectés de sang, il ne bronche même pas. Il n'a d'yeux que pour son prisonnier, de l'autre côté du treillis. Debout parmi les hommes en noir tassés derrière Thanh, ce dernier doit être également tendu.

Quand on est tombé aussi bas, il n'y a plus de politesse ni de bienveillance qui tienne.

Thanh cherche longuement Thom des yeux, mais il ne la voit plus, la famille du détenu suivant s'est massée autour du guichet. Une quinquagénaire en veste noire, une jeune femme de trente ans et trois enfants. Tous se penchent en avant et, quand ils aperçoivent l'homme derrière Thanh :

— Mon fils ! Mon fils chéri ! gémit la femme mûre.

— Père, père… pleurent les trois enfants.

La jeune femme, elle, pleure en silence.

Thanh se recule pour leur laisser la place, chaque minute compte dans ces circonstances. La même scène s'observe aux autres guichets, tout comme l'adjointe du bureau administratif l'avait prédit. Le vacarme et le chaos règnent partout. On n'entend pas un seul rire, ce ne sont que pleurs, plaintes, hurlements, invocations du Ciel et de la Terre, cris, bavardages bruyants. Le tout forme un tohu-bohu inimaginable ailleurs. Thom et son mari ont disparu dans la foule agitée.

Thanh dépose rapidement ses sacs à l'endroit réservé, avant de rentrer chez lui. Il faut qu'il s'en aille le plus tôt possible. La rencontre avec Thom a été un grand bonheur, mais ces scènes de retrouvailles lui sont insupportables.

Je rentre ! J'ai besoin de calme maintenant ! Je vais lire pour me détendre après cette agitation. Même un banal roman policier sera bienvenu. Pour au moins évacuer ces émotions.

Il court presque, mais à peine a-t-il atteint la terrasse qu'un garde le rappelle :

— Thanh !

— Vous m'avez demandé ?

— Le surveillant vous dit de venir récupérer vos colis au magasin maintenant.

— Merci, répond Thanh après une seconde d'hésitation.

Il faut que j'y retourne ! Tant pis, je n'ai pas le choix.

Il se dirige vers le magasin où l'on stocke les colis des détenus, une salle tout en long, qui forme un L avec la salle principale.

C'est un autre privilège. Heureusement que personne ne me voit.

Dans le règlement, tous les colis des détenus doivent être préalablement déposés au magasin pour contrôle. Les gardes vérifient si les aliments, médicaments et cadeaux envoyés ne cachent pas des objets interdits. Une fois « sécurisé », le paquet peut être remis à son destinataire. Comme l'équipe chargée du contrôle n'est pas assez nombreuse, les colis traînent parfois là quelques semaines. Ce n'est pas grave pour les médicaments et les objets, mais les aliments, eux, se gâtent ou moisissent, surtout en été. C'est donc une fleur que font les surveillants à Thanh.

Voilà qui va réjouir Cu Den. C'est bien un cadeau pour une fête du Bouddha !

Thom lui a apporté au moins dix kilos de nourriture. Thanh sait qu'il n'en consommera qu'un cinquième. Il apportera le reste au bagne, et l'homme de la jungle en tirera à la fois consolation et gloire. Cet aventurier tout-terrain possède une générosité qu'on voit rarement dans ce monde. La dernière fois que Thanh lui a cédé un de ses colis, il a ordonné à Ranh et au chef de salle de partager avec tous, salle intérieure et salle extérieure. Après avoir dégusté saucisses et friandises, les forçats voulaient unanimement le nommer « Aigle ». Un Aigle élu par tous. Thanh se rappelle son air hagard :

— Aigle ? Qu'est-ce que vous voulez que je foute avec un titre pareil ?

— Rien ! Juste comme ça, avait répondu un détenu.

Et Ranh, avec une bourrade :

— Dis oui !

Cu Den avait grommelé une réponse qui n'était ni un oui, ni un non.

Comment va-t-il me recevoir aujourd'hui ? Pas avec un coup de poing comme la dernière fois, j'espère !

La dernière fois, en effet, à peine Thanh avait-il été introduit dans la salle que Cu Den avait foncé sur lui :

— Ah le couillon !

Ranh, arrivé aussi, avait donné à Thanh une petite tape dans le dos. Mais Cu Den lui avait presque déboîté l'épaule, Thanh en avait souffert pendant trois jours. Il n'arrivait même plus à tenir correctement les ciseaux de la main droite, chaque soir il avait dû se masser avec un baume pour pouvoir retravailler le lendemain. Un coup de poing à assommer un bœuf, voilà comment son ami analphabète lui exprimait son amour.

Mais oui, c'est aussi de l'amour. Peut-être celui qui avait cours chez les premiers humains ?

Le magasin est désert. Les nouveaux colis n'y ont pas encore été transférés. Les étagères en bois sont vides. Il repère les sacs de Thom sur le mur de gauche. Il bénéficie d'un régime exceptionnel, c'est indéniable. Des sentiments complexes l'assaillent, de satisfaction mais également de honte, comme s'il avait volé la part d'un autre. Heureusement un surveillant interrompt ses réflexions en s'avançant vers lui et en lui désignant les sacs :

— Voici vos colis, nous les avons vérifiés.

Thanh veut dire quelque chose, le garde enchaîne :

— Mais laissez-les là pour l'instant. Votre famille vous attend dans le bâtiment annexe.

— Ma famille ? s'étonne Thanh, croyant à une méprise. Mais nous venons de nous quitter !

— Je ne sais pas, c'est l'ordre de l'adjoint du directeur. Je dois vous y amener.

— Oui.

— Après votre entrevue, vous reviendrez chercher vos affaires.

— D'accord.

— Si je ne suis pas là, vous remettrez cette contremarque à la personne présente pour les récupérer.

— Merci.

L'homme lui glisse une plaque en aluminium de la taille d'une boîte d'allumettes, avec le numéro 17

suivi d'un autre. Thanh l'empoche et emboîte le pas
au garde.

*Thom aurait oublié de me dire quelque chose et
demandé à me revoir ? Ou est-ce une faveur qu'on lui a
accordée parce qu'elle est enceinte et s'est fait boxcu-
ler ? Quelle journée pleine d'imprévus ! Mieux que mon
roman policier ! Ce qui me fait le plus plaisir, c'est l'histoire d'amour entre Thom et son jeune et doux mari.
Rien à voir avec ce Nguyên van Hai qui nous a succédé
au guichet. Quelle mine sombre ! C'était la mine d'un
homme au bord du suicide, de la folie ou du meurtre.
Je me demande si je lui ressemblais, le jour où j'ai tué
Phu Vuong.*

La réponse lui vient aussitôt :

*Non ! Mon cas n'est pas comparable. Le matin même,
j'allais encore manger un pho avec Hai et Yên, tout
le monde était joyeux. Les affaires tournaient, l'avenir nous souriait, que demander de plus ? Et puis ce
meurtre, tel un éclair, une électrocution, au moment où
personne ne s'y attendait. Comme chez la condamnée à
mort Pham thi Lan.*

Les tirs du peloton d'exécution résonnent encore
dans sa mémoire. Leurs échos avaient ricoché sur les
parois rocheuses, puis pénétré dans le bâtiment des
forçats à travers la pluie battante. Un murmure morbide qui avait fait tendre l'oreille aux prisonniers.

Ce n'est pas si loin ! Pourtant, il lui semble que
ce souvenir lui vient d'un lieu sauvage et désertique,
noyé dans le brouillard et la fumée.

*J'ai eu ce même sentiment en faisant ma première
visite à Cu Den et Ranh, à la bâtisse des forçats. Entre
l'embranchement de la grande route et le sentier*

*menant au bâtiment, il y a exactement deux cent sept
buissons d'épineux. Ce chiffre n'a pas changé mais les
buissons ne semblaient plus les mêmes qu'à l'époque où
j'étais encore le détenu numéro 78, assailli chaque nuit
par les punaises et les poux.*

Thanh jette soudain un œil aux buissons qu'il
longe, pour voir s'ils sont pareils à ceux du sentier de
la geôle des forçats. Non ! Pas l'ombre d'un épineux.
Uniquement des fougères poussant en touffes, comme
des œillets d'Espagne. Ici le chemin est damé par une
infinité de pas, alors qu'ils sont bien rares sur l'autre
sentier, plutôt creusé par les roues du chariot à buffles.

Le surveillant qui le précède est un homme d'âge
mûr. Raide, taciturne, tout sec dans son uniforme,
avançant d'un pas de robot. Ils franchissent un pan
de colline où poussent des jaquiers, puis une clairière
tapissée d'épineux, aux baies rouges comme des gouttes de sang. Un bref instant, Thanh s'extasie devant
ces grappes serrées d'un rouge éclatant, orgueilleux.
La couleur de la vie. Pourquoi est-ce aussi la couleur
de la mort ? Les balles, les couteaux et autres armes
meurtrières font jaillir du corps de leurs victimes
un sang du même rouge que ces minuscules baies.
Dans le paysage, elles ajoutent une note d'une beauté
magique. Même les roses n'atteignent pas ce rouge
stupéfiant.

Resté à la traîne, il court pour rattraper le surveillant.

Ils traversent un terrain jonché de planches et de
caisses en bois. Le surveillant s'arrête. Tout à ses
réflexions sur le rouge des buissons, Thanh lui heurte

violemment le dos et se mord à la lèvre. Aussitôt le sang coule, lui mettant un goût âcre dans la bouche. Le surveillant se retourne, surpris.

— Pardon ! Je regardais ailleurs !

— Ce n'est pas grave, nous sommes arrivés.

Devant eux, une bâtisse en briques délabrée, aussi longue que le bâtiment d'accueil, mais sans barrière en treillis. Une dizaine de soldats armés patrouillent sur le perron. Une pancarte indique «Annexe».

Le surveillant sort un bout de papier de sa poche :

— Vos proches vous attendent dans la salle 8. La numérotation commence à partir du bout.

Apostrophant l'un des soldats qui semble être le chef d'équipe :

— Pour la salle 8 !

— À vos ordres !

— Merci, monsieur, dit Thanh au surveillant.

— Ma tâche est terminée. Bonne chance.

Aussitôt il fait demi-tour et repart, de son pas mécanique de robot. «On pourrait presque croire, songe Thanh, qu'il place ses pieds exactement aux mêmes endroits qu'à l'aller.»

— Veuillez me suivre, dit le soldat.

Thanh s'exécute sans un mot. Les paroles ici sont superflues. Depuis qu'il est devenu «coiffeur de la famille royale», il a appris à se montrer disert quand on cherche à être amical avec lui, mais à tenir sa langue dans les situations critiques où le passé affleure et pourrait resurgir à tout instant, comme un mort-vivant sortant de son cercueil.

Le bâtiment annexe comporte quelques dizaines de pièces en enfilade qu'il imagine identiques, à voir leurs portes alignées dans le couloir de deux mètres en deux mètres. Sans doute sont-elles profondes, mais plus petites que des chambres de domestiques, comme les cagibis qu'on trouve dans les maisons. Chaque porte affiche un numéro peint en noir sur fond vert. Il arrive devant le 8.

— Entrez ! lui ordonne le soldat après avoir frappé trois coups.

Thanh tire sur la poignée. La porte est trop lourde pour les gonds, il doit forcer pour qu'enfin elle s'ébranle avec un grincement.

Et il entre.

Derrière la table, est assis Tiên Lai !

Déconcerté par sa vue, Thanh se rabat contre le mur, à gauche de la porte entrouverte, dos à la pièce.

Est-ce le destin ? Mes yeux me trompent-ils ?

Ses membres se tétanisent, son esprit se fige. Un bourdonnement retentit à ses oreilles comme une flûte de cerf-volant qui chante, haut dans le ciel.

« Tiên Lai ! » appelle une voix.

Le cri se noie dans le chant de la flûte et celui des balles de tennis rebondissant sur la raquette. Tiên Lai ! Thanh se tape la tête contre le mur. Odeur de moisi et de chaux humide. Tiên Lai s'est levé. Il venait déjà à la rencontre de Thanh, mais en voyant ce dernier se détourner, il se fige. Thanh le sent derrière lui, chancelant, serrant ses deux mains tremblantes.

Non, mes yeux ne m'ont pas trompé ! Sans doute est-ce le destin. C'est Tiên Lai, celui que tu attendais sans oser te l'avouer ! Retourne-toi, regarde-le. Un peu de courage ! Toi qui as été assez téméraire pour tuer, tu n'as pas la vaillance d'accueillir l'amour ?

La langue de Thanh reste collée à son palais. Aucun son ne sort de sa bouche qu'il sait blessée depuis tout à l'heure et dont le sang coule.

Courage ! Retourne-toi donc et regarde-le en face ! C'est l'homme que tu as maintes fois appelé dans tes rêves, dont tu n'as cessé d'espérer la venue sans jamais le reconnaître !

Cette voix intérieure s'élève puis lentement s'évanouit comme une photo passe, comme l'eau s'enfuit, comme la brume et la fumée se dissipent. Thanh est devenu muet. Une statue de pierre. Un malade qu'on aurait anesthésié. Sa langue est dure, ses mâchoires se bloquent, ses membres sont paralysés, son âme sombre dans les ténèbres.

Oui, c'est la vérité. Il a tant attendu cet homme. Dans le silence, dans le froid glacial du désespoir, dans les flammes brûlantes du temps qui passe. Cette attente a été mille fois détruite puis mille et une fois ressuscitée de ses cendres.

Elle s'est éternisée dans le désespoir et la souffrance, une souffrance si secrète qu'il a voulu la noyer dans l'oubli, et qui a pourtant cristallisé comme du sel sur son âme et son cœur.

Cet amant si lointain, perdu dans les brumes, et qui revient… Thanh comprend enfin que les merveilleux événements des derniers mois n'avaient rien de magique, mais étaient dus à l'intervention efficace de Tiên Lai. Ou alors il est bel et bien magicien. Entre le jour où il a eu vent du procès et celui où la porte de la prison s'est ouverte pour Thanh, Tiên Lai a dû franchir mille obstacles, frapper à d'innombrables portes pour progresser dans le labyrinthe sombre et inextricable du pouvoir ; car, si le pouvoir est partout tortueux, il l'est particulièrement au Vietnam.

Même simplement vêtu d'une chemise noire et d'un jean gris, Tiên Lai semble ici un phénix dans une basse-cour de volailles. Ses mèches bouclées balaient son front, son col ouvert laisse deviner une toison châtain sur sa poitrine. Ses mains qui se serrent pour contenir ses émotions portent une bague avec un rubis en forme de poire qui scintille sur sa peau claire. Than, étranglé par l'émotion, retrouve chacun de ces traits familiers.

C'est bien lui ! Mon amant de Dalat !

C'est de lui que me sont venus ces bienfaits récents. Mais pourquoi des retrouvailles si tardives, dans cette prison au fond de la jungle et de la montagne ? Pourquoi pas ailleurs ? À Dalat ? À Saigon ? Rien ne serait sans doute arrivé, s'il ne m'avait laissé seul dans la tourmente pour aller faire du tourisme avec son cousin, aux quatre coins des États-Unis. Le soir où j'ai fui Dalat et manqué me faire écraser par un camion, était-il en train de déguster du vin ou de danser ? Quand je traînais sur les trottoirs de Saigon pour chercher du travail, où buvait-il son café ? Existe-t-il aux États-Unis des cafés comme le Phuong Hoang, où il retrouvait son nouvel amant ? Ah, ah ! Je ne suis donc pas le seul à être désinvolte et ingrat. Tous les amants peuvent l'être, quels que soient leur âge et les circonstances. L'ingratitude nous guette à chaque coin de rue, dans chaque lit d'hôtel, chaque salle d'attente d'aéroport. Sur ce plan nous sommes tous à égalité et je ne dois rien à personne.

Aujourd'hui le voilà qui arrive, tranquille, tel un fils à papa descendant dans la mine de charbon où des coolies creusent la terre comme des putois ou des rats de montagne. Avec moi dans le rôle du coolie, de l'animal fouisseur, sale, puant, au propre comme au figuré. Dans cette humiliante position qui est la mienne, comment me jeter dans ses bras? Quelle ironie! Quelle amère offrande! Je ne peux accepter. Plutôt mourir!

C'est ce que lui commande sa volonté, mais les sanglots remontent, l'envahissent, le submergent. Il est saisi de tremblements dignes d'une crise de paludisme. Il sent ses jambes se dérober sous lui, molles comme des pâtes de riz plongées dans l'eau. Il se sent défaillir, il va tomber à genoux sur le sol carrelé, heurter de la tête le mur. Ses yeux se voilent. Il est affolé. Ses muscles ne lui obéissent plus, son corps ne lui appartient plus, s'éloigne de lui et dérive, planche arrachée au navire par les vagues.

Du fond de son cœur, un reproche s'élève :

Ce n'est pas un peu fini? Tu es encore entier, un jeune homme ayant ses bras, ses jambes et un cerveau en bon état. Quelle que soit la situation, il ne faut pas perdre ses moyens et s'effondrer devant les autres. On n'est plus rien si on ne peut plus se tenir debout sur ses deux jambes. C'est la moindre des choses. Même un pieu parvient à se tenir droit contre vents et marées.

Cette semonce lui fait du bien. Il se secoue, reprend le contrôle de son corps. L'image du bateau à la dérive s'efface. Sa vaillance est revenue, son orgueil est intact, en pleine verdeur. Du vert de ces plantes irriguées de sève vitale, fortes et raides comme des pins, qui poussent sur les sommets de montagne.

Ma fierté est vivante, solide comme un roc. Elle est la digue qui empêchera mes larmes de couler. Elle m'oblige à me tenir droit et à repousser toute tentation.

— Va-t'en ! Quitte ce lieu ! peut-il enfin lancer à à Tiên Lai.

Sa voix est rauque, douce, douloureuse. Ce n'est plus la voix du petit Thanh sous les pamplemoussiers du vieux verger, ni celle du jeune homme rêveur sur les collines de Dalat, contemplant le lac des Soupirs. C'est la voix d'un étranger. Chaque mot se répercute sur le mur d'en face, amplifié par la petite taille de la pièce. Tiên Lai garde le silence. Il ne s'attendait certes pas à être ainsi rejeté. Thanh sait qu'il l'a choqué. Sans doute son ami avait-il imaginé autrement la rencontre : main dans la main, les yeux dans les yeux, les corps enlacés et secoués de pleurs, au milieu de baisers et de mots de tendresse… Le rejet de Thanh l'a cinglé comme un coup de fouet en plein visage. Il n'y était pas préparé.

On dirait que sa stupéfaction et sa douleur déferlent maintenant en onde de chaleur sur le dos et la nuque de Thanh.

Un vide. Tiên Lai rassemble ses forces :

— Thanh ! Je t'en prie !

Sa voix à lui est à peine perceptible, comme étouffée par la surprise. Thanh repense au bœuf à l'abattoir, dont lui avait un jour parlé Tiên Lai à l'hôtel du Cheval blanc. Cette image qui avait dû tellement le choquer, qui l'affectait encore pendant qu'il l'évoquait, est restée gravée dans la mémoire de Thanh, comme un clou planté dans une planche de bois tendre. Même ligoté, le bœuf ne sait toujours pas ce qui l'attend.

Il beugle parce qu'il est entravé, réaction à la fois patiente et convenable. Quand le premier coup de marteau le frappe au crâne, il s'effondre en silence. Ce n'est qu'au deuxième coup qu'il se mettra à mugir de souffrance et à se débattre. Pour Tiên Lai, le rejet de Thanh est-il le premier coup ou le deuxième ? Pourtant Thanh n'a pas le choix. La distance entre eux est devenue trop grande, aucun regret ne peut aider un homme à rester vivant, surtout quand il lui faut plonger dans le purgatoire.

Thanh répète à voix plus basse :

— Va-t'en, s'il te plaît ! Je te remercie de tout ce que tu as fait pour moi. Mais aujourd'hui, entre nous deux, il y a un abîme. Ta place n'est pas ici. Ta place est en Amérique, l'Amérique de la liberté et de la beauté, l'Amérique opulente, le rêve de tout humain. Nous sommes ici au Vietnam, pays des marécages ; dans une prison vietnamienne, c'est-à-dire en enfer. Va, pars, l'Amérique t'attend.

— Je maudis ce voyage aux États-Unis !

La voix de Tiên Lai, debout à l'opposé de la pièce, semble lui frapper la nuque avant d'atteindre ses oreilles. Un silence, puis Tiên Lai reprend :

— Je maudis ce voyage. Je n'ai pas cessé de le maudire depuis que je suis rentré à Dalat, deux jours après ton départ. C'était une erreur que je ne me pardonnerai jamais. Dans la vie d'un homme, il y a quelques moments-clés où des changements déterminants s'opèrent, l'orientant vers les cimes ou vers les abysses. C'est une croisée des chemins, où en une fraction de seconde il faut choisir de prendre à gauche ou à droite. Ce choix nous entraîne vers des horizons totalement différents. Mon voyage aux États-Unis a été une faute, je t'ai abandonné seul dans les ténèbres, à un carrefour sombre où tu ne pouvais rien distinguer. C'est à ce moment-là, dans cet endroit-là, qu'une main diabolique t'a poussé dans le gouffre. Quand mon avion a atterri à Dalat, j'ai eu le sombre pressentiment que tu n'étais plus là. J'ai couru au cercle sportif, aux courts de tennis pour rencontrer Hông. Il m'a tout raconté. J'ai compris alors quel coup terrible le destin me portait. À cause de mes envies de m'amuser, de ma légèreté irresponsable, de ma stupidité, pour tout dire. Six taels d'or ne valent pas les souffrances que tu as endurées.

— Je n'ai pas tué pour six taels d'or ! hurle Thanh.

— Pardon, l'apaise Tiên Lai d'une voix douce, comme s'il s'adressait à un jeune rebelle dont il aurait décidé de supporter avec gentillesse les réactions violentes.

Après quelques hésitations, il reprend :

— Tu as raison ! Nous ne sommes pas des truands, nous ne tuons pas pour de l'argent ou de l'or. Nous sommes poussés au meurtre par l'humiliation, par la trahison, ou parce que des êtres détestables nous acculent dans l'impasse, là où la vie n'est plus qu'un purgatoire voire un enfer. Jamais je n'ai pensé que tu pourrais tuer pour des motivations misérables, jamais je ne t'ai mal jugé. Je t'ai toujours respecté.

Thanh éclate de rire. Un rire fou, agressif remplit l'espace, terrifiant Thanh lui-même. Il ne sait d'où lui vient ce rire, ni pourquoi il ne peut le maîtriser : c'est comme si une poignée de vers lui avait subitement chatouillé les aisselles.

Tiên Lai, figé, a blêmi, d'effroi probablement. Thanh sait que son hilarité soudaine excitera la curiosité des soldats et de ceux qui sont dans les pièces voisines. Pourtant ce maudit rire continue de jaillir de son corps, comme une source jaillit d'entre les rochers. Il s'entend s'esclaffer et se demande, horrifié, où il puise ce rire épouvantable. Une fois la crise passée, il énonce, toujours face au mur blanc devant son nez :

— Je te remercie, ô généreux avocat, d'avoir pris ma défense. Mais aucun discours, si lyrique ou éloquent soit-il, ne peut abolir la réalité. Le désir de meurtre, bien sûr, des millions de gens au monde l'ont éprouvé au moins une fois. En pensée on tranche une tête, on tire dans une tempe, on perfore un cœur, c'est un film dont on est simultanément le metteur en scène, l'acteur et le producteur. Mais il ne sera projeté que sur l'écran de notre propre cerveau. Pour les vrais tueurs, c'est totalement différent. Ce qu'ils font est réel. Ils produisent de vrais cadavres, ils suppriment vraiment des vies. Tout le monde est témoin de ces actes, au moins par presse interposée. Ces vrais tueurs sont rejetés et haïs par la société. Qu'on le veuille ou non, la société les considère comme des déchets, la lie de l'humanité. Ce camp de détention est déjà tout en bas de la société. Les forçats sont, eux, la lie du camp. Sais-tu ce qu'est un forçat ?

Tiên Lai se tait. Son visage semble pâlir à mesure qu'il écoute Thanh, comme si chaque mot était une flèche empoisonnée allant se ficher dans sa chair. Devant sa mine apeurée, Thanh a un ricanement ironique.

Ah, mon dandy! Sais-tu ce que c'est d'avoir envie d'une soupe à la couenne de bœuf? As-tu déjà mangé dans des effluves de fosse d'aisance? Pendant que tu avales, un autre expulse sa merde à côté de toi. Peux-tu imaginer que six crevettes vaillent ici deux vies humaines? Qu'un homme en ait tué un autre à cause de la tyrannie de leur estomac, pour lequel ces six crevettes étaient devenues le but ultime? Sais-tu les joies de la chasse aux punaises, bien connues des forçats, et comparables à celles d'une fête nationale? Et ta peau si délicate, malgré quelques rides, n'a certainement jamais ressenti les attaques de poux affamés. Tiên Lai! Avec toute ta bonne volonté, tu ne sauras jamais ce qu'est la vie des forçats. Cette vie, je l'ai vécue. Ton voyage aux États-Unis a été un vrai choix existentiel. Tu es parti vers l'Occident et moi, vers l'Orient. Tu es allé au jardin d'Éden et moi, je me suis noyé dans le chaudron de l'enfer. Comment nous retrouver après une telle séparation?

Ces pensées rampent dans son esprit comme des termites mouillés par une averse, qui traceraient dans son cerveau des sillons boueux comme ils en laissent dans les jardins. Mais il coule dans ces sillons un acide corrosif, et la souffrance est mille fois plus insupportable que s'il s'était brûlé à un fer rouge ou à un jet d'huile bouillante. Reprenant ses esprits, il poursuit, sans se retourner, pour que Tiên Lai n'entende ses paroles que réverbérées par le mur nu:

— J'ai été un forçat, et j'en garde au cœur comme la marque au fer rouge que les montagnards impriment au flanc de leurs bêtes. Toi, tu es entier, un homme comme il faut, comblé d'affection. Je n'ai pas oublié le jour où la direction du cercle de golf et de tennis, à Dalat, t'a accueilli. Tu vis dans un autre monde, tu occupes une autre position. Romps tout lien avec moi. Ta vie en sera meilleure. Encore une fois, je te remercie infiniment d'avoir fait, du détenu numéro 78, le coiffeur de la prison. Mais l'histoire est terminée. Nous devons tirer un trait. Pars d'ici. Le plus vite possible.

Une seconde de silence. Un moustique affamé bourdonne dans un coin de la pièce. Puis Tiên Lai prononce, d'une voix accablée :

— Ma vie est vide sans toi. Je ne suis pas un orateur, un émissaire à la langue dorée. Je ne peux pas t'imposer mon avis. Mais je m'ouvre à toi avec sincérité. Crois-moi ou non, prends-moi au sérieux ou non, je t'aime. J'ai besoin de toi.

— Je suis un meurtrier, l'as-tu oublié ?

— J'ai failli en devenir un moi-même. Bich Dao, j'aurais pu la tuer, plusieurs fois. Mais avant d'en arriver à ce que les psychologues appellent le « passage à l'acte », je suis revenu à la raison. Au moment où j'allais franchir le pas, mon ange gardien m'a crié à l'oreille : « Arrête. Tu n'as pas le droit de tuer un être humain. C'est un crime, c'est la faute la moins pardonnable qu'un homme puisse commettre. » Grâce à cela, j'ai échappé au danger. Tu n'as pas eu de chance. En cet instant fatidique, ton ange gardien t'a abandonné, ou ton ennemi a été si cruel, si perfide que, acculé, tu as perdu la tête.

Thanh se tait. Tiên Lai aussi. Thanh entend le souffle de sa respiration. Une légère senteur flotte, il reconnaît l'eau de toilette de Tiên Lai, un parfum de thé vert et de jasmin.

J'ai découvert ce parfum dans la petite chambre de Tiên Lai. C'était quand le cuisinier était venu nous servir, juste au moment où j'avais eu l'idée de devenir coiffeur. Était-ce la naissance d'un amour, ou le basculement d'un destin ? Pourquoi mon envie soudaine de revivre cet instant, de prendre un nouveau départ, de faire prendre un autre cap à ma vie ? Comme l'écolier ouvrant son cahier neuf pour y écrire des lettres plus appliquées, des phrases sans fautes d'orthographe, sans taches d'encre.

Tiên Lai poursuit :

— Je suis allé plusieurs fois à Saigon pour te chercher, mais j'avais peu de chance de te retrouver. Ta famille ne savait pas où tu habitais. À Dalat, personne n'avait d'adresse fiable. J'ai été voir la propriétaire de ton ancien appartement. Elle m'a montré ta lettre en sanglotant. Elle m'a dit : « Le destin est cruel de permettre ainsi l'union d'un ange et d'un démon. Dès leur arrivée, j'ai eu ce pressentiment, sans oser le dire. S'ils avaient dû fuir, c'était sûrement à cause de son compagnon, ce garçon basané, aux yeux enfoncés dans leurs orbites. » Je l'ai consolée comme j'ai pu, mais moi, je n'avais personne pour me consoler. J'étais à la fois le procureur et l'accusé. Je m'injuriais sans cesse, je me martyrisais. Comme ces moines qui portent des cilices ou flagellent leur chair, sauf que, moi, c'était mon cœur que je perçais. Ce voyage aux États-Unis est devenu le point de bascule de ma vie : j'y ai perdu mon âme, et j'ai sombré dans la détresse. Pas au sens propre, certes. Je sais que beaucoup de gens sont malheureux parce qu'ils vivent dans la misère, n'ont pas de maison confortable, de vêtements convenables, ni même de quoi manger. C'est la détresse matérielle, tant décrite dans la littérature. Mais peu de gens connaissent la détresse de l'âme, qui n'est pas moins atroce. C'est un feu qui te brûle jour et nuit. Si tu as faim, tu peux toujours avaler un bout de manioc bouilli et dormir. Je n'avais pas faim, mais je brûlais continuellement dans les flammes du tourment. Le repentir ne m'était d'aucune aide. Il n'est bon que pour les petites blessures superficielles, la mienne avait atteint les tréfonds de mon âme, le centre de ma vitalité. J'avais compris que je ne retrouverais pas mon équilibre ; même si je disposais d'une autre vie, ma conscience y érigerait le même tribunal pour juger mes actes. J'étais coupable de désertion. À la guerre, un combattant honorable doit aller au feu avec ses camarades. Quand un navire est malmené par la tempête, un marin ne peut lâcher la rame et sauter à l'eau pour son propre salut. Un amant ne peut laisser celui qu'il aime affronter seul la tourmente. J'aurais dû être à tes côtés. Mon expérience aurait pu t'aider à éviter les pièges. Sinon, à quoi servirait-elle ? À être contemplée, comme un papillon momifié dans une collection d'entomologie ? Je sais que tu es fier. La fierté de la jeunesse ne demande l'assistance de personne. J'aurais dû le comprendre et intervenir avec responsabilité, sans attendre ton appel à l'aide, car tu n'avais que dix-neuf ans. J'aurais dû deviner, projeter, trouver le moyen de te rendre ta liberté sans risque et te permettre de tourner la page. J'aurais dû agir en époux, en grand frère, en père, ou du moins en ami fidèle et loyal. Pourtant, je n'ai rien fait ! Je t'ai laissé seul dans une terrible situation de conflit, toi qui manquais tellement d'expérience.

J'avais connu, moi aussi, ces moments d'effroi où j'étais seul comme un rocher émergeant de la mer et battu des vagues, tremblant comme un oisillon tombé du nid, et où j'invoquais le nom de mon père, l'officier corse. J'ai tellement prié pour qu'il me vienne en aide dans ces instants de chaos où le gouffre s'ouvrait sous mes pieds, où je me débattais seul dans l'impuissance, faute du bras et de l'épaule d'un père. J'aurais dû comprendre que tu avais besoin de moi comme de ce père que j'appelais jadis, si invisible et insensible. Ma place était à tes côtés, pour te sortir de ces sables mouvants. Mais je t'ai abandonné aux peurs et à la solitude que j'avais pourtant moi-même connues, et qui étaient restées gravées au fond de moi. Je suis parti aux États-Unis pour un voyage d'agrément, une décision imbécile et cruelle.

Il éclate en pleurs. Thanh tremble de tous ses membres.

— Tu m'aimes ? Tu aimes un forçat ?

— Je t'aime ! Je n'aime que toi, hoquette Tiên Lai entre deux sanglots.

— Tu aimes un assassin ? insiste Thanh.

— Je t'aime ! Je t'aime, tel que tu es !

Thanh se retourne vers lui. C'est la première fois depuis le début de la rencontre que leurs regards se croisent. Le visage de son ancien amant est pâle. Ses cheveux autrefois châtains grisonnent, et ses tempes sont entièrement blanches.

En deux ans seulement ! Comment ont-elles pu blanchir si vite ?

Il se rappelle le visage rayonnant de Tiên Lai, deux ans auparavant, encadré par sa belle chevelure ondulée de star de cinéma. Elle bougeait quand il bougeait, les mèches tombaient sur son front quand il penchait légèrement la tête pour verser du vin. Quelquefois, il remontait ses cheveux avec sa main et ses doigts blancs ressortaient joliment entre les mèches.

Oui ! Ses cheveux ont blanchi de douleur. Cet homme s'est tordu sur les charbons ardents du remords. Mon pauvre amant de Dalat ! Quelle injustice, ce destin qui l'a attaché à un condamné ! Comment le décharger des tourments que je lui ai imposés ?

Thanh réfléchit encore. Dans le même instant, il se sent devenir liquide : il n'est plus qu'eau, ou vin, ou sang, aspirant follement à se déverser dans le corps de cet homme en train de sangloter, à s'y fondre pour former avec lui un seul être indivisible, à jamais.

C'est l'amour, le vrai amour, l'amour total. C'est la fusion, l'osmose surnaturelle. Mais pourquoi si tard ? Pourquoi n'ai-je pas connu cela dans la chambre d'hôtel du Cheval blanc ?

Cette question chantonne à son oreille.

Mais est-ce une question, ou l'ombre du regret ?

Cette question naïve appartient à l'enfance, elle rappelle les refrains qu'il entonnait à quatre ans sous les pamplemoussiers, tandis que le regret est le soupir de la vieillesse. Est-ce à dire qu'au fond de lui est apparu un vieil homme contemplant les jours restants de sa vie comme il regarderait les derniers rayons du soleil, au crépuscule d'une fin d'automne ?

Personne ne pourra le lui dire.

Tiên Lai est toujours debout. Son pâle visage encadré d'une chevelure naguère châtain le fait étrangement ressembler à une statue de saint dans une église. Ses yeux, voilés de larmes, regardent Thanh :

— Je t'aime, mon petit prince…

Et Thanh, comme un ouragan, se jette dans les bras de son ancien amant.

Épilogue

Je ne suis plus retournée à Lan Giang depuis ce jour.
Malgré tous mes efforts, je n'ai pas réussi à retrouver la
trace de Thanh. Que pouvais-je dire à Yên et à Thy après
avoir échoué dans la mission qu'ils m'avaient confiée ?

Sanctuaire du cœur *et* Les Collines d'eucalyptus
sont les deux hypothèses les plus vraisemblables pou-
vant expliquer la fugue de mon neveu. Mais je n'écar-
terai aucune autre possibilité. Thanh a pu suivre un
gourou, car les sectes poussent actuellement comme
des champignons. Il a pu être kidnappé pour une
raison inconnue, inexplicable. Enfin, il a pu aussi se
joindre à d'autres garçons pour émigrer vers une terre
promise...

La vie comporte tellement de chemins, comment
deviner lesquels mènent à la séparation ? Alors, après
Sanctuaire du cœur *et* Les Collines d'eucalyptus, *il y*
aura d'autres tomes... Ils seront écrits par vous, mes
chères lectrices et mes chers lecteurs. Racontez ce qui
se passe chez vous, dans votre pays. Selon les cultures,
les raisons poussant les jeunes à déserter le toit familial
diffèrent.

Vous n'avez pas vraiment besoin d'écrire. Seulement de raconter. Car la réalité dépasse souvent l'imagination des écrivains, même des meilleurs.

Quant à moi, en écrivant ces deux livres, j'étais obsédée par le tableau d'un peintre russe du XVIIe ou XVIIIe siècle, je ne sais plus, dont la peinture s'est fendillée comme de la vase séchée au soleil. Avec ses couleurs intimistes, chaudes, il ressemble plus à un objet de souvenir qu'à une œuvre d'art.

Les œuvres d'art ouvrent des horizons, le souvenir rappelle une époque passée, touche notre cœur, nous fait remonter le cours de la rivière et ressentir dans nos veines le rythme du temps.

J'ai vu ce tableau russe à l'âge de dix-sept ans, quand j'avais encore la peau douce. Un demi-siècle plus tard, cette peau de jeune fille est devenue peau de vieille femme, fendillée, sèche, laide comme la peinture à l'huile de ce tableau. Ce qui est étrange, c'est qu'après cinquante ans, je suis toujours aussi émue par l'image de ce vieux couple et du fils, parti jeune, qui revient et qu'on voit apparaître à la fenêtre. Je revois les rides profondes sur le front du père et le menton flasque de la mère. Je revois le halo autour de la tête de l'enfant prodigue, une tête qui s'incline si bas qu'on ne distingue pas les traits de son visage.

Si ce visage est volontairement plongé dans l'ombre, c'est sans doute parce qu'il est moins individuel qu'archétypal; «le retour de l'enfant prodigue» n'est que la représentation d'un drame qui n'a ni début ni fin, comme le temps. Pourtant la scène, elle, porte les couleurs de l'ancienne Russie. Sans doute est-ce un après-midi, à la campagne, une campagne déserte et désolée

comme le cœur des hommes après une séparation amou-
reuse. Sans doute est-ce à la fin de l'automne, en cette
saison où l'homme est le plus sensible à la fragilité de
l'existence. Un jour glacial où les nuages stagnent sur
les cimes des montagnes, où le vent hurle à l'horizon et
où la flamme de la bougie fait naître le désir du retour.
Telles sont les hypothèses que peut librement nous ins-
pirer ce tableau, selon nos émotions et nos expériences.

Il a pour titre Le Retour d'un enfant prodigue.

Pourquoi ce tableau si banal m'a-t-il autant et aussi
longtemps obsédée ? Est-ce parce que, dès mon jeune
âge, j'ai contracté la maladie du chagrin, cette maladie
de la vieillesse ?

La vieillesse !

Coulent les larmes, telle la rosée du matin.

Le 10 octobre 2011
Duong Thu Huong

Table

Duong Thu Huong
dans Le Livre de Poche

Au zénith — n° 31706

En 1953, le président tombe amoureux, à plus de soixante ans, d'une jeune femme. Avec elle, il s'installe à Hanoi. Quand il veut officialiser cette union, ses ministres lui font valoir que cela risque de nuire à son image. Le président cède, au nom de la raison d'État. Sa vie bascule…

Itinéraire d'enfance — n° 31204

Bê, douze ans, vit à Rêu, avec sa mère. Son père est en garnison. Pour avoir pris la défense d'une élève abusée par un professeur, Bê est exclue de l'école et s'enfuit, avec sa meilleure amie, pour rejoindre son père.

Les Paradis aveugles   n° 33306

Hàng se rend à Moscou, au chevet de son oncle malade. Elle se remémore son enfance, son douloureux passé. L'oncle Chinh a été l'un des ardents serviteurs de la réforme agraire au Vietnam. La mère de Hàng n'a jamais osé s'opposer à son frère.

Roman sans titre   n° 33159

Quân, Luong et Biên sont amis depuis l'enfance. Ils se sont enrôlés le même jour pour combattre l'envahisseur américain. Quân, devenu capitaine, est envoyé dans la lointaine zone K pour retrouver Biên, sur le point de sombrer dans la folie. Il prend la mesure du fossé qui s'est creusé entre eux et découvre l'ampleur des destructions subies par son pays.

Sanctuaire du cœur

Thanh, treize ans, fuit Lan Giang, où il vit avec sa famille. Quatorze ans plus tard, il est devenu gigolo, après avoir vécu dans une maison close de Saigon. Comment et pourquoi ce jeune homme sans histoires en est-il arrivé là ?

Terre des oublis

Miên découvre que son mari qu'on croyait mort en héros est revenu. Entretemps, elle s'est remariée avec Hoan, avec qui elle a un enfant. Mais Bôn réclame sa femme. Sous la pression de la communauté, Miên retourne vivre avec lui.

Du même auteur :

HISTOIRE D'AMOUR RACONTÉE AVANT L'AUBE, Éditions de l'Aube, 1991

LES PARADIS AVEUGLES, Éditions Des Femmes, 1991 ; Sabine Wespieser éditeur, 2012

ROMAN SANS TITRE, Éditions Des Femmes, 1992 ; Sabine Wespieser éditeur, 2010

AU-DELÀ DES ILLUSIONS, Éditions Philippe Picquier, 1996

MYOSOTIS, Éditions Philippe Picquier, 1998

TERRE DES OUBLIS, Sabine Wespieser éditeur, 2006 (Le Livre de Poche, 2007)

ITINÉRAIRE D'ENFANCE, Sabine Wespieser éditeur, 2007 (Le Livre de Poche, 2009)

ŒUVRES (AU-DELÀ DES ILLUSIONS ; LES PARADIS AVEUGLES ; ROMAN SANS TITRE ; TERRE DES OUBLIS), Robert Laffont, collection Bouquins, 2008

AU ZÉNITH, Sabine Wespieser éditeur, 2009 (Le Livre de Poche, 2010)

SANCTUAIRE DU CŒUR, Sabine Wespieser éditeur, 2011 (Le Livre de Poche, 2013)

Le Livre de Poche s'engage pour
l'environnement en réduisant
l'empreinte carbone de ses livres.
Celle de cet exemplaire est de :
800 g éq. CO$_2$
Rendez-vous sur
www.livredepoche-durable.fr

PAPIER À BASE DE
FIBRES CERTIFIÉES

Composition réalisée par Lumina Datamatics

Achevé d'imprimer en février 2015 en France par
CPI BRODARD ET TAUPIN
La Flèche (Sarthe)
N° d'impression : 3009551
Dépôt légal 1re publication : mars 2015
LIBRAIRIE GÉNÉRALE FRANÇAISE
31, rue de Fleurus – 75278 Paris Cedex 06